RAE CARSON

DER FEUER STEIN

Roman

Aus dem Amerikanischen
von Kirsten Borchardt

WILHELM HEYNE VERLAG
MÜNCHEN

Titel der amerikanischen Originalausgabe
THE GIRL OF FIRE AND THORNS

MIX
Papier aus verantwortungsvollen Quellen
FSC® C014496
FSC
www.fsc.org

Verlagsgruppe Random House FSC®N001967

Vollständige Taschenbuchausgabe 12/2016
Redaktion: Sabine Thiele

Printed in Germany
Umschlaggestaltung: DAS ILLUSTRAT GbR, München
unter Verwendung eines Motivs von HUT Design/Shutterstock
Satz: Buch-Werkstatt GmbH, Bad Aibling
Druck und Bindung: GGP Media GmbH, Pößneck

ISBN 978-3-453-31798-7

www.heyne.de

Für Hannah Elise

Erster Teil

1

Gebetskerzen flackern in meinem Schlafzimmer. Die *Scriptura Sancta* liegt achtlos beiseitegeschoben und mit zerknickten Seiten auf meinem Bett. Vom langen Knien auf den harten Fliesen habe ich blaue Flecken, und der Feuerstein in meinem Nabel pulsiert spürbar. Ich habe gebetet – nein, ich habe darum gefleht –, dass König Alejandro de Vega, mein zukünftiger Ehemann, hässlich ist. Hässlich und alt und dick.

Heute ist der Tag meiner Hochzeit. Und mein sechzehnter Geburtstag.

Normalerweise vermeide ich Spiegel, aber dieser Tag ist von so großer Bedeutung, dass ich doch einen Blick riskiere. Allerdings zeigt das Bleiglas nur ein verschwommenes Bild, mein Kopf schmerzt, und mir ist schwindlig vor Hunger. Aber selbst so verzerrt sieht das Brautgewand, *terno*, das ich zur Hochzeit tragen soll, wunderschön aus. Es ist aus Seide, die wie Wasser fällt, und mit winzigen Glasperlen besetzt, die bei jeder Bewegung schimmern. Gestickte Rosen bedecken den Saum und die ausgestellten Manschetten der Ärmel. Es ist ein Meisterwerk, vor allem wenn man bedenkt, in welcher Eile es gefertigt wurde.

Leider ist mir nur zu sehr bewusst, dass das *terno* seine ganze Schönheit verlieren wird, wenn es erst einmal zugeknöpft ist.

Mit einer Handbewegung bitte ich meine Kinderfrau Ximena und meine Zofe Aneaxi, mir zu helfen, und bewaffnet mit Knopfhaken und entschuldigendem Lächeln treten sie zu mir.

»Atme tief ein, mein Himmel«, weist mich Ximena an. »Und jetzt atme wieder aus. Raus mit der ganzen Luft, mein Schatz.«

Ich presse die Luft aus meinen Lungen, presse und presse, bis mir noch schwindeliger ist. Die beiden Frauen ziehen und zerren mit ihren blitzenden Haken, und das Kleid wird eng und enger. Das Mieder im Spiegel zieht sich zusammen, gräbt sich in das Fleisch über meinen Hüften. Ein scharfer Schmerz schießt mir durch die Seite, ganz ähnlich wie das Stechen, das ich oft fühle, wenn ich eine Treppe emporsteige.

»Gleich haben wir es, Elisa«, versichert mir Aneaxi, während mich das ungute Gefühl beschleicht, dass sich der Klammergriff des Kleides beim nächsten Atemzug als tödlich erweisen wird. Am liebsten würde ich mir das Mieder wieder vom Leib reißen. Ich will nicht heiraten.

»Geschafft!«, rufen Ximena und Aneaxi wie aus einem Mund und treten einen Schritt zurück, um ihre Arbeit zu bewundern. »Was meinst du?«, fragt Aneaxi mit unsicherer, schwankender Stimme.

Das *terno* lässt nur flache, hastige Atemzüge zu. »Ich meine …« Benebelt sehe ich auf meine Brüste hinunter. Der Stoff drückt eine tiefe Falte in mein üppiges Fleisch. »Vier!« Ein angespanntes Kichern dringt aus meiner Kehle. »Vier Brüste!«

Meine Kinderfrau sieht mich mit einem seltsamen, beklommenen Gesichtsausdruck an. Als meine Brüste sich im letzten Jahr entwickelten, hat mir Ximena immer wieder versichert, dass Männer sie unwiderstehlich finden würden.

»Es ist ein wunderschönes Kleid«, schwärmt Aneaxi und blickt starr auf meinen Rock.

Ich schüttele den Kopf. »Ich sehe aus wie eine Wurst«, keuche ich. »Eine dicke, aufgedunsene Wurst in einer weißen Seidenhülle.« Am liebsten würde ich weinen. Oder lachen. Ich kann mich kaum entscheiden.

Der Drang zu lachen gewinnt schließlich beinahe die Oberhand, aber meine beiden Damen schwirren mit gefurchten Gesichtern um mich herum, ergraute Glucken, die mir mit beruhigenden, gurrenden Lauten Mut machen wollen. »Nein, nein, du bist eine hübsche Braut!«, ruft Aneaxi. »Du bist nur schon wieder gewachsen, das ist alles. Und deine wunderschönen Augen! König Alejandro wird es gar nicht auffallen, dass das *terno* etwas eng sitzt.« Und nun fließen doch die Tränen, weil ich ihr Mitleid nicht ertrage und weil mir Ximena nicht in die Augen sehen kann, als Aneaxi ihre falschen Schmeicheleien ausspricht. Doch einen Augenblick später weine ich vor allem deshalb, weil ich das *terno* überhaupt nicht tragen will.

Während ich herzzerreißend schluchze, küsst mich Aneaxi auf die Stirn, und Ximena wischt mir die Tränen weg. Zum Weinen braucht man Luft. Lange, tiefe Atemzüge. Die Seide spannt sich, der Stoff schneidet in meine Taille, das Gewebe reißt. Kristallknöpfe springen mit leisem Klirren über den glasierten Boden, während Luft in meine ausgehungerten Lungen strömt. Mein Magen reagiert mit einem zornigen Knurren.

Meine Kammerfrauen knien sich hastig hin, durchkämmen mit den Fingern die Lammfellteppiche, fahren über die Spalten zwischen den Tonfliesen und jagen die befreiten Knöpfe. »Ich bräuchte eine Woche«, murmelt Ximena vor sich hin. »Nur eine Woche, um dich richtig einzukleiden. Eine königliche Hochzeit braucht doch eine gewisse Vorbereitungszeit!« Ja, auch das macht mir Angst, dass alles so plötzlich kommt.

Das Mieder sitzt jetzt so locker, dass ich an meinen Rücken fassen und die verbliebenen Knöpfe selbst öffnen kann. Dann lasse ich den Stoff von den Armen gleiten und versuche, das *terno* über die Hüften hinunterzuschieben, aber der Stoff reißt weiter ein, also ziehe ich es mir lieber über den Kopf. Achtlos werfe ich das Kleid beiseite, und es ist mir egal, dass es mein Bett verfehlt und zerknüllt auf dem Fußboden liegen bleibt. Stattdessen streife ich nun ein grobes Wollkleid über. Es kratzt auf der Haut, aber es ist riesengroß und beruhigend verhüllend.

Während meine Kammerfrauen weiter nach den Knöpfen suchen, wende ich mich zur Tür und gehe hinunter zur Küche. Wenn mir mein Kleid sowieso nicht passt, kann ich zumindest versuchen, meinen schmerzenden Kopf und meinen knurrenden Magen zu besänftigen, indem ich mir eine warme Pastete genehmige.

Meine ältere Schwester Juana-Alodia hebt den Kopf, als ich eintrete. Eigentlich hätte ich erwartet, dass sie mir zumindest zum Geburtstag gratuliert, aber sie wirft lediglich einen Blick auf mein Kleid und verzieht dann das Gesicht. Sie sitzt am Rand der Feuerstelle, den Rücken gegen den bauchigen Ofen gelehnt. Dabei hält sie die Beine elegant übereinandergeschlagen und lässt ihren schmalen Knöchel vor und zurück wippen, während sie ihr Brot knabbert.

Wieso ist nicht sie es, die heute heiratet?

Der Küchenmeister lächelt mir unter seinem mehlbestäubten Schnurrbart zu, als er mich erblickt, und schiebt mir einen Teller zu, auf dem eine Pastete aus golden gebackenem Blätterteig liegt, mit gemahlenen Pistazien bestäubt und mit Honig überzogen. Mir läuft das Wasser im Mund zusammen. Ich sage ihm, dass ich gern zwei davon hätte.

Mit dem Teller setze ich mich zu Alodia und bemühe mich, nicht mit dem Kopf gegen die Kupfertiegel zu stoßen, die überall von der Decke hängen. Meine Schwester wirft einen missbilligenden Blick auf das Gebäck. Sie muss nicht einmal die Augen verdrehen, ich fühle mich auch so, als ob sie es täte, und ich starre sie wütend an. »Elisa«, setzt sie an, weiß aber dann nicht mehr, was sie sagen soll, und ich ignoriere sie demonstrativ, indem ich mir die knusprige Pastete in den Mund schiebe. Fast augenblicklich lässt mein Kopfschmerz nach.

Meine Schwester hasst mich. Das weiß ich schon seit Jahren. Meine Kinderfrau Ximena sagt, der Grund dafür sei, dass ich von Gott erwählt wurde, um ihm zu dienen, und Juana-Alodia eben nicht. Gott hätte sich für sie entscheiden sollen, sie ist sportlich und vernünftig, elegant und kräftig. Besser als zwei Söhne, sagt Papá. Ich betrachte sie, während ich meine Pastete esse, ihr schimmernd schwarzes Haar, die fein gemeißelten Wangenknochen und die geschwungenen Brauen, die ein Paar selbstbewusst dreinschauende Augen einrahmen. Ich hasse sie mindestens genauso sehr wie sie mich.

Wenn Papá einmal stirbt, wird sie Königin von Orovalle. Sie ist ganz wild darauf, eines Tages zu herrschen, ich aber nicht, und von daher ist es aberwitzig, dass ich durch meine Ehe mit König Alejandro Königin eines Landes werde, das doppelt so groß und doppelt so reich ist wie das unsere. Ich weiß nicht, wieso ich diejenige sein muss, die heiratet. Der König von Joya d'Arena hätte sicherlich die schöne Tochter ausgewählt, die königliche. Mein Mund erstarrt, während ich kaue, als mir klar wird, dass er das wahrscheinlich auch getan hat.

Ich bin das Gegenangebot.

Wieder drohen mir die Tränen in die Augen zu steigen, und ich beiße die Zähne zusammen, bis mein Gesicht schmerzt, denn lieber würde ich von Pferden zertrampelt, als vor meiner Schwester zu weinen. Ich kann mir vorstellen, was sie gesagt haben, damit er in den Handel einwilligt. *Sie wurde erwählt, um zu dienen. Nein, noch hat sich nichts ereignet, aber es wird bald etwas geschehen, da sind wir sicher. Jawohl, sie spricht die Lengua Classica fließend. Nein, schön ist sie nicht, aber klug. Die Dienerschaft liebt sie. Und sie kann sehr gut sticken, zum Beispiel Pferde.*

Inzwischen hat er sicherlich viele Dinge gehört, die der Wahrheit eher entsprechen, und er weiß, dass ich mich leicht langweile, dass meine Kleider bei jeder Anprobe weiter ausgelassen werden müssen und dass ich im Wüstensommer wie ein Tier schwitze. Ich bete darum, dass wir auf irgendeine Weise zueinanderpassen werden. Vielleicht hatte er als Kind die Pocken. Vielleicht kann er kaum gehen. Ich wünsche mir einen Grund, aus dem es mir egal sein wird, wenn er sich angeekelt abwendet.

Alodia hat ihr Brot aufgegessen. Sie steht auf und streckt sich, führt mir genussvoll ihre Grazie und Körperlänge vor Augen. Dann wirft sie mir einen seltsamen Blick zu – Mitleid vermutlich – und sagt: »Lass mich wissen, wenn … wenn du heute Hilfe brauchst. Bei den Vorbereitungen.« Bevor ich ihr eine Antwort geben kann, eilt sie davon.

Ich nehme mir die zweite Pastete. Sie schmeckt nach nichts mehr, aber es beruhigt mich, etwas in der Hand zu haben.

Einige Stunden später stehe ich mit Papá vor der Basilika und wappne mich für meinen Brautgang. Die Türen ragen hoch vor mir empor, und der eingravierte Sonnenkranz der de Riquezas in ihrer Mitte blinzelt unheilvoll. Hinter den Türen ist das Raunen der Menge zu hören, die sich im Audienzsaal versammelt hat. Es überrascht mich, dass so viele gekommen sind, obwohl die Zeremonie so kurzfristig anberaumt wurde. Vielleicht ist es aber auch gerade diese Eile, die sie neugierig gemacht hat. Sie schmeckt nach Geheimnissen und Verzweiflung, nach schwangeren Prinzessinnen oder verdeckten Abkommen. Das alles interessiert mich nicht. Meine Gedanken kreisen nur um eines: dass König Alejandro hässlich sein möge.

Mein Papá und ich warten auf das Zeichen des Herolds. Papá hat bisher nicht daran gedacht, mir zum Geburtstag zu gratulieren. Doch dann sehe ich plötzlich Tränen in seinen Augen schimmern. Vielleicht ist er tatsächlich traurig, weil er mich nun gehen lassen muss. Oder er fühlt sich schuldig.

Überrascht ziehe ich die Luft ein, als er mich an die Brust drückt und fest umfängt. Es ist eine erstickende Umarmung, aber ich erwidere sie innig. Papá ist hochgewachsen und schlaksig wie Juana-Alodia. Ich weiß, dass er meine Rippen nicht fühlen kann, aber ich spüre seine. Seit Invierne immer wieder unsere Grenzen bedroht, hat er kaum noch gegessen.

»Ich erinnere mich noch gut an den Tag deiner Widmung«, flüstert Papá. Diese Geschichte habe ich sicher schon hundertmal gehört, aber noch nie aus seinem Mund. »Du lagst in deiner Wiege, in weiße Seide mit roten Schleifen gehüllt. Der Hohepriester beugte sich mit einem Fläschchen geweihten Wassers über dich und wollte es dir auf die Stirn träufeln, um dich auf den Namen Juana-Anica zu taufen.

Aber dann strömte das Himmelslicht durch die Empfangshalle, und der Priester schüttete die Flüssigkeit vor Schreck auf das Kissen. Mir war sofort klar, dass es das Himmelslicht war, denn es war weiß, nicht gelb wie Fackelschein, und es war weich und warm. Als ich es sah, wollte ich lachen und beten, beides zur gleichen Zeit.« Die Erinnerung lässt ihn auch jetzt lächeln, ich höre es in seiner Stimme, in der auch Stolz mitschwingt. Mir wird die Brust eng. »Dann bildete das Licht einen Strahl, der deine Wiege erhellte, und du lachtest.« Er tätschelt mir den Kopf und streicht dann über das Linnen meines Schleiers. Ich höre mich seufzen.

»Du warst erst sieben Tage alt, aber du hast gelacht und gelacht. Juana-Alodia war die Erste, die auf ihren unsicheren Beinchen zu dir hinüberlief, nachdem das Licht wieder verloschen war. Deine Schwester schlug deine samtenen Windeln zurück, und wir sahen den Feuerstein, der in deinem Bauchnabel eingebettet war, warm und lebendig, aber blau und geschliffen, hart wie ein Diamant. Daraufhin beschlossen wir, dich Lucero-Elisa zu nennen.« *Himmelslicht, von Gott erwählt*. Seine Worte erdrücken mich ebenso wie seine Umarmung. Mein ganzes Leben lang hat man mich stets daran erinnert, dass ich zum Dienen bestimmt bin. Dass ich eine Aufgabe erfüllen muss.

Trompeten erschallen, gedämpft durch die Türen. Papá lässt mich los und legt mir den Linnenschleier über den Kopf. Mir ist das recht; ich möchte nicht, dass jemand mein vor Entsetzen versteinertes Gesicht sieht oder den Schweiß, der sich auf meiner Oberlippe sammelt. Die Türen öffnen sich und geben den Blick frei auf den großen Saal mit der Kuppeldecke und den bemalten Ziegeln. Es riecht nach Rosen und Weihrauch. Viele Hundert Gestalten erheben sich von ihren Bänken, allesamt in hellen Hochzeitsfarben gekleidet. Durch den Schleier sehen sie aus wie Mamás Blumengarten – orangefarbene Flecken Bougainvillea, gesprenkelt mit gelber Allmanda und rosa Hibiskus.

Der Herald ruft: »Seine königliche Majestät, Hitzedar de Riqueza, König von Orovalle! Ihre königliche Hoheit, Lucero-Elisa de Riqueza, Prinzessin von Orovalle!«

Papá nimmt meine Hand und hebt sie auf Schulterhöhe. Seine Finger sind so feucht und glitschig wie meine, aber es gelingt uns, gleichmäßig vorwärtszuschreiten, während vier Musiker auf ihren Vihuelas den Hochzeitssegen spielen. Ein Mann steht, ganz in Schwarz gekleidet, am Ende des Mittelgangs. Sein Umriss ist zwar verschwommen, aber er ist weder klein noch bucklig. Und auch nicht dick.

Wir schreiten an steinernen Säulen und Eichenbänken vorbei. Aus dem Augenwinkel sehe ich eine Dame, eigentlich nur ein Klecks blauer Farbe. Sie fällt mir auf, weil sie sich zur Seite beugt und etwas flüstert, als ich an ihr vorübergehe. Ihre Begleiterin kichert. Meine Wangen brennen. Als ich meinen hochgewachsenen, ruhig dastehenden Verlobten erreiche, bete ich nur noch darum, dass er pockennarbig ist.

Papá reicht meine glitschige Hand dem Mann in Schwarz. Dessen Hand ist groß, größer als Papás, und sie fasst mit gleichgültiger Selbstsicherheit zu, als spielte es keine Rolle, dass sich meine wie ein toter, nasser Fisch anfühlt. Am liebsten würde ich meine Finger zurückziehen, sie vielleicht an meinem Kleid abwischen.

Hinter mir ist ein Schniefen zu hören, das durch die ganze Halle dringt. Das ist sicher Lady Aneaxi, die seit der Verkündigung meiner Hochzeit schon viele Tränen der Rührung vergossen hat. Vor mir steht der Priester und salbadert in der Lengua Classica über den Bund der Ehe. Ich liebe diese Sprache wegen der lyrischen Vokale und der Art und Weise, wie meine Zunge beim Sprechen gegen die Zähne stößt, aber jetzt höre ich die Worte kaum.

Es gibt Dinge, an die zu denken ich mich seit der Verkündigung geweigert, die ich mit dem Studium von Büchern, mit Stickerei und Pasteten tief in mein Innerstes verdrängt habe. Aber jetzt, da ich hier in meinem Hochzeitskleid stehe, die Hand im eisernen Griff dieses hochgewachsenen Fremden, da fallen sie mir plötzlich ein, und mein Herz beginnt wild zu klopfen.

Morgen werde ich ins Wüstenland Joya d'Arena reisen, dessen Königin ich dann sein werde. Der Jacaranda-Baum vor meinem Schlafzimmerfenster wird seine lila Blüten ohne mich tragen. Statt der bemalten Ziegelwände und den sprudelnden Springbrunnen werde ich eine steinerne, tausend Jahre alte Burg um mich herum haben. Ich tausche eine jüngere, lebendigere Nation gegen ein gewaltiges, altes Land – von der Sonne verbrannt und erstarrt in den Traditionen, die meine Vorväter einst dazu brachten, zu neuen Ufern aufzubrechen. Ich hatte nicht den Mut, Papá oder Alodia nach dem *Warum* zu fragen. Weil ich Angst vor der Entdeckung habe, dass sie froh sind, mich bald los zu sein.

Am meisten aber ängstigt mich, dass ich bald eine Ehefrau sein werde.

Ich spreche drei Sprachen. Die *Belleza Guerra* und die *Scriptura Sancta* kenne ich beinahe auswendig. Ich kann in drei Tagen den Saum eines *terno* besticken. Und trotzdem fühle ich mich jetzt wie ein kleines Mädchen.

Juana-Alodia hat sich stets um die Palastgeschäfte gekümmert. Sie ist es, die zu Pferd durchs Land reitet, die mit unserem Papá zusammen Hof hält und die Edelleute umschmeichelt. Von diesen Dingen, die Erwachsene tun, *Ehefrauen*, verstehe ich nichts. Und heute Nacht … an heute Nacht will ich gar nicht erst denken.

Ich wünschte, meine Mutter wäre noch am Leben.

Der Priester erklärt uns beide zu Mann und Frau, im Angesicht Gottes, des Königs von Orovalle und der *nobleza d'oro*. Er besprengt uns mit geweihtem Wasser, das aus einer tiefen Cenote geschöpft wurde, bedeutet uns dann, uns einander zuzuwenden, und sagt irgendetwas über meinen Schleier. Ich drehe mich zu meinem frisch angetrauten Ehemann. Meine Wangen sind heiß – ich weiß, dass sie fleckig sein und vor Schweiß glänzen werden, wenn er den schützenden Stoff von meinem Gesicht hebt.

Er lässt meine Hand los. Ich balle sie zur Faust, damit ich sie nicht unwillkürlich an meinem *terno* abwische. Seine

Finger berühren den Saum meines Schleiers. Sie sind braun und breit, mit kurzen, sauberen Nägeln. Keine Gelehrtenhände, wie die Meister Geraldos. Er hebt den Schleier, und ich muss unwillkürlich blinzeln, als kühle Luft meine Wangen streift. Dann sehe ich zum Gesicht meines Gatten auf, sehe schwarzes, zurückgekämmtes Haar, das sich im Nacken ringelt, braune Augen, wärmer als Zimt, und einen Mund, der so kräftig ist wie seine Finger.

Kurz zuckt eine Regung über sein Gesicht – Nervosität? Enttäuschung? Aber dann lächelt er mich an, und es ist kein mitleidiges, kein hungriges Lächeln, sondern ein freundliches, das mich leicht die Luft einziehen lässt und mein Herz in hilflose Wärme taucht.

König Alejandro de Vega ist der schönste Mann, den ich je gesehen habe.

Ich sollte sein Lächeln erwidern, aber meine Mundwinkel gehorchen mir nicht. Er beugt sich vor, und seine Lippen streichen kurz über meine – ein keuscher und sanfter Kuss. Mit dem Daumen berührt er meine Wange und flüstert so leise, dass nur ich es hören kann: »Schön, dich kennenzulernen, Lucero-Elisa.«

Schüsseln und Teller mit Essen bedecken die lange Tafel, an der wir nebeneinander auf der Bank sitzen. Jetzt habe ich wenigstens etwas zu tun und muss mich nicht nur darauf konzentrieren, seinen Blicken auszuweichen. Unsere Schultern berühren sich kurz, als ich nach dem in Teig frittierten Tintenfisch und einem Glas Wein greife. Noch während ich kaue, denke ich darüber nach, welche Leckerbissen ich als Nächstes probieren will: grüne, mit Käse gefüllte Chilischoten oder Schweinegeschnetzeltes in Walnusssauce? Vor dem Podest, auf dem sich unser Tisch befindet, hat sich die *nobleza d'oro* versammelt, Weinkelche in den Händen. Juana-Alodia mischt sich unter sie, schlank und schön und lächelnd, und die Edelleute lachen und scherzen gut gelaunt mit ihr. Immer wieder gleiten ihre Blicke zu dem Mann an meiner Seite. Wieso kommen sie nicht zu uns und stellen sich vor? Es ist ungewöhnlich, dass die goldene Horde die Gelegenheit, einen König zu umgarnen, nicht wahrnimmt.

Ich fühle seine Augen auf mir ruhen. Gerade hat er mir zugesehen, wie ich mir knusprig gebratene Anchovis in den Mund geschoben habe. Es ist mir peinlich, aber dennoch kann ich dem Drang nicht widerstehen, seinen Blick zu erwidern.

Er lächelt noch immer so freundlich. »Magst du Fisch?«

»Ummm«, erwidere ich mit vollem Mund.

Sein Lächeln wird noch breiter. Er hat wunderschöne Zähne. »Ich auch.« Damit greift auch er nach den Anchovis. Leichte Fältchen zeigen sich in seinen Augenwinkeln, als er kaut und mich weiter beobachtet. Leicht undeutlich fügt er hinzu: »Wir haben viel zu besprechen, du und ich.«

Ich schlucke und nicke. Seine Worte sollten mich eigentlich nervös machen. Aber stattdessen breitet sich ein süßes Gefühl in meinem Bauch aus, weil der König von Joya d'Arena glaubt, ich sei jemand, mit dem man etwas besprechen kann.

Unser Bankett geht viel zu schnell vorüber. Wir reden ein wenig, aber meist sitze ich wie eine Närrin da und kann nur auf die Bewegungen seiner Lippen starren und seiner Stimme lauschen.

Er fragt nach meinen Studien, und ich platze damit heraus, dass ich eine hundert Jahre alte Kopie der *Belleza Guerra* besitze. Interesse flackert in seinen Augen auf, und er erklärt: »Ja, deine Schwester verriet mir bereits, dass du dich in der Kriegskunst gut auskennst.« Ich weiß nicht, was ich darauf erwidern soll. Jedenfalls möchte ich nicht über Juana-Alodia sprechen, und mir wird klar, wie albern ich aussehen muss – eine Kindbraut, dick wie eine Wurst, die nie auf einem Pferderücken gesessen hat und einen Dolch allenfalls dazu führt, einen Braten anzuschneiden. Dennoch fasziniert mich der Krieg, und ich habe jedes Scharmützel studiert, das es in der Geschichte meines Landes je gegeben hat.

Plötzlich senkt sich Schweigen über das muntere Geplauder der Edelleute. Ich folge ihren Blicken, die auf eine kleine, aus Holz gezimmerte Bühne gerichtet sind. Die Musiker sind verschwunden – ich habe nicht einmal gemerkt, dass das Spiel der Vihuelas verstummt ist, aber an ihrer Stelle stehen nun mein Vater und meine Schwester. Mit bloßem, sonnengebräuntem Arm hebt sie einen Kelch und sagt mit lauter, klarer Stimme: »Heute sind wir Zeugen der neuen Verbindung zwischen Joya d'Arena und Orovalle. Möge Gott sie segnen, mit Frieden und Verständnis, Wohlstand und Schönheit und«, sie lächelt breit, »mit vielen, vielen Kindern!« Lachen brandet durch den Bankettsaal, als hätte man nie einen ausgefalleneren und klügeren Segensspruch gehört. Mein Gesicht brennt, und ich hasse meine Schwester in diesem Augenblick mehr als je zuvor in meinem Leben.

»Nun ist es an der Zeit, dem glücklichen Paar eine gute Nacht zu wünschen«, fährt sie fort. Ich habe an Hunderten von Hochzeitsfeiern teilgenommen, dennoch zucke ich zusammen, als Lady Aneaxi mir die Hand auf die Schulter legt. Hinter ihr wartet ein Grüppchen Dienstboten, alle in Weiß gekleidet und mit Girlanden aus Papierblumen geschmückt, um uns ins Hochzeitsgemach zu begleiten.

Wir erheben uns, der König und ich, obwohl ich nicht weiß, wie mir das eigentlich gelingt, denn meine Beine prickeln vor Taubheit. Ich habe ein klebriges Gefühl unter den Achseln, und mein Herz hämmert wild. *Oh Gott, ich weiß nicht, was ich tun soll.* Mit schnellen Wimpernschlägen versuche ich die Tränen zurückzudrängen.

Die Dienstboten grinsen und kichern und führen uns dann aus dem Speisesaal, während die *nobleza d'oro* uns Segenswünsche und Ermutigungen nachruft. Ich sehe verstohlen zu meinem Ehemann hinüber. Zum ersten Mal, seit er den Schleier von meinem Gesicht gehoben hat, meidet er meinen Blick.

2

Unser Gemach ist erfüllt vom warmen goldenen Licht und dem honigsüßen Geruch von Bienenwachskerzen, die flackernd überall im Zimmer stehen, auf dem Fensterbrett, dem steinernen Kamin und den kleinen Tischchen aus Mahagoni, die das hohe Himmelbett einrahmen.

Das Bett …

Zu meiner Rechten steht mein jetziger Ehemann beinahe ebenso steif da wie ich, eine dunkle Schattensäule, die ich nicht anzusehen wage, und so starre ich den Baldachin des Bettes an, der aus leuchtend rot gefärbter Baumwolle gefertigt ist. Diener eilen durch den Raum, ziehen die Vorhänge zurück und binden sie an den Bettpfosten zusammen. Ein riesengroßer Sonnenkranz, das Wappen der de Riquezas, strahlt mich vom Deckbett an. Ich klammere mich an den Einzelheiten fest, betrachte die gelben Flammenzungen, die aus den Strahlenspitzen dringen, als Lady Aneaxi einen Eimer Rosenblätter auf der Decke ausschüttet und sie mit den Fingerspitzen verteilt. Meinem Blick ist der Anker genommen, an dem er sich bis eben festhielt.

Die zartrosa Rosenblätter verbreiten einen sanften Blumenduft, der sich mit dem honigsüßen Bienenwachs zu einer betörenden Mischung verbindet. Unwillkürlich muss ich an die rosenumrankte Hochzeitszeremonie denken und daran, wie Alejandros Lippen die meinen berührten. Viel zu kurz.

Ich sehne mich danach, dass er mich wieder küsst.

Dabei war es nicht mein erster Kuss. Dieses zweifelhafte Privileg kam einem hochgewachsenen, schlaksigen Jungen auf einer Hochzeitsfeier zu, als ich vierzehn war. Da ich zu schüchtern war, um zu tanzen, hatte ich mich in einem Alkoven versteckt, wo er mich aufspürte und mir seine Liebe gestand. Seine Augen drückten so tiefe Gefühle aus, dass mein Gesicht ganz heiß wurde. Dann drückte er seine Lippen auf meine, ich schmeckte das Basilikum auf seiner Zunge, aber er küsste mich auf eine Weise, wie ich eine Passage aus der *Allgemeinen Lehre ergebenen Dienens* aufsagen würde. Routiniert. Leidenschaftslos.

Aufgeregt und durcheinander verließ ich das Bankett, und am nächsten Morgen, als Juana-Alodia und ich gemeinsam pochierte Eier mit Lauch zum Frühstück aßen, erzählte sie vom Sohn eines Conde, einem schlaksigen Jungen, der sie am Abend zuvor in einen Alkoven gezogen, ihr seine Liebe gestanden und versucht hatte, sie zu küssen. Sie habe ihn in die Nase gekniffen und sei lachend weggelaufen. Vermutlich, sagte sie, habe er einfach nur versucht, eine Prinzessin ins Bett zu bekommen.

Nun spüre ich Aneaxis Lippen auf meiner Stirn. »Meine Elisa«, flüstert sie. Dann verlassen sie und die Dienstboten unser Gemach. Bevor sie die Tür hinter sich schließen, fällt mein Blick auf große, sonnengebräunte Soldaten mit stählernen Brustpanzern. Sie tragen die roten Seidenbanner von

König Alejandros Leibwache, und ich frage mich unwillkürlich, ob Seine Majestät sich hier nicht sicher fühlt. Aber dann sehe ich ihn an, sehe seine schwarzen Locken, die sich im Nacken ringeln und seine sonnenverbrannten Hände, und vergesse die Wächter.

Ich will mehr als nur einen kleinen Kuss. Gleichzeitig macht mir der Gedanke Angst.

Mein Ehemann sieht schweigend, mit starrem Blick auf die mit Rosenblättern bestreute Decke. Wie gern wüsste ich, was ihm gerade durch den Kopf geht, aber ich wage nicht, ihn zu fragen. Stattdessen betrachte ich sein Profil und denke an den leidenschaftslosen Kuss, den mir der Sohn des Conde gab. Das Blut pocht in meinen Ohren, als ich schließlich flüstere: »Es wäre mir recht, wenn wir heute Nacht nicht die Ehe vollziehen würden.«

Seine Schultern entspannen sich, und der Hauch eines Lächelns huscht über seine Lippen. Er nickt. »Wie du wünschst.«

Ich wende mich ab und lasse mich aufs Bett fallen. Die Rosenblüten geraten in Unordnung und rutschen auf den Boden. Ich bin unendlich erleichtert. Und gleichzeitig auch enttäuscht, dass er so schnell eingewilligt hat – es wäre nett gewesen, sich zumindest ein bisschen begehrt zu fühlen.

Mit verschränkten Armen lehnt sich König Alejandro gegen einen der massiven Bettpfosten. Nun betrachtet er mich entspannt; vermutlich ist er ebenso erleichtert wie ich. Im Kerzenlicht ist sein Haar von tiefroten Reflexen durchzogen, wie die Sierra Sangre in der Abendsonne. »Nun denn«, sagt er gut gelaunt. »Dann können wir uns ja unterhalten.«

Er hat eine so angenehme Stimme. Dunkel und warm. »Unterhalten?«, wiederhole ich geistreich.

Seine leicht gekräuselten Lippen verziehen sich zu einem breiten Lächeln, und es ist, als ginge in einer Sommernacht der Mond am Himmel auf. »Es sei denn, du ziehst es vor, mit einem Fremden verheiratet sein.«

Verheiratet …

Plötzlich erscheint das alles so albern, dass ich das Kichern nicht unterdrücken kann, das mit einem Mal in mir aufsteigt. Hastig halte ich mir die geballte Faust vor den Mund und lache in meine Knöchel hinein.

»Ich muss zugeben, dass ich mich ein wenig seltsam fühle«, sagt er, »aber es würde mir dennoch nicht einfallen, über unsere Lage zu lachen.«

Seine Worte bringen mich wieder zur Vernunft. Schnell sehe ich ihn an, weil ich fürchte, ihn verärgert zu haben, aber er lächelt noch immer, und auch die kleinen Fältchen um die Augen sind noch da.

Jetzt gelingt es mir, zurückzulächeln. »Es tut mir leid, Euer Majestät …«

»Alejandro.«

Ich schlucke. »Alejandro.« Sein verständnisvoller Blick löst die Blockade in mir, und Worte strömen aus meinem Mund. »Papá und Alodia haben immer gesagt, ich würde zum Segen Orovalles heiraten. Das habe ich schon vor Jahren akzeptiert. Aber ich bin erst fünf… sechzehn. Ich hatte gehofft, dass ich noch Zeit haben würde … und ich habe nicht erwartet … ich meine, du bist sehr …« Kurz versichere ich mich, dass noch immer kein Spott in seinem Blick liegt. »Du bist sehr nett«, beende ich meinen Ausbruch etwas lahm.

Er geht zur Bank in der Fensternische. »Gibst du mir ein Kissen?«

Ich nehme eins vom Bett, rund, mit langen roten Fransen, und schüttele die Rosenblüten ab, bevor ich es ihm zuwerfe. Er fängt es elegant, dann zieht er die langen Beine auf die Bank und hält das Kissen in seinem Schoß. Mit den angezogenen Knien und seinem offenen Blick sieht er plötzlich gar nicht mehr so viel älter aus als ich.

»Also«, sagt er und sieht zur Decke. Ich bin froh, dass er unser Gespräch eröffnet. »Gibt es irgendetwas über mich oder über Joya d'Arena, das du gern wissen möchtest?«

Ich denke darüber nach. Einiges weiß ich schon – dass seine erste Frau im Kindbett starb, dass sein Sohn sechs Jahre alt ist und dass Invierne seine Grenzen noch stärker bedroht als die unseren, weil unsere Feinde unbedingt einen Hafen und den Zugang zum Meer erobern wollen. Joya besteht größtenteils aus Wüste, verfügt aber über reiche Silber- und Edelsteinvorkommen, und an den Küsten wird viel Viehzucht betrieben. Es gibt nicht viel, was ich nicht schon wüsste. Außer ...

»Nun, was denn?«, hakt er nach.

»Alejandro ... was willst du? Von mir?«

Sein Lächeln erlischt. Für einen kurzen Augenblick fürchte ich, ihn erzürnt zu haben, so wie ich Alodia mit meinen Fragen stets verärgere, aber dann bewegt er den Kopf, und das Licht scheint weich auf die Konturen seines Kinns, zeichnet eine Linie, die sanft zum Haaransatz hinaufreicht.

Er seufzt. »Unsere Ehe ist Teil eines Bündnisses, das ich mit deinem Vater geschlossen habe. Und es gibt Dinge, bei denen du mir helfen kannst. Aber vor allem ...« Er fährt sich mit der Hand durch das dichte schwarze Haar. »Vor allem könnte ich eine Freundin brauchen.« Damit sieht er mich erwartungsvoll an.

Eine Freundin. Mein Tutor, Meister Geraldo, ist mir ein Freund, nehme ich an. Meine Kinderfrau Ximena und Lady Aneaxi ebenfalls, obwohl sie mehr wie Mütter zu mir sind. Vermutlich könnte auch ich gut einen Freund gebrauchen. »Freund« ist ein beruhigendes Wort und gleichzeitig ein schmerzvolles, aber es klingt nicht annähernd so einschüchternd wie »Ehefrau«.

Es ist eine aufregende Vorstellung, dass ich ihm irgendwie helfen kann, aber auch befremdlich. »Ich habe das Gefühl«, sage ich nun etwas mutiger, »dass der König des reichsten Landes der Erde keine Schwierigkeiten haben dürfte, Freunde zu finden.«

Er sieht überrascht auf. »Deine Schwester sagte schon, dass du die Angewohnheit hast, schnell zum Kern einer Sache zu kommen.«

Fast verziehe ich verärgert das Gesicht, aber da fällt mir ein, dass Alodias Worte vielleicht gar nicht kritisch gemeint waren.

»Sag mir, Lucero-Elisa«, beginnt er, und seine Lippen verziehen sich zu diesem sanften Lächeln, das mir bereits vertraut erscheint, »ist es leicht für dich, Freunde zu finden? Als Prinzessin? Als Trägerin des einzigen Feuersteins seit hundert Jahren?«

Ich weiß genau, was er meint. Der Sohn des Conde, der meine Schwester und mich küssen wollte, fällt mir wieder ein, und ich sage: »Du traust niemandem, nicht wahr?«

Er schüttelt den Kopf. »Nur sehr wenigen.«

Ich nicke. »Ich vertraue meiner Kinderfrau Ximena und meiner Kammerzofe Aneaxi. Und auch Juana-Alodia, in gewisser Weise.«

»Was meinst du damit, in gewisser Weise?«

Vorsichtig suche ich nach Worten. »Sie ist meine Schwester. Sie will das Beste für Orovalle, aber …« Irgendetwas lässt mich verstummen. Vielleicht ist es die Intensität seiner Zimtaugen, die sich nun verdunkeln, bis sie fast schwarz sind. In Gegenwart meiner Kinderfrau zögere ich nie, über Juana-Alodia herzuziehen. Aber vor Alejandro …

»Aber?«

Er sieht mir so fragend ins Gesicht, wirkt so interessiert an dem, was ich sagen will, dass ich schließlich damit herausplatze: »Sie hasst mich.«

König Alejandro schweigt dazu. Ich spüre, dass ich ihn enttäuscht habe, und am liebsten würde ich meine Worte wieder in meinen Mund hineinsaugen.

Dann sagt er endlich: »Wieso glaubst du das?«

Ich antworte nicht. Einige Kerzen sind inzwischen erloschen, und ich bin froh darüber, weil es leichter ist, im zuckenden, dämmrigen Licht seinen Augen zu entgehen.

»Elisa?«

Erzähl ihm vom Feuerstein, mahne ich mich im Stillen. *Sag ihm, dass Alodia neidisch ist. Dass sie zornig ist, weil ich schon sechzehn bin, aber noch immer keine Anzeichen dafür erkennen lasse, dass ich demnächst mein Schicksal als die Auserwählte Gottes erfüllen werde*. Aber sein offener Blick verlangt Ehrlichkeit, und so erzähle ich ihm, was ich noch niemandem anvertraut habe.

»Ich habe unsere Mutter umgebracht.«

Seine Augen verengen sich leicht. »Was meinst du damit?«

Meine Lippen zittern, aber ich atme tief durch die Nase ein und distanziere mich dann von meinen eigenen Worten. »Alodia sagt, Mamá hatte vor mir zwei Fehlgeburten. Als sie dann wieder schwanger wurde, blieb sie im Bett, um sich zu schonen. Sie betete zu Gott um einen Sohn, einen Prinzen.« Ich muss für einen Moment die Zähne zusammenbeißen, bevor ich fortfahren kann. »Es war eine schwierige Schwangerschaft, und sie war schwach, und nachdem ich geboren wurde, war da sehr viel Blut. Alodia sagt, als man mich in ihre Arme legte, sah Mamá, dass ich ein Mädchen war. Noch dazu dunkelhäutig und dick.« Meine verkrampften Kiefermuskeln schmerzen. »Dann überkam sie tiefe Trauer, und sie hauchte ihr Leben aus.«

»Das hat deine Schwester gesagt? Wann war das? Wie lange ist das her?« Er bedrängt mich mit seinen Fragen, doch seine Stimme bleibt freundlich, als sei er tatsächlich um mich besorgt.

Aber ich kann mich nicht erinnern.

Er hebt eine Augenbraue. »Vor einem Jahr?«, hakt er nach. »Vor mehreren? Vielleicht, als ihr beide noch sehr klein wart?«

Stirnrunzelnd versuche ich, diese Szene zeitlich einzuordnen. Es war, als Alodia und ich noch gemeinsam unterrichtet wurden. Unsere Köpfe berührten sich beinahe, als wir über einer schimmligen Abschrift der *Allgemeinen Lehre ergebenen Dienens* brüteten. Als Meister Geraldo sie aufforderte, die Geschichte des Feuersteins zu erzählen, unterbrach ich sie, indem ich die entsprechende Passage aus der

Schrift Wort für Wort zitierte. Nach dem Unterricht folgte mir Alodia die Treppe zur Küche hinunter und erzählte mir von Mamás Tod.

Ich will nicht, dass er erfährt, wie lange ich mich schon mit dieser Erinnerung quäle, deswegen bleibe ich stumm.

Alejandro sieht mich unverwandt an, und ich möchte am liebsten unter die Decke mit dem Sonnenkranz schlüpfen.

»Meinst du, dass sie dich noch immer für den Tod eurer Mutter verantwortlich macht?«

»Sie hat mir keinen Anlass gegeben, etwas anderes anzunehmen.« Meine Stimme ist zu scharf und hart, wie die eines unartigen Kindes, aber ich weigere mich, den Blick zu senken.

»Ich glaube, du wärst überrascht«, sagt er.

»Worüber?«

»Über viele Dinge, Elisa.«

Da hat er recht. Es ist leicht, überrascht zu werden, wenn einem niemand etwas erzählt. Und plötzlich wird mir bewusst, dass ich noch immer nicht weiß, was er von mir will. Eine »Freundin« hätte er auch in Alodia finden können oder in vielen anderen jungen Edelfrauen. Der König hat meine Frage abgetan, als sei ich ein Kind, genauso wie es auch Papá und Alodia ständig tun, und wie eine dumme Gans habe ich das zugelassen.

Bevor ich den Mut aufbringe, noch einmal nachzuhaken, sagt er: »Ich denke, wir sollten ein wenig schlafen, denn schließlich steht uns morgen eine lange Reise bevor.« Er steht auf und fegt ein paar Rosenblätter von der Decke.

»Du kannst hier schlafen«, sage ich, »und ich nehme die Bank unter dem Fenster.«

»Das Bett ist groß genug für uns beide. Ich werde mich auf die Decke legen.«

Erst erstarre ich, dann fasse ich mich wieder: »Gut.« Ich schüttele die übrigen Blätter vom Bett und schlage die Decken zurück. Sicher wird es lange dauern, bis ich einschlafen kann. Zum einen wird mich nicht einmal das pulsierende Juwel in meinem Nabel dazu bringen, meinen *terno* abzulegen und es mir wirklich bequem zu machen, zum anderen kann ich mir nicht vorstellen, dass Alejandros Nähe dabei besonders hilfreich sein wird. Ich blase die Kerze auf meinem Nachttisch aus und schlüpfe unter die Decke, den Rücken meinem Ehemann zugewandt.

Die Matratze bewegt sich leicht, als Alejandro sich neben mir ausstreckt. Ich höre, wie er die Kerzen auf seiner Seite löscht. Dann fühle ich plötzlich warme Lippen auf meiner Wange. »Fast hätte ich es vergessen. Herzlichen Glückwunsch zum Geburtstag, Lucero-Elisa«, flüstert er.

Ich seufze leise in der Dunkelheit. Das Schlimmste, was geschehen könnte – so hatte ich jedenfalls angenommen –, wäre, wenn sich mein Ehemann voll Abscheu von mir abwendete. Aber da habe ich mich geirrt. Viel schlimmer ist, dass er mir zuhört und mich ansieht. Und dass er nicht nur gut aussieht, sondern auch noch so freundlich ist.

Es wird nur zu leicht sein, sich in ihn zu verlieben.

Ich liege noch lange wach, mit weit geöffneten Augen und wild schlagendem Herzen, nachdem die letzte Kerze auf dem Kaminsims flackernd verloschen ist, nachdem ich anhand seiner ruhigen und gleichmäßigen Atemzüge gemerkt habe, dass der Mann neben mir eingeschlafen ist.

Unsere Kutsche steht an der Spitze einer langen Prozession, die auf dem gepflasterten Hof wartet. König Alejandros Leibgardisten haben hoch aufgerichtet dahinter Aufstellung genommen, die dunklen Gesichter unergründlich. Um unser Gefährt zu erreichen, müssen wir an den Springbrunnen und den Jacaranda-Bäumen vorbei, durch eine Phalanx von Edelleuten und Dienstboten, die Samenkörner und Rosenblätter werfen. Alejandro streckt seine Hand nach meiner aus, aber Papá kommt ihm zuvor und umarmt mich.

»Elisa«, flüstert er in mein Haar, »du wirst mir fehlen.«

Das bringt mich beinahe aus der Fassung. In den letzten ein oder zwei Tagen hat mir mein Vater mehr offene Zuneigung entgegengebracht als im ganzen letzten Jahr. Er ist immer so beschäftigt, so weit weg. Kann er mir nur zeigen, wie viel ihm an mir liegt, indem er mich aufgibt?

»Du mir auch«, bringe ich heraus, und die Worte schmerzen mich, weil sie wahr sind. Ich weiß, dass ich ihm nie so lieb und teuer sein werde wie Alodia, aber ich liebe ihn dennoch sehr.

Er lässt mich wieder los, und meine Schwester gleitet zu mir herüber. Sie trägt ein schlichtes Kleid aus mehreren Schichten blauer Seide, die elegant von ihren schlanken Schultern fallen, ihr Gesicht ist gefasst, perfekt wie eine Skulptur. Als es sich meinem nähert – ich rieche ihr Jasminparfüm –, sehe ich winzige Fältchen rund um ihre braunen Augen. Sorgenfältchen. Seltsam, dass sie mir noch nie zuvor aufgefallen sind.

Alodia packt meine Schultern mit ihren kräftigen Fingern. »Elisa«, flüstert sie. »Hör gut zu.«

Etwas an ihrer Art, vielleicht die Intensität ihres Blickes, zwingt mich, das Plätschern der Springbrunnen und das Raunen der Menge auszublenden und mich auf ihre Stimme zu konzentrieren.

»Vertraue niemandem, Elisa, außer Alejandro, Ximena und Aneaxi.« Ihre Stimme ist so leise, dass wahrscheinlich nicht einmal unser Vater ihre Worte hört. Ich nicke, und plötzlich wird mir warm; der Feuerstein flackert heiß und heftig auf. Ist das eine Warnung? »Ich gebe dir einige Brieftauben mit«, fährt sie fort. »Benutze sie, wenn du mir schnell eine Nachricht schicken musst. Wenn du angekommen bist, zögere nicht, deinen Platz zu beanspruchen. Hab keine Angst davor, Königin zu sein.«

Sie drückt ihre Wange an meine und streicht mir seufzend übers Haar. »Alles Gute, Elisa, kleine Schwester.«

Ich stehe einfach nur da, völlig verblüfft. Mein Ehemann nimmt meine Hand und zieht mich an den vielen Gratulanten vorbei zu unserer Kutsche. Ich weiß, dass ich den Kopf heben und lächeln sollte, den Edelleuten einen letzten, herrlichen Blick auf ihre Prinzessin gönnen, die nun ihre Reise ins ewige Glück antritt. So würde es Alodia machen. Aber mein Blick ist zu tränenverschleiert, mein Gesicht zu heiß, und das nur wegen dieser Umarmung, weil meine Schwester mich nicht mehr so festgehalten hat, seit wir kleine Kinder waren.

Die Stufen der Kutsche sind zu hoch, als dass ich sie elegant hinaufklettern könnte. Die fremden Leibgardisten sehen zu, wie Alejandro als Erster einsteigt und mich dann zu sich emporzieht. Ich lächele ihn dankbar an. Samenkörnchen und Blütenblätter haben sich in seinem schwarzen Haar verfangen. Unwillkürlich fährt meine Hand zu meinem eigenen Schopf, und ich frage mich, wie lange Ximena brauchen wird, um alles wieder herauszukämmen. Meine Kinderfrau hat längst zusammen mit Lady Aneaxi in der hintersten Kutsche Platz genommen, und plötzlich kann ich es nicht mehr erwarten, sie wiederzusehen und mich von ihnen umsorgen zu lassen. Bei der nächsten Gelegenheit werde ich zu ihnen hinübergehen, nehme ich mir vor.

Die Sitze sind mit dickem blauem Samt bezogen, doch trotzdem spüre ich eine starke Erschütterung, als sich das Gefährt in Bewegung setzt. Die *nobleza d'oro* jubelt laut, und für kurze Zeit ist die Luft von Körnern und Blumen und wild winkenden Armen erfüllt. Die Fenster der Kutsche sind hoch genug, dass ich über den ganzen Vorplatz sehen kann, über die feiernde Menge, bis zu meinem Vater und meiner Schwester. Die Morgensonne steht schon hoch am Himmel und wirft ein goldenes Licht auf die roten Ziegel des ausufernden Palastes, auf die Mauern des schönen Amalur. Ich sauge den Anblick der Torbögen mit den grünen Kletterpflanzen, der gepflasterten Straßen und gefliesten Springbrunnen tief in mich ein. Doch vor allem ist es meine Schwester, die immer wieder meinen Blick auf sich zieht. Ihre Augen sind geschlossen, und ihre Lippen bewegen sich, als ob sie betet. Die Sonne schimmert auf ihren Wangen und lässt die Feuchtigkeit darauf glitzern.

3

Alejandro scheint es zu genügen, meine Gesellschaft schweigend zu genießen. Ich halte meine Hände im Schoß gefaltet und tue so, als mache es mir nichts aus, dass sich die Kutsche unaufhaltsam von meinem Zuhause entfernt. Dabei denke ich über die verschiedensten Wege nach, ein Gespräch anzufangen. Alodia macht stets geistreiche Bemerkungen über Schiffbau oder die Wollpreise oder dergleichen, aber solche Themen würden aus meinem Mund seltsam klingen. Ich sollte Alejandro nach unserer Ehe fragen und danach, wieso meine Schwester zu so viel Vorsicht geraten hat, aber es macht mir weniger Angst, einfach still zu sein.

Mit einem Ruck bleibt die Kutsche stehen, und die Tür schwingt auf. Sonnenlicht erstrahlt hinter dem riesigen Umriss eines Leibgardisten, und ich hebe den Unterarm, um mich gegen den grellen Schein zu schützen. Verwirrt sehe ich meinen Gatten an.

»Es ist alles in Ordnung, Elisa«, sagt er. »Er wird dich zu deiner Kutsche bringen.«

Wie bitte? Ich versuche, mir einen Reim darauf zu machen. »Meiner …?«

»Es wäre leichtsinnig, wenn meine Frau und ich in derselben Kutsche fahren würden.«

Mein Gesicht beginnt wieder zu brennen, als er »meine Frau« sagt, und dann erst kann ich mir die Bedeutung der Worte erschließen. Ich habe von solchen Dingen gelesen. In Zeiten des Krieges dürfen ranghohe Persönlichkeiten nie ein gemeinsames Ziel bieten. Ich nicke und fasse nach der Hand des Gardisten. Eine raue Hand, stark und unfreundlich.

»Ich werde nach dir sehen, wenn wir zum Essen anhalten«, sagt mein Ehemann.

Wir steigen aus und entfernen uns einen Schritt von der Kutsche, der unfreundliche Leibwächter und ich, und dann führt er mich zur Nachhut unserer staubigen Prozession. Tempelbäume voll weißer Blüten säumen die Straße. Der Palast ist schon nicht mehr zu sehen. Mein Verstand arbeitet, sucht vernunftgesteuert nach einer Erklärung, als sei ich wieder in Meister Geraldos Studierzimmer, vertieft in die *Belleza Guerra*.

Kein gemeinsames Ziel bieten.

Ich erstarre und sehe zu dem Gardisten auf. Er hat ein jugendliches, angenehmes Gesicht, trotz der harten Züge und des sorgsam geschwungenen Schnurrbarts. Ungeduld flackert in seinen dunklen Augen auf, aber er reißt sich schnell zusammen. »Gnädigste, wir müssen zu Ihrer Kutsche.« Seine Stimme klingt rau und angestrengt, als ob er nicht viel Übung im Sprechen hat.

Hab keine Angst davor, Königin zu sein, hat Alodia gesagt. »Ihr werdet mich mit Hoheit ansprechen.« Meine Stimme ist fest und selbstbewusst, wie die meiner Schwester. Ich komme mir albern vor. »Nach der Krönung dann mit Königliche Majestät.«

Er hebt eine Augenbraue. »Natürlich, Hoheit. Verzeiht.« Aber sein Blick ist skeptisch, spöttisch.

»Wie lautet Euer Name?«

»Lord Hector. Ich gehöre zur Leibwache Seiner Majestät.«

»Ich freue mich, Euch kennenzulernen.« Ich schenke ihm ein höfliches Lächeln, wie es auch Alodia täte. »Lord Hector, in welcher Gefahr befinden wir uns?«

Mein Gesicht rötet sich, und mein Herz klopft wild in meiner Brust. Jeden Augenblick wird er erkennen, dass mein so demonstrativ zur Schau gestelltes Selbstbewusstsein nur gespielt ist.

Aber seine Miene hellt sich auf, und er nickt. »Es ist nicht an mir, Euch Einzelheiten zu erläutern, Hoheit. Aber ich werde Seiner Majestät Eure Frage vortragen.«

Ich kann mich nicht überwinden, weiter nachzuhaken. Er führt mich zum Ende unseres Zuges, wo meine Kammerfrauen schon die Tür ihrer Kutsche geöffnet haben. Da sie ganz hinten fahren, ist der Wagen bereits dick mit Staub überzogen. Sie strecken mir ihre Arme entgegen, um mir beim Einsteigen zu helfen.

Sie wollen wissen, weshalb ich nicht an der Seite meines Mannes reise. Eine gewisse Scheu zwischen Eheleuten sei am Anfang ganz natürlich, versichern sie mir. Keine Sorge. Ihr werdet euch schon bald aneinander gewöhnen. Ich beiße die Zähne zusammen angesichts dieser blinden Versicherungen, aber gleichzeitig bin ich auch dankbar dafür. Und da ich selbst keine Erklärungen habe, sehe ich zu Boden.

Mit einem Ruck setzt sich die Kutsche wieder in Bewegung. Es ist heiß hier drin, und meine Haut ist schon bald von einem klebrigen Schweißfilm überzogen. Wenn ich so sportlich wäre wie Alodia, würde ich aussteigen und laufen. Ich frage mich, ob dies der wahre Grund dafür ist, dass mein Ehemann nicht mit mir zusammen in einer Kutsche fahren will. Vielleicht besteht überhaupt keine Gefahr.

Ich bin mit einem Fremden verheiratet, und niemand hat sich bisher die Mühe gemacht, mir den Grund dafür zu sagen. Stattdessen war stets nur vage von einem Abkommen die Rede. Sicherlich hat es etwas damit zu tun, dass ich den Feuerstein trage. Aber da niemand mir etwas verraten will, werde ich es wohl selbst herausfinden müssen.

Während Ximena mir die Stirn mit dem Leinenstoff ihres Rockes abtupft und Aneaxi mir kühlen Wein aus einem Reiseschlauch einschenkt, bete ich in Gedanken und bitte Gott, mir etwas mehr Stärke und etwas mehr Mut zu verleihen.

Unser Weg führt durch den Dschungel der Hohen Sperre, jener Gebirgskette, die unsere beiden Länder voneinander trennt. Der König hält Wort und sieht regelmäßig nach mir. Wenn wir zu den Mahlzeiten anhalten, erkundigt er sich ausführlich nach meinem Befinden. Sind die Kissen weich genug? Wäre es dir lieber, wenn deine Kutsche eine Weile unseren Treck anführte? Schmeckt dir der Wein? Er ist wundervoll fürsorglich, nimmt stets meine Hand und sieht mir in die Augen, als sei ihm nichts wichtiger als mein Wohlergehen.

Auf die Frage hin, die ich Lord Hector übermitteln ließ, antwortet mein Gatte, der Dschungel sei gefährlich, denn hier wimmele es vor Nachkommen jener Sträflinge, die im letzten Jahrhundert in die Wildnis gejagt wurden, als die Gefängnisse von Joya überfüllt waren. Aber eine Seereise sei zu diesem Zeitpunkt noch weniger anzuraten, da schon die Jahreszeit der schweren Stürme bevorstünde.

Meister Geraldo hat diese Perditos erwähnt, die Verlorenen des Dschungels. Mein Lehrer sagte jedoch, sie hielten sich von den Heerstraßen fern, und deswegen weiß ich nicht, ob ich Alejandro glauben soll.

Manchmal ist unser Weg so steil, dass mein Rücken angenehm gegen die Wand der Kutsche gedrückt wird und ich trotz des ständigen Schaukelns ein wenig dösen kann. Aber nach einer Weile weichen Wüstenkakteen und Königspalmen goldenen Regenbäumen und gelben Trauertränen. Saatkapseln schlagen in unregelmäßigen Abständen gegen das Dach der Kutsche und halten mich wach. Nachts schlafe ich unruhig mit meinen Kammerzofen in einem großen Zelt.

Der Dschungel ist erfüllt von Lärm. Kreischende Vögel, keckernde Klammeraffen und summende Insekten wetteifern darum, sich Gehör zu verschaffen. Und auch, wenn der Wind nicht durch das Blätterdach dringen kann, um uns auf unserer Reise einen kühlen Hauch zu schicken, können wir ihn hören, wie er über uns in die Zweige fährt. Tatsächlich war ich noch nie an einem lauteren Ort als hier.

Doch am Morgen des vierten Tages verstummt der Dschungel, so plötzlich und gründlich, dass ich den Vorhang beiseiteschiebe und beinahe erwarte, dass Gott uns in eine andere Zeit und an einen anderen Ort versetzt hat. Aber die Mangrovenbäume ragen immer noch über mir auf, undurchdringlich dunkle Pfeiler in dem gefilterten Licht. Und immer noch winden sich Palmwedel um ihre Stämme, verzweifelt nach Sonnenlicht suchend.

Zwei Kutschen weiter vorn springt Lord Hector mit dem Degen in der Hand vom Dach zu Boden.

Unser Treck ist mit seinen Kutschrädern, den schnaubenden Pferden und klappernden Rüstungen schwerfällig und laut. Dennoch hat der Dschungel auf unseren Lärm noch nie mit einer so ängstlichen Stille reagiert. Ich höre Lady Aneaxi leise murmelnd beten.

Dann ist in großer Entfernung eine Trommel zu hören. Die Richtung, aus der sie kommt, kann ich zunächst nicht klar ausmachen, aber es ist, als täte sich durch das widerhallende Geräusch ein Loch in meiner Brust auf. Die Schläge ertönen erneut, kommen näher.

Die Kutsche bleibt mit einem Ruck stehen.

Nein.

Alejandros Leibwache hat instinktiv gehandelt. Die Männer haben eine Gefahr gespürt und den Treck angehalten, um einen Ring der Verteidigung um uns zu bilden. Das Blätterwerk ragt dicht an unseren Pfad heran; ich könnte meine Hand durchs Fenster strecken und mit den Fingerspitzen die hängenden Palmwedel berühren. Ein unsichtbarer Feind wäre ohne Weiteres in der Lage, mich aufzuspießen.

Vor uns liegt eine kleine Lichtung, eine Stelle, an der sich die Bäume ein wenig vom Wegesrand zurückziehen.

»Lord Hector!«, rufe ich mit klopfendem Herzen. Er sieht mich an, seine Brust hebt sich in einem tiefen Atemzug, als bemühe er sich um Gelassenheit. Aber ich weiß, dass ich in dieser Sache recht habe. Die *Belleza Guerra* widmet ganze Seiten dem Abwehren eines feindlichen Angriffs. »Wir müssen die Lichtung erreichen, damit wir sie kommen sehen können!«

Er nickt und ruft einen Befehl, während ein neuerlicher Trommelschlag mein Brustbein erschüttert. Die Pferde schnauben und tänzeln, denn das Geräusch macht auch sie unruhig, aber sie ziehen uns weiter voran, der Lichtung entgegen.

»Aneaxi. Ximena. Wir müssen nach unten, weg von den Fenstern.« Die Kutsche bebt, als sie sich meinen Worten fügen. Wir bilden ein seltsames Dreiergrüppchen, für das der Platz auf dem Boden zwischen den Sitzbänken kaum ausreicht.

»Die Leibwache Seiner Majestät ist die beste auf der ganzen Welt«, haucht Aneaxi. »Wir sind nicht in großer Gefahr.« Doch dabei umklammert ihre Hand die meine so fest, dass es wehtut.

Mit meiner freien Hand taste ich nach dem Umriss der Falltür, bis ich den Riegel finde, der sie verschließt. Der Gedanke, die Kutsche zu verlassen, macht mir Angst, und ich stelle mir vor, wie wir drei auf die Erde stürzen. Ich hoffe, dass Aneaxi recht hat und wir nicht ernsthaft in Gefahr schweben.

Die Trommeln schlagen nun schneller und lauter. Meine Schulter stößt gegen einen Sitz, als die Kutsche heftig schwankt. Ich wage es nicht, aus dem Fenster zu sehen, doch ich hoffe, dass wir die Lichtung erreicht haben. Von draußen sind schnelle Schritte und Lord Hectors gedämpfte Befehle zu hören, dann das metallische Klirren von gezogenem Stahl.

Etwas schlägt schwer gegen die Kutsche. Wieder und wieder, bis es sich anhört wie ein Hagel aus Steinen, der gegen eine Holzwand prasselt. Ein heftiger Aufprall erschüttert die Kutschwand neben meinem Kopf. Die schimmernde schwarze Spitze eines Pfeils hat sich hindurchgebohrt, eine knappe Handbreit von meiner Nase entfernt. Meine Haut glüht. Es ist zu heiß, zu stickig, man bekommt kaum Luft. Der Feuerstein in meinem Nabel sendet eiskalte Wellen aus, und ich ziehe vor Überraschung scharf die Luft ein. Noch nie zuvor ist er kalt geworden.

Die Holzverkleidung unter meinen Handflächen fühlt sich plötzlich an, als würde sie von der Sonne gewärmt. Viel zu warm. Der scharfe Geruch brennenden Holzes kitzelt in meiner Nase, während der Feuerstein weiter seine eisigen Warnsignale ausstrahlt.

Aneaxi wimmert: »Feuer!« Tatsächlich füllt sich die Kutsche mit leichtem Rauch, und das Geschrei draußen wird lauter und panischer.

»Die Prinzessin!«, schreit jemand. »Schützt die Prinzessin!« Aber die Stimme ist weit weg.

Wieder taste ich nach dem Riegel der Falltür. Sie schwingt nach unten auf, und wir rutschen hindurch, in die kühlere, sauberere Luft unterhalb der Kusche. Ich lande auf etwas, das knackend unter meinem Gewicht nachgibt. Aneaxi schreit.

Es bleibt keine Zeit, um darüber nachzudenken, wie schwer ich sie verletzt haben mag. Die Pferde wittern den Rauch und tänzeln unruhig in ihrem Geschirr. Wir können jeden Augenblick von den Rädern zermalmt werden. Ich wünschte, ich hätte ein Messer, um die Tiere loszuschneiden, um zumindest irgendetwas in der Hand zu halten, das mir ein wenig das Gefühl der Ohnmacht nehmen würde. Die Kutsche macht einen Satz nach vorn. Links hinter mir sehe ich

Aneaxis Bein, das in unnatürlichem Winkel gebogen direkt vor einem der Kutschräder liegt.

Mir wird übel. »Aneaxi, zieh dein Bein dort weg!«

»Ich kann nicht!«, schluchzt sie.

Rasch packe ich sie unter einer Achsel und versuche sie zu bewegen. Ximena tut es mir auf der anderen Seite nach, aber Aneaxi ist schwer, und ich war nie besonders stark. Ein Pferd steigt hoch, und die Kutsche bewegt sich ruckartig. Voller Panik zerren Ximena und ich an unserer Freundin, aber unter der Kutsche ist es so eng, dass wir sie nicht richtig zu fassen bekommen, und oh, wir haben einfach nicht genug Kraft.

Ein metallisches Klappern ist zu hören, und wieder geht ein Ruck durch die Kutsche. Jemand hat das Pferdegeschirr zerschnitten, und Tränen der Erleichterung steigen in mir auf.

Ich weiß nicht, was ich tun soll. Die Kutsche bietet uns zwar Deckung, aber sie brennt. Rauch breitet sich am Kutschboden über unseren Köpfen aus und windet sich wie weiße Schlangen um die einzelnen Paneele. Auf Augenhöhe eilen Füße vorbei. Unsere Feinde sind barfüßige Dämonen, offenbar fast nackt und mit schwarz-weißen Kreisen bemalt. Fußkettchen aus winzigen Knochen klappern an ihren Knöcheln, wenn einer von ihnen aus dem Dschungel tritt oder sich wieder dorthin zurückzieht. Ein Satz, ein Schritt, und schon ist die Gestalt verschwunden, und die nächste nimmt ihren Platz ein. Es gibt kein Muster bei ihrem Angriff, in seiner Zufälligkeit und Unaufhörlichkeit ist er nicht abzuwehren.

Ein paar Schritte entfernt von unserer brennenden Kutsche klafft in einem der großen Stämme eine Öffnung, eine

Höhle, geschaffen von den Wurzeln eines Mangrovenbaums. Ich könnte sie schnell erreichen, ebenso wie Ximena, aber ich weiß nicht, ob Aneaxi es mit ihrem gebrochenen Bein schaffen wird.

Hastig wende ich mich zu meinen beiden Zofen um. »Wir müssen hier weg, bevor die Kutsche zusammenbricht.«

Sie nicken. Aneaxis runde Wangen sind dreckverschmiert, durchzogen von hellen Tränenspuren. Mein Herz wird weit. Ich will keine von den beiden verlieren.

»Ximena und ich, wir gehen zuerst«, erkläre ich Aneaxi. »Und dann können wir dich an den Armen unter der Kutsche hervorziehen.« Ich hoffe, dass uns im Stehen gelingen wird, wozu uns im Liegen die Kraft fehlte. »Aneaxi, du darfst nicht schreien, egal, wie weh es tut.«

Sie holt ein paarmal bebend Luft. Dann reißt sie sich ein Stück Stoff vom Saum ihres Reisekleids. Ein Gefühl von Stolz steigt in mir auf, als ich sehe, wie sie es zusammenrollt und in ihren Mund schiebt. *Ich bin bereit*, sagt ihr Blick.

Wir warten trotzdem noch. Die Kämpfe sind zu nahe. Von unserem Versteck aus können wir Paare nackter, bemalter Wadenbeine in Stiefeln und steifen Häuten sehen. Ein Mann stürzt vor mir zu Boden, und ich zucke zurück. Seine Augen sind offen und blendend weiß inmitten des schwarz bemalten Gesichts. Sein Haar ist so lang wie meines, aber zu dicken Strähnen verfilzt. Er bleibt bewegungslos liegen. Vorsichtig und mit klopfendem Herzen drehe ich ein Flintsteinmesser aus seiner noch warmen Hand und schiebe es in mein Mieder.

Endlich lassen die Kämpfe ein wenig nach, und ich gebe Ximena ein Zeichen. Auf allen vieren kriechen wir unter der Kutsche heraus. Mein Fuß bleibt an meinem Unterrock hängen, aber ich befreie mich mit einem Ruck, und der Stoff zerreißt. Dann packen wir Aneaxi an den Armen. Sie stöhnt, als wir an ihr ziehen, ist aber durch den Knebel kaum zu hören. Sie kneift die Augen zusammen, ihr Gesicht läuft rot an. Dann wird sie schlaff, als die Bewusstlosigkeit sie übermannt. Verzweifelt schleifen wir sie zu der dunklen Höhle im Baumstamm, und jeden Augenblick fürchte ich einen Pfeil in ihre Brust dringen zu sehen. Schweiß läuft mir den Rücken und den Bauch hinunter. Ximenas grauer Knoten hat sich gelöst, und ihr Haar fällt ihr offen über die Schultern. Stück für Stück kommen wir dem Rand des Dschungels näher. Der Boden fällt ein wenig ab, als wir zwischen die Wurzeln rutschen. Hier ist es kühler und beruhigend dunkel. Der Platz in der kleinen Höhle reicht gerade für uns drei. Ich halte den Atem an und klammere mich fest an Aneaxis Schultern, so erleichtert bin ich, dass wir es bis hierher geschafft haben.

Jetzt habe ich einen besseren Überblick über die Schlacht. Die Leibwache meines Mannes scheint sich inzwischen gegen diese seltsamen Wilden zur Wehr setzen zu können. Rücken an Rücken kämpfen die Männer gegen die Attacken, die jede erkennbare Struktur vermissen lassen, halten Schilde in die Höhe, um sich gegen heransurrende Pfeile zu schützen. Überall liegen Tote, und mein Magen rebelliert beim Geruch von versengtem Fleisch. Unsere Kutsche hat sich in ein flammendes Inferno verwandelt. Ximena zuckt neben mir zusammen, als das lodernde Gefährt krachend in sich zusammenfällt und Funken in alle Richtungen stieben. Hätten wir noch ein wenig länger gezögert, wir wären jetzt verbrannt.

Hinter der zerstörten Kutsche haben zwei Wilde an einem Baum einen der unseren gestellt. Sein Gesicht kann ich nicht sehen, aber sein Körper ist starr vor Entsetzen.

Einer der Wilden springt mit einem Schrei nach vorn, um dem Mann ein Flintsteinmesser in die Brust zu rammen. Gerade noch rechtzeitig kann er sich zur Seite werfen, sodass das Messer lediglich seinen Arm trifft.

Nun kämpft er nur noch schwach mit der linken Hand. Als er wieder zu lange mit der Abwehr zögert, ist mir klar, dass er nicht überleben wird. Die bemalten Angreifer spüren, dass er leichte Beute ist. Sie beginnen mit seltsamen Bewegungen, fast wie ein Tanz. Hinhocken, drehen, anschleichen. Sie sind wie Dschungelkatzen, tödlich geschmeidig und von wildem Jagdtrieb erfüllt. Dann erhasche ich einen Blick auf das Gesicht ihres Opfers.

Alejandro.

»Nein!« Ich stürze aus unserem Versteck hervor. Ximena schreit etwas Unverständliches, packt meinen Arm, aber ich reiße mich los. Auf dem kurzen Weg hinüber zu meinem Mann komme ich mir furchtbar schwerfällig vor; mein Bauch und meine Brüste schaukeln schmerzhaft bei jedem Schritt. Als ich an der zerstörten Kutsche vorbeilaufe, ziehe ich das Messer aus meinem Mieder. Ich habe keine Ahnung, was ich eigentlich damit tun will, aber ich kann nicht einfach zusehen, wie Alejandro stirbt. Die bemalten Männer umringen meinen Ehemann und sehen mich nicht kommen. Sie treten näher an ihn heran, während Alejandro mit dem gesunden Arm noch einmal den Degen zu heben versucht.

Tränen der Verzweiflung laufen über mein Gesicht, als ich den Mann angreife, der mir am nächsten ist. Wir stürzen beide zu Boden, und weinend steche ich auf ihn ein, steche immer wieder zu, bis mein Arm ganz nass und klebrig ist und meine Schulter brennt von dem harten Aufprall, wenn die Klinge auf einen Knochen trifft.

Jemand zieht mich weg. Es ist Alejandro. Ich blinzle, um meine brennenden Augen zu klären, und sehe zwei bemalte Männer zu unseren Füßen. Er muss den anderen erledigt haben. Ich sollte etwas zu ihm sagen, und mein Mund öffnet sich auch, aber etwas Leuchtendes lenkt meinen Blick nach unten. Rot. So viel Rot, überall auf meinem Mieder. Es durchtränkt meinen Rock. Metallischer Speichel kitzelt meinen Gaumen, und plötzlich zittere ich so sehr, dass ich das Gefühl habe, meine Zähne müssten mir aus dem Mund fallen.

Alejandro zieht mich an sich und streichelt mir über den Rücken, murmelt Worte, die ich nicht aufnehmen kann. Der Kampf ist fast vorüber, und schon bald werde ich mir Gedanken wegen meiner verbrannten Besitztümer machen, wegen Alejandros verletztem Arm oder Aneaxis gebrochenem Bein. Aber im Augenblick kann ich nicht weiter denken als bis zu der Wärme, die von Alejandros Brust ausgeht. Mag sein, dass er mich noch nicht liebt, aber an diesem Ort des Todes, in diesem Augenblick geteilter Erleichterung, hält er mich zumindest im Arm.

Wir haben fünfzehn Männer durch die Perditos verloren. Außerdem gibt es viele Verletzte, wie Alejandro und Aneaxi, aber Wunden werden heilen.

Während Aneaxi schläft, richtet Lord Hector ihr Bein und schient es. Ich entferne mich ein paar Schritte, um mir mit breiten, wächsernen Blättern das Blut vom Gesicht zu wischen und ein wenig zur Ruhe zu kommen. Mein Kleid ist verdreckt und durchweicht, das Blut hat sich schon braun gefärbt und trocknet ein, aber der Großteil meiner Garderobe ist mit der Kutsche verbrannt. Mein Magen knurrt – ich kann mich nicht erinnern, wann ich das letzte Mal einen solchen Hunger hatte. Aber ich käme mir albern vor, nach Essen zu fragen, während man sich noch um die Verwundeten kümmert.

Kurze Zeit später sitze ich auf einem Baumstamm und starre das Blattwerk um mich herum an, als Lord Hector zu mir kommt.

»Hoheit, wir haben einen Gefangenen.«

Beim Blick in sein Gesicht fällt mir auf, dass sein Schnurrbart verfilzt und klebrig ist. »Oh?« Ich weiß nicht recht, wieso er mich darüber in Kenntnis setzt.

»König Alejandro sagte, Ihr solltet entscheiden, wie mit ihm verfahren werden soll.«

Ich? Mein Herz klopft.

Vielleicht wollen sie dieses Mädchen, das einmal Königin sein wird, auf die Probe stellen. Oder vielleicht hat Alejandro etwas anderes zu tun. »Der Mann ist ein Mörder«, sage ich, allein um mir eine kurze Denkpause zu verschaffen.

»Ihr müsst es nur sagen, und ich werde ihn höchstselbst auslöschen.«

Meine Kehle schnürt sich bei dieser Vorstellung zusammen. Es fühlt sich nicht richtig an, dass ich Herrin über Leben und Tod sein soll.

Mir wäre es lieber, wenn heute überhaupt niemand gestorben wäre.

»Kann er sprechen?«

»Ja.«

»Dann habe ich noch einige Fragen an ihn.«

Lord Hector hilft mir auf die Beine. Es liegt eine Spur von Respekt in seinen Augen, die zuvor noch nicht darin zu lesen war, der mich jedoch nur kurz wärmt. Diesen Respekt habe ich viel zu teuer bezahlt.

Der bemalte Gefangene sitzt inmitten eines Kreises gezogener Degen. Seine Hände sind vor dem Körper gefesselt, die Fußknöchel liegen in Ketten. Mit weit aufgerissenen Augen betrachtet er seine Bewacher und ist sich ganz offensichtlich der Tatsache bewusst, dass ihm jeder von ihnen ohne viel Federlesens seine Klinge ins Herz rammen könnte.

Er sieht mich kommen, und Hoffnung flammt in seinen Augen auf. Oder Durchtriebenheit. Die gemalten Kreise auf seinem Körper haben etwas Obszönes. Sie sind scheußlich, abstoßend. Aus der Nähe stelle ich fest, dass hohle Knochen in sein langes, verfilztes Haar gebunden sind.

»Herrin«, sagt er. Seine Stimme ist klar und hell, seltsam unpassend aus dem Mund dieses Wilden.

Es liegt mir auf der Zunge, seine Anrede zu korrigieren, aber ich möchte im Augenblick noch nicht erkennen lassen, wer ich bin. »Man hat es mir übertragen, über dein Schicksal zu entscheiden«, sage ich. »Gibt es einen Grund, irgendeinen, aus dem ich dich verschonen sollte?« Mir fällt ein wirklicher guter Grund ein, aber zunächst einmal muss ich wissen, ob er mit uns kooperieren will.

Einen Augenblick schweigt er. Dann: »Ich kann euch helfen.«

»Wie?«

»Ich kenne den Dschungel. Ich kenne seine Geheimnisse.« Seine Augen sind riesengroß wie die eines in die Enge getriebenen Tiers.

»Wirst du all meine Fragen beantworten? Wahrheitsgemäß? Ohne Einschränkungen?« Lord Hector nickt zustimmend. Er hält meine Vorgehensweise offenbar für Strategie, dabei habe ich einfach nur nicht den Mut, noch einmal jemanden sterben zu sehen.

»Das werde ich«, sagt der Perdito.

»Dann werde ich dich verschonen.«

»Vielen Dank, Herrin.« Er beugt sich vor, greift nach dem Kleiderstoff rund um meine Körpermitte und beugt demütig den Kopf. Es ist die übliche Ehrfurchtsbezeugung eines neuen Vasallen, aber ich merke, dass ich sie scheußlich finde. Viel zu intim, viel zu gefährlich, obwohl sich die vielen Degenspitzen nun auf seinen Hals richten.

Dann erstarrt er. Seine Finger haben den Feuerstein unter meinem blutverschmierten Kleid gespürt. Ich weiß, was er gefühlt hat. Eine geschliffene Oberfläche, hart wie ein Diamant, aber warm vor Leben. Er weicht zurück.

»Du!«, flüstert er. Seine Augen sind weit aufgerissen und feucht vor Tränen der Furcht; er atmet stoßweise und keuchend.

Jemand springt vor, verschwommen erkenne ich graues Haar und zerknitterte Röcke. Ein Gurgeln, ein Körper stürzt zu Boden. Ximena! Sie tritt zurück, ich sehe unseren Gefangenen tot auf dem Rücken liegen, und die Haarnadel meiner Kinderfrau ragt unter seinem Kinn heraus.

Ich starre die Nadel an. Ein so kleines Ding. Blut dringt rund um die Einstichstelle hervor, rinnt über seine Haut und sickert in die Dschungelerde.

»Es tut mir so leid, mein Himmel. Ich dachte, er wollte dich angreifen.« Sie hätte mir genauso gut mitteilen können, dass ich zu spät zum Morgengebet komme.

Mit ungläubigem Blick sehe ich meine Kinderfrau an, überrascht von der Geschwindigkeit, mit der sie sich bewegt hat. Ich frage mich, wieso es zum Todesurteil für den Mann vor mir wurde, dass er das Leben in meinem Nabel entdeckt hat.

4

In jener Nacht singen wir eine Erlösungshymne und zünden Kerzen für die Toten an, was eigentlich eine Dummheit ist. Wenn die Perditos erneut angreifen sollten, werden die kleinen Flämmchen, die wie Sterne in der dichten Dschungelfinsternis leuchten, hervorragende Ziele abgeben. Aber wir lassen sie trotzdem brennen.

Keiner der fünfzehn Toten war mir persönlich bekannt, und als der König leise ihre Namen nennt, kann ich mich nicht an ihre Gesichter erinnern. Dennoch war jeder auf dieser Reise freundlich zu mir, und ich trauere über den Verlust der Männer, weil Alejandro es tut. Während mein Ehemann sie mit wohlgesetzten Worten würdigt, bete ich schweigend. Ich danke Gott dafür, dass er Alejandros Leben und das meiner Kammerzofen erhalten hat. Der Feuerstein sendet sanfte Wärmestrahlen durch meinen Körper, wie immer, wenn meine Gebete aus tiefstem Herzen kommen. Als wir Aneaxi unter der Kutsche herausgeschleift haben, habe ich mir den Rücken verrenkt, aber der Schmerz ebbt schon bald ein wenig ab, und ich fühle mich angenehm schläfrig.

Als kleines Mädchen war es meine größte Angst, der Feuerstein könnte aufhören, in mir zu leben, dass er kalt und reglos werden würde wie jeder andere Edelstein auch. Es wäre der Augenblick, in dem ich wüsste, dass mein Auftrag zu Dienen erloschen sei, dass ich zu selbstsüchtig oder zu faul oder zu dumm gewesen war, um recht zu handeln. Von daher habe ich mich stets über die sanfte Reaktion auf meine Gebete gefreut. Sie ist ein Zeichen, dass ich doch keine völlige Versagerin bin.

Alejandro beendet die Zeremonie mit einem geraunten »Selah«, und die Leute zerstreuen sich, um Vorbereitungen für die morgige Weiterreise zu treffen.

»Lucero-Elisa.« Seine Stimme ist so leise, dass ich fast glaube, sie mir nur eingebildet zu haben, aber seine Augen, die im Kerzenlicht funkeln, sind auf mich gerichtet, als er näher tritt. Seinen verwundeten rechten Arm, der in einer grauen Schlinge steckt, hält er fest gegen seinen Bauch gedrückt.

»Alejandro.«

»Ich möchte dir danken, Elisa. Hector sagt, du hast dich während des ganzen Angriffs herausragend mutig verhalten.« An Mut erinnere ich mich kein bisschen. Nur an Hitze und Angst. »Und ...« Er wendet den Blick ab. »Und du hast mir wahrscheinlich das Leben gerettet.«

Alodia würde das Lob, obwohl es nur ganz schwach anklingt, sofort zurückgeben. Sie würde eine kleine Schmeichelei daraus machen, würde sagen, dass er sich dank seiner Stärke und Tapferkeit auch ohne jede Hilfe selbst aus der gefährlichen Lage hätte befreien können.

Aber er war vor Entsetzen erstarrt, und ohne mich wäre er jetzt sicherlich tot. Mit plötzlicher Kühnheit erwidere ich:

»Ja, das stimmt. Und ich habe es gern getan.« Vielleicht ist das meine große Tat, die Aufgabe, zu der ich ausersehen bin – das Leben eines Königs zu retten? Aber das Juwel strahlt noch immer bedeutungsschwere Wärme aus.

Alejandro lächelt mich an, ein jungenhaftes Lächeln, das mich ebenso stark wärmt, wie es der Feuerstein vermag, und das unbehagliche Gefühl vergeht. Ich lächele schüchtern zurück.

»Vermisst du dein Zuhause, Elisa?«

Mein Mund öffnet sich und möchte sagen, ja, ich vermisse es schrecklich, aber dann merke ich, dass das nicht stimmt. »Ein bisschen. Aber wahrscheinlich bin ich noch nicht lange genug weg.« Es wäre schön, sich wieder sicher fühlen zu können, Papá zu umarmen oder sogar bei Meister Geraldo zu studieren. Aber ich sehne mich nicht danach. Noch nicht.

Doch nun kommt Ximena auf mich zu, und daher entschuldige ich mich und ergreife die Flucht. Ich bin noch nicht so weit, mich mit ihr auseinanderzusetzen, weiß nicht, welche Fragen ich stellen sollte.

Noch fünf weitere Tage quälen wir uns durch den Dschungel. Wir sind erschöpft von den doppelten Wachen, und unsere Glieder sind steif und schmerzen. Doch langsam lassen wir das erstickende Grün des Regenschattens hinter uns und erreichen die dürre Seite der Berge, hinter der sich die Wüste ausbreitet. Joya d'Arena, das Juwel des Sandes, erstreckt sich vor uns. Orangerote Dünen wellen sich bis zum Horizont, in jenem weichen Licht flammender Hitze. Ich weiß, dass Joya ein hartes, verdorrtes Land ist, aber der windgepeitschte Sand und das schwindende Licht lassen es samtweich und freundlich erscheinen.

Lord Hector führt uns in westlicher Richtung am Rand der Wüste entlang, dem Meer entgegen. Am Horizont, mehrere Tagesreisen entfernt vielleicht, kann ich einen dünnen grünen Streifen erkennen, aber in der flirrenden Hitze ist es schwer, etwas Genaues auszumachen. Hinter den Palmen liegt Brisadulce, Joyas Hauptstadt. Alodia war einmal dort und hat bei ihrer Rückkehr von einer faszinierenden Oase berichtet, von wunderschönen Sandsteinbauten und lebhaften Menschen, die ihr jede Menge Bewunderung entgegenbrachten.

Ich fiebere unserer Ankunft entgegen, schon allein weil ich endlich meine Kleider wechseln möchte, baden und mich in einer enormen Mahlzeit mit vielen verschiedenen Gängen verlieren. Schon allein der Gedanke an frisches Obst und kühlen Wein bereitet mir Kopfschmerzen.

Wir lagern an einem kleinen Bach, der sich von den Bergen hinabschlängelt und nach Westen zur Stadt und zur See fließt. In unserer geliehenen Kutsche lässt mich Ximena mein Kleid ausziehen, damit sie es waschen kann. Sie hilft mir bei den Knöpfen, und ihre Nähe beruhigt mich einerseits, macht mich andererseits aber auch nervös. Solange ich mich erinnern kann, ist sie wie eine Mutter zu mir gewesen. Aber nun, da ich immer wieder an die Haarnadel denken muss, an dieses Ding, das ich fast jeden Tag in meinem Leben gesehen habe und das dann plötzlich aus dem Hals eines Mannes ragte, wundere ich mich selbst, wie wenig ich über sie weiß. Ich habe nie gefragt. Woher kommt Ximena? Seit wann arbeitet sie für meine Familie? Warum hat sie begonnen, mich so zu lieben? *»Du verwöhntes Ding«*, hat Alodia mehr als einmal zu mir gesagt, als wir beide noch kleiner waren. *»Du wirst doch nur deswegen so verhätschelt, weil du die Auserwählte bist.«*

Alodia hat recht.

»Ximena?«

»Ja, Liebes?« Ihre Finger sind noch immer damit beschäftigt, die Korsettstangen an meinem Rücken zu lockern.

»Es tut mir leid. Es tut mir so leid.«

Ihre Finger verharren. »Wieso sagst du das, mein Himmel?«

Tränen brennen in meinen Augen. »Ich weiß nicht, wer du bist, ich weiß gar nichts über dich. Ich weiß nicht, wer Aneaxi ist. Und das ist meine Schuld.«

Dieses Mal tut meine Kinderfrau meine Einwände nicht mit Plattitüden oder Schmeicheleien ab. Sie umschließt mich nur mit ihren starken Armen und hält mich fest.

Ximena wurde früh Waise, wie sie mir berichtet. Als kleines Mädchen hat sie die Priester im Refektorium bedient und ihre Gewänder gewaschen. Einem der Geistlichen, Vater Donatzine, fiel ihre stille, arbeitsame Natur auf. Er lehrte sie Lesen und Schreiben, das sie schließlich gut genug beherrschte, um die großen historischen Dokumente des Klosters zu Amalur zu kopieren, wo sie ein besonderes Interesse an der *Allgemeinen Lehre ergebenen Dienens* entwickelte. Nachdem sie die kostbaren Worte viele Jahre lang in ihr Herz eingraviert hatte, empfahl Vater Donatzine sie meinem Vater, der damals noch ein junger Prinz war.

»Ich besuche Vater Donatzine heute noch oft, wenn es mir

möglich ist«, sagt sie, während sie meinen Rock zum Trocknen vor das Kutschenfenster hängt. »Er sieht mittlerweile nicht mehr gut, daher lese ich ihm vor. Er liebt die Passagen in der *Scriptura Sancta* über die Auserwählten Gottes.« Sie hat ein wunderschönes Lächeln, das glückliche Fältchen um ihre kleinen Augen entstehen lässt. »Er war so froh, als Gott dich an deinem Namenstag erwählt hat. Er hatte stets betont, dass er unbedingt lange genug leben wollte, um mitzuerleben, wie der nächste Träger benannt wird.«

Ich kann mich nicht an Vater Donatzine erinnern. Vermutlich sollte es mir schmeicheln, dass ein Mann, den ich nie kennengelernt habe, meiner Existenz eine solche Bedeutung beimisst. Aber ich fühle mich eher bedrängt.

Dann fällt mir eine Frage ein: »Wirst du ihn vermissen?«

Ximena nickt. »Sehr.«

Sie schwingt sich durch die offene Tür der Kutsche ins Innere und setzt sich zu mir auf die Bank. Ihre Hände sind kräftig und schwielig. Ich versuche mir vorzustellen, wie diese Hände sorgfältige Pinselstriche auf einem Pergament ziehen. Mein ganzes Leben lang habe ich immer wieder ihre rauen Fingerspitzen auf meinem Rücken gefühlt und ihre Geschicklichkeit und Kraft beobachtet. Genug Kraft, um mit einer Haarnadel zu töten.

»Du siehst mich so seltsam an.«

»Neulich … dieser Gefangene.«

Ihr Blick wird weicher. »Ich dachte mir schon, dass du fragen würdest.«

»Du hast dich so schnell bewegt, Ximena! Und du wusstest genau, wohin du die Nadel stechen musstest, und du wusstest, dass er mich nicht angreifen wollte, und ich …« Das klingt alles ganz falsch, als ob ich ihr einen Vorwurf mache, obwohl das völlig albern wäre, da sie nicht die Einzige ist, die an jenem Tag getötet hat.

Aber sie sieht mich auf dieselbe Weise an wie immer, mit unendlicher Geduld und tiefer Liebe. »Mein Himmel, ich wünschte, ich könnte dir so viele Dinge erzählen.« Sie streicht mir mit den Fingerknöcheln über die Wange. Dann schwankt die Kutsche, als sie den Tritt hinabsteigt. »Ich muss nach Aneaxi sehen.«

Eine leichte Gänsehaut zieht sich über meine Arme, als ich beobachte, wie Ximena um die Schlafsäcke und Feuerstellen unseres kleinen Lagers herumgeht. Mir wird bewusst, dass ich, während ich hier sitze und aus dem Kutschenfenster schaue, nur ein Hemdchen und einen zerrissenen Unterrock trage.

Am nächsten Tag fahre ich mit Aneaxi, die wegen ihres geschienten Beins besonders viel Platz braucht. Sie zuckt jedes Mal zusammen, wenn wir über eine Unebenheit holpern, und Schweiß tritt ihr auf die Stirn. Während sie sich Kühlung zufächelt, antwortet sie mir auf alle Fragen, die ich schon vor Jahren hätte stellen sollen.

Wie ich erfahre, ist meine Kammerzofe die uneheliche Tochter des Conde Sirvano, der zum Hofstaat meines Vaters gehört. Aufgrund ihrer Herkunft kam sie nicht dafür infrage, durch eine Heirat eine wichtige politische Verbindung zu besiegeln, aber gleichzeitig war sie doch zu bedeutend, um in das Kloster gesteckt zu werden, in dem Ximena aufwuchs. Und so war ihre Position am Hof ständigen Veränderungen unterworfen und hing stark von der Laune ihres Vaters ab.

»In diesem Haushalt groß zu werden war schrecklich«, sagt sie. »Hinter meinem Rücken wurde dauernd geflüstert, und man warf mir finstere Blicke zu. Ich trug die abgelegten Kleider meiner älteren Halbschwester. Sie pflegte sie zu zerreißen oder mit Tinte zu beschmieren, bevor ich sie bekam.«

Ich lausche versunken ihren Worten, denn ich weiß schließlich, wie es ist, eine Schwester zu haben, die aller Leute Liebling ist, und die unübersehbaren, verächtlichen Blicke der Höflinge auszuhalten. Mein Leben lang war es vor allem Aneaxi, die Mitgefühl und Verständnis hatte, die mich umarmte und mir immer wieder sagte, wie leid ihr alles täte. Jetzt verstehe ich, wieso.

»Ich begann, freiwillig in der Wäscherei zu arbeiten. Nur damit ich das Gefühl hatte, zu etwas nütze zu sein und einmal etwas anderes zu sehen. Eines Tages bemerkte mein Vater bei Hofe, wie aufgesprungen und rot meine Hände waren. Er schlug mich.« Sie zuckt mit den Schultern, als mache ihr all das überhaupt nichts aus. Und vielleicht tut es das auch nicht, nicht mehr. Es liegt nicht in Aneaxis Natur, sich lange über etwas zu ärgern.

»Allerdings kam er auch zu einem Entschluss: Wenn ich unbedingt arbeiten wolle, sagte er, dann würde er mir eine Aufgabe suchen, die meinem Stand entspräche, soweit man überhaupt von Stand reden könne. Das waren seine Worte, ›soweit man bei dir von Stand reden kann‹. Er verfügte, dass ich seiner damaligen Ehefrau aufwarten sollte, die kaum älter war als ich. Er hatte wohl vermutet, es würde eine Strafe für mich sein, aber wir schlossen Freundschaft. Und als deine Mamá mit Alodia schwanger wurde, empfahl meine Herrin mich Ximena, die damals die Zofe der Königin war.«

»Hast du es je bedauert«, frage ich, »dass du in den Palast kamst, um meiner Familie zu dienen?«

»Oh nein, niemals. Ich habe deine Mamá geliebt. Alodia auch, obwohl sie so fürchterlich unabhängig und störrisch ist. Aber du, Elisa, du bist die Freude meines Lebens.« Sie lächelt verschmitzt. »Und außerdem ist das Essen im Palast so viel besser. Den Koch des Conde hätte man in die Stierkampfarena schicken sollen.«

Kichernd erinnere ich mich an eine Nacht vor etwa einem Jahr, als wir uns zusammen in die Küche schlichen, um Kokospudding zu naschen, ohne dass Ximena etwas merkte. Aneaxi war stets die perfekte Mischung aus Mitgefühl, guter Laune und Durchtriebenheit – der ideale Gegensatz und die beste Partnerin für meine ernsthafte und vorsichtige Kinderfrau.

Sie hört auf, sich Luft zuzufächeln. Ihre Augenlider sind dünn, fast durchsichtig wie feines Pergament. In letzter Zeit ist sie gealtert, ohne dass ich es bemerkt habe. Nun lehne ich mich zu ihr hinüber und küsse die Falten auf ihrer Stirn.

Sie lächelt mit geschlossenen Augen. »Du bist ein gutes Mädchen, Elisa. Gott hat recht daran getan, dich zu erwählen.«

Ich muss schlucken. Ihre Liebe zu mir war stets geradezu närrisch, aber ich bin dankbar dafür. Vielleicht hat Gott sie aus einem bestimmten Grund zu mir gesandt. Vielleicht wusste er, dass ich jemanden brauchen würde, der zumindest ein wenig verstünde, wie mein Leben sein würde. Sanft löse ich den Fächer aus ihren Fingern. Als ich ihn vor ihrem Gesicht hin und her bewege, seufzt sie zufrieden. Ich bleibe lange bei ihr sitzen.

An diesem Abend teilt mir Alejandro mit, dass wir nur noch wenige Tage von meiner neuen Heimat entfernt sind.

»Gut!«, sage ich. »Allmählich rieche ich schlecht.« Ich habe es kaum ausgesprochen, als ich schon fühle, dass mein Gesicht röter wird als der Wüstensommer. Auf dieser schrecklichen Reise bin ich einfach viel zu gedankenlos geworden.

Aber er lacht nur. »Du riechst nicht annähernd so schlecht wie Lord Hector.« Dabei deutet er auf den königlichen Leibgardisten zu seiner Rechten, der seinen Degen poliert. Bei der Bemerkung des Königs sieht dieser kurz auf, sein Schnurrbart erzittert kurz, doch ansonsten bleibt sein Gesicht völlig unbewegt.

»Wie geht es Lady Aneaxi?«, fragt Alejandro.

Ich zucke mit den Schultern. »Sie sagt, das Bein würde sich besser anfühlen, aber sie ist auch fest entschlossen, sich nichts anmerken zu lassen, von daher bin ich mir nicht sicher. Sie ist schwächer, als sie zugibt.«

»Du hast sie sehr gern.« Sein Blick ist sanfter geworden – vielleicht liegt es auch am Feuerschein, aber es raubt mir den Atem. Alejandro umfängt mich mit seinen Augen, als sei ich das Einzige auf der Welt.

»Elisa?«

»Ich … sie ist mir sehr lieb und teuer.«

»Sie hat Glück, dass sie noch am Leben ist. Hector hat mir erzählt, wie du sie mit Lady Ximena unter der Kutsche hervorgezogen hast.«

Ich senke den Blick zum sandigen Schieferboden, auf dem wir unser Lager aufgeschlagen haben, und das, obwohl Alejandro mir ein so zärtliches Lächeln schenkt, dass ein Mädchen stundenlang davon träumen könnte. Später, wenn ich allein unter meinen Decken liege, werde ich mir dieses Bild wieder in Erinnerung rufen, um mich vorm Einschlafen daran zu wärmen. Ich werde die Hoffnung wagen, dass ich ihm ans Herz wachsen kann, dass er eines Tages glücklich sein wird, dass wir geheiratet haben.

Aber jetzt muss ich ihn noch einiges fragen.

»Alejandro, die Perditos – sie haben doch nicht immer Reisende angegriffen.«

Er fährt sich mit den Fingern durchs schwarze Haar. »Nein, das haben sie nicht.«

»Warum jetzt? Wieso uns?« Ich umklammere den Stoff meines Rocks, um meine Hände zu beschäftigen. Er wird mir sagen, dass ich mir keine Sorgen machen soll, dass diese Dinge kleine Mädchen nichts angehen, so wie Papá …

»Wir fürchten, dass sie mit Invierne verbündet sind.«

Es dauert einen Augenblick, bis ich etwas erwidern kann. »Wieso vermutet ihr das?«

»Sie haben jetzt Waffen aus Stahl, Pfeile aus einem biegsamen hellen Holz, das wir zuvor noch nie gesehen haben. Außerdem hat eine Bande dieser Verlorenen im letzten Jahr drei Kaufleute getötet – mit einem scharfen Werkzeug, das man sonst dazu verwendet, um Eis zu brechen.«

Ein Eispickel. Ich habe noch nie Eis oder Schnee gesehen, nur davon gelesen. Aber wieso sollte Invierne mit den Perditos verbündet sein? Da kommt mir ein Gedanke. »Die Heerstraße ist der einzige Landweg zwischen Joya und Orovalle«, überlege ich laut.

Er nickt langsam und bedenkt mich mit einem so wachen Blick, dass ich mich unwillkürlich wie auf dem Prüfstand fühle. Da fällt mir ein, dass wir auf dem Weg keine anderen Reisenden getroffen haben, obwohl doch zu dieser Jahreszeit, wenn auf den Meeren schwere Stürme drohen, eigentlich zahllose Kaufleute auf der Heerstraße unterwegs sein sollten.

»Es war eine riskante Entscheidung, über die Hohe Sperre zu reisen«, sage ich und gebe mir Mühe, keinen Vorwurf in meinem Ton mitschwingen zu lassen.

»Ja, es war riskant. Aber wir haben diese Reise geheim gehalten. Ich habe keine Ahnung, wie sie davon erfahren konnten.«

»Vielleicht war der Angriff reiner Zufall?«

Er zuckt mit den Schultern.

Aber mein Verstand ist über eines seiner Worte gestolpert. »Was meinst du damit, ihr habt es *geheim* gehalten?«

»Das Volk von Brisadulce erwartet seinen König erst in einem Monat wieder zurück.«

Seinen König. Geheim.

Und seine Königin? Etwas an meinem Blick ernüchtert ihn.

Ich hole tief Luft. »Ich werde nicht erwartet, oder?«

Er schüttelt den Kopf. »Nein. Die Leute wissen nicht, dass ich eine Ehefrau mit nach Hause bringe.«

Die Straße wird ebener und unsere Reise dadurch ein wenig bequemer. Die Luft ist heißer, aber durch die stetige, gemächliche Brise leichter zu ertragen. Verschwommene braune Flecken stehen am Horizont, Sandstürme, wie Lord Hector mir erklärt, nachdem er gesehen hat, dass ich sie beobachte. In der Hurrikanzeit fegt der Wind vom Meer übers

Land, und die dadurch entstehenden Sandstürme können einem Menschen das Fleisch von den Knochen schleifen. Ich bin froh, dass wir nach Westen in Richtung See reisen, in sicherer Entfernung von den Dünen.

Ich vermisse Ximena. Vielleicht hätte ich nicht nach dem Mann fragen sollen, den sie getötet hat. Jetzt fühle ich den Vorfall zwischen uns, groß und undurchdringlich und unausgesprochen. Sie ist so zupackend wie immer, hilft mir jeden Morgen beim Anziehen, flicht mir das Haar, schüttelt jeden Abend meine zerknitterten Röcke aus. Aber ihre Berührungen sind brüsk, ihre Augen distanziert und traurig. Oder vielleicht bilde ich mir das nur ein.

Aneaxi wird schwächer. Lord Hector meint, dass ein Dschungelfieber sie gepackt hat, obwohl außer ihr niemand krank geworden ist. Ihre Haut, normalerweise ebenso dunkel wie meine, ist aschgrau. Wenn sie eindämmert, sind ihre Träume fiebrig und seltsam. Irgendetwas macht ihr Angst. Oft ruft sie meinen Namen, schreckt auf, und ich muss ihre schweißnasse Hand nehmen und ihr ins Ohr flüstern, damit sie sich wieder beruhigt. Wenn sie aufwacht, behauptet sie, sich nicht mehr an die Träume zu erinnern, aber ich bin mir nicht sicher, ob ich ihr das glauben kann.

Zwei Tage, bevor wir Brisadulce erreichen, beginnt es in unserer Kutsche nach verdorbenem Fleisch zu riechen. Ich bin kein Wundarzt, und trotz meiner königlichen Erziehung verstehe ich nur sehr wenig von Heilkunst. Dennoch ist mir klar, dass Fieber nie und nimmer einen solchen Gestank verursacht.

Ich nehme Ximena beiseite, als wir für eine kurze Mahlzeit aus Nüssen und getrockneten Mangostreifen anhalten.

»Das ist doch kein Dschungelfieber, Ximena. Oder ein gebrochenes Bein. Wieso hat sie …«

Ximena sieht auf meine Hand hinunter, und ich bemerke erst jetzt, dass ich ihren Arm viel zu fest umklammere und meine Finger tief in ihr Fleisch bohre.

Verdrossen ziehe ich die Hand weg, aber dann sehe ich die Tränen in Ximenas Augen.

»Was ist los, Ximena? Du hältst doch etwas vor mir verborgen.«

Meine Kinderfrau nickt und schluckt. »Aneaxi hat sich schlimmer verletzt, als wir dachten. Sie hat nichts davon gesagt. Gar nichts.« Ihre Stimme wird zu einem wackligen Flüstern, und Angst senkt sich wie ein schwerer Stein auf meine Brust. Ich habe Ximena noch nie weinen sehen.

»Schlimmer als ein gebrochenes Bein, willst du sagen.«

»Es ist ihr anderes Bein, eine klaffende Wunde über ihrem Knöchel. Als wir sie weggeschleift haben …«

Eine Wunde. Nur eine Wunde. Das kann doch nicht so ernst sein, oder?

Ximena spricht weiter, aber über dem Rauschen in meinen Ohren kann ich sie kaum hören. Sie sagt etwas von einer Entzündung, und davon, dass es zu spät sei, ihr das Bein abzunehmen.

Hastig renne ich zur Kutsche zurück. Aneaxi liegt ausgestreckt auf der Bank. Sie stöhnt im Fieber, selbst im Schlaf. Dann taste ich nach dem Bein, dem ungebrochenen. Verborgen unter ihren Röcken hat sie Leintücher um ihr Wadenbein geschlungen, und der Stoff ist durchweicht und bräunlich, als sei er voller Teeflecken. Als ich die Tücher abwickele, wird der Gestank unerträglich. Wie Fisch, der zu lange in der Sonne gelegen hat, aber süßlicher, wie verfaulendes Obst. Aneaxi schlägt um sich, als ich Luft an die Wunde kommen lasse.

Entsetzt weiche ich zurück, die Hand vor dem Mund. Lila und grün gefleckte, teigige Haut. Etwas Schwarzes, Klebriges sickert aus der Wunde, die Haut hat sich an den Rändern wie zu einer grinsenden Fratze aufgeworfen.

Das haben wir verschuldet, Ximena und ich, als wir sie von der Kutsche weggezogen haben.

Es gibt nur eines, was mir zu tun einfällt. Ich sinke meiner Kammerzofe gegenüber auf die Bank. Der Feuerstein pulsiert warm unter meinen Fingerspitzen, als ich die Augen schließe.

Ich bin die von Gott Erwählte. Sicher wird er meine Gebete erhören.

Am nächsten Morgen erwacht Aneaxi aus ihren Fieberträumen. Mein Herz überschlägt sich vor Hoffnung. Während der Nacht hat der Stein in meinem Nabel so viel Trost ausgestrahlt, dass ich genau weiß, Gott hat mich erhört. Ich bin sicher, dass Aneaxi wieder gesund wird.

Sie braucht einen Augenblick, bis sie weiß, wo sie sich befindet. Dann lächelt sie, als sie merkt, dass ich neben ihr sitze.

»Elisa«, flüstert sie. Ihre braunen Augen sind voll klarer Gelassenheit.

Ich streichele ihre Stirn. »Du hättest es uns sagen sollen, Aneaxi. Du hättest …«

»Hör mir zu.«

Meine Hand stockt mitten in der Bewegung.

»Elisa, dir steht ein großes Schicksal bevor.« Obwohl sie so leise spricht, liegt doch etwas Hartes in ihrer Stimme. Die Kutsche rattert, meine Zehen kribbeln.

Sie packt meine Hand und drückt sie. »Du darfst nicht den Glauben verlieren, Kind. Was auch immer geschehen mag. Zweifle niemals an Gott oder daran, dass er dich erwählt hat. Seine Weisheit ist unendlich viel größer, als wir uns vorstellen können.«

Ich schüttele den Kopf. Das ist nicht gut. So hat sie noch nie mit mir gesprochen. Ich will ihr sagen, dass sie wieder gesund werden wird, dass ich inbrünstig für sie gebetet habe …

»Er liebt dich so sehr. Genau wie ich. Versprich mir, dass du ihm vertrauen wirst.«

Ich sollte es ihr versprechen. Ich sollte alles tun, um sie zu beruhigen. Aber ich finde nicht die rechten Worte.

Sie seufzt, und ihre Augen blicken plötzlich in die Ferne. Mit schwacher Stimme sagt sie: »Du bist das Licht meines Lebens, Elisa. Meine ganz Besondere …« Ihr Griff um meine Hand lockert sich.

»Aneaxi?«

Aber sie antwortet nicht. Sie sieht aus wie eine Puppe, die Augen in einem zufriedenen Blick erstarrt, die Lippen leicht geöffnet. Sanft strecke ich die Hand aus und drücke ihr die Augen mit den Fingerspitzen zu, in der Hoffnung, dass sie dann eher so aussehen wird, als würde sie nur schlafen. Aber die Bewegungslosigkeit des Schlafes ist nicht zu vergleichen mit der Starre des Todes.

5

Es will mir nicht gelingen, meinen Kopf von dem Nebel zu befreien, dabei weiß ich, dass Lord Hector sehr sanft mit mir umgeht. Ich spüre es an der Art, wie sich seine Stimme senkt, dass er die Silben leise und einfühlsam intoniert. Er ist sehr freundlich.

»Wir werden sie mit uns in die Stadt nehmen«, sagt Ximena mit tränenerstickter Stimme. »Sie verdient eine richtige Beerdigung.«

Lord Hector neigt den Kopf. »Dann werde ich ihren Leichn… dann werde ich die Lady für die Reise vorbereiten.«

Ich sehe starr auf einen Punkt zwischen den beiden und merke dann, dass Ximena deswegen geantwortet hat, weil ich es nicht konnte.

»Nein.« Das Wort überrascht mich, aber als es in meinem Mund verweilt, wird mir klar, wie richtig diese Entscheidung ist. Lord Hector und Ximena warten auf eine Erklärung, während ich über die weite Wüste blicke. Das Land schimmert orangerot in der aufgehenden Sonne. Vor einigen Wochen hat mir Aneaxi anvertraut, wie sehr sie sich darauf freute, einmal die Wüste zu sehen. Sie konnte sich kein Land vorstellen, das sich wie das Meer in Wellen auftürmt und auch so weit ausdehnt. »Wir werden sie hier begraben. Im Sand.«

Die Lederkleidung des Gardisten knarrt, als er sich zustimmend verneigt. Ich lehne mich gegen Ximena, die über meine Zöpfe streicht.

Am Abend des zweiten Tages, nachdem Gott meine Gebete nicht erhört hat, erreichen wir Brisadulce. Mir fällt es zuerst gar nicht auf, so nahtlos schließen sich die Sandsteinmauern an den gelben Sandboden an. Wir kommen durch eine Allee von Kokosnusspalmen, und plötzlich ist sie da, die Stadt, dreimal mannshoch. Lord Hector reitet neben meiner Kutsche, während ich den Kopf aus dem Fenster recke. Er lacht leise und erklärt, dass diese Mauern errichtet wurden, um die Sandstürme fernzuhalten.

Brisadulce ist ganz anders als die Städte in Orovalle. Als Erstes fällt mir der Gestank auf. Überall riecht es wie ein Abort, der mit nicht genügend Mulch gelöscht wird. Die Straßen sind eng und gewunden. Kleine Kaufmannsläden und Wohnungen türmen sich aufeinander, wie zufällig von Kindern aufgestapelte Bauklötzchen. Ich betrachte sie voller Misstrauen. Alles ist hoch und eng und dunkel, und ich verstehe nicht, wie Menschen in einer solchen Umgebung leben können, vor allem angesichts der Tatsache, dass der grenzenlose Himmel und die offene Wüste nur wenige Schritte entfernt liegen.

Unser Treck wird mit gleichgültigen Blicken bedacht. Eine Frau schlägt eine grob gewebte Decke aus, zwei Jungen mit dreckigen Knien rennen in eine angrenzende Gasse, ein hochgewachsener Mann verkauft Kokosnüsse. Unsere Kutschen sind von der Reise mitgenommen und haben beim Kampf mit den Perditos deutliche Spuren davongetragen. Sie sehen sicherlich wenig königlich oder auch nur bemerkenswert aus. Ich bin auch froh darüber, denn ich fühle mich noch nicht bereit für neugierige Augen.

Der Boden steigt an, als wir weiter in die Stadt gelangen. Hier ragen die Gebäude höher auf, haben klare Linien und leuchtende Vorhänge. Gelegentlich fängt sich das Dämmerlicht auf richtigen Glasscheiben. Nachdem sich der Baustil verändert hat, erwarte ich nun doch, dass mein neues Zuhause reich ausgestattet und beeindruckend schön sein wird.

Aber das ist es nicht. Alejandros monströser Palast erhebt sich auf einem Hügel in der Mitte der Stadt, und es ist das hässlichste Bauwerk, das ich je gesehen habe. Die ganze Geschichte von Joya d'Arena spiegelt sich in einem Flickwerk aus Sandstein und Flussfelsen, aus Gips und Holz, gezeichnet von den kollektiven Bemühungen übereifriger Baumeister. Der Boden rund um die Mauern ist nackt und grau, im verblassenden Licht von den Steinen kaum zu unterscheiden. Das ganze Gebäude braucht dringend mehr Farbe und Licht. Vielleicht wird Alejandro mich ein paar Bougainvilleen pflanzen lassen.

Fackeln erhellen unseren Weg, als wir den Palast umrunden, um zu den Ställen zu gelangen. Immer wieder werden wir von Wachen aufgehalten, und ich höre Stimmen vom Anfang unseres Zuges, aber ich kann nicht verstehen, was gesprochen wird. Vielleicht hat sich Alejandro zu erkennen gegeben. Ich versuche mir vorzustellen, was er von mir erzählt. *Ich habe die wunderbarste, schönste Frau als meine Braut mitgebracht!* Und die Dienstboten laufen los, um ein Fest und Blumen vorzubereiten und bei unserer Ankunft zu singen. Ich muss laut lachen. Seit meiner Hochzeit hege ich immer wieder solch alberne Gedanken.

Ximenas Finger umklammern mein Knie, und ich zucke zusammen. Es ist schon so dunkel, dass ich beinahe vergessen habe, dass sie mir direkt gegenübersitzt. Aber es bleibt mir erspart, mein Auflachen zu erklären, denn nun erscheint Alejandros Kopf im Fenster der Kutsche, von hinten von den Fackeln angestrahlt.

»Elisa!« Er strahlt wie ein kleiner Junge, der sein schönstes Spielzeug vorführen will. »Wir sind zu Hause.«

Zu Hause. Irgendwie gelingt es mir, zurückzulächeln.

»Ich habe meinem Seneschall erklärt, wir seien müde von der Reise und würden heute Abend niemanden mehr empfangen. Auch habe ich gesagt«, und jetzt wird sein Lächeln entschuldigend, »du seist ein ganz besonderer Gast, dem äußerst zuvorkommend begegnet werden soll. Lass mich also wissen, wenn dir irgendetwas nicht gefällt.«

Ein besonderer Gast. Ist das alles?

Aber dann nimmt er meine Hand, als ich aus der Kutsche steige. Und als ich aufsehe, um ihm zu danken, lässt er nicht los, sondern umfasst sie nur noch fester und sagt: »Ich führe dich jetzt in deine Gemächer.«

Ich nicke und schlucke angestrengt. Ximena steigt hinter mir aus.

Wir stehen in einem sandigen Kutschenhof, die Stallungen befinden sich zu unserer Linken. In der Dunkelheit verschwimmen die Einzelheiten, aber ich höre Pferde wiehern und rieche den Dung, vermischt mit dem scharfen Geruch von frischem Heu. Rechts von uns hebt sich der monolithische Palast massiv vor dem Himmel ab. Meine Begleiter sind damit beschäftigt, die Kutschen zu entladen und die Packpferde von ihren Lasten zu befreien. Alle Anwesenden sind mir vertraut, und das erscheint mir seltsam. Wenn Papá und Alodia von einer Reise zurückkehren, kommen alle Bediensteten nach draußen, um sie zu begrüßen.

Eine Ankunft bei Nacht, keine Dienstboten, ein Seiteneingang, ein besonderer Gast.

Aus welchem Grund auch immer scheint Alejandro die Absicht zu haben, meine Anwesenheit geheim zu halten.

Es fällt mir schwer, meine Hand in seiner zu belassen, weil ich mir nicht sicher bin, ob ihm wirklich etwas an dieser Berührung liegt. Als wir den Palast betreten, die Korridore durchqueren und schließlich eine breite Treppe emporsteigen, schlägt mir mein Herz bis zum Hals – aus Erschöpfung, vielleicht auch wegen des Gefühls der Blamage. Ximena folgt dicht hinter mir. Ich habe die *Belleza Guerra* unzählige Male gelesen, und daher weiß ich, dass ich mir den Weg genau einprägen und meine Umgebung aufmerksam betrachten sollte. Aber es gelingt mir nicht, an etwas anderes zu denken als an die Erniedrigung, die mein Gesicht brennen lässt.

Vor einer Mahagonitür mit geschnitzten Weinranken und Blumen bleiben wir stehen. Alejandro öffnet sie, und wir treten in ein luftiges Gemach, das von Bienenwachskerzen erhellt wird. Ich habe keine Zeit, irgendwelche Einzelheiten wahrzunehmen, denn nun zieht Alejandro mich an sich und nimmt auch meine andere Hand.

»Du wirst eine Weile ein Geheimnis bleiben«, sagt er,

während Ximena sich an uns vorbei ins Zimmer drängt. Er sieht so aus wie in unserer Hochzeitsnacht, die Augen zimtbraun im Kerzenlicht. »Ich will noch nicht enthüllen, dass ich verheiratet bin. Damit muss ich warten, bis der richtige Zeitpunkt gekommen ist.«

Er ist so um mich bemüht und wirbt um mein Verständnis. Dennoch bleibe ich stumm.

»Und es wäre auch am besten«, fährt er fort, »wenn du noch niemandem von dem Feuerstein erzählen würdest.«

Tapfer ziehe ich die Wangen ein und hole tief Luft. Ich will nicht vor ihm in Tränen ausbrechen.

»Elisa?«

Sosehr ich ihm auch helfen und ihn für mich einnehmen will, sosehr habe ich doch plötzlich das starke Bedürfnis zu spüren, dass ich noch immer mir selbst gehöre. Also versuche ich, so gut wie möglich Alodias abfälligen Blick zu kopieren, diesen Gesichtsausdruck, den sie sich für faule Köche und kleine Schwestern aufhebt. »Ich werde dir vertrauen, Alejandro. Zumindest im Augenblick. Weil meine Schwester mir sagte, dass ich das tun soll. Aber das ist der *einzige* Grund. Ich hoffe sehr, dass du mir noch einen weiteren geben wirst.«

Erschreckt verstumme ich, als er den Arm um mich schlingt und mich an sich zieht. »Danke«, raunt er in mein Haar. Dann lässt er mich los, nimmt meine Hand und führt sie sanft an seine Lippen.

Die Wärme seines Kusses lässt mich erbeben, aber als er mir eine gute Nacht wünscht, will es mir nicht gelingen, sein Lächeln zu erwidern.

Er zieht die Tür hinter sich zu. Ich wende mich dem Bett zu, einer hohen, breiten Schlafstatt mit durchsichtigen Vorhängen und einem dreistufigen Tritt. Ximena hat bereits die Decken zurückgeschlagen. Sie sieht mich verständnisvoll an, denn natürlich ist ihr nichts von meinem Gespräch mit Alejandro entgangen. Nun kann ich es nicht länger unterdrücken. Schluchzer erschüttern meine Brust, meine Nase läuft, und ich möchte nur noch schlafen und nie wieder aufwachen.

Der Feuerstein ist eine eisige Faust in meinem Bauch, die gegen mein Rückgrat drückt und reibt. Ich bekomme keine Luft, meine Lungen sind vor Entsetzen erstarrt. Alejandro beugt sich über mich, er greift nach dem Stein. »Gib ihn mir!«, kreischt er. Ich versuche, rückwärts auf dem Bett vor ihm wegzukrabbeln wie ein Käfer, und drücke mich schließlich zusammengekauert an das Kopfteil. Alejandro rückt nach. Er hat die Augen eines Jägers, rot funkelnd und katzenartig. Die Art, wie er sich bewegt, wie er riecht – in ihm steckt ein Tier, das sich unter seiner Haut windet. Ich kann mich nicht erinnern, wann ich den Dolch gepackt habe, aber er liegt kalt und hart in meiner Hand. Und dann steche und steche ich auf Alejandro ein, bis Blut über meinen Unterarm läuft und meine Handfläche von der Wucht des Zustoßens schmerzt.

Ich blinzele. Lady Aneaxi lächelt. »Vertrauen«, sagt sie und greift nach dem Feuerstein. Ihre Nägel kratzen an der Haut auf meinem Bauch, kratzen rund um den Stein. Feuriger Schmerz fährt durch mein Becken und zuckt die Beine hinunter. Sie krallt sich tiefer hinein und zieht. Es fühlt sich an, als ob mein Rückgrat durch den Nabel mit herausgezogen würde. Der Schmerz ist nicht zu ertragen. Es gelingt mir, Luft zu holen, hastig und flach, aber es genügt, um zu schreien. Aneaxi zieht sich erschreckt zu-

rück. Von ihren Fingerspitzen, angeschwollen und schwarz vor Entzündung, tropft es rot. Sie grinst. »Du musst aufwachen, meine Elisa.«

»Elisa! Da ist jemand an der Tür.«

Ich öffne die Augen und sehe einen seidenen Baldachin, orange und korallenrot und mit Glasperlen eingefasst, die das sanfte Morgenlicht einfangen. Ximena rüttelt mich an der Schulter, während von der Tür her ein Klopfen erschallt.

»Ich glaube, du hast geträumt, mein Himmel.«

Meine Muskeln schmelzen in die seidenen Decken, ich lockere meine Kiefer und atme tief durch. Das Bett ist weich und nachgiebig. Genau richtig für ein Mädchen, das sich dem Tag nicht stellen will. Aber das Klopfen hört nicht auf.

Ich ziehe die Decke bis zum Kinn. Ximena lächelt verständnisvoll, als ich »Herein!« rufe.

Eine junge Frau tritt ein, etwa so alt wie ich. Sie ist zierlich und hübsch, mit schön geschnittenen Wangenknochen, und sie wirkt trotz ihres grob gesponnenen Kleides elegant und geschmeidig. Ihr tiefer Knicks sieht wie ein Tanzschritt aus, als wollte sie sich danach gleich wirbelnd wegdrehen. Mein Blick fällt auf das schimmernde schwarze Haar, das unter ihrer Dienerinnenhaube hervorlugt. Dann merke ich, dass sie auf die Erlaubnis wartet, mich ansprechen zu dürfen.

»Sprich.«

Sie erhebt sich und lächelt. Einer ihrer Vorderzähne neigt sich ein wenig nach innen. Ich konzentriere mich auf diesen kleinen Makel, während ihr Blick die Umrisse meines Körpers unter den Decken abschätzt, bevor er schließlich auf meinem Gesicht ruhen bleibt. Schwarze Augen blitzen auf, als hätten sie eine wertvolle Entdeckung gemacht. Ganz leicht hebt die Dienerin eine Augenbraue, dann wird ihr Gesichtsausdruck gleichgültig, und sie senkt den Kopf.

»Man hat mich geschickt, um Euch bei der Vorbereitung für das Frühstück zu helfen.«

Mein Magen knurrt, und ich muss an frisch gebackenes Brot mit Honig denken, an Feigenkuchen mit gesüßter Kokosmilch.

»Wie ist dein Name?«, frage ich.

»Cosmé.« Sie spricht mit dem seltsam singenden Tonfall des Wüstenvolks.

Ich schlage die Decken zurück und setze mich auf. Der Fußboden ist ein ganzes Stück unter mir, und ich lasse mich vorsichtig über die Bettkante gleiten, bis meine Zehen auf den Bettvorleger aus Lammfell treffen. »Cosmé, meine Kleidung ist von der Reise noch völlig in Unordnung. Kannst du eine Bluse und einen Rock für mich auftreiben?«

Sie runzelt verwirrt die Stirn. »Vielleicht könnte ich ein Korsett und ein Kleid finden ...« Dann zieht sie hörbar die Luft ein. »Ihr seid aus Orovalle!«

Eine böse Ahnung breitet sich in meinem Bauch aus. Mit einem Korsett werde ich wie ein gemästetes Ferkel aussehen, und außer bei meiner sogenannten Hochzeit habe ich niemals etwas so Einengendes anziehen müssen. Tragen denn die Frauen in Joya nur Korsetts?

»Ja, ich bin auf Besuch aus Orovalle. Du kannst mich Lady Elisa nennen.« Meine Kinderfrau wirft mir einen beifälligen Blick zu.

Cosmé knickst wieder. »Ich werde sehen, was ich finden kann, Lady Elisa.« Dann gleitet sie davon, als sei sie die

Prinzessin und ich eine dickliche Dienerin in einem rußverschmierten Kleid.

Während sie unterwegs ist, nehmen Ximena und ich die Suite, die aus drei Räumen besteht, ein wenig in Augenschein. Mein Schlafzimmer mit dem riesigen Bett verfügt über eine Frisierkommode, einen winzigen Balkon, der auf einen ausgedörrten Garten hinausgeht, Lammfellteppiche und große Kissen mit Quasten. Das kleinere Dienerinnengemach ist mit Alkovenbetten und einem Kleiderschrank ausgestattet. Ein kühles Atrium mit einem diskret verborgenen Abort und einem Badebecken verbindet beide Räume. Das Becken ist quadratisch und mit wunderschönen kleinen Fliesen gekachelt, handbemalt in Blau und Gelb. Ein schimmerndes Oberlicht taucht das Atrium in diffuses Gold. In der ganzen Suite gibt es keinen einzigen Stuhl. Mir fällt ein, wie Alodia davon berichtete, dass die Menschen in Joya d'Arena gern auf Kissen sitzen.

Von meinem Schlafzimmer geht eine weitere Tür ab, die jedoch verschlossen ist.

Die Suite ist nicht größer als meine Gemächer zu Hause, aber sie ist mit leuchtenderen Farben und edleren Stoffen ausgestattet. Ich liebe die Seide und die Gaze, die den Baldachin über meinem Bett und die Wände schmücken, doch mir fehlt das Plätschern der Springbrunnen, die wuchernde Allmanda, deren Ranken grün in meine Fenster lugen.

Während wir warten, bürstet und flicht mir Ximena das Haar. Das liebe ich am meisten am Morgen, weil es so schön ist, wie ihre Finger meine Kopfhaut berühren und sanft an meinen Haarwurzeln ziehen. Mein Haar ist von schimmerndem Schwarz und fällt mir in Wellen bis zur Taille. Normalerweise flicht Ximena es mir zu zwei Zöpfen, einen über dem anderen, weil es so üppig ist. Aneaxi hat immer gesagt, dass ich auch schöne Lippen und Augen hätte. Das stimmt natürlich nicht; meine Lippen sehen aus wie fette Schnecken, und meine Augen wirken wegen meiner granatapfeldicken Wangen viel zu klein. Aber es ist nett zu wissen, dass zumindest etwas an mir schön ist.

Cosmé kehrt mit einem Arm voller Kleider zurück. Sie breitet sie auf dem Bett aus, und sie sind so wundervoll, dass mir unwillkürlich der Atem stockt. So viele Farben, so viele Stoffe und Borten. Mit Glasperlen bestickte Blenden, juwelenbesetzte Mieder und feinste, elegante Spitze. Ich lasse meine Finger über den Rock eines Kleides gleiten. Er ist von sanft korallenroter Farbe, wie mein Baldachin, mit leichten Fransen am Saum. Aber alles ist winzig, gemacht für eine zierliche Frau wie Cosmé.

»… denn Königin Rosaura hatte ungefähr Eure Größe«, sagt sie gerade, »und deswegen dachte ich, dass diese hier Euch vielleicht passen würden.«

Natürlich tun sie das nicht. Sie sind so offensichtlich zu klein, dass ich der schlanken Dienerin einen beinahe fassungslosen Blick zuwerfe. Sie hat mich absichtlich beleidigt, und ich weiß nicht, wieso.

Ximenas Hand ruht auf meiner Schulter, und es gelingt mir mit knapper Not, nicht in Tränen auszubrechen. Ausdruckslos starre ich auf den gefliesten Boden, auf einen Lammfellteppich, der sich an einem Ende aufwirft. Leise raunt mir meine Kinderfrau ins Ohr: »Ich habe deine Bluse und deinen Rock letzte Nacht im Atrium gewaschen. Die Sachen sind fast trocken.«

Fast ersticke ich vor Erleichterung. »Vielen Dank.«

Cosmé führt uns ins Untergeschoss zu einem riesigen Speisesaal mit luftig geschwungener Decke. Licht strömt durch die hohen Buntglasfenster. Eine Gruppe von Edelleuten hat es sich auf Kissen bequem gemacht, zwischen sich einige Teller mit dampfenden Gerichten, und sie sehen bei unserem Eintreten mit mildem Interesse auf. Die Männer sind glatt rasiert, die Frauen geschnürt. Alle tragen leuchtende Farben und ausdruckslose Mienen. Niemand sagt ein Wort. Meinen Ehemann kann ich nirgendwo entdecken.

Eine Frau erhebt sich lächelnd, um uns zu begrüßen, und ich lächele dankbar zurück. Sie gleitet mit ausgestreckten Armen auf mich zu. Ihre Haut ist beinahe goldfarben, die Augen braun wie schimmernder Honig unter schwarzen Wimpern. Sie leuchten geradezu in ihrem gebräunten Gesicht.

»Ihr seid doch sicher Alejandros besonderer Gast!«, ruft sie. Ihre Stimme ist so hell und hoch wie die eines Mädchens. Nur dünne Fältchen und leichte Spuren von Müdigkeit um ihre Augen lassen erkennen, dass sie tatsächlich älter ist als ich, vielleicht Ende zwanzig.

Ich nicke und weiß nicht, was ich sagen soll. Ich wünschte, der König wäre hier.

»Kommt, setzt Euch zu mir.« Sie fasst mich am Arm, und ich lasse mich willig von ihr führen. »Ich bin Condesa Ariña. Wenn Ihr etwas gegessen habt, werde ich Euch die anderen Anwesenden vorstellen.«

Ximena und ich nehmen an ihrem Tisch Platz. Die feuchten Rüschen meines Rocks kleben kalt an meinen Beinen. Es ist seltsam, dass mich die Condesa nicht nach meinem Namen gefragt hat und dass sie so vertraut von meinem Gatten spricht.

Sie füllt mir einen hölzernen Teller mit verschiedenen Speisen von den Platten, die vor uns auf dem Tisch stehen, und ich gebe mir größte Mühe, mein Interesse am Essen nicht zu deutlich erkennen zu lassen. Stattdessen betrachte ich die anderen, die in unserer Nähe sitzen; sie essen mit großer Anmut und wenden sofort den Blick ab, wenn ich sie ansehe. Der Saal ist in kaltem, steinernem Grau gehalten und riesig, viel zu groß für zwei Handvoll Leute. Ich vermisse die gemütliche Ziegelbauweise meines Zuhauses.

Condesa Ariña stellt mir den Teller auf den Schoß. »Bitte schön, Lady Elisa.« Also kennt sie meinen Namen bereits. Dabei habe ich niemandem außer Cosmé gesagt, dass ich so angesprochen werden möchte. Als ich zu dem mit Vorhängen verdeckten Durchgang hinüberblicke, durch den wir eingetreten sind, ist die Dienerin bereits nicht mehr zu sehen.

Doch als Erstes stürze ich mich auf das Essen. Zwar ist es ein wenig fade, aber doch wesentlich leckerer als alles, was wir während der Reise zur Verfügung hatten. Mit Genuss beiße ich in eine Blätterteigpastete, und mir kommt der Gedanke, dass eine Mandelglasur sehr gut zu dem milden Eiergeschmack passen würde. Vielleicht ist Alejandros Küchenmeister ja bereit, einige der etwas ausgefallenen Rezepte aus Orovalle auszuprobieren.

Dann erinnere ich mich an Ximena. Ariña hat sich nicht bemüßigt gefühlt, ihr auch einen Teller zu reichen. Also gebe ich ihr mit entschuldigendem Lächeln meinen. Sie zwinkert mir zu und nimmt sich eine kleine Quiche. Als ich den Teller zwischen uns stelle, werfen mir einige Leute seltsame Blicke zu. Ich frage mich, was ich falsch gemacht haben mag. Vielleicht sind sie es nicht gewöhnt, dass man eine Dienerin mit Respekt behandelt. Oder vielleicht esse ich nicht anmutig genug für diese Herrschaften. Ich stopfe mir die nächste Pastete in den Mund und starre unverwandt zurück.

Plötzlich richtet sich die Aufmerksamkeit auf den Eingang. Der Vorhang wird beiseitegezogen, und Lord Hector betritt den Saal, gefolgt von Alejandro. Ich bin unglaublich erleichtert, die beiden zu sehen. Alle erheben und verneigen sich tief, während ich wie eine Närrin dasitze und nicht weiß, was ich tun soll. Verbeugt man sich als Ehefrau in Joya d'Arena vor dem eigenen Mann? Verbeugt sich eine Prinzessin vor dem König? Vor meinem Vater habe ich nur bei offiziellen Anlässen einen Knicks gemacht.

Mühsam komme ich auf die Beine, und mein Gesicht läuft rot an, als mir klar wird, dass mein feuchter Rock hinten an meinen Beinen klebt. Alejandro sieht das nicht, aber ich bin mir sicher, dass die Condesa Ariña meinen breiten Hintern ausführlich begutachtet. Ich wage nicht, den Stoff mit einer hastigen Bewegung von der Haut zu lösen.

Alejandro kommt auf mich zu und lächelt, als freute er sich ehrlich, mich zu sehen. Seine Haut glänzt frisch gewaschen, sein Haar fällt ihm in weichen schwarzen Wellen aus der Stirn. Mich fasziniert, wie es sich hinter seinen Ohren lockt und wie kräftig die Linie seines Kinns seine ansonsten eher zarten Züge einrahmt. Er legt mir die Hände auf die Schultern und beugt sich vor, um meine heiße Wange zu küssen.

»Ich hoffe, Ihr habt gut geschlafen, Hoheit?«, fragt er laut.

Hoheit. Der Blick der versammelten Frühstücksgäste lastet in schweigender Überraschung auf mir.

Er wendet sich nun den anderen Herrschaften zu. »Habt Ihr schon alle kennengelernt, Elisa?«

»Nur die Condesa Ariña, die sehr freundlich zu mir war.« Links von uns steht Lord Hector, dessen Schnurrbart bei meinen Worten kaum merklich zuckt.

Alejandro sieht über meinen Kopf hinweg zu der wunderschönen Dame. »Ja, davon bin ich überzeugt.« Sein Blick gleitet durch den Saal. »Ich möchte Euch Lucero-Elisa de Riqueza vorstellen, Prinzessin von Orovalle. Sie ist im Auftrag ihres Vaters, König Hitzedar, gekommen und wird eine Weile bei uns bleiben.«

Beinahe muss ich lachen, als all die Leute, die mich vorher so gleichgültig betrachtet haben, sich nun plötzlich vor mir verbeugen. Also darf ich zumindest eine Prinzessin von Orovalle sein, so viel bleibt mir. Aber nun, da er meinen Namen bekannt gegeben hat, weiß doch sicher jeder, dass ich den Feuerstein trage. In Orovalle kennt jeder den Namen der Trägerin. Vielleicht ist das in Joya d'Arena anders. Vor vielen Jahrhunderten, als meine Vorfahren Joya verließen, um in unserem kleinen Tal zu siedeln, blieben hier nur wenige zurück, die noch dem Weg Gottes folgten.

Alejandro bedeutet mir, mich zu setzen. »Bitte. Ich wollte Euch nicht beim Frühstück stören.« Ich setze mich nur zu gern wieder hin, und etwas besorgt überlege ich, wie ich mir am besten den feuchten Stoff vom Hintern wegziehen kann, wenn ich das nächste Mal aufstehen muss. Mein Gatte setzt sich zwischen mich und Ariña. Lord Hector steht hinter ihm Wache.

Den höflichen Unsinn, den die anderen Frühstücksgäste nun von sich geben, kann ich kaum ertragen. Habt Ihr gut geschlafen? Wie ist das Frühstück? Bitte sagt nur, wenn Ihr irgendetwas braucht! Und natürlich stellt man Fragen nach meiner Reise, Fragen, auf die ich einsilbig antworte, da ich weder über Aneaxis grauenvollen Tod noch über den Kampf im Dschungel sprechen möchte. Alejandro stellt mich allen Anwesenden vor, aber die Gesichter verschwimmen in meinem Kopf. Die Einzigen, die mir in Erinnerung bleiben, sind ein gewisser Conde Eduardo, General Luz-Manuel und natürlich die Condesa Ariña. Eigentlich bin ich gut darin, mir Dinge einzuprägen, und ich sollte mir jeden Namen merken, aber es fällt mir schwer. Ich bin noch immer sehr müde und fühle mich so allein.

Plötzlich merke ich, dass ich mich in Alejandros Richtung lehne. Es wäre schön, seine Arme um mich zu fühlen, wie an dem Tag, als uns die Perditos angriffen, oder letzte Nacht, als ich ihm sagte, dass ich ihm vertrauen will. Aber ich bremse mich. In dieser steifen Umgebung bin ich noch nicht offiziell seine Frau und trotz der Unterhaltung in unserer Hochzeitsnacht wahrscheinlich nicht einmal seine Freundin.

Vielleicht spürt er meine plötzliche Traurigkeit, denn ich sehe eine Frage in seinen Augen. Ich bringe ein kleines Lächeln zustande. Die schöne Lady Ariña beobachtet uns. Sie zieht eine kindische Schnute, als wollte sie gleich anfangen zu weinen. Dann wird sie sich meines Blickes bewusst und sieht auf ihren Teller. Neugierig geworden, betrachte ich nun ihr Profil. Da ist etwas in ihren groß aufgerissenen Augen und an der Art, wie sie schluckt, das von Verletzung kündet.

»Was ist denn?«, flüstert Alejandro.

Ist da etwas zwischen dir und Ariña? »Äh … vielen Dank,

dass du mir heute Morgen Cosmé geschickt hast, um mir zu helfen.«

»Cosmé war bei dir? Ich habe das Mädchen nicht zu dir gesandt.« Besorgnis schwingt in seinem Flüstern mit. »Ich habe niemanden geschickt. Eigentlich hatte ich die Absicht, dir das Frühstück in deine Suite bringen zu lassen.« Er wird noch leiser. »Cosmé ist Ariñas Dienerin.«

»Ich verstehe.« Und das tue ich wirklich. Ariña wollte etwas über Alejandros besonderen Gast herausfinden. Wie wird sie reagieren, wenn sie von unserer Hochzeit erfährt?

»Ich kann ihr verbieten, weiter zu dir zu kommen.«

Erst will ich nicken, dann überlege ich es mir anders. »Nein. Aber vielen Dank trotzdem.« Dann zieht sich ein feines Lächeln über meine Lippen. *»Hab keine Angst, Königin zu sein«*, hat Alodia gesagt. Zwar bin ich noch nicht Königin, aber ich will es ganz bestimmt werden.

Also beuge ich mich an ihm vorbei zu Ariña. »Condesa?«

»Hoheit?« Ihre Stimme ist freundlich und unverfänglich.

»Vielen Dank, dass Ihr mir heute Morgen Eure Zofe überlassen habt. Ich habe meine auf unserer Reise unter tragischen Umständen verloren, und Cosmés Gegenwart war so beruhigend für mich.«

Ariña lächelt katzenhaft. »Es war mir ein Vergnügen.«

»Ich habe mich gefragt, ob Ihr wohl bereit wärt, mir Cosmé für die Dauer meines Aufenthalts zu überlassen? Sie leistet hervorragende Arbeit.«

Ariñas Gesicht erstarrt für einen so kurzen Augenblick, dass ich mir fast sicher bin, es mir nur eingebildet zu haben. »Natürlich, Hoheit.« Sie neigt den Kopf in perfekter Ergebenheit.

»Vielen Dank.«

Die *Belleza Guerra* widmet der Kunst, wie man sich seine Feinde so in seiner Nähe hält, dass man sie gut beobachten kann, mehrere lange Abschnitte, und ich weiß, dass Alodia meinen Schachzug sehr loben würde. Anschließend beende ich mein Frühstück mit echtem Genuss und lasse mir die kleinen Quiches und scharf gewürzten Würstchen von Herzen schmecken.

6

Nach dem Frühstück nimmt Lord Hector mich beiseite. Als ich den Blick hebe, sehe ich in seine dunklen Augen – dunkler noch als Alejandros – und in sein raues, schnurrbärtiges Gesicht. Seine Haut ist für einen so jungen Mann viel zu wettergegerbt und vernarbt, aber ich hätte ihn nicht für unfreundlich halten dürfen. Vielleicht für hart, aber nicht unfreundlich.

»Hoheit, Alejandro hat mir aufgetragen, Euch zu warnen.« Er spricht schnell und leise. »Ihr dürft innerhalb des Palastes oder in der Stadt Brisadulce natürlich gehen, wohin Ihr wollt, aber Ihr solltet Euch stets von Ximena begleiten lassen. Es ist sonst nicht sicher.«

Ich nicke mit großen Augen, wobei mich seine Warnung ebenso erstaunt wie die Andeutung, dass Ximena tatsächlich in der Lage ist, mich zu beschützen.

»Wenn Ihr für heute keine anderen Pläne habt«, fährt er fort, »dann hat Ihre Majestät vorgeschlagen, dass ich Euch ein wenig herumführe.«

Natürlich habe ich keine anderen Pläne. »Vielen Dank, Lord Hector. Das wäre mir sehr recht.« Zu Hause in Orovalle würde ich mich jetzt in Meister Geraldos Studierzimmer begeben. Womit werde ich hier meine Tage füllen?

»Dann also in einer Stunde.« Er verneigt sich tief und tritt wieder zu Alejandro. Ich hingegen ziehe mich in meine Suite zurück, um einen Brief zu schreiben.

Liebe Alodia,
Ximena und ich sind heil in Brisadulce angekommen. Mit großer Trauer muss ich dir jedoch berichten, dass uns Aneaxi von einem Dschungelfieber genommen wurde.
Ich brauche deinen Rat. Alejandro hat nicht die Absicht, mich als seine Frau vorzustellen. Er sagt, die Zeit sei nicht reif dafür. Auch wünscht er nicht, dass ich bekannt gebe, dass ich den Feuerstein trage. Wusstest du, dass das geschehen wird? Soll ich ihm trotzdem weiter vertrauen?
Du erhältst mit der Post einen ausführlicheren Brief, aber ich erwarte nicht, dass er dich allzu bald erreicht. Bitte lass mich schnellstmöglichst deine Gedanken wissen.
Grüße Papá von mir.
Elisa

Ich schreibe den Brief dreimal und hoffe, dass meine Schwester an meinen harschen Federstrichen den Zorn und die Enttäuschung erkennen wird, die in mir brennen. »Aneaxi wurde uns von einem Dschungelfieber genommen.« So eine große und schreckliche Sache, reduziert auf einen einzelnen, lächerlichen Satz, aber ich kann nur ein winziges Stück Pergament am Bein der Brieftauben befestigen und muss mich daher beschränken. Ich rolle die Streifen zusammen, bis sie in kleine Behälter passen, nicht länger als das erste Glied meines Zeigefingers. Ximena nimmt sie an sich und macht sich, die drei Röhrchen in ihrer Handfläche verborgen, auf den Weg zum Taubenschlag. Schnell schicke ich ein Dankesgebet zu Gott, dass die Brieftauben meiner Schwester die harte Reise durch den Dschungel überstanden haben.

Unwillkürlich lache ich auf. Wie rasch und ungewollt kam dieses Gebet. Gewohnheitsmäßig schreibe ich alle guten Dinge im Leben Gott zu. Aber nun frage ich mich zum ersten Mal ganz bewusst, ob es vielleicht jemand anderen gibt, dem ich dafür danken sollte. Alejandros Soldaten vielleicht. Oder sogar mir selbst. Wir waren es schließlich, die an diesem schrecklichen Tag den Sieg errungen haben, nicht Gott.

Vorsichtig taste ich mit den Fingerspitzen über meinen Bauch. Der Stein fühlt sich selbst durch den Baumwollstoff meines Rocks glatt und warm an, und schon allein das ist ein Beweis dafür, dass Gott – oder sonst irgendjemand – existiert. Jemand hat dieses Ding in meinen Nabel eingepflanzt, und von dort sendet es nun seine warme Zuversicht oder seine eisigen Warnungen aus. Durch diesen Stein reagiert jemand auf meine Gebete, indem ich ein spürbares Gefühl der Beruhigung erfahre.

Aber dieser Jemand hat meine Gebete nicht erhört und zugelassen, dass meine Kammerzofe stirbt. Es ist geradezu widersinnig, dass es ausgerechnet Aneaxis letzter Wunsch gewesen ist, ich möge unbedingt an meinem Glauben festhalten. Es gibt einige Leute, denen ich blind vertraue. Meiner Schwester, Ximena, Alejandro – und auch Gott selbst. *Ich werde mehr brauchen als nur das, oh Gott. Wenn du mich so sehr liebst, wie Aneaxi gesagt hat, dann schick mir bitte ein Zeichen. Bald.* Zarte Wärme blüht in meinem Bauch auf, breitet sich in meine Brust und in meine Arme aus, bis sie angenehm kribbeln. Es fühlt sich genauso an wie in jener Nacht an Aneaxis Bett, als ich Gott darum anflehte, ihr Leben zu verschonen, weshalb ich fürchte, dass es nichts zu bedeuten hat.

Cosmé erscheint, noch bevor Ximena zurückkehrt. Sie knickst, aber ich sehe ihren schmollenden Blick, und ich lasse sie nicht wieder aufstehen, bis ich sicher bin, dass die kniende Haltung für sie unbequem wird.

»Hallo, Cosmé.«

Sie erhebt sich. »Hoheit, die Condesa sagte, Ihr hättet nach mir verlangt.« Ihr kurzes schwarzes Haar ringelt sich unglaublich gewinnend unter ihrer Dienerinnenhaube hervor, und ihre großen schwarzen Augen wirken tugendhaft. Ich würde sie am liebsten kneifen.

Schuldbewusst schlucke ich angestrengt. »Ja. Ich brauche während meines Aufenthaltes hier eine Zofe, und ich habe Gefallen an dir gefunden.« Kurz frage ich mich, ob das in ihren Ohren genauso wenig glaubhaft klingt wie in meinen. »Ariña war so freundlich, dich auszuleihen.«

»Was kann ich für Euch tun?«

So weit habe ich noch gar nicht gedacht. Cosmé wird Aufgaben brauchen, Aufgaben, die sie ausreichend beschäftigen, damit ihr keine Zeit für Schnüffelei oder Klatsch bleibt.

»Äh …« Nachdenklich sehe ich mich um. Wie alle Räume, die ich in diesem monströsen Palast bisher gesehen habe, ist auch meine Suite viel zu gewaltig für die wenigen Möbel, die sich darin befinden, und dadurch wirken die Zimmer leer, offen und alles andere als anheimelnd. »Ich brauche einen Stuhl. Zwei Stühle. Wenn du keine auftreiben kannst, dann beauftrage bitte jemanden damit, sie anzufertigen. Und ich brauche Pflanzen. Große Pflanzen in Kübeln. Irgendetwas Grünes, Lebendiges. Zwei für den Balkon, mindestens zwei fürs Schlafzimmer und eine für Ximenas Gemach.«

Cosmé starrt mich an, als hätte ich einen Skorpion verschluckt. Es gelingt mir, kein allzu selbstgefälliges Gesicht zu machen. Diese Aufgabe wird sie in diesem unfruchtbaren, verdorrten Land mindestens den ganzen Tag beschäftigen, und mehr noch, es ist eine harmlose Sache, die sie gern überall herumerzählen kann.

Innerlich gratuliere ich mir noch immer zu meiner Idee, als Ximena zurückkehrt.

»Es ist schön, dich wieder lächeln zu sehen«, sagt sie.

Über die Dinge, die mir dieses Lächeln in der letzten Zeit geraubt haben, möchte ich nicht reden. »Hast du die Brieftauben fliegen lassen?«

Sie nickt. »Der Knecht am Taubenschlag war sehr neugierig. Es war weise, in der Lengua Classica zu schreiben.« In der heiligen Sprache. Ximena hat jahrelang Schriften kopiert und spricht sie vermutlich ebenso fließend wie ich, wenn nicht sogar besser.

»Wenn Lord Hector kommt«, sage ich und versuche, gelassen zu klingen, »dann wollen wir ihn fragen, ob er uns zum Kloster bringen kann.«

Ein sehnsüchtiger Blick tritt in Ximenas Augen. »Das wäre sehr schön«, haucht sie.

Wir müssen nicht lange warten. Lord Hector trägt nur eine leichte Rüstung – Leder anstelle von Stahl und einen braunen Reisemantel anstelle des karmesinroten Umhangs der Königlichen Leibgarde. Er verbeugt sich aus der Hüfte.

»Seid Ihr bereit, Hoheit?« Ich nehme den angebotenen Arm und gefolgt von Ximena verlasse ich meine Suite.

Lord Hectors Wissen über den Palast und seine Geschichte erstaunt mich. Er führt uns durch die Waffenschmiede, die Empfangshalle, den großen Ballsaal, die Bibliothek. Lerne deine Umgebung kennen, heißt es in der *Belleza Guerra*. Also konzentriere ich mich sorgsam auf alles, was Lord Hector uns erzählt. Innerlich wiederhole ich Worte und Phrasen und verbinde sie mit Bildern, so wie es Meister Geraldo mir beigebracht hat. Morgen werde ich denselben Weg noch einmal allein gehen und versuchen, mich an alles zu erinnern, was ich erfahren habe. Es wird nicht schwer sein; Lord Hectors Begeisterung ist ansteckend.

Im Porträtzimmer zeigt er uns Alejandros Vater, eine untersetzte und ergraute Version meines Ehemannes: König Nicolao, so sagt der Gardist, schlug die Heere von Invierne zurück und rettete so die Bergdörfer östlich der Wüste. Bis ihn während einer Schlacht ein verirrter Pfeil traf.

Da ist etwas mit Nicolao oder aber vielleicht auch mit dem letzten Krieg gegen Invierne, das unseren Führer verstummen lässt.

»Habt Ihr Alejandros Vater gedient?«

Er nickt, die Augen auf das Bild gerichtet. »Indirekt. Mit zwölf Jahren wurde ich Prinz Alejandros Page. Wir verbrachten viel Zeit in der Gesellschaft des Königs. Er war ein guter Mann.« Ich kenne Lord Hector nicht gut genug, um mit Sicherheit sagen zu können, ob da Wehmut in seiner Stimme mitschwingt.

Aber dann drängt sich mir eine Frage auf: »Und Alejandro?«

Endlich löst sich sein Blick vom Gesicht König Nicolaos und wendet sich mir zu. »Seine Majestät ist … anders als sein Vater. Aber auch er ist ein guter Mann.«

»Ihr seid sehr jung für einen solchen Posten in der Königlichen Leibwache.«

»Ich wuchs hier im Palast auf, und Alejandro war mir wie ein älterer Bruder. Als eine Stellung frei wurde, war es ihm eine Beruhigung, sie mir zu übertragen.«

Es fällt schwer, unter seinem Blick ruhig zu bleiben. Lord Hector steht respektheischend neben mir, aber gleichzeitig erscheint er so um mich bemüht, dass ich mich frage, ob er möglicherweise gar nicht so streng wahrgenommen werden möchte. Er wirkt wie jemand mit mächtigem Verstand, dessen Gedanken sich unter einer reglosen Oberfläche bewegen.

Meister Geraldo würde ihn mögen.

Der Gardist hebt eine Augenbraue, und ich merke, dass sich meine Lippen zu einem weiten Lächeln verzogen haben. »Ihr erinnert mich an jemanden«, erkläre ich.

Er lächelt zurück. Die langen Jahre im Kriegsdienst verschwinden plötzlich aus seinem Gesicht, und mir wird klar, dass er sogar noch jünger ist, als ich dachte. Seine Zähne sind beeindruckend, weiß blitzen sie unter seinem Schnurrbart hervor, und es ist offensichtlich, dass dies nicht allzu oft geschieht. »Jemand, in dessen Gesellschaft Ihr Euch wohlfühlt, wie ich hoffe.«

Die Worte klingen seltsam unpassend aus seinem Mund. »Natürlich«, bringe ich heraus.

Aber ich merke, dass er kurz erstarrt, und eine seltsame Befangenheit entsteht, die ihn plötzlich weit weg erscheinen lässt.

Er deutet auf das Porträt neben dem von König Nicolao, das eine Frau mit seidenweicher Haut und obsidianfarbenem Haar zeigt. Sie trägt ein cremeweißes Kleid und hält eine dazu passende Perlenschnur in ihrer zarten, schmalen Hand. Sie erinnert mich an meine Schwester, denn ihr ist dieselbe schlichte Eleganz und ruhige Gelassenheit zu eigen, die eine hübsche Frau zu einer wahren Schönheit machen.

»Das ist Königin Rosaura, Alejandros erste Frau und die Mutter seines Sohnes, Prinz Rosario.«

Mein Herz sinkt, und Röte überzieht meine Wangen. Bis zu diesem Augenblick war mir nicht so deutlich bewusst gewesen, wie unmöglich es für Alejandro sein würde, mich zu lieben.

»Hoheit?«, fragt der Gardist. »Fühlt Ihr Euch nicht wohl?«

Mit der Hand fahre ich über meinen Bauch. »Habt Ihr dieses Knurren gehört?« Mit einem nervösen Lachen begegne ich Ximenas Blick. Ich wünschte, sie würde mich nicht so gut kennen. »Lord Hector, wieso zeigt Ihr uns nicht als Nächstes die Küchen?«, sage ich rasch und biete ihm meinen Arm. Das ist ein Trick von Alodia, den ich Hunderte Male bei ihr gesehen habe, wenn sie jemanden ablenken oder durcheinanderbringen will.

Er nimmt meinen Arm, und als wir uns zum Gehen wenden, sehe ich, dass seine ruhige Fassade einen Riss bekommen hat. Es ist nur ein winziger Augenblick, aber ich bin betroffen, wie leicht und geübt sich Trauer in die Fältchen um Mund und Augen legt.

Der Küchenmeister versorgt mich ganz entzückt mit kleinen Honig- und Kokosbrötchen. Als wir schließlich das Kloster erreichen, ist mir nicht wohl, weil ich mich so vollgestopft habe und dann noch so viel laufen musste.

Das Kloster schmiegt sich unelegant an den Nordflügel von Alejandros Palast. Erst schreiten wir unter holzgestützten Gewölben dahin, durch lange Sandsteinflure, die mit denselben blau-goldenen Fliesen verziert sind wie mein Atrium, dann stehen wir plötzlich in niedrigen Räumen mit roten, geschwungenen Ziegelwänden und einem Fußboden aus Steingutfliesen. Es wirkt, als seien wir aus Joya d'Arena unversehens in Papás Palast-Hacienda gelangt, und mich überkommt nun doch ein wenig Sehnsucht nach zu Hause.

Ein kleiner, alter Mann in einer Robe aus ungefärbter Wolle humpelt uns entgegen. In seinem scharf geschnittenen Gesicht zuckt ein Muskel. Zu meiner Überraschung tritt Ximena vor und fragt: »Seid Ihr Vater Nicandro?«

Er klatscht in die Hände und lächelt breit. »Lady Ximena! Vater Donatzine ließ mich wissen, dass Ihr kommen würdet.« Die beiden umarmen sich, während Lord Hector und ich wie unsichtbar danebenstehen.

Ich schließe die Augen, während sie sich unterhalten, und inhaliere den intensiven Duft der Rosen und Gebetskerzen. An diesen Ort werde ich oft zurückkehren, um zu beten, oder auch nur, um die Stille und das Alleinsein zu genießen; das weiß ich schon jetzt. Der Feuerstein reagiert auf meine Gedanken mit warmer, sanfter Beruhigung.

Vater Nicandro bricht mitten im Satz ab und wendet mir den Kopf zu, um mich genau zu betrachten. »Donatzine hat es mir nicht gesagt«, flüstert er. »Ximena, Ihr seid die Beschützerin der Trägerin!«

Lord Hector tritt näher, als wollte er mich abschirmen, während Wachsamkeit wie ein dunkler Schleier über Ximenas Augen zieht. Mein Herz schlägt schneller. Der Priester hat den Feuerstein gespürt, der in mir lebt. Und meiner Kinderfrau gefällt das nicht.

»Seid Ihr sicher, dass es weise war, das Mädchen hierherzubringen?«, fragt Nicandro.

Ich stehe hier direkt vor Euch!, würde ich am liebsten schreien. *Ich bin kein kleines Kind, über dessen Kopf hinweg gesprochen wird, so wie es Papá und Alodia ständig tun.*

Ximena antwortet ihm nicht sofort. Ich beobachte sie, wie sie einen Augenblick nachdenkt, die Augen leicht zusammengekniffen. »Wir hielten es für das Beste.« Ihre Stimme ist leise, und ganz offensichtlich soll ich das eigentlich nicht hören. »In Orovalle ist die Trägerin gut bekannt und wird ständig beobachtet. Sie wird hier sicherer sein, wo nur noch wenige Menschen dem Weg Gottes folgen.«

Sicherer. Haben sie mich deswegen so schnell verheiratet? Weil der Feuerstein mich in Gefahr bringt? Ich muss unwillkürlich an den bemalten Wilden denken, der tot im Dschungel lag, weil er erkannt hatte, was sich in meinem Nabel verbirgt. Beruhigt stelle ich fest, dass Ximena heute ihr Haar zu einem langen grauen Zopf geflochten hat und keine Haarnadel trägt.

Aber wahrscheinlich kennt sie viele verschiedene Wege, um einen Mann zu töten.

Hastig trete ich vor und stelle mich zwischen Ximena und den Priester. In diesem Augenblick bin ich tatsächlich dankbar für meine Leibesfülle. »Vater Nicandro«, sage ich mit einem Lächeln auf den Lippen, auch wenn es meine Augen nicht erreicht. »Ich bin Elisa, und ich freue mich, Euch kennenzulernen.«

Zwar bin ich nicht groß, aber ich überrage ihn trotzdem um einen halben Kopf.

Erfreut lächelt er zu mir auf. »Willkommen im Kloster zu Brisadulce. Unseres war das Allererste, müsst Ihr wissen. Es wurde nur wenige Jahre, nachdem Gott unsere Vorfahren aus der sterbenden Welt in seiner rechtschaffenen rechten Hand davontrug, hier erbaut.«

Ich nicke. »Ich habe gehört, dass Ihr die älteste bekannte Abschrift der *Belleza Guerra* besitzt.«

»Ja, ja. Viele Jahrhunderte alt. Leider wird das Pergament nicht mehr lange erhalten werden können.«

Ximena steht hinter mir, ich fühle ihre gespannte Aufmerksamkeit, aber ich achte nicht auf sie. »Ich würde dieses Manuskript sehr gern mit meiner eigenen Abschrift vergleichen. Es gibt einige Stellen, an denen der Text, wie ich fürchte, ein wenig abgewandelt wurde.«

Sein Lächeln wird noch breiter, und als ein aufgeregtes Zucken über seine scharfen Züge geht, weiß ich, dass ich endlich einen Freund gefunden habe. »Bitte, kommt, wann immer Ihr möchtet. Ich denke, Ihr seid mit der Lengua Classica vertraut?«

»Es ist die schönste Sprache der Welt.«

Eine bessere Antwort hätte ich nicht geben können. Er klopft mir auf den Rücken und führt mich nun durch das Kloster und die angrenzende Bibliothek mit ihren heiligen Dokumenten. Ximena und Lord Hector folgen uns schweigend.

Später, viel später bringt uns Lord Hector zurück in unsere Räumlichkeiten. Wir bedanken uns und verabschieden uns von ihm, dann werfe ich mich erschöpft auf mein Bett. Seit Jahren bin ich nicht mehr so viel gelaufen.

Ximena lässt mir ein Bad ein, während ich mich ausruhe. Eine leichte Brise bläht den Vorhang vor dem Balkon und lässt die Wedel einer großen Palme rascheln. Eine Palme! Mit einem Ruck setze ich mich auf und sehe mich im Zimmer um. Zwei Stühle – schlicht, aber solide – stehen neben der geheimnisvollen verschlossenen Tür. An der gegenüberliegenden Wand reihen sich nun mehrere Topfpflanzen aneinander, eine Palme, ein Bäumchen mit münzgroßen Blättern, ein winziger Rosenbusch mit weichen rosa Blüten. Lächelnd lasse ich mich wieder auf die Matratze sinken und finde die Vorstellung, mich bei Cosmé für all das zu bedanken, nicht einmal unangenehm.

Meine Kinderfrau ruft mich ins Atrium. Ich mache mir Sorgen um meinen neuen Freund, Vater Nicandro, und kann ihr nicht in die Augen sehen, während ich die Kleider abstreife. Ximena stützt mich, als ich über die rutschigen Fliesen ins Bad steige. Das Wasser fühlt sich herrlich an meinen wunden Füßen an; es duftet leicht nach Nelken.

Als ich es mir bequem gemacht habe, beginnt Ximena, meine Schultern zu massieren, aber ich gebiete ihr Einhalt.

»Ximena?«

»Ja, mein Himmel?«

»Wirst du …« Es fällt mir unendlich schwer, diese Frage auszusprechen, und die Worte liegen mir wie Steine in der Kehle. »Ich wollte fragen … wirst du Vater Nicandro töten?«

Sie atmet scharf ein, als wollte sie ein Aufschluchzen unterdrücken: »Oh, Elisa.« Ich fühle ihre Lippen auf meinem Haar. Sie verharren dort lange. »Nein, das werde ich nicht.«

Mit einem Seufzer schließe ich die Augen und kann mich nun endlich entspannen. »Danke.«

7

Die Kerzen flackern im Windzug vom offenen Balkon, und die Worte der *Scriptura Sancta* verschwimmen vor meinen Augen. Gerade will ich die Flammen löschen, als jemand von der anderen Seite an die geheimnisvolle Tür klopft.

Ximena stürzt aus dem Atrium in mein Zimmer, mit zerzaustem Haar und alarmiertem Gesicht. Auf ihre unausgesprochene Frage hin kann ich nur mit den Schultern zucken. Das Klopfen ertönt erneut.

»Herein«, sage ich schließlich, während meine Kinderfrau nahe an mein Bett tritt.

Geräuschlos schwingt die Tür auf. Alejandro steht vor uns, aufrecht, groß und schön.

»Hallo, Lucero-Elisa, Ximena.«

Ximena entspannt sich und sinkt in einen eleganten Knicks. »Majestät.« Sie erhebt sich wieder und lächelt. »Wenn Ihr mich entschuldigt, dann gehe ich wieder ins Bett.«

Seit unserer Hochzeitsnacht waren der König und ich nicht mehr allein.

»Wie war dein erster Tag in Brisadulce?« Er lehnt sich leicht an die Wand; die Entfernung zwischen uns ist enttäuschend groß, vermittelt aber auch Sicherheit.

»Schön.« Jetzt würde ich gern irgendetwas Geistreiches sagen. »Dein Küchenmeister macht herrliche Kokos- und Honigbrötchen.«

Alejandro hebt leicht eine Augenbraue, und ich würde mir am liebsten die Decke über den Kopf ziehen. Königin Rosauras schmales Gesicht und ihr schlanker Hals blitzen vor meinen Augen auf. Sie hat vermutlich kaum Zeit in den Küchen verbracht.

Aber es liegt keinerlei Verachtung in seinem Lächeln; vielmehr scheint er sich über das Kompliment zu freuen. »Es tut mir leid, dass ich euch nicht selbst herumführen konnte.«

Das finde ich auch bedauerlich. Es wäre eine schöne Gelegenheit gewesen, um einen ganzen Tag lang an seinem Arm zu hängen. »Lord Hectors Gesellschaft war sehr angenehm.«

»Lord Hector ist ein guter Freund«, sagt er mit Bedacht. »Er wurde mein Page, als er noch ein Junge war. Später zog ich ihn mehr und mehr ins Vertrauen.«

Höflich nickend frage ich mich, weshalb er mir das erzählt. Zwar kenne ich Alejandro noch nicht lange, aber ich hatte bisher nicht den Eindruck, dass ihm viel an höflicher Konversation gelegen ist. In die Stille hinein erwidere ich: »Er hält sehr große Stücke auf dich.« Das stimmt nicht ganz, aber es erscheint mir angemessen.

»Er lobt auch dich in höchsten Tönen.«

»Oh?« Hoffentlich ist im Kerzenlicht nicht zu erkennen, dass ich rot werde.

»In der Tat. Er sagte, du hättest Stahl in dir, und du seist weiser, als dein Alter eigentlich vermuten ließe. Mehr wollte er nicht verraten, was ein wenig seltsam ist, da wir, wie ich schon sagte, sehr enge Vertraute sind.« Es irritiert ihn offenbar, dass Hector ihm etwas vorenthält. Und mich stört, dass Alejandro sich offenbar sehr bewusst ist, dass ich noch so jung bin.

»Ich weiß nicht, was er damit meint«, lüge ich. Lord Hector hat gesehen, wie ich mich für Vater Nicandro eingesetzt habe. Zwar verstehe ich nicht, wieso der Gardist Alejandro den Vorfall nicht berichten wollte, aber es ist mir recht, dieses harmlose, kleine Geheimnis mit ihm zu teilen.

Alejandro zuckt mit den Schultern und wendet den Blick ab, und diese Geste der Verletzlichkeit rührt mich so sehr, dass ich mich bei der Schilderung der Tagesereignisse nun beinahe überschlage. Ich wünschte, er würde sich zu mir aufs Bett setzen, und ich stelle mir vor, wie es wäre, wenn seine Wange sich an meine schmiegte und meine Finger durch sein Haar strichen.

Schließlich sagt er: »Ich brauche deine Hilfe, Elisa.«

»Meine Hilfe?«

»Bitte. Morgen reise ich nach Puerto Verde, um meine Mutter zu besuchen und meinen Sohn abzuholen. Er wurde die letzten Jahre dort aufgezogen.«

»Oh.« Ich blicke zu Boden, um meine Enttäuschung zu verbergen. »Wie lange wirst du unterwegs sein?«

»Einen Monat.«

Einen ganzen Monat! Ich bin stolz, dass meine Stimme gelassen klingt, als ich frage: »Und in welcher Hinsicht benötigst du meine Hilfe?«

Er zieht einen der Stühle zu sich heran und schwingt ein

langes Bein über den Sitz, um rittlings darauf Platz zu nehmen. Seine Arme umschlingen die Lehne, und er legt den Kopf ein wenig schräg. »Du bist erst kurze Zeit in Brisadulce und darüber hinaus bist du von königlichem Blut. Wenn ich unterwegs bin, werden einige aus dem Hofstaat herausfinden wollen, aus welchem Holz du geschnitzt bist und inwieweit du ihnen von Nutzen sein kannst.«

Ich nicke bei seinen Worten. Diese subtilen Spielchen, diese unterschwelligen Machtkämpfe sind mir vertraut. Mein ganzes Leben lang habe ich sie beobachtet, wenn auch stets mit mildem, verwundertem Desinteresse. Zu Hause ist es Juana-Alodia, die dieses Spiel meisterlich beherrscht, und Orovalles *nobleza d'oro* tanzt wie hypnotisiert nach ihrer Pfeife.

»Du könntest mir eine wirklich große Hilfe sein, Elisa«, fährt Alejandro fort. »Einfach indem du aufmerksam beobachtest, was um dich herum geschieht. Schreib es auf, wenn du es dir dann besser merken kannst. Schreib auf, wer dich aufsucht, was er dir anbietet, alles, was dir wichtig erscheint. Und wenn ich dann zurückkomme …«

Er will einen Spitzel in seinem eigenen Haus. Vielleicht fürchtet er, dass einige seiner eigenen Höflinge gegen ihn intrigieren. Oder vielleicht geht er nur ähnlich vor wie Alodia und nutzt jeden verfügbaren Bauern für sein Spiel. Die beiden hätten so gut zueinandergepasst, mein Ehemann und meine Schwester.

Er interpretiert mein Schweigen als Zögern. Sein Blick ist fest auf mich gerichtet, als er sich vom Stuhl erhebt und an mein Bett tritt. »Bitte, Elisa«, flüstert er.

Mein Herz schlägt mir bis zum Hals, als er meine Hand ergreift, die formlos im Vergleich zu seinen geraden, starken

Fingern erscheint. Aber dann beugt er sich weiter zu mir, bis ich seinen Geruch würziger Wildheit wahrnehmen kann.

»Das ist es, worüber wir damals sprachen«, raunt er. »In jener Nacht. Als ich sagte, dass ich eine Freundin gebrauchen könnte.«

In unserer *Hochzeitsnacht*. Wieso kann er das nicht aussprechen? Trotzdem nicke ich. Ich würde zu allem Ja sagen, während seine Lippen den meinen so nah sind.

Er lehnt sich zurück, der intensive Blick weicht seinem lockeren, jungenhaften Lächeln. Nun, da er mir nicht mehr so nahe ist, regt sich mein Verstand.

»Diese Tür, durch die du hereingekommen bist – wohin führt sie?«

Falls ihn der abrupte Themenwechsel irritiert, lässt er es sich nicht anmerken. »In meine Gemächer. Sie sind natürlich mit diesen verbunden.«

Natürlich. Diese Räumlichkeiten hier müssen zuvor Königin Rosaura gehört haben. Immerhin, so viel hat er mir zugestanden.

»Dann wirst du den Prinzen mit dir hierherbringen?«

»Oh ja! Er ist ein aufgewecktes Kind mit schneller Auffassungsgabe. Schon jetzt ist er ein sehr geschickter Reiter. Ich möchte, dass ihr beide euch kennenlernt.«

»Das würde mich auch sehr freuen.« Aber das stimmt nicht. Der Mutterrolle fühle ich mich noch weniger gewachsen als der Rolle als Ehefrau.

Alejandro wendet sich zum Gehen. In der Tür, die unsere Suiten miteinander verbindet, dreht er sich noch einmal zu mir um und sagt: »Lord Hector hatte recht. Du hast wirklich Stahl in dir.«

Nach Alejandros Abreise ziehen sich die Tage endlos hin. Zwar habe ich eingewilligt, seine Augen und seine Ohren zu sein, aber dennoch meide ich den Speisesaal und die taktierenden Edelleute, soweit es irgend möglich ist, und esse lieber allein beim Küchenmeister. Er ist ein netter Mensch, dünn und stets mehlbestäubt, und er scheint meine Gesellschaft zu genießen.

Die Nachmittage verbringe ich bei Vater Nicandro. Gemeinsam gehen wir die *Belleza Guerra* durch und suchen in meiner Abschrift nach inhaltlichen Fehlern. Sein Studierzimmer erinnert mich mit den überall herumliegenden Schriftrollen, den staubigen Pergamenten und den Ziegelwänden sehr an das von Meister Geraldo. Es riecht nach Kerzen und Alter und getrockneter Tinte, und ich muss nur die Augen schließen, um mir vorzustellen, ich sei wieder in Orovalle, an dem einzigen Ort, an dem ich mich nicht nutzlos fühle.

Viele Fragen gehen mir durch den Kopf, was den Feuerstein und seine Geschichte betrifft, und ich wüsste auch gern, wieso Vater Nicandro Ximena meine Beschützerin genannt hat. Aber meine Kinderfrau ist stets in meiner Nähe, bewahrt mich vor mir selbst, und ich habe Angst, das Thema anzusprechen, weil ich fürchte, dass sie es sich noch einmal überlegt und den Priester doch nicht verschont. Eines Morgens stehe ich früh auf und schleiche mich aus unserer Suite, um ihn aufzusuchen, aber er ist nicht da. Bei meiner Rückkehr schimpft mich Ximena aus, weil ich ohne Bewachung unterwegs war, und die Angst, die wild und wahrhaftig in ihren Augen steht, beunruhigt mich.

Cosmé ist den ganzen Tag über zur Stelle. Obwohl nie irgendjemand Aneaxis Platz wird einnehmen können, ist Cosmé doch die tüchtigste Zofe, die ich jemals hatte. Das sage ich ihr auch des Öfteren, und es ist mir jedes Mal wieder ein bizarres Vergnügen, dass sie sich Lob von jemandem gefallen lassen muss, den sie verabscheut. Die *Scriptura Sancta* nennt das »Feuer der Freundlichkeit«.

Eines Tages ist sie gerade dabei, die Feuerstelle zu reinigen, Hände und Arme sind bis zu den Ellenbogen schwarz vor Ruß, als ich ihr den Vorschlag mache, ihre Sachen in Ximenas Zimmer zu bringen. »Dort ist genug Platz«, erkläre ich. »Ich weiß doch, wie eng es in den Dienstbotenquartieren ist.«

»Vielen Dank.« Cosmé sieht nicht einmal auf. »Aber im Augenblick habe ich die Räume meiner Herrin für mich allein.«

»Tatsächlich?« In diesem Augenblick wird mir bewusst, dass ich die Condesa Ariña seit Tagen, vielleicht schon seit Wochen nicht mehr gesehen habe.

»Sie ist doch mit dem König nach Puerto Verde gereist«, sagt Cosmé ganz nebenbei, während sie die Asche aus dem Kamin kratzt, aber ihre Worte treffen mich wie eine Faust in den Magen.

Meine Stimme ist angespannt und schwankend. »Begleitet sie Seine Majestät oft?«

Cosmé steht auf, die Schultern schief durch den schweren Eimer mit Ruß und Asche. Eine grauschwarze Spur zieht sich über ihre hübsche Stirn. »Sie fahren so oft gemeinsam weg, wie es geht. Sie begleitet ihn fast so oft wie Lord Hector. Hättet Ihr heute Abend gern ein Feuer, jetzt, wo alles wieder sauber ist?«

»Nein, danke«, flüstere ich. Wer braucht in diesem warmen Land überhaupt ein Feuer? Die Hitze zieht mir jetzt schon den Hals zusammen, dass ich kaum atmen kann.

In dieser Nacht schleiche ich mich hinunter in die Küche, als Ximena eingeschlafen ist. Der Küchenmeister ist schon damit beschäftigt, die Brote für den nächsten Tag zu backen. Er sagt nichts, als er meine unvergossenen Tränen spürt, sondern deutet nur auf eine Bank nahe dem runden Ofen und reicht mir einen Teller mit Käse. Eine stark riechende Auswahl mit winzigen Pfefferstücken kitzelt meine Zunge. Ich esse, bis mein Bauch wehtut, bis ich die verschiedenen Pfeffernuancen nicht mehr unterscheiden kann. Das Essen spüle ich mit zwei Gläsern Wein herunter und kehre dann verstohlen in meine Räume zurück.

Am nächsten Tag macht mir General Luz-Manuel, ein Mann, den ich nur einmal über verschiedene Speisenplatten hinweg gesehen habe, seine Aufwartung. Weil ich so wenig geschlafen habe, schmerzt mein Kopf, und deswegen gestatte ich es mir, ihn mit einer Entschuldigung abzuweisen und zu sagen, ich sei krank. Ich weiß, dass ich Alejandro im Stich lasse, indem ich ein Mitglied seines Hofstaats nicht zu mir vorlasse. Nun bin ich erst so kurze Zeit mit ihm verheiratet und schon habe ich versagt. Aber im Augenblick fällt es mir schwer, solche Dinge wichtig zu nehmen.

Mein Ehemann hat eine Geliebte. Das weiß ich sicher. »Geliebte« war für mich immer ein etwas unanständiges Wort, mit einem irrealen Klang. Ich bin ein naives Kind, und diese Sache überfordert mich.

Also bleibe ich den ganzen Tag im Bett. Über den Baldachin flimmert Condesa Ariñas Gesicht – das Korallenrot ihrer leicht geröteten Wangen, die Weichheit ihrer Haut. Sie besitzt einen Teil meines Ehemanns, der sich mir überhaupt noch nicht geöffnet hat. Ich versuche, sie mir nicht miteinander vorzustellen, aber ich kann die Bilder nicht abwehren. Dann, ohne dass ich es will, fühle ich seine Hände auf meiner nackten Haut. Es ist aufregend und erschreckend, und ein Teil von mir ist glücklich darüber, dass diese Fantasie vielleicht niemals Wirklichkeit werden wird. Ich bin mir nicht sicher, ob ich es ertragen könnte, nackt vor ihm zu stehen.

Am späten Nachmittag bringt ein Page eine Nachricht vom Taubenschlag. Ximena greift hastig nach ihr und schickt den Jungen wieder weg, bevor er Fragen stellen kann. Sie bricht das Siegel des kleinen Behälters und reicht ihn mir. Ich erkenne Alodias eilige Schrift.

Liebste Elisa,
mein Beileid wegen Aneaxis Hinscheiden.
Deine Stellung in Joya d'Arena war kein Teil unserer Vereinbarung. Er willigte ein, dich vor den Augen der Edelleute von Orovalle zu ehelichen und dich sicher in sein Land zu bringen. Im Gegenzug wird ihm Papá Truppen schicken, um ihm im kommenden Krieg gegen Invierne beizustehen.
Elisa, kleine Schwester, wenn du von der Überzeugung und auch vom Titel her Königin von Joya d'Arena sein möchtest, kann dir das gelingen, aber du musst deine eigenen Entscheidungen fällen. Ich kann dir diesbezüglich keinen Rat geben. Aber ich glaube fest daran, dass du eine großartige Königin sein kannst, wenn du es willst.
Papá lässt dich innigst grüßen.
Alodia

Wieder und wieder lese ich den Brief und stelle mir dazu das verärgerte Gesicht meiner Schwester vor. Als wir beide noch Kinder waren, schnaubte sie immer leise und verdrehte die Augen. Die Lucero-Elisa, die ich noch vor einem Monat war, hätte diesen Brief als eine erwachsene Version genau dieser verächtlichen Miene betrachtet, als Ausdruck der Enttäuschung darüber, dass es mir nicht gelingen will, den Erwartungen zu genügen, die Alodia und Papá in mich setzen. Aber nun spüre ich die Wahrheit. Alodia glaubt, dass ich das Spiel ebenfalls beherrschen kann, wenn ich es will, und zwar gut.

Sie glaubt, ich könnte eine großartige Königin abgeben.

Das ist ein berauschendes Gefühl. Zögernd frage ich mich, ob sie vielleicht recht hat. Zu herrschen hat mich nie gelockt. Regieren, das ist anstrengend und erschöpfend, aber vielleicht doch besser, als keinen Nutzen und keine Aufgabe zu haben. Und vor allem mag es der einzige Weg sein, Alejandro irgendwie für mich zu erobern und von ihm wahrgenommen zu werden. Stundenlang spiele ich mit dieser Vorstellung, frage mich, was Alodia an meiner Stelle täte, und rufe mir die entsprechenden Passagen der *Belleza Guerra* ins Gedächtnis.

Im Geiste stelle ich eine Liste der Vorteile auf, auf die ich zurückgreifen kann. Alejandro hat mich in den Gemächern der Königin untergebracht. Zwar bin ich mir nicht sicher, was das zu bedeuten hat, aber es war offenbar wichtig genug für seine Geliebte, gleich am Tag nach meiner Ankunft ihre Zofe zum Spionieren zu mir auszusenden. Dann habe ich Ximena an meiner Seite, eine Frau, die ich noch nicht einmal ansatzweise verstehe, aber deren Treue mir gegenüber völlig außer

Frage steht. Der oberste Priester des Klosters zu Brisadulce ist mein Freund geworden. Ich bin eine Prinzessin von Orovalle und stehe damit vom Rang her über allen anderen, von Alejandro und seinem kleinen Sohn einmal abgesehen.

Aber der größte Vorteil ist, dass ich den Feuerstein trage. Immer wieder hat man mir gesagt, dass es eine große Ehre ist, die Gott lediglich einmal in hundert Jahren jemandem zuteilwerden lässt, ein Zeichen, dass ich zu Höherem bestimmt bin.

Aber gerade in letzter Zeit ist mir immer wieder klar geworden, wie wenig ich über diesen Stein weiß. Alodias Warnung, dass ich niemandem vertrauen sollte. Der gewaltsame Tod eines Mannes, der ihn entdeckt hat. Die Art, wie Vater Nicandro meine Kinderfrau als meine Beschützerin bezeichnete. Und jetzt Alodias Brief, in dem sie davon spricht, dass ich *sicher* in ein anderes Land gebracht werden sollte.

In der *Belleza Guerra* heißt es: Hüte dich vor Macht, denn sie ist der Feuerstein, der Funken schlägt, um Angst daran zu entzünden. Was ist an meinem Feuerstein, das so viel Angst auslöst?

Ich lege die Fingerspitzen auf die glatte Oberfläche. Selbst durch mein Nachtkleid hindurch pocht der Stein sanft und warm. Wenn ich mich dazu durchringen sollte, dieses Furcht einflößende Spiel mitzuspielen, dann muss ich als Erstes herausfinden, was es wirklich bedeutet, eine Trägerin zu sein. Und ich werde dafür irgendwie Ximenas Wachsamkeit entkommen müssen.

Ich schließe die Augen und bete. *Hast du diesen Stein in mich gepflanzt, damit er mir hilft, Königin zu werden?* Welche Antwort ich mir von Gott erhoffe, kann ich nicht sagen.

Eine warme Hand legt sich auf meine Stirn, und ich schlage die Augen wieder auf. Ximena lächelt mich liebevoll an. »Du siehst viel besser aus«, sagt sie. »Viel mehr Farbe auf deinen Wangen.«

Ich erwidere ihr Lächeln. »Mir geht es viel besser.«

»Möchtest du jetzt noch etwas essen? Ich könnte dir Gebäck bringen lassen, und vielleicht auch gekühlten Saft?«

»Nein, danke.« Mein Kopf schwirrt vor lauter Plänen, denn möglicherweise ist mir doch gerade eine Möglichkeit eingefallen, um heimlich mit Vater Nicandro zu sprechen. »Ich habe keinen Hunger.«

8

In der *Scriptura Sancta* heißt es, alle Menschen seien gleich vor dem Angesicht Gottes, und daher sitzen tatsächlich einmal in der Woche die Dienstboten neben Kaufleuten und Edlen. Bei unserem ersten Gottesdienstbesuch im Kloster Brisadulce saßen Ximena und ich auf einer roh gezimmerten Bank, umgeben von gerade mal einer Handvoll Fremder. Jede Woche kamen jedoch mehr Menschen hinzu, und inzwischen sind alle Plätze auf den Bänken besetzt. Der Raum heizt sich durch die Wärme der Körper auf.

Ich vermute, dass ich der Grund der neu auflebenden Frömmigkeit bin. Jeder möchte einen Blick auf die einsiedlerische Prinzessin von verblüffend hohem Stand werfen, auf dieses dicke, fremdartig gekleidete Mädchen, das immer wieder in die Bibliothek mit den heiligen Schriften geht und mit so viel Inbrunst betet. Heute bin ich besonders froh über die große Menge, die sich eingefunden hat. Inmitten so vieler Leute werde ich Vater Nicandro meine kleine Notiz viel leichter zustecken können, direkt unter den Augen der wachsamen Ximena.

Ich neige den Kopf, als uns die Priester, allen voran Vater

Nicandro, durch das »Glorifica« führen. Zwar wurde es in die Lengua Plebeya übersetzt und lässt daher die lyrische Schönheit der ursprünglichen Sprache vermissen, aber die Worte wärmen dennoch mit ihrer Tiefe meine Seele, und der Feuerstein reagiert auf unsere Gesänge mit freudigen Strahlen.

Meine Seele preist Gott, lass sie frohlocken in meinem Retter
Denn er hat an seine bescheidenen Diener gedacht
Gesegnet bin ich unter Generationen
Denn er hat mich errettet aus der sterbenden Welt
Er hob mich empor mit seiner rechtschaffenen rechten Hand
Er hat sein Volk befreit, ihm neues Leben in Fülle geschenkt
Meine Seele preist Gott, lass sie frohlocken in meinem Retter.

Strahlend hell brennen die Gebetskerzen auf dem Altar, hinter dem Vater Nicandro eine einzelne Rose emporhält. Es ist eine Rose aus der heiligen Züchtung, deren Dornen ich selbst auf diese Entfernung erkennen kann, eine Rose, die aufgrund ihrer blutrot leuchtenden Farbe und ihrer scharfen Waffen erwählt und geweiht wurde. In getragenem Singsang verkündet Vater Nicandro, sie sei ein perfektes Symbol jener Schönheit und jenes Schmerzes, die im Glauben liegen, und wir geben im Chor die ritualisierte Antwort.

Nach einer Erlösungshymne bittet Vater Nicandro jene, die gesegnet werden möchten, gemessenen Schrittes nach vorn zu kommen. Aus diesem Grund habe ich mir einen Platz am Rand einer Bank gesucht. Die Rüschen meines Rocks ragen in den Gang, und ich ziehe den Stoff enger an mich, um den Weg frei zu machen.

Einige Leute erheben sich und begeben sich langsam nach

vorn zum Altar. Zwar halte ich den Kopf geneigt, aber meine Augen sind offen, und schließlich spüre ich jemanden hinter mir den Gang entlangkommen. Nun muss ich genau den richtigen Zeitpunkt abpassen. Ein schneller Blick über meine Schulter zeigt mir eine große Frau mittleren Alters, die ein graues Dienerinnengewand trägt. Ich warte, bis sie meine Bank beinahe erreicht hat.

Ruckartig stehe ich auf und trete vor ihr in den Gang. Kurz höre ich sie die Luft einziehen, als ihre Knie leicht die Rückseite meiner Schenkel berühren. Entschuldigend sehe ich mich zu ihr um, und sie erwidert meinen Blick mit einem schüchternen, aber ehrlichen Lächeln.

Ximena steht ebenfalls auf und will mir folgen, aber nun ist es passiert: Zumindest eine Person wird zwischen uns stehen, und meine Kinderfrau wird nicht genau sehen können, was geschieht, wenn ich um meinen Segen bitte.

Einer nach dem anderen treten die Bittsteller zu Vater Nicandro und äußern flüsternd ihr Anliegen. Er betet, dann sticht er den Gläubigen mit dem Rosendorn in die Fingerspitze. Gemeinsam halten sie dann den blutenden Finger über den Altar, bis ein Tropfen als Opfer auf den Stein fällt. Vater Nicandro macht das Zeichen der gewölbten, rechtschaffenen Hand unter dem Kinn des Gesegneten, woraufhin ein anderer Priester die kleine Wunde mit einem Tuch und Wasser mit Zaubernussextrakt versorgt.

Während der kleine Junge vor mir dem Priester etwas zuflüstert, fasse ich ganz langsam unter den Bund meines Rocks nach der Botschaft, die ich vorbereitet habe. Ob mein Plan gelingen wird, hängt von dem Priester ab. Wird er bereit sein, die Nachricht während des heiligen Sakraments entgegenzunehmen, und wird er sich dabei unbeteiligt geben können?

Vielleicht habe ich einen Fehler gemacht. Vater Nicandro wird sicher zornig sein. Was, wenn er die Zeremonie unterbricht? Oder wenn Ximena etwas bemerkt? Gerät sein Leben dann wieder in Gefahr?

Gerade will ich es mir noch einmal anders überlegen, und meine Hand bewegt sich schon wieder zurück zum Bund meines Rocks, um die Nachricht zurückzuschieben, als der kleine Junge beiseitetritt, um seinen Finger zu reinigen. Ich war nicht schnell genug. Für einen kurzen Moment ruht Vater Nicandros Blick auf der winzigen Pergamentrolle, die ich zwischen Daumen und Zeigefinger halte.

Ich trete vor, die Rolle fest an die Brust gedrückt. Vater Nicandro legt mir die linke Hand in den Nacken und zieht meinen Kopf herunter, bis wir uns Stirn an Stirn gegenüberstehen.

»Hoheit«, flüstert er. »Worum ersucht Ihr Gott?« Gleichzeitig fassen Zeigefinger und Mittelfinger der anderen Hand, die auch die Rose hält, nach dem Pergament. Ein schneller, sicherer Griff, und meine Nachricht verschwindet so geübt in seinem weiten Ärmel, als sei Nicandro bestens vertraut mit Intrigenspiel dieser Art.

Ruhig wartet er auf meine Antwort, und ich entscheide mich für die Wahrheit. »Weisheit«, flüstere ich. »Ich brauche so viel mehr, als ich besitze.«

Zustimmung schwingt in seiner Stimme mit, als er den Segen intoniert. Der Stich ist schnell und heftig, und ich vermute, dass der Priester trotz seiner gelassenen Haltung ein wenig durcheinander ist, denn der Dorn dringt viel tiefer ein, als ich es gewohnt bin. Die kleine Verletzung pocht schmerzhaft, als wir beide den Finger über den Altar halten, und schnell bildet sich ein dicker Blutstropfen. Er färbt sich braun, als er auf den Stein fällt. Ein kleinerer Tropfen folgt.

Nicandro zieht meine Hand zurück und lächelt mich entschuldigend an. Ich lächele zurück und bin froh, dass nichts Schlimmeres passiert ist als ein zu tiefer Dornenstich.

Während ich beiseitetrete, um mir den Finger baden und bandagieren zu lassen, rückt die hochgewachsene Dienerin auf. Mein Herz klopft vor Aufregung darüber, was ich gerade getan habe. Ich bete, dass Ximena nichts gemerkt hat und dass Vater Nicandro meine Nachricht schnell liest. *Ich muss Euch treffen*, steht darin. *Zur ersten Morgenstunde bei den alten Schriften*.

Nach dem Gottesdienst erkläre ich, erschöpft zu sein und mich hinlegen zu wollen. Schließlich werde ich etwas Schlaf auf Vorrat brauchen, damit es mir gelingt, im Dunkeln wach zu bleiben, nachdem sich Ximena in ihr Gemach zurückgezogen hat. Wie ich liest auch sie jeden Abend in der *Scriptura Sancta*, und es könnten Stunden vergehen, bevor sie ihre Kerzen löscht und schlafen geht.

Ein Klopfen an der Tür weckt mich aus meinem Schlummer. Ximena, die gerade einige Kleidungsstücke für mich umarbeitet und Röcke und Blusen weiter macht, lässt ihre Näharbeit sinken und erhebt sich.

Sie öffnet die Tür einen Spalt, aber die Männerstimme, die nun erklingt, ist gedämpft und nicht zu verstehen. »Sie ruht gerade«, antwortet Ximena.

»Wer ist es?«, flüstere ich vom Bett aus.

»Einen Augenblick.« Sie wendet sich zu mir. »Es ist General Luz-Manuel. Schon wieder.«

Mit den Lippen forme ich die Worte: »Ich kann ihn nicht ein zweites Mal abweisen.« Glücklicherweise hat Cosmé ihren freien Tag und sieht daher nicht, wie ich den General empfange. Ich rolle mich vom Bett, und Ximena wirft mir einen Morgenmantel zu, den ich mir um die Schultern lege und am Hals zubinde.

Verschwörerisch verdreht Ximena die Augen, dann öffnet sie die Tür. »Bitte tretet ein, General.«

Er stürmt in mein Gemach, als fürchte er, ich könnte es mir noch einmal überlegen, wenn er zu lange zögert. Er ist dünn und geht leicht gebeugt, wird langsam kahl und trägt einen ähnlich sorgfältig geformten Schnurrbart wie Lord Hector und die anderen Leibgardisten.

Der Gedanke an Lord Hector entlockt mir ein Lächeln. Es wäre schön, ihn wieder einmal zu sehen, denn schließlich ist er einer der wenigen, die seit meiner Ankunft wirklich nett zu mir gewesen sind.

»Hoheit.« Mein Besucher verneigt sich tief.

»General Luz-Manuel. Ich muss mich entschuldigen, dass ich nicht besser auf Besuch vorbereitet bin.«

Meine Entschuldigung wehrt er mit einer Handbewegung ab. »Fühlt Ihr Euch oft nicht wohl, Hoheit?« Besorgnis liegt in seinen Augen.

»Nach den Gottesdiensten bin ich immer müde«, erwidere ich ganz ruhig. »Empfindet Ihr das Sakrament des Schmerzes nicht auch als eine emotional auslaugende Erfahrung?«

Er zuckt nur mit den Schultern. »Der Grund meines Besuchs …« Er blickt zu Boden. »Man hat mich beauftragt,

Euch, nun ja, offiziell zur nächsten Quorumssitzung einzuladen.«

Joya d'Arenas Quorum der Fünf. Alejandros Rat, der aus hochrangigen Edelleuten und Offizieren besteht. Jetzt ist Vorsicht geboten, damit sie mich nicht in seiner Abwesenheit für irgendwelche Manöver missbrauchen.

»Natürlich würde ich gern zu einer Sitzung kommen. Allerdings weiß ich nicht, inwieweit ich etwas dazu beitragen könnte.«

Er räuspert sich. Vielleicht stört es ihn, dass er als Botenjunge ausgesandt wurde, oder er ist insgesamt nicht einverstanden mit der Entscheidung, ein Kind ins Quorum zu holen. »Wir beginnen mit den Vorbereitungen für den Krieg gegen Invierne.« Wie schon meine Schwester in ihrem Brief geht auch er davon aus, dass dieser Krieg unvermeidlich bevorsteht. »Es wäre schön, wenn wir beim nächsten Treffen einen Vertreter aus Orovalle in unserer Mitte wüssten.«

Das ist schlüssig. Wenn das Volk von Joya schon keine Ahnung davon hat, dass ich mit Alejandro verheiratet bin, dann ist sicherlich auch nicht bekannt, dass mein Vater eingewilligt hat, Truppen zur Verstärkung zu schicken. Aber diese Einladung ist genau das, worauf mich Alejandro vorbereitet hat, und daher weiß ich, dass ich mitspielen muss.

»Wann findet die nächste Sitzung statt?«

»In sechs Tagen, direkt nach dem Mittagsmahl.«

Ich schenke ihm mein selbstbewusstestes Lächeln. »Ich komme gern.«

Nachdem er sich zurückgezogen hat, sieht Ximena von ihrer Näharbeit auf. Es fasziniert mich immer wieder, wie unsichtbar sie für Besucher ist. Sie sind Narren, dass sie meine Kinderfrau übersehen, denn ihr entgeht nichts.

»Sei vorsichtig mit den Fünfen, mein Himmel. Sie stehen in dem Ruf, schlau genug zu sein, um sogar Juana-Alodia das Wasser zu reichen.«

Ich werfe ihr einen bösen Blick zu: Sogar sie vergleicht mich mit meiner Schwester. »Denen bin ich gewachsen«, fauche ich sie an.

»Das habe ich ja gar nicht bestritten. Sei nur vorsichtig. Sei *schlauer* als Alodia.«

Mein Blick senkt sich auf meine Bettdecke, und ich fühle mich schlecht, weil ich an Ximena gezweifelt habe. »Ich werde es versuchen.«

Ximena bleibt lange auf, um meinen Rock fertig zu nähen. Ich lese aus der *Scriptura Sancta* vor, aber selbst meine Lieblingspassagen können heute kein Feuer in mir entfachen. Immer wieder sehe ich zu meiner Kinderfrau hinüber, und Gereiztheit und warme Zuneigung ringen miteinander in mir, wie sie bis spät in die Nacht über den Stoff gebeugt dasitzt und mit Knöpfen und geraffter Seide kämpft. Sie arbeitet so hart für mich, und ich, ich werde sie in dieser Nacht betrügen.

Endlich legt sie den Stoff zusammen und steht gähnend auf. »Es tut mir leid, mein Himmel, aber ich kann die Stiche schon fast nicht mehr sehen. Ich muss das morgen fertig machen.«

Ich halte ihr Gesicht vor meinem inneren Auge fest, die runden Wangen, die Sorgenfalten an den Schläfen. Inzwischen wünsche ich mir sehr, ich hätte mehr Zeit mit Aneaxi gehabt, Zeit, mir ihre Züge genau einzuprägen. Schon jetzt verschwimmen ihre lachenden Augen in der Erinnerung, und ich weiß nicht mehr genau, ob sie ebenso groß war wie ich oder doch noch ein klein wenig größer. »Danke, Ximena. Der Rock ist wunderschön.«

Sie kommt an mein Bett und beugt sich über mich, um mich auf die Stirn zu küssen. »Schlaf gut, meine Elisa.«

Glücklicherweise verlischt das leichte Schimmern, das aus ihrem Schlafzimmer ins Atrium dringt, fast sofort, und ich bleibe mit weit aufgerissenen Augen in der kühlen Dämmerung zurück.

Ich warte.

Meine Lider werden schwer, aber die Unruhe hält mich wach. Eine Kerze zum Lesen anzuzünden, wage ich nicht. Nach einer Weile steige ich aus dem Bett und gehe leise in meinen Pantoffeln auf und ab.

Der Klang der Klosterglocken dringt aus einiger Entfernung, aber hell und klar durch den offenen Balkon zu mir herein; es schlägt Mitternacht. Doch ich warte weiter, bleibe an meiner Seite des Atriums stehen und lausche, ob aus Ximenas Gemach noch etwas zu hören ist. Schließlich wickele ich mich in ein langes Gewand und schleiche mich aus der Tür.

Die Flure sind still und düster. Die wenigen Fackeln werfen seltsame Lichtmuster auf den schimmernden Sandstein, und beinahe muss ich lachen; Alejandros monströser Palast ist tief in der Nacht beinahe schön zu nennen. Ich habe schreckliche Angst, entdeckt zu werden. Meine Körperformen sind zweifelsfrei leicht wiederzuerkennen, auch bei einem nur flüchtigen Blick.

Im Geiste schelte ich mich für meine feigen Gedanken.

Ich habe ebenso ein Recht, nachts durch die Flure zu wandeln, wie jeder andere. Sicher würde mir auch schnell eine kluge Ausrede einfallen. Aber trotzdem brennen meine Schenkel von den kontrollierten, vorsichtigen Schritten, und als ich die hölzernen Klostertüren endlich erreicht habe, schmerzt mein Kiefer, weil ich die Zähne so angestrengt zusammengebissen habe.

Auf Zehenspitzen schleiche ich mich zur Bibliothek und warte auf Vater Nicandro. Es dringt gerade genug Mondlicht durch die hohen Fenster, um mir den Weg zum Archiv zu beleuchten, in dem die ältesten Dokumente verwahrt werden. Dort angekommen, setze ich mich auf einen Hocker.

Ich muss nicht lange warten. Ein plötzlicher Schimmer Kerzenlicht lässt mich wissen, dass er da ist. Verblüfft hebe ich den Kopf und staune darüber, wie geräuschlos er sich bewegt.

»Hoheit«, flüstert er. »Ihr habt unsere heiligste Zeremonie genutzt, um mich hierherzubestellen. Nun vermute ich, dass Ihr guten Grund dafür hattet?«

Ich lasse die Schultern hängen. »Es tut mir leid, Vater. Ich hielt es für das Beste, aber …« Mit einem Achselzucken wende ich den Kopf ab; ich kann ihm nicht in die Augen sehen.

Er setzt sich neben mich und stellt den Kerzenhalter zwischen uns auf den Tisch. In dem flackernden Licht sehe ich die uralten Schriftrollen auf den Gestellen an den Wänden, ganze Stapel von Pergamenten, die kopiert werden sollen, hölzerne Schränke, in denen sich die ältesten, lichtempfindlichsten Schriftstücke befinden, und mir wird klar, dass ich ihn dazu gebracht habe, gegen gleich noch einen Grundsatz seiner Berufung zu verstoßen. »Es tut mir so leid«, sage ich und deute auf die Kerze. »Ich habe nicht nachgedacht. Ich weiß, dass Kerzen in Kopierzimmern nichts zu suchen haben.« Zu Hause galt die Regel, dass nur bei Sonnenlicht gearbeitet werden durfte, denn nur zu leicht hätte es geschehen können, dass jemand nach langen Stunden des Abschreibens eine Lampe oder Kerze umgestoßen hätte. Mein Hals und mein Nacken laufen rot an, so peinlich ist es mir.

»Elisa. Was ist denn? Was ist der Grund für dieses heimliche Treffen?«

Als ich den Blick hebe, sind seine Augen so voller Mitgefühl, dass ich ungestüm herausplatze: »Ich brauche Hilfe. Ich muss wissen, was es mit dem Feuerstein auf sich hat.«

Ein Lächeln breitet sich über sein Gesicht. »Das hatte ich bereits vermutet. Ich werde gern versuchen, Euch zu helfen.«

Meine Erleichterung ist so groß, dass ich kaum das Zittern meiner Unterlippe unterdrücken kann. »Wirklich?« Es ist einfach überwältigend, dieses Gefühl, dass mir tatsächlich jemand helfen will.

»Wirklich. Wärt Ihr hier geboren worden, in Brisadulce, dann wäre es meine Aufgabe gewesen, Euch über alles in Kenntnis zu setzen, was mit dem Feuerstein zusammenhängt. Und daher werden wir ausführlich über alles sprechen, während wir die Kerze sorgfältig im Auge behalten.« Ein winziger Hauch von Ironie schwingt in seinem Ton mit. »Und jetzt sagt mir – was wisst Ihr bereits darüber?« Im Kerzenlicht wirken seine Augen noch durchdringender, seine Nase ist scharf geschnitten wie ein Schnabel. Sein Eifer ist ansteckend, und mehr denn je erinnert er mich an meinen alten Tutor.

Ich hole tief Luft. »Ich kenne alle Passagen in der *Scriptura Sancta* auswendig, die sich auf den Feuerstein oder den

Träger beziehen. Von daher weiß ich, dass Gott in jedem Jahrhundert ein Kind zur Erfüllung einer Aufgabe erwählt.« Plötzlich merke ich, dass meine Finger gewohnheitsmäßig zum Stein in meinem Nabel gewandert sind. »Ich weiß, dass Gott dieses Ding während meiner Namensgebungszeremonie in mich hineingesteckt hat. Ich fühle, wie es nun in mir lebt, wie es pocht wie ein zweiter Herzschlag. Manchmal reagiert es auf bestimmte Dinge, gelegentlich auch so, dass ich es nicht verstehe. Vor allem reagiert es auf meine Gebete.«

Er nickt, während ich spreche. »Und die Geschichte des Feuersteins? Was wisst Ihr darüber?«

»Abgesehen von mir selbst stammte nur einer der auserwählten Träger aus Orovalle. Das war vor vierhundert Jahren, kurz nach der Besiedlung unseres Tals. Alle anderen waren aus Joya.«

»Wisst Ihr etwas über die Art und Weise der Aufgabe, um die es geht?«

Ich zucke mit den Schultern. »Nur, dass es etwas Großes und Wunderbares ist …« Mit den Händen mache ich eine Bewegung, um einen Begriff zu umschreiben, der enorm groß zu sein scheint, aber trotzdem für mich wenig greifbar bleibt. »Davon abgesehen wohl nicht allzu viel. Als ich heranwuchs, hat man mir immer wieder gesagt, dass ein großes Schicksal auf mich wartet. Die Leute scheinen alle zu glauben, ich würde irgendwie eine … Heldin werden.« Röte steigt mir in die Wangen. Es ist albern, und ich spähe ins Dämmerlicht in der Erwartung eines spöttischen Blicks aus seinen scharfen Augen. Aber es ist zu dunkel, um etwas zu erkennen.

»Und der erste Träger aus Orovalle – wisst Ihr, welche

Aufgabe er erfüllt hat?«

»Natürlich. Hitzedar der Bogenschütze. Mein Vater wurde nach ihm benannt. Während der ersten Kämpfe meines Landes gegen Invierne hat er vierunddreißig Männer getötet, darunter den Animagus, der den Angriff führte. Er war …« Ich blicke auf meine Hände. »Er war sechzehn Jahre alt.«

Vater Nicandro schweigt einen Augenblick, in Gedanken versunken. Dann fragt er: »Habt Ihr Homers *Afflatus* gelesen?«

Mein verständnisloser Blick ist ihm Antwort genug.

»Das hatte ich befürchtet«, seufzt er.

»Befürchtet? Was denn? Was ist Homers *Afflatus?*«

»Homer war der erste Träger. Die Überlieferung zufolge gehörte er zur ersten Generation derer, die in der neuen Welt geboren wurden.«

Von Homer habe ich noch nie gehört. Wie konnte man mir etwas so Wichtiges wie den ersten Träger verschweigen? »Und dieser … *Afflatus?*« Der Feuerstein erwärmt sich leicht bei dem Wort.

»Es war seine Aufgabe. Der Geist Gottes ergriff von ihm Besitz, und er schrieb den *Afflatus*, eine Sammlung von Prophezeiungen. Sie betreffen unter anderem den Feuerstein.«

Meine Hände sind eiskalt, und ich atme heftig und stoßweise. Der Feuerstein verströmt eine so pulsierende Wärme, dass gleich darunter Übelkeit zu lauern scheint. »Prophezeiungen«, flüstere ich. »Ein heiliger Text. Davon habe ich nie gehört. Ich habe nie …« Mit einem Ruck stehe ich auf. »Die Menschen in Orovalle, sie wissen nichts davon.« Unruhig wandere ich zu den Regalen hinüber und wieder zurück.

»Hoheit …«

»Sie sollten davon erfahren. Habt Ihr den Text hier? Ximena könnte eine Abschrift für das Kloster zu Amalur fertigen. Meister Geraldo würde sicher gern …«

»Elisa!«

Die Schärfe in seiner Stimme lässt mich aufsehen.

»Hoheit«, sagt er nun sanft. »Sie wissen schon davon.«

Es dauert einen Augenblick, bis ich begreife. Dann breitet sich ein Schmerz wie Feuer in meiner Brust aus. »Wer genau weiß schon davon?« Ich glaube die Antwort bereits zu kennen, aber ich muss es aus seinem Mund hören.

»Alle.« Seine Lippen formen einen dünnen Strich, bevor er fortfährt: »Es tut mir leid, Hoheit. Alle außer Euch wissen es.«

9

Es ist, als hätte jemand mit einem Ruck einen Schleier weggezogen, der über meinem bisherigen Leben lag. Es erklärt so vieles. Das Verstummen der Gespräche, wann immer ich einen Raum betrat. Die verstohlenen Blicke, die zwischen meinem Tutor und meiner Schwester hin und her gingen. Geflüster hinter vorgehaltener Hand. Beruhigende, belanglose Worte, vorgetragen mit besorgtem Blick. Ich führte das bisher stets auf die Verachtung zurück, die mir die Welt entgegenbrachte, weil ich meiner Schwester so gar nicht ähnlich bin. Weil ich dick bin.

Ein Gefühl der Erniedrigung kriecht langsam wie wimmelnde Würmer in mir hinauf. Ich war eine hervorragende Schülerin, mir sind winzige Kleinigkeiten aufgefallen, ich habe Logikrätsel gelöst, mir Informationen eingeprägt. Das war es, worauf ich stets stolz war.

Aber wie leicht habe ich mich hinters Licht führen lassen. Was war ich für ein dummes, dummes Kind.

»Hoheit?« Nicandro klingt vorsichtig, besorgt.

»Warum?«, flüstere ich. »Wieso hat man all das vor mir verborgen?«

»Setzt Euch.« Er deutet auf den Hocker. »Wenn Ihr so hin und her geht, macht Ihr einen alten Mann ganz nervös.« Sein Blick wandert zur Kerze, als ich mich füge, dann sagt er fröhlich: »Wir werden vielleicht noch eine zweite brauchen.«

Ich lasse mich nicht von seiner guten Laune anstecken. »Erzählt es mir.«

Er stützt sich auf den Tisch. »Als die Anhänger der Vía-Reforma Joya verließen, um sich in Orovalle niederzulassen, hatten sie vor allem ein Ziel vor Augen.«

Das weiß ich bereits. »Gott zu finden.«

Er nickt. »Sie glaubten – und glauben immer noch –, dass es das höchste Streben aller Menschen sein sollte, die heiligen Texte zu studieren. Sie waren davon überzeugt, dass die zunehmend gottlose Welt die göttliche Wahrheit verwässert hatte, die nun auf ihre Wiederentdeckung wartete. Das zweithöchste Streben der Menschen ist …«

»Das Dienen.«

Er nickt wieder. »Ja, die Erfüllung einer Aufgabe. Also verließen sie das Land, und als einige Jahre später feststand, dass der nächste Träger aus Orovalle stammte, werteten sie das als Zeichen göttlicher Zustimmung.«

»Was hat all das mit Homers *Afflatus* zu tun?«

»Nur Geduld. Ich gehe davon aus, dass die königliche Familie der Vía-Reforma treu geblieben ist?«

»Natürlich.« Meine Familie hat stets voller Stolz betont, dass meine Vorfahren keine Angst vor der Wahrheit hatten.

»Wie die meisten Bewegungen war auch diese zu Anfang von edelsten Motiven geprägt. Das Bedürfnis, zum Weg Gottes zurückzufinden, war echt. Aber die Bewegung wuchs, veränderte sich und entwickelte sich … zu etwas anderem.«

Ich bin zwar zornig auf meine Schwester, auf Meister Geraldo und vor allem auf Ximena, weil sie alle mir so viel verschwiegen haben, doch will ich den Gedanken dennoch einfach nicht zulassen, dass mein Glaube in Gänze fehlgeleitet war. »Erklärt mir das bitte.« Die Warnung in meiner Stimme ist unüberhörbar.

»Sie studierten die Texte. Oh ja, das taten sie. Das führte schließlich zu einer sehr stolzen Haltung – sie verstanden die heiligen Schriften besser als irgendjemand sonst, und das wussten sie. Diese gründliche Beschäftigung mit den Schriften wurde zu einer Art kulturellen Besessenheit. Sie entdeckten Wahrheiten, die … geringeren Augen verborgen blieben.«

Diese Haltung zu verteidigen, fällt mir leicht. »Das ist auch ganz schlüssig. Es ist wesentlich leichter, die *Scriptura Sancta* oder die *Allgemeine Lehre ergebenen Dienens* zu verstehen, wenn man sie wirklich intensiv studiert. Wie heißt es schon in der *Sancta:* ›Tiefes Studium führt zu tiefem Verständnis.‹«

»Das ist wahr«, räumt Vater Nicandro nachsichtig lächelnd ein. »Aber es heißt auch: ›Der Geist Gottes ist ein Mysterium, das kein Mensch je ganz und gar verstehen kann.‹ Wisst Ihr, sie gingen zu weit. Sie wandten sich von der offensichtlichen, natürlichen Deutung der Texte ab und suchten nach der verborgenen, unnatürlichen. Ihre kostbare Wahrheit wurde verdunkelt von Hochmut und elitärem Denken.«

»Könnt Ihr mir ein Beispiel nennen?«

Er steht auf und taucht in die Düsternis zwischen den Bücherregalen. Ich höre, wie er einzelne Schriftrollen hervorzieht, vor sich hin murmelt und schließlich leise wieder zurückkehrt. Ein seltsamer Geruch geht ihm voraus, der muffige, an Tierhäute erinnernde Hauch großer Geheimnisse.

»Das hier«, erklärt er und breitet eine Schriftrolle auf dem Tisch aus, »ist Homers *Afflatus*.« Die Ränder versuchen, sich wieder einzurollen, und Vater Nicandro hält sie mit dem Unterarm fest. Mit der freien Hand deutet er auf einen Absatz in der Mitte des Textes. »Hier. Lest das.«

Die Kerze spendet nur wenig Licht, die Schrift windet sich unruhig über das weiche Pergament, und ich bin so müde. Seufzend reibe ich meine Augen und senke den Kopf, um besser zu sehen.

Und Gott erwählte sich unter den Menschen einen, der für ihn stritt. Dies geschieht in vier Generationen stets einmal.
Er erhob ihn mit seinem Zeichen.
(Der Steinträger fürchte sich nicht.)
Aber die Welt erkannte ihn nicht, und seine Bedeutung war versteckt, er blieb verborgen wie die Wüstenoase von Barea.
Viele suchten nach dem Steinträger, oft taten sie dies aus bösem Willen.
(Der Steinträger schwanke und wanke nicht.)
Er konnte nicht wissen, was an den Toren des Feindes seiner harrte, und er wurde wie ein Kalb zur Schlachtbank ins Reich der Hexerei geführt. Aber die rechtschaffene rechte Hand Gottes ist stark und mächtig.
(Seine Gnade erstreckt sich auf Sein Volk.)

Nachdenklich lehne ich mich zurück. Es klingt wahr, was in diesem Absatz steht, das spüre ich in meinem Herzen, und der Feuerstein antwortet mit einem sanften Vibrieren. Aber es steckt auch etwas Neues in diesem Text, und ich warte, bis die Worte in meinen Verstand eingedrungen sind. Das Reich der Hexerei. Die Tore des Feindes.

»Wieso hat meine Vía-Reforma-Familie das vor mir verborgen?«

Vater Nicandro beugt sich lächelnd vor. Wie alle guten Lehrer liebt er den Augenblick der Enthüllung, wenn das Licht des Wissens auch seinem Schüler zuteilwird. »Der Dreh- und Angelpunkt ist dieses Wort hier.« Er deutet auf den Absatz und liest vor: »›Er konnte nicht wissen, was an den Toren des Feindes seiner harrte …‹ *Konnte*. Ein winziges Wort. Die natürliche Deutung des Textes legt nahe, dass der Steinträger aus welchen Gründen auch immer nicht weiß, welche Gefahren ihn erwarten.«

Ich nicke. So hätte ich es auch gelesen.

»Aber!« Er hebt den Zeigefinger. »Es gibt noch einen anderen Absatz: ›Jener, welcher Dienst und Pflicht erfüllt, darf niemals die reine Absicht verlieren.‹«

Diese Worte sind mir gut bekannt. Sie stammen aus der *Allgemeinen Lehre ergebenen Dienens*. Es ist eines von Ximenas Lieblingszitaten.

»Zwei verschiedene Bedeutungen«, fährt Nicandro fort. »Konnte nicht – darf nicht. In der Originalsprache steht allerdings beide Male derselbe Ausdruck: *Né puder*. Unsere Vorväter entschlossen sich jedoch, weshalb auch immer, ihn verschieden zu übersetzen. Die Anhänger der Vía-Reforma halten die erste Übersetzung für einen Fehler. Sie sind der Überzeugung, dass es statt ›er konnte nicht wissen‹ vielmehr heißen sollte, ›er darf nicht wissen, was seiner harrte‹.«

»Sie glauben also, es bedeutet, dass der Träger nichts von

der Gefahr erfahren soll. Eine Anweisung, keine Feststellung.«

»Ganz genau.«

»Und deswegen ließ man mich in Unkenntnis.«

»Ja.«

»Wegen eines Wortes.«

Er zuckt mit den Schultern. »Es gibt andere Passagen, die gern bemüht werden, um die Auffassung der Vía-Reforma zu untermauern, aber diese ist die wichtigste.«

»Die anderen Träger, die aus Joya stammten – hat man sie auch über alles im Ungewissen gelassen?«

»Nein. Nur Euch und Hitzedar den Bogenschützen.«

Ich stütze den Kopf in die Hände und versuche, das alles zu begreifen. Vater Nicandro hat nicht all meine Fragen beantwortet, aber ich bin zu müde, um mir in Erinnerung zu rufen, was ich sonst noch wissen wollte. Voll Sorge denke ich darüber nach, was Ximena tun wird, wenn sie erfährt, dass ich von Homers *Afflatus* weiß. Vielleicht wäre es am besten, wenn ich es ihr nicht sage. Und was, wenn die Anhänger der Vía-Reforma recht haben? Was, wenn ich von all dem wirklich nichts erfahren darf?

»Vater.« Es ist scheußlich, wie meine Stimme zittert, aber ich kann es nicht verhindern. »Was erwartet mich an den Toren des Feindes?«

»Mein gutes Kind, das kann ich Euch nicht sagen. Das weiß niemand. Wir wissen lediglich, dass der Träger großen Gefahren gegenüberstehen wird.«

»Aber ich werde am Ende doch siegen, oder nicht? Ich meine, es heißt doch: ›Die rechtschaffene rechte Hand Gottes ist stark und mächtig.‹«

»Auch das kann ich nicht sagen. Ich möchte Euch keine Angst machen, aber ich finde es beunruhigender, was in den Schriften nicht gesagt wird. Nirgendwo steht, dass der Steinträger die Oberhand behält.« Er dreht das Schriftstück um. »Seht Euch das an.«

Es ist eine Liste mit Namen und den dazugehörigen Daten. Etwa alle hundert Jahre ein neuer Name, dazwischen einige überraschende Lücken. Am Ende entdecke ich meinen eigenen. *Lucero-Elisa de Riqueza*. Er wurde erst kürzlich hinzugefügt, denn die Tinte ist dunkler, und die Buchstaben sind nicht verlaufen. Ich sehe sie staunend an. Homer führt die Liste an. Hitzedar der Bogenschütze steht nur wenige Zeilen über mir.

Die Träger, die mir vorangegangen sind. Echte Namen, echte Menschen.

»Da gibt es Lücken.« Ich sehe Nicandro fragend an.

»Ja. Unsere Aufstellung ist unvollständig. Entweder gingen die entsprechenden Geschichten verloren, oder einige der Träger wurden niemals erkannt.«

Ein erschreckender Gedanke. »Wie wäre das möglich?«

Er zuckt mit den Schultern. »Vielleicht lebten sie weit von einem Kloster entfernt, wurden in Aberglauben erzogen und wussten nichts von ihrem Schicksal. Vielleicht starben sie oder wurden getötet, bevor sie ihre Aufgabe erfüllen konnten. Wer weiß das schon?«

»Also kann das geschehen.« Meine schlimmsten Ängste bestätigen sich. Das Schicksal ist viel zu flatterhaft, als dass es sich von einem so kleinen Ding wie einem Juwel kontrollieren ließe. »Es kommt vor, dass jemand stirbt, bevor er seine Aufgabe erfüllt.«

»Oh ja. Von den hier Genannten«, seine Hand fährt in einem weiten Bogen über die Liste, »haben weniger als die Hälfte erkennbare Aufgaben erfüllt. Und die meisten kamen jung und auf brutale Weise ums Leben. Wie Hitzedar der Bogenschütze, der mit einem Pfeil im Herzen starb.«

Keine besonders guten Aussichten.

Ein heftiger Schmerz baut sich hinter meinen Augen auf, ein Druck wie von Sorgen und unvergossenen Tränen. Ich massiere meine Nasenwurzel und frage: »Wieso sagt Ihr mir das alles? Meine Kinderfrau … sie ist wohl auch …«

»Sie ist Eure Beschützerin. Lady Ximena würde ihr Leben für Euch opfern.«

»Sie ist meine *Kinderfrau.«* Natürlich ist sie mehr als nur das, aber ich bin müde und starrköpfig.

»Der Beschützer wird vom nächstgelegenen Kloster ausgewählt, um über den Träger zu wachen. In Orovalle gehörte es zudem sicherlich auch zu seinen Aufgaben, Euch über bestimmte Prophezeiungen in Unkenntnis zu halten.« Er wendet den Kopf und sieht in die Dunkelheit. »Es wäre mir recht, wenn sie von unserer Unterhaltung nichts erführe. Als oberster Priester des Klosters zu Brisadulce ist es an mir, Euch zu unterweisen und auf Euren Weg vorzubereiten, so gut es mir irgend möglich ist. Aber ein Anhänger der Vía-Reforma würde das sicherlich völlig anders sehen.«

Ximena hat mehr getan, als über mich zu wachen. »Sie hat kürzlich einen Mann getötet, weil er entdeckte, dass ich den Stein trage.« Ich versuche, eine Reaktion auf meine Worte zu erkennen, aber Vater Nicandros scharfe Züge bleiben unbewegt. »Mit einer Haarnadel«, setze ich hinzu und stelle zufrieden fest, dass nun doch ein verräterisches Zucken über sein Gesicht geht.

»Lady Ximena ist eine bemerkenswerte Frau.« Respekt schwingt in seiner Stimme mit, aber auch Furcht.

Es war sehr freundlich von ihm, sich zu dieser späten Stunde mit mir zu treffen, um mich trotz der Gefahr für ihn selbst zu unterweisen. Ich ergreife seine Hand. »Meine Kinderfrau wird nichts von diesem Treffen erfahren.«

Er erwidert meinen Händedruck, und uns beiden vermittelt diese Geste Sicherheit und Bestätigung. Trotz der Neuigkeiten dieser Nacht erfüllt mich doch eine gewisse Wärme, denn mir wird bewusst, dass ich hier einen Freund gefunden habe, auf den ich mich verlassen kann.

»Gott wählt stets weise, mein Kind. Ich werde Euch helfen, wo ich kann.«

Mit einem tiefen Atemzug versuche ich, die Angst zum Schweigen zu bringen, die in meiner Brust aufsteigt. »Wenn er so weise wählt, wieso sind dann so viele Träger gescheitert? Wieso hört Gott manchmal nicht auf meine Gebete?«

»Das weiß ich nicht, Elisa. Was den Feuerstein und seine Träger betrifft, gibt es so vieles, was wir nicht verstehen. Aber Gott weiß es. Seine Weisheit ist viel größer, als wir uns vorstellen können.«

Aneaxis Worte, bevor Gott sie sterben ließ. Zwar habe ich mich gut genug im Griff, um nicht vor Vater Nicandro die Augen zu verdrehen, aber es gelingt mir nicht, die Plattitüden auszusprechen, die jetzt eigentlich angemessen wären. Würde er mich immer noch für eine geeignete Trägerin halten, wenn er von den Zweifeln wüsste, die sich immer wieder in meine Gedanken schleichen?

Der Hocker knarrt, als ich mich erhebe. »Ich danke Euch, Vater. Zwar habe ich noch so viele andere Fragen, aber ich bin müde und ... nun ja, ich glaube, ich muss über all das noch eine Weile nachdenken.«

Er steht ebenfalls auf und greift nach meinem Unterarm. »Ich habe noch etwas für Euch.«

Während er wieder in der Dunkelheit verschwindet, recke ich mich und gähne. Hoffentlich ist es eine Abschrift von Homers *Afflatus*. Nur zu gern würde ich diesen Text selbst studieren. Ximena dürfte natürlich nicht erfahren, dass ich ihn besitze, und während ich warte, gehe ich im Geiste schon geeignete Verstecke durch.

Vater Nicandro bleibt lange Zeit verschwunden. Ich höre das Rascheln von Pergament, das Klicken eines Schlosses und ein Knirschen. Als er wieder ins Kerzenlicht tritt, hält er einen faustgroßen Lederbeutel in der Hand, der mit langen Lederbändern zugezogen ist.

Nicht der *Afflatus* also. Ich versuche, mir meine Enttäuschung nicht anmerken zu lassen. »Was ist das?«

Statt einer Antwort kippt er das kleine Säckchen aus. Drei kleine funkelnde Gegenstände rollen auf den Tisch. Ich trete näher. Es sind geschliffene Steine von der Größe meines Daumennagels, überwiegend matt im Dämmerlicht, aber doch mit einem Hauch von Feuer, wenn der Kerzenschein im richtigen Winkel auf die Oberfläche trifft. Tiefblau. Vertraut. Ich nehme einen Stein in die Hand. Er fühlt sich kalt und hart an.

»Feuersteine«, sagt Vater Nicandro.

Ich halte den Atem an. Sie sehen hier, außerhalb des Körpers, so anders aus, schwer und leblos.

»Dieses Kloster hatte das Privileg, drei Träger zu betreuen. Als sie starben, lösten sich ihre Feuersteine. Dieser hier«, er deutet auf eines der kleinen Steinchen, »ist zwölfhundert Jahre alt.«

Es ist ein seltsames Gefühl, ein Stück meiner Geschichte in Händen zu halten. Und als der Stein in meinem Nabel im Gegensatz zu diesem kalten Ding in meiner Hand warm zu pulsieren beginnt, wird mir klar, dass es auch meine Zukunft ist. Mein Tod.

Ich lasse den Stein neben die anderen rollen und wische mir die Hand an meinem Morgenrock ab.

Vater Nicandro legt sie zurück in den Lederbeutel und zieht die Schnur zu. »Nur ein Träger kann die Kraft erwecken, die in einem Feuerstein steckt. Ich weiß nicht, ob in diesen hier noch Kräfte verborgen sind, aber vielleicht können sie Euch noch von Nutzen sein.« Auffordernd hält er mir das Säckchen hin.

Noch bringe ich es nicht über mich, sie zu nehmen. »Und falls ich sterbe? Bevor ich irgendeine Aufgabe erfüllt habe?«

»Dann werde ich sie zurückbekommen. Zusammen mit Eurem eigenen Stein.«

Seine Offenheit überzeugt mich. Zwar hat er mich mit seiner Freimütigkeit erschreckt, aber gleichzeitig habe ich gerade deswegen das Gefühl, ihm trauen zu können. Ich stecke das Säckchen in die Tasche meines Morgenmantels.

»Kann ich sonst noch etwas für Euch tun, Hoheit?«

Ausgerechnet in diesem Augenblick knurrt mein Magen, und ich verziehe peinlich berührt das Gesicht.

Er lacht leise. »Wir Priester arbeiten zuweilen zu den ungewöhnlichsten Stunden. Unsere Küche hat daher nie geschlossen.«

Und so kehre ich wenig später mit zwei Granatapfelküchlein – eines in meiner Tasche, das andere in meiner Hand – verstohlen zu meinem Zimmer zurück. Das neu gewonnene Wissen arbeitet in mir, als ich durch die stillen, fackelerhellten Korridore schreite und an meinem Kuchen knabbere: Homers *Afflatus*, die gescheiterten Träger, die mir vorangegangen sind, die Beschützerin, getarnt als Kinderfrau.

Die Tore des Feindes.

Als ich das Treffen mit dem Priester plante, hoffte ich darauf, etwas zu erfahren, das mir bei den Machtspielchen in Joya d'Arena einen Vorteil verschaffen und mich für Alejandro wertvoll machen würde. Und nun liegen noch mehr Schatten über meinem Weg als zuvor.

Wie ein Kalb zur Schlachtbank.

Plötzlich erscheint es schon eine schwere Aufgabe, einfach nur zu überleben.

Als ich um die letzte Ecke biege, bleibe ich wie angewurzelt stehen – gerade noch rechtzeitig, damit keine Krümel auf das grob gewebte Kattunkleid geraten, das plötzlich vor mir aufragt.

»Elisa!« Ximena umarmt mich stürmisch, und mein Kuchen wird nun doch gegen ihr Gewand gedrückt. Sie packt mich an den Schultern und hält mich ein Stück von sich weg. »Wo warst du?« Ihre Stimme ist hart vor Angst und Zorn.

Ich halte den halb aufgegessenen Kuchen hoch. »Ich hatte Hunger.«

»Oh, Elisa. Mein Himmel. Ich bin aufgewacht und dachte, ich könnte deinen Rock noch fertig nähen, und als ich ins Atrium trat, um das Nähzeug zu holen, und dich nicht atmen hörte, da …« Sie holt scharf Luft. »Du hättest mich wecken sollen. Ich wäre mit dir gegangen.«

Meine Beschützerin.

Ich weiß, dass es ihre Aufgabe ist, über mich zu wachen, und dass ihre Leidenschaft von jahrhundertealtem religiösem Eifer angefacht wird, den ich erst allmählich zu verstehen lerne. Aber die Art, wie ihre Augen mein Gesicht liebkosen und ihre Hände vor verzweifelter Erleichterung über meine Arme streichen, zeigt mir, dass da noch etwas anderes ist, etwas viel Tieferes.

Meine Kinderfrau.

»Es tut mir leid.« Als ich den zweiten kleinen Kuchen aus der Tasche hole, streifen meine Fingerspitzen den Lederbeutel. Er fühlt sich so riesengroß und sperrig an, dass ich beinahe fürchte, Ximena könnte ihn durch den Stoff hindurch entdecken. »Ich … äh … ich habe dir einen Kuchen mitgebracht.«

Sie nimmt ihn, und ein leises Lächeln zieht über ihre schmalen Lippen. »Danke.« Dann hakt sie sich kameradschaftlich bei mir ein und eskortiert mich in unsere Gemächer.

Ximena ist groß und robust und stark. Als wir nebeneinander hergehen, Arm in Arm, lehne ich mich gegen ihre Schulter und empfinde ihre vertraute Nähe als ungeheuer tröstlich.

Später, als ich sicher bin, dass sie wieder eingeschlafen ist, schleiche ich mich auf den Balkon und vergrabe die toten Feuersteine unter den Wurzeln meiner großen eingetopften Palme.

10

Einige Tage später sitzen Ximena und ich in der Küche – wieder einmal haben wir uns davor gedrückt, im Speisesaal zu essen – und lassen uns zartes Wildbret mit pikanter Johannisbeersauce schmecken. Der Küchenmeister sieht noch zerzauster aus als sonst, und er grüßt mich kaum, so beschäftigt ist er mit den vielen Pollo Pibil, die auf den Punkt gegart werden müssen. Ich kaue zufrieden und sehe ihm dabei zu, wie er die Hühnerbrust mit Knoblauch und Kreuzkümmel einreibt, dann gesäuerten Orangensaft darüberträufelt und sie schließlich in Bananenblätter wickelt.

»Erwarten wir Gäste?«, frage ich, den Mund voll Fleisch.

Er zuckt zusammen. »Das ist die Lieblingsspeise des Königs. Er hat sie ausdrücklich für heute Abend bestellt.«

Hastig schlucke ich das Essen halb gekaut herunter und verziehe das Gesicht, als der Brocken sich schmerzhaft durch meine Kehle zwängt. »Er ist also wieder da?«

Geschäftig trägt der Küchenmeister Fleischpäckchen zu den Kohlepfannen und vergräbt sie in der Glut. »Er ist gestern Nacht zurückgekehrt.«

Das Wildbret liegt mir wie ein Stein im Magen. Alejandro ist zurück. Und er hat mich nicht einmal benachrichtigt.

Schnell gehe ich mit meiner Kinderfrau in meine Räume zurück, um mich frisch zu machen und meinen neuen Rock anzuziehen. Ximena ist das Kunststück gelungen, ihn so zu schneidern, dass er sich um meine Beine schmiegt, anstatt wie eine nasse Decke an ihnen zu kleben. Außerdem möchte ich mir das Haar kämmen und vielleicht ein wenig Karmesin auf meine Lippen tupfen.

Cosmé steht auf dem Balkon, als wir eintreten. Sie hat mein Lammfell über die Brüstung gehängt und klopft es mit einem Stock aus. Ohne sich zu uns umzudrehen, ruft sie: »Seine Majestät war hier, während Ihr unterwegs wart.«

»Oh?« Ich möchte ihr nicht die Genugtuung verschaffen, an dieser Nachricht zu viel Interesse zu zeigen.

»Er ersucht Euch, dem Empfang des Prinzen heute Abend beizuwohnen.«

Ich weiß nichts von einem Empfang.

Es ist seltsam. Ich bin nie gern auf Feste oder Bälle gegangen, nicht einmal auf der jährlichen Erlösungsfeier habe ich mich wohlgefühlt. Und trotzdem ärgert es mich, dass hier ein Fest geplant wurde, von dem ich nichts wusste. Ich fühle mich schrecklich ausgegrenzt und fehl am Platz. Mein undefinierter Status in diesem Land ist natürlich teilweise meine Schuld, das weiß ich. Wenn ich öfter mit Alejandros Hofstaat gegessen, wenn ich mich für die Palastgeschäfte interessiert hätte, dann lägen die Dinge vielleicht anders.

Cosmé schiebt die Topfpalme beiseite, damit sie mehr Platz hat, den Teppich auszuschlagen. Bei dem Gedanken an die Feuersteine, die in der weichen Erde versteckt sind, zucke ich leicht zusammen.

»Wo wird die Festlichkeit stattfinden?«, frage ich, um sie von der Palme abzulenken.

»Im Audienzsaal. Ihr sollt mit dem Quorum der Fünf auf dem Podium stehen. Ich werde Euch zeigen, wohin Ihr gehen müsst.«

Das klingt beunruhigend danach, dass alle Augen auf mich gerichtet sein werden. »Danke, Cosmé.«

»Hmpf.« Sie macht einen Knicks, ihr Gesicht unbewegt.

Alejandros Audienzsaal ist grell und bunt geschmückt, eine lange, rechteckige Halle mit hoher, gewölbter Decke, die mit verschlungenen Rosen und übertrieben dargestellten Dornen bemalt ist. Kronleuchter reihen sich in einer geraden Linie vom Podium zur Doppeltür. Besonders wuchtig und pompös sind die Thronsitze mit ihren vergoldeten Rahmen, dem prallen Samt und den doppelt mannshohen Lehnen.

Der König erhebt sich nicht, um mich zu begrüßen, aber er lächelt und küsst mir die Hand, was mich erröten lässt. Mit den anderen Mitgliedern des Quorums nehme ich meinen Platz auf dem Podium ein, schräg hinter Alejandros Thron, sodass ich über seinen dunklen Kopf hinweg die versammelten Edelleute sehen kann. Zunächst halte ich das noch für einen Ehrenplatz, bis ich sehe, wie Condesa Ariña ganz gelassen ihre Hand auf dem leeren Thron an seiner Seite ruhen lässt. Ihr Anspruch wirkt äußerst echt, mehr noch, berechtigt. Vielleicht, weil sie das einzig wirklich Schöne an diesem scheußlichen Ort ist, in ihrem ungeschnürten Kleid aus schlichtem elfenbeinfarbenem Stoff, der wie dünne Spinnweben geschmeidig von dem Raffband unter ihren Brüsten herabfällt. Mit sanften, leuchtenden Augen sieht sie auf den König hinab, wie jemand, der nach dem Verzehr einer enorm großen Mangopastete angenehm schläfrig ist.

Alejandro achtet nicht auf sie, sondern hält den Blick auf seine Untertanen gerichtet, die vor ihm durch den Saal eilen.

Lord Hector steht wie eine hohe Säule neben mir. Sein sanfter Atem streicht über mein Ohr. »Als Prinzessin von Orovalle«, flüstert er, »müsst Ihr keinen Knicks machen, wenn Seine Hoheit eintritt.«

Ich lächele ihn dankbar an.

Erwartungsvolle Stille breitet sich über der Menge aus, und als sich die Anwesenden schließlich zu den hohen Flügeltüren umdrehen, ist es, als ob eine Welle durch die vielen Menschen schwappt. Die ersten Akkorde von Vieiras »Entrada Triunfal« erklingen, leise zunächst, dann schwillt der Klang der Vihuelas an, und die Türen schwingen auf.

Eine Gruppe tritt ein, von hinten angestrahlt und auf diese Entfernung kaum genauer zu erkennen, und die Menge sinkt wie auf ein Zeichen in die Knie. Die Musik wird lauter, als die Abordnung näher kommt. Ein Junge führt sie an. Er ist klein und missvergnügt, und ganz offensichtlich interessieren ihn vor allem die bunten Quasten, die bei jedem Schritt seiner rot gefärbten Pantoffeln auf und ab wippen. Mühsam unterdrücke ich ein Kichern.

Er geht in einer einigermaßen geraden Linie voran; von hinten wird er von einer dürren, verkniffen wirkenden Frau immer wieder in die richtige Richtung gestupst. Schließlich kommt er so nahe, dass ich seine Züge deutlich ausmachen kann. Der kleine Rosario ist seinem Vater wie aus dem Gesicht geschnitten; er hat dieselben Zimtaugen und dasselbe dunkle, lockige Haar. Aber da ist auch etwas Zartes um Kinn und Wangenpartie, das von einem anderen Blut kündet. Ich frage mich, was Alejandro sieht, wenn er seinen Sohn betrachtet, ob er ihn als Schatten seiner selbst wahrnimmt oder als Erinnerung an jene Frau, die er liebte und verlor.

Eine Bewegung lässt mich den Kopf wenden. Nahe dem leeren Thron der Königin hat sich Condesa Ariña aus ihrem Knicks erhoben. Sie hält die Hände gegen die Brust gepresst und sieht dem kleinen Jungen mit so viel mütterlicher Sehnsucht entgegen, dass ich sie am liebsten schlagen würde.

Rosario hat fast das Podest erreicht, da streckt Alejandro die Arme aus. Wie der Blitz stürmt der Kleine nun die Stufen hinauf und wirft sich auf den Schoß des Königs. Ein amüsiertes Raunen geht durch den Saal, als die beiden sich umarmen. Alejandro erhebt sich, die Arme seines Jungen noch fest um den Hals, und verkündet: »Mein Sohn, Prinz Rosario de Vega, Thronerbe unserer großen Nation.«

Während die Menge in lauten Beifall ausbricht, versuche ich mich zu erinnern, ob Papá je so viel Aufhebens um mich gemacht hat oder zumindest um Alodia, die Erstgeborene. Falls ja, dann war ich noch zu klein, um mich daran zu erinnern. Vielleicht ist so viel Aufmerksamkeit aber auch nur Söhnen vorbehalten.

Alejandro stellt dem Jungen die Mitglieder des Quorums vor: General Luz-Manuel, Condesa Ariña, Lord Hector, Conde Eduardo. Dann bin ich an der Reihe. Alejandro balanciert den Jungen auf einem Knie, als er sich zu mir dreht. »Und das ist Prinzessin Elisa. Sie ist im Auftrag ihres Vaters hier, König Hitzedar von Orovalle.« Eine schlichte Vorstellung für ein Kind.

Prinz Rosario sieht vom Schoß seines Vaters auf. So ein hübsches Gesicht mit sanften Zügen, großen Augen und Wimpern wie Spinnenbeinen. Er sieht mich an, macht noch rundere Augen und sagt dann mit heller Stimme, klar wie Klosterglocken: »Ihr seid aber fett.«

Überall im Saal wird scharf die Luft eingezogen, gefolgt von angespannter, schwerer Stille. Alejandros Gesicht erstarrt, und die Hand, mit der er die Schulter seines Sohnes umklammert, wird weiß. Wahrscheinlich können die versammelten Edelleute mein Herz schlagen hören und nehmen jeden meiner Atemzüge wahr. Kurz erwäge ich die Flucht, aber selbst jetzt, unter Schock, begreife ich, dass damit für mich alles nur noch schlimmer würde.

Also tue ich das Einzige, was mir übrig bleibt.

Ich lache. Ich lache, als sei es das Lustigste, was ich je gehört habe. Es klingt zu laut und zu gezwungen, aber nach einem kurzen Augenblick spielt das keine Rolle mehr, denn dann bricht der Damm des Schweigens, und die Menge stimmt erleichtert ein.

Die Sitzkissen sind für diesen Abend aus dem Speisesaal geräumt worden, denn heute sind so viele Gäste anwesend, dass alle stehen müssen. Die Höflinge schlendern durch die große Halle, picken kleine Portionen Pollo Pibil aus den geschwärzten Bananenblättern und trinken süßen Spätlesewein.

Zahlreiche Leute kommen auf mich zu, lächelnd und entspannt, um sich mit mir zu unterhalten und sich nach meinem Befinden zu erkundigen. Vorher hat sich noch nie jemand für mich interessiert, und mir wird klar, dass die Barriere zwischen uns plötzlich verschwunden ist, niedergerissen von den Worten eines Kindes. Ich bin mir nicht sicher, ob ich darüber froh sein soll oder nicht.

Ich lasse mir gerade genüsslich das Hühnerfleisch schmecken und koste das Aroma von Kreuzkümmel und Knoblauch auf der Zunge aus, als Condesa Ariña zu mir tritt, ein Weinglas in der Hand.

»Hoheit.« Ihre Stimme ist so klar und hoch wie die von Rosario.

»Condesa.«

»Amüsiert Ihr Euch?«

Alejandros Höflinge wirbeln um uns herum. Am liebsten würde ich in mein Zimmer flüchten und mir die Decken über den Kopf ziehen. »Oh ja. Das Fest ist wunderbar. Prinz Rosario ist ein so charmantes Kind.«

»Das ist er wirklich.« Sie setzt das Glas an die rosa Lippen, tut aber nur so, als nähme sie einen Schluck. Ob sie jemals etwas zu sich nimmt?

»Und das Pollo Pibil ist natürlich hervorragend«, sage ich. »Alejandro hat gut gewählt. Ihr solltet es auch einmal versuchen.« Zufrieden registriere ich ihre fragend erhobene Augenbraue. Vielleicht hat sie gar keine Ahnung, was der König gern isst. Vielleicht mag sie es auch nicht, wenn ich auf so vertraute Weise von ihm spreche.

»Ich habe es vorhin bereits probiert. Es war köstlich.« Das glaube ich ihr natürlich nicht. »Wisst Ihr«, fährt sie fort, und dabei sieht sie mich mit ihren bemerkenswerten honigfarbenen Augen an, bis ich mich wie eine Maus in einer Falle fühle, »was Rosario da vorhin sagte … vor allen Leuten: Niemand denkt so von Euch.«

Ich sehe sie unverwandt an und bin ein wenig enttäuscht von diesem doch eher uneleganten Manöver. Sicher, ich bin fast noch ein Kind, aber trotzdem hätte ich von ihr ein wenig mehr erwartet. Achselzuckend erwidere ich: »Unschuldiger Mund tut Wahrheit kund …«

Sie streift mich mit ausdruckslosem Blick. »Oh. Das ist sicher ein Zitat. Jeder hier bewundert Euch, weil Ihr so belesen seid. Ich selbst habe überlegt, ob ich die Schriften nicht auch intensiver studieren sollte. Man könnte so viel Weisheit erlangen. Leider fehlt mir dazu die Zeit.«

Möglicherweise stellen ihre Worte ein Friedensangebot dar, zumindest ein kleines. Aber ihr wohlwollender Gesichtsausdruck ist zu selbstbewusst, ihr Weinglas zu voll. »Ich kann es nur empfehlen, selbst für diejenigen, die sich nicht für die Komplexität eingehender Studien der Schriften eignen.«

Ich erkenne den Moment, in dem sie die kaum verhohlene Beleidigung hinter meinen Worten versteht. Sie knickst so elegant wie immer. »Nun, genießt den Rest des Abends, Hoheit.«

Während sie in ihrem Spinnwebenkleid davonschwebt, raunt mir eine tiefe Stimme ins Ohr: »Unterschätzt sie nicht, Prinzessin.« Als ich zusammenzucke und den Kopf hebe, steht Lord Hector neben mir. Sein schön geschnittenes Gesicht ist mir ganz nahe, und wie immer scheinen sich unter seinen ruhigen Zügen tiefe Gedanken zu bewegen. »Sie ist wesentlich mächtiger und intelligenter, als es den Anschein macht.«

Ich nicke und schlucke den unerwarteten Kloß im Hals herunter, als er sich gleich darauf wieder entfernt.

Während ich mich weiter dem Paradetanz höflicher Konversation widme, nasche ich unaufhörlich, ohne dabei Alejandros schlanke Gestalt für längere Zeit aus den Augen zu lassen. Er schlendert mit faszinierender Leichtigkeit von einem Gast zum anderen. Nach einer Weile bin ich mehr als satt.

Das Licht, das durch die schmalen Fenster fällt, verblasst und verschwindet schließlich ganz. Diener hängen Fackeln in regelmäßigen Abständen an die Sandsteinmauern, räumen die Reste des Pollo Pibil von den Buffettischen und bringen stattdessen Platten mit gekühlter Melone und gehäuteten Trauben.

Mein Blick fällt auf Ximena. Sie lehnt an der Wand, das Gesicht im Schatten. Seit dem großen Auftritt des Prinzen ist sie als stille Begleiterin in meiner Nähe geblieben. Es wäre schön, so unsichtbar sein zu können wie sie, und ich frage mich, was sie heute Abend beobachtet haben mag.

Ich folge ihrem Blick über die Köpfe der übertrieben gekleideten Adligen zu Alejandro, der Arm in Arm mit Ariña dasteht. Sie unterhalten sich mit General Luz-Manuel. Der König lacht über irgendeine Bemerkung, und dieses Geräusch dringt über den allgemeinen Lärm bis an meine Ohren. Ich bekomme eine Gänsehaut. Ariña stellt sich auf Zehenspitzen und küsst den König auf die Wange. Er neigt sich ihr leicht entgegen.

Das scharf gewürzte Fleisch liegt mir schwer im Magen, und ich weiß jetzt schon, dass ich mit meinem vollen Bauch nicht gut schlafen werde. Aber trotzdem sind die gekühlten Melonen, golden mit Honig überzogen, viel zu lecker, um ihnen zu widerstehen. Ihre kühle Süße explodiert geradezu auf meiner Zunge. Ich esse noch eine und noch eine.

Ich weiß nicht, wie lange ich wie angewachsen vor dem Buffet stehe. Schließlich spüre ich Ximenas sanfte Berührung an meinem Oberarm.

»Komm, gehen wir, mein Himmel.«

Ich leiste keinen Widerstand, als sie mich mit sich zieht. Schwer atmend stolpere ich hinter ihr her.

Lange will es mir nicht gelingen, ein wenig Ruhe zu finden. Schmerzhafte Stiche fahren durch meinen Unterleib und meine Beine hinab. Von dem vielen Essen habe ich Sodbrennen. Und das Schlimmste ist, dass ich den Gedanken daran nicht abschütteln kann, wie viele Leute mir dabei zugesehen haben mögen, wie offensichtlich ich mich getröstet habe. Ich stelle mir vor, wie Alejandro den Kopf über dieses würdelose Schauspiel schüttelt, während Ariña mit abfällig verzogenem Mund an seinem Arm hängt und Lord Hector sich enttäuscht abwendet.

Heiße Tränen der Scham rinnen mir die Wangen hinunter und tropfen auf mein Kissen. Ich vermisse Aneaxi mehr denn je. Sie hätte es nicht gekümmert, dass ich nicht zur Königin tauge und dass Alodia sich in mir getäuscht hat. Sie hätte ihre Arme um mich geschlungen und mir gesagt, dass Gott recht daran tat, mich zu erwählen.

Meine Finger fassen nach dem Feuerstein und fahren über seine kühle Oberfläche. Er war den ganzen Tag über seltsam ruhig. *Ich verstehe nicht, wieso ich hier bin, Gott. Vielleicht hast du doch einen Fehler gemacht.*

Der Stein reagiert auf mein Gebet und vibriert sanft. Diese zusätzliche Regung ist zu viel für meinen Bauch, und ich erhebe mich hastig vom Bett und renne ins Atrium. Unmöglich, es noch bis zum Abtritt zu schaffen. Ich klammere mich an die Fliesen des Badebeckens und erbreche den Inhalt meines Magens über den Rand. Ich würge so lange, bis meine Nase und meine Kehle brennen und mein Bauch vom krampfartigen Zusammenziehen schmerzt.

Atemlos lasse ich mich auf den Boden sinken und lehne meine Wange gegen die herrlich kühlen Fliesen. Der Geschmack in meinem Mund ist scheußlich, aber ich fühle mich zu schwach, um aufzustehen. Nach einer Weile merke ich, dass die Schmerzen im Unterbauch aufgehört haben.

Wieder fasse ich nach dem Feuerstein. *Hilf mir,* flehe ich leise. Der Stein reagiert, wird heiß und pulsiert, aber dieses Mal wird mir davon nicht übel. Aus Verzweiflung bete ich so intensiv wie seit Wochen nicht mehr. Ich erzähle Gott von Vater Nicandro und den toten Feuersteinen, die ich unter meiner Palme vergraben habe. Ich erzähle ihm von Condesa Ariña, Cosmé und Lord Hector. Ich frage ihn, ob die Anhänger der Vía-Reforma, die mich in Unwissenheit hielten, fehlgeleitet waren, und erbitte seinen Schutz, sollte ich einmal vor den Toren des Feindes stehen.

Ich bitte ihn um Vergebung dafür, dass ich an ihm gezweifelt habe. Und ich erzähle ihm, wie sehr ich mir wünsche, dass Alejandro mich liebt.

Ximena rüttelt mich einige Zeit später sanft wach. Als ich die Augen öffne, liege ich mit der Wange auf dem harten Mörtel, und ein stechendes Knacken in meinem Hals erschwert jede Bewegung. Die Morgensonne hat gerade eben das Oberlicht erreicht und umhüllt mich mit dunkel orangefarbenem Schimmer. Ximena tritt zurück in die Schatten, und ich bleibe einen Augenblick allein, in Gottes strahlendes Licht getaucht. Wärme durchdringt meinen Körper und fließt von den Armen und Beinen bis zu dem leisen Summen in meinem Nabel. Von tiefer Freude erfüllt bewege ich die Zehen.

»Mein Himmel.« Ximenas Stimme ist sanft, auch wenn leichte Verwunderung in ihr mitschwingt. »Du solltest versuchen, noch etwas zu schlafen. In deinem Bett. Heute Nachmittag ist deine erste Quorumssitzung.«

Das hatte ich ganz vergessen. Ich richte mich mühsam auf und trete zögernd aus meinem Sonnenstrahl heraus, aber er löst sich ohnehin auf oder beginnt vielmehr, sich auszubreiten, bis das ganze Atrium von diffusem Tageslicht erfüllt ist.

Der warme Schimmer bleibt bei mir, pulsiert wie Blut durch meinen Körper, noch lange nachdem ich auf mein Bett gesunken und in leichten Schlaf gefallen bin.

11

Auf meine erste Sitzung mit den Fünfen bereite ich mich sorgfältig vor. Mir ist noch ein wenig übel, daher bitte ich Ximena, mir ein schlichtes Frühstück aus Brot und frischen Früchten zu besorgen. Dann gleite ich in das inzwischen gereinigte Becken, bleibe im Wasser liegen, atme tief und warte auf sie.

Vielleicht ist das Quorum der Feind, von dem in Homers *Afflatus* die Rede ist. Aber nach einer im Gebet verbrachten Nacht auf den Fliesen meines Atriums erfüllt mich ein seltsamer Friede. Ich bin von Gott auserwählt, versichere ich mir selbst. Die Trägerin.

Als Ximena zurückkehrt, hilft sie mir beim Abtrocknen und Ankleiden. Sie hat eine neue Bluse genäht, passend zu meinem Rock, die mich locker umspielt; ein schönes Stück aus schimmernd rotem Stoff, abgesetzt mit einer Schärpe aus schwarzem Samt. Zusammen mit dem weißen, gerafften Rock lässt es mich größer erscheinen, vielleicht sogar schlanker.

»Danke, Ximena. Sie ist wunderschön.« Meine Kinderfrau lächelt breit über mein Lob, und mein Herz macht einen kleinen Sprung. Man kann sie mit so kleinen Dingen glücklich machen.

»Schwarze Stiefel«, sagt sie, und ich nicke. Zwar hasse ich dieses Schuhwerk mit seinen Absätzen und drückenden Stegen, aber immerhin macht es mich eine halbe Handspanne größer. Ich weiß nicht, was man bei einer Quorumssitzung üblicherweise anzieht, aber irgendwie erscheint es mir passend, die traditionelle Kleidung Orovalles zu tragen. General Luz-Manuel hat gesagt, ich würde mein Heimatland repräsentieren – gut, dann werde ich das auch tun.

Ximena flicht mir nur das Deckhaar zu einem Zopf, den sie dann um meinen Kopf schlingt, während das übrige Haar leicht lockig über meinen Rücken fällt, während es trocknet. Mit sanften Fingern schwärzt sie meine Wimpern am äußeren Rand mit Kajal und tupft mir ein wenig Karmesin auf die Lippen.

»Wie wäre es mit Jasminparfüm?«, schlägt sie vor.

Der Jasmingeruch erinnert mich an zu Hause, an die Kletterpflanzen, die sich um die Spaliere in Mamás Blumengarten ranken. Und es erinnert mich an meine Schwester. Ich muss an ihre letzte Umarmung an jenem Tag im Burghof denken, wie uns ihr Parfüm einhüllte.

»Sei schlauer als Alodia«, hat meine Kinderfrau warnend gesagt.

»Nein danke, Ximena. Ich nehme lieber das Freesienparfüm.«

Der Sitzungsraum ist niedrig und fensterlos, sodass ich mich unwillkürlich beim Eintreten ducke. Er erinnert an eine Schatzkammer, tief im Innern des Palastes. Die mit Flusskieseln durchsetzten Wände werden von Fackeln erhellt, die Flügeltüren sind mit massiven Riegeln versehen. Das Gewicht der Geschichte senkt sich auf mich nieder, Jahrhunderte voller Machtkämpfe und verstohlener Treffen, geheimer Abmachungen und Kriegsräte.

Wir sitzen auf roten Samtkissen um einen großen, niedrigen Eichentisch, der von zahllosen Fingern und Ellenbogen blankgescheuert ist. Alejandro setzt sich mit erhobenem Kopf im Schneidersitz an den Kopf des Tisches. Es ist sicherlich kein Zufall, dass er vom Siegel mit der goldenen Krone eingerahmt wird, das auf dem gestickten Wandteppich hinter ihm prangt. Ich sitze als Ehrengast zu seiner Rechten, General Luz-Manuel mit verstocktem Gesicht mir gegenüber zu Alejandros Linken. Neben ihm hat Lord Hector Platz genommen, der mir ermutigend zuzwinkert.

Condesa Ariña schwebt schließlich als Letzte in den Raum und lächelt entschuldigend. Sie ist eng geschnürt und wunderschön mit ihrem schimmernden Haar und dem mattgrünen Kleid aus fließender Seide. Es fällt mir schwer, den Blick vom schmalen Bogen ihrer Taille abzuwenden.

Conde Eduardo, ein untersetzter Mann mit schwarzem, von Silberfäden durchzogenem Haar, eröffnet unsere Sitzung. Zu meiner Freude zitiert er aus der *Scriptura Sancta*. »Wo auch immer fünf versammelt sind, da bin ich mitten unter ihnen.« Fünf. Die heilige Zahl der Vollkommenheit.

Er stellt mich formell vor – eine überflüssige Geste, die mir aber das Gefühl gibt, willkommen zu sein –, und die Sitzung des Quorums der Fünf beginnt.

Der erste Punkt auf der Tagesordnung ist der Bau einer Werft in Puerto Verde. Ich zwinge mich dazu, mich auf die langweiligen Einzelheiten zu konzentrieren, auf die Bereitstellung von Bauholz und Arbeitskräften und den Aufbau eines Systems, um die Kaufleute und Händler für die Liegeplätze zahlen zu lassen.

Alodia hätte sich schnell zu Wort gemeldet, schlau formulierte Ansichten und kalkulierte Schmeicheleien geäußert, aber ich bin nicht meine Schwester. Stattdessen achte ich auf die emotionalen Gezeitenströme in den vielen Worten und lege mir innerlich einen kleinen Katalog darüber an, wer auf welche Themen besonders leidenschaftlich oder gleichgültig reagiert. Conte Eduardo hat ganz deutlich ein persönliches Interesse am Holzhandel, obwohl er nichts über seine Anteile verrät, und General Luz-Manuel täte vermutlich nichts lieber, als Brisadulce zu verlassen und gegen einen Posten an irgendeinem anderen Ort einzutauschen.

Schließlich geht es doch um den Krieg. Conde Eduardo schwenkt ein Pergament, dessen gebrochenes Siegel hellrot leuchtet. »Wir haben eine neuerliche Bitte von Conde Treviño erhalten, Truppen ins Bergland abzuordern. Er sagt, die Lage sei sehr angespannt, und Feinde strömten zu Tausenden aus der Sierra Sangre ins Vorgebirge.«

Ariñas Gesicht wird ausdruckslos bei seinen Worten, ihre Stirn so glatt wie Butter.

Plötzlich bin ich hellwach und höchst interessiert.

Alejandro beugt sich vor, und fast berührt sein Ellenbogen den meinen. »Irgendwelche Verluste?«

Eduardo schüttelt den Kopf. »Bisher nicht. Aber mehrere Schafe sind verschwunden, und das nächste Lager liegt nur eine knappe Tagesreise von den weiter draußen gelegenen Dörfern entfernt.«

General Luz-Manuel schlägt mit der Faust auf den Tisch. »Majestät! Wir können nicht zusehen und warten, bis der Feind angreift. Jeder Augenblick, den wir zögern, lässt Invierne an Stärke gewinnen.«

Raunen wird laut. Alejandro starrt ins Leere, und Ariña rutscht auf ihrem Kissen hin und her und blickt auf ihren Schoß. Ganz offenbar sprechen sie nicht das erste Mal über dieses Thema und kommen jedes Mal wieder zu denselben schmerzvollen, vorhersehbaren Ergebnissen.

Conde Eduardo atmet tief ein, um Beherrschung bemüht. »Wir können uns nicht engagieren«, erklärt er mit angestrengter Stimme, »bevor wir nicht wissen, was unsere Gegner beabsichtigen. Sollen wir blindlings angreifen?«

»Für Euch ist das ja sicher sehr günstig«, faucht Ariña, »meinen Krieg von Euren Seedörfern aus zu planen, die sicher auf der anderen Seite der Wüste liegen.«

»Euren Krieg?«, höhnt Eduardo.

»Mein Volk. Mein Land. Mein Krieg.« Der Stahl, der in ihrer Stimme liegt, überrascht mich. Noch mehr überrascht mich, dass sie aus dem Bergland jenseits der Wüste stammt. Bei ihrer hellen Haut und den goldenen Augen hätte ich vermutet, dass sie an der Küste geboren wurde.

Der General beobachtet mich. »Vielleicht kann die Vertreterin Orovalles dazu etwas sagen.« Er lächelt mich so nachsichtig an, als sei ich ein kleines Kind.

Die Luft ist plötzlich heiß, die Wände der Kammer rücken seltsam nahe. Ich atme tief durch die Nase ein und spüre, wie Alejandros Blick auf mir lastet. Lord Hector nickt beinahe unmerklich.

Ich setze langsam an. »In Orovalle ist es unsere größte

Sorge, dass wir nichts über Inviernes Absichten wissen.« Zustimmendes Nicken von der Runde. »Der Botschafter von Invierne hat sich vor drei Jahren am Hof meines Vaters intensiv um den Zugang zu einem Hafen bemüht, ohne jedoch zu enthüllen, was sein Land damit bezweckt, abgesehen von einigen vagen Hinweisen auf Handelsbeziehungen. Im letzten Jahr reiste der Botschafter überstürzt im Schutze der Nacht ab. Angesichts der Geschichte unserer beider Länder rechnen wir seitdem mit dem Ausbruch des Krieges.«

»Hier war es genauso«, sagt Alejandro leise. Die Angst, die in seinen Augen steht, befremdet und beunruhigt mich. Jetzt, da ich ihn so vor mir sehe, erscheint es wenig überraschend, dass er im Kampf gegen die Perditos im Dschungel vor Entsetzen erstarrt ist.

Mein Blick verharrt auf seinem Gesicht, als ich fortfahre. »Aber warum? Weshalb brauchen sie so dringend einen Zugang zum Meer? Und wieso weigerten sie sich, uns dazu weitere Auskünfte zu erteilen? Die *Belleza Guerra* beschäftigt sich sehr ausführlich damit, dass es wichtig ist, den Feind zu verstehen. Ich denke, das sollte unsere größte Priorität sein.«

»Das will niemand bestreiten«, sagt Ariña. »Aber meinem Volk bleibt keine Zeit, um etwas über den Feind herauszufinden. Es braucht sofort Unterstützung.«

Damit hat sie natürlich recht.

Tränen glitzern in ihren Augen. »Ich bin es müde, auf einen Angriff Inviernes zu warten, warten, warten. Wieso bringen wir nicht den Krieg zu ihnen? Lasst sie uns doch ein für alle Mal vertreiben.«

Damit hingegen liegt sie völlig falsch.

Lord Hectors Blick ruht auf mir, und ich spüre, wie sein

Geist im Verborgenen herauszufinden versucht, was in mir vorgeht. »Ihr seid anderer Meinung, Hoheit.« Eine Feststellung, keine Frage.

Ich weiß, dass mir meine nächsten Worte Ariñas ewige Feindschaft eintragen werden, aber ich muss sie trotzdem aussprechen. »Das tue ich. Ich bin anderer Meinung.«

»Da haben wir's!«, ruft Conde Eduardo. »Selbst die Prinzessin rät zur Vorsicht.«

Meine Augen verengen sich, bevor ich daran denke, meine Gefühle besser zu verbergen. »Ich bitte um Entschuldigung, aber ich habe überhaupt noch keinen Rat ausgesprochen.« Lord Hectors leises Nicken ermutigt mich fortzufahren. »Ich denke, wir sollten Invierne den Anfang machen lassen.«

»Wieso?«, fragt Alejandro. Sein Gesicht ist angespannt, wirkt aber eher fragend als herausfordernd.

Mein Ehemann legt Wert auf meine Meinung. Das ist geradezu berauschend. »Unser Heer wird sich in den Bergen nicht gut schlagen. Vor dreihundertfünfzig Jahren hat mein Land Invierne in der Schlacht von Baraxil besiegt, größtenteils, weil der heiße Dschungel für den Feind ein unbekanntes Terrain darstellte. Wieso sollten wir ihm nun einen solchen Vorteil zugestehen? Wir sollten ihn zwingen, auf Schieferstein und Sand und in der Hitze der Wüste zu kämpfen, nicht in den bewaldeten Bergen, an die er gewöhnt ist.« Allmählich komme ich in Fahrt. Mit jedem Wort werde ich selbstbewusster. »Wenn Invierne den Krieg an unsere Grenzen bringen muss, dann müssen sie ihr Heer über weite Strecken mit Proviant versorgen. Sie müssen ihre Nachhut schützen, und ihre Versorgungszüge sind gefährdet. Das schwächt sie. Sie wollen einen Seehafen. Ich sage, sollen sie doch ihre Kräfte bei dem Versuch verschleißen, ihn zu bekommen. Die Wüstennomaden werden wissen, wie sie ihnen aus dem Weg gehen können. Wir werden sie hier erwarten, in Brisadulce. Wir werden die Zeit nutzen, um uns vorzubereiten. Wir werden Befestigungen bauen, die weit in die Wüste hineinreichen, und Fallen stellen …«

»Und was ist mit meinem Volk?« Ariñas Stimme ist gefährlich ruhig.

Ich sehe sie gefasst an, denn ich weiß, dass meine Logik schlüssig ist. »Gebt ihnen den Befehl, die Dörfer zu verlassen.«

Ihr Körper steht unter größerer Spannung als eine Vihuela-Saite. Beinahe fürchte ich, dass sie über den Tisch springen und auf mich losgehen wird. »Ihr erwartet, dass diese Menschen ihre Heimat aufgeben, das Land, von dem sie leben.«

Darauf kann ich nur nicken. »Bis dieses Gebiet wieder sicher ist, ja.« Nun wende ich mich an Alejandro. »Wenn Ihr zulasst, dass der Krieg im Bergland stattfindet, setzt Ihr ganz Joya d'Arena aufs Spiel.«

Lord Hectors Warnung, dass Ariña mächtiger ist, als sie aussieht, geht mir wieder durch den Kopf, aber dann sehe ich Alejandros Blick und erkenne die Dankbarkeit, die in ihm liegt. Nicht nur das, ich lese auch Hoffnung darin, und mir wird klar, dass ich genau das ausgesprochen habe, was er hören wollte.

»Glaubt Ihr«, sagt General Luz-Manuel, »dass Euer Vater, König Hitzedar, willens sein würde, uns mit Soldaten zu unterstützen?«

Alejandro versteift sich, sagt aber nichts.

Ich weiß nicht, was ich darauf antworten soll. Laut Alodias Brief hat Papá bereits im Zuge unserer Heirat eingewilligt, Truppen zur Verfügung zu stellen, aber es ist klar ersichtlich, dass der König noch nicht einmal seinem obersten General etwas von dieser Vereinbarung gesagt hat. Ich suche in Alejandros Gesicht nach einem Hinweis, doch vergeblich.

»Ich halte es für möglich«, sage ich schließlich. »Invierne ist auch unser Feind. Ich bin gern bereit, mich für Euch zu verwenden.«

Alejandros Stirn entspannt sich. Er nickt kaum merklich, aber ich bin mir nicht sicher, was es bedeutet. *Gut gemacht.* Oder vielleicht auch: *Wir reden später.*

Ariña sieht finster zu mir herüber. Ihre Augen wandern zwischen dem König und mir hin und her, als versuche sie, unseren Blickwechsel einzuordnen. Doch dann lässt sie sich wieder auf ihr Kissen sinken, die Augen leicht zusammengekniffen. Irgendwie habe ich den Verdacht, dass die Bergdörfer nicht der Hauptgrund ihrer Besorgnis sind.

Der König lässt eine Karte von Brisadulce bringen, und es wird heiß in dem kleinen Raum, als wir über Befestigungen und Versorgungsmaßnahmen sprechen. Alejandro lässt dabei wenig Entschlusskraft erkennen, und das reizt sowohl Eduardo als auch den General. Der König erkundigt sich, wie wir den Feind vor den Toren der Stadt auf Abstand halten könnten, *falls* wir Invierne so weit kommen ließen. Wie wir Nahrungsmittel für die Bevölkerung lagern könnten, *falls* es zu einer Belagerung käme. Ich wünschte, er könnte sich dazu durchringen, in irgendeiner Form wirklich aktiv zu werden.

Schließlich erhebt sich Conde Eduardo und streckt sich. »Ihr müsst mich entschuldigen, Majestät. Wir tagen nun schon länger als vorgesehen, und ich werde anderswo erwartet.«

Alejandro sieht von der Karte auf. »Aber natürlich, Eduardo. Ich danke Euch vielmals für die Ratschläge heute.«

Während der Conde sich verabschiedet, beugt sich Lord Hector zum König und flüstert ihm zu. »Majestät. Der Prinz wird inzwischen auf Euch warten.«

Alejandros Augen weiten sich. »Oh.« Wir alle sehen ihn fragend an, und er schenkt uns daraufhin ein kurzes Lächeln. »Ich habe dem Jungen versprochen, heute mit ihm in die Stadt zu gehen.« Er reibt sich das Kinn. »Hector, würdet Ihr ihn statt meiner herumführen? Sagt ihm, dass ich in einer Sitzung aufgehalten wurde.«

Das Gesicht des Leibgardisten ist wie versteinert, aber er nickt und erhebt sich von seinem Kissen.

»Lord Hector«, sage ich schnell, bevor Ariña mir zuvorkommen kann. »Ich hatte heute sowieso vor, in die Stadt zu gehen.« Das stimmt natürlich nicht, aber diese Gelegenheit darf ich nicht ungenutzt verstreichen lassen. Ich zwinge mich zu einem Lachen. »Nun bin ich schon über einen Monat hier, und ich habe noch immer keinen richtigen Rundgang gemacht! Nur zu gern wäre ich bereit, Rosario mitzunehmen.«

Das Gesicht des Königs hellt sich auf. »Ich danke Euch, Elisa. Das weiß ich sehr zu schätzen. Lord Hector wird Euch begleiten.« Er zwinkert mir zu, und mir wird warm ums Herz. »Dann kann Lady Ximena einmal einen freien Nachmittag genießen, was meint Ihr?«

Schweigend nicke ich. Lord Hector schreitet zur Tür. Während ich mich ungeschickt erhebe, wendet sich Ariña an Alejandro, und Verwirrung und verletzte Gefühle sind auf ihrem Gesicht abzulesen, als hätte sie den Verdacht, dass zwischen uns etwas ist.

Der König ignoriert sie, beugt sich wieder über die Karte und fragt General Luz-Manuel, wo er die Bogenschützen aufstellen würde, *falls* Invierne tatsächlich bis an die Stadtmauern vordringen sollte. So sicher, wie ich meinen eigenen Namen weiß, so sicher bin ich mir, dass Alejandro seiner Geliebten nichts von seiner Ehefrau verraten hat.

Ximena freut sich über die unverhoffte Freizeit. Nachdem sie sich versichert hat, dass ich alle nötige Vorsicht walten lassen werde, bedenkt sie Lord Hector mit einem strengen Blick und macht sich dann auf den Weg zum Kloster, um sich mit uralten, brüchigen Dokumenten zu beschäftigen.

Alejandros Leibgardist führt mich zu Rosarios Gemächern, die sich im Stockwerk über dem unseren befinden. Es ist kein langer Weg, aber trotzdem bereue ich mein Angebot bereits, als ich mit meinen steifen Gliedern schwer atmend die Treppe hinaufsteige.

Die verkniffen wirkende Frau öffnet die Tür und macht ein finsteres Gesicht. »Wo ist der König?« Missmutig späht sie den Korridor in beide Richtungen hinunter.

»Seiner Majestät ist es leider nicht möglich, seine Hoheit bei dem heutigen Ausflug zu begleiten«, sagt Lord Hector. Seine Stimme ist noch tiefer als gewöhnlich, und er artikuliert jede Silbe überdeutlich. »Ihre Hoheit, Prinzessin Elisa, wird das an seiner Stelle übernehmen.«

Die Frau sieht mich von oben bis unten an und ruft dann über ihre Schulter: »Rosario, mein Schatz. Zeit für deinen Ausflug.«

Einen Augenblick später schiebt sich ein dunkles Köpfchen an ihren schmalen Hüften vorbei. Rosarios Augen sind groß vor Erwartung, aber als er mich erblickt, zieht Enttäuschung über sein Gesicht. »Wo ist Papá?«

»Dein Papá muss etwas sehr Wichtiges für das Königreich erledigen«, erkläre ich ihm. Zwar verstehe ich nichts von Kindern, aber ich rede einfach weiter. »Und da ich heute ohnehin in die Stadt gehe, darfst du gern mit mir mitkommen.«

Er kneift die Augen ein wenig zusammen und schiebt die Unterlippe vor. »Hol meinen Papá!«, faucht er.

Kurz halte ich inne, damit die Frau – vermutlich sein Kindermädchen – ihn für sein schlechtes Betragen rügen kann. So hätte ich mit niemandem sprechen dürfen, auch mit sechs Jahren nicht. Aber sie tätschelt ihm lediglich den Kopf und wartet auf meine Antwort.

Nach kurzer Überlegung wende ich mich nun an ihn wie eine Herrschaft an einen Dienstboten, denn einen anderen Weg kenne ich nicht. »Rosario, du wirst mich mit Hoheit ansprechen. Du wirst mir keine Befehle erteilen. Stattdessen wirst du höflich und mit äußerstem Respekt mit mir reden. Ist das klar?«

Seine Kinderfrau zieht ihn näher zu sich und starrt mich trotzig an. »Er ist erst sechs Jahre alt. Ihr könnt nicht erwarten …«

»Ihr dürft gehen.«

Ein Muskel zuckt an ihrem Kinn. Zwar öffnet sie noch den Mund, als wollte sie protestieren, aber Lord Hectors eisiger Blick bringt sie zum Schweigen, und mit einem hastigen Knicks ergreift sie die Flucht.

Rosario steht nun allein unter dem hohen Türrahmen, und seine braunen Augen sind riesig.

Ich muss lächeln. »Magst du Kokostörtchen?«

»Ja«, flüstert er. »Und Kokosmilch.«

»Ja, was?«

»Ja … Hoheit.«

»Ich auch. Ich esse sie unglaublich gern. Und ich habe gehört, dass es hier, in Brisadulce, die besten Kokostörtchen gibt. Nun würde ich gern herausfinden, wo.«

Er nickt ernsthaft. »Seid Ihr deswegen so dick?«

Ich weiß nicht, wieso mir diese Bemerkung überhaupt nichts ausmacht. Vielleicht ist es der unschuldige Ton. Oder vielleicht liegt es an der Erkenntnis, dass ich nicht die Einzige in diesem Palast bin, die unter der Vernachlässigung durch den König leidet.

Also lache ich ihn voll echter Fröhlichkeit an. »Ja. Das ist ganz sicher ein Grund dafür.« Dann strecke ich die Hand aus. »Willst du auch ein paar Törtchen?«

Schüchtern ergreift er meine Finger, und es überrascht mich, wie warm sich seine kleine Hand in meiner anfühlt.

12

Alodia war schon einmal in Brisadulce, und als sie von ihrer Reise zurückkehrte, erzählte sie begeistert von schimmernden Gebäuden und exotischen Menschen. Nun, da wir über den Händlermarkt südlich von Alejandros Palast irren, scheint mir ihr Bericht ziemlich übertrieben. Sicher schimmern die Fassaden der Häuser und Geschäfte, denn der größte Teil ist aus Sandstein erbaut und mit Lehmziegeln verziert. Aber sie werfen so lange, erdrückende Schatten, dass mir in ihrer Nähe das Atmen schwerfällt. Die Stadt wurde um eine Küstenoase herum gebaut, von der jedoch wenig zu sehen ist, als wir unterhalb des Palastes durch die Straßen gehen, ein gutes Stück vom Meer entfernt. Aber immerhin strahlt das Volk von Brisadulce tatsächlich eine einzigartige Lebendigkeit aus, trotz der trockenen Hitze und der staubigen Straßen. Das ist dem Kokosnussverkäufer anzusehen, der so tut, als wollte er seine Waren nach den herumflitzenden Kindern werfen, oder auch der Wäscherin, die fünf große Körbe von verschiedenen Kunden annimmt und verspricht, sie fertig gebügelt am nächsten Tag zurückzubringen. Es ist eine Stadt, in der die Menschen keine Angst haben, Fremde auf der Straße zu grüßen, und bei jeder Gelegenheit lachen.

Es ist ein fast perfekter Nachmittag. Lord Hector ist erneut ein höchst angenehmer Begleiter, der bemerkenswert über Geschichte und verschiedene andere, erhellende Kleinigkeiten Bescheid weiß. Mit ihm könnte ich stundenlang durch die Stadt gehen, trotz meiner müden Beine.

Aber der kleine Rosario ist ein echter Teufelsbraten. Er rennt ständig hin und her und interessiert sich für alles, was er sieht, allerdings immer nur für die Dauer eines Wimpernschlags. Tatsächlich finden wir einen zusammengezimmerten Stand, an dem Kokostörtchen verkauft werden, aber nicht einmal das vermag seine Aufmerksamkeit zu fesseln. Nach einigen Bissen reißt er sich los, um einem abgemagerten Vieh hinterherzulaufen, das der Abstammung nach ein Hund sein könnte, und der Rest des Törtchens ist vergessen und liegt als kleiner weißer Klumpen im Straßensand.

Sein Verhalten ist nicht nur anstrengend, es ist auch gefährlich. Zwar tragen wir einfache Kleidung, die keinen Hinweis auf unsere Person zulässt, aber wir können es trotzdem nicht riskieren, den Thronerben von Joya d'Arena durch seine eigene Leichtsinnigkeit zu verlieren. Ich will mir gar nicht vorstellen, wie Alejandro reagieren würde, falls dem Jungen etwas passieren sollte.

Als Hector Rosario wild um sich schlagend aus einem Gässchen zieht, erkläre ich mit deutlichem Bedauern, dass wir unseren Ausflug leider vorzeitig abbrechen müssen. Der Prinz starrt mich böse an, aber ich bleibe hart.

Als ich jünger war, habe ich mir immer einen kleinen Bruder oder eine kleine Schwester gewünscht, jemanden, um den ich mich genauso kümmern könnte wie Alodia sich um mich. Ich redete mir immer ein, dass ich eine gute große Schwester sein würde, ganz anders als sie. Aber jetzt frage ich mich, ob ich ihr vielleicht ebenso auf die Nerven gefallen bin wie dieser kleine Junge mir.

»Ich habe Durst«, erklärt Rosario, als ich ihn energisch bei der Hand nehme und fest entschlossen bin, ihn nicht wieder entwischen zu lassen.

»Wir können sicher irgendwo Wasser bekommen.«

»Ich will Kokosmilch.«

»Ich glaube nicht, dass das die richtige Art ist, mich anzusprechen.«

Er stößt zornig die Luft aus. »Kann ich vielleicht etwas Kokosmilch haben? Hoheit?«

Mir fällt wieder ein, was Ximena immer sagte, wenn ich nach Kuchen fragte. »Wenn du brav bist, dann werde ich dir selbst Kokosmilch holen. Wenn du nicht brav bist, gibt es keine Milch.« Ich könnte mir vorstellen, ihm für eine Schale Gesellschaft zu leisten. Der Küchenmeister rührt stets ein wenig Honig und Zimt hinein und stellt sie dann im Keller kalt, was überwältigend schmeckt.

Aber Rosario ist nicht brav. Zweimal reißt er sich von mir los, und ich danke Gott in einem Stoßgebet, dass es Lord Hector immer wieder gelingt, den Jungen einzufangen.

Dann endlich kehren wir durch einen Seiteneingang in den Palast zurück, und ich trete bewusst an Rosarios linke Seite, um mich wie ein körperliches Hindernis zwischen ihn und seine Milch zu schieben. Kaum dass der gewölbte Durchgang zur Küche in Sicht kommt, wird Rosario prompt langsamer, wenn auch nur ein bisschen.

Er versucht wieder, von mir loszukommen, aber ich verstärke meinen Griff.

»Milch!«

»Nein.«

»Kokosmilch!«

Nun gehe ich vor ihm in die Knie und schaue ihm direkt ins Gesicht. Er sieht Alejandro unglaublich ähnlich, mit seinem schwarzen Haar, das sich im Nacken ringelt, und den braunen Augen, die wie edles Mahagoni kleine rote Reflexe aufweisen. Aber während Alejandro Lachfältchen hat und stets ein leises Lächeln seine Lippen kräuselt, ist Rosario zornig und unberechenbar wie eine zusammengerollte Kobra. Es macht mich traurig. Für so viel wütende Verzweiflung ist er noch viel zu klein.

»Ich habe dir gesagt, dass es keine Milch gibt, wenn du nicht brav bist. Und das, was ich sage, halte ich auch.«

Er sieht mich finster an. Ich erwidere seinen Blick. Neben mir spüre ich Lord Hectors Zustimmung wie ein ruhiges, tröstliches Gewicht.

»Papá hält nie, was er sagt.«

»Ich schon.«

Plötzlich geht eine Veränderung über das Gesicht des Prinzen, und seine Züge werden weich und engelsgleich. Die Hand, die ich noch immer festhalte, hört auf zu ziehen. Aber ein kleines, verräterisches Zucken blitzt in seinen Augen auf, und daher lockere ich meinen Griff kein bisschen, während wir die langen Flure zu seinen Gemächern entlanggehen.

Seine Kinderfrau wechselt gerade die Laken auf seinem Bett, als wir eintreten, und sie wirft mir einen vorsichtigen Blick zu.

Prinz Rosario sieht zu mir hoch. »Werdet Ihr mich wieder einmal besuchen? Hoheit?«

Ich hebe die Augenbrauen. »Wirst du versuchen, brav zu sein?«

Er nickt treuherzig.

»Dann ja. Ich denke, wir sollten schon bald wieder einen gemeinsamen Ausflug machen.«

Er lächelt. »Versprochen?«

»Versprochen.« Der ganze Tag war unglaublich anstrengend. Es fällt mir schwer zu glauben, dass er diese Erfahrung tatsächlich noch einmal wiederholen will. Und ich bin mir auch nicht sicher, ob ich das möchte.

Aber sein Lächeln ist wie die Sonne, die groß und hell über der Sierra Sangre aufgeht. Ganz plötzlich stürmt er auf mich zu und schlingt mir die Arme um die Hüften. Ich tätschele ihm ungelenk den Kopf und sehe, dass Lord Hectors Schnurrbart zuckt. Als mich der Junge wieder loslässt, fühle ich mich plötzlich seltsam leer und kalt.

Zwar gebe ich seiner Kinderfrau die strikte Anweisung, ihm trotz allem Bitten und Betteln keine Kokosmilch zu geben, aber ich glaube nicht, dass ich mich auf sie verlassen kann. Als sich die Tür hinter uns schließt, wende ich mich an meinen Begleiter.

»Lord Hector, würdet Ihr mir einen Gefallen tun?«

»Gern.«

»Könntet Ihr in der Küche vorbeischauen? Die Dienerschaft sollte von der schlimmen Übelkeit erfahren, die Seine Hoheit heute befallen hat. Daher sollte ihm, wenn er nach Kokosmilch fragt, lieber Wasser oder dünner Tee gebracht werden.« Vielleicht bin ich zu hart zu dem Jungen. Und es kommt mir unfair vor, dass ich ihm etwas verbiete, was ich selbst als großen Trostspender entdeckte, als ich in seinem Alter war.

»Natürlich, Hoheit. Ihr habt heute einen mächtigen Verbündeten gewonnen.«

Ich bin nicht sicher, ob er sich selbst damit meint oder Prinz Rosario. »Elisa«, sage ich leicht ungeduldig. »Bitte nennt mich Elisa. ›Hoheit‹ ist nur für säumige Dienstboten und einsame Kinder.«

Endlich grinst er, echt und wahrhaftig, die Sorgenfalten in seinem Gesicht glätten sich, und plötzlich ist er da, der unbestreitbare Beweis, dass dieser Mann tatsächlich manchmal lacht. Er bietet mir seinen kräftigen Arm und begleitet mich zu meinen Gemächern, wo Cosmé mein Bett vorübergehend als Aufbewahrungsplatz für frische Wäsche genutzt hat. Einen Augenblick bleibe ich mit müden Füßen in der Tür stehen und sehe ihr zu. Ihre geschickten Finger gleiten mit einem leisen Schlag über Handtücher und Laken und falten sie wie durch Zauberhand genau an der richtigen Stelle. Einer der Vorhänge, dessen goldene Gaze wieder in vollem Glanz erstrahlt, liegt ebenfalls über einer Ecke meines Bettes. Daneben türmt sich ein Stapel mit gemusterten Badetüchern in verschiedenen Blautönen. Wie viel Arbeit dahintersteckt, diese Räumlichkeiten so schön und adrett zu halten! Mir war nicht einmal aufgefallen, dass der Vorhang gewaschen werden muss.

Cosmé summt bei der Arbeit vor sich hin, eine aufmunternde Hymne, die, wie ich mich erinnere, im Gottesdienst letzte Woche gesungen wurde. Sie fühlt sich unbeobachtet und ist nicht auf der Hut wie sonst, und plötzlich wird mir klar, dass der übliche ausdruckslose Blick gar nicht ihr natürlicher Gesichtsausdruck ist. Ich beobachte sie eine ganze Weile und versuche, diese andere Cosmé zu verstehen und herauszubekommen, wie es sein kann, dass ein Dienstmädchen mehr Sympathie für ein Badetuch empfindet als für eine Prinzessin.

Aber andererseits ist auch nicht mein wichtigstes Ziel im Leben, von Ariñas Zofe gemocht zu werden. »Ximena ist noch nicht zurück?«

Cosmé zuckt zusammen, und ein Handtuch rutscht auf die Steinfliesen. »Es tut mir leid, Hoheit. Ihr habt mich erschreckt.« Schon ist ihr Gesicht wieder ausdruckslos schön.

»Ich bin sicher, dass dem Handtuch nichts passiert ist. Wo ist nun meine Kinderfrau?«

»Sie ist ausgegangen, um Besorgungen zu machen, und wollte dann Vater Nicandro im Kloster aufsuchen.«

Nun kann ich ein Lächeln nicht unterdrücken. »Sie war früher eine sehr gute Schreiberin.«

Ihre schwarzen Augen weiten sich. »Lady Ximena?«

Ihr verblüfftes Gesicht bereitet mir eine diebische Freude, und außerdem genieße ich es, ein bisschen mit Ximena anzugeben. Nur zu gern möchte ich diesem schnippischen Mädchen sagen, dass meine Kinderfrau zu den klügsten und gebildetsten Menschen zählt, die ich kenne, und dass ihr eine Haarnadel genügt, um einen Mann zu töten. Aber natürlich kommt nichts dergleichen über meine Lippen.

»Ich glaube, Ximena hat Euch nicht so früh zurückerwartet«, sagt Cosmé in das Schweigen hinein.

Seufzend lehne ich mich gegen einen Bettpfosten. »Seine Königliche Unartigkeit war ein wenig schwierig. Wir mussten weit vor dem Abendessen zurückkehren, und trotzdem bin ich erschöpft.«

Cosmé tritt auf ihre unnachahmlich schwebende Art zu mir. »Da Ximena nicht da ist, kann auch ich Euch beim Umziehen helfen. Und dann lasse ich Euch gern ein Bad ein, wenn Ihr möchtet.«

Mein müder, schwerer Kopf braucht den Bruchteil einer Sekunde, um zu bemerken, dass sie schon nach der dünnen Schärpe fasst, die um meine Taille liegt. Zwar trete ich hastig einen Schritt zurück, aber es ist zu spät. Schon sind ihre schlauen Finger von nachgiebigem Fleisch zu hartem Stein geglitten.

Obwohl ich ein Stück von ihr entfernt stehe, hält sie die Arme immer noch erhoben, und sie starrt ihre Fingerspitzen an, als seien sie etwas Abscheuliches, Fremdartiges, das plötzlich und unerwartet an ihre Hände geraten ist. Als sie endlich den Kopf hebt und meinem Blick begegnet, rinnen ihr Tränen über die Wangen.

»Ihr!«, flüstert sie. Ihr Mund verzieht sich angeekelt. »Wie ist es nur möglich, dass *Ihr* das seid?«

Das Juwel pulsiert heiß in meinem Bauch. Übelkeit macht sich darunter breit.

Cosmé schüttelt den Kopf und raunt: »Das kann doch gar nicht sein. Das ist doch nicht möglich. Vielleicht ist es ein Irrtum.« Sie wischt sich die Tränen mit dem Handrücken ab.

»Cosmé.«

»Ihr könnt es nicht sein. Doch nicht Ihr. Die Trägerin soll doch vor allem …«

»Cosmé!« Nun verstummt sie und sieht mich an: mein Gesicht, meine Hände, vor allem meinen Bauch. Ich kann genau den Augenblick erkennen, an dem sie sich wieder im Griff hat. Ein kurzes Aufflackern des Entsetzens, dann liegt erneut der gewohnte Schleier der Ruhe über ihren Zügen.

»Darf ich gehen?« Ihr Gesicht mag wieder gelassen wirken, aber ihre Stimme schwankt noch immer leicht.

»Nein.« Ich gehe auf sie zu. »Cosmé, du darfst niemandem etwas davon erzählen.«

»Natürlich nicht, Hoheit. Eine gute Zofe ist stets diskret.«

»Ja, davon bin ich überzeugt.« Ich lächele humorlos und hoffe, dass meine Miene zumindest ein wenig an das gefährliche Lächeln heranreicht, das Alodia stets so erfolgreich einzusetzen versteht. »Vielleicht sollte ich mich noch deutlicher ausdrücken. Vor nicht allzu langer Zeit hat jemand – ein erfahrener Krieger – entdeckt, dass ich den Stein trage. Nur wenige Augenblicke später hat ihn Ximena mit einer Haarnadel getötet.« Jetzt spüre ich, dass mein Lächeln wirklich gefährlicher wird. Es gleicht nicht unbedingt Alodias, aber dafür ist es mein eigenes, jetzt, wo ich doch noch mit meiner Kinderfrau angeben kann.

Ich entlasse die Zofe erst, als ich das Gefühl habe, dass in ihren Augen ein Funken des Begreifens zu lesen ist.

Ich erzähle Ximena nichts von dieser kleinen Szene mit Cosmé. Zwar habe ich für die Zofe nicht allzu viel übrig, aber ich möchte trotzdem nicht, dass sie stirbt. Ihre so überaus leidenschaftliche Reaktion auf die Entdeckung des Steins geht mir immer noch im Kopf herum. Ich muss es jemandem sagen. Vielleicht Vater Nicandro. Ich werde ihn morgen aufsuchen.

Vor dem Schlafengehen halten wir uns an unsere übliche Routine. Ximena bringt mir ein Glas gekühlten Wein und eine Kerze für meinen Nachttisch, dann löst sie mein geflochtenes Haar, während ich dasitze und aus der *Scriptura Sancta* vorlese. Der lyrische Klang der Sprache, die beruhigende Wahrheit der Worte sorgen meist schnell dafür, dass ich die nötige Traumschwere finde. Aber heute ist das anders. Die geschwungene Schrift verschwimmt auf dem Blatt und verwandelt sich in dunkle, neugierige Augen. In Alejandros Augen. Ich erinnere mich, wie er mich während der Ratssitzung angesehen hat, wie sich die Falten in seinem Gesicht glätteten, als er seinen Blick auf mir ruhen ließ. Auch Ariña ist das aufgefallen.

Ich klappe die *Scriptura* zu. »Ximena.«

»Ja, mein Himmel?«

»Ich möchte … hübsch aussehen. Heute Nacht.«

Im Spiegel erhasche ich den Hauch eines Lächelns. »Meinst du, er wird dich besuchen kommen?«

»Vielleicht.« Ich glaube wirklich, dass er das tun wird. Aber ich habe Angst davor, es auszusprechen, als ob es ein schlechtes Omen sei und dann doch nicht passieren wird, und mir wäre es schrecklich peinlich, wenn Ximena wüsste, wie enttäuscht ich dann wäre.

»Nun, dann einfach nur für den Fall.« Ihr Daumen fährt zärtlich über mein Kinn.

Nachdem mir Ximena die Zöpfe gelöst hat, fällt mein Haar in Wellen bis über meine Taille herab. Ximena kämmt einige Strähnen von der Stirn nach hinten und steckt sie mit einem Perlenkamm fest. Dadurch sieht mein Gesicht länger und schmaler aus, und meine Augen fallen stärker auf. Meine Kinderfrau tupft mir ein wenig Karmesin auf die Lippen. Dann nimmt sie den Kajal zur Hand, legt ihn aber gleich wieder beiseite. »Das ist nicht nötig«, brummt sie. Ich weiß nicht, ob ich nicht doch anderer Meinung bin.

Dann hilft mir Ximena, das Nachtkleid überzustreifen. Sie wählt eines aus beigefarbener Seide, das meine Haut schimmern lässt und meine braunen Augen betont. Eine Weile stehe ich vor dem Spiegel und sehe mich an, halb zufrieden, halb entsetzt. Ich werde niemals so zierlich, so hellhäutig und schön sein wie Ariña. Selbst jetzt, da ich mich so gerade wie möglich aufrichte, zeichnen sich meine Brüste und mein Bauch breit unter dem Stoff ab. Aber meine dunkle Haut ist ungewöhnlich, macht mich besonders, und mein Haar glänzt.

Hier steht Lucero-Elisa, sage ich mir. *Die Trägerin des Feuersteins.*

Ximena löst die Schnürung meines Ausschnitts ein klein wenig, gerade genug, um mein Dekolleté in Szene zu setzen. Dann steige ich in mein riesiges Bett, und sie zupft die Decken um mich zurecht, drapiert mein Haar über meinen Schultern und reicht mir die *Scriptura,* damit ich so tun kann, als würde ich lesen, während ich darauf warte, dass Alejandro klopft.

Ich warte sehr lange, und das Herz schlägt mir bis zum Hals. Ich komme mir albern vor, und ich bin froh, dass Cosmé nicht auch abends hier ist und nur Ximena weiß, dass ich mich extra schön gemacht habe. Nach einer Weile höre ich mit dem Lesen auf und fange an zu beten, und der Feuerstein schickt mir als Antwort sanft massierende, warme Strahlen. Ich döse ein.

Er klopft.

Verwirrt schrecke ich hoch. Die Kerze ist zur Hälfte heruntergebrannt, und ein Tropfen Wachs ist auf meinem Nachttisch erstarrt. Nach dem zweiten Klopfen rufe ich ihn herein. Als sich die Klinke bewegt, fürchte ich zunächst, ich könnte eingetrockneten Speichel auf der Wange haben oder mein Nachthemd sei zu tief heruntergerutscht, aber das ist alles vergessen, als ich sein Gesicht sehe.

»Ich hoffe, ich komme nicht zu spät«, flüstert er. »General Luz-Manuel hat mich fast den ganzen Tag aufgehalten.«

»Nein, natürlich nicht. Ich habe nur …« Die *Scriptura Sancta* liegt aufgeklappt beiseitegeschoben am Rand des Bettes, und unwillkürlich muss ich kichern. »Ich bin wohl beim Lesen eingeschlafen.«

Alejandro setzt sich neben mich aufs Bett. Er ist so groß, dass er keine Fußbank zum Hinaufsteigen braucht. »Warst du schon immer so fromm?«

Ich antworte mit einem Achselzucken. »Die heiligen Texte habe ich schon studiert, als ich noch klein war.« Alle, abgesehen von Homers *Afflatus* natürlich. »Das erschien irgendwie erforderlich, da ich ja nun einmal den Feuerstein trage.« Und dennoch hat es nicht gereicht. Gott ist mir unergründlich geblieben, und ich fühle mich der Erfüllung meiner göttlichen Aufgabe heute nicht näher als an dem Tag vor sechzehn Jahren, als er dieses Ding in meinem Bauchnabel verankerte.

Alejandro beugt sich vor und ergreift meine Hand. Sein Daumen fährt sanft über meine Knöchel, und mein ganzer Arm beginnt zu kribbeln. Das Atmen fällt mir immer so schwer, wenn er in der Nähe ist.

»Elisa.« Seine Stimme ist tiefer als sonst. »Danke, dass du mir heute mit Rosario geholfen hast. Dadurch hatte ich die Möglichkeit, mich einigen sehr wichtigen Dingen zu widmen.« Er lächelt, und seine schweren Lider zeigen, wie erschöpft er ist. »Mein Sohn ist ganz begeistert von dir.«

Bei dem Gedanken an den kleinen Teufelsbraten finde ich meine Stimme wieder. »Da bin ich mir nicht so sicher.«

»Er hat heute Abend von nichts anderem geredet als von dir.«

»Tatsächlich?«

»Ja.«

»Nun, ich mag ihn auch sehr.« Das stimmt seltsamerweise sogar.

»Du wirst eine großartige Königin sein.«

Mein Mund klappt auf, und ich starre ihn an wie ein toter Tiefseedorsch.

Er nickt einfach nur; meine Überraschung hat er gar nicht bemerkt. »Ich werde bald unsere Verlobung bekannt geben.« Damit beugt er sich vor, küsst mich auf die Wange, verharrt kurz. Seine Lippen sind warm und leicht feucht. Ich wünschte, er würde sie weiter nach unten bewegen, zu meinen Lippen.

Als er sich verabschiedet, murmele ich etwas unverständlich Höfliches und halte den Blick auf seine langen Beine gerichtet, die ihn nun von mir entfernen. Die Tür zu Alejandros Gemächern fällt zu, und erst, als das Schloss ein leises Klicken von sich gibt, begreife ich, was er da gerade gesagt hat.

Verlobung.

Demnach hat er nicht die Absicht, dem Volk von Joya d'Arena mitzuteilen, dass wir bereits verheiratet sind.

Heute war ich schon dreimal wirklich stark, ich habe mich im Quorum, bei Rosario und bei Cosmé durchgesetzt. Aber in Alejandros Nähe verwandle ich mich jedes Mal in die personifizierte Hilflosigkeit. Er ist ein guter Mann, davon bin ich überzeugt. Und er ist so hübsch, dass es mich geradezu blendet. Aber mir gefällt die Person nicht, in die ich mich verwandle, wenn er bei mir ist.

Ich habe es satt, wie ein Kind behandelt zu werden. Diese ganzen Geheimnisse gehen mir auf die Nerven. Und vor allem hasse ich mich selbst dafür, dass ich all das geschehen lasse. Zorn wallt in mir auf und flößt mir Mut ein. Mut genug, um laut zu rufen: »Ximena!«

Sie eilt mit aufgelöstem Haarknoten durch das Atrium. »Was ist los? Ist alles in Ordnung?«

»Ximena, in welcher Gefahr befinde ich mich? Wieso bin ich hier sicherer als in Orovalle?«

Sie lehnt sich gegen den Durchgang und lässt die Schultern hängen. An ihrer gerunzelten Stirn und den zusammengekniffenen Lippen kann ich widerstreitende Gefühle ablesen. Als überzeugte Anhängerin der Vía-Reforma fällt es ihr schwer, mit mir über den Feuerstein zu sprechen. Andererseits würde sie das gern. Das weiß ich.

Sanft sage ich: »Meinst du nicht, es wäre sicherer, wenn ich wüsste, was auf mich zukommt?«

Ihre Züge verraten nun Resignation, und sie holt tief Luft. »Es gab verschiedene … Vorfälle. Zum Beispiel mit deiner Vorkosterin. Sie ist gestorben. An Gift.«

»Meine Vorkosterin? Wann denn das?«

»Einige Monate, bevor du mit dem König verheiratet wurdest.«

»Ich hatte eine Vorkosterin?«

Sie schweigt.

Mein Herz beginnt wild zu schlagen. Jemand hat versucht, mich umzubringen. »Weil ich eine Prinzessin bin? Oder weil ich den Feuerstein trage?«

»Vom Tod der zweitgeborenen Prinzessin konnte sich niemand etwas erhoffen, es sei denn, jemand wollte die ganze Thronfolge infrage stellen. Aber es gab keine Anschläge auf das Leben deiner Schwester.«

»Ich hatte eine Vorkosterin.« Da hat jemand täglich sein Leben für mich aufs Spiel gesetzt und ist tatsächlich für mich gestorben. Jemand, den ich nie gekannt habe. »Kein Wunder, dass du immer so böse warst, wenn Aneaxi und ich heimlich in die Küche geschlichen sind.«

»Ja. Dir ist sicherlich aufgefallen, dass Aneaxi dir das Essen stets persönlich gebracht hat? Das war deswegen, weil sie bei diesen nächtlichen Ausflügen als Vorkosterin einspringen musste.«

Das Gewicht, das sich plötzlich auf meine Brust senkt, erschwert mir das Atmen. Ximena eilt zu meinem Bett und schließt mich in die Arme. »Es tut mir so leid, mein Himmel. Wir wollten das alles vor dir verbergen, damit du so unbeschwert und normal wie möglich aufwachsen konntest. Hier bist du sicher, denn hier folgen weniger Menschen dem Weg Gottes, und die meisten kennen nicht einmal den Namen des Trägers.«

»Aber wieso? Wieso sollte man mich töten wollen, nur weil ich den Feuerstein trage?«

Ihre Hände streichen über meine Oberarme. »Oh, da gibt es viele Gründe. Weil du ein politisches Symbol darstellst, selbst für jene, die nicht an die Macht Gottes glauben. Weil manche Menschen aus religiösem Eifer seltsame Dinge tun.«

Wie sie ja wohl aus eigener Erfahrung weiß.

»Und um ganz ehrlich zu sein, weil dein makelloser Stein, wenn man ihn aus deinem toten Körper risse, auf dem Schwarzmarkt zu einem unglaublichen Preis gehandelt werden würde.«

Erschrocken zucke ich zusammen, wobei mich ihre Offenheit ebenso schockiert wie die geschmacklose Vorstellung, der Feuerstein könnte als schlichtes Handelsgut betrachtet werden.

»Oh, mein Himmel, ich habe dir niemals solche Angst machen wollen, aber du siehst jetzt ein, wieso du vorsichtig sein musst, oder? Bitte sag mir, dass du das verstehst.«

»Ja«, stoße ich erstickt hervor.

Es dauert lange, bis ich mich dazu durchringen kann, die Kerzen zu löschen und die Augen zu schließen.

Ich weiß nicht, was genau mich eigentlich geweckt hat. Ximena hat die Tür zum Balkon auf meine Bitte hin offen gelassen, und eine leichte Brise bläht die Vorhänge. Doch von ihrem sanften Rascheln würde ich normalerweise nicht aufwachen. Es ist recht dunkel, die Nacht ist mondlos. Der kupferne Schimmer einer Stadt, die nie ganz zu schlafen scheint, dringt in meine Gemächer, und ich kann gerade eben die Umrisse meines Nachttisches und der Bettpfosten ausmachen.

Zimtgeruch dringt an meine Nase, würzig und süß. Er ist so stark, dass meine Nase kribbelt. Im Dämmerlicht kann ich die Gegenwart eines Menschen erahnen, den ich erst für Ximena halte, bis ein grober Lappen auf meinen Mund gepresst wird. Ich versuche, den Kopf zur Seite zu drehen, aber der Druck gegen mein Gesicht verstärkt sich bei meiner Bewegung nur. Genau davor hat mich Ximena gewarnt, davor haben sie alle Angst gehabt. Ich muss unbedingt schreien und meine Kinderfrau alarmieren.

»Unnnng!«, bringe ich irgendwie durch die Nase heraus. Dieser dumpfe Laut kostet mich alle Luft, die in meinen Lungen ist, und mein Herzschlag füllt den leeren Raum. Tränen rinnen mir aus den Augenwinkeln, und der Drang, Luft zu holen, macht mich ganz benommen. Schließlich atme ich durch den Lappen, trotz der Hand, die ihn festhält. Zunächst überwältigt mich ein Gefühl des Sieges, denn zumindest wird es so nicht gelingen, mich zu ersticken. Wenn ich vielleicht gegen die Bettpfosten treten oder mich herumwälzen könnte … aber der Zimtgeruch verwandelt sich in ein seltsames Prickeln in meinem Hals, in meiner Brust. Um mich herum dreht sich alles, und ich sinke tiefer und tiefer in die Matratze. Dann schließt mich etwas ein, etwas Dunkleres als reine Finsternis, heißer als der Wüstensommer. Das kupferne Schimmern vom Balkon verlischt.

Sanft schaukele ich von einer Seite zur anderen. Meine Arme liegen eng an meinem Körper, ich bin eingewickelt wie ein Säugling. Oder vielleicht liege ich auch in einem Sarg. Meine Augenlider zucken, aber sie sind verklebt und verkrustet, ich kann sie nicht öffnen. Nach kurzer Zeit versuche ich es auch gar nicht mehr, denn ich habe das Gefühl, das gleißende Licht dahinter ist ohnehin unerträglich grell. Zwar habe ich mir immer vorgestellt, die Welt nach dem Tod sei hell und strahlend. Aber nicht so heiß wie die Wüste. Und auch ohne diesen Geschmack von verdorbenem Fleisch in meinem Mund.

Ich höre jemanden reden. Locker, lässig, alltäglich. Es geht um eine mögliche Rast, um Wasservorräte, und dann macht jemand einen Witz über Kamele, den ich nicht verstehe, der aber viel Gelächter hervorruft. Eine der Stimmen ist weiblich und vertraut. Ich kann sie nicht zuordnen, aber ein vages Gefühl des Wiedererkennens lässt mich die Zähne zusammenbeißen.

»Die Prinzessin wird bald aufwachen«, sagt jemand.

»Das kann uns egal sein, wir sind schon weit genug weg«, antwortet die vertraute Stimme.

Ich versuche mich zu winden, zu rufen oder zu treten, aber mein Körper gehorcht mir nicht. Verzweiflung breitet sich in meinen Lungen aus, heiß und zäh. *Ihr könnt mich nicht wegschleppen*, schluchze ich irgendwo tief in dem reglosen Kadaver, der mein Körper ist. *Das könnt ihr nicht machen! Alejandro will mich endlich heiraten!*

Nun ist von einer Oase die Rede, und wieder wird gelacht. Es klingt fröhlich, aufgekratzt, und ein Hauch von Triumph schwingt darin mit.

Zweiter Teil

13

Ich weiß nicht, wie viel Zeit vergangen ist. Mein Bewusstsein ist seltsam erfüllt von Hitze und Helligkeit, aber ich kann nicht sagen, ob ich wach bin oder träume. Vielleicht schwebe ich durch die bizarre Klarheit, die beides voneinander trennt.

Dunkelheit gleitet über mich hinweg wie ein Vorhang und liegt herrlich kühl auf meinen Augenlidern. Ganz plötzlich hört die schaukelnde Bewegung auf. Ich höre Gemurmel. Allmählich kristallisieren sich Stimmen heraus: eine Frau, zwei Männer. »Wir müssen ihr bald etwas zu essen geben. Nein, ich weiß nicht, wann sie ihre letzte Mahlzeit hatte. Ja, du hast recht, erst einmal Wasser.« Mein Magen ist so leer, dass er wehtut, aber der Gedanke an etwas Essbares lässt Übelkeit in mir aufsteigen, zumal sich meine Kehle anfühlt, als wäre sie voll trockenem Schleim. Eine Hand streicht über meine Wange, groß und warm. Sanft.

»Hast du Hunger, Prinzessin?« Eine junge, männliche Stimme. Sehr nahe. Sie verschluckt die Silben ein klein wenig und lässt sie dann im typischen Singsang des Wüstenvolkes nachfedern.

Mit aller Kraft versuche ich, die Augen zu öffnen, aber irgendetwas hindert mich daran.

»Oh, du Ärmste. Lass mich schnell …« Ein kühler, tropfnasser Lappen fährt weich über meine Lider. Jetzt merke ich, wie wahnsinnig durstig ich bin. Meine Augen öffnen sich blinzelnd.

Erschrocken ziehe ich die Luft ein, denn sein Gesicht ist nur eine Handbreit von meinem entfernt. Als Erstes fallen mir die Augen auf, groß und schimmernd braun wie Brotnüsse. Dann das Haar, mehr, als ich je bei einem Jungen gesehen habe. Es ist in der Mitte gescheitelt und fällt in schwarzen Wellen bis über seine Schultern herab. Der Bartflaum ändert nichts an seinem jungenhaften Aussehen. Er hat ein angenehmes, freundliches Gesicht.

Dennoch, er ist mein Entführer. »Was willst du?« Meine Zunge bewegt sich geschwollen in meinem Mund wie ein trockenes Kissen, und meine Worte klingen erstickt und schwerfällig.

»Wir wollen *dich*, Prinzessin.« Er steht auf und tritt aus meinem Blickfeld, und stattdessen sehe ich nun auf ein Überdach aus einem seltsamen Stoff, der von mehreren Holzstangen gespannt wird und so dick wie Wolle zu sein scheint, dabei aber scheckig und rau aussieht wie unfertiges Pergament.

Der Junge kehrt mit einer hölzernen Trinkschale zurück. Er fasst unter meine Schultern und hebt meinen Oberkörper mit einer breiten Hand leicht an. Mit der anderen führt er die Schale an meine Lippen.

»Trink. Wenn du das gut verträgst, dann versuchen wir es mit ein wenig Essen.« Das Wasser ist warm und schmeckt bitter, aber ich schlucke trotzdem gierig. Die Schale wird viel zu schnell leer, dann lässt er mich zurücksinken. »Jetzt warten wir ein bisschen.«

»Wer seid ihr?«, frage ich jetzt mit etwas kräftigerer Stimme, in der allerdings Angst mitschwingt. Ich hoffe, dass Ximena nichts passiert ist. Und ich hoffe, dass Alejandro nach mir sucht.

Mein Entführer lächelt schüchtern, und seine Zähne wirken im Gegensatz zu seiner dunklen Wüstenhaut fast erschreckend weiß. »Ich heiße Humberto«, sagt er. »Karawanenführer von Beruf.«

Ich versuche, mich ein wenig auf die Seite zu drehen, damit ich ihn besser sehen kann, aber mein Körper ist noch steif und unbeweglich, und meine Hüften gehorchen mir nicht. »Humberto. Wieso kann ich mich nicht bewegen?«

»Oh, das liegt am Duermakraut. Du hast ziemlich viel davon eingeatmet. Das geht nach ein oder zwei Tagen weg.«

Ein oder zwei Tage? »Wie lange bin ich … Wie lange ist es her, dass ihr mich *entführt* habt?« Mit Befriedigung stelle ich fest, dass er bei diesem Wort unangenehm berührt das Gesicht verzieht. Sein Lächeln erlischt.

»Schon eine Weile, Prinzessin. Lange genug.«

»Der König wird mich finden.«

»Er wird dich suchen«, verbessert er feierlich und wechselt dann das Thema. »Du hast schöne Augen. Sehr hübsch.«

Schnell mache ich diese Augen wieder zu, doch trotzdem rinnen Tränen über meine Wangen.

»Oh, Prinzessin, das tut mir leid! Ich hoffe, ich habe nichts gesagt, was dich … Und du wirst gut behandelt werden, das schwöre ich!«

Ich öffne die Augen wieder. Die Besorgnis in seinem

Gesicht ist deutlich zu erkennen, auch wenn die Tränen meinen Blick verschleiern. »Was wollt ihr? Wieso habt ihr mich verschleppt?«

Er rutscht unbehaglich hin und her. »Darüber reden wir später. Hast du schon Hunger?«

»Ein bisschen.«

»Großartig!« Er springt auf. »Ich bin gleich wieder da.«

Und so bleibe ich allein zurück, sehe weiter zu dem seltsamen Tuch über mir hinauf und begreife endlich, dass ich mich in einem Zelt befinde. Ich bin in dicke Decken eingewickelt, die mir die Arme fest an die Seiten schnüren. Dem Geruch nach sind sie aus Ziegenhaar. Mein unbedecktes Gesicht und mein Hals sind kühl, die allmählich trocknenden Tränen auf den Wangen eiskalt.

Von draußen sind gedämpfte Stimmen zu hören. Mindestens drei. Meine Feinde müssen entweder sehr mächtig oder aber sehr schlau sein, um sich in den königlichen Flügel von Alejandros Palast zu schleichen und dann unerkannt zu entkommen, noch dazu beladen mit einem Paket von Menschengröße.

Meine Feinde. Die Worte aus Homers *Afflatus* über die Tore des Feindes kommen mir wieder in den Sinn. Über das Reich der Hexerei.

Ich höre, wie der schwere Stoff der Zelttür zurückgeschlagen wird, Schritte ertönen, und schon steht Humberto wieder neben mir. Er hält mir eine Schale mit Fleischbrühe an die Lippen, und ich schnuppere misstrauisch.

»Sie ist nicht vergiftet«, sagt er. »Das hätten wir schon mit der entsprechenden Dosis Duermakraut erledigen können.«

»Nimm selbst einen Schluck.«

Er zuckt mit den Schultern und setzt die Schale an den Mund. Ich sehe ganz genau hin, um sicherzugehen, dass er auch wirklich trinkt.

Als er mir die Schale wieder hinhält, nehme ich einen großen Schluck. Die Suppe ist heiß und gut; es sind Fleischbrocken mit einem mir fremden Geschmack darin, der etwas an Wildbret erinnert, gewürzt mit Knoblauch und Frühlingszwiebeln. Er setzt die Schale wieder ab, damit ich schlucken und Luft holen kann.

»Danke. Was ist das?«

»Meine Schwester kocht die beste Jerboa-Suppe in ganz Joya.«

»Jerboa?«

»Das sind kleine Sandratten.« Er ballt die Hand zur Faust. »Ungefähr so groß.«

Ekel überkommt mich, und ich winde mich leicht in meinen Decken. »Ich habe Rattensuppe getrunken?«

Er lacht. »Na ja, Jerboas sind schon ein bisschen anders. Viel sauberer zum Beispiel. Sie sehen auch niedlicher aus, sie haben hübsches gelbbraunes Fell und buschige Schwänze.«

Das überzeugt mich trotzdem nicht.

»Magst du noch ein bisschen?«

Zwar hat er gesagt, ich würde gut behandelt werden, aber dessen kann ich mir nicht sicher sein. Wer weiß, wann ich wieder etwas zu essen bekommen werde? Also zwinge ich mich, auch den Rest hinunterzuschlucken.

Als ich fertig bin, erhebt sich Humberto und streckt sich. »Versuch zu schlafen, Prinzessin. Wir brechen morgen früh auf.« Aufbrechen – wohin? Aber er ist schon verschwunden und hat die Fackel mitgenommen, bevor ich diese Frage stellen kann. Er lässt mich in der eisigen Dunkelheit allein.

Noch nie habe ich mich so ängstlich und machtlos gefühlt. Es ist eine Erleichterung, die Augen zu schließen. Trotz allem schlafe ich tatsächlich schnell ein.

Der starke Drang, mich zu erleichtern, weckt mich. Goldenes Licht und angenehme Wärme kriechen in mein Zelt, aber der Druck in meinem Unterleib ist enorm. Vorsichtig krümme ich meine Zehen und ziehe die Beine ein wenig an, um ihre Beweglichkeit zu prüfen. Meine Glieder sind schwer und schwach, aber sie reagieren. Leise befreie ich meine Arme aus der engen Umhüllung.

Ein leichter Wind bläht die Zeltwände, aber ich höre keine Stimmen und keine Bewegung von draußen. Man hat mich nicht gefesselt. Vielleicht haben sie nicht erwartet, dass die Wirkung des Duermakrauts so schnell nachlässt. Vielleicht, vielleicht wird es mir gelingen zu fliehen.

Ich schlage die Ziegenhaardecken zurück und stehe schwankend auf. Dann bleibe ich einen Moment reglos stehen und lausche. Nichts. Der Zeltboden ist mit einem leinenartigen Stoff ausgelegt, über den ich auf Zehenspitzen zum Eingang schleiche. Ich schiebe meine Hand durch die schmale Lücke, durch die das Licht fällt. Dann wird mir bewusst, dass ich noch immer nur mein Nachthemd und meine Bettschuhe trage, und kurz halte ich inne, aber falsche Scham kann ich mir nicht leisten. Mein Herz klopft wie rasend, als ich den Stoff beiseiteziehe.

Licht blendet mich. Ich drehe das Gesicht zur Seite und warte, bis sich meine Augen daran gewöhnt haben. Heißer

Wind zerzaust die Haarsträhnen, die Ximenas Steckkämmen entgangen sind. Dann trete ich aus dem Zelt in feinen Sand, der meine Füße selbst durch meine Schuhe hindurch sofort wärmt.

Noch ein Schritt, und dann weiß ich, dass es keine Flucht geben wird. Elend vor Hoffnungslosigkeit schlinge ich meine Arme um den Körper. Ich fühle mich schrecklich klein. Vor mir erstrecken sich die weiten Dünen der Wüste Joya d'Arenas in jeder Richtung, brandrot dort, wo noch Schatten ruhen, und hell wie geschmolzenes Gold im Sonnenaufgang ganz weit draußen am Rand der Welt. Sofort begreife ich, wie unbeständig diese Landschaft ist, wie unvorhersehbar und gefährlich. Die Sonne steht in meinem Rücken und ist schon jetzt gnadenlos. Ich befinde mich auf einer Kuppe, sodass sich mein Schatten weit in die Ferne streckt und sich über den welligen Sand ringelt.

»Wollen wir irgendwohin, Hoheit?«

Ihre spöttische Stimme lässt mich zusammenzucken. Es ist die vertraute, die ich nicht zuordnen konnte, als ich noch vom Duermakraut benebelt war. Ich schließe die Augen und atme tief ein, um mich zu sammeln, bevor ich mich zu ihr umdrehe.

»Hallo, Cosmé.«

Sie steht gerade aufgerichtet und mit verschränkten Armen da, ihr kurzes Haar ringelt sich offen im Wüstenwind. Ihre schwarzen Augen und ihre feinen Züge sind unverändert, aber ohne Schürze und Dienerinnenhaube wirkt sie trotzdem völlig verändert. Vielleicht liegt es aber auch daran, dass ihr Gleichmut nun offener Feindseligkeit gewichen ist.

»Wie schön, dich zu sehen«, lüge ich. »Ich hoffe, es geht dir gut.«

»Wie ich sehe, verliert das Duermakraut schnell an Wirkung.«

»Was habt ihr mit Ximena gemacht? Habt ihr sie getötet, damit ihr mich verschleppen konntet?«

Sie bewegt leicht ihre Füße im Sand, ein kleiner Riss in ihrer gefühllosen Fassade vielleicht. »Deiner Kinderfrau geht es gut. Ich habe ihr eine Prise Duermakraut in den Tee getan, damit sie fest schläft, das war alles.«

Meine Erleichterung ist grenzenlos, aber ich will vor Cosmé nicht weinen. Meine einzige Waffe ist die Unberechenbarkeit, und daher überschütte ich sie mit höflichem Respekt. »Danke. Und danke für die Suppe gestern Abend.«

Sie zieht die Stirn in verärgerte Falten. »Mein Bruder hat einen Narren an dir gefressen und besteht darauf, dass wir dich gut behandeln, daher kannst du dich bei ihm bedanken.«

»Humberto ist dein Bruder?« Ich kann mir nicht vorstellen, wie zwei so unterschiedliche Menschen vom gleichen Blut sein können. Als ich sie nun ansehe, fällt mir allerdings auf, dass sie tatsächlich beide lockige schwarze Haare haben und ihre Züge um Brauen und Nase ebenfalls ähnlich sind.

Cosmé lässt sich nicht zu einer Antwort herab. »Ich habe Reisekleidung für dich. Wir müssen sofort aufbrechen. Humberto wird dir zeigen, wie du dein Zelt abbauen und einpacken musst. Von jetzt an bist du selbst dafür verantwortlich. Und noch eins.« Sie sieht mich angewidert an. »Wenn ich dich dabei erwische, dass du Essen oder Wasser aus unseren Vorräten stiehlst, dann werde ich dich töten, verstanden?«

Ich nicke kühl, obwohl mein Puls wie eine Trommel gegen meine Schläfen pocht. Dann sage ich: »Du musst dir keine Sorgen machen. Ich bin keine von denen, die nachts durch die Gegend schleichen und sich Dinge nehmen, die ihnen nicht gehören.«

Ein Zucken geht über ihr Gesicht. »Zieh dich an.« Damit dreht sie sich auf dem Absatz um und marschiert davon, bevor ich sie fragen kann, wohin wir gehen.

Es war dumm von mir, jemanden zu provozieren, der gerade gedroht hat, mich umbringen zu wollen. Ich werde lernen müssen, viel klüger zu handeln, wenn ich das, was mir auch immer bevorstehen mag, überleben will.

Der Druck, mich zu erleichtern, ist überwältigend. Ich versuche, mein wild schlagendes Herz mit langsamen Atemzügen zu beruhigen, und stapfe durch den Sand, um Humberto zu suchen.

Wir brechen unsere Zelte schnell ab. Außer mir, Cosmé und Humberto sind noch drei andere Jungen dabei, die ungefähr in meinem Alter sind und mir jedes Mal, wenn sie an mir vorübergehen, schuldbewusste Blicke zuwerfen. Meine Zofe – meine ehemalige Zofe – gibt mir einen Stapel mit Kleidung und überlässt es dann Humberto, mir zu erklären, wie die Sachen getragen werden. Sie sind in hellen Farben gehalten und dicht gewebt. Dazu gehört auch ein Tuch, das als Schutz vor der Sonne über den Kopf geschlungen wird. Einige Fransen kitzeln meine linke Wange, und ich muss mich beherrschen, um mich nicht zu kratzen. Humberto erläutert, dass ich mir das Tuch eng ums Gesicht wickeln kann, falls der Wind stärker wird und zu viel Sand aufgewirbelt wird.

Das Wichtigste jedoch sind ein Paar Stiefel, hart und wenig biegsam. »Sand und Geröll scheuern jeden normalen Schuh nach ein paar Tagen durch«, sagt Humberto. Diese hier sind mit steifen Sohlen versehen und kniehoch, und es gehören Beinschützer aus Kamelhaar dazu, die mehrere Male um die Wade gewickelt werden. Humberto zeigt mir, wie ich die Enden in den Kniekehlen unter den übrigen Stoff schieben kann, um sie dann mit Schnüren zuzubinden. »In dieser Jahreszeit gibt es häufig Sandstürme«, sagt er. »Und der Sandflug ist direkt über dem Boden am stärksten. Ich weiß, sie sind sehr warm, aber sie werden deine Beine schützen.«

Sandstürme. Ich erinnere mich, dass Hector mir davon erzählt hat, als wir von einem sicheren Platz aus zu den weit entfernten Dünen blickten. Damals sagte er, dass sie einem Menschen das Fleisch von den Knochen reißen können.

Weshalb sind diese Leute so verzweifelt, dass sie es sogar riskieren, in der Sandsturmzeit durch die Wüste zu ziehen?

Wir lassen die Packpferde bei einem der jungen Männer zurück und gehen los, während zwei Kamele unsere Zelte, das Essen und das Wasser tragen. Ich blicke dem Mann nach, der in die entgegengesetzte Richtung davonreitet. Es gibt einen Weg aus dieser Wüste – für jene, die ihn kennen.

»Er wird zurechtkommen«, sagt Humberto. »Er ist ein Karawanenführer, genau wie ich.«

»Wieso können wir nicht auf Pferden reiten?« Pferde haben mir zwar immer Angst gemacht, aber Reiten wäre trotzdem angenehmer, als sich mühsam zu Fuß durch den Sand zu schleppen.

Er erstickt beinahe. »Oh, Prinzessin. Pferde brauchen viel

zu viel Wasser, um in der Wüste zu überleben. Wir haben sie bis hierher mitgenommen, damit wir dich schnell wegbringen konnten. Aber ab hier müssen die Kamele genügen. Bis zur nächsten Wasserstelle sind es viele Tage.«

Mein Magen überschlägt sich. Zwar habe ich mich heute Morgen von der Hoffnung verabschiedet, aus eigener Kraft fliehen zu können, aber ich hatte mich trotzdem an den Gedanken geklammert, Alejandro würde mich retten. Sicher durchkämmt er bereits den ganzen Palast auf der Suche nach seiner verschwundenen Frau. Vielleicht hat er sogar Kundschafter in die Wüste ausgesandt. Aber je weiter wir schon weg sind, desto schwerer wird es sein, mich aufzuspüren.

»Wohin bringt ihr mich?«

»Weit weg, Prinzessin.« Er hebt die Hand, um weitere Fragen abzuwehren. »Lass es. Ich werde es dir nicht sagen. Jedenfalls noch nicht.«

»Ich bin nicht … ich meine, ich hatte nie besonders viel Durchhaltevermögen. Ich werde so weit laufen, wie ich kann, aber …«

»Oh, das habe ich mir schon gedacht.« Er grinst auf seine typische Art, die ihm stets den Anschein verleiht, als wollte er jeden Moment loslachen. »Wir haben dich mit einer Schleiftrage bis hierhergebracht. Oder hast du gedacht, wir hätten dich den ganzen Weg getragen?«

Nein, natürlich nicht. Der stärkste Mann der Welt könnte mich nicht über eine längere Strecke tragen.

»Ich meine«, fährt er fort, »du kannst die Schleiftrage benutzen, wenn es nicht anders geht, aber vielleicht könntest du zumindest versuchen, eine Weile zu gehen? Für die Kamele ist es sonst sehr anstrengend. Dann brauchen sie mehr

Futter und Wasser, weißt du, und meine Schwester …« Er verstummt.

Was er wohl sagen wollte? Meine Schwester sucht ohnehin nur nach einer Entschuldigung, um dich umzubringen? »Ich werde mein Bestes versuchen.«

Er nickt. »Das weiß ich.«

Durch den Wüstensand zu marschieren ist das Schwerste, was ich je in meinem Leben leisten musste. Schon nach kurzer Zeit brennen meine Knöchel und Wadenbeine vor Anstrengung, mein Atem kommt in trockenen Stößen, und Schweiß durchtränkt meine unterste Kleidungsschicht. Aber ich schleppe mich weiter voran, und beinahe seufze ich jedes Mal vor Erleichterung, wenn unser kleines Grüppchen die Kuppe einer Düne erreicht. Dennoch dauert es nicht lange, und ich falle hinter den anderen zurück.

Es beruhigt mich sehr, dass man offenbar viel Sorgfalt auf meine Kleidung verwandt hat. Meine Entführer wollen, dass ich heil ankomme, wo auch immer das sein mag. Es würde den sicheren Tod bedeuten, in dieser Wüste zurückgelassen zu werden. Cosmé sieht von Zeit zu Zeit über die Schulter, als erwarte sie jeden Augenblick, dass ich aufgegeben habe oder im Sand zusammengebrochen bin, und jedes Mal, wenn sie das tut, flackert ein Feuer in meinem Inneren auf, und ich setze in grimmiger Auflehnung einen Fuß vor den anderen.

Während ich durch den Sand stapfe, habe ich viel Zeit darüber nachzudenken, weshalb man mich entführt hat. Mit mir haben sie einen Feuerstein gestohlen, und mir graut vor dem Augenblick, wenn sie erkennen, dass ich trotzdem zu nichts nütze bin. Was werden sie dann tun?

Meine einzige Hoffnung ist und bleibt, dass Alejandro nach mir suchen wird. Dass ihm so viel an mir liegt, dass er nicht aufgeben wird, obwohl hier draußen in dieser endlosen Wüste die Chancen gering sind, mich zu finden.

Endlich machen wir Rast, und es gibt Wasser. Cosmé reicht einen Schlauch aus Ziegenhaut herum. Ich achte genau darauf, wie viel jeder der anderen trinkt, und gebe mir dann Mühe, nur genauso viel zu nehmen, keinen Schluck mehr. Der Schlauch macht zweimal die Runde, dann nimmt ihn Cosmé und will ihn wieder auf den Rücken des Kamels packen.

»Cosmé.« Humberto deutet mit dem Kinn in meine Richtung. »Ein bisschen mehr für die Prinzessin.« Sie bedenkt ihn mit einem grimmigen Blick, den er mit einem Lächeln erwidert. »Sie ist an diese Strapazen nicht gewohnt und sie schwitzt sehr stark. Bitte.«

Zwar gibt Cosmé einen verärgerten Laut von sich, wirft ihm den Schlauch jedoch noch einmal zu. Er fängt ihn elegant auf und reicht ihn mir. »Nimm noch einen großen Schluck, kleine Prinzessin.«

Ich zögere. Was soll ich tun? Einer der älteren Jungen, der dunkle, ruhige, starrt mich böse an. Der andere, der selbst in seiner dicken Wüstenkleidung wie ein schlanker Baum wirkt, zwinkert mir über seine Hakennase zu. Ich hebe die Ziegenhaut in ihre Richtung. »Danke.« Und dann nehme ich einen einzigen großen Schluck. Oh, es ist trotzdem nicht genug, aber ich gebe den Schlauch wieder an Humberto zurück.

Wir ziehen weiter, und meine Beine sind weich wie Pudding. Dieses Mal bleibe ich noch schneller hinter den anderen zurück, aber ich zwinge mich voran, die Zähne entschlossen zusammengebissen. Die Hitze ist unerträglich, meine Lungen brennen, und die Luft flimmert vor meinen Augen. Nach einer Weile gebe ich es auf, meine Begleiter im Blick zu behalten, denn es ist leichter, auf den Boden zu sehen und nur den Abdrücken im Sand zu folgen, die ihre Füße hinterlassen haben.

Aus dem Gehen wird erst ein Schlingern, dann ein Stolpern, und dann laufe ich direkt gegen den Hintern eines Kamels.

»Uff.« Blinzelnd sehe ich auf. Die anderen haben angehalten und auf mich gewartet. Sie starren mich an, aber meine brennenden Augen erlauben mir nicht, ihre Blicke zu deuten.

»Humberto.« Das ist Cosmés Stimme, und sie klingt ungewohnt sanft. »Schirr die Schleiftrage an.«

Am liebsten würde ich sie umarmen.

Humberto macht sich eilig daran, ihrem Befehl nachzukommen, während ich versuche, mich schwankend auf den Beinen zu halten. Endlich nimmt er mich an der Hand und führt mich zu dem improvisierten Sandschlitten. Ich lege mich darauf und bedecke mein Gesicht mit meinem Tuch, dann geht es weiter. Der Schritt des Kamels ist ruckartig und eigenwillig, aber nach einer Weile gewöhne ich mich an den seltsamen Rhythmus. Ich bin völlig erschöpft, mir fallen die Augen zu, aber ich kann nicht schlafen, weil ich immer wieder Bruchstücke einer lockeren Unterhaltung und fröhliches Gelächter höre. Es ist mehr als deutlich, dass meine Entführer nicht im Geringsten befürchten, verfolgt zu werden.

14

Am Abend zeigt mir Humberto, wie ich mein Zelt aufbauen muss. Die Stangen sind nicht schwer, aber sperrig, und es erfordert einiges an Kraft und Geschicklichkeit, sie in die richtige Position zu bringen. Er versichert mir, dass es mir bald leichterfallen wird, aber das kann ich mir nicht vorstellen.

Nachdem die Zelte stehen und die Kamele versorgt sind, zündet Cosmé ein Feuer an und kocht einen Topf Jerboa-Suppe. Ich entferne mich ein wenig von den heißen Flammen, um den Sonnenuntergang zu beobachten. Die Wüste ist ein wundervoller Ort, unendlich und leuchtend, blutrot im schwindenden Licht. Die Dünen faszinieren mich. Auf der dem Wind zugewandten Seite sind sie stets von einem Wellenmuster gezeichnet, auf der anderen hingegen glatt wie Sahne und trügerisch weich wie ein Teppich. Dieser Ort ist wirklich überwältigend und von einer schrecklichen Schönheit, und ich merke, dass ich vor unwillkürlichem Staunen mit den Fingerspitzen den Feuerstein berühre.

»Spricht er zu dir?« Humberto steht neben mir. Ich habe gar nicht gemerkt, wie er näher gekommen ist. Er verlagert sein Gewicht von einem Fuß auf den anderen, seine braunen Augen sind schwarz im Dämmerlicht, ganz wie die seiner Schwester.

»Wieso? Was glaubt ihr, was der Feuerstein für euch tun kann?«

Er sieht mit ernstem Gesicht zu Boden. »Er kann uns retten.«

Ich will schon protestieren, halte aber gerade rechtzeitig noch inne. Vielleicht hängt mein Überleben davon ab, dass sie weiterhin glauben, ich könnte ihre Hoffnungen erfüllen.

Seine nächsten Worte spricht er in weichem Singsang: »Und Gott erwählte sich unter den Menschen einen, der für ihn stritt. Dies geschieht in vier Generationen stets einmal. Er erhob ihn zu sich, dass er sein Zeichen trüge.«

»Das ist aus Homers *Afflatus!*« Überrascht packe ich seinen Oberarm. »Du weißt davon!«

Er sieht mich verblüfft an. »Natürlich.«

Ausgerechnet in diesem Augenblick ruft uns Cosmé zum Abendessen.

»Mal wieder Suppe!«, sagt Humberto und wendet sich zum Gehen. Ich schlurfe hinter ihm her und stähle mich innerlich, um einen selbstbewussten Eindruck zu machen und wie jemand zu erscheinen, der tatsächlich andere retten kann.

Da die Temperatur überraschend schnell gesunken ist, bin ich dankbar für das warme Feuer und setze mich Cosmé gegenüber. Wir sind zu fünft, ich eingeschlossen. Fünf, die göttliche Zahl der Vollkommenheit. Im Unterricht bei Meister Geraldo habe ich gelernt, dass die Wüstennomaden stets darauf achten, dass sie zu fünft reisen oder in einer Gruppe, deren Zahl durch fünf teilbar ist, weil sie sich davon Glück und Segen erhoffen.

Cosmé reicht jedem von uns eine kleine Schale. Zunächst beobachte ich die anderen, und als ich sehe, dass niemand Besteck benutzt, setze auch ich die Schale einfach so an die Lippen und schiebe mir die Fleischbrocken mit meinen staubigen Fingern in den Mund. Jeden Tropfen lecke ich heraus, und mein Magen gurgelt leise. Zwar hat die Suppe den schlimmsten Hunger gestillt, aber ich bin alles andere als satt. Enttäuscht setze ich die Schale ab. Cosmé sieht über das Feuer hinweg zu mir herüber. Die Sonne ist schon lange verschwunden, und die zuckenden Flammen lassen bedrohliche Schatten über ihr Gesicht wandern.

»Hoheit«, sagt sie sanft und leise. »Du bekommst dieselbe Ration wie alle anderen.«

Ich halte ihrem Blick stand. »Ich habe nicht nach mehr verlangt.«

Sie steht auf, bürstet sich die Beine ab und kippt dann einen ganzen Eimer Sand über das Feuer, um die Flammen zu ersticken. Nun wird unser Lager nur noch von zwei kleinen Fackeln erhellt sowie vom blassen Schimmern der Sterne. So, wie sie uns in tiefstem Schwarz umfängt, erscheint die Wüste riesengroß. Wir begeben uns zu unseren Zelten. Ich wickele mich gegen die Kälte fest in meine Decken und merke, dass ich ihren dumpfen Geruch beinahe als tröstlich empfinde. Meine letzten Gedanken gelten Homers *Afflatus* und den Toren des Feindes.

Früh am nächsten Morgen packe ich nach einem viel zu spärlichen Frühstück aus Dörrfleisch und getrockneten Datteln mein Zelt selbst zusammen. Es dauert länger als bei den anderen, und meine Arme zittern anschließend vor Anstrengung, aber ich schaffe es. Dann wird mir klar, dass ich wieder laufen muss. Meine Beine tun so weh, vor allem oberhalb der Knöchel, dass mir schon bei den ersten Schritten die Tränen in die Augen steigen. Humbertos dick eingemummte Gestalt geht voran und hat sich bereits ein ganzes Stück entfernt. Er führt uns auf unserem heißen Weg, und von daher wird es erst dann wieder eine Möglichkeit geben, mit ihm über Homers Prophezeiung zu sprechen oder Fragen zu stellen, wenn wir eine Rast einlegen.

Quälend langsam mühe ich mich durch den Sand, und es dauert nicht lange, da haben sich meine Entführer in dunkle Punkte am orangegelben Horizont verwandelt. Eigentlich sollte ich mich fragen, ob sie mich aufgegeben und der grausamen Wüste überlassen haben. Ich sollte mich fragen, ob ich hier sterben werde und mein Körper sich in eine eingetrocknete Schote verwandeln wird. Mein Magen ist ein klaffendes Loch unter meinen Rippen, in dem der Hunger wütet. Aber noch schlimmer ist, dass hinter meinen Augen ein Kopfschmerz pocht und mir Übelkeit erregend schwindlig ist. Ich brauche unbedingt etwas Süßes, damit der Kopfschmerz vergeht, doch ich weiß nur zu genau, dass ich nichts dergleichen bekommen werde.

Der Wind frischt auf und bläst mir Sand ins Gesicht. Ohne anzuhalten wickele ich mir das Tuch über die Nase und stecke es so fest, wie Humberto mir gezeigt hat. Dann kämpfe ich mich weiter voran.

Ich weiß nicht, wie viel Zeit vergangen ist, aber plötzlich spüre ich, dass mich jemand am Arm fasst. Als ich blinzelnd aufsehe, durch den Kopfschmerz hindurch, blicke ich in Humbertos Gesicht.

Der Feuerstein schickt eisige Strahlen mein Rückgrat hinauf und in meine Brust.

»Du musst dich beeilen«, ruft Humberto in den Wind. »Sandsturm.«

Oh Gott.

»Die anderen bauen da vorn die Zelte auf. Kannst du laufen?«

Ich nicke, obwohl ich nicht weiß, wie meine Beine das anstellen wollen.

Er legt mir den Arm um die Schultern, und zusammen hasten wir über den Sand. Humberto ist sehr stark und zieht mich mit, sodass ich doch wesentlich schneller vorankomme als allein, und er reißt mich jedes Mal wieder hoch, wenn ich über meine Füße stolpere. Sandwirbel peitschen um unsere Beine. Humbertos Angst ist deutlich spürbar. Er zerrt unaufhörlich an mir und ruft: »Schneller, Prinzessin. Wir müssen schneller laufen!« Und so stapfe ich so schnell wie möglich weiter und atme keuchend durch mein Tuch, während mein Herz mir wie eine Trommel bis zum Hals schlägt.

Dann endlich erreichen wir eine Kuppe. Nicht weit davon entfernt haben sich die beiden Kamele wie große Berge nebeneinander auf den Sand gelegt. Cosmé errichtet mit hastigen Bewegungen eine Art Zelt um die Tiere, um sie zu schützen, während diese ruckartig die Köpfe hin und her bewegen und schnaufen.

Neben ihnen steht ein zweites Zelt. Der Mann mit der Hakennase winkt uns aus der Öffnung heran und drängt zur Eile.

Aber meine Beine sind wie festgewachsen im Sand, hart und steif wie steinerne Säulen, denn in einiger Entfernung hat sich eine dunkle Wand erhoben, die auf uns zurast. Sie tobt schwarz über den Boden und wirbelt den Sand so hoch auf, dass der Himmel eine fast bräunliche Farbe annimmt.

»Prinzessin!« Humberto reißt mich voran, aber meine Beine sind wie gelähmt, und er muss mich fast bis zum Zelt schleifen. Das Heulen des Sturms ist unerträglich laut. Ich kann mir nicht vorstellen, wie wir so etwas überleben wollen. Unsere Zelte sehen so unbedeutend und zerbrechlich aus, und ich weiß, dass ich hier sterben werde, dass mir das Fleisch von den Knochen geschliffen und der Feuerstein, in einem Berg aus Sand vergraben, untergehen wird.

Wir flüchten uns mit einem langen Satz ins Zelt. Cosmé stürzt hinter uns herein, zieht die Zelttür zu und bindet sie fest. Während ich allmählich wieder zu Atem komme, beobachte ich meine Entführer, und ihre weit aufgerissenen Augen ängstigen mich. Die Kamele stoßen klagende Laute aus.

»Die Kamele?«, frage ich erschüttert. Es sind seltsame Geschöpfe, aber mit ihren langen, dichten Wimpern und dem Dauerlächeln auf den breiten Lippen machen sie mir weniger Angst als Pferde. Der Gedanke, dass ihnen der Sandsturm das Fell abzieht, ist mir unerträglich. »Werden sie …«

»Sie sind für das Leben in der Wüste besser ausgestattet als wir«, sagt Cosmé. »Sie wissen, dass sie sich hinlegen müssen, solange der Sturm tobt. Sie werden es überstehen.« Dann zuckt sie mit den Schultern. »Jedenfalls wenn sie nicht zu lange verschüttet bleiben.«

Wie bitte? Humberto bindet mir ein Seil um den Bauch. »Verschüttet?«, flüstere ich.

Humberto beugt sich zu mir hinunter. »Prinzessin, falls das Zelt zusammenbricht, dann versuche, dich in ein Stück Zeltstoff einzuwickeln.« Er schlingt sich ein Stück des Seils um die eigene Taille und wirft dann Cosmé die Rolle zu, damit sie es ihm gleichtut. »Sieh zu, dass du dir eine kleine Höhle zum Atmen schaffen kannst, pass auf, so.« Er zeigt es mir mit einer Decke, die er halb um seinen Kopf und Unterarm schlingt.

Er sieht nicht mehr, dass ich zu seinen Worten nicke, denn plötzlich wird es in unserem Zelt dunkler als in der finstersten Nacht. Der Sandsturm tobt über uns hinweg. Nun kann ich die Kamele nicht mehr hören, auch nicht das Flattern der Zeltleinwand draußen, nicht einmal mehr das Atmen meiner Begleiter. Wäre da nicht das Seil, das uns miteinander verbindet, es wäre ein Leichtes, mir vorzustellen, ich sei völlig allein. Das zornige Toben des Sandes ist so überwältigend und unaufhörlich, so klar und rein, dass es beinahe genauso eigentümlich absolut wirkt wie Stille. Eine lange Zeit sitze ich da und fühle, wie sich mein Herzschlag verlangsamt und meine Atmung beruhigt.

Mit einem Mal umfängt uns dann tatsächlich Stille. Echte Stille, als sei die ganze Welt tot.

»Ist es vorbei?«, frage ich und erschrecke über den Klang meiner eigenen, seltsamen Stimme.

»Psst.« Das ist Cosmé. »Verschwende keine Atemluft mit deinem Gerede.«

Atemluft verschwenden? Eine Erkenntnis dämmert mir: Der Sand hat uns unter sich begraben.

Unmittelbar darauf setzt das Wüten des Sturms wieder ein, gefolgt von neuerlicher, beunruhigender Stille. Der schreckliche Nachmittag zieht sich in Dunkelheit dahin, während wir mehrere Male begraben, wieder freigeblasen und erneut mit Sand bedeckt werden. Noch erschreckender ist das sichere Wissen, dass der Sturm nun endgültig all unsere Spuren verwischt haben wird und es damit keine Möglichkeit mehr gibt, dass Alejandro mich je findet.

Dann endlich ist die Stille von Dauer. Aus der Mitte der Dunkelheit sagt Cosmé: »Jetzt kannst du es versuchen, Belén.«

Ich höre ein Rascheln und das Aneinanderreiben von Stoff, und dann brechen Sand und Licht durch ein Loch über uns. Blinzelnd sehe ich den Mann mit der Hakennase, der mit einer langen Stange nach oben stößt. Durch das Loch erkenne ich blauen, herrlichen Himmel. Ich lege meine Fingerspitzen auf den Feuerstein und konzentriere mich auf ein Dankesgebet.

Cosmé und Belén graben uns aus unserem Zelt. Die äußere Stoffschicht ist teilweise eingerissen, aber Humberto meint, dass sie sich noch reparieren lässt und trotzdem halten wird. Die Kamele waren nur zur Hälfte von Sand verschüttet. Wir knien uns hin und schaufeln den Sand beiseite, bis wir den schweren Stoff über ihnen wegziehen können. Schnaufend und klagend erheben sich die Tiere und schütteln die Köpfe. Das größere, ein Kamel von so dunklem Braun, dass es fast schwarz wirkt, beginnt mit dem Wiederkäuen, das Lohfarbene scharrt mit den Hufen. Sie verhalten sich genauso, wie Kamele es meiner bisherigen Erfahrung nach immer tun, und ich staune darüber, wie gleichmütig sie hinnehmen, was gerade geschehen ist.

Als wir die Zelte ausgegraben und wieder vernünftig aufgestellt haben, steht die Sonne schon tief und lässt einen kupferfarbenen Schimmer über die neu entstandenen Dünen wandern.

An diesem Abend können wir das Feuer dank eines frischen Vorrats an Kameldung länger brennen lassen. Während unserer kargen Mahlzeit, die wieder aus Jerboa-Suppe besteht, frage ich: »Sind Sandstürme immer so?«

Humberto hat den Mund voll Suppe, daher antwortet diesmal Belén: »Im Jahr bekommen wir meist ein oder zwei richtig schlimme so wie diesen hier. Normalerweise sind sie weniger heftig und schnell vorüber.«

Ich schlürfe meine Suppe und fürchte jetzt schon den Augenblick, an dem meine Schale leer sein wird. Die Augen meiner Begleiter sind abschätzend auf mich gerichtet. Cosmés Blick genüge ich nicht, das zeigt der verächtliche Zug um die Lippen, den der Feuerschein offenbart. Ah, aber die anderen … Ihre Augen sind voller Fragen, und vielleicht liegt sogar zögerlicher Respekt in ihnen. Selbst der stille Junge betrachtet mich aufmerksam. Ich habe eine Ahnung, wie Alodia jetzt vorginge.

»Ihr alle wusstet genau, was zu tun ist«, sage ich. »Um zu überleben.«

Humberto zuckt mit den Schultern. »Wir sind Karawanenführer. Das ist unsere Aufgabe.«

Cosmé ist Zofe, keine Karawanenführerin, aber es ist nicht der rechte Augenblick für Haarspaltereien. Ich nicke, als sei ich tief in Gedanken. »Die Wüste bringt starke Menschen hervor.« Dabei hoffe ich, dass meine Worte nicht kriecherisch klingen.

Belén hebt stolz den Kopf. »Wir haben Schlimmeres überstanden als Sandstürme.«

»Daran zweifle ich nicht.« Sorgsam kratze ich die letzten Suppenreste zusammen, dann lecke ich mir die Finger ab. Als ich die Schüssel dann absetze, sage ich: »Aber etwas anderes kommt auf euch zu. Oder ist schon da. Etwas, von dem ihr nicht sicher seid, dass ihr es überstehen werdet.«

Keiner sieht mich an. Cosmé überkreuzt die Beine und betrachtet ihre Fingerknöchel.

Schließlich wage ich es, die nächste Frage zu stellen: »Was ist es? Wieso schleppt ihr ein dickes, nutzloses Mädchen durch die Wüste? Wieso bin ich so wichtig, dass ihr Humberto trotz des drohenden Sandsturms zurückgeschickt habt, um mich zu holen?«

»Humberto sollte nicht dich holen«, gibt Cosmé kurz angebunden zurück, »sondern den Feuerstein.«

Natürlich. »Wieso schneidet ihr ihn dann nicht aus meinem Nabel?« Die Worte sind kaum über meine Lippen, da bedaure ich, sie ausgesprochen zu haben.

Cosmé lässt ein raubtierhaftes Grinsen aufblitzen. »Das ziehe ich noch immer in Erwägung.«

»Cosmé!« Zum ersten Mal höre ich den stillen Jungen etwas sagen. »Wir können das noch nicht riskieren. Die Prophezeiung ist nicht eindeutig. Wir können sie später immer noch töten, falls sich herausstellt, dass sie wirklich zu nichts nütze ist.«

Humbertos Augen verengen sich, und er funkelt den Jungen an: »Niemand tötet sie, Jacián. Niemals.«

Jacián zuckt mit den Schultern und verfällt wieder in Schweigen.

In dieser Nacht kommt Humberto still in mein Zelt und breitet seine Decken neben meinen aus. Ich bin erleichtert über seine Gegenwart, denn ich weiß, wieso er hier ist. Er hat Angst vor dem, was die anderen tun könnten.

Die Tage sind endlos und heiß, aber ich nutze die Zeit zum Nachdenken. Dabei habe ich beschlossen, mich kooperativ zu zeigen und alles zu tun, um nicht bedrohlich zu wirken, denn immerhin hängt mein Überleben davon ab, bei meinen Entführern zu bleiben und ihnen keinen Grund zu geben, mich doch noch umzubringen.

Schließlich lassen wir die Dünen hinter uns und erreichen ein niedriges Plateau. Der Sand rutscht nicht länger unter meinen Füßen weg, und es gelingt mir einigermaßen, mit den anderen Schritt zu halten. Humberto übernimmt die Führung, und er zweifelt nie auch nur einen Augenblick an unserer Richtung, auch wenn mir nicht klar ist, wie er das macht. Unsere Wasservorräte gehen allmählich zur Neige, und die Rationen werden immer kleiner. Meine Haut sehnt sich nach dem kühlen Wasser meines Badebeckens. Nein, das stimmt nicht. Das Wasser in dem Becken war immer warm. Jetzt aber stelle ich es mir kühl vor, und ich kann es beinahe fühlen, ebenso wie Ximenas starke Finger, die meine Schultern massieren.

Meine Lippen sind schmerzhaft gesprungen. Die hoch aufragenden Höcker der Kamele schrumpfen allmählich und neigen sich schließlich zur Seite. Humberto versichert mir, das sei zu erwarten gewesen, und sie würden sich erholen, sobald sie wieder Wasser und Futter bekommen, aber sie tun mir trotzdem leid. Nach einer Weile allerdings ist mein Kopf nur noch von quälenden Gedanken an frisches Wasser erfüllt.

Nach mehreren Tagen, die wir über das Plateau gezogen sind, führt Humberto uns in eine tiefe Schlucht. Die Kamele schnauben und stöhnen, werfen die Knie schlenkernd hoch und lassen die Köpfe hin und her schaukeln, als wir zwischen den hohen, steilen Felswänden weitergehen. Dann biegen wir um eine Ecke, und die Schlucht verbreitert sich zu einer Oase mit niedrigen Palmen und gelb belaubten Akazien, mit grünem Gras und einem kleinen, funkelnd blauen See. Etwas Schöneres habe ich noch nie gesehen.

Wir alle fangen an zu laufen, fünf Menschen und zwei Kamele, wir rennen in den See und bleiben erst stehen, als uns das Wasser bis zur Hüfte reicht. »Trink nicht zu viel auf einmal!«, ruft mir Humberto zu. »Sonst wirst du krank!« Also nehme ich nur ein paar große Schlucke, dann tauche ich unter, bis das Wasser meinen Kopf bedeckt, und genieße die Kühle und die herrliche Nässe. Als ich wieder an die Oberfläche komme, bespritzen sich die anderen gegenseitig wie die Kinder. Humberto macht mit seiner großen Hand Wellen und schickt eine in meine Richtung, und ohne nachzudenken lache und plansche ich mit. Ich tue so, als würde ich sie schon seit einer Ewigkeit kennen. Als wäre ich in Sicherheit.

Viel später hängen unsere Oberkleider an den Zweigen einer großen Akazie, die ihre Äste über den kleinen See streckt. Unsere Zelte sind aufgebaut, die Kamele fressen in aller Ruhe das weizenähnliche Gras, das auf dem gegenüberliegenden Ufer wächst. Ich lasse die nackten Beine ins Wasser hängen und bewundere die frischen Schwielen an meinen Füßen. Irgendwie bin ich stolz auf sie.

Humberto lässt sich neben mich fallen und breitet sein Kopftuch zwischen uns aus. Darin befindet sich eine Handvoll frischer Datteln, die er in einem nahen Hain voll niedriger Palmen gesammelt hat. Ich gebe einen entzückten Laut von mir und stecke mir eine Frucht in den Mund. Sie ist süßer als Honig, süßer als die Kokostörtchen der Straßenverkäufer. Oder vielleicht kommt es einem nach einer langen Diät aus Dörrfleisch und Jerboa-Suppe auch nur so vor. Genussvoll spucke ich den Kern aus und beiße in die nächste. »Danke, vielen Dank!«, bringe ich mit vollem Mund heraus.

Humberto sieht mich an, während ich kaue, und sein Blick verrät Neugier, aber vielleicht auch Respekt. Jedenfalls bringt er mich nicht so aus dem Konzept wie Alejandro mit seinen fordernden Augen.

Zwei wundervolle Tage verbringen wir an diesem Ort, bevor wir weiterziehen, ausgeruht, ausreichend gewässert und gekühlt. Das Laufen ist nun nicht mehr ganz so schwierig, wenn auch immer noch nicht leicht, und in den folgenden Tagen fange ich zunehmend an, auf dem Weg mit den anderen zu reden. Jacián bleibt zwar schweigsam, aber Humberto und Belén sind gern bereit, mich mit kleinen Geschichten von dramatischen Kamelrennen und dummen Reisenden zu unterhalten. Wie ich erfahre, hat jeder meiner Begleiter die Wüste schon mehrere Male durchquert, obwohl sie eigentlich zu jung sind, um schon so viel gereist zu sein. Jacián ist mit seinen neunzehn Jahren der Älteste, Humberto hingegen der Jüngste; er ist sechzehn, genau wie ich.

Gelegentlich beteiligt sich sogar Cosmé an unserem Gespräch, obwohl sie sich stets sehr zurücknimmt. Es gibt so vieles, was ich gern wissen möchte, über den Feuerstein, über die Prophezeiung, von der sie sprach, über ihre Arbeit bei Condesa Ariña. Aber ich traue mich nicht zu fragen. Dass sie am liebsten den Stein aus meinem Bauch reißen würde, ist mir stets im Gedächtnis, und von daher gebe ich mir alle Mühe, jegliche Provokation zu vermeiden.

Weil die Nachmittagssonne mir den Rücken wärmt, weiß ich, dass wir nach Osten wandern, in jene Richtung, in der sich die entlegenen Bergdörfer befinden, wo sich aber auch das Heer von Invierne zusammenzieht. Doch unsere kleine Gruppe ist mit nichts besser zum Schweigen zu bringen als mit einer Frage nach unserem Ziel. Als ich es das dritte Mal versuche, erwidert Humberto: »Es ist ein geheimer Ort, Prinzessin, und mehr als das wirst du nicht erfahren.«

Schließlich kommen wir vom Plateau in ein steiniges, ödes Land, wo lediglich niedrige Büsche und vereinzelte Kakteen wachsen. Die Kamele grasen auf dem Weg und fressen das trockene Gras mit derselben Begeisterung wie die harten Dornen. Der Ruf der Geier über uns stimmt mich direkt fröhlich. Und überall lauern kleine Eidechsen mit starrem Blick, die so träge oder so mutig sind, dass sie immer erst im allerletzten Augenblick vom Pfad huschen.

Der Aufstieg wird steiler, der Weg ist immer öfter von aufklaffenden Spalten durchzogen, und immer wieder ragen unversehens einzelne, schroffe Tafelberge in schwindelerregende Höhen auf. Wahrscheinlich könnte ich ein Leben lang durch diese Wüste irren, ohne je wieder den Weg zurück zu finden. Ich hoffe nur, dass ich an unserem geheimen Ziel eine Möglichkeit finden werde, meinem Ehemann eine Nachricht zukommen zu lassen.

Am Ende unserer langen Reise, die uns beinahe einen Monat lang durch heißes Land geführt hat, umrunden wir einen steilen Tafelberg, dessen Gestein aus vielen gelben und orangefarbenen Schichten besteht. Auf der dem Wind abgewandten Seite drängt sich ein Dorf auf mehreren terrassenförmigen Ebenen an den Steilhang, durch die orangefarbenen Lehmziegel, aus denen die Häuser gebaut sind, so gut getarnt, dass es aus der Entfernung beinahe unsichtbar ist. Überall sind Leute unterwegs und winken uns zu, als wir näher kommen.

Mein Herz klopft, meine Kehle ist wie zugeschnürt. Es wird nun nicht mehr lange dauern, bis sie entdecken werden, dass sie sich in mir geirrt haben und dass ich ihnen überhaupt nicht helfen kann.

Cosmé läuft voran, um einen alten Mann zu begrüßen, der uns entgegenstapft. Er trägt dieselben großzügig geschnittenen Wüstenkleider wie meine Begleiter, weswegen ich nicht gleich erkenne, dass ein Ärmel schlaff und leer an seiner Seite hängt. Andere Dorfbewohner kommen ebenfalls heran. Sie sind zerlumpt. Verwundet. Einige Gesichter sind von Brandwunden gezeichnet, aufgeworfen wie die Windseite einer Sanddüne. Anderen, wie dem Mann, der Cosmé nun an sich drückt, fehlen Arme oder Beine. Ein kleiner Junge, nicht viel älter als Rosario, hat sich einen Bausch Wolle in eine Augenhöhle gestopft und einen dreckigen Stoffstreifen darüber gebunden.

Die meisten sind Kinder.

Ich denke zurück, an ein anderes Leben, an die Sitzung des Quorums der Fünf. An die Nachricht von Conde Treviño, der zwar um Hilfe bat, jedoch erklärte, es habe noch keine Verluste gegeben. Vielleicht dringen die Neuigkeiten aus diesem Teil des Landes nicht so schnell bis in andere Gebiete.

»Oh, Humberto«, flüstere ich erschüttert. »Wir haben nicht gewusst … Ich habe nicht gewusst, dass der Krieg schon begonnen hat.« Schnell wandern meine Fingerspitzen zu dem Feuerstein und beten um den warmen Trost des Juwels.

Humberto legt mir sanft den Zeigefinger unters Kinn und hebt meinen Kopf. Der hoffnungslose Blick in seinen Augen macht mir Angst. »Prinzessin, der Krieg mit Invierne hat nie aufgehört.«

15

Ich verstehe das nicht. Der letzte Krieg war eigentlich nur ein Scharmützel, keine große Sache. Er endete nach nur zwei Jahren, nachdem Alejandros Vater die Heere von Invierne hoch in die Sierra Sangre zurücktrieb.

Der ältere Mann entlässt Cosmé aus seiner einarmigen Umklammerung und humpelt mit geweiteten Augen auf mich zu.

»Cosmé«, flüstert er. »Du hast mir die Auserwählte gebracht.«

Sie schnaubt. »Sie trägt den Feuerstein, das ist aber auch schon alles.«

Er überhört ihre Worte, seine schwarzen Augen auf meinen Bauch gerichtet. »Er singt zu mir«, raunt er. »Sie haben gesagt, dass es genau so sein würde, falls ich es je erlebte, aber ich habe es nicht geglaubt.«

»Wer?«, fragte ich. »Wer hat das gesagt?« Vater Nicandro hat den Stein auch gespürt, aber ich hatte keine Möglichkeit, ihn danach zu fragen.

»Die Priester natürlich. Im Seminar.« Ein Zucken läuft unter dem kurzen grauen Bart über sein Gesicht.

Humberto tritt vor. »Prinzessin, das ist mein Onkel, Vater Alentín, der früher zu Conde Treviños Hof gehörte.«

»Ihr seid ein Priester?« Einen Priester wie ihn habe ich noch nie gesehen, so heruntergekommen, dreckig und verstümmelt.

Er blinzelt. »Es tut mir leid, mein Kind. Oder … sollte ich Prinzessin sagen? Es ist nicht gerade ein freundliches Willkommen, das ich Euch hier zuteilwerden lasse, nicht wahr? Es ist nur so, ich hatte nie erwartet, dass ich … ich meine … ja, ein Priester. Ordiniert im Kloster zu Brisadulce, und …« Er legt einen zitternden Finger an seine Lippen, während er die Augen schließt. »Ich kann nicht glauben, dass wir endlich den Träger gefunden haben.«

Der Feuerstein in mir ist still und sendet weder warnende noch beruhigende Signale aus, aber die verzweifelte Hoffnung des Mannes macht mich nervös. Hinter ihm nähern sich zerlumpte Kinder, die mich mit einer Mischung aus Ehrfurcht und Misstrauen betrachten. Am liebsten würde ich mich hinter Humberto verstecken, aber ich bleibe, wo ich bin.

Humberto legt mir einen schützenden Arm um die Schultern und sagt: »Wir haben eine lange Reise hinter uns und nun brauchen wir dringend ein Bad und etwas zu essen. Vielleicht ein bisschen frisches Fleisch. Obst wäre auch schön. Alles, nur nichts Getrocknetes.«

Bei seinen Worten läuft mir das Wasser im Mund zusammen, und ich lehne mich dankbar an ihn.

Die Kinder umringen uns und führen uns zu den in die Bergwand hineingebauten Ziegelhäusern. Nicht einmal Erschöpfung und Durst können meine Aufmerksamkeit trüben, denn schließlich weiß ich, dass unter den vielen Menschen um mich herum Leute wie Cosmé sind – Leute, die mich mit raubtierhaftem Hunger beobachten, als sei ich ein saftiges, mit Pfeffersauce übergossenes Spanferkel.

Die Gebäude sind nur die Fassade für ein kühles Höhlensystem, das tief in den Tafelberg hineinführt. Frische Quellen sorgen für Trinkwasser, und es gibt sogar ein breites, flaches Becken, das zum Baden und Waschen genutzt wird. Cosmé zeigt mir eine Stelle, wo ich mich unbeobachtet ausziehen und säubern kann, eine kleine Nische, hinter der sich eine Bank aus Fels erhebt, auf der meine Kleidung Platz findet. Sie wirft mir ein dreckverkrustetes Gewächs von zwiebelartiger Form zu, das aus mehreren Schichten zu bestehen scheint, und sie erklärt, dass es Schaum entwickelt, wenn ich es über meine Haut reibe. Das Wasser ist kalt und reicht mir halb den Oberschenkel hinauf, aber es ist kristallklar, und meine Zehen, die sich in den Sand graben, erscheinen plötzlich viel näher, als ob ich sie anfassen könnte, ohne mich zu bücken.

Als ich allein bin, versuche ich, mich daran zu erinnern, wie Aneaxi und später Ximena meine Kleider gewaschen haben. Normalerweise wurde das von Dienstboten erledigt, und meine Zofen übernahmen diese Aufgabe nur selten. Aber da war etwas mit Einweichen und Rubbeln, ein bisschen Seife. Da ich nicht genau weiß, wie viel Zeit ich habe, steige ich schnell aus meinen Kleidern und tauche sie ins Wasser. Nach einigem Wringen und Spülen reibe ich das zwiebelartige Gewächs über den Stoff und erzeuge tatsächlich ein wenig Schaum. Es riecht scharf nach zerdrückten Blättern, aber es scheint zu funktionieren, denn Schmutz, fettiger Schweiß und ein paar verirrte Haare treiben schnell in der Strömung davon. Ich wasche auch das Nachthemd aus, das ich getragen habe, als Cosmé und die anderen mich aus meinem Bett gerissen haben. Es ist aus cremefarbener Seide, an der Vorderseite mit feiner Spitze und winzigen Glasknöpfen verziert, und vielleicht ist es wertvoll genug, um es gegen etwas anderes einzutauschen … oder um jemanden zu verlocken, mich nach Brisadulce zurückzubringen.

Ich wringe es ordentlich aus, nehme es an den Schulternähten und schlage es leicht aus, um den Stoff zu glätten, so wie Ximena es täte. Und ich erstarre und blicke verständnislos auf das Ding in meinen Händen. Es fühlt sich fremd an, wie aus einem anderen Leben. So zart und wunderschön. So … riesig.

Scharf ziehe ich die Luft ein, und dann halte ich das nasse Kleidungsstück mit bebenden Händen vor meinen Körper, hebe es auf Schulterhöhe, sodass der Saum im Wasser schwimmt. Es ist mehr als riesengroß. Es ist ein Zelt von einem Nachthemd, mit Armausschnitten, die bis zur Mitte meines Brustkorbs herunterreichen, und Abnähern, die Platz für eine enorm üppige Oberweite schaffen.

Ich lasse es ins Wasser fallen.

Fast einen Monat lang habe ich in unförmigen Gewändern und unter Kamelhaardecken gesteckt. Heftig atmend blicke ich zu meinem Bauchnabel hinunter. Beinahe schockiert es mich, als das zwinkernde Blau meines Feuersteins meinen Blick erwidert. Nun hebe ich einen Arm und bewundere seine sanft geschwungene Form, betrachte genau, wie mein Oberarm so ganz natürlich in den Unterarm übergeht, staune fast darüber, wie wunderbar sie zusammenpassen. Ich fahre mit den Händen über meine Brüste, meine Hüften, meinen Hintern, meine Schenkel. Dann treten mir die Tränen in die Augen, als ich noch einmal von vorn beginne.

Ich bin nicht annähernd dünn. Und ganz sicher nicht schön wie Alodia oder Cosmé. Aber ich muss nicht mehr meine Brüste beiseiteschieben oder meinen Bauch hochhalten, um den Feuerstein zu sehen. Zwar sehne ich mich noch immer nach Honiggebäck, aber mein Kopf schmerzt nicht mehr bei dem Gedanken an solche Leckereien. Ich kann den ganzen Tag laufen, ohne wund zu werden.

Ich kann den ganzen Tag laufen.

Ich lasse mich auf dem Rücken ins Wasser gleiten und lächele zu den funkelnden Stalaktiten und den schmalen Spalten im Fels hinauf, durch die aquamarinfarbenes Licht in die Grotte hineindringt. Als Cosmé schließlich kommt, um mich abzuholen, erkläre ich ihr, ich bräuchte noch Zeit.

Ich war noch nicht lange genug nackt.

In dieser Nacht sammeln sich die Bewohner des Dorfes unter einem breiten Felsgesims. Es sieht aus, als sei Gott mit der gewölbten Hand über den Sockel der Felswand gefahren und habe dort eine große Ausbuchtung zurückgelassen, die zur Hälfte von Gestein und zur Hälfte vom sternenübersäten Himmel überspannt wird. In der Mitte glimmt eine Feuerstelle, über der gekocht wird und um die sich viel zu wenig Menschen versammelt haben. Es sind höchstens vierzig, und mindestens zwei Drittel von ihnen sind jünger als ich.

Vater Alentín führt den Vorsitz bei unserem Mahl, das aus einem Lammbraten mit Rüben, frischer Petersilie und Majoran besteht. Er klopft auf den sandigen Boden neben sich, und ich nehme im Schneidersitz bei ihm Platz. Die anderen halten vorsichtig Abstand und beobachten uns aber über ihre Schüsseln hinweg. Ich behalte sie aufmerksam im Auge.

Beim Essen lasse ich jeden Bissen im Mund zergehen, genieße den saftigen, vollen Geschmack, die knackige Frische der genau bissfest gekochten Rüben. Vater Alentín berichtet mir von einer Schafherde, die sich in einem versteckten Tal in der Nähe befindet, und er sagt, dass es dort auch Äcker gibt, auf denen Kartoffeln, Rüben und Karotten angebaut werden. Daher ermutigt er mich, so viel zu essen, wie ich mag, denn obwohl täglich Menschen ihr Leben im Krieg verlören, hätten sie doch immer noch Nahrung genug.

»Vater«, sage ich schließlich mit vollem Mund. »Alejandro, der König. Er weiß nicht, dass Ihr schon im Krieg seid.«

Traurigkeit erfüllt mich, als ich den Namen meines Ehemannes ausspreche. Ich hoffe, es geht ihm gut. Ich hoffe, er lässt nach mir suchen.

Alentín schüttelt den Kopf. »Natürlich weiß er das nicht, mein gutes Kind. Es hat ihm ja niemand erzählt.«

Ich kaue und schlucke. »Das verstehe ich nicht.«

»Wir wagen ihm nicht zu sagen, dass wir schon kämpfen, dass wir schon mehr Schlachten verloren haben, als wir zählen können. Seine Majestät, mag er ewig leben und gedeihen, bringt dem Bergvolk wenig Zuneigung entgegen. Er würde unsere Sache eher als verloren aufgeben, als uns Hilfe zu schicken. Ja, am liebsten gäbe er uns auf. Seit dem letzten Krieg verfügt er nur noch über wenige Truppen, wisst Ihr, und wir haben ihm so viel Unannehmlichkeiten bereitet. Es ist schwer, uns von der anderen Seite der Wüste aus zu regieren, und wir haben wenig zu bieten, was für die Krone von Wert ist. Unsere Schafe und Kühe sind allen anderen im ganzen Königreich überlegen, aber sie taugen nicht mehr viel, wenn man sie in einem Gewaltmarsch durch die Einöde getrieben hat. Er ist besser beraten, den geringeren Zehnten anzunehmen, den ihm die Küstendörfer bieten.« Ich nicke und erinnere mich an das, was ich bei Meister Geraldo gelernt habe. Joya d'Arenas größte Schwäche, hat mein alter Lehrer stets gesagt, ist die enorme Größe des Landes.

Ein Mädchen, sicher nicht älter als acht, tritt schüchtern mit einem Teller Dattelbällchen zu uns. Ich lehne dankend ab, ich bin schon satt, aber Alentín nimmt eins und steckt es sich in den Mund. Er kaut, während er weiterspricht. »Eins haben wir allerdings, und das ist Gold. Jedes Jahr spucken die Berge bei den Sturzfluten ein wenig davon aus, aber Seine Majestät, mögen seine Lenden zahlreiche Söhne hervorbringen, hat keine besonders große Leidenschaft für das edle Metall. Immerhin genügt diese Kleinigkeit aber doch, um sein Interesse an uns aufrechtzuerhalten. Eine hochgestellte Persönlichkeit an seinem Hof ließ uns vor einigen Jahren wissen, wenn in den Bergen schwere Kämpfe ausbrächen, würde er unser Land schlicht aufgeben und uns höchstens zu bedauernswerten Opfern erklären, mehr aber auch nicht.«

Oh, das würde er ganz sicher. Mein Herz schlägt hart, und ich erinnere mich, wie glücklich Alejandro war, als ich ihm zur Evakuierung der Dörfer riet. Damals dachte ich noch, dumm wie ich war, dass er sich über mich und meinen weisen Rat freute. Jetzt aber muss ich erkennen, dass er lediglich eine Entschuldigung dafür suchte, diese Menschen im Stich zu lassen. »Ihr wagt es also nicht, ihm zu sagen, dass die Sache des Bergvolks schon beinahe verloren ist.«

»So ist es. Nach allem, was man hört, ist er ein guter Mann, aber ein schwacher König. Er wählt stets den sichersten, einfachsten Weg, wenn er sich denn überhaupt für etwas entscheidet.«

Zwar schwingt viel enttäuschende Wahrheit in seinen Worten mit, aber ich bezweifle, dass Vater Alentín mir all das erzählen würde, wenn er wüsste, dass ich die Frau des Königs bin. »Also muss man ihn glauben machen, dass es noch Hoffnung gibt, damit er nicht jegliche Hilfe verweigert.«

»Ja.«

Aber der König wird keine Hilfe senden. Ich kann dem Priester nicht ins Gesicht sehen, denn ich muss daran denken, welche Rolle ich selbst gespielt habe. Kurz schließe ich die Augen und lasse die Quorumssitzung noch einmal in Gedanken vorüberziehen. Wenn ich damals schon gewusst hätte, was ich jetzt erfahren habe, wäre mein Rat dann anders ausgefallen? Hätte ich diese zerlumpten Waisen selbst gesehen, ihr Leid hautnah erfahren, hätte ich dann vielleicht doch eine Möglichkeit gefunden, den Krieg an einer so entlegenen Front zu rechtfertigen? Das ist schwer zu sagen.

»Vater Alentín, was genau erhofft ihr euch von mir?«

Er wischt sich den Mund mit dem Saum seines Oberkleids ab und rülpst zufrieden. »Wir hoffen natürlich, dass Ihr uns retten könnt. Seit fast zwanzig Jahren suchen wir nach dem Träger. In der letzten Zeit, als die Kämpfe immer heftiger wurden, haben wir Leute in alle Teile Joya d'Arenas ausgesandt, um ihn ausfindig zu machen.«

Zorn grollt wie eine Lawine in meiner Brust. Selbst hier, so weit von zu Hause entfernt, liegt mir die Aufgabe, zu der ich ausersehen wurde, wie ein Joch auf den Schultern. Mit zusammengebissenen Zähnen frage ich: »Wie kann ich euch retten? Ich bin nur ein Mädchen. Ich esse zu viel. Ich hasse die Vorstellung, über etwas zu regieren. Es gibt nichts, was ich wirklich gut kann … obwohl, doch, ich kann ganz hübsch sticken. Soll ich Euch vielleicht einen schönen Wandbehang mit Siegesmotiven gestalten?« Am liebsten würde ich irgendetwas treten oder schlagen. Meine Augen wandern zu Cosmé, die in einiger Entfernung mit Belén spricht.

»Mein liebes Kind, Ihr habt etwas, worüber niemand von uns verfügt.«

Ich seufze. »Den Feuerstein.«

»Hexenkunst.«

»Was?« Hexenkunst, das ist ein so archaischer Begriff, wie man ihn nur in den klassischen Studien verwendet. »Nein, das stimmt nicht. Die *Scriptura Sancta* verbietet jegliche Hexerei.«

Er lächelt. »Ah, kleine Prinzessin, Ihr müsst wissen, die Menschen waren nie dafür bestimmt, hier zu leben. Aber die Erste Welt verging, und Gott brachte uns mit seiner rechtschaffenen rechten Hand dennoch hierher.« Er beugt sich vor, die schwarzen Augen fest auf mich gerichtet. »Homers *Afflatus* spricht davon, dass unter der obersten Schicht dieser Welt Zauberkräfte verborgen sind, die verzweifelt danach streben, ans Licht zu gelangen. Um sie niederzuhalten, wählt Gott in jedem Jahrhundert einen Streiter, jemanden, der in der Lage ist, Magie mit Magie zu bekämpfen.«

Er lehnt sich zurück und überkreuzt die Beine, während ich über mein mitternächtliches Treffen mit Vater Nicandro in der Klosterbibliothek nachdenke … , *und er wurde wie ein Kalb zur Schlachtbank ins Reich der Hexerei geführt.*

»Invierne!«, stoße ich plötzlich hervor. »Das ist das Reich der Hexerei!«

Er nickt. »Meine Nichte sagte mir, Ihr stammt aus Orovalle und seid eine Anhängerin der Vía-Reforma, die man über die Geschichte der Feuersteine in Unkenntnis gehalten hat.«

Ich senke den Kopf und weiß nicht recht, ob ich mich dafür schämen soll oder nicht.

»Närrische Kultisten«, zischt er. »Seine Majestät, mögen Sonnenfinken ihm süße Melodien ins Ohr flöten, handelte weise, als er Euch für sich stahl.«

Für sich stahl. Während Alentín aufsteht, kommt mir der Gedanke, dass Alejandro unserer unvollzogenen Ehe möglicherweise nur zum Teil deswegen zugestimmt hat, weil ihm mein Vater Truppen versprach: Vielleicht brauchte auch er einen Retter.

»Möchtet Ihr Euch meine Abschrift des *Afflatus* ausleihen?«, fragt Alentín.

»Oh ja«, hauche ich. »Sehr gern.«

Ich bekomme zwei Bienenwachskerzen – kostbare Güter, wie mir Vater Alentín sagt –, und man weist mir eine Lehmhütte zu, die einer viereckigen Schachtel gleicht. Nachdem ich mein Nachtkleid an einen Haken gehängt habe, rolle ich meine Decken auf dem hart gestampften Lehmboden aus und lege mich auf den Bauch, um den *Afflatus* zu lesen. Bei der Einleitung erschauere ich unwillkürlich, weiß ich doch, dass ich die Geschichte Gottes lese, und ich hoffe, dass ich auch etwas über mein eigenes Schicksal darin finden werde.

Ich bin Homer der Steinmetz, von Gott erwählt, seinen Stein zu tragen. Den Familien, die dank Gottes rechtschaffener rechter Hand überlebten und nun am Rande des Sandes verstreut sind, entbiete ich meinen Gruß.

Homer erzählt zunächst seine eigene Geschichte. Wie auch ich erhielt er seinen Feuerstein bei der Namensverleihung, als ein Lichtstrahl sich auf seinen Nabel richtete. Als er aufwuchs, fürchtete man ihn. Manchmal machte man sich auch über ihn lustig. Die Priester begannen, sich für den Jungen zu interessieren, denn sie spürten, dass eine seltsame Kraft von dem Stein ausging; eine Kraft, die sie dazu brachte, Hymnen zu singen oder zu beten oder manchmal auch nur laut zu lachen. Also brachten sie ihn ins Kloster und lehrten ihn die Lengua Classica in Wort und Schrift. Mit sechzehn gaben sie ihn bei einem Steinmetz in der Nähe in die Lehre.

Eines Tages befeuerte er dort die Ziegelöfen, als Gott ihm eine Vision schickte und ihn hieß, sie Wort für Wort aufzuschreiben. Homer fiel bewusstlos gegen die Ofentür, und sein Arm wurde versengt, während Gott zu ihm sprach. Als er wieder zu sich kam, eilte er sofort zum Kloster. Sein linker Arm war verbrannt, und eitrige Flüssigkeit trat aus den Wunden hervor, aber er wollte sich nicht verbinden lassen, bevor er nicht an einem Schreibpult saß und Tinte, Federkiel und Pergament vor sich hatte.

Die Narben trug er stolz sein ganzes Leben, aber ich frage mich, welcher Gott so etwas zulässt. Sicher hatte dieser Mann doch einen ganz besonderen Platz in Gottes Herz. Und dennoch musste er so leiden.

Und er war nicht der Einzige. Einige Träger starben bei der

Erfüllung ihrer Aufgabe, viele konnten sie gar nicht vollenden. Ich frage mich, was schlimmer sein mag.

Gerade will ich mit Homers Bericht der eigentlichen Vision beginnen, als jemand hinter mir in die Tür tritt. Ich drehe mich um.

Dort steht Humberto mit großen Augen, seine Decken unter dem Arm. Er sieht jetzt schlanker aus als damals, als wir uns kennenlernten, denn genau wie bei mir hat die Wüste alles Wasser aus ihm herausgesaugt. Das Kerzenlicht betont die hohen Wangenknochen und die Schatten, die darunterliegen. Ich freue mich, dass er da ist.

»Hallo, Humberto.«

»Prinzessin.« Er macht jedoch keine Anstalten einzutreten.

»Meinst du, ich bin noch immer in Gefahr? Dass jemand mich wegen des Steins ermorden will, den ich trage?«

Leicht verlagert er sein Gewicht. »Ich weiß es nicht. Meine Leute sind keine Mörder. Aber sie sind verzweifelt. Und hart geworden.«

»Dann würde ich sicherlich besser schlafen, wenn ich wüsste, dass du in der Nähe bist.«

Mit dem Anflug eines Grinsens breitet er seine Decken vor der Schwelle aus. Während er sich die Schuhe auszieht, wandern seine Augen über das Nachthemd, das ich an der Wand aufgehängt habe.

Es ist das schönste Ding im ganzen Dorf, und mit seiner feinen Webart und den schimmernden Falten gehört es so offensichtlich nicht an diesen Ort. »Es passt mir nicht mehr«, sage ich wegwerfend. »Aber es ist das Einzige, was mir noch von … von früher geblieben ist. Ich mag mich nicht davon trennen.« Das stimmt natürlich nicht. Ich hoffe vielmehr, dass es mir dabei helfen wird, irgendwie aus diesem entlegenen Dorf zu fliehen.

Er streckt sich auf der Seite aus und stützt den Ellenbogen auf. »Mach dir keine Sorgen, Prinzessin.« Er deutet mit dem Kopf zu dem Nachthemd hinüber. »Nach ein paar Wochen normalem Essen und Trinken wirst du schon wieder in Ordnung kommen.«

Leise seufzend schließt er die Augen, zu schnell, um meinen verblüfften Blick zu bemerken. Glaubt er, dass ich wirklich wieder in dieses Hemd passen möchte?

Die tropfende Kerze erinnert mich daran, dass ich nur wenig Zeit zum Lesen habe, und daher wende ich mich rasch wieder Homers Prophezeiung zu.

Dies geschieht in vier Generationen stets einmal. Er erhob ihn zu sich, dass er sein Zeichen trüge … Er konnte nicht wissen, was an den Toren des Feindes seiner harrte, und er wurde wie ein Kalb zur Schlachtbank ins Reich der Hexerei geführt.

Betreten all jene, die Gott erwählt hat, das Reich der Hexerei? Oder nur einige? Oder nur einer? Vielleicht sogar nur ich?

Ein leises Zittern geht jedes Mal durch meinen Bauch, wenn der Feuerstein im gleichen Absatz wie »Hexerei« erwähnt wird. Aber schnell wird klar, dass Vater Alentín recht gehabt hat. Homer glaubte, dass spätere Feuersteine dazu dienen würden, die Gefahren zu bekämpfen, die Magie für Menschen darstellt.

Das Manuskript ist nicht sehr lang. Ich lese es dreimal

durch, bevor ich es beiseitelege und meine Kerze ausblase. Es dauert lange, bis ich einschlafe.

Rufe und hastige Schritte wecken mich. Humberto und ich schlagen die Decken zurück und laufen nach draußen. Alle rennen in dieselbe Richtung, um den Fuß des Tafelberges herum. Aufregung, vielleicht auch Besorgnis steht in ihren Gesichtern. Wir folgen ihnen, die Arme zum Schutz gegen das gleißende Morgenlicht erhoben. Auf dem Höhenkamm vor uns sind Leute, und Humberto hilft mir, den steinigen Abhang hinaufzuklettern.

Als wir die Kuppe erreichen, sehen wir über die weiten Vorberge. Auf- und abfallend werden sie immer niedriger, bis sie im mächtigen Schatten der Sierra Sangre verschwinden. Die Gebirgskette ist blauschwarz und trägt weiße Hauben, und die Sonne erhebt sich wie eine riesige Scheibe über ihrem Rand. Heute Nacht, wenn sie untergeht, wird sie blutrot erglühen.

Humberto deutet nach unten in eine zerklüftete Schlucht, in der Mesquitebäume und verkrüppelte Wacholder wachsen. Hin und wieder sind zwischen den einzelnen Büschen Köpfe zu sehen. Mindestens zwölf, zusammen mit ein paar schwer bepackten Pferden. Als sie näher kommen, halte ich unwillkürlich den Atem an. Bei dem Gepäck auf den Pferderücken handelt es sich um Menschen, blutig und malträtiert. Die anderen, die noch auf ihren Beinen stehen können, stolpern erschöpft voran, und ihre Gesichter sind beschmiert mit Schweiß und Dreck, vielleicht auch mit Blut.

»Das ist mein Cousin«, sagt Humberto mit schwankender Stimme. »Reynaldo, der Junge, der ganz vorn geht. Sein Dorf ist sehr groß. Dort leben viele Hundert Menschen. Wenn Invierne sie angegriffen hat, wenn sie die Einzigen sind, die entkommen konnten …« Mehr bringt er nicht heraus, und ich fasse nach seiner Hand.

Er zerquetscht mir fast die Finger. Seine Unterlippe zittert, als wir Kinder in die Schlucht rennen sehen, um den Flüchtlingen zu helfen. Ihre kleinen Gesichter sind voller Hoffnung, und sie reden schnell auf die Neuankömmlinge ein. Es dauert einen Augenblick, bis mir klar wird, dass sie nach ihren Verwandten fragen – nach ihren Eltern, Geschwistern, Cousins, die verschwunden sind.

Vater Alentín tröstet eine junge Frau, stützt sie mit seinem guten Arm und hilft ihr den Hang hinauf. Sie kommen nahe genug, dass ich den blauen Fleck auf ihrer Stirn sehe, das eingerissene Ohrläppchen und die kahlen Stellen an ihrem Kopf, wo ihr das Haar mitsamt den Wurzeln ausgerissen wurde. Der Priester raunt ihr etwas zu, als sie an uns vorübergehen, und sie sieht mich überrascht an, dann schimmern Tränen der Hoffnung in ihren Augen.

»Ich bin Mara«, flüstert sie. »Vielen Dank, dass du gekommen bist.«

Ich sehe ihr nach, während sie mit Alentín zum Dorf hinuntersteigt. Ihr Kleid ist auf ihrem Rücken voller Grasflecken.

16

Cosmé versorgt die Verwundeten und kümmert sich mit ihrer zupackenden, entschiedenen Art darum, dass alle mithelfen. Ich sitze zusammengekauert an der Wand der großen, halb offenen Höhle und kann den Blick nicht von dieser Szene abwenden. Viele Flüchtlinge tragen verkohlte Kleidung über verbranntem Fleisch. Einer der Männer, den die Pferde heraufgebracht haben, ist schon tot, als man ihn losbindet und auf den Boden bettet. Die anderen drei schlagen von Entzündungen und Fieber geschüttelt um sich. Ich muss an Aneaxis Bein denken, an den Geruch von faulem Fleisch, an die Wundränder, die rund um schwarze Flüssigkeit aufklafften, und ich kann mich nicht dazu überwinden, zu helfen oder überhaupt nur näher heranzutreten. Aber ich bleibe trotzdem hier, da es seltsam tröstlich ist, meiner früheren Zofe zuzusehen. Es hat etwas Vertrautes, wie sie die Kleidung aufschneidet und die Wunden säubert, wie sie Schnitte näht und Verbände wäscht. Ihr Gesicht ist dabei genauso unbewegt, ihre Handbewegungen genauso sicher und geschickt wie damals, als sie in meiner Suite stand und Vorhänge faltete.

Ich beneide Cosmé um diese Fähigkeit, sich nützlich zu machen.

In Brisadulce war ich die geheime, jungfräuliche Gattin des Königs, eine Besucherin aus einem fremden Land, ein Gast, der die Gemächer der früheren Königin zugewiesen bekommen hatte. Aber ich habe nie verstanden, welche Rolle mir dort zukam. Nun hat man mich wegen des Feuersteins durch die Wüste geschleppt, wo mich nun wohl ein großes Schicksal erwartet. Und dennoch hat sich nichts verändert. Ich kauere noch immer in meiner Ecke und wage es nicht zu handeln.

Genau wie Alejandro, wird mir plötzlich klar. Es wäre jetzt ein Leichtes, in eine Lähmung zu verfallen und mich von Schwäche und Unentschlossenheit überwältigen zu lassen.

Cosmés Locken fallen ihr ins Gesicht, als sie sich vorbeugt, um einem Mann das Blut vom Hals zu wischen. Ihr Haar ist ein wenig gewachsen und reicht inzwischen über ihre Schultern. Sie verlangt laut nach einem Stück Tuch. Ein winziger, barfüßiger Junge humpelt mit einer Krücke zu ihr hinüber und reicht ihr das Gewünschte. Cosmé nimmt den Stoff, um sich das Haar schnell zu einem Pferdeschwanz zusammenzubinden. Ich betrachte ihre zerzausten Locken, die schwarzen Strähnen, die verschwitzt über ihrem Ohr kleben, und ich bin mir sicher, dass sich Cosmé, so jung sie auch noch sein mag, in jeder Lage behaupten wird.

Mein Herz klopft, als ich aufstehe. Dann gehe ich zu ihr, den Blick nach vorn gerichtet, damit ich die Verwundeten nicht ansehen muss, zwischen denen ich mir vorsichtig den Weg bahne.

Entschlossen beiße ich die Zähne zusammen und versuche, den Ekel und die Angst in meiner Brust in einen Stein zu verwandeln.

»Cosmé.«

Sie sieht nicht auf. »Ich habe viel zu tun. Wenn du etwas brauchst, wende dich an jemand anderen.«

Ich hole tief Luft. »Kann ich helfen?«

Sie wringt einen dreckigen Lappen über dem Boden aus und taucht ihn dann in den Eimer, der neben ihr steht. »Es gibt nichts, was du tun könntest. Geh und iss etwas.«

Der Impuls, genau das zu tun, ist stark. Aber dann sage ich: »Ich weiß, dass du mich hasst. Aber lass dich davon nicht verblenden.«

Ihr Kopf schnellt hoch.

»Komm, ich hole dir frisches Wasser«, fahre ich fort, bevor sie antworten kann.

Langsam wandert ihr Blick zu dem Eimer. Dann nickt sie. »Das wäre tatsächlich eine Hilfe. Hier.« Sie reicht mir das Gefäß. »Kippe ihn aber nicht in der Nähe unseres Trinkwassers aus.«

Der Eimer ist schwer, der Griff schneidet mir in die Finger, aber ich beeile mich, meinen Auftrag zu erfüllen – schließlich bin ich froh, dass ich etwas tun kann, auch ohne entzündetes Fleisch berühren zu müssen.

Den ganzen Vormittag über hole ich Wasser. Kaum haben die anderen gesehen, was ich tue, drücken auch sie mir ihre Eimer in die Hand. Ich kippe ihren stinkenden, bräunlichen, oft auch zähflüssigen Inhalt an der Sonnenseite des Berges aus und laufe dann schnell in die Höhlen, um die Eimer wieder zu füllen. Dabei kann ich kaum so viel Wasser herbeischaffen, wie gebraucht wird, obwohl ich mich wirklich beeile. Als die letzte Wunde gesäubert und genäht und verbunden ist, brennen meine Schultern und meine Schenkel, und meine Finger spüre ich schon gar nicht mehr.

Ich lasse mich an der Höhlenwand zu Boden sinken und schließe die Augen, während ich versuche, meine verkrampften Arme zu lockern.

»Hoheit.«

Als ich aufsehe, steht Cosmé mit einem Wasserschlauch vor mir und reicht mir einen Teller mit gedünsteter Forelle auf Gemüse. Mir läuft das Wasser im Mund zusammen. »Du hast den ganzen Tag nichts gegessen«, sagt sie.

»Danke, Cosmé.« Ich nehme ihr den Teller ab.

Sie wendet sich zum Gehen, zögert, sieht mich wieder an. »Ich hasse dich nicht.«

Ich weiß nicht, was ich darauf erwidern soll, also nicke ich nur zum Zeichen, dass ich sie gehört habe.

Am Abend sitze ich im Schneidersitz in meiner Hütte, auf meinem Schoß Alentíns Abschrift von Homers *Afflatus*. Dieses Mal beschäftige ich mich intensiver mit dem Text, nehme ihn Satz für Satz auseinander, als säße ich in Meister Geraldos Studierzimmer und läse die *Scriptura Sancta*.

Meine Kerze ist schon halb heruntergebrannt, als Humberto hereinkommt. Er grinst zu mir herüber, während er seine Decken vor der Tür ausbreitet.

»Ich hätte gedacht, du würdest den Abend vielleicht lieber mit deinem Cousin verbringen«, sage ich, dabei freue ich mich sehr, ihn zu sehen.

»Wir werden noch Zeit genug zum Reden haben. Er braucht

ohnehin Ruhe.« Humberto setzt sich und zieht sich seufzend die Stiefel aus. »Liest du schon wieder den *Afflatus?*«

»Ja.« Ich bewege die Schultern hin und her, um die Muskeln zu lockern. »Ich hoffe, dass ich ein paar neue Hinweise finde.«

Er rutscht auf meine Decke herüber, dann sieht er mir ins Gesicht. »Du scheinst ... du bist ... ich meine ...«

Ich verstehe nicht, was ihn so durcheinanderbringt. »Humberto?«

Er schüttelt den Kopf. »Deine Augen. Sie sind wunderschön.«

Sofort laufe ich puterrot an, aber eine Antwort bleibt mir erspart, weil er hinzufügt: »Eigentlich wollte ich sagen, du siehst besorgt aus. Verängstigt.«

Jetzt starre ich ihn verblüfft an. »Natürlich bin ich verängstigt. Ich wurde entführt, schon vergessen? Man hat mich quer durch die Wüste geschleppt in der vagen Hoffnung, dass ich euch alle retten könnte. Ich möchte ja helfen. Trotz allem, was geschehen ist, will ich das wirklich. Aber ich weiß nicht, wie. Es gab nur einen anderen Träger aus Orovalle, Hitzedar den Bogenschützen. Er tötete vierunddreißig Männer, darunter einen Animagus. Mit seinen Taten bewahrte er mein Land. In meinem ganzen Leben habe ich erst einen Menschen im Kampf getötet, und da wusste ich eigentlich gar nicht recht, was ich tat ...«

»Was? Du hast jemanden getötet?«

»Ja. Und ich möchte nicht darüber reden. Es geht mir um etwas ganz anderes. Ich bin keine Kriegerin. Und deswegen habe ich auch keine Ahnung, wie ich euch retten könnte.« Ich stütze mein Gesicht in die Hände. »Hitzedar hat Glück gehabt. Er konnte seine Aufgabe erfüllen. Vielen anderen war das nicht vergönnt, sie sind gestorben.« Nun sehe ich ihn endlich an, und es fällt mir schwer, die Tränen zurückzudrängen. »Humberto, ich will nicht sterben.«

Er legt mir den Arm um die Schultern und zieht mich an seine Brust. »Ich will auch nicht, dass du stirbst.« Während er mir über den Rücken streichelt, lasse ich den Tränen freien Lauf. »Du bist viel tapferer, als du glaubst, Prinzessin. Und klug. Ich glaube schon, dass du uns helfen kannst. Davon bin ich überzeugt.«

»Woher willst du das wissen?«, schluchze ich in sein Hemd.

»Hast du schon einmal von Damián dem Schäfer gehört?«

»Nein.« Aber der Name kommt mir bekannt vor.

»Er war mein Ururgroßvater. Er trug den Feuerstein.«

Überrascht blicke ich auf, und jetzt erinnere ich mich auch, wo mir dieser Damián schon einmal begegnet ist. »Ich habe den Namen gelesen. In der Liste von Trägern, die im Kloster zu Brisadulce geführt wird.«

Sein Lächeln verrät Stolz. »Damián war ein Mann, der hart arbeitete. Er lebte viele Tagesreisen von hier entfernt in einem Dorf, das näher an der Grenze zu Invierne lag. Nachts blieb er oft mit seinen Schafen draußen. In menschlicher Gesellschaft fühlte er sich nicht besonders wohl. Eines Tages entdeckte er eine kleine Quelle, eigentlich nur ein feuchter Fleck. Es war in einem schmalen Tal, in dem es viel Schatten gab und auch viel Grün zum Grasen. Mit einer Wasserquelle wäre es ein idealer Ort gewesen, um ein Dorf zu gründen. Daher setzte er es sich zum Ziel, dort, wo sich die kleine Quelle befand, einen Brunnen zu graben. Aufgeregt erzählte er seiner Frau davon. Ich glaube, er nutzte es auch als Entschuldigung, länger von zu Hause wegzubleiben. Sie war wohl keine einfache Frau. Aber er wurde niemals fertig.«

»Was ist passiert?«

»Er grub tagelang und hob ein großes Loch aus, so tief, wie ein Mann hoch ist, aber das reichte nicht; es sammelten sich darin nur ein paar Tropfen Wasser. Eines Tages dann rutschte eines seiner Schafe einen Hang hinunter und verfing sich in einem Brombeergestrüpp. Damián kletterte hinterher, aber er glitt auf losem Geröll aus, stürzte in die Tiefe und starb.«

»Ich dachte, das sollte eine ermutigende Geschichte sein«, brumme ich finster.

Er lächelt. »Sie ist ja auch noch nicht zu Ende. Sein Brunnen geriet in Vergessenheit, und Mesquitebäume überwucherten ihn. Fast zwanzig Jahre später kamen Kundschafter aus Invierne durch das kleine Tal, und sie wurden von einem Animagus angeführt. Die Männer aus Damiáns Dorf stellten sich mit ihren Speeren und Bogen auf dem Hügelkamm auf, und zahlenmäßig konnten sie es mit ihren Angreifern fast aufnehmen. Aber der Animagus sandte ihnen sein Feuer entgegen, und sie fingen an zu brennen. Sie wollten gerade fliehen und um ihr Leben laufen, als der Animagus ganz plötzlich verschwand. Zunächst hielten die Dorfbewohner das für einen neuen Zauber, etwas, das sie noch nie zuvor gesehen hatten, aber dann gerieten die Feinde in Panik. Die Dorfbewohner nutzten ihre Verwirrung aus, stürmten vom Berg hinab und töteten sie.« Er neigt sich leicht zu mir, und ich sehe seine Augen vor Vergnügen funkeln. »Später entdeckte man, dass der Animagus in Damiáns Brunnen gefallen war und sich den Hals gebrochen hatte.«

Stirnrunzelnd sehe ich ihn an. »Also willst du damit sagen,

es sei Damiáns Aufgabe gewesen, diesen Brunnen zu graben? Einen Brunnen, der nicht mal fertig wurde?« Ist das möglich? Kann die Aufgabe auch in so schlichten Dingen bestehen? In so wenig ruhmreichen?

Humberto zuckt mit den Schultern. »Als die Männer ins Dorf zurückkehrten, berichteten sie Damiáns Witwe von der Rolle, die ihr lange schon verstorbener Mann gespielt hatte. Sie zeigte ihnen seinen Feuerstein, den sie seit seinem Tod verborgen gehalten hatte. Und sie sagte, sie habe schon gewusst, dass etwas Wichtiges geschehen war, denn der Stein war in der Mitte geborsten.«

»Der Stein war geborsten?«

»Genau.«

»Das kann doch nicht sein.«

»Was meinst du damit?«

»Ich habe Feuersteine gesehen. Alte, deren Träger schon viele Jahrhunderte tot sind. Sie waren allesamt heil.« Ich wünschte, ich hätte daran gedacht, Vater Nicandro zu fragen, ob diese Feuersteine von Trägern stammten, die eine erkennbare Aufgabe erfüllt hatten.

»Nun, ich weiß nicht viel über die Feuersteine, aber ich weiß, dass mein Ururgroßvater das Dorf an jenem Tag rettete. Es war eine große Gruppe von Kundschaftern, und die Tatsache, dass sie von einem Animagus angeführt wurde, ließ darauf schließen, dass ihr eine sehr entscheidende Rolle zugedacht war. Bis dahin waren die Unmenschlichen eine reine Legende; man hatte zwar viel von ihnen gehört, aber noch nie einen gesehen. Es ist möglich, dass der Einmarsch Inviernes in unser Land durch Damiáns Brunnen jahrelang verzögert wurde.«

»Vielleicht. Aber Damián erfuhr niemals, dass er seine Aufgabe erfüllt hatte.«

»Nein, das wusste er nicht.«

Ich lehne den Kopf gegen seine Schulter. Es ist schon komisch, dass ich die Gegenwart dieses Jungen als so viel tröstlicher wahrnehme als die meines Mannes. In Alejandros Nähe war ich immer viel zu durcheinander, um mich wirklich wohlzufühlen. »Du glaubst, dass ich meine Aufgabe erfüllen werde«, sage ich, »selbst wenn ich nicht erkenne, wie das geschieht?«

»Ja.«

Aber ich könnte unwissend sterben wie Damián oder schwere Verletzungen erleiden wie Homer. *Wie ein Kalb zur Schlachtbank …*

»Weißt du, Prinzessin«, sagt Humberto und fährt mir mit dem Daumen übers Kinn, »mein Großvater, Damiáns Sohn, gehörte zu den Männern, die an jenem Tag auf dem Bergkamm standen. Wenn er gestorben wäre, dann wären Cosmé und ich, mein Cousin Reynaldo, selbst Onkel Alentín … dann wäre keiner von uns heute hier.«

Und plötzlich weiß ich, wieso Homer seine Verletzung hingenommen hat. Ich verstehe, wieso es besser ist, bei der Erfüllung der Aufgabe zu sterben, als sie gar nicht zu erfüllen. Viel, viel besser. Homer und Damián haben nie von ihren heroischen Taten profitiert, aber alle, die ihnen nachfolgten. Genauso mag ich nie die Früchte meiner eigenen Leistungen ernten, falls ich meine Aufgabe denn überhaupt je erfüllen sollte. Aber das spielt keine Rolle, denn als Gott seinen Stein in meinem Bauch verankerte, ging es niemals um mich.

Am nächsten Tag lege ich den *Afflatus* beiseite und nehme lieber meinen alten Lieblingstext zur Hand, die *Belleza Guerra*. Jeder Absatz bringt mich auf neue Fragen. Ich pendele den ganzen Tag hin und her zwischen meiner geliehenen Abschrift und den Leuten, die bisher diesen Krieg überlebt haben.

Vater Alentín sagt, die Krieger Inviernes seien nicht gut ausgebildet, dafür aber so zahlreich wie die Sterne am Himmel. Sie strömen von den schneereichen Höhen der Sierra Sangre hinab und werden von Animagi angeführt, die Feueramulette schwingen. Zwar sterben fünf Invierne-Krieger für einen der unseren, aber es reicht trotzdem nicht. Sobald ein Animagus in den Kampf eingreift, müssen unsere Leute fliehen oder sterben.

»Wie viele sind es genau?«, frage ich. »Lagert ihr Heer in der Nähe? Ist es marschbereit?«

»Es gibt zwei Heere«, berichtet Vater Alentín. »Eines ist ungefähr ein paar Tagesritte entfernt. Ein zweites liegt weiter im Norden, einen Steinwurf von Conde Treviños Besitzungen.«

»Zwei Heere. Weit voneinander entfernt.«

Er nickt und reibt sich die Schulter an der Stelle, wo sein Arm fehlt.

»Wie viele?«, hake ich noch einmal nach.

»Mein Kind, es sind Tausende. Zehntausend mindestens, und ihre Zahl wächst mit jedem Tag.«

Zwei riesige Heere. Selbst die vereinten Kräfte von Joya d'Arena und Orovalle sind damit nicht zu vergleichen. »Eines wird an der Wüste vorbei nach Süden ziehen«, überlege ich laut. »Das andere nach Norden, am Rand des Dschungels entlang. Sie werden aus entgegengesetzten Richtungen auf Brisadulce und die Küstendörfer vorrücken. Wie eine große Zange.«

Alentín beugt sich näher heran. »Das glaube ich auch. Aber ich bezweifle, dass Seine Majestät, mögen Orchideen nach seinem Hinscheiden erblühen, auf einen Zweifrontenkrieg vorbereitet ist.«

»Ich fürchte, da habt Ihr recht.« Alejandro ist mit seiner mangelnden Entschlusskraft und der Weigerung, sich überhaupt für irgendeine Sache einzusetzen, auf gar nichts vorbereitet. Mein Blick gleitet über die verstümmelte Schulter des Priesters. Zögernd frage ich leise: »Würdet Ihr mir erzählen, wie Ihr Euren Arm verloren habt?« Die Frage kommt mir sehr unhöflich vor, aber ich muss alles in Erfahrung bringen, was mir vielleicht weiterhelfen kann.

»Ein Pfeil hat meinen Arm kurz oberhalb des Ellenbogens zerschmettert. Ich brauchte mehrere Tage, um zu diesem Versteck zurückzukehren, und in dieser Zeit entzündete sich die Wunde. Kurz nach meiner Ankunft wurde ich ohnmächtig. Als ich wieder erwachte, war der Arm verschwunden.« Er zuckt mit den Schultern. »Ein Arm für ein Leben. Das ist kein schlechtes Geschäft.«

»Also benutzen sie Pfeile.« Wie die Perditos im Dschungel. »Welche anderen Waffen haben sie?«

»Über Waffen kann Euch Belén sicherlich mehr erzählen, mein Kind.«

Ich bedanke mich und mache mich auf die Suche nach dem hochgewachsenen Jungen. Er hockt vor einer Ziegelhütte und schabt die Innenseite eines frisch abgezogenen Schaffells mit einer halbrunden Klinge ab, deren Griff sicher in seiner Hand ruht. Seit unserer Reise durch die Wüste haben wir kaum miteinander gesprochen, und ich trete ein wenig zögernd zu ihm. Aber er begrüßt mich viel warmherziger, als ich erwartet hätte, und meine Frage scheint er außerdem sehr spannend zu finden.

»Sie verwenden vor allem Pfeil und Bogen«, berichtet er. »Ihre Bogen sind wesentlich länger als unsere, mannshoch oder sogar noch länger. Sie schießen zwar nicht mit derselben Genauigkeit wie unsere Bogenschützen, aber ihre Pfeile haben eine viel größere Reichweite.«

»Könnten wir ähnliche Waffen bauen?«

»Nein.« Er sieht von dem Schaffell auf. »Dazu bräuchten wir Bäume. Viele hohe Bäume aus einem Holz, das genau die richtige Härte entwickelt, wenn es trocknet.«

»Welche anderen Waffen haben sie?«

»Ein paar Speere. Einige der Krieger tragen kurze Schwerter. Da sind wir mit unseren langen Klingen im Vorteil. Aber man sollte sich nicht auf Ringkämpfe mit ihnen einlassen.« Belén legt das Messer auf die abgeschabte Tierhaut und schiebt den Ärmel seines Gewands hoch. Vier weiße, wulstige Linien ziehen sich nebeneinander über seinen Unterarm.

Mir läuft ein Schauer über den Rücken. »Das sieht aus wie die Spur von riesigen Krallen oder Klauen.«

Er nimmt das Messer wieder zur Hand. »Ich glaube nicht, dass sie Klauen haben. Eher Handschuhe, die an den Fingerspitzen mit scharfen Zacken versehen sind. Sie kämpfen wie Tiere. Wie Berglöwen, nur nicht so gerissen.«

Wieder muss ich an die Perditos denken. Mein Magen macht einen kleinen Satz, als ich mich an die Angriffe erinnere, die so gar keinem Muster zu folgen schienen, und an ihre eleganten schleichenden Bewegungen.

»Aber die Waffe, auf die man wirklich achten muss«, fährt Belén fort und unterstreicht die Silben mit kurzen Messerstößen, »ist das Amulett eines Animagus. Sie tragen es an starken Ketten oder Lederbändern um den Hals. Und niemals wird es zu Beginn einer Schlacht eingesetzt, was mich immer gewundert hat, aber nach einer Weile beginnen diese Amulette zu glühen, und es strömt Licht heraus, rein und weißglühend und schnell wie ein Pfeil. Es verbrennt alles, was es berührt.« Betrübt schüttelt er den Kopf. »Wir haben einige kleinere Kämpfe gegen Invierne gewonnen, obwohl wir gewöhnlich in der Unterzahl sind. Aber sobald sie von einem Animagus geführt werden, verlieren wir. Schnell und deutlich. Wir haben gelernt, den Rückzug anzutreten, sobald wir ein glühendes Amulett sehen.«

Über die Animagi muss ich mehr in Erfahrung bringen; sie sind offenbar der Schlüssel zur Kampfesstärke unserer Gegner. Die allererste Erwähnung dieser Magier in einer Schlacht findet sich im Bericht von Hitzedar dem Bogenschützen.

Seitdem sind sie nur gelegentlich wieder aufgetaucht, aber nach dem, was Alentín und Belén erzählen, ist es gang und gäbe, dass ein solcher Hexenmeister Inviernes die Angriffe hier begleitet.

»Belén, ich muss mehr über die Animagi wissen. Was essen sie? Welche Art von Kleidung tragen sie? Was *wollen* sie? Vielleicht ist schon einmal jemand in ihr Lager eingedrungen. Vielleicht hat Conde Treviño …«

»So was musst du Cosmé fragen.«

»Was?«

»Cosmé. Wenn du irgendetwas wissen willst, das mit raffiniertem Bespitzeln zu tun hat«, er sieht mich an und hebt die Augenbrauen, »dann frag sie. Sie ist eine Spionin.«

Ich lasse den Kopf in die Hände sinken. Natürlich ist sie das. Wahrscheinlich ist sie beim Ausspionieren ebenso schrecklich tüchtig wie beim Wäschezusammenlegen. Schnell bedanke ich mich bei Belén und laufe wieder los, um sie zu finden, diese Karawanenführerin, Zofe, Heilerin und Spionin in einer Person.

Cosmé kümmert sich wie gestern in der halbrunden Höhle um die Verwundeten. Es ist noch ein Mann in der Nacht gestorben, teilt sie mir in knappen Worten mit, noch bevor ich etwas sagen kann. Aber die anderen werden vielleicht wieder gesund. Es wird ein paar Tage dauern, bevor sich das sicher sagen lässt.

»Darf ich etwas fragen?« Eigentlich erwarte ich, dass sie mich wegscheucht, aber ich muss es versuchen.

»Worum geht es?«

»Ums ... Spionieren.«

Sie hebt eine Augenbraue.

»Ich versuche, mehr über Invierne zu erfahren. Vor allem über die Animagi. Würden mein Vater oder meine Schwester an Conde Treviños Stelle herrschen, hätten sie das Lager des Feindes schon mit Spitzeln durchsetzt. Wir wüssten, wer sie anführt, wie ihre Pläne aussehen, was sie zum Frühstück essen, was sie ...«

»Treviño weiß gar nichts.«

Meine Enttäuschung steckt mir wie ein Kloß im Hals. »Bist du sicher?«

»Ganz sicher.« Sie erhebt sich steif und sieht mich an. »Das habe ich auch vorgeschlagen, als ich an seinem Hof war. Ich war der Meinung, wir hätten mit der Vorratslieferung gleich ein paar Spione mitschicken sollen. Aber der Conde und seine Tochter hielten das für zu gefährlich.«

Das verstehe ich nun überhaupt nicht. »Vorratslieferung?«

Cosmé verzieht verächtlich das Gesicht. »Der gute Conde ist ein Abkommen mit Invierne eingegangen, musst du wissen. Sie greifen seine Ländereien nicht an, und er schickt ihnen Schafe und andere Lebensmittel.«

Mein Herz hämmert gegen meine Schädeldecke. »Das ist ein Scherz.«

»Nein.«

»Der Conde ist ein Verräter.«

»Ja.«

»Weiß der König das?«

Sie schüttelt den Kopf. »Ariña würde es ihm nie erzählen.«

Ariña? Was hat die Geliebte meines Mannes mit dieser Sache zu tun? Aber dann verstehe ich und verdrehe die Augen. Unfassbar, dass ich das nicht schon längst begriffen habe. »Ariña ist Conde Treviños Tochter.«

»Ja. Sie sitzt für ihren Vater im Quorum der Fünf.«

»Also wurdest du als Spionin ausgesandt, getarnt als Ariñas Zofe. Was solltest du denn herausfinden?«

Sie zuckt mit den Schultern. »Offiziell sollte ich auf den Hofklatsch achten. Und Ariña bei ihren Bemühungen helfen, die nächste Königin zu werden. Aber da hatten Humberto und ich schon Kontakt zu Onkel Alentíns Gruppe aufgebaut.« Sie schnaubt leise. »Wahrscheinlich könnte man uns als Revolutionäre bezeichnen, die sich gegen den Verrat des Conde wenden und gegen die Passivität des Königs. Und deswegen reiste ich nach Brisadulce und hoffte, den Träger zu finden. Und dann fand ich dich.« Sie sieht sich in der Höhle um, und ihre Blicke wandern zwischen den verwundeten Flüchtlingen hin und her. Dann lacht sie leise auf, aber es ist keine Spur von Humor in ihren Augen zu erkennen. »Sind wir nicht eine Furcht einflößende Truppe, Hoheit? Ein paar Kinder, die Revolution spielen.«

»Bitte nenn mich Elisa.« Auch ich sehe mich in der Höhle um, aber ich entdecke keinen Grund zur Verzweiflung: Ich sehe verwundete Überlebende. Und ein hübsches, verstecktes Dorf, das trotz des Krieges gedeiht. »Cosmé, wie ernst ist es dir damit, den Kampf fortzuführen? Ich meine, wieso geht ihr nicht einfach weg? Wenn ihr nach Norden fliehen würdet, nach Orovalle, dann könntet ihr dort in Sicherheit leben.«

Ihre Lippen werden schmal, und ihre schwarzen Augen weiten sich. Selbst jetzt, zornig und voll Trauer, das Gesicht mit Dreck beschmiert, ist sie schön. »Ich werde niemals aufgeben«, zischt sie und macht einen Schritt auf mich zu, bis ihre Stirn nur noch eine Handbreit von meiner entfernt ist. »Sie haben meine Eltern getötet. Sie haben viele meiner Freunde getötet. Und ich werde so viele von ihnen umbringen, wie es nur möglich ist, bevor sie mir einen Pfeil in den Bauch schießen oder mich zu Asche verbrennen.«

Ich widerstehe dem Impuls, einen Schritt zurückzuweichen. »Und die anderen? Denken sie genauso wie du? Werden sie weiterkämpfen?«

»Die meisten ja.«

Wir sehen uns lange an. »Gut«, sage ich schließlich.

Überraschung flammt kurz in ihren Augen auf, während ich

mich zum Gehen wende. Die einzelnen Teile eines Schlachtplans fügen sich in meinem Kopf zusammen. Es ist ein verrückter Plan, der mit keiner Strategie zu vergleichen ist, die je zuvor in Joya d'Arena ausprobiert wurde.

Es wird nie funktionieren.

17

Die Decke unserer kleinen Hütte schimmert ockerfarben im Kerzenlicht. Ich starre sie an, denn es schwirren so viele Gedanken durch meinen Kopf, dass ich keinen Schlaf finde. Humberto atmet tief und regelmäßig. Wahrscheinlich schläft er schon. Trotzdem bricht es aus mir heraus: »Ich möchte eine Versammlung einberufen. Vom ganzen Dorf.«

Humberto fährt zusammen und rollt sich dann auf die Seite. »Tatsächlich?«, fragt er gähnend.

»Ja.« Während ich sein Gesicht beobachte, ob er Anzeichen für Ablehnung oder Unverständnis erkennen lässt, fällt mir plötzlich etwas auf: Mit seinen hohen Wangenknochen und dem üppigen Haarschopf der Wüstenbewohner sieht er ziemlich gut aus.

Seine Augen blinzeln müde, und er reibt sich das stoppelige Kinn. »Eine Versammlung, wofür?«

»Um über den Krieg zu reden. Ich habe da ein paar Ideen.«

»Dann sprich mit Onkel Alentín. Er wollte ohnehin einen großen Gottesdienst für uns alle halten. Die Kinder sehen zu ihm auf.«

»Gute Idee.«

Humberto gähnt wieder, dann dreht er sich auf den Rücken und schützt seine Augen mit dem Unterarm.

»Meinst du, sie werden mir zuhören?«, frage ich.

Nun hebt er das Kinn, bis er mich über Kopf ansehen kann. »Ja, Prinzessin. Du bist die Trägerin. Sie werden dir zuhören.« Damit lässt er sich wieder zurücksinken und schließt die Augen.

»Du glaubst nicht mehr, dass jemand versuchen wird, mir den Stein aus dem Körper zu reißen, oder?«

»Vielleicht doch«, brummt er.

»Was?«

»Wenn du mich jetzt nicht schlafen lässt, mache ich das vielleicht selbst.«

Zu meiner Erleichterung sehe ich, wie sich ein breites Grinsen über sein Gesicht zieht. »Oh.«

»Gute Nacht, Prinzessin.«

»Bitte nenn mich Elisa.«

Er stöhnt.

»Tut mir leid. Gute Nacht.«

Alentín ist mit einer Versammlung einverstanden, würde sie aber gern erst in ein paar Tagen einberufen. »Wir haben Kundschafter ausgesandt, um nach weiteren Überlebenden zu suchen«, erklärt er. »Am besten warten wir bis zu ihrer Rückkehr.«

Dagegen lässt sich schlecht etwas sagen, aber mir ist es eigentlich nicht recht, vor allem weil ich davor Angst habe, dass sich meine Nervosität dann stetig steigern wird. Zu Hause war es stets Alodia, die bei Hofe Reden gehalten hat, während ich mich zurückhielt und höchstens einmal einen

Trinkspruch ausbrachte. Natürlich ist die Lage jetzt ganz anders, und ich sollte keine Angst vor fünfzig Kindern haben. Es ist ja nicht, als stünde ich vor der *nobleza d'oro*, während die versammelten Edelleute den straff gespannten Stoff über meiner Taille anglotzen oder sich darüber lustig machen, wie viel ich gegessen habe.

Ich bin die Trägerin, versuche ich mir immer wieder zu sagen. Für diese Menschen hier bin ich ein Symbol der Hoffnung.

Dennoch will es mir nicht mehr gelingen, längere Zeit ruhig dazusitzen, und deswegen bitte ich Cosmé, mir alles über das Duermakraut zu erzählen. Sie verengt misstrauisch die Augen, während sie kurz überlegt. Unwillkürlich erinnert mich ihre Miene an Lord Hector; an die Augenblicke, in denen sein bedächtiges Gesicht kurz den wachen Verstand erkennen ließ, der hinter seiner Stirn arbeitet. Es macht mich traurig, wenn ich an ihn, an Alejandro und Ximena denke, die mich suchen und sich wahrscheinlich große Sorgen um mich machen. Ich wünschte, es gäbe eine Möglichkeit, eine Nachricht nach Brisadulce zu schicken.

»Ich werde dir beibringen, was du darüber wissen musst.«

Überrascht trete ich einen Schritt zurück. »Danke.«

Cosmé führt mich über die nördliche Anhöhe in ein kleines, gewundenes Tal. Heute ist es besonders heiß, und bei jedem scharfen Windstoß habe ich das Gefühl, Sand zwischen die Zähne zu bekommen.

»Es wächst im Schatten«, sagt sie. »Normalerweise auf weichem Boden, aber nicht ausschließlich. Suche vor allem an der Sonnenaufgangsseite von Felsblöcken.« Sie deutet auf einen niedrigen Busch mit breiten, samtigen meergrünen Blättern. »Zweimal im Jahr bringt er kleine gelbe Beeren hervor. Die Beeren sind giftig, die Blätter hingegen sehr nützlich. Ich habe den Verwundeten einen milden Tee daraus gebraut, damit sie besser schlafen können.« Mit entschlossenem, sanftem Griff dreht sie einige Blätter von den Zweigen ab. »Reiß nicht die ganze Wurzel mit aus. Wenn du nur die Blätter abzupfst, wachsen sie im nächsten Jahr nach.«

Ich versuche, ihre Bewegung nachzuahmen, und schaffe es tatsächlich, ein paar Blätter zu erbeuten, die an der Bruchstelle ein wenig feucht sind. Sie riechen leicht nach Zimt. »Was habt ihr bei mir verwendet?«, frage ich. »Das war doch kein Tee. Aber es hat sehr schnell gewirkt.«

Cosmé nickt. »Duermablatt enthält sehr viel Wasser. Wenn du die dicksten Blätter nimmst und alle Feuchtigkeit aus ihnen herauspresst«, sie sucht ein größeres Blatt heraus und wedelt damit vor meiner Nase herum, »und sie anschließend trocknen lässt und zerreibst, dann bekommst du ein Pulver, das einen Menschen sehr lange schlafen lassen wird, wenn er es eingeatmet hat.«

»So wie ich.«

»So wie du.«

»Könnte man auch davon sterben?«

Sie zuckt mit den Schultern. »Das kommt vor. Eine sehr konzentrierte Dosis könnte schon tödlich wirken. Aus den Beeren könnte ich sicher ein sehr wirksames Gift zusammenbrauen. Und manchmal reagieren Menschen auch auf unerwartete Weise.«

»Also bestand die Möglichkeit, dass ich sterbe.«

Sie lächelt, und der plötzlich aufblitzende echte Humor in ihren schwarzen Augen erschreckt mich beinahe. »Eine winzige Möglichkeit. Aber du warst ja sehr … üppig. Da hätte man eine sehr große Menge gebraucht.«

Ich werfe ihr einen gespielt bösen Blick zu. »Und der Tee, den ihr Ximena verabreicht habt – wie stark war der?«

»Sie ist wahrscheinlich am späten Vormittag mit starken Kopfschmerzen aufgewacht.«

»Interessant. Sehr interessant.« Nachdenklich sehe ich mich in dem kleinen Tal um. Es ist überwiegend trocken und wird von einem Kakteengürtel umschlossen, aber an den schattigeren Stellen drängen sich Mesquitebäume und Duermabüsche aneinander. »Wächst hier viel davon?«

Sie hebt den Kopf. »Was genau hast du vor … Elisa?«

»Das weiß ich noch nicht genau. Aber ich glaube, wir werden viel Duermakraut benötigen. Und …« Ich sehe sie mit hochgezogenen Augenbrauen an. »Und gute Spitzel.«

Die halbrunde Höhle füllt sich schnell. Normalerweise zünden wir keine Fackeln an, aus Angst, dass das Dorf entdeckt werden könnte, aber heute ist eine Ausnahme. Alle sind gekommen, sogar die Verwundeten, die aufstehen können. Einer der Kundschafter, ein junger Mann von höchstens siebzehn, hat fünf Überlebende mitgebracht, halb verhungert, aber unverletzt, und von daher ist uns ein wenig nach Feiern zumute, während wir darauf warten, dass Vater Alentín den Gottesdienst eröffnet. Während ich die Menge betrachte, die sich allmählich versammelt, werden meine Hände feucht, und ich wünschte, ich hätte zuvor nicht so viel Kaninchenragout gegessen. Wir sind nun beinahe sechzig Leute. Ich versuche, an etwas anderes zu denken.

Heute Abend habe ich beim Kochen geholfen und sogar

unter sorgfältiger Anleitung selbst ein Kaninchen abgezogen. Kaninchen, habe ich dabei gelernt, lassen sich bemerkenswert leicht von ihrer Haut befreien. Mein ungeschickt geführtes Messer hat zwar ein zerlöchertes und von daher nutzloses Fell produziert, aber ich glaube, ich weiß nun, wie es geht, und könnte es wieder tun.

Alentín steigt auf einen Felsbrocken und erhebt seinen Arm auf Schulterhöhe, bis alle still sind und ihn aufmerksam anschauen. Er hält eine Rose in der Hand. Ich hoffe, dass er noch eine zweite dabeihat; vielleicht erwartet er aber auch nicht, dass sehr viele Leute eine Bitte äußern werden. Falls er das Sakrament des Schmerzes an alle austeilen wollte, würden die Dornen einer einzelnen Rose bei so vielen Stichen schnell stumpf.

Gemeinsam rezitieren wir das »Glorifica«, und dann beginnt er zu singen. Zwar erkenne ich den Text, die Melodie ist jedoch ein wenig anders, mehr in Moll und viel bewegender, als ich sie kenne, aber die Stimmen der Kinder klingen hell und klar wie Glocken. Die Melodie prägt sich mir schnell ein, und so singe auch ich von meinen Hoffnungen zu Gott.

Wir beenden die Hymne, dann stellen wir uns für den Empfang des Sakraments auf. Wenn Vater Nicandro in Brisadulce zum Gottesdienst rief, waren es stets nur wenige, die den Schmerz der Ergebenheit spüren wollten. Aber hier, an diesem Ort verzweifelter Hoffnung und brutaler Realität, stehen alle auf, Erwachsene wie Kinder, und gehen nach vorn, um sich von der Rose stechen zu lassen und den Segen zu empfangen.

Vater Alentín betet, bittet um Gottes Gunst für die Zeremonie, und dann zitiert er die *Scriptura Sancta:* »Hat nicht Gott jene erwählt, die in dieser Welt Schmerz erleiden, auf dass ihnen das Paradies zuteilwürde? Denn es ist der Schmerz, durch den wir erkennen, wie sehr wir seiner rechtschaffenen rechten Hand bedürfen. Und tatsächlich ist es so, dass die Bedürfnisse unseres Geistes jene unseres Körpers übertreffen. Gesegnet sei der Name Gottes.« Einer nach dem anderen lassen sie sich stechen und segnen und verbinden. Belén steht dem Priester zur Seite, versorgt die kleinen Stichwunden mit Salbe, verbindet sie nötigenfalls, und wenn jemand in Tränen ausbricht, ist er mit einer schnellen Umarmung zur Stelle.

Als ich an der Reihe bin, lächelt Vater Alentín mit traurigem Blick, als er seine Hand auf meinen Nacken legt und meinen Kopf hinunterbeugt, bis unsere Stirnen sich berühren.

»Worum ersucht Ihr Gott, mein Kind?«

Das letzte Mal bat ich um Weisheit. Gott muss meine Gebete erhört haben, denn ich fühle mich jetzt wirklich viel weiser. Älter. Anders. Aber ich begreife noch immer nicht, was Gott von mir will. Ich seufze tief. »Alentín, ich brauche Glauben. Ich habe so viele Zweifel an Gott und seinem Willen.«

Seine Lippen berühren feucht und warm meine Stirn. »Jeder zweifelt«, flüstert er. »Versucht, in solchen Augenblicken zu beten. Gott wird Euch zeigen, was Ihr tun müsst, wenn die Zeit gekommen ist.«

Er sticht in meinen Finger, der daraufhin leise pocht. Dann hält er meine Hand über die Kochstelle – hier an diesem entlegenen Ort gibt es keinen Altar –, bis ein einziger Blutstropfen sich auf den zischenden Kohlen braun färbt. Anschließend gibt er mir einen kleinen Stups, und ich gehe zu Belén hinüber, der meinen Finger sorgsam säubert und verbindet. Ich setze mich wieder an die Felswand, lehne mich gegen den Stein, schließe die Augen und atme tief ein, um meinen rebellierenden Magen zu beruhigen.

Das Sakrament ist viel zu schnell vorüber. Eine Hand fasst mich an der Schulter, und als ich aufsehe, blicke ich in Alentíns freundliches Gesicht. »Es ist so weit, Elisa.«

Mir ist, als könnte ich mich nicht bewegen.

»Wenn Ihr zu den Menschen sprechen wollt, dann müsst Ihr es jetzt tun.«

»Und wenn sie mir nicht zuhören?«

Er antwortet nicht. Mit einem hastigen, tiefen Atemzug lege ich meine Fingerspitzen auf den Feuerstein. »Gott«, hauche ich. Aber ich kann mein Gebet nicht beenden, denn plötzlich steigt eine enorme Kraft aus meinem Nabel und zuckt wie ein weicher Blitz mein Rückgrat empor und die Arme hinunter. Meine Augen weiten sich, mir bleibt der Mund offen stehen, und meine Fingerspitzen zucken.

»Elisa?«

Ich blicke in die versammelte Runde. Sie alle sitzen im Schneidersitz da, und es sind zumeist junge Gesichter, die im Feuerschein hoffnungsvoll glänzen. Sie starren mich an und warten. »Ich bin dazu bestimmt, das zu tun«, raune ich und bin selbst verwundert. Die Angst ist noch immer da. Meine Beine sind Säulen aus Stein, als mir Alentín aufhilft. Er führt mich zu dem großen Felsblock, aber ich steige nicht hinauf, weil ich genau weiß, dass ich da oben nicht in der Lage wäre, das Gleichgewicht zu halten.

Alentín lässt sich vor mir nieder, und damit bin ich die Einzige, die noch steht.

»Äh, hallo«, sage ich höchst gewandt.

Raunen und Nicken.

»Ich bin Lucero-Elisa de Riqueza, Prinzessin von Orovalle. Und ich, äh, ich trage den Feuerstein.« Einige heben fragend die Augenbrauen, und ich höre erstauntes Einatmen, vermutlich von den Neuankömmlingen. »Ich war eine Zeit lang Gast Seiner Majestät, König Alejandro de Vega, in der Stadt Brisadulce.« Plötzlich wird mir klar, dass ich mehr Zeit in der Wüste verbracht habe als an der Seite des Königs. »Dort konnte ich einem Kriegsrat im Quorum der Fünf beiwohnen. Daher weiß ich, was kommen wird und was der König plant, und ich kann euch sagen, es ist nicht genug. Alejandro hat nicht die Absicht, Hilfe zu senden. Wir sind bei der Verteidigung des Berglands allein.« Dabei wage ich nicht zu erwähnen, welche Rolle ich bei Alejandros Entscheidung gespielt habe, aber mein Gesicht brennt bei dem Gedanken an die Wahrheit.

»Bist du sicher?«, ruft ein Mann.

Ich blicke in die Richtung, aus der die Stimme gekommen ist. »Ganz sicher. Es ist allerdings möglich, dass er eine kleine Abordnung schickt, um eine Evakuierung in die Wege zu leiten.«

Nun bricht Panik in der Runde aus. Die Galle steigt mir in die Kehle, als ich ihre verletzten Gesichter sehe und spüre, wie sehr sie sich verraten fühlen. Aber ich muss Wut und Zorn in ihnen wecken. Also verschränke ich die Hände hinter dem Rücken und warte, bis der erste Schock allgemeinem Gemurmel weicht und es schließlich wieder still wird.

»Wir können vom König keine Hilfe erwarten«, fahre ich fort. »Und wir können uns auch nicht darauf verlassen, dass

Conde Treviño uns beschützt. Nach dem, was ich erfahren habe, bereiten sich zwei große Heere auf den Marsch gegen Joya d'Arena vor. Vielleicht könnte König Alejandro eines dieser Heere besiegen, aber zwei? Und ich weiß keine wirksame Verteidigung gegen das Feuer der Animagi.« Ich schüttele den Kopf. »Sie sind viele, wir sind wenige. Wir sind verwundet und erschöpft. Sie sind erwachsene Männer und Frauen. Wir sind vor allem Kinder. Wir können keine Hilfe erwarten. Kurz gesagt, wir können keinen Krieg gegen Invierne führen und hoffen, ihn zu überleben.« Diese Worte habe ich seit Tagen geübt, aber ich fürchte trotzdem, jetzt viel zu schnell zu sprechen.

»Dann werden wir ehrenvoll sterben!«, schreit jemand. Zustimmendes Gemurmel folgt, obwohl einige der Versammelten schweigend auf den kreidigen Boden der Höhle blicken.

»Ehre im Tod zu finden, das ist ein Mythos«, erwidere ich knapp. »Erfunden von den Kriegsversehrten, um dem schrecklichen Geschehen einen Sinn zu verleihen. Wenn wir sterben, dann nur, damit andere deswegen überleben können. Der wahrhaft ehrenvolle Tod, der einzig ehrenvolle Tod ist der, der Leben ermöglicht.«

»Schlägst du vor, dass wir uns zurückziehen?« Das ist Humbertos sanfte Stimme. Selbst im Feuerschein kann ich die Enttäuschung sehen, die in seinem Gesicht geschrieben steht.

»Nicht direkt.« Seine Gegenwart beruhigt mich, und ich lächele ihn an. Mein Leibwächter. Wie Lord Hector für Alejandro. Humberto erwidert mein Lächeln.

Unbehagliches leises Raunen geht durch die Menge. Ich

muss meinen Vorschlag schnell vortragen, bevor die Leute aufhören, mir zu vertrauen.

»Ich habe in den letzten Tagen lange darüber nachgedacht, wie wir Invierne schlagen könnten. Aber natürlich ist es unmöglich, sie hier im Bergland zu besiegen. Das können wir nicht und von daher sollten wir es gar nicht erst versuchen. Das bedeutet nicht«, und hier hebe ich die Hand, um dem grollenden Widerspruch zuvorzukommen, der sich bereits regt, »dass wir nicht kämpfen werden. Wir können kämpfen, davon bin ich überzeugt, und das sollten wir auch.«

Meine Worte sind wahr und recht, und die Energie, die durch meine Glieder strömt, lässt mich nun unruhig hin und her gehen. »Aber wir werden sie nicht in einer entscheidenden Schlacht herausfordern. Unser Ziel wird es sein, sie zu zermürben. Sie zu schwächen. Sie zu ängstigen. Wir werden der Geist des Todes sein, der sie nachts heimsucht, die unsichtbare Viper, die ihren Weg kreuzt. Wir werden der Malficio sein, der Fluch ihres Daseins. Ja, sie werden schließlich eine breite Schneise durch unsere Berge schlagen, und sie werden bis zu König Alejandro und den Küstendörfern vordringen. Aber bis ihnen das gelingt, werden sie erschöpft sein von dreifachen Wachen, sie werden hungern, weil ihre Versorgungszüge abgefangen wurden, und sie werden um ihr Leben fürchten, denn sie können nie wissen, wann der Malficio als Nächstes zuschlägt.« Mein Lächeln ist auf boshafte Weise echt, als ich hinzufüge: »Wenn wir sehr schlau und sehr vorsichtig sind, dann glaube ich, dass wir dem König einen großen Vorteil verschaffen könnten. Ich glaube, wir könnten ihm helfen, diesen Krieg zu gewinnen. Aber ohne Helden und ohne ehrenvolles, sinnloses Sterben. Unser Ziel muss es sein, sie lediglich zu stören – und zu überleben, um wieder zuschlagen zu können.«

Sie nicken einander zu, und leise wird erste Zustimmung geäußert. Fast habe ich sie.

»Wir sind nur fünfzig Leute!«, schreit ein junger Mann. Es ist der schweigsame Jacián, der uns durch die Wüste begleitet hat. »Und so viele von uns sind verwundet. Wenn nicht sogar verkrüppelt. Die meisten sind noch viel zu jung, eine Waffe zu führen.«

»Ja, und gerade die, die nicht kämpfen können, werden nun wichtigere Aufgaben bekommen.« Bei dieser Ankündigung heben viele die Köpfe und sehen mit großen Augen zu mir auf. Plötzlich verstehe ich, dass die Allerkleinsten, die am meisten gelitten haben, meine größten Unterstützer sein könnten. Ich muss sie nur davon überzeugen, dass sie gebraucht werden. »Ich bin sicher, dass einige von euch gut darin sind, Gerüchte zu verbreiten. Ihr werdet in die größeren Dörfer gehen und vom Malficio erzählen, vom Geist der Rache, der sich in den Bergen gegen Invierne erhebt. Natürlich wisst ihr nichts Genaues, aber ihr werdet die Spekulationen anheizen. Es wird nicht lange dauern, bis diese Gerüchte den Feind erreichen. Und dann werdet ihr zurückkehren.

Andere werden Duermakraut pflücken, so viel, wie sich irgendwie finden lässt. Oder Kleidungsstücke fertigen, die denen unseres Feindes gleichen. Es liegt so viel Arbeit vor uns, dass wir jede Hand brauchen, jeden Mund und jeden Kopf.«

Mein Blick gleitet über die Versammlung, und ich versuche, die Reaktionen abzuschätzen. Die meisten sitzen leicht nach vorn gebeugt da, aufmerksam lauschend. Andere haben die Augen leicht zusammengekniffen und denken über meine Worte nach. Selbst Jacián nickt widerstrebend.

»Da es ja zwei Heere gibt«, ruft Belén, der neben Cosmé sitzt, »müssen sie doch irgendwie miteinander in Kontakt stehen. Wenn wir herausfinden, wie das geschieht, und ihren Nachrichtenfluss unterbrechen könnten …«

»Ja!« Vor Begeisterung mache ich beinahe einen kleinen Sprung. So weit hatte ich noch gar nicht gedacht. »Belén, das sind genau die Überlegungen, die wir jetzt anstellen müssen.«

»Hast du etwas von einer Viper gesagt?« Eine schüchterne weibliche Stimme. Es ist Mara, die junge Frau mit dem eingerissenen Ohr, die mir vor einigen Tagen dafür gedankt hat, dass ich gekommen bin. »Ich weiß, du hast es nicht wörtlich gemeint, aber mein Cousin, der im Dorf Altavilla lebt, hat welche.«

Nickend denke ich über die Möglichkeiten nach, die sich dadurch ergeben. »Gut. Das ist sehr gut.«

Und nun stürmen sie von allen Seiten mit Ideen auf mich ein. Viele davon sind unsinnig, einige aber auch nicht, und ich ermutige sie, alles auszusprechen, was ihnen durch den Kopf geht. Ein Vorschlag folgt auf den anderen, bis jemand ruft: »Wieso sollten wir dem König überhaupt dabei helfen, seinen Krieg zu gewinnen? Er hat uns doch auch nie geholfen!«

Ruhig schüttele ich den Kopf. »Nein, wir helfen nicht dem König. Wir benutzen *ihn* für *unseren* Krieg.«

»Aber das hier ist sein Land.« Das ist wieder Jacián. »Stellen wir uns einmal vor, der Krieg wäre vorbei. Und sagen wir, Joya d'Arena hätte ihn tatsächlich gewonnen. Dann dürfen wir gleich wieder Steuern an einen Mann zahlen, der keinen Finger krumm gemacht hat, um uns zu unterstützen. Wenn wir ihm helfen, dann sollte uns später dafür Anerkennung sicher sein. Eine Belohnung.«

Damit kommen wir zum entscheidenden Punkt, und ich kann das Lächeln nicht mehr unterdrücken, das sich nun auf meine Lippen legt. »Wollt ihr die Unabhängigkeit von Joya d'Arena? Wollt ihr euch lieber selbst regieren?« Es ist ein radikaler Gedanke. Er klingt nach Verrat. Die Versammelten sehen mich überrascht und schockiert an, aber auch voll Neugier. »Denn falls ihr das wollt, dann glaube ich, kann ich das geschehen lassen. Ich glaube, ich könnte den König dazu überreden, dass er euch dieses Land überlässt. Ohne Rebellion. Ohne Aufbegehren. Wenn ihr ihm helft, diesen Krieg zu gewinnen, dann könnt ihr selbstständig werden.«

Sie sind völlig ruhig, totenstill. Es ist eine unglaubliche Behauptung, lächerlich beinahe. Aber noch habe ich meinen letzten Trumpf in der Hinterhand.

»Wie denn das?« Cosmé tritt aus den Schatten, und Tränen stehen in ihren Augen. »Wie willst du das bewerkstelligen?«

Ich hole tief Luft. Nun muss ich etwas preisgeben, worüber ich eigentlich Stillschweigen bewahren sollte, und das bedeutet, dass ich Alejandro verrate, aber das flammende Gefühl in meiner Brust sagt mir, dass ich das Richtige tue. »Ich bin nicht nur ein Gast Alejandros. Insgeheim bin ich mit ihm verheiratet. Und er schuldet mir noch ein Hochzeitsgeschenk.«

Überraschtes, scharfes Einatmen. Cosmé steht der Mund

offen. Im Augenwinkel registriere ich eine Bewegung, und gerade noch rechtzeitig wende ich den Kopf. Humberto hat sich umgewandt und verlässt die Höhle.

»Seine Frau«, murmelt Cosmé. »Aber er weiß doch gar nicht, was aus dir geworden ist! Was, wenn er … wenn er jemand anderen heiratet?«

Für einen winzigen Augenblick kann ich diese Frage auch selbst zulassen: *Was, wenn er nach meinem Verschwinden wirklich eine andere geheiratet hat? Wäre das so schlimm?*

Ich schiebe den Gedanken weg und spreche lieber weiter. »Bei meiner Hochzeit hat mein Vater eingewilligt, im Gegenzug Truppen zu schicken. Joyas Heer hat sich vom letzten Krieg nie erholt, und Alejandro muss die Lücken in seinen Reihen irgendwie füllen. Daher wird er diese Vereinbarung nicht gefährden wollen. Natürlich kann er nicht ewig warten, aber eine Zeit lang wird er es tun.«

Nun meldet sich Alentín zu Wort: »Würde Euer Vater die Soldaten verweigern, wenn er erführe, dass Ihr vermisst werdet?«

»Vielleicht schon«, räume ich ein. »Und wenn er das täte, dann würde dieser ganze Plan vermutlich scheitern.« Vorsichtig und bemüht, nicht zu eifrig zu erscheinen, mache ich den nächsten Schritt: »Vielleicht wäre es gut, Alejandro eine Botschaft zu schicken? Um ihm Bescheid zu geben, dass es mir gut geht und ich in Sicherheit bin?«

Jacián schüttelt den Kopf. »Wir würden alle an den Galgen kommen!«

»Also nicht an Alejandro«, überlege ich. »Dann werde ich meiner Kinderfrau schreiben und ihr nichts darüber verraten, wer ihr seid oder wo ich mich aufhalte. Eine kurze Notiz, damit sie weiß, dass ich noch lebe. Ximena wird meinem Mann nur mitteilen, was er unbedingt wissen muss, und sie kann notfalls bei meinem Papá dafür bürgen, dass ich lebe. Ximena dient meiner Familie schon seit langen Jahren, und ihr Wort wird bei meinem Vater ohnehin mehr Gewicht haben als Alejandros.«

Zögernd willigen alle ein. Also werde ich morgen früh eine Nachricht schreiben, die dann jemand zum Brieftaubenposten Basajuan bringen wird. Zwar mag es Wochen dauern, bis meine kleine Notiz dann in Brisadulce ankommt, aber trotzdem bin ich unglaublich erleichtert. Hoffentlich schreibt mir Ximena zurück.

Kurz frage ich mich, ob ich meinen Ehemann nicht mehr vermissen sollte. Zwar habe ich in den letzten Tagen ständig an ihn gedacht, aber lediglich im Zusammenhang mit unseren Kriegsstrategien. Seine Gesellschaft vermisse ich nicht halb so sehr wie Ximenas.

Dann ergreift Cosmé wieder das Wort. »Bitte sag uns, dass du halten kannst, was du versprichst. Dass du, wenn der Krieg vorbei ist, den König davon überzeugen wirst, uns dieses Gebiet zu überlassen.«

Stille senkt sich wie eine Decke über die Menge, und alle sehen mich voll Hoffnung und Erwartung an.

»Ich werde es tun«, sage ich im Brustton der Überzeugung.

Aufgeregtes Gerede hebt an. Bis spät in die Nacht sitzen wir in der halbrunden Höhle zusammen und schmieden Pläne. Die Dorfbewohner stehen nun ganz und gar hinter mir, mit Herz und Verstand. Zwar weiß ich noch immer nicht, welchen Zweck der Feuerstein haben mag, der in mir lebt, ebenso wenig, wie man gegen die Animagi vorgehen könnte. Aber ich habe ihnen eine Möglichkeit aufgezeigt. Etwas, wofür es sich zu kämpfen lohnt. Das muss reichen.

Als ich endlich erschöpft zu meiner Hütte stolpere, ist Humberto nicht da. Es ist ein komisches Gefühl, die Augen zu schließen, ohne ihm zuvor gute Nacht zu sagen. Lange liege ich wach und bin mir des leeren Platzes vor meiner Schwelle schmerzlich bewusst.

18

Am nächsten Morgen darf ich das letzte Stückchen Pergament, das im Dorf zu finden ist, dafür benutzen, eine kurze Nachricht in der Lengua Classica an Ximena zu verfassen. Den Text unterschreibe ich mit »Tuciela« – »dein Himmel« – und reiche ihn dem Jungen, der als Kurier mit dem Schreiben nach Basajuan gehen soll.

Vater Alentín und ich verbringen den übrigen Vormittag damit, jedes Haus des terrassenförmig angelegten Dorfes zu besuchen und mit den Bewohnern zu reden, deren Namen ich auf einer dicken Schafshaut notiere. Schon bald tut mir mein Handgelenk weh; es ist enorm anstrengend, mit der Tinte gleichmäßige, lesbare Buchstaben zu formen. Wir befragen alle eingehend, und ich schreibe hinter jeden Namen, woher die Leute stammen und ob sie eventuell besondere Fähigkeiten besitzen. Sogar die ganz Kleinen sind schon bemerkenswert selbstständig, können Essen machen, Kleidung nähen, Schafe hüten oder Holz bearbeiten.

Mir gegenüber legen sie eine Mischung aus staunender Bewunderung und Unsicherheit an den Tag. Aber Alentín ist eine große Hilfe; ihm fallen Fragen ein, an die ich nie denken würde, und er behandelt vor allem die Kinder mit ruhiger, einfühlsamer Gelassenheit. Schon bald umfasst die Liste sechsundfünfzig Namen, und ich habe mit allen gesprochen, außer mit Humberto. Cosmé zufolge hat er es sattgehabt, ausschließlich von Hammelfleisch zu leben, und ist zur Jagd aufgebrochen.

Am späten Nachmittag kommen Cosmé und Belén in meine Hütte. Im Schneidersitz essen wir Lammkeule mit weißen Bohnen und Pilzen und gehen die Liste gemeinsam durch.

»Nur fünfzehn Leute können mit Pfeil und Bogen umgehen«, überlegt Belén besorgt.

»Wie schnell könnten wir es den anderen beibringen?«, frage ich. »Ich meine jetzt nicht, sie zu Meisterschützen zu machen, sondern nur so weit, dass sie ein bisschen schießen können?«

»Das ginge schnell. Aber das ist nicht das Problem. Wir haben zu wenig Bogen.«

»Könnten wir mehr herstellen?«

Belén zuckt mit den Schultern. »Schon, aber das würde eine Weile dauern. Hier in der Gegend gibt es kaum geeignetes Holz.«

»Neun weitere wissen immerhin, wie man eine Schleuder benutzt«, meint Cosmé. »Dafür brauchen wir nur ein bisschen Leder. Und Steine. Jungen schießen doch so gern mit Schleudern.«

»Na klar!« Belén hebt in Siegerpose die Faust. »Wir werden die Welt vor Invierne retten! Mit Schleudern!«

Cosmé zuckt mit den Schultern. »Jeder, der auf zwanzig Schritt ein Kaninchen töten kann, bringt auf zehn Schritt vielleicht auch einen Krieger aus Invierne um.«

»Also«, sage ich und hole tief Luft. Es ist ein albernes Gefühl, als seien wir kleine Kinder beim Kriegsspielen, was wir natürlich zum größten Teil auch sind. »Dann wird es jeder mit einer Schleuder versuchen, während wir uns gleichzeitig überlegen, wie wir mehr Pfeile und Bogen herstellen können.«

Unserer Liste zufolge haben wir zwar einen Schmied im Dorf, aber kein Eisen. Und wir haben Näherinnen, wissen aber nicht, wie sich der Feind kleidet. Außerdem gibt es eine Hebamme, die Cosmé bereits bei der Versorgung der Verletzten geholfen hat, und zwei Trapper, die früher, vor Inviernes Vorrücken, auf der Jagd oft tief in die Berge vorgedrungen sind. Mara ist offenbar eine ziemlich gute Köchin. Alle anderen sind Kinder, die zwar recht nützliche allgemeine Fertigkeiten beherrschen, aber keine spezielle Ausbildung haben. So viele Menschen, so wenig Kenntnisse. Ich weiß einfach nicht, was ich mit ihnen allen anfangen soll.

Ein stechender Schmerz pocht hinter meinen Augenhöhlen. Ich reibe mir die Nasenwurzel und murmele leise: »Ich brauche mehr Informationen.«

»Über die Leute?«, fragt Cosmé. »Da musst du doch nur fragen.«

»Nein. Über Invierne. Über ihr Heer. Wie nahe könnte jemand an den Feind herankommen, ohne entdeckt zu werden?«

Cosmé lacht leise. »Kommt darauf an, wer es versucht. Ich, Belén oder sogar mein Bruder, wir kämen sicherlich sehr nahe heran.«

»Nahe genug, um sie für einige Tage zu beobachten?«

Cosmé und Belén tauschen einen Blick, auf die entspannte, vertraute Weise von Menschen, die sich schon sehr lange kennen. »Möglicherweise schon«, sagt Belén. »Hoch oben auf einem Berggrat gibt es eine Höhle. Dort haben wir …« Er sieht kurz zu Boden. »Dort haben wir uns immer gern versteckt, als wir noch jünger waren.«

Falls das stimmt, dann könnte das genau der richtige Ort sein. »Ich bräuchte eine Karte ihres Lagers«, sage ich. »Ich muss wissen, wo sie essen, wo sie schlafen, wie alles organisiert ist. Kommen die Animagi mit den anderen zusammen, oder bleiben sie für sich? Welche Kleidung tragen sie? Wie kommen die Vorräte für die Soldaten über die Berge? Wie …«

»Elisa«, unterbricht mich Cosmé scharf. »Wir tun es einfach. Wir fünf brechen morgen auf.«

»Wir … fünf?«

Sie nickt. »Du, ich, Belén, Jacián, Humberto. Es ist uns gelungen, in der Zeit der Sandstürme die Wüste zu durchqueren. Du würdest es doch nicht riskieren wollen, eine derart von Gott gesegnete Gruppe auseinanderzureißen.«

Und er wurde wie ein Kalb zur Schlachtbank ins Reich der Hexerei geführt. Meine Lippen formen ein schwaches Lächeln. »Eigentlich hatte ich eher daran gedacht, für die … Organisation zuständig zu sein.«

Cosmé schnaubt. »Gönn dir heute Abend etwas Gutes zu essen, Prinzessin. Denn auf unserer Reise morgen wirst du schnell wieder an die Zeiten der Jerboa-Suppe erinnert werden.« Sie steht auf und reckt sich.

Belén berührt meinen Arm. »Elisa, du hast einen scharfen Verstand. Wenn irgendjemand dieses Heer beobachten sollte, dann du.« Sein Lächeln kann den Ernst nicht verbergen, der in seinem Blick liegt. »Versuch aber bitte, uns nicht zu sehr aufzuhalten.«

Dann gehen sie, um ihre Vorbereitungen zu treffen. Ich sehe ihnen nach, die schweißfeuchten Hände im Schoß, mit einem Gefühl im Magen, als ob sich dort eine Faust zusammenballt. Sie haben natürlich recht. Ich muss das Lager mit eigenen Augen sehen. Es ist ein kleiner Trost, dass ich wahrscheinlich irgendwann meine Aufgabe erfüllen werde, auch wenn ich es vielleicht selbst nicht mehr erfahre. Und ich weiß, dass wir es tun müssen. Es ist der Wille Gottes. Denn vielleicht bin doch ich diejenige, von der in der Prophezeiung die Rede ist, diejenige, die durch die Tore des Feindes tritt.

Aber ich will leben. Ich möchte Ximena wiedersehen. Und Alejandro. Ich würde gern herausfinden, was ich wirklich für meinen Mann fühle.

Während unserer Abwesenheit wird jeder im Dorf etwas zu tun haben. Ein paar Leute werden zu den Besitzungen des Conde reisen und erste Gerüchte über die mysteriösen Malficio verbreiten. Andere bekommen den Auftrag, unser Waffenarsenal aufzustocken und sich mit dem Gebrauch von Schleudern und Bogen vertraut zu machen. Wieder andere werden an allen Stellen, von denen aus man sich unserem Dorf nähern könnte, Gruben ausheben und diese dann mit Zeltstoff überspannen und mit einer dünnen Erdschicht bedecken. Die Allerkleinsten sollen Duermakraut pflücken.

Mir graut vor der Reise. Hitze, schmerzende Füße, kleine, wenig schmackhafte Mahlzeiten. Dieses Mal können wir nicht einmal Kamele mitnehmen, denn wir müssen so unauffällig wie möglich reisen und daher unser Gepäck also auch noch selbst tragen.

Das ganze Dorf ist versammelt, um uns zu verabschieden. Die Bewohner winken uns zu, als wir die Anhöhe hinaufmarschieren, und ihre strahlenden, hoffnungsvollen Gesichter bilden auf absurde Weise einen scharfen Gegensatz zu den ausgefransten Gewändern und den verbundenen Wunden. Wieder ist es Humberto, der uns führt, schweigsam und ohne ein Lächeln, die Schultern nach vorn geschoben, als wollte er uns einen Pfad durch die Luft pflügen. Seit zwei Tagen hat er kein Wort mehr mit mir gesprochen.

Mein Rucksack ist schwer – ich trage meine Decken, gedörrte Vorräte, einen Wasserschlauch und Tinte sowie Tierhaut, um alles über das feindliche Heer aufzuzeichnen –, und die Riemen schneiden tief in meine Schultern ein.

Humberto geht mit schnellem Schritt voran. Wie schon auf unserer ersten Reise kann ich nur mit Mühe mithalten. Zwar bin ich nicht mehr die dicke Prinzessin, die vor einigen Wochen aus ihrem Bett in Brisadulce verschleppt wurde, aber verglichen mit meinen flinken Kameraden bin ich trotzdem langsam und ungeschickt. Durch die Wüste sind wir zwar zügig vorangekommen, aber unser Weg war dort auch gerade und eben. Hier, im Bergland, müssen wir ständig Haken um Felsbrocken und Mesquitebüsche schlagen und immer wieder steile Anstiege bewältigen, um auf der anderen Seite abwärtszurutschen, und es dauert nicht lange, bis meine Knie und Knöchel heftig schmerzen. Außerdem mache ich zweifelsohne mehr Lärm als meine vier Gefährten zusammen, und ich kann mir beim besten Willen nicht vorstellen, wie ich je unbemerkt an das Heer Inviernes herankommen soll.

Als wir gegen Mittag kurz Halt machen, um ein wenig Dörrfleisch und getrocknete Datteln zu essen, klebt mir schon mein Gewand am Oberkörper, und die Haut unter den Rucksackträgern brennt wie ein offener Sonnenbrand. Erleichtert setze ich mein Gepäck ab und suche mir dann ganz bewusst einen Platz neben Humberto, der es sich auf einem Felsen gemütlich gemacht hat. Er hält die Augen unverändert auf einen entfernten Punkt gerichtet und kaut auf seinem Dörrfleisch herum.

»Humberto?«

»Hmm«, brummt er.

»Wieso bist du böse auf mich?«, frage ich mit gesenkter Stimme.

Mich streift ein brennender Blick. »Ich bin nicht böse.«

»Du ignorierst mich.«

»Ja.«

Ich stoße einen entnervten Seufzer aus. »Ich habe noch nie vorher einen Freund gehabt. Nur Lehrer, Kinderfrauen und Diener und … eine Schwester. Deswegen verstehe ich nicht sehr viel davon, wie man sich als guter Freund verhält. Ich weiß nicht, womit ich dich verärgert habe, und ich weiß auch nicht, was ich jetzt machen soll.«

»Dann ist Seine Majestät nicht dein Freund?« Seine Stimme klingt überraschend ironisch.

Ist Alejandro mein Freund? Nachdenklich schüttele ich den Kopf. »Ehrlich gesagt, ich weiß es nicht. Er hat einmal zu mir gesagt, er wünscht sich, dass ich seine Freundin sein werde, aber inzwischen frage ich mich, ob das nur Worte waren, wie man sie zu einem Kind sagt, um es zu besänftigen. Wir haben nie Zeit miteinander verbracht, um uns kennenzulernen. Er hat einen Leibwächter, Lord Hector, und ich glaube, er und ich hätten vielleicht eines Tages Freunde werden können.«

»Du hast mir nicht gesagt, dass du verheiratet bist.«

»Ich habe nicht die Angewohnheit, Entführern gegenüber irgendwelche Staatsgeheimnisse auszuplaudern«, gebe ich kurz angebunden zurück. »Natürlich habe ich nichts gesagt! Und jetzt siehst du ja, was passiert! Du bist wütend.«

»Nein, ich komme mir bloß … dumm vor.«

Ich sehe ihn von der Seite an. »Wieso? Ich halte dich nicht für dumm.«

Endlich erwidert er meinen Blick. »Ich dachte, vielleicht, wenn das alles vorbei ist, dann könnten du und ich … aber das *ist* vollkommen idiotisch, denn schließlich bist du eine Prinzessin und ich ein Karawanenführer. Siehst du? Ich bin dumm.« Damit springt er auf und schiebt sich das übrige Trockenfleisch unter die Schärpe, die er sich um die Hüfte gebunden hat.

Ich bin viel zu verblüfft, um ihm hinterherzugehen. Hitze steigt meinen Körper hinauf, und mir wird klar, dass ich die Dumme war, weil ich nämlich nicht verstanden habe, weshalb er mich beschützen wollte, weshalb er so gern mit mir geredet hat und weshalb seine Augen stets auf meinem Gesicht ruhten. Es ist eine verwirrende Vorstellung, wundervoll und beängstigend zugleich. Der erste klare Gedanke ist: *Ich wünschte, Alejandro hätte so empfunden*. Der nächste: *Ich bin glücklich, dass Humberto es tut*. Diese Erinnerung möchte ich mir erhalten, frisch und einzigartig, ohne dass sie sich mit der an Alejandro vermischt.

Den Rest des Tages spüre ich die Schmerzen in den Schultern gar nicht mehr. Stattdessen schwebe ich abwesend dahin und staune über dieses Wunder, dass ich einem anderen Menschen so wichtig sein kann. Als wir am Abend auf einem Felsvorsprung über einem trockenen, ausgewaschenen Tal lagern, ignoriert mich Humberto wieder. Aber als er Feuerholz sammeln geht, schleiche ich mich nahe an ihn heran und flüstere ihm leise zu: »Ich halte dich nicht für dumm.«

Der Geruch der Erde verändert sich mit der fallenden Temperatur. Er prickelt in meiner Nase, zitronig und feucht. Kakteen und Steppenläufer weichen allmählich Kiefern und Wacholder. Gelegentlich überqueren wir seichte Bäche, und Humberto ergänzt unseren Speiseplan, der größtenteils aus Dörrfleisch und Jerboa-Suppe besteht, um ein paar gefleckte Forellen. Nach ein paar Tagen wird die Gefahr einer Entdeckung immer größer, weshalb wir die Berggrate meiden und uns lieber an Schluchten und kleine Täler halten. Jede Nacht krieche ich völlig erledigt unter meine Decken, und diesmal ist es eine andere Erschöpfung als bei der Reise durch die Wüste. Jetzt schmerzt jeder Knochen von den Erschütterungen, wie sie eine Wanderung in felsigem Gelände mit sich bringt.

Meine Mitstreiter werfen mir unterwegs immer wieder verärgerte Blicke zu. Irgendwie gelingt es mir, beim Laufen mehr Äste zu streifen und Steine loszutreten als ein Gespann Kutschpferde. Dabei ist mir peinlich bewusst, wie wichtig es wäre, leise und unauffällig zu sein, aber je mehr ich mich bemühe, desto ungeschickter werde ich. Belén bleibt hinter den anderen zurück und versucht mir zu erklären, wie und wohin ich am besten trete, aber nach einer Weile reißt ihm der Geduldsfaden. Ich war stets ungelenk, und meine Füße setzen in der Regel mit lautem Stampfen auf. Hier draußen geht es allerdings nicht nur darum, sich nicht die Knöchel zu verdrehen.

Ich stehe kurz davor, in Tränen auszubrechen, als Belén völlig entnervt Humberto heranruft: »Jetzt hilfst du ihr eine Weile!« Humberto, der uns wie gewöhnlich führt und ein ganzes Stück voraus ist, nickt. Cosmé und Jacián sehen schweigend zu, als die beiden Jungen die Plätze tauschen.

Humberto hat viel mehr Geduld als Belén. Er zeigt mir, wie ich am besten auftreten soll, und erklärt, wie ich meine Schritte mit Oberschenkeln und Wadenbeinen abfedern kann. Dabei achtet er vorsichtig darauf, mich nicht zu berühren, obwohl ich mir gerade das sehnlichst wünsche.

Es ist beinahe wie Tanzunterricht, bei dem Präzision und verborgene Energie eine wichtige Rolle spielen, aber dabei habe ich mich auch stets ungeschickt angestellt. Am Ende des Tages zittern meine Muskeln und sind halb taub vor Anstrengung, aber ich breche inzwischen weniger Zweige ab und bin froh über die Stunden, die ich mit Humberto verbringen durfte.

Als der Abend heraufzieht, zünden wir ein kleines Feuer an, um unsere Suppe zu kochen, und achten darauf, keinen Qualm aufsteigen zu lassen; nach Sonnenuntergang treten wir es sofort aus. Meine Kameraden sind wesentlich weniger gesprächig als sonst. Jedes Geräusch, jeder Schatten versetzt sie in Alarmbereitschaft. Sie teilen die Nachtwachen unter sich auf. Auch ich biete an, eine Runde zu übernehmen, aber

Cosmé schüttelt den Kopf und erklärt, ich sollte lieber schlafen. »Du hältst uns sowieso schon genug auf.«

Damit hat sie natürlich recht. Ich brauche diese Rücksichtnahme, ich finde sie sogar gut. Aber ich hoffe, dass ich mich später all dieser Mühe wert erweisen werde, wenn wir Inviernes Heere beobachten können.

Am nächsten Morgen brechen wir unser Lager schweigend und hastig ab. Dann führt uns Humberto mit seiner üblichen Sicherheit und Gelassenheit weiter, über Pfade, die ich kaum als solche erkennen kann. Wir wandern durch eine Schlucht mit kiesigem Boden, die auf beiden Seiten von bläulichen Grüppchen niedriger Wacholderbüsche und trockenem Buchweizen bestanden ist. Die Sonne steht zornig glühend hoch am Himmel. Ich ziehe mir gerade das Tuch über meine brennende Kopfhaut, als der Feuerstein plötzlich eiskalt wird. Ein erschrecktes Keuchen dringt aus meiner Kehle. So kalt. So durchdringend.

»Belén!« Meine Stimme klingt wie die eines quiekenden Nagetiers. Seine hohe Gestalt ist mir am nächsten, die anderen sind zu weit voran, als dass sie mich hören könnten.

Er wirbelt herum und sieht mich ungehalten an, aber seine Miene wird sanfter, als er meinen Blick bemerkt. »Was ist denn?«

Meine Finger sind steif vor Kälte, drücken aber weiterhin gegen meinen Nabel. »Der Feuerstein. Da stimmt etwas nicht.« Fast fange ich an zu weinen. Der Stein hat bisher nur zweimal mein Blut in Eis verwandelt; einmal vor dem Angriff der Perditos und dann vor dem Sandsturm. »So ist das nur, wenn Gefahr droht. Wenn sie schon sehr nahe ist.«

Belén zögert nicht. Er rennt nach vorn und packt Jacián

und Cosmé an ihren Gewändern. Weiter vorn dreht sich Humberto um, und Belén winkt ihn energisch zurück. Sie suchen mit den Augen die Gegend ab, als sie zu mir zurücklaufen.

Humberto packt mich am Oberarm. »Was ist denn, Elisa? Was ist los?«

»Ich weiß es nicht. Das kann ich nie richtig sagen, aber der Feuerstein – ich glaube, wir sollten uns verstecken.«

Jacián klettert bereits die Anhöhe zu einem dichten Wacholdergrüppchen hinauf. »Hier herüber!«, bedeutet er uns mit Gesten. »Geht um das Brombeergestrüpp herum, ich verwische unsere Spuren.«

Cosmé und Belén stürmen den Hang hinauf. Humberto und ich folgen etwas langsamer. Der Aufstieg ist rutschig und steil, und ich halte mich an hervorstehenden Wurzeln fest, um mich nach oben zu ziehen. Das Gestrüpp ist schwer zu durchdringen, die Bäume stehen dicht an dicht und verteidigen den Boden gut. Humberto biegt die Zweige beiseite, damit ich mir einen Weg hineinbahnen kann, aber sie kratzen trotzdem über meinen Rücken und meine Schultern. Schließlich stütze ich mich gegen einen knorrigen Stamm, um auf dem steilen Hang nicht das Gleichgewicht zu verlieren. Eine herbe Flüssigkeit tropft von den Blättern oder vielleicht auch von den bläulichen Beeren, und die Luft ist leicht sauer, aber kühl. Spinnweben kitzeln meine Wangen. Ich weiß nicht, wie lange wir uns hier werden verstecken müssen, zusammengekauert unter dem Wacholdergrün.

Kurz darauf stößt Jacián atemlos zu uns. »Hast du eine Ahnung, worauf wir warten, Prinzessin?«, flüstert er.

Ich schüttele den Kopf. »Aber der Feuerstein hat sich

genauso verhalten wie neulich, bevor der Sandsturm über uns hereinbrach.«

»Also könnte es alles Mögliche sein?«

Während ich nicke, hält ihm Cosmé schon den Mund zu. Still deutet sie in die Schlucht hinunter, die wir gerade verlassen haben. Die Bäume stehen so dicht, dass nur ein paar Flecken ockerfarbener Staub und roher Fels zu sehen sind, und mir ist zuerst nicht klar, worauf sie zeigt.

Und so höre ich sie, bevor ich sie sehe. Knirschende Schritte auf Kies. Ein klapperndes Geräusch, wie ein Windspiel aus Holz. Oder hohlen Knochen.

Plötzlich habe ich das Gefühl, nicht mehr genug Luft zu bekommen. Ich bin viel zu nahe am Boden, und Dunkelheit umgibt mich. Angespannt erwarte ich, dass Pfeile mich durchbohren, dass unsere Kutsche in Flammen aufgeht und dass ich meine Zofen nicht rechtzeitig in Sicherheit bringen kann …

Eine Hand auf meiner Schulter lässt mich zusammenzucken. Als ich aufsehe, beugt sich Humberto über mich, und seine Augen sind so nahe und leuchten so hell. Ich schlucke. Der Angriff der Perditos ist schon lange vorüber, das weiß ich, aber als ich durch die Zweige in die Schlucht hinunterspähe, fürchte ich trotzdem, dort Männer zu sehen, die sich schwarz-weiße Spiralen auf die Haut gemalt haben, geduckt wie Tiere herumschleichen und um die Knöchel und in den Haaren winzige Knochen tragen.

Dann kann ich ein Stückchen Pelz ausmachen. Einen langen Köcher mit Pfeilen. Hüftlanges, verfilztes Haar. Ich wage kaum zu atmen, während unsere Feinde auf nackten Füßen vorüberschleichen. Vielleicht eine Gruppe von Jägern? Kundschafter? Ihre Haut ist so blass, an manchen Stellen auch von der Sonne gerötet und fleckig. Atemlos fürchte ich jeden Augenblick, irgendeinen Hinweis auf unsere Entdeckung wahrzunehmen, aber durch die Bäume ist das kaum möglich. Sie sind unglaublich leise, und ihre Schritte und die klappernden Knochen sind das Einzige, was überhaupt zu hören ist, obwohl wir ihnen so nahe sind. Wenn der Feuerstein nicht gewesen wäre, wären wir ihnen direkt in die Arme gerannt. Gemalte Spiralen kann ich nicht entdecken, aber trotzdem ist die Ähnlichkeit mit den Perditos frappierend.

Inviernos. Endlich bekomme ich meinen Feind zu sehen, wenn auch die dichten Zweige nur kurze Blicke gestatten. Sie sind kleiner, als ich sie mir vorgestellt habe, blasser, aber von wilderem Aussehen. Wie die Perditos bewegen auch sie sich mit animalischer Gewandtheit.

Wir warten in angespanntem Schweigen. Meine Füße verkrampfen sich, und mein Hals juckt wie verrückt, aber ich wage es nicht, mich zu bewegen. Der Feuerstein pumpt weiter Eis durch meine Adern. Humbertos Hand liegt schwer und heiß auf meiner Schulter, und ich bin froh darüber. Es sind so viele da unten, sie marschieren in einer langen Kolonne heran, mindestens drei Mann nebeneinander. Was würden sie tun, wenn sie uns entdeckten? Würden sie uns sofort töten? Ich habe noch nie von Gefangenen gehört. Was, wenn ein Animagus bei ihnen ist? Er könnte die kleine Baumgruppe, in der wir uns verbergen, sofort zu Asche verbrennen.

Zumindest ist der Fluchtweg nach oben unversperrt; wir könnten im Notfall den Hang weiter hinaufklettern. Wir warten und warten, während sich der Staub der Vorbeimarschierenden allmählich wieder legt. Dann hebt Cosmé einen

Finger an die Lippen und bedeutet uns, still zu verharren. Sie selbst kriecht verblüffend leise und verstohlen aus unserem Versteck unter den Bäumen. Meine Beine zittern von der Anstrengung, bewegungslos auf dem Abhang auszuharren, und Schweiß rinnt mir von den Schläfen, während wir auf ihr Zeichen warten.

Kurze Zeit später kehrt sie zurück. »Sie ziehen nach Westen«, flüstert sie atemlos. »Sie scheinen uns nicht bemerkt zu haben, aber wir müssen von hier verschwinden, falls sie unsere Spur entdecken oder unser altes Lager. Der Weg nach Osten ist frei, jedenfalls im Moment.«

Wir kriechen wieder unter den Bäumen hervor. Humberto hilft mir den steilen Hang hinunter, und ich halte seine Hand ein bisschen länger und fester, als unbedingt notwendig wäre. Am Fuß des Berges angekommen, bleiben wir kurz stehen, um Atem zu holen.

»Elisa, von jetzt an gehst du mit Humberto voraus«, sagt Cosmé. »Auch wenn du uns aufhältst. Wenn der Stein etwas meldet«, sie macht eine vage Handbewegung, »dann schwenk die Arme oder mach sonst etwas, damit wir sofort in Deckung gehen können.«

Ich nicke, obwohl mir die Vorstellung, unsere Gruppe auf feindliches Gebiet zu führen, schreckliche Angst bereitet. Was, wenn wir das nächste Mal keinen Unterschlupf finden? Was, wenn ich zu langsam reagiere? Aber als ich dann mit Humberto vorauseile, liegt ein Lächeln auf meinem Gesicht. Nur ein kleines. Weil ich mich vielleicht doch noch als nützlich erweisen werde.

19

Zwei Tage lang marschieren wir schweigend weiter, meiden leicht begehbare Schluchten und sanfte Höhen und klettern lieber Wildpfade hinauf, die beinahe unsichtbar an steilen Berghängen kleben, getarnt von Dornbüschen und knorrigen Wacholdersträuchern. Humberto führt uns mit sicherer Entschlossenheit, und ich folge direkt hinter ihm.

Der Feuerstein hat sich beruhigt und schnell wieder auf Körpertemperatur erwärmt, kaum dass die feindlichen Kundschafter außer Sicht waren. Aber seitdem hat er sich stetig, wie eine dauernde Warnung, wieder abgekühlt. Von daher bin ich nicht überrascht, als wir bei Sonnenuntergang einen Berggrat erreichen und beim Blick zur Sierra Sangre einen diffusen Schein wahrnehmen, orangerot im schwindenden Licht, der sich wie eine Decke am Fuß der Berge ausstreckt.

»Das Heer von Invierne«, flüstert Humberto neben mir. »Es ist noch immer mehr als eine Tagesreise entfernt. Aber ihre Kochfeuer leuchten schon wie eine kleine Stadt.«

Ich schlucke und fasse nach seiner Hand. »Die Tore des Feindes«, hauche ich zurück.

»Vielleicht«, sagt er, und sein Daumen fährt über meinen

Handrücken. »Elisa, ich werde nicht zulassen, dass dir etwas geschieht.«

Das ist eine rührende Bemerkung, und ich bin dafür sehr dankbar, aber nicht einmal Humberto kann mich vor einer ganzen Armee beschützen. Ich sehe ihn von der Seite an: »Danke.«

Er lässt meine Hand los, als die anderen nun ebenfalls den Grat erklimmen. »Wir müssen unser Lager aufschlagen, bevor das Licht vergeht«, sagt er, während er sich eilig an den Abstieg macht. Ich habe Mühe, mit ihm mitzuhalten.

An diesem Abend wagen wir es nicht, ein Feuer anzuzünden. Wir sitzen im Kreis in einer winzigen geschützten Senke auf unseren Decken und kauen an getrocknetem Wildbret und verschrumpelten Datteln. Schon viel zu bald werde ich wieder Hunger haben, aber wenigstens bekomme ich davon nicht mehr so starke Kopfschmerzen. Als ich mich umsehe, stelle ich fest, dass ich nicht als Einzige ein unglückliches Gesicht mache. Unwillkürlich muss ich leise lachen.

Cosmé beugt sich vor, während die anderen die Augenbrauen heben. »Gibt es hier irgendetwas zu lachen, Hoheit?«

Ich grinse sie an. »Ich glaube, wir vermissen tatsächlich deine Jerboa-Suppe.«

Belén und Humberto kichern, während Cosmé so tut, als sei sie beleidigt. Jacián sieht ungerührt weiter zu den Bergen hinüber. Er ist stets so still und hält zu allen Abstand. Obwohl wir einen Monat lang zusammen durch die Wüste gewandert sind, ist er mir immer noch fremd. Manchmal vergesse ich, dass er da ist.

»Legt euch schlafen«, befiehlt Cosmé. »Ich übernehme die erste Wache.«

Zur Abwechslung lässt uns Cosmé einmal länger ausschlafen. »Die Inviernos sind meist früh am Tag unterwegs, denn sie mögen die Hitze nicht«, erklärt sie. »Da wir ihnen jetzt so nahe sind, sollten wir hierbleiben, bis die Sonne hoch am Himmel steht.«

Die Stille finde ich inzwischen schwerer zu ertragen als das Marschieren. Wenn ich in Bewegung bin, kann ich meinen Verstand beschäftigen, mich darauf konzentrieren, wohin ich meine Füße setze und wie stark meine Schultern schmerzen. Wenn ich mich hingegen an einem einigermaßen bequemen Ort verberge, dann erinnere ich mich an die Angst. Ich weiß allerdings auch nicht, ob ich wirklich erleichtert sein soll, als wir endlich wieder unsere Rucksäcke schultern und Humberto aus der Senke in den Schatten der Sierra Sangre folgen.

Der Feuerstein wird kälter und kälter. Ich achte sehr genau darauf, weil ich inzwischen nicht mehr sicher bin, ob eine eisige Warnung mir jetzt überhaupt noch auffallen und mich in Alarmbereitschaft versetzen würde. Mein Magen krampft sich entsprechend zusammen, meine Muskeln versteifen sich. Als Cosmé uns wieder eine Pause machen lässt, zittere ich vor Kälte.

Wir finden Unterschlupf in einem kleinen Kiefernwäldchen. Bei dem Versuch, meine Decken auf dem Teppich aus Kiefernnadeln auszubreiten, lasse ich sie zweimal fallen.

»Elisa?« Humberto klingt besorgt. »Du zitterst ja.«

Ich nicke und hole erschauernd Luft. »Es ist so kalt.«

Er legt mir eine Hand auf die Wange, und ich kuschele mich an seine Wärme. »Gott! Elisa, deine Haut ist ja wie Eis.« Er stürzt zu seinem Gepäck und holt die Zunderbüchse hervor.

»Was hast du vor?«, fragt Cosmé, als er sich mit Flintstein und Stahl hinhockt.

»Wir brauchen ein Feuer. Schnell, bevor die Sonne untergeht.«

»Kein Feuer!«

»Aber Elisa ist eiskalt! Wir müssen sie wärmen.«

Cosmé wendet sich mir zu. »Bewirkt das der Feuerstein?«

Ich nicke nur.

»Kommt jemand?«, fragt Belén.

»Ich – ich weiß nicht. Glaube nicht. Wird nur immer kälter. Je näher wir kommen.«

Cosmé schließt die Augen und massiert ihre Nasenwurzel. »Was ist, wenn wir sie gar nicht näher ans Heer heranbringen können?«

Die anderen sehen mich entgeistert an. Selbst durch mein Frostfieber hindurch kann ich den Gedanken in ihren Augen lesen: *Was, wenn wir sie den ganzen Weg umsonst mitgeschleppt haben?*

»Gleich habe ich eine Flamme«, sagt Humberto. »Nur noch einen Moment.«

Wir sind so weit gekommen. Der Gedanke, unverrichteter Dinge ins Dorf zurückkehren zu müssen, erfüllt mich mit Entsetzen. Und jetzt sind meine Begleiter sogar bereit, unsere Entdeckung zu riskieren, nur damit ich wieder warm werde.

Ich lege meine Fingerspitzen auf den Feuerstein. Die Kälte ist durch die Kleidung zu spüren. *Gott*, bete ich wortlos. *Was soll ich tun?* Wie immer reagiert der Stein mit tröstlichem Vibrieren. Mein Bauch erwärmt sich.

»Humberto!«, zische ich leise. »Mach das Feuer aus!« Lächelnd schließe ich die Augen. *Danke, Gott. Wenn ich die ganze Nacht und morgen den ganzen Tag beten muss, dann werde ich das tun.* Wärme kriecht meinen Rücken hinauf, meine Beine hinab, in meine Arme und Fingerspitzen. Ich höre das Knacken kleiner Äste und Zweige, als Humberto das Feuer austritt.

Als ich wieder aufsehe, bin ich locker und entspannt. »Ich muss einfach immer nur beten«, erkläre ich. »Wenn ihr nachts die Wache übernehmt, müsst ihr mich jedes Mal kurz wecken, damit ich mich aufwärmen kann.«

Humberto legt mir wieder die Hand auf die Wange und tut dabei so, als wollte er nur prüfen, ob sie wirklich wärmer geworden ist. »Dieser Feuerstein ist ein seltsames Ding«, bemerkt er beiläufig, aber ich erkenne die Erleichterung in seiner Miene. Die anderen sehen mich mit einer Mischung aus Ehrfurcht und Besorgnis an.

Nachdem wir unsere Decken ausgebreitet haben, zieht Belén zu unser aller Überraschung einen Laib Brot aus seinem Rucksack. »Habe ich aufgespart«, sagt er. »Für den letzten Abend, bevor wir den Feind erreichen. Ist aber wahrscheinlich schon ziemlich trocken.«

Humberto gibt ihm einen Klaps auf den Rücken. »Du bist ein guter Mann, Belén.«

Ich bete vor dem Essen laut, später dann leise für mich. Das Brot ist tatsächlich trocken und zerdrückt, aber reichlich mit Feigen und Nüssen gespickt. Dann schlafe ich ein, noch während ich Gott um mehr Mut bitte und darum, dass wir unentdeckt bleiben. Und ich danke ihm, dass ich noch einmal ein Abendessen genießen durfte, das mich richtig satt und zufrieden gemacht hat.

Wieder schlafen wir lange. Nachdem wir unsere Decken zusammengepackt haben, nehme ich Cosmé beiseite.

»Falls ich nicht wieder mit euch zurückkehre«, sage ich, »aber du es schaffst, versprichst du mir, dass du unseren Plan weiter fortführst?«

Nachdenklich sieht sie mir ins Gesicht, dann nickt sie. »Die Malficio werden zum Leben erwachen, das verspreche ich.«

»Danke.«

»Du glaubst, dass du sterben wirst.«

Das tue ich mit einem betont gleichgültigen Achselzucken ab. »Der *Afflatus* ist in diesem Punkt nicht eindeutig. Aber letztlich finden alle Träger den Tod.«

»Warum hast du dann eingewilligt, mitzukommen?«

Aus so vielen Gründen. Weil ich einfach nicht mehr nutzlos sein wollte. Weil ich beschlossen hatte, den Tod in Kauf zu nehmen, wenn ich dann wenigstens meine Aufgabe erfüllen werde. Weil Alodia oder Ximena oder Lord Hector an meiner Stelle auch nicht gezögert hätten. Weil es an der Zeit war, erwachsen zu werden.

»Es ist Gottes Wille«, erwidere ich. Eine schwache Antwort und noch dazu reine Heuchelei, denn wenn es um Gottes Willen geht, weiß ich davon genauso viel wie ein Lamm, das sich im Dornengestrüpp verirrt hat. Aber die wahren Gründe zu äußern, wäre zu hart.

Humberto schlingt sich den Rucksack über eine Schulter und kommt zu uns herüber.

»Wir sollten es heute bis zur Höhle schaffen«, sagt er. »Jacián wird vorausgehen und dafür sorgen, dass sie nicht entdeckt werden kann. Falls das nicht klappt, dann weiß ich noch einen Ort, zu dem wir gehen könnten, aber die Höhle wäre ideal.«

Er wendet sich nach Osten, und als wir ihm folgen, schießt lähmende Kälte durch die Knochen meiner Beine. Ich fange an zu beten, schnell und voller Inbrunst, bis meine Muskeln sich entspannen und das Gehen zu einer ganz natürlichen, fließenden Bewegung wird. Vater Alentín hat gesagt, ich sollte beten, wenn mich die Zweifel übermannen, und genau das tue ich. Unaufhörlich rede ich mit Gott, erzähle ihm von meinen Ängsten, von dem Schmerz in meinem Fußgewölbe, sogar von den kleinen Eidechsen, die über den Weg huschen, und von den Falken, die über unseren Köpfen schreien. Ich frage mich, ob er über mein sinnloses Geplapper lacht, ob er es überhaupt beachtet. Der Feuerstein strahlt jedenfalls weiterhin Wärme aus, solange ich damit weitermache.

Allerdings ist es nicht leicht, sich möglichst unauffällig zu bewegen und gleichzeitig ein unaufhörliches einseitiges Gespräch aufrechtzuerhalten, schon gar nicht für mich. Diese Aufgaben nehmen mich voll und ganz in Anspruch, und ich merke kaum, wie der Nachmittag vergeht. Verblüfft stelle ich fest, dass Jacián plötzlich vor uns steht, überraschenderweise mit einem Grinsen auf den Lippen. »Die Höhle ist sicher«, lässt er uns wissen. »Und der Eingang ist ordentlich überwachsen.«

Humbertos Körper entspannt sich sichtbar. Mir war gar nicht aufgefallen, wie besorgt er war. Nun führt er uns in ein schmales, trockenes Bachbett. Es ist staubig und eng und voll Dornengestrüpp, und von daher bin ich wenig begeistert, als ich höre, dass wir bis zum Einbruch der Dunkelheit hier ausharren müssen. Als ich unwillig das Gesicht verziehe, erklärt Humberto grinsend: »Und nimm dich vor den Schlangen in Acht.«

Ich werfe ihm einen bösen Blick zu, lehne mich gegen die unebene Böschung und schließe die Augen. Dann erzähle ich Gott, dass ich mich nach einem Bad in dem kleinen See in der Grotte sehne, gefolgt von einer leckeren Portion Lammkeulen mit gedünsteten Karotten.

Wir müssen allerdings gar nicht so lange warten, denn hier in den Bergen geht die Sonne früher unter als in der Wüste. Jetzt ist es wichtiger denn je, möglichst geräuschlos weiterzugehen, aber im rötlichen Dämmerlicht sehe ich nicht besonders gut und kann kaum darauf achten, wohin ich meine Füße setze. Jedes Knacken unter meinen Stiefeln, jedes Entlangschrammen am Schiefergestein scheint uns wie mit einem Donnerschlag ankündigen zu wollen. Meine verzweifelten Gebete dringen aus meinem Kopf über meine Lippen, und ich merke irgendwann, dass ich halblaut vor mich hin murmele. Seltsamerweise ermahnt mich niemand zum Schweigen.

Die Nacht bricht herein, als wir uns durch Brombeergestrüpp quälen und um Felsbrocken herumklettern. Langsam führt uns der Weg wieder auf größere Höhen. Dann endlich weicht das schattenhafte Schwarz der geduckten Wacholderbüsche einem tiefen, sternenübersäten Blau, das am unteren Rand in ein orangerotes Glühen übergeht: Das Heer von Invierne ist nahe. Viel zu nahe. Jacián winkt uns zum Rand einer hohen Klippe, und als wir hinuntersehen, blicken wir in ein weites Tal. Die sanft geschwungene Landschaft ist mit Lagerfeuern übersät, wie kleine Kerzenflammen auf Samt, die sich so weit nach Norden und Süden erstrecken, wie mein Blick reicht, und sich ostwärts noch ein Stück die Ausläufer der Sierra Sangre hinaufziehen.

»Oh mein Gott«, flüstere ich.

Jacián führt uns über die Kuppe und dann einen schmalen Wildpfad hinab, auf dem wir uns seitlich, den Rücken eng an die Klippenwand gepresst, weiter voranmühen. Dieses Stück des Weges, das wir noch dazu im Dunkeln zurücklegen müssen, ist vermutlich der gefährlichste Abschnitt unserer ganzen Reise. Und dennoch, mir fällt das kaum auf. Meine Gedanken sind erfüllt von der enormen Größe dieses Heeres und von dem Staunen über den seltsamen, besessenen Glauben, der meine Begleiter offenbar erfüllt, wenn sie jemanden wie mich durch das ganze Land schleppen und tatsächlich hoffen, ich könnte sie vor einer solch übermächtigen Bedrohung retten. Ich höre ein leichtes Rascheln, als Jacián Gesträuch beiseiteschiebt, um die Höhlenöffnung freizulegen; sie ist klein und von einem tieferen Schwarz als die Dunkelheit um uns herum. Einer nach dem anderen klettern wir hinein.

Die Luft kühlt und befeuchtet meine Haut sofort. Dann fühle ich, wie sich eine Hand in meine schiebt, und ich erkenne Humbertos Berührung.

»Ganz vorsichtig weitergehen, Elisa«, flüstert er, während er mich mit sich um eine Ecke zieht. Ich kann nichts sehen, folge ihm aber blind, denn mein Kopf ist wie im Nebel, weil wieder eisige Ranken durch meinen Bauch zucken. Ich habe vergessen zu beten.

Das durchdringende Ratschen von Flintstein und Stahl folgt fast sofort und erzeugt einen Funken, der noch lange vor meinen geblendeten Augen steht, als er selbst schon zu einer bloßen Kerzenflamme geschrumpft ist. Cosmé hält die Kerze in die Höhe, und das Licht offenbart eine hohe Decke aus tropfenden Stalaktiten. »Ich war schon Jahre nicht mehr hier«, sagt sie mit weicher Stimme.

»Wir haben hier früher oft gespielt«, erklärt mir Humberto leise und dicht an meinem Ohr. »Als wir noch klein waren. Im Frühling fließt ein flacher Bach durch diese Kammer, in dem man herrlich baden kann.«

»Das Kerzenlicht?«, frage ich. »Können wir uns das erlauben?«

»Ja. In der nächsten Kammer hinter dieser hier können wir uns sogar ein kleines Feuer anzünden.«

Die Kammer, die er meint, ist winzig und rund und hat einen weichen Sandboden. Vor allem aber wird ihr Eingang von einer riesigen Kalksteinsäule getarnt, die davor aus dem Boden wächst. Das ganze Höhlensystem liegt voller toter Äste, zerknickt und glatt gewaschen von den Sturzbächen der Schneeschmelze im Frühling, und so haben wir genug Holz für ein wärmendes Feuer, über dem wir kochen können. Wir breiten unsere Decken aus und trinken dann Kiefernadeltee.

Belén übernimmt die erste Wache am Höhleneingang in der Klippenwand. Ich bete meinen Körper warm, bevor ich in unruhigen Schlaf falle.

Der Morgen kommt mit grauem Licht. Wie in den Badegrotten im Berg hinter unserem versteckten Dorf findet die Sonne auch hier ihren Weg in die Tiefe. Ich bin allein in der kleinen Kalksteinhöhle. Erst bete ich eine Weile, um wieder etwas Wärme in meine tauben Glieder zu bekommen, dann stehe ich auf und hole Tinte, Häute und Federn aus meinem Rucksack. Ich will diese Aufgabe so schnell wie möglich hinter mich bringen.

Cosmé kommt herein, als ich gerade die Höhle verlassen will. Sie bringt einen erlegten Hasen mit, den sie so an den Beinen hält, dass die langen, geäderten Ohren über den Sand schleifen. »Willst du schon anfangen?«, fragt sie und deutet mit einer leichten Bewegung ihres Kinns auf die Schreibhäute.

»Ich will hier nicht herumsitzen.«

Ihre Augen sind hell, und ihre lockere, entspannte Art ist ungewohnt. Unter ihrer perfekten Haut wird eine ganz andere junge Frau sichtbar, eine, die oft lächelt und freundlich sein kann. Vielleicht liegt es daran, dass wir hier an einem Ort sind, an dem sie in ihrer Kindheit viel Zeit verbracht hat. Oder vielleicht ist sie auch einfach nur froh, dass wir sicher angekommen sind. Was auch immer, mir wird klar, dass Cosmé, die von der Natur sowieso schon mit gutem Aussehen reich bedacht worden ist, eine wahre Schönheit sein könnte, wenn sie es darauf anlegte.

Sie runzelt die Stirn. »Was schaust du so?«

»Äh … der Hase. Wie habt ihr den …?«

»Humberto hat ihn mit der Schleuder erlegt. Wenn ich ihm damit drohe, dass es Suppe zum Frühstück gibt, bemüht er sich richtig, etwas anderes zu erwischen.«

Das bringt mich zum Lächeln. »Er ist sehr tüchtig, nicht wahr?«

»Mein Bruder hat eines mit dir gemeinsam: Essen interessiert ihn nur, wenn es in großen Mengen verfügbar ist.«

Ich entschließe mich, das als freundliche Neckerei aufzufassen, und grinse ebenfalls. »Dein Bruder ist weise.«

»Er ist vorn am Eingang und hält Wache, falls du ihm Gesellschaft leisten möchtest. Ich bringe euch beiden etwas zu essen, wenn es fertig ist.«

»Danke.«

Ich versuche, mich an den Weg zu erinnern, den wir gestern durch die Höhlen genommen haben. So schwer ist das nicht; ich muss nur dem Sonnenlicht entgegengehen. Humbertos Silhouette zeichnet sich am Eingang ab; er hat sich mit dem Rücken an den Rand gelehnt. Dorniges Mesquitegestrüpp verdeckt die Sicht nach draußen. Als ich einen Schritt nach vorn mache, fühle ich Humbertos Hand auf meinem Knie.

»Nicht weiter, Elisa«, flüstert er. »Bleib aus der Sonne. Das Morgenlicht strahlt die Klippe an wie Fackellicht. Du kannst am Nachmittag deine Beobachtungen machen, wenn die Sonne in unserem Rücken steht.«

Die Erinnerung an die Gefahr, in die wir uns begeben haben, lässt mich angestrengt schlucken.

Unsere Schenkel berühren sich, als ich mich neben ihn setze. Aber ich bewege mich nicht, ich bin einfach glücklich, seinen Körper so direkt neben mir zu haben und seine leisen Atemzüge zu hören.

Durch die kleinen Lücken im Gestrüpp kann ich unseren Feind deutlich erkennen. Die Höhle ist ein hervorragender Beobachtungsposten. Zwar kann ich so nicht sehen, wie das Lager insgesamt aufgeteilt ist, dafür aber einzelne Personen, die unbekannten Aufgaben nachgehen, in Leder und Pelze gekleidet, barfuß, blasshäutig, aktiv. Besonders auffällig an ihnen ist ihr Haar. Einige haben schwarzes Haar wie ich, oft auch mit roten Reflexen, so wie Alejandro, aber das Haar vieler anderer ist braun wie eine Kokosnuss oder sogar noch heller, gelbgolden wie Honig oder Stroh.

»Sie sehen so fremdartig aus«, flüstere ich. »So wild. So bunt.«

Humberto brummt etwas. »Warte, bis du einen Animagus zu sehen bekommst.«

Hastig spreche ich ein Gebet, um die plötzliche Kälte in meiner Brust beiseitezudrängen. Dann wechsele ich das Thema. »Wo sind Belén und Jacián?«

»Belén ist auf der Jagd. Wir haben miteinander gewettet, wer von uns einen größeren Hasen erlegt. Jacián ist auf Kundschaftergang und sieht sich um, ob hier kürzlich jemand gewesen ist. Sie werden erst am Nachmittag zurückkehren. Die Sonne steht zu hoch, als dass sie ungesehen über den Steilhang kommen könnten.«

Ehrfürchtig schüttele ich den Kopf über meine Begleiter. Ich kann mir nicht einmal ansatzweise vorstellen, den Schutz der Höhle zu verlassen. Aber ich bin mit Menschen unterwegs, die mit derselben Leichtigkeit über Land ziehen, wie eine Möwe übers Meer fliegt. Sie sind hier an diesem Ort zu Hause, auch wenn der Feind nur einen Steinwurf entfernt ist.

Humbertos Profil wird von der Morgensonne in goldenes Licht getaucht. Der leichte Flaum des Bartes, den er allmählich entwickelt, umfasst sein Kinn, seine zerzausten Haare fallen ihm bis über den Rücken. Irgendwie habe ich weniger Angst, wenn ich hier neben ihm sitze.

»Ich bin froh, dass du da bist«, sage ich.

Sein Kopf fährt herum, und ich zucke beinahe zusammen, als sein fester Blick über mein Gesicht gleitet bis zu meinen Lippen, und obwohl kein Gebet mein Herz erfüllt, entwickelt sich doch Wärme in meinem Bauch. Meine Lippen öffnen sich, und ich lehne mich an ihn.

Doch dann macht mich eine Bewegung plötzlich aufmerksam, und ich stoße ein leises Keuchen aus, als der Feuerstein kaltes Feuer durch meine Adern schickt. »Humberto«, flüstere ich panisch. »Diese Inviernos dort. Kommen sie hier herüber?«

Er sieht zu der Gruppe hinab, die sich am Fuß des Steilhangs sammelt. Seine Stirn legt sich besorgt in Falten, aber er schüttelt den Kopf. »Sie können uns hier unmöglich sehen«, murmelt er. Aber trotzdem verharren die Inviernos dort unten vor unserer Klippe, und einige sehen nach oben, in unsere Richtung. Humberto flucht und wirft mir einen aufgebrachten Blick zu. »Lauf nach hinten, Elisa. Sag Cosmé, sie soll das Feuer löschen. Ich werde unsere Spuren verwischen.«

Noch mehr als die Kälte lähmt mich die Traurigkeit in seinen schönen Augen, so tief und wahr. Er kneift sie einen Augenblick zusammen und atmet tief ein. Dann legt er mir mit einer schnellen Bewegung seine starke Hand in den Nacken, zieht meinen Kopf nach vorn und drückt seine Lippen auf meine. Einen kostbaren Moment verschwendet er damit, mich zu küssen, seine Zunge gleitet über meine Lippen, stößt gegen meine Zähne. Ich öffne den Mund und erwidere seinen Kuss ebenso begierig.

Sein anderer Arm umfasst meine Taille, und dann steht er auf, drückt mich gegen seinen Körper, zieht mich auf die Beine. Schließlich schiebt er mich von sich, aber ich sehe noch, wie feucht seine Augen schimmern. »Lauf, Elisa, schnell!«

Ich renne in die Höhle, weg von ihm, mit zitternden Knien und leeren Lippen. Dann überwältigt mich das Entsetzen, und ich fliehe zu Cosmé.

20

Cosmé reagiert sofort, als ich zu ihr hereinstürme und atemlos berichte, was geschehen ist. Sie wirft Sand auf das Feuer und sieht sich in der kleinen Kammer um.

»Jaciáns Rucksack ist noch da«, sagt sie knapp. »Vergrabe ihn hier, während ich das Frühstück wegwerfe.«

Hastig sinke ich auf die Knie und fange an zu graben, froh, etwas tun zu können. *Das ist es*, geht mir durch den Kopf, während ich Sand in alle Richtungen schippe. *Das, was ich gefürchtet habe*. Begleitet von sinnlosen Gebeten grabe und grabe ich, bis sich der Sand unter meinen Fingern feucht anfühlt.

Cosmé kommt zurück und wirft den Rucksack in das Loch. Gemeinsam bedecken wir ihn mit Sand, dann glättet Cosmé die Stelle mit den Füßen. Jemand verdunkelt den Eingang.

»Sie klettern am Steilhang empor«, sagt Humberto ungläubig. »Sie wissen, dass wir hier sind.«

Cosmés Gesicht ist wie aus Stein. Humberto blickt zu Boden, als ob er sich schämt. Seit ich sie kenne, waren sie immer stark. Entschlossen. Plötzlich fühle ich mich verloren und klein.

»Wenigstens ist Belén in Sicherheit, und Jacián auch«, flüstert Cosmé.

In Sicherheit. Allmählich lichtet sich der Nebel in meinem Verstand. »Es gibt keinen anderen Weg, der aus der Höhle hinausführt?«, frage ich.

»Nein«, sagt Humberto.

Niemals wäre ich in der Lage, den Weg an der Steilwand schnell genug zu bewältigen, und selbst wenn mir das noch gelänge, würden meine Verfolger mich spätestens im Wettlauf durchs Bergland schnell einholen.

»Würdet ihr zwei es schaffen zu fliehen? Ich meine, ohne mich?«

Sie sagen nichts. Das ist Antwort genug.

»Zeigt mir den besten Platz, an dem ich mich verstecken kann. Dann lasst mich mit Vorräten und Wasser hier zurück und verschwindet.«

Ablehnung steht in Humbertos Augen, Zustimmung in Cosmés.

»Haltet in ein paar Tagen nach mir Ausschau«, fahre ich fort. »Ich werde versuchen, später aus der Höhle zu entkommen und nach Westen zu fliehen.« Das werde ich natürlich nicht schaffen, aber vielleicht kann ich Humberto so dazu bewegen, dass er sich in Sicherheit bringt. »Ich trage den Feuerstein. Wenn einer von uns eine Chance aufs Überleben hat, dann ich. Und jetzt geht! Lockt sie von mir weg.«

Obwohl Humberto weiter zögert, zieht Cosmé mich bereits mit sich. »Am Ende des anderen Gangs ist ein geeigneter Platz«, sagt sie, als ich hinter ihr herlaufe. »Eine Art Spalte. Das wird zwar nicht bequem sein, aber dort würdest du nicht gesehen.«

Viel zu schnell sind wir dort. Ich wünschte, die Höhle wäre größer und hätte mehr Gänge, in denen man sich verlaufen könnte. Cosmé zeigt mir eine Lücke, die sich schräg mit leichten Biegungen nach oben öffnet, wie ein Wasserfall aus funkelndem Kalkstein.

»Kletter dort hinauf«, befiehlt sie. »Oben in den Schatten wirst du zu deiner Linken eine kleine Nische finden. Versuch, dich dort so weit wie möglich hineinzuschieben.«

Schnell gehorche ich und klettere auf allen vieren den Stein hinauf, der schrecklich glatt ist und kaum Halt bietet. Ich fühle ihre Hände auf meinem Hintern; sie schiebt mich voran. Tatsächlich ist links eine dunkle Ausbuchtung, von der ich nur erahnen kann, wie tief sie ins Gestein führt. Ungelenk drehe ich mich und lasse mich hineinrutschen; dabei schürfe ich mir die Knie auf. Es ist eine Höhle in der Höhle, mit einer Vertiefung, die durch einen hohen Rand vor Blicken geschützt ist. Ich ziehe mich so weit wie möglich in die Dunkelheit hinein.

»Das muss reichen«, sagt Cosmé. »Halte dort aus. Ich bringe dir Vorräte und Wasser.«

Hier ist es kühler, beinahe frostig. Oder vielleicht ist es auch der Feuerstein. *Bitte schütze mich irgendwie*, hauche ich fast unhörbar. Der Boden ist sandig und nicht unbequem, aber ich muss Kopf und Schultern einziehen und meine Beine unterschlagen, damit kein Licht auf sie fällt.

Humbertos Kopf taucht vor der Öffnung auf. Er wirft mir meinen Rucksack zu, der neben mir auf dem Sand landet. »Ich habe unsere ganzen Vorräte hineingetan und auch deine Tinte. Du solltest dir das Gesicht und alle hellen Bereiche deiner Kleidung damit beschmieren. Falls es eine Überflutung gibt, dann wird das Wasser durch diese Kammer strömen. Lass dich von ihm in die große Höhle tragen, dort staut es sich nie, sondern fließt immer gleich ab.«

Eine Überflutung?

»Humberto!« Cosmés Stimme dringt aus einiger Entfernung zu uns. »Ich kann sie hören!«

Seine Augen sind groß und traurig. Um Verzeihung bittend.

»Geh, Humberto«, sage ich sanft. »Ich möchte nicht, dass dir etwas passiert.«

»Ich werde kommen und nach dir suchen. Egal, was geschieht.«

»Ich weiß.«

Er drückt meinen Knöchel. Dann ist er verschwunden, und ich bin allein in der engen, kalten Dunkelheit. Kurz darauf höre ich laute Rufe. Man hat sie gesehen, wie sie die Höhle verlassen haben, und nun beginnt die Verfolgungsjagd. Ich bin hin- und hergerissen zwischen dem Wunsch, dass unsere Feinde meinen Begleitern folgen werden, und dem Wunsch, dass sie eher nach mir suchen und Cosmé und Humberto damit eine Möglichkeit zur Flucht bleibt.

Schmerzhaft still kauere ich in meinem Versteck, jeder Muskel angespannt, und lausche. Die Rufe werden leiser. Vielleicht entfernen sie sich von mir. Ich weiß nicht, ob ich erleichtert bin oder nicht.

Dann höre ich leise, schleifende Schritte auf dem Sand.

Mein Herzschlag klingt laut wie Donnerhall in meinen Ohren. Ich wage nicht zu atmen. Sie werden diese Spalte bemerken. Sie werden ein Stück heraufklettern und dieses so offensichtliche Versteck entdecken. Mir fällt die Tinte in meinem Rucksack ein, und ich wünschte, ich hätte noch Zeit gehabt, mir damit Gesicht und Kleider zu schwärzen. Aber vielleicht hätte mich dann der Geruch verraten.

Der Geruch ... die ganze Höhle stinkt noch immer nach schmorendem Hasenbraten. Meine Augen füllen sich mit Tränen. Humberto und Cosmé und ich, wir hätten jetzt zusammensitzen und gemeinsam essen sollen. Und dann denke ich: *Was für eine komische Überlegung, jetzt, so kurz vor meiner Gefangennahme oder sogar meinem Tod.*

Die Schritte kommen näher. Leise Männerstimmen unterhalten sich in einer Sprache, die ich nicht verstehe.

Aber plötzlich verstehe ich sie doch. Sie ähnelt der Lengua Classica, obwohl die Silben abgehackter und gutturaler gesprochen werden, als ich es gewohnt bin. Einen Augenblick bin ich so verblüfft, dass ich meine Angst vergesse. Das Volk von Invierne spricht die Lengua Classica?

»Né hay ninguno iqui«, höre ich. *Es ist niemand hier.*

»Lo Chato né sería feliz si alquino nos escapría.« *Die Katze wird nicht zufrieden sein, wenn uns jemand entkommt.*

Die kehligen Stimmen klingen lauter, näher. Vor mir, nur eine Armeslänge entfernt, legt sich eine Hand auf den Wasserfall aus Kalkstein, der von der Sonne angestrahlt wird, die durch die Ritzen im Fels hineinscheint. Eine ungeschlachte, blasse Hand. Von Narben durchzogen, die so wulstig weiß wie Brotteig sind.

Bitte, Gott. Lass ihn weggehen.

Ich warte, dass ein Arm in Sicht kommt. Vielleicht sogar ein blasses Gesicht. Ich schließe die Augen und weigere mich hinzusehen. Endlich höre ich: »Né vieo nado.« *Ich sehe nichts*. Die Schritte entfernen sich. Jetzt spüre ich, dass ich allein bin. Ein leeres, trauriges Gefühl.

Trotzdem bewege ich mich nicht, denn ich fürchte, es könnte ein Trick sein; vielleicht stehen sie noch am Höhleneingang und warten, dass ich mich zeige. Ich wünschte, ich hätte ein wenig Duermakraut bei mir und könnte den ganzen Albtraum verschlafen. Dann würde ich nach ein paar Tagen aufwachen, entweder gefangen oder frei. Oder ich wäre vielleicht auch tot und würde gar nicht mehr aufwachen. Aber so müsste ich nicht diese entsetzliche Ungewissheit ertragen, diese Angst, nicht zu wissen, was passieren wird und ob meine Feinde vielleicht noch hinter der nächsten Ecke lauern.

Mein Magen schmerzt, so leer ist er. Und ich muss mich erleichtern. Aber ich rühre keinen Finger, wage es nicht einmal, tief zu atmen. Mein Unterkörper schmerzt vor unterdrücktem Harndrang und weil ich meine Beine so dicht an den Körper ziehe. Trotzdem gelingt es mir irgendwann, einzudösen, unterstützt von der Wärme der inbrünstigsten Gebete meines Lebens. *Bitte schütze Humberto und Cosmé und Jacián und Belén. Lass ihnen die Flucht gelingen. Lass sie überleben*.

Als ich aufwache, ist mein Rücken steif wie Stein und mein Magen wie ein Loch in meinem Bauch, das vor Hunger pulsiert. In der Höhle herrscht tiefste Dunkelheit, weshalb ich sicher bin, dass ich zumindest bis zum späten Nachmittag geschlafen haben muss, vielleicht sogar länger. Leise taste ich nach meinem Rucksack und ziehe an den Schnüren. Überrascht merke ich, wie leicht meine Finger die Knoten erfühlen und sie öffnen, dann hole ich mein Päckchen mit dem

Trockenfleisch hervor. Das Kauen der getrockneten Streifen Hammelfleisch, in Salz eingelegt und dann mit Honig gesüßt, beruhigt mich, obwohl sie an meinen Zähnen kleben bleiben, als ich abzubeißen versuche. Anschließend nehme ich einen kleinen Schluck aus dem Wasserschlauch und frage mich gleichzeitig, ob ich nicht lieber sparsam sein sollte; schließlich weiß ich nicht, wie lange ich noch in dieser Höhle ausharren muss. Dann taste ich in meinem Rucksack herum und versuche herauszufinden, was Humberto mir eingepackt hat. Noch ein Päckchen mit Vorräten, ein zweiter Wasserschlauch, eine Kerze, ein Messer, eine Zunderbüchse. Zwar habe ich noch nie selbst Feuer gemacht, aber immerhin den anderen zugesehen. Das kann nicht so schwer sein.

Das Messer schiebe ich unter die Kamelhaarumwickelung über dem Schaft meiner Stiefel. Aber bevor ich irgendetwas anderes tun kann, muss ich mich erleichtern. Zuerst überlege ich, hier oben in der winzigen Höhle ein Loch zu graben, aber dann wäre ich gezwungen, anschließend auf meinem eigenen Dreck zu sitzen. Da ist es doch besser, die Felsspalte hinunterzuklettern und dann vor dem Morgengrauen wieder zurückzuhuschen.

Ganz langsam und geräuschlos schiebe ich mein Bein über den Felssims, packe die Kante mit den Händen und ziehe das andere Bein nach. Auf dem Bauch, die Beine voran, rutsche ich langsam die Schräge hinab und lasse erst im letzten Moment los, wobei ich vermutlich viel zu laut erleichtert aufatme, als meine Füße auf dem Sandboden aufkommen. Dann richte ich mich auf und lausche einen Augenblick. Nichts. Ich mache probeweise ein paar Schritte. Noch immer ist nichts zu hören.

Ich wage es nicht, mich zu weit zu entfernen, denn ich bin mir nicht sicher, ob ich den Weg im Dunkeln wieder zurückfinden würde. Es ist schon eine große körperliche Erleichterung, in der Hocke zu sitzen. Vorsichtig schippe ich ein wenig Sand beiseite und halte immer wieder inne, um zu lauschen. Dann taste ich auf dem Boden nach der Vertiefung, die ich geschaffen habe, und markiere die tiefste Stelle mit meinem Zeh, während ich meine Kleider hebe und das Zugband meines Schlüpfers löse. Mein Bedürfnis ist inzwischen unglaublich dringend, und ich schaffe es fast nicht mehr, mich rechtzeitig wieder hinzuhocken.

Da höre ich Stimmen, schleifende Schritte.

Es bleibt mir nicht genug Zeit, um fertig zu werden. Mit einem Ruck reiße ich den Schlüpfer wieder hoch und renne zur Spalte zurück, während warmer Urin noch an meinem Bein herunterrinnt. Der Kalkstein ist zu glatt, zu weich. Zwar schaffe ich es, mich ein Stückchen hochzuziehen, und ich kralle mich am Stein fest, ohne auf das Brennen meiner Fingerspitzen zu achten, aber meine Beine verheddern sich in dem nicht wieder richtig zugebundenen Höschen. Die Stimmen kommen näher. Meine Bemühungen, hinaufzuklettern, werden immer hektischer, aber jedes Mal, wenn meine Finger einen Halt finden, rutsche ich mit dem Fuß weg. Tränen der Angst laufen über mein Gesicht. Dann verwandelt sich der Feuerstein in Eis, und ich stöhne vor Schreck auf. Meine Fingerspitzen werden steif. Ich verliere den Halt und rutsche wieder hinab, komme mit dem Hintern auf dem Boden auf, und mit einem heftigen Stoß wird mir die Luft aus den Lungen gepresst.

Fackellicht blendet meine Augen. Ruppige Hände packen

mich an der Schulter. Sie reißen mich hoch, drehen mich um. Ich sehe blasse Gesichter, verfilztes Haar, zornige Augen.

Einer der Männer wendet sich angeekelt ab und rümpft die Nase. Jetzt rieche ich auch meinen eigenen Urin, scharf und beißend. Kurz schiebt das Gefühl der Erniedrigung die Angst beiseite. Bis einer von ihnen sagt, in der Lengua Classica: »Bringt sie zur Katze.«

Ein etwas kleinerer, kräftiger Mann hält mir einen Dolch an die Kehle, während man mich vorwärtsschubst. Umringt von Inviernos, gehe ich voran, und ich denke an mein eigenes Messer, das in der Ummantelung meines Stiefels steckt. Zum ersten Mal lasse ich die Erinnerung an den Perdito zu, den ich getötet habe, daran, wie die Klinge gegen Knochen schrammte, wie sie zwischen seine Rippen glitt wie eine Nadel in dickes Teppichgewebe. Das Blut, das mein Hemd durchweichte, war so schnell wieder getrocknet. Ob ich noch einmal töten könnte?

»Das Mädchen ist keine Kämpferin«, sagt einer. Da hat er natürlich recht. Dass ich den Perdito tötete, war größtenteils Zufall.

»Wo sind deine Freunde?«, fragt ein anderer.

Fast habe ich schon den Mund geöffnet, um »Welche Freunde?« zu fragen, da erinnere ich mich, dass die meisten Bergbewohner der Lengua Classica gar nicht mächtig sind. Und so erkläre ich in der Plebeya: »Ich verstehe euch nicht.«

Der Schlag kommt so unverhofft, dass ich nicht einmal mehr Zeit habe, mich davor zu fürchten. Meine Lippe platzt und pocht vor Schmerz, als der Mann näher kommt und ich seine Augen wild orangefarben im Fackellicht leuchten sehe. »Ihr Barbaren seid so dreckig«, faucht er. »Besudelt euch mit dem eigenen Urin. Sprecht eine dreckige Sprache.« Er wendet sich an die anderen. Jetzt haben sich meine Augen an das Licht gewöhnt, und ich sehe fünf Männer, die ungefärbte Lederkleidung mit Pelzbesatz tragen. »Bringt sie den Steilhang hinunter«, befiehlt der Anführer. »Und wenn sie nicht mithalten kann, dann stürzt ihr sie von der Klippe.«

Sie schubsen mich durch die Höhle zum Eingang; hier muss ich mich so hinsetzen, dass meine Beine über die Kante baumeln. In der Dunkelheit kann ich unter mir nicht erkennen, wohin meine Füße treten oder meine Hände greifen könnten, aber der Speer, der mir ins Gesicht gehalten wird, ist mir Inspiration genug. Ich rutsche abwärts und versuche, mich an Gebüsch oder Steinvorsprüngen festzuhalten. Es ist nicht so schwer, wie es mir am Tage vorkam. Nun, da ich meinen Körper ganz an den Untergrund drücke, merke ich auch, dass diese Felswand nicht völlig vertikal ist, auch wenn sie so aussah. Kurz überlege ich, mich einfach fallen zu lassen und außer Reichweite meiner Bewacher zu rutschen. Schön, ich würde riskieren, mir ein Bein oder etwas Schlimmeres zu brechen, aber zumindest würden sie das nicht erwarten. Ein schneller Blick nach unten, und ich überlege es mir wieder anders. Die Lagerfeuer der Armee Inviernes erstrecken sich in die Ferne, soweit das Auge reicht. Unten angekommen würde es kein Entrinnen geben. Also lasse ich mir Zeit – so viel, wie der Speer zulässt, der noch immer auf meine Augen gerichtet ist – und klettere mit viel Vorsicht weiter.

Meine Arme brennen, als wir die Talsohle erreichen, aber ich fühle seltsam viel Energie in mir. Tatsächlich überlege ich kurz, zur Seite zu springen und wegzulaufen, aber ich bin nicht schnell oder stark genug, um meinen Bewachern zu entkommen. Ich stelle mir vor, wie es sich anfühlen würde, wenn sich ein Speer durch meinen Rücken bohrte. Aber jetzt bin ich noch am Leben, warum auch immer. Als sie mich zu einem großen, weiß gebleichten Zelt führen, wage ich als einziges Zeichen äußeren Widerstands nur noch, den Kopf hochzuhalten.

Viele Inviernos, die an den Feuern sitzen, sehen mit großen, neugierigen Augen auf, als wir vorüberkommen. Eine Frau hat sich über einen Spieß mit Kaninchenfleisch gebeugt, und ihre Haltung lässt den Umriss ihrer Brüste unter der pelzverbrämten Lederweste erkennen. Ich erwidere ihren aufmerksamen Blick, während meine Bewacher mich weiter vorantreiben. Es fällt mir schwer, Männer und Frauen voneinander zu unterscheiden, jedenfalls aus der Entfernung. Sie alle tragen dieselbe Kleidung, haben dasselbe verfilzte Haar und dieselbe blasse Haut.

Eine kleine Messingglocke hängt an der Zeltwand. Einer der Inviernos schüttelt sie.

»Herein«, ertönt es von drinnen, und wieder zieht eine Faust aus Eis meinen Unterleib zusammen. Ich bete um Wärme und Sicherheit, während einer meiner Bewacher die Zelttür beiseitezieht und mich ins Innere stößt.

Würziger Rauch rankt sich um meinen Kopf und lenkt meine Aufmerksamkeit auf einen Altar aus Stein, auf dem zahllose Kerzen stehen, unterschiedlich tief heruntergebrannt und teilweise geschmolzen. Der Rauch und das Licht lassen mich blinzeln.

»Da habt ihr mir schon wieder so eine Wilde gebracht«, sagt dieselbe Stimme abfällig. Sie klingt so tief und kalt wie das Eis in meinem Bauch. »Wieso habt ihr sie nicht einfach getötet?«

Der vierschrötige Mann, der rechts neben mir steht, verneigt sich. »Vergib mir, Herr. Ich fand es seltsam, dass sich eine Frau, die offensichtlich keine Kämpferin ist, in dieser Höhle über dem Lager verbirgt. Aber wenn ich sie wegbringen soll, damit sie dir keine Unannehmlichkeiten mehr macht …«

»Keine Kämpferin, so?« Eine Gestalt nähert sich. Sie ist mittelgroß, etwa so wie ich, dünn wie der Stamm einer Kokospalme und in weiße Roben gehüllt, die blendend schimmern wie Quarz. Das Gesicht ist blass und glatt, als hätte ein Bildhauer es mit einem künstlerischen Blick für Schönheit erschaffen. Ein langer Zopf aus weißem Haar ringelt sich über die Schulter wie eine Schlange. Nein, nicht weiß, sondern hellblond, so hell wie der innerste Rand der Sonne, wenn sie aufgeht. Am meisten aber beunruhigen mich die Augen. Noch nie habe ich solche Augen gesehen, denn sie sind blau, blau wie mein Feuerstein. Wie kann dieser Mann damit sehen?

Er beugt sich vor, bis seine gedunsenen Lippen nur noch eine Handbreit von meiner Stirn entfernt sind. »Du bist ja ein weiches kleines Ding. Bist du eine Kriegerin?«

Ist das die Katze? Vielleicht ein Animagus? Ist das einer von denen, die das Fleisch meines Volkes versengt haben? Die das Land meines Vaters und meines Ehemannes in den Krieg zwingen? Während ich in diese unnatürlichen Augen starre, glimmt ein Funke in meinem Bauch auf. Etwas, das sich ganz anders anfühlt als der Stein, der sich dort befindet. Mein ganzer Körper beginnt davon zu erzittern. Schließlich begreife ich, dass es Wut ist, die ich empfinde.

Mit zusammengekniffenen Augen erkläre ich laut und deutlich in der Lengua Plebeya: »Es tut mir leid, aber ich verstehe kein Wort von dem, was du sagst.«

Einen Augenblick sieht er mir prüfend ins Gesicht, dann blitzen seine Augen wild und gefährlich auf, er dreht sich um und entfernt sich geschmeidig. Seine Bewegungen lassen mir Schauer über den Rücken laufen – sie sind ebenso mühelos und leicht wie der Rauch, der uns umschlingt.

Er nimmt sich einen Weinschlauch von einem hölzernen Gestell neben dem hell erleuchteten Altar und gießt eine schimmernde dunkelrote Flüssigkeit in einen Kelch aus gebranntem Ton. Wein, hoffe ich. Während er einen Schluck nimmt, betrachtet er uns nachdenklich über die Schulter hinweg. »Die drei, die entflohen sind, konntet ihr nicht erwischen?«, fragt er.

»Nein, Herr«, sagt der vierschrötige Mann.

Wieder trinkt er einen Schluck. Dann streckt er die freie Hand aus und schnippt verärgert und wie nebenbei mit den Fingern. Die Männer neben mir erstarren. Ich sehe sie voller Entsetzen an, wie sie keuchen und nach Luft ringen, ohne sich bewegen zu können. Das ist Hexerei, so viel wird mir klar, und mein Feuerstein flammt angesichts dieser Erkenntnis auf.

Der blauäugige Mann funkelt mich an. »Du bewegst dich noch!«, stößt er hervor. Wieder schnippt er mit den Fingern. Offenbar erwartet er, dass ich mich nicht mehr rühren kann, dass ich gelähmt bin wie die anderen. Also halte ich still, ganz still, obwohl die Wut noch immer meine Haut prickeln lässt. Ich höre Alodias Stimme in meinem Kopf. *Manchmal ist es das Beste*, pflegte sie selbstzufrieden zu sagen, *wenn man seinen Gegner glauben lässt, er hätte alles unter Kontrolle*.

»Wenn wir sie bis morgen nicht gefunden haben, dann werden sie nicht mehr in unsere Reichweite sein«, sagt er.

Mein Verstand stolpert über seine Worte. *Die drei, die entflohen sind* … Aber ich habe vier Reisegefährten. Vielleicht ist schon einer von ihnen hier in diesem Lager, gefangen wie ich. Oder tot. Es ist schwer, die Lähmung glaubhaft vorzuspielen, während ich an Humberto denke, während ich mir vorstelle, wie er mit dem Gesicht nach unten auf den Felsen liegt und ein Speer aus seinem Rücken ragt oder vielleicht auch ein Pfeil. Ein Muskel zuckt auf meiner Wange.

»Findet die anderen«, sagt der blauäugige Mann, dessen Stimme nun ganz ruhig und gelassen klingt. Er schnippt wieder mit den Fingern, und die Männer fliehen aus dem Zelt. Dann tritt er zu mir.

Zwar bin ich noch immer voller Angst, doch ich kann noch denken, und verschiedene Möglichkeiten stürmen in wildem Widerstreit durch meinen Kopf.

Das Kerzenlicht bricht sich auf etwas, das an einem braunen Lederband um seinen Hals hängt. Ein winziger Käfig baumelt in der Mitte seiner Brust, gerade so groß, dass ich ihn in meiner Hand verbergen könnte, mit schwarzen Gittern wie Eisen und einem kleinen Riegel darüber. Etwas Helles glänzt darin.

»Du weiches Ding«, flüstert er, nähert sich, und der kleine Käfig schwingt vor seiner Brust hin und her. »Ich sehe die Intelligenz in deinen Augen. Da ist etwas an deinem Gesicht. Etwas Seltsames.«

Ich höre seine Worte, aber sie ergeben für mich keinen Sinn. Denn nun sehe ich nur noch auf sein Amulett, auf den schimmernden blauen Stein, der in diesem kleinen Käfig eingeschlossen ist. So etwas habe ich schon einmal gesehen – in Vater Nicandros Arbeitszimmer, aber vor allem in meinem eigenen Nabel.

Es ist ein Feuerstein.

21

Ich bin erschrocken, wie erstarrt, aber nicht über die Hexenkunst des Animagus. Ist dies das Amulett, von dem die Rede war? Das Amulett, das dicke Brandnarben auf den Leibern meines Volkes hinterlassen hat? Aber wenn das stimmt, wie kann Gott es zulassen, dass etwas so Heiliges für einen so scheußlichen Zweck verwendet wird?

Es kann nicht der eigene Feuerstein des Animagus sein, es sei denn, er hätte ihn sich aus dem Nabel gerissen. Wahrscheinlicher ist, dass er ihn auf andere Weise in die Hände bekommen hat. Vater Nicandro hat mir nur drei gegeben, aber seit Gott uns in diese Welt gebracht hat, sind fast zwanzig Jahrhunderte vergangen. Fast zwanzig Träger. Und dann kommt mir der fürchterlichste Gedanke in den Sinn: *Ist es denn vielleicht möglich, dass Gott auch im Volk des Feindes Träger erwählt hat?*

Der Mann betrachtet mich genau, während mir all diese Gedanken durch den Kopf gehen. Ich hoffe, meine Miene hat nicht zu viel davon preisgegeben.

Er lächelt. Seine Zähne sind gelb und kränklich und stehen in seltsamem Gegensatz zu seinen perfekten Gesichtszügen. »Wegen dir komme ich zu spät zum Essen«, säuselt er. »Aber keine Sorge. Ich bin ein vernünftig handelnder Mann.« Erst neigt er den Kopf ein wenig zu einer Seite, dann mit einer Drehbewegung zur anderen, und ich fühle mich wie ein kleines Nagetier vor einem Berglöwen. »Du verstehst die heilige Sprache nicht, was? Keine Sorge, keine Sorge. Wenn ich zurückkehre, dann soll die Erde ein wenig von deinem Blut schmecken, und dann werden wir sehen.« Er streicht mir über die Wange, und es gelingt mir kaum, das Erschauern zu unterdrücken, das seine Berührung, kühl und trocken wie Schlangenhaut, in mir auslöst. »Ich werde dir etwas zu essen bringen. Und jetzt sei ein braves Mädchen und rühre dich nicht, während ich weg bin.« Er lacht über seinen eigenen Witz.

Dann lässt er mich allein im Zelt zurück.

Mit wildem Blick sehe ich mich um und frage mich, wie viel Zeit mir bleibt. Vielleicht ist das meine letzte Chance zu fliehen, und ich muss schnell nachdenken. Erst erwäge ich, einfach wegzulaufen, aber zwischen mir und den Bergen sind viel zu viele Inviernos. Am besten wäre es, wenn ich warte, bis der Animagus wiederkommt. Um ihn dann zu töten. Vielleicht könnte ich seinen Feuerstein nehmen und ihn wie eine Waffe vor mir hochhalten, wenn ich aus dem Zelt fliehe. Natürlich habe ich keine Ahnung, wie ich ihn benutzen kann, aber vielleicht könnte ich so etwas Zeit gewinnen. Vielleicht auch nicht. Aber wenigstens würde ich in dem Wissen sterben, dass ich die Welt von einem Hexenmeister Inviernes befreit habe. Hitzedar der Bogenschütze hat einen getötet. Und Humbertos Großvater Damián ebenfalls. Jetzt bin ich an der Reihe.

Ich komme mir albern vor, als ich das Messer aus meinem Stiefel ziehe, umso mehr, als ich dabei spüre, dass mein Schlüpfer unter meinem Gewand noch immer feucht vom Urin ist. Entschlossen schiebe ich diesen Gedanken weg.

Keine Ahnung, ob ich mich noch einmal dazu überwinden kann, auf jemanden einzustechen. Jemanden mit einem Messer töten – das ist so persönlich, eine Intimität, von der ich nie dachte, dass ich sie erleben würde. Und wie meine Bewacher vorhin schon so treffend bemerkt haben, bin ich keine Kriegerin.

Damit mein Vorhaben überhaupt gelingen kann, muss ich ihn überraschen. Ich schiebe das Messer in meine Schärpe, sodass der Griff gegen meinen Rücken drückt. Zwar steigt damit die Wahrscheinlichkeit, dass ich mich bei einer plötzlichen Drehbewegung des Oberkörpers selbst verletze, denn zwischen der Klinge und meiner Haut ist weiter nichts als mein abgetragenes Gewand. Aber ich weiß nicht, wo ich sie sonst hinstecken soll, um sie möglichst griffbereit zu haben.

Ich suche das Zelt nach Gegenständen ab, die ich zu Hilfe nehmen könnte. Eine Schlafrolle liegt vor einer Wand, dick mit gelblicher Wolle ausgestopft. Der Boden ist abgetreten und glatt, und hier gibt es nichts außer dem Steinaltar mit den schimmernden Kerzen, dem hölzernen Gestell für den Weinschlauch und einige graubraune Pflanzen, die offenbar unter einem Mangel an Sonnenlicht leiden. Ich sehe mir die Pflanzen genauer an. Die samtige Oberfläche kommt mir irgendwie vertraut vor, ebenso wie die verwitterten bräunlichen Beeren. Ich trete näher an den Altar, an dessen Sockel sie vor sich hindarben, und stelle dabei fest, dass das ganze Zelt über einem natürlichen Felsen errichtet wurde. Und tatsächlich kenne ich diese Pflanzen. Die Farbe ist anders, weil sie hier keine Sonne und keine frische Luft bekommen, aber es handelt sich zweifelsohne um Duermakraut.

Sicher ist nicht mehr viel Zeit. Schnell zupfe ich ein paar Beeren in meine hohle Hand und muss leider feststellen, dass sie unglaublich trocken sind und sich viel zu leicht von den Zweigen lösen. Als der Stopfen des Weinschlauchs mit einem leisen Plopp aus der Öffnung gleitet, zucke ich fast zusammen. Dann lasse ich eine Beere hineinfallen, zögere, denke nach. Die anderen ritze ich mit dem Fingernagel kräftig an, bis das Innere zu sehen ist, bevor ich sie in den Schlauch werfe.

Vor dem Zelt ertönen Schritte, und ich verschwende dummerweise einen Augenblick, indem ich den Kopf zum Zelteingang wende. Er muss mich an genau demselben Punkt und in derselben Haltung vorfinden, in der ich mich befand, als er ging. Wo stand ich? Hatte ich die Arme an den Seiten oder leicht vor dem Körper? Mit einem Satz kehre ich an die Stelle zurück und drehe mich so, dass ich zum Altar sehe. Nein, nein, das stimmt nicht ganz, ich konnte die Wärme der Kerzen viel stärker fühlen. Da wird schon die Zelttür beiseitegeschlagen, und ich mache eine leichte Bewegung nach links. Die versteckte Klinge drückt gegen meinen Rücken, während ein Hauch kühler Luft mein Gesicht streift und die Kerzen wie von einer unsichtbaren, herumwedelnden Hand flackern lässt.

Der Animagus tritt ein und kichert leise. »Ach, du bist ja ein so gehorsames Ding. Du hast dich gar nicht bewegt. Nicht einmal, um dich wieder nass zu machen.« Er hat zwei Holzschüsseln mitgebracht, und trotz der gefährlichen Lage, in der ich mich befinde, läuft mir bei dem Geruch von Wildbret mit Basilikum und Knoblauch das Wasser im Mund zusammen. »Du wirst feststellen, dass ich ein freundlicher Mensch bin. Siehst du? Ich habe dir etwas richtig Leckeres zu essen mitgebracht.« Er stellt eine der Schüsseln vor mir auf den Boden und lässt sich im Schneidersitz nieder. »Setz dich hin.«

Ich starre ihn an.

»Setz dich hin, nun komm schon.« Damit fuchtelt er durch die Luft und klopft neben sich.

Langsam folge ich seinen Gesten, behalte ihn aber sorgsam im Auge und achte vor allem auf hastige Bewegungen.

Er schiebt sich ein Stück Fleisch in den Mund. Seine Zähne beißen darauf herum, sodass Knorpel und faseriges Fleisch von seinen dicken Lippen hängen. Als er ruckartig den Kopf bewegt, schlägt Fleisch gegen seine Wange, dann schiebt er das Kinn vor und schluckt den Bissen herunter. Er macht sich nicht die Mühe zu kauen.

Ich blicke auf meine eigene Schüssel, aber mir ist der Appetit vergangen.

»Iss!«, befiehlt er und deutet auf die Schale.

Noch immer zögere ich. Was, wenn er mich vergiften will?

»Iss, iss, iss!«

Langsam stippe ich den Finger in die Sauce und hebe ihn an die Lippen. Nach einem vorsichtigen Probieren lecke ich ihn begierig ab.

»Da wir jetzt also miteinander essen …« Wieder steckt er sich ein Stück Fleisch in den Mund und schluckt es unzerkaut. »… wirst du mir von deinen Gefährten erzählen, von denen, die aus der Höhle geflohen sind, bevor wir dich entdeckt haben.«

Ich versuche, ihn so verständnislos wie möglich anzusehen.

»Dann werde ich mich einmal anders ausdrücken.« Und in der Lengua Plebeya fügt er hinzu: »Erzähle mir von deinen Gefährten.«

Erschreckt halte ich die Luft an.

Er lächelt. »Für mich ist es ekelhaft, deine Sprache zu sprechen. Sie ist wie Dreck in meinem Mund. Aber du wirst mir sagen, was ich wissen will. Und zwar schnell, damit ich mich nicht mit zu vielen barbarischen Wörtern beschmutzen muss.«

Mein Herz schlägt heftig. Es wäre viel einfacher gewesen, wenn ich weiter die Ahnungslose hätte spielen können. Jetzt aber muss ich meine Worte mit enormer Vorsicht wählen.

»Was wollt ihr mit mir machen?«, frage ich und gebe mir keine Mühe, das Zittern in meiner Stimme zu verbergen. Es gilt, ihn so lange hinzuhalten, bis er einen großen Schluck von dem Wein getrunken hat. Oder mir so nahe kommt, dass ich ihn doch erstechen kann.

»Ich werde mit dir essen, und du wirst mir von deinen Gefährten erzählen. Wenn du mir nichts verrätst, werde ich die Erde mit ein bisschen Blut von dir tränken und dir dann mit Zauberkraft den Mund öffnen. Und dann wirst du entscheiden.«

»Ich?«, hauche ich. »Ich werde entscheiden?«

»Ob du leben oder sterben wirst.«

Es wird also einen Preis geben, eine Wahl. Ich weiß noch nicht, welche, und es ist mir auch egal. Wenn ich ihn töten kann, wird das keine Rolle mehr spielen.

»Ich will leben«, sage ich und tue so, als hätte ich noch

mehr Angst, als ich tatsächlich fühle. Plötzlich wird mir bewusst, dass mir gar nicht mehr kalt ist. Ich muss nicht mehr unablässig beten, um meine Glieder vor dem Erfrieren zu bewahren. Vielleicht weil das, was nun geschehen wird, die Erfüllung meiner Aufgabe darstellt? Aber vielleicht liegt es auch an der Nähe des anderen Feuersteins?

Ah, der Feuerstein. Das ist vielleicht meine einzige Möglichkeit, etwas zu verstehen.

»Dieses ... Ding um deinen Hals«, sage ich und zeige darauf. »Mein Volk hat große Angst davor.«

»Iss, iss!«

Gehorsam fasse ich wieder in die Schüssel, und er lehnt sich ein wenig zurück, während das schöne Blau seiner Augen arrogant aufblitzt. »Sie fürchten es aus gutem Grund. Dieser Stein hier wird zusammen mit denen meiner Brüder euer Land in unsere Hände fallen lassen. Es ist Gottes Wille.«

Beinahe hätte ich ihn jetzt schon erstochen. Was weiß dieser Mann von Gottes Willen? Er ist verrückt und mit seinen wilden Augen und dem Raubtierhunger kaum menschlich zu nennen. Meine Hände beben vor Zorn, obwohl ich mir nicht sicher bin, gegen wen er sich eigentlich richtet. Die Anhänger der Vía-Reforma haben mich völlig ahnungslos heranwachsen lassen, weil Gott es angeblich so wollte. Vater Nicandro hat mir aus demselben Grund von meinem Erbe erzählt. Cosmé und Humberto haben mich entführt, damit sein Wille geschehe. Und nun gibt sogar mein Feind vor, Gottes Absichten zu kennen.

Alentín hatte mir gesagt, dass jeder Mensch zweifelt. Aber irgendwie kommt es mir so vor, als sei ich die Einzige, die nicht den Hauch einer Ahnung hat, was Gott von ihr will. Zwar bin ich seine Auserwählte, aber ich verstehe gar nichts.

»Wieso?«, flüstere ich. »Wieso tust du das?«

»Ich glaube, ein wenig Wein zum Essen wäre jetzt ganz schön, was meinst du?« Er grinst mich katzenhaft an und steht dann auf. Mit angehaltenem Atem beobachte ich, wie er auf das Gestell mit dem Weinschlauch zugeht.

Gott, bitte lass ihn etwas davon trinken.

Er bewegt sich mit löwenartiger Grazie, und es ist, als ob unter seiner straffen Haut etwas anderes lauert und sich windet. Ein Geschöpf, verborgen in der Haut eines anderen. Alodia würde neben ihm wie ein grober Klotz wirken.

Er füllt zwei Becher.

Ich weiß nicht genug über Duermakraut, wie lange es dauert, bis jemand daran stirbt, und ob rohe Beeren überhaupt diese Wirkung haben. Als er zurückkehrt, lehne ich mich leicht zurück, bis sich die Messerspitze beruhigend gegen meinen Rücken drückt.

Er setzt sich wieder. »Erzähle mir von deinen Gefährten«, sagt er, »dann bekommst du etwas Wein.«

Als ob Wein etwas so Kostbares wäre. Der Animagus hat etwas Schlichtes, Unbedarftes an sich. Vielleicht ist es auch Verrücktheit. Ich tue so, als dächte ich über seinen Vorschlag nach.

»Was willst du wissen?«, frage ich, und mir stockt der Atem, als er einen Schluck nimmt.

»Wieso seid ihr gekommen?«

In der *Belleza Guerra* heißt es, die beste Täuschung sei aus der Wahrheit geboren. »Wir wollten euer Heer sehen«, erkläre ich also.

»So dumm könnt ihr nicht sein, das kann ich mir nicht vorstellen.« Wieder nimmt er einen Schluck.

Meine Augen ruhen auf dem Weinbecher, als wollte ich ihn unbedingt haben. »Wir wurden ausgesandt«, sage ich.

Seine Augen weiten sich. »Von wem?«

»Das darf ich dir nicht verraten.«

Er beugt sich vor und kommt mir so nahe, dass ich seine schwarzen Pupillen sehen kann. Sie sind schmal wie die einer Katze. »Du wirst es mir sagen oder du wirst bluten.«

Ich tue so, als würde ich das Essen in der Schüssel genau betrachten und über seine Worte nachdenken. »Es war der Conde«, erkläre ich schließlich. »Conde Treviño.« Jener Mann, der unsere Feinde mit Nahrungsmitteln versorgt. »Es gibt viele am Hof des Conde, die nicht glauben, dass euer Heer wirklich so groß ist. Er brauchte die Bestätigung, und deswegen hat er uns losgeschickt, um nachzuschauen.«

Nachdenklich lehnt er sich wieder leicht zurück und trinkt. »Ich glaube dir nicht.«

Gott, bitte lass das Gift bald wirken. »Warum nicht?« Ich probiere es mit einem verwirrten Blick.

»Weil du keine Kriegerin bist. Der Conde ist ein großer Narr, aber selbst er würde kein Kind losschicken, das sich in die Hosen macht, um ein großes Heer zu beobachten.«

Natürlich hat er recht, und mein Herz schlägt hart, als wollte es die Wahrheit herausschreien. Ich trage den Feuerstein, schreit es. Aber genau das darf der Animagus niemals erfahren.

»Ich weiß nicht, wieso er mich geschickt hat«, sage ich und beuge in gespielter Scham den Kopf. *Verwickle ihn weiter in ein Gespräch*, rede ich mir selbst gut zu.

»Du bist eine sehr schlechte Lügnerin.«

Er bewegt sich so schnell, dass ich ihn kaum sehe. Nur den Schmerz spüre ich, wie er hell aus meinem Arm hervorbricht. Aus zwei parallel verlaufenden Schnitten quillt das Blut. Er schnippt mit zwei Fingerspitzen in meine Richtung, und ich sehe die scharfen Zacken, die unter seinen Fingernägeln stecken und von denen noch mein Blut tropft.

Mein Puls pocht in meinem Arm, rotes Blut rinnt hinab, sickert auf den Boden. Die schwere Luft flimmert vor meinen Augen, und ich merke, dass ich schwanke.

Er trinkt noch einen Schluck. »Nun, da die Erde dein Blut geschmeckt hat, werden wir vielleicht die Wahrheit herausbekommen.«

Helle Tropfen fallen auf den festgestampften Boden. Wenn sie aufschlagen, breiten sie sich aus, versickern, färben sich braun. Der Feuerstein flammt wie Feuer auf, und mir ist, als müsste ich ersticken, als die Hitze mein Rückgrat emporschießt.

»Die Erde liebt dein Blut.« Er singt die Worte beinahe. »Oh ja, deines ganz besonders, das liebt sie so sehr, so sehr. Mein Stein erwärmt sich bereits leicht.« Wieder hebt er den Becher an die lächelnden Lippen.

Das Amulett an seiner Brust beginnt zu glühen, weiß-blau wie Sterne kurz vor dem Morgengrauen. Er will mich verbrennen. Er will die Wahrheit aus mir herauspressen, indem er meine Haut versengt, eine Stelle nach der anderen. Ich bin kein starker Mensch. Ich weiß, dass ich alles erzählen werde, nur damit der Schmerz aufhört.

Er ist viel schneller als ich, also muss ich genau im richtigen Moment handeln. Während mein linker Unterarm weiter die Erde mit meinem Lebensblut tränkt, greife ich mit dem rechten vorsichtig nach dem Messer, das an meinem Rücken scheuert. Zögernd halte ich es fest. Es könnte der Augenblick sein, in dem ich sterbe. Er könnte mich mit diesen verstärkten Krallen zerfetzen und mir die Kehle herausreißen, wenn er wollte.

»Ich will nicht sterben«, sage ich vollkommen ehrlich.

Er lächelt wie ein Vater, der seine Lieblingstochter vor sich hat, so wie mein Vater mit liebevoller Nachsicht meine Schwester anzusehen pflegte. »Du musst nichts weiter tun als …«

Doch er bringt den Satz nicht zu Ende. Stattdessen sieht er mich ganz seltsam an und kneift seine eigentümlichen Augen zusammen. »Du kannst nicht vor mir verschwinden, Mädchen«, sagt er und verfällt unwillkürlich wieder in die Lengua Classica. »Es ist zu spät. Die Erde hat dich schon geschmeckt.«

Ich halte die Augen weiter auf sein viel zu hübsches Gesicht gerichtet, aber gleichzeitig ziehe ich das Messer aus meiner Schärpe.

»Ich bin so müde. So müde, müde, müde.« Sein Blick schweift durchs Zelt, ist aber nicht mehr imstande, zu fokussieren. Dann weiten sich seine Augen, als er begreift, was geschehen ist. »Was hast du mit mir gemacht?«

Gern würde ich ihm sagen, dass er ein Narr ist. Und ihm meinen eigenen Feuerstein zeigen, echt und lebendig. Aber ich bleibe stumm.

Er packt den eingesperrten Feuerstein und macht eine weit ausholende Bewegung in meine Richtung, aber das Schimmern verblasst bereits wieder. »Wieso verbrennt er dich nicht?«, stößt er mit erstickter Stimme hervor. »Wieso nicht?«

Ich antworte in der Lengua Classica. »Weil es nicht Gottes Wille ist.«

Er reißt die blauen Augen auf, öffnet den Mund, aber es ist kein Ton zu hören. Dann fällt er nach hinten und bleibt liegen, mit dem Kopf am Sockel des Altars, sodass sein Ohr die Blätter der verdorrenden Duermapflanze berührt.

»Danke, Gott«, hauche ich. »Vielen Dank.«

Als ich ihm die Hand auf den Brustkorb lege, fühle ich einen leisen Puls unter den Rippen, schwach, aber deutlich spürbar. Vielleicht verlieren die Duermabeeren in getrocknetem Zustand ihre Wirksamkeit. Aber falls meine eigene Erfahrung mit dieser Droge halbwegs verlässlich ist, dann wird er ziemlich lange schlafen.

Mit meinem Messer schneide ich einen Streifen Stoff vom Saum meines Gewands und verbinde mir damit den blutenden Unterarm.

Unerklärlicherweise bin ich noch am Leben. Es muss eine Möglichkeit zur Flucht geben, eine Möglichkeit, die anderen zu warnen, denn ich habe viel herausgefunden. Die Animagi können die Muskeln anderer Menschen mit einem Fingerschnippen erstarren lassen. Sie bewaffnen sich mit Gottessteinen. Sie haben einen Weg gefunden, Feuer zu erzeugen, indem sie »die Erde Blut trinken lassen«. Meine winzige Kinderarmee, meine Malficio, müssen davon erfahren.

Also rolle ich mich zusammen, die Beine an die Brust gedrückt, und denke nach.

So angezogen, wie ich bin, werde ich nie aus dem Lager herauskommen. Ich muss mich verkleiden. Die weiß gebleichten Oberkleider des Animagus leuchten zu mir herüber, und beinahe muss ich angesichts dieser Idee laut lachen. Ich könnte sein Gewand nehmen. Sein Amulett.

Es ekelt mich, seinen Kopf zu berühren. Sein weißblondes Haar gleitet über meine Handfläche, als ich das Lederband mit dem kleinen Käfig über seinen Kopf ziehe. Dann lege ich es selbst an, und der Feuerstein in meinem Nabel zuckt ganz leicht, als wollte er seinesgleichen freudig begrüßen. »Lass das«, murmele ich halblaut.

Den Animagus aus seinen Kleidern herauszubekommen, erweist sich als schwieriger als erwartet. Er ist zwar sehr schlank, aber trotzdem schwer. Also rolle ich ihn von einer Seite zur anderen, befreie erst einen Arm, dann den anderen, dann drehe ich ihn auf den Bauch. Ohne seine Gewänder wirkt er zerbrechlich; seine blauen Adern breiten sich unter der blassen Haut wie ein Spinnennetz aus. Sein langer Zopf glänzt wie flüssiges Gold im Kerzenlicht. Zorn ergreift mich noch einmal, und unwillkürlich fasse ich zu und schneide ihm das Haar mit meinem Messer im Nacken ab.

Der Weihrauchgeruch kratzt so im Hals, dass ich beinahe würgen muss, während ich mir sein Gewand über die Schultern ziehe. Es ist aus einer Tierhaut, wie ich sie noch nie zuvor gesehen habe, dick und schwer, aber nachgiebig und anschmiegsam wie fein gesponnene Seide. Ich binde es am Hals zu und ziehe das Amulett so hervor, dass der dunkle Käfig sich gut von dem weißen Leder abhebt. Die Kapuze umhüllt meinen Kopf. Dann schiebe ich mir das abgeschnittene Ende des Zopfes in den Nacken und lasse die Spitze über meine Brust herabhängen. Unter dem Gewand halte ich mein Messer fest umklammert.

Der Animagus liegt noch immer ausgestreckt vor mir. So zierlich. So schön. Irgendwann wird er aufwachen. Vielleicht sollte ich ihm doch jetzt, während er schläft, das Messer ins Herz stoßen, damit er nie wieder erwacht, um Leute zu verbrennen. Aber der Gedanke daran, noch einmal jemanden auf diese Weise zu töten, widert mich an.

Ich habe eine bessere Idee.

Seine Lagerstatt ist am Rand des Zelts ausgebreitet. Ich packe sie an einer Ecke und ziehe sie weiter in die Mitte; die Wolle ist weich und sehr trocken. Vorsichtig nehme ich eine Kerze vom Altar und halte sie aufrecht, damit mir das heiße Wachs nicht über die Finger schwappt. Dann hebe ich den Rand eines Schaffells an die Flamme, bis es Feuer fängt. Während die Wolle schwarz wird und verschmort, drehe ich den Kopf zur Seite, um dem beißenden Geruch zu entgehen. Es brennt langsam. Es wird einige Minuten dauern, bevor das Feuer die Zeltwände erreicht. Genug Zeit, um aus dem Lager herauszukommen. Über den Mann, der zu meinen Füßen liegt, will ich nicht nachdenken.

Ich bin bereit, aber ich kann meine Füße nicht dazu bringen, zur Zelttür hinüberzugehen. *Bitte, Gott, lass diesen Plan gelingen.* Ich muss selbstbewusst durchs Lager schreiten. Elegant. Mit gesenktem Kopf, damit niemand die dunkle Farbe meiner Haut bemerkt. Nach einem tiefen Atemzug warte ich darauf, dass mein Herzklopfen nachlässt. Hinter mir gibt das Bettzeug ein lautes Knacken von sich, und ein glühender Funke steigt auf, segelt zu meinen Füßen herab, wo er sich in schwarzen Staub verwandelt.

Ich zwinge mich, ruhig zu bleiben. *Denk nicht nach, Elisa, handle einfach.* Mit einem Ruck schlage ich die Tür beiseite und trete hinaus in die von Lagerfeuern erhellte Nacht. Der Zeltstoff fällt hinter mir wieder zu und verhindert, dass der Brand, der sich nun schnell ausbreitet, von außen bemerkt wird. Schnellen Schrittes setze ich meine Beine genau so, wie Humberto es mir beigebracht hat; das ist die eleganteste Art zu gehen, zu der ich fähig bin, und ich hoffe, dass das genügt. Einige Inviernos heben die Köpfe, als ich vorübergehe, aber ich ignoriere sie und schreite energisch aus. Dabei fühle ich ihre wilden Augen in meinem Rücken. Der Feuerstein wird kalt.

»Herr«, sagt jemand und neigt unterwürfig den Kopf. Ich nicke knapp, die Kapuze unter dem Kinn zusammengebunden, und gehe weiter. Es muss doch auffallen, dass ich nicht schlank bin. Und nicht elegant.

Ich bahne mir den Weg zwischen den Lagerfeuern hindurch, an aufgeschlagenen Schlafstätten vorbei, der schützenden Schwärze der Berge entgegen, und erwarte jeden Augenblick, einen Warnruf zu hören. Fast habe ich es geschafft.

Da lenkt etwas Seltsames meine Aufmerksamkeit auf sich, auf meiner linken Seite. Etwas, das dort nicht hingehört. Ganz leicht drehe ich den Kopf. Es ist ein Mann. Er ist nicht in Felle gehüllt, sondern trägt Gewänder nach Art des Wüstenvolkes. Sein Haar ist schwarz und nicht verfilzt, seine Haut dunkel. Mit den Fingern schiebt er das Essen in seiner Schüssel zusammen, ich kann sein Gesicht nicht sehen, aber allein die Bedeutung, die ich seiner Anwesenheit hier zuschreiben muss, sorgt für ein brennendes Gefühl in meiner Brust. Einer aus Joya, der mit dem Feind zusammen isst. Ich kann keine Fesseln oder Ketten entdecken. Und es ist auch kein Animagus in der Nähe, der ihn in eine Zauberstarre versetzt hätte. Ein anderer Mann, ein blasser Invierno mit schlammfarbenen Haaren, klopft ihm auf den Rücken, und der Wüstenbewohner hebt den Kopf und lächelt. Meine Beine werden wie Wasser, und ein Schluchzer dringt aus meiner Kehle.

Es ist Belén.

22

Wir wurden nicht entdeckt. Belén hat ihnen verraten, wo wir zu finden waren. Die Worte des Animagus fallen mir wieder ein: »Die drei, die entkommen sind …« Und ich hatte mir Sorgen gemacht, einer von uns sei gefangen genommen oder getötet worden.

Die Hand, mit der ich das Messer umklammert halte, zittert vor Wut. Wenn ich heute Nacht jemanden töte, dann sollte es Belén sein. Vielleicht könnte ich es in meinem Aufzug sogar wagen, direkt auf ihn zuzugehen.

Aber diese Idee verwerfe ich sofort wieder. Er würde mich erkennen, natürlich würde er das, und dann wäre meine Chance zur Flucht vertan. Und es ist wichtiger, dass ich die Dinge, die ich erfahren habe, weitergeben kann. Den Luxus der Rache kann ich mir nicht leisten.

»Herr?«, sagt jemand neben mir.

Ich habe zu lange gezögert. Vielleicht hat auch jemand mein überraschtes Aufschluchzen gehört. Mit noch immer zitternden Händen wende ich mich von dem Sprecher ab und hoffe, dass er diese Reaktion der typischen Arroganz eines Animagus zuschreibt.

Noch ein paar Schritte, bevor mich die Dunkelheit umfängt. Ich werde mich den Steilhang hinauftasten müssen, aber nachdem ich es geschafft habe, mit einem Speer an der Kehle hinabzuklettern, bin ich zuversichtlich, dass mir der Aufstieg gelingen wird. Er muss. Das Gewand muss ich vorher ablegen, denn es würde viel zu hell leuchten. Vielleicht sollte ich zur Höhle zurückkehren. Sehnsüchtig denke ich an meinen Rucksack mit dem Wasser und den Nahrungsmitteln darin. Aber die Höhle wird vermutlich bewacht, nun, da ihre Lage bekannt ist, und ich habe in der Dunkelheit ohnehin keine Möglichkeit, sie zu finden. Ich werde ohne sie auskommen müssen.

Ruhigen Schrittes verlasse ich den Feuerschein. Vor mir ragt die Steilwand auf; hier unten ist der Anstieg noch moderat, aber schon ein kleines Stück weiter oben verliert er sich fast lotrecht in der Dunkelheit. Ich streife einen Wacholderbusch, fühle seine raschelnden Wedel über meine Wange streichen und rieche sein würziges Harz. Er kommt mir wie gerufen als Deckung, um dahinter das Gewand abzustreifen.

Dann sind Rufe im Tal zu hören, laut und aufgeregt. Vorsichtig spähe ich durch die Zweige. In einiger Entfernung flackert ein Feuer höher als die anderen und viel heller. Es ist das Zelt des Animagus. Die Inviernos, die meinem Versteck am nächsten sind, rappeln sich auf und laufen dorthin.

Jetzt muss ich handeln.

Schnell lasse ich das Gewand fallen, aber ich will auf keinen Fall, dass es die Stelle markiert, an der ich das Lager verlassen habe. Selbst wenn ich die Steilwand ungesehen hinaufkommen sollte, wird es nicht lange dauern, bis sie sich zusammenreimen, was geschehen ist, und die Verfolgung aufnehmen. Also halte ich noch kurz inne, um den Zopf aus meinem Halsausschnitt zu ziehen und in meinen Gürtel zu schieben, dann bedecke ich das Gewand so gut wie möglich mit Erde und Kiefernnadeln.

Während der Feind damit beschäftigt ist, das Feuer zu löschen, haste ich den Hang hinauf. Zuerst fällt mir das Klettern leicht, und ich benutze nur gelegentlich meine Hände, aber dann wird es immer steiler, und schließlich mühe ich mich auf allen vieren voran, taste mit rutschenden Fingern umher und suche im Dunkeln nach etwas, woran ich mich festhalten kann. Wurzeln, Felsvorsprünge, alles. Die Haut an meinen Beinen ist wund von der uringetränkten Hose. Meine Fingernägel sind schnell voller Dreck, meine Schultern brennen, und meine Handballen verkrampfen sich und werden steinhart, bis ich kaum noch zupacken kann. Etwas huscht über meine Hand, und ich zucke unwillkürlich zurück. Ein Schmerz, der mir den Atem aus den Lungen presst, schießt meinen Finger hinauf, und warme Flüssigkeit rinnt über meine Handfläche. Ich habe mir einen Fingernagel abgerissen.

Ich versuche, den Schmerz zu ignorieren und einfach weiterzuklettern. Es ist so dunkel, dass ich nicht erkennen kann, wie weit ich noch hinaufmuss, und ich will keine Zeit mit einem Blick zurück verschwenden, um herauszufinden, wie groß die Strecke ist, die ich schon zurückgelegt habe. Das Blut macht meine Hand glitschig, und es fällt mir noch schwerer, mich festzuhalten; die Muskeln in meinen Unterarmen verkrampfen sich nun ebenfalls. Als ich vorsichtig die Hand über den Kopf hebe, spüre ich, dass der Steilhang sich hier erst leicht zurückneigt und sich dann über meinen

Kopf hinauswölbt. Unmöglich, darüber hinwegzuklettern. Meine Muskeln drohen schon jetzt aufzugeben. Also taste ich mich mühsam seitlich weiter und versuche, einen anderen Weg nach oben zu finden.

Diese Auswaschung ist ziemlich breit. Spinnweben kleben an meiner Haut, während ich mich Schritt für Schritt zur Seite bewege, aber ich widerstehe dem Drang, sie mir aus dem Gesicht zu wischen. Während ich konzentriert weiterklettere, bete ich, verzweifelt bemüht, über den Feuerstein wieder mehr Wärme in meine steifen Glieder zu bekommen.

Endlich fühle ich eine Lücke im Hang über mir. Hastig klettere ich nach oben und fürchte beinahe, jeden Augenblick entdeckt zu werden. Mein rechter Unterarm schiebt sich über einen breiten Sims. Nein, es ist tatsächlich der Rand der Klippe. Fast weine ich vor Erleichterung, als ich den Rest meines Körpers hinaufstemme. Meinen zitternden Beinen traue ich nicht, deswegen rolle ich mich noch ein Stückchen weiter.

Ich sollte nicht ausruhen, sondern sofort aufspringen und nach Westen laufen, bemüht, den Lichtschimmer von Inviernes großem Heer immer im Rücken zu behalten. Aber meine Glieder weigern sich. Ich bleibe ausgestreckt liegen, halte den Atem an, sehe zum sternenübersäten Himmel auf. Abseits der Lagerfeuer leuchten die Sterne hell. Weiße Funken auf einer schwarzen Decke.

Die Schönheit des Nachthimmels spendet mir auf seltsame Weise Trost. Sie ändert sich nie, ist immun gegen die Kriege dieser Welt. Etwas, worauf man zählen kann. Mühsam komme ich auf die Beine, dann fange ich an zu laufen.

Ich hätte daran denken sollen, ein wenig Essen zu stehlen. Oder zumindest Wasser. Während ich weiterstolpere, geht in meinem Rücken die Sonne auf, und jetzt wird mir erst richtig klar, in welcher gefährlichen Lage ich mich befinde. Ich bin zu erschöpft, um meinen Verfolgern zu entkommen. Ich habe Durst. Und ich habe keine Ahnung, welchen Weg ich eigentlich einschlagen muss.

Die Angst in meinem Kopf will mich weiterlaufen lassen, ganz egal, wohin, Hauptsache, weiter. Aber eine andere Stimme – eine, die mir in diesen letzten Monaten zunehmend vertraut geworden ist – mahnt, dass ich ohne Wasser und Ruhe bald erledigt sein werde. Ich muss etwas trinken und ich muss schlafen. Sonst werde ich irgendwann vor Erschöpfung stolpern. Und in diesem harten Land voller tiefer Schluchten und zerklüfteter Felsen kann schon ein kleiner falscher Schritt den Tod bedeuten, so wie es Damián dem Schafhirten geschah.

Also beschließe ich, so lange weiterzugehen, bis ich an einen Wasserlauf komme, und mir dann ein Versteck zu suchen, in dem ich eine Weile schlafen kann. Aber wie soll ich hier Wasser finden? Ich schließe die Augen und denke an Humberto; wie sehr wünschte ich, er wäre hier, um mich zu führen. Dann muss ich an unseren Kuss denken, wie seine Lippen sich gegen meine drückten. Der Gedanke, dass ich ihn vielleicht niemals wiedersehen werde, tut furchtbar weh.

Doch dann öffnen sich meine Augen ruckartig, und ich denke an unsere gemeinsame Reise. Was würde Humberto jetzt machen? Ich suche den Horizont nach Schluchten ab, in denen das bisschen Grün, das es hier gibt, dichter und höher aussieht als anderswo. Vor mir, ein wenig in südlicher

Richtung, sieht es einigermaßen vielversprechend aus. Mit neuer Energie marschiere ich weiter.

Es ist eine trockene Rinne, die von den Sturzbächen im Frühling ausgewaschen und von der Hitze zerklüftet ist. Aber sie ist an den Rändern dicht bewachsen, und ich weiß, dass ich hier auf der richtigen Spur bin. Ich klettere einen Geröllhang empor, um mich erneut umzusehen, und versuche es noch einmal.

Schließlich entdecke ich eine kleine, von dichten Kiefern umringte Senke. Dass sie noch weiter südlich liegt, ist zwar nicht gut, aber ich brauche unbedingt Wasser. Meine Knöchel zittern, als ich darauf zuhalte, und meine Zunge ist vor Trockenheit schon ganz geschwollen. Als ich näher komme, sind die Bäume zu dicht, als dass ich etwas sehen könnte, doch ich höre ein Gluckern und Gurgeln. Vielleicht ist das aber nur der Wind, der in die Zweige fährt. Ich halte mich an Stämmen fest, an wucherndem Gebüsch, und rutsche mehr, als dass ich in die trockene, staubige Senke hinuntersteige. Dann teilen sich die Zweige. Ein winziger Bach schlängelt sich über den Grund, nicht breiter als mein Schenkel, aber kristallklar. Mit einem Aufseufzen lasse ich mich auf den Bauch fallen und trinke, trinke und trinke, bis mein Magen nichts mehr aufnehmen kann.

Nichts wünsche ich mir jetzt mehr als ein bisschen Schlaf, aber ich zwinge mich noch, meine Stiefel und das Höschen auszuziehen, um den eingetrockneten Urin herauszuwaschen. Mit dem Saum meines Wüstengewands wische ich mir die Beine ab. Sie sind rot und voller Schwellungen, und selbst das Wasser brennt darauf, auch wenn es die Haut ein wenig kühlt. Dann hänge ich das Höschen zum Trocknen über ein paar Zweige, blicke mich aber vorsichtig um und prüfe, ob es auch nicht von oben zu sehen ist. Unter den schattigen Ästen einer breiten Kiefer rolle ich mich dann zusammen, ziehe die nackten Beine unter mein Gewand und bette den Kopf auf ein Kissen aus Kiefernnadeln. Der Schlaf übermannt mich sofort.

Als ich wieder aufwache, steht die Sonne schon tief. Zwar tun mir vom Klettern die Arme und Beine weh, aber ich springe trotzdem sofort auf, um das schwindende Licht noch so lange wie möglich auszunutzen. Zwar habe ich nichts, um Wasser darin mitzunehmen, aber ich muss weiter, muss mich so weit von Inviernes Heer entfernen wie nur möglich, und von daher wage ich es nicht, an dem kleinen Bach entlangzuwandern, der leider nach Süden fließt. Ich trinke so viel ich kann, und das drängt auch den Hunger ein wenig zurück. Mit leicht schmerzverzerrtem Gesicht ziehe ich die blutige Binde von meinem Unterarm ab, wasche sie aus und wickele sie dann wieder fest um die Wunde. Die angeschwollenen Kratzer brennen, und ich weiß, dass ich ein Dorf erreichen muss, bevor sie sich entzünden. Die Verletzung an meinem Finger ist nicht ganz so schlimm. Nur der halbe Nagel ist abgerissen, und die Stelle ist bereits gut verschorft. Trotzdem reiße ich noch einen Streifen Stoff von meinem Gewand und mache mir einen Verband daraus. In der Erinnerung an unsere Reise durch die Wüste von Brisadulce tränke ich meine Kleider, bevor ich weitergehe, um meinen Körper vor der Hitze zu schützen.

Kleine Eidechsen huschen eilends davon, wenn ich mich nähere, ein Truthahngeier kreist schreiend weiter nördlich vor den heraufziehenden Wolken. Ich schreite mit neu erwachter Energie aus. Die Kratzer an meinem Unterarm brennen, und mein Finger pocht, aber ich muss trotzdem unwillkürlich lächeln. Ich bin dem Heer Inviernes entkommen. Ich habe Gefangenschaft, Hexenkunst und sogar drohende Folter überstanden und konnte fliehen. Das liegt zum großen Teil an meinem Feuerstein. Die Magie des Animagus hätte mich lähmen, das Amulett, das ich nun um meinen Hals trage, hätte mich verbrennen sollen. Aber seine Zauberkunst konnte mir nichts anhaben, und ich kann nur annehmen, dass mich mein Feuerstein beschützt hat. In Homers *Afflatus* steht, es sei die Aufgabe des Trägers, Hexenkunst mit Hexenkunst zu bekämpfen. Vielleicht meinte er damit diese seltsame Immunität gegen Magie.

Ich wünschte, ich könnte mit Humberto darüber reden. Oder mit Vater Alentín. Plötzlich wird mir schmerzhaft bewusst, dass ich das Ganze am allerliebsten mit Ximena besprechen würde. Ich sehne mich so sehr danach, sie wiederzusehen und mich in ihre starken Arme zu flüchten. Ich hoffe, dass sie nicht erst die Botschaft erhält, es ginge mir gut, nur um wenig später erfahren zu müssen, dass ich hier in der Ödnis gestorben bin.

Ich besteige eine felsige Anhöhe und sehe mich in der zerklüfteten Wildnis um. Schmale Bergrücken schlängeln sich nach Osten, von tiefen Schluchten getrennt, mit Mesquitesträuchern und Wacholdern bestanden, die verkümmert und gekrümmt dastehen wie alte Männer. Ich fühle mich so klein, hier, inmitten dieses riesigen kargen Landes. Mein Alleinsein trifft mich wie ein Tritt in den Bauch. Mein Lächeln vergeht, und mir wird kalt. Aus Gewohnheit bete ich, um mich aufzuwärmen. Aber die Kälte kommt nun nicht von meinem Feuerstein. Im Augenwinkel sehe ich ein helles Aufblitzen am nördlichen Himmel. Blauschwarze Wolken ziehen in meine Richtung, getrieben von einem eisigen Wind.

Jetzt verfluche ich mich dafür, dass ich mir vor dem Aufbruch noch die Kleider durchnässt habe. Cosmé oder Humberto hätten das besser gewusst. Der Wind frischt auf, mein nasses Gewand klatscht beißend gegen meine Haut. Dabei hoffe ich sogar auf Regen. Regen würde meine Spuren verwischen, und die nassen Kleider sind nicht so schlimm. Aber als ich über meine Spur und eine mögliche Entdeckung nachdenke, wird mir etwas anderes bewusst: Ich stehe auf einem hohen Berggrat und bin für mögliche Verfolger bestens zu sehen.

Auf dem hastigen Abstieg rutsche ich in ein trockenes Bachbett. Aber wie lange wird es trocken bleiben? Humbertos Warnung vor Sturzbächen, die einen leicht mitreißen können, kommt mir wieder in den Sinn, und ich suche die Ränder nach kleinen Nischen ab, die mir Schutz bieten könnten. Die Sonne ist untergegangen, die Landschaft um mich herum ist in Grau getaucht, als ich endlich einen großen Felsblock entdecke, der an einer Seite wie ein kleines Dach überhängt und sich direkt neben einem breiten Wacholderbusch erhebt. Zitternd vor Kälte klettere ich zu ihm hinauf und rolle mich am Fuß des glatten Steins zusammen. Ich wünschte, ich hätte meine Zunderbüchse mit Flintstein und Stahl dabei. Oder wenigstens Cosmés Jerboa-Suppe. Als die ersten dicken Tropfen rund um meine Knie auf den Boden prasseln, frage ich mich, ob ich den Inviernos entkommen bin, um nun hier draußen zu sterben.

Es regnet die ganze Nacht, heftige Regengüsse wechseln sich mit eisigem Nieseln ab. Um zum Grund der Schlucht hinabzusehen, ist es zu dunkel, aber ich kann das Wasser hören, das dort unten entlangströmt, und das Rauschen ist ebenso ohrenbetäubend laut wie der Wind. Die ganze Zeit über bete ich; der Feuerstein kann die größte Kälte vertreiben, aber es ist viel zu ungemütlich, um zu schlafen. Außerdem habe ich Angst, dass ich hier oben den Halt verliere, wenn ich einschlafe, und womöglich in das Wasser falle, das in unbekannter Entfernung unter mir vorüberfließt. Als der Regen endlich nachlässt, beschließe ich, auf den Morgen zu warten und nicht im Dunkeln herumzuklettern. Mir ist schwindlig vor Hunger, ich bin wund, mir ist kalt, und ich weiß, dass ich es niemals schaffen werde. Es ist die längste Nacht meines Lebens.

Der Morgen graut mit blassrosa Licht, zeigt mir eine frische, kristallklare Welt und bringt mir neue Entschlossenheit. Es stimmt, ich bin keine Kriegerin, und ich bin nur sehr ungenügend auf das Überleben in der Wildnis vorbereitet. Aber ich werde den Weg finden. »Du hast einen scharfen Verstand«, hat Belén, der Verräter, gesagt. Der Gedanke an ihn stärkt meine Entschlossenheit. Irgendwie muss es mir gelingen, in Vater Alentíns Dorf zu kommen, um die Menschen zu warnen.

In der Schlucht tost jetzt das Wasser, schlammig und voller abgerissener Ranken. Ich versuche, nicht hinzusehen, als ich meinen ungenügenden Schutz verlasse und die Anhöhe hinaufsteige. Meine Gewänder sind nicht so nass wie befürchtet, aber doch feucht genug, um schon bald bis auf die Knochen durchgefroren zu sein. Während ich über den

Berggrat wandere, bete ich unablässig; zwar weiß ich, dass ich leicht zu sehen bin, aber ich wage es nicht, näher an die Schluchten heranzugehen, wo ich von einer Wasserwelle mitgerissen werden könnte. Hunger nagt in meinem Bauch. Wenigstens werde ich in der nächsten Zeit keinen Mangel an Wasser leiden.

Die Sonne steigt höher und wärmt meinen Rücken, was sehr angenehm ist. Außerdem bringt es mich auf eine Idee.

Abrupt bleibe ich stehen und denke darüber nach. Auf dem Weg zum Heerlager von Invierne wurde mein Feuerstein beständig kälter, je näher wir der Gefahr kamen. Da ich nun in der entgegengesetzten Richtung unterwegs bin, wird er langsam wieder warm. Über die Jahre hat er sich stets erwärmt, wenn ich betete, aber auch, wenn bestimmte Menschen in meine Nähe kamen. Vielleicht kann er mich auf diese Weise in Sicherheit führen.

Es ist anstrengend, vorsichtig einen Fuß vor den anderen zu setzen und gleichzeitig auf den Stein zu achten. Ich halte mich nach Westen, steige allmählich immer tiefer in die Täler hinab und hoffe, dass ich irgendwann stärkere Wärme spüren werde oder ein vertrautes Ziehen. Stunden vergehen, bevor ich etwas Derartiges wahrnehmen kann, und als es endlich passiert, ist es lediglich ein schwaches Zucken. Vielleicht ist es auch nur Einbildung, gesteigert von meiner verzweifelten Hoffnung. Aber als ich mich ein wenig nach rechts wende, ist es wieder da. Nur ein kleines Aufflackern von Wärme in meinem Nabel, aber dieses Gefühl ist so aufrüttelnd, dass ich mit viel Schwung eine Böschung hinunterrenne. Unten am schlammig weichen Grund der kleinen Schlucht halte ich kurz inne und mache versuchsweise

Schritte in verschiedene Richtungen, bis ich genau erkennen kann, wo das Gefühl am stärksten ist. Meine Hände zittern vor Begeisterung. Vielleicht, vielleicht werde ich doch überleben.

Mit gesenkten Schultern marschiere ich energisch weiter und halte nur kurz an, um aus Vertiefungen in Felsen zu trinken oder mich auf den Feuerstein zu konzentrieren, und ich gehe immer weiter in die Richtung, in der ich eine Welle von Wärme verspüre. Stundenlang kämpfe ich mich voran. Aber mein wachsender Hunger und das stärker werdende Pochen der Wunde an meinem Unterarm kosten viel Kraft. Ich spüre, dass ich schwächer werde. Meine Beine vollführen die einzelnen Schritte, als wären sie aus Blei, mein Blick wird verschwommen; vielleicht habe ich Fieber. Mein Körper sehnt sich verzweifelt nach einer Pause, aber wenn ich nichts zu essen finde und die Entzündung, die meinen Arm langsam anschwellen lässt, nicht versorgt wird, dann nützt auch eine Pause nichts. Also gehe ich weiter.

Das leise Vibrieren des Feuersteins wird stärker, und das ist gut, da mein Verstand inzwischen zu umnebelt ist, um auf allzu viel anderes zu achten. Als am Nachmittag die Sonne meinen Weg bescheint, brennend und schimmernd, kommen meine Füße allmählich ins Stolpern. Ich taumele über einen sanften Grat, eine gewundene Verwerfung ockerfarbener Erde. Etwas Dünnes, Verschlungenes verfängt sich an meinem Knöchel, und ich mache einen Satz durch die Luft. Dann pralle ich auf Geröll, erst mit der Schulter, dann mit der Hüfte. Der Aufschlag nimmt mir die Luft, als ich den Abhang hinunterrolle, und mein Blickfeld wird klein. Das Geräusch von nachrutschendem Gestein und knackenden Knochen verebbt. Ich höre es noch, aber entfernt, mit unbestimmter Neugierde. Dann höre ich es gar nicht mehr.

Meine Augenlider flattern. Licht und Schmerz schießen durch meinen Körper, scharf wie Dolche, durchdringend bis auf die Knochen. Ich stoße einen leisen Schrei aus, aber die Luft in meinen Lungen breitet sich wie Feuer in der rechten Brusthälfte aus.

»Elisa? Bist du wach?«

Diese Stimme! Diese geliebte Stimme! »Humberto?«

Er lacht glücklich und küsst meine Wange, streichelt meine Stirn und sagt immer wieder meinen Namen. »Ich bin zurückgegangen, um dich zu suchen, aber ich konnte dich nirgendwo finden, und das ganze Heer war wegen irgendetwas völlig in Aufruhr, und dann hat es geregnet, und ich konnte deine Spur nicht mehr entdecken …«

»Humberto. Ich habe so großen Hunger.« Als ich den Mund öffne, zuckt ein wilder Schmerz von meinem Kinn bis zum Nacken. Ich habe keine Ahnung, ob ich überhaupt etwas essen kann, so, wie ich mich fühle.

»Oh! Natürlich, ich habe Dörrfleisch und …«

»Was … Weiches …«

Ich höre hastiges Rascheln. Wasser plätschert aus einem Schlauch. »Ich mache dir ein bisschen Suppe«, sagt er. »Meine ist zwar nicht so gut wie Cosmés, aber es reicht vielleicht trotzdem.«

Nun, da er hier ist und sich um mich kümmert, lasse ich meine Augen wieder zufallen, glücklich und verwundert zugleich, immer noch am Leben zu sein. Vorsichtig beuge ich die Zehen und bewege die Arme, um herauszufinden, wo genau es wehtut. Überall, wie ich schnell feststelle, aber besonders an meinen Rippen und meiner linken Schläfe. Ich liege mit dem Oberkörper leicht erhöht, ein weiches Bündel unter meinem Kopf, und mein rechter Arm ist mit einer Schlinge an meinen Körper gebunden. Neben mir knistert ein Feuer. Zum ersten Mal seit Tagen ist mir angenehm warm.

»Humberto? Mein Arm …«

Das Feuer knackt, als er das Anmachholz leicht zusammenschiebt. »Ich glaube, du hast dir ein paar Rippen angebrochen, als du den Berghang dort heruntergerollt bist. Ich habe deinen Arm in eine Schlinge gelegt, damit du ihn nicht bewegst, während du schläfst.«

»Du hast mich fallen sehen?«

»Elisa, du bist direkt in mein sorgsam verstecktes Lager gekugelt.«

Mein Aufschluchzen jagt einen durchdringenden Schmerz durch meine Rippen. Tränen steigen mir in die Augen, und mein Atem wird schneller. Es war Humberto, dem ich gefolgt bin. Mein Feuerstein hat mich zu Humberto geführt.

Es tut einfach zu weh, das Weinen zu unterdrücken. Mein Blick verschwimmt.

»Humberto«, flüstere ich.

»Alles in Ordnung, Elisa?«

Ich sehe seinen Schatten über mir, wie er immer dunkler wird. »Während du Suppe kochst, werde ich … werde ich einfach noch mal ohnmächtig.«

Ich sinke an einen herrlichen Ort, dunkel und weich. Aber irgendetwas rührt sich in meinem Verstand. Etwas, das ich Humberto sofort erzählen muss. Etwas über einen Verräter.

Aber dann schlafe ich schon fest.

23

Als ich wieder aufwache, ist es schon fast dunkel. Ich öffne die Augen und zucke zusammen, als ich direkt über mir ein lächelndes Gesicht wahrnehme.

»Ich dachte, ich hätte gehört, dass du aufgewacht bist. Hast du noch immer Hunger?«

Ich murmele etwas. Humberto hebt meinen Kopf vorsichtig an und löffelt mir Suppe in den Mund, eine wässrige, sehr einfache, aber absolut wunderbare Brühe. Unwillkürlich muss ich kichern.

»Was denn? Wieso lachst du?«

»Das ist genau wie beim ersten Mal. Nachdem ihr mich entführt hattet. Außer, dass die Suppe jetzt nicht so gut ist.«

Er lehnt sich in der Hocke leicht zurück, und sein Lächeln verblasst. »Das tut mir so leid, Elisa.«

»Nein, die Suppe ist in Ordnung!«

»Ich meine, wegen der Entführung.«

»Oh.« Ich hole tief Luft und zucke dann leicht zusammen, als wieder ein heftiger Schmerz durch meine Brust peitscht.

»Es war ein schlimmer Sturz.« Humberto gibt mir mehr Suppe. »Du hast Glück gehabt. Du hättest jetzt auch

Blut spucken können oder dir ein Bein gebrochen haben oder …«

»Es fühlt sich aber gar nicht nach Glück an. Eher so, als würde es immer schlimmer.«

»Geprellte Rippen tun am zweiten Tag immer am meisten weh. Danach wird es dann besser.«

»Humberto!« Eine Welle der Übelkeit schwappt von meinem Kopf hinunter in meinen Bauch, als ich mich aufzurichten versuche. »Wir müssen sofort weiter. Wir müssen alle warnen.« Ich bin fürchterlich benommen, aber trotzdem muss es mir irgendwie gelingen aufzustehen.

»Wir gehen nirgendwohin.« Er legt mir die Hand auf die Brust und drückt mich sanft wieder auf mein Lager. »Du solltest mindestens zwei Wochen lang ausruhen.«

»Zwei Wochen! Humberto, wir wurden verraten. Wir müssen Vater Alentín warnen.«

Der Löffel verharrt wie erstarrt vor mir in der Luft, und Humbertos Augen werden schmal. »Verraten?«, flüstert er. »Wie meinst du das?«

Verlangend sehe ich den Löffel an. »Es war Belén. Ich habe ihn im Lager gesehen, wie er mit den Inviernos zusammen gegessen hat, als wären sie die besten Freunde.«

Der Löffel zittert. Vorsichtig bewege ich mein Kinn darauf zu, den Mund geöffnet, während der Hunger noch immer an meinen Eingeweiden nagt.

»Belén würde niemals …«

Seufzend sinke ich wieder zurück; der Schmerz im unteren Brustbereich ist zu stark. »Wie sonst hätten sie uns finden können? Sie sind ja nicht zufällig auf uns gestoßen. Sie haben uns nicht von unten gesehen. Stattdessen sind sie direkt auf uns zugekommen. Sie *wussten*, wo wir uns befanden.«

Er schweigt lange. Mein Magen knurrt. Dann: »Bist du sicher, dass es Belén war, den du gesehen hast? Absolut sicher?«

»Absolut. Ich bin direkt an ihm vorübergegangen.«

»Hat er dich gesehen?«

»Vielleicht. Ich glaube aber nicht, dass er mich erkannt hat.«

Er starrt neben mir ins Leere. »Belén«, murmelt er. »Warum würdest du uns das antun?«

Sein verletzter Blick ist fast unerträglich. »Es tut mir so leid.«

»Du hast recht. Wir müssen die anderen warnen.«

»Vielleicht gibt es eine andere Erklärung. Vielleicht war er im Lager, weil er versucht hat, mich zu finden.«

»Hm. Vielleicht.« Aber seine Stimme klingt nicht überzeugt. »Hier, iss die Suppe auf.«

Gern nehme ich weitere Schlucke, bemerke jedoch ein sanftes Prickeln hinten in der Kehle und einen leichten Zimtgeschmack, als ich beinahe fertig bin. »Du hast Duermakraut ins Essen gemischt.«

»Ja. Nur so viel, dass du heute Nacht beim Schlafen die Schmerzen nicht spürst. Morgen kannst du mir dann erzählen, was du im Heerlager Inviernes erlebt hast. Und dann werden wir uns überlegen, was zu tun ist.«

Meine Augenlider werden schwer, und die Welt schluckt langsam meinen Körper. »Humberto. Ich bin so froh, dass du da bist.«

»Ich auch, Prinzessin.«

»Du meinst, du bist in seinen Kleidern aus diesem Zelt gegangen?« Unglauben schwingt in seiner Stimme mit, und Lachfältchen kräuseln sich in seinen Augenwinkeln.

»Ja. Ich wünschte, ich hätte sein Gewand mitnehmen können, aber ich hatte Angst, dass es mich beim Hinaufklettern verraten würde.«

»Du bist den Steilhang hinaufgestiegen? Im Dunkeln?«

Ich strecke ihm meine Hand entgegen und zeige ihm den nassen, bräunlichen Verband, den ich um meinen Finger gewickelt habe. »Kann ich nicht empfehlen. Ich habe mir einen Fingernagel abgerissen. Oh, und außerdem ...« Damit hebe ich den anderen Arm und pelle den Stoff ab. Die Schrammen von den Krallen des Animagus pochen noch immer, aber der Schmerz ist nicht so heftig wie der in meiner Brust, weswegen ich ihn beinahe vergessen hatte. Der Verband ist angetrocknet, und ich muss ihn mit einem Ruck von der Haut abziehen. »Ich fürchte, das hat sich entzündet.«

Er hält mein Handgelenk fest und dreht den Unterarm ein wenig, sein Blick gleitet an den beiden nebeneinander verlaufenden Kratzern entlang. »Das ist nicht so schlimm«, sagt er. »Ich muss sie öffnen, den Eiter herausdrücken und sie dann ein oder zwei Tage austrocknen lassen.« Er runzelt leicht die Stirn. »Es wird wehtun. Aber die Haut darum herum sieht gesund aus. Wenn wir es jetzt machen, dann wird es gut heilen, denke ich.«

Ich schlucke. »Dann tun wir's am besten gleich.«

Er hält sein Messer eine Weile über das Feuer, dann lässt er es abkühlen. Während er den Schnitt setzt, redet er unaufhörlich mit mir, um mich abzulenken, und ich bin überrascht, wie wenig schmerzhaft es tatsächlich ist. Im Grunde fühle ich lediglich einen gewissen Druck, als würde er eine sehr eng anliegende Kleidungsschicht aufschneiden. Aber als er dann zudrückt, beginnen schwarze Punkte und Kreise hinter meinen Lidern zu tanzen. Ganz kurz sehe ich hin, nur einmal. Die Flüssigkeit, die aus der Wunde quillt, sieht zäh und grünlich aus und ist mit Blut vermischt. Ich wende den Kopf ab und beiße die Zähne zusammen, während Humberto meinen Arm auf ganzer Länge zusammenpresst. Als er ihn dann mit Eiswasser säubert, treten mir die Tränen in die Augen.

Das Feuer flammt auf, als er den Verband auf die brennenden Zweige wirft. Einen kurzen Augenblick hängt der Geruch von verdorbenem Fleisch in der Luft. Ich liege ganz still und halte den Atem an.

»Eigentlich solltest du noch Wochen warten, bevor wir weiterreisen«, überlegt Humberto laut. »Aber wir müssen so bald wie möglich wieder ins Dorf.«

Humberto könnte ohne mich gehen, aber ich habe Angst, ihm das vorzuschlagen. Ich will nie wieder allein sein. Also frage ich stattdessen: »Was ist mit Cosmé und Jacián geschehen?«

»Meine Schwester hat Jacián einige Stunden später aufgestöbert. Oder vielmehr, er uns. Er hatte das Lager beobachtet und gesehen, dass wir entdeckt worden waren.« Sein Gesicht wird hart. »Wir haben uns getrennt, damit man uns nicht erwischt. Ich weiß nicht, ob die beiden durchgekommen sind. Falls ja, dann sind sie inzwischen weit von hier entfernt.«

»Aber du bist zurückgekommen.«

»Ich konnte dich nicht im Stich lassen.«

Wir sehen einander an. Ich sehne mich danach, dass er mich noch einmal küsst. Vielleicht sollte ich ihm das sagen.

Schließlich bringe ich heraus: »Wir sind noch immer sehr nahe an Inviernes Heer.«

Sein Blick streift meine Lippen. »Ja.«

»Du solltest das Feuer nicht brennen lassen.«

»Äh … nein.«

»Dann mach es aus, Humberto. Ich komme auch ohne zurecht. Morgen brechen wir auf.«

Er schüttelt den Kopf. »Du kannst unmöglich laufen.«

»Das kann ich ganz bestimmt. Ich fange ganz langsam an, das verspreche ich. Du kannst morgens als Erster aufbrechen und den Weg auskundschaften. Du suchst uns einen verborgenen Lagerplatz ein paar Stunden von hier entfernt, dann kommst du zurück und holst mich. Und wenn das funktioniert, dann kann ich am folgenden Tag vielleicht noch ein bisschen weiter gehen.«

Er will protestieren, schweigt dann aber. Ich weiß, wie verzweifelt er sich danach sehnt, vom Schicksal der anderen zu erfahren und das Dorf zu warnen. »Wir werden es versuchen«, sagt er schließlich und lächelt sanft. »Siehst du? Ich habe dir gesagt, dass du viel tapferer bist, als du glaubst.«

Sein Gesicht ist meinem so innig zugewandt, dass ich den Blick abwenden muss.

Jeder Schritt schickt einen brennenden Schmerz durch meinen Rücken und meine Rippen. Im Laufen ist es gleichzeitig besser und schlimmer, denn die Bewegung vertreibt die Steifheit aus meinen Gliedern. Atmen ist beinahe unmöglich, aber mein Kopf wird klarer, mein Nacken entspannt sich, und die Prellungen auf meinen Armen und Beinen wechseln von einer dunkelvioletten zu einer kränklich gelben Farbe. Zwar schickt der Feuerstein keine eisigen Warnungen mehr aus, aber dennoch bete ich weiterhin ständig.

Am nächsten Tag machen wir es wieder genauso und marschieren nur wenige Stunden. Und am Tag danach kitzelt beim Frühstückstee scharfer Gewürzgeschmack meine Kehle.

»Hast du Duermakraut hineingemischt?«

Er steht nur da und grinst ein bisschen.

Ich sinke wieder in seine Decken, die er mir überlassen hat. Meine Augenlider sind schon zu schwer, um ihn noch böse anzufunkeln. »… hasse dich«, murmele ich.

»Das kannst du mir alles morgen erzählen.« Er beugt sich vor, und nur noch ganz vage spüre ich seine Lippen auf meiner Stirn.

Als wir endlich weitermarschieren, freue ich mich geradezu daran, dass nach und nach immer weniger Grün die Landschaft prägt, dass sich die Luft erwärmt und uns die karge Wüste ankündigt. Als die Erde sich allmählich rot färbt und die ersten Tafelberge in ihren feurigen Schichten zum Himmel streben, fühle ich sogar einen Funken Heimweh.

Ein Posten hält uns an, als wir uns etwa einen halben Tagesmarsch vom verborgenen Dorf befinden, und eilt dann voran, um alle auf unser Erscheinen vorzubereiten, damit man uns nicht etwa aus dem Hinterhalt erschießt. Humberto und ich sehen uns kurz an, dann beschleunigen wir unsere Schritte. Mein Gefährte schreitet mit unfehlbarer Sicherheit voran, und ich danke Gott dafür, dass er mich zu ihm geführt hat. Dieses trockene Bergland ist ein Labyrinth aus verschlungenen Schluchten und täuschend ähnlich aussehenden Tafelbergen, und ohne Hilfe hätte ich niemals den Weg zurückgefunden.

Aber dann taucht doch der vertraute Berg vor uns auf, mit seiner großen, halb überwölbten Höhle, die das Dorf schützend umfängt. Alle sind sie da, um uns zu begrüßen, alle lachen uns an, und meine Augen füllen sich mit Tränen. Es ist so anders als bei meiner ersten Ankunft hier, als man mir mit so viel Misstrauen und Vorsicht begegnete. Alentín humpelt mir entgegen, den einen Arm ausgestreckt. Und nun laufe auch ich los, kümmere mich nicht weiter um den verbliebenen Schmerz in meinen Rippen und schlinge meine Arme um seinen hageren Körper.

So viele Gesichter, die ich erkenne, und dieses Mal sehen sie mich voller Offenheit und Hoffnung an. Die Kinder ergreifen meine Hände, wollen sich an meine Schenkel klammern, aber Humberto scheucht sie weg. »Sie ist verletzt!«, ruft er. »Drückt sie nicht so sehr.«

Mein Gesicht brennt, so peinlich ist mir das. Aus irgendeinem Grund finde ich es grässlich, so umsorgt zu werden. Plötzlich sehe ich Cosmé, die sich mit ausgestreckten Ellenbogen einen Weg durch die Menge bahnt. Als sie Humberto entdeckt, wird sie ein wenig langsamer, und die Erleichterung ist ihr deutlich anzusehen. Die beiden tauschen einen Blick, dann kommt sie zu mir, und unvermittelt fällt mir auf, dass sie sich das Haar wieder kurz geschnitten hat. Ihre Kiefermuskeln zucken, ihre Augen werden groß. Dann beugt sie sich vor, und kurz erwarte ich beinahe, dass sie mich umarmen wird, aber dann gibt sie mir einen Klaps auf die Schulter und grinst. »Ich hätte nicht gedacht, dass du es schaffen würdest, zurückzukommen.«

»Ich auch nicht«, erwidere ich mit einem Seufzer.

»Sie hat einen Animagus getötet«, verkündet Humberto.

Alle verstummen und starren mich mit großen Augen an.

»Na ja, das wissen wir nicht genau«, protestiere ich und verlagere unbehaglich mein Gewicht von einem Fuß auf den anderen. »Seine Leiche habe ich schließlich nicht gesehen.«

»Aber du hast ihm die Duermabeeren verabreicht und dann sein Zelt angezündet.«

Ich zucke mit den Schultern.

Cosmé sieht mir prüfend ins Gesicht. »Das glaube ich dir nicht.«

»Können wir später darüber sprechen? Ich brauche als Erstes ein Bad. Und etwas zu essen. Irgendetwas anderes als Dörrfleisch oder Datteln.«

Aber sie lässt nicht locker. »Lügen machen aus dir auch keine Heldin.«

Der Funke Zorn in meinem Bauch verglimmt zu Traurigkeit und Erschöpfung. Ich weiß nicht, was ich dazu sagen soll, also wende ich mich ab und versuche, nur ans Baden zu denken. Aber dann fällt mir etwas ein, und ich halte noch einmal inne.

»Cosmé«, sage ich über meine Schulter hinweg. »Ich habe dir ein Geschenk mitgebracht.« Damit fasse ich in meine Schärpe, ziehe den weißblonden Zopf des Animagus hervor und werfe ihn ihr vor die Füße. »Weil du so eine gute Freundin bist.«

Als ich zur Höhle hinübergehe, fühle ich ihren Blick, wie er sich in meinen Rücken bohrt.

Die Geschichte von meiner Flucht hat sich schon herumgesprochen, als ich mit meinem Bad fertig bin. Alle klopfen mir auf den Rücken, stellen Fragen, wollen gratulieren. Und jeder hat selbst eine Geschichte zu erzählen. Meine Malficio waren während unserer Abwesenheit sehr fleißig.

Am Abend sitzt Alentín im Schneidersitz neben mir im Sand unserer halb überdachten Höhle, während wir auf das Essen warten. Er berichtet mir von einer Gruppe aus fünf älteren Jungen, die auf der Jagd zufällig ungesehen auf Kundschafter des Feindes stießen. Sie folgten den Inviernos einen Tag lang und warteten auf die richtige Gelegenheit; dann, am frühen Morgen, griffen sie mit Pfeil und Bogen von einer Anhöhe aus an. Die Kundschafter waren ihnen zahlenmäßig überlegen, gut und gern fünfzehn erwachsene Männer, und von daher gaben sich unsere Jäger damit zufrieden, je einen zu töten und sich dann wieder zurückzuziehen. Zwei Tage später taten sie dasselbe noch einmal. Die übrigen ließen sie laufen, damit diese den anderen von dem Angriff berichten konnten. Seitdem lautet der allgemeine Schlachtruf des Dorfes: »Jeder tötet einen Mann!«

»Es ist, wie Ihr gesagt habt«, schließt Alentín. »Wir stechen kurz zu, aber wir überleben und tun es wieder.«

»Jeder tötet einen Mann«, wiederhole ich. »Das ist perfekt.« Dennoch muss ich mein Unbehagen niederkämpfen, wenn ich daran denke, dass wir hier Kinder, die jünger sind als ich, zum Töten aufstacheln.

»Eine weitere Gruppe haben wir im Nordosten entdeckt. Wahrscheinlich Boten zwischen beiden Heeren. Sie lagerten an einem Bach. Ein Mädchen hat eine große Portion Duermapulver oberhalb des Lagers der Inviernos ins Wasser geschüttet. Die eine Hälfte wurde ohnmächtig, die andere brach in Panik aus.« Seine Züge werden hart, als er hinzufügt: »Wir haben sie im Schlaf niedergemetzelt, ihre Kleider und Waffen genommen und die Leichen verbrannt.« Dann wendet er den Blick ab.

»Das habt ihr gut gemacht.« Aber mein Magen rebelliert.

»Diese Idee, mit möglichst geringen Verlusten möglichst großen Schaden anzurichten und den Feind zu terrorisieren – sie ist gut, die beste, aber dennoch tut sie mir im Herzen weh.« Er sieht zu Boden und zeichnet mit der Fingerspitze Spiralen in den Sand. »Ich hoffe nur, dass Seine Majestät, mögen die Minnesänger epische Balladen auf seinen ruhmreichen Namen verfassen, das tun wird, was Ihr sagt, und dieses Land tatsächlich seinem Volk übereignet.«

»Ich werde tun, was ich kann«, flüstere ich.

»Das weiß ich.«

»Vater, ich muss Euch etwas zeigen.« Erst prüfe ich, dass uns auch niemand zusieht, dann ziehe ich das Amulett des Animagus unter meinem wollenen Oberkleid hervor. Ich weiß nicht, wie Alentín auf etwas reagieren wird, das so viel Leid verursacht hat, aber ich muss unbedingt mit jemandem darüber reden. Ich beuge mich vor, den eingesperrten Feuerstein kalt und tot in meiner Hand.

Alentíns Augen weiten sich. »Habt Ihr den Eurem toten Animagus abgenommen?«, haucht er.

»Ja.«

Erst streckt er die Hand danach aus, dann zieht er sie mit einem Ruck zurück. »Seid Ihr sicher, dass es eine gute Idee war, dieses Ding hierherzubringen, Elisa? Es ist ein Instrument des Bösen. Was, wenn es uns verbrennen wird …«

»Wird es nicht.«

»Wie könnt Ihr da so sicher sein?«

»Es ist nicht böse. Es ist ein Feuerstein.«

Sein Gesicht erstarrt. »Das ist nicht möglich. Gott würde so etwas nie zulassen.«

»Ich verstehe das auch nicht, Alentín. Aber ich erkenne einen Feuerstein. Dies ist der vierte, den ich sehe, abgesehen von meinem eigenen. Es besteht keinerlei Zweifel.«

Alentín senkt seine Stimme zu einem Flüstern. »Wie ist er in seinen Besitz gekommen?«

»Das weiß ich nicht. Feuersteine lösen sich von ihrem Träger, wenn dieser stirbt. Vielleicht haben die Animagi sie gestohlen. Oder vielleicht …«

»Vielleicht was?«

Ich beuge mich näher zu ihm. »Vielleicht wurden auch in Invierne Träger erwählt.«

Seine Augen werden schmal. »Inviernos sind böse. Sie gehen nicht den Weg Gottes.«

»Aber sie haben Feuersteine«, erkläre ich achselzuckend. »Und sie üben damit Hexenkunst aus. Wenn ich lernen könnte, die Steine ebenso zu verwenden wie sie …«

In dunklem, schneidendem Ton erwidert er: »Das wäre ein sehr gefährliches Spiel.«

Ich lächele humorlos. »Nicht gefährlicher als das, was wir ohnehin schon tun. Ihr wart es doch, der sagte, dass der Träger erwählt wird, um Magie mit Magie zu bekämpfen.«

Er seufzt. »Ja. Aus diesem Grund haben wir Euch schließlich hierhergebracht, aber das heißt nicht, dass ich darüber glücklich bin. Würdet Ihr einem alten Mann versprechen, sehr vorsichtig zu sein?«

Spontan umarme ich ihn. »Das verspreche ich.«

Wir werden von Mara unterbrochen, die uns dampfende

Teller mit gebuttertem Spinat und gewürzten Lammschlegeln reicht. Genussvoll atme ich tief durch die Nase ein und freue mich daran, wie saftig das Essen aussieht. Kein Dörrfleisch, keine Datteln. Wir nehmen unsere Teller, und Mara drückt kurz meine Schulter, bevor sie sich wieder entfernt.

Den ersten Bissen behalte ich lange im Mund und lasse den Fleischsaft über meine Zunge rinnen. Beinahe erschauere ich. Ich erinnere mich an den letzten Brotlaib, den wir an dem Abend teilten, bevor wir auf Inviernes Armee stießen, und den Belén aus seinem Rucksack zog. *Belén*.

»Vater, ich muss Euch noch etwas anderes erzählen. Belén … ist er zurückgekehrt?«

Er schluckt einen Bissen hinunter. »Noch nicht. Jacián ist gekommen – er ist jetzt auf der Jagd –, aber Belén nicht. Cosmé macht sich große Sorgen um ihn.«

Ich atme tief durch. »Es kann sein, dass er uns verraten hat.«

Mit leicht zusammengekniffenen Augen beugt er sich vor. »Wie meint Ihr das?«

Unbehaglich beschreibe ich ihm, was geschehen ist, was ich im Lager des Feindes gesehen habe.

»Seid Ihr sicher?«

»Jeden Tag und jede Stunde habe ich mich seitdem gefragt, ob ich mich nicht auch irren könnte, Vater. Aber er wurde nicht gegen seinen Willen festgehalten. Er konnte sich frei im Lager bewegen. Und ich habe gesehen … dass zwischen ihm und den Inviernos Kameradschaft bestand. Außerdem gibt es keine andere Erklärung dafür, dass sie uns entdeckt haben. Meine Gefährten sind alle sehr geschickt und erfahren. Ich bin sicher, dass niemand von ihnen durch eine Unachtsamkeit unseren Aufenthaltsort verraten hat.«

Er denkt darüber nach und sieht mir prüfend in die Augen. »Wenn wir das im Dorf besprechen, steht Euer Wort gegen seins.«

»Ja.«

»Das Dorf wird Euch vielleicht glauben, auch wenn Belén einer von uns ist. Ihr seid die Trägerin. Und Ihr habt einen Animagus getötet.«

»Ich habe seinen Leichnam nicht gesehen ...«

»Wenn Ihr es verlangtet, würde er hingerichtet.«

Ich schlucke. »Das will ich nicht. Ich möchte ihm die Möglichkeit geben, uns zu helfen. Uns zu erzählen, was er weiß.«

Alentín nickt. »Dann werde ich in aller Stille die Parole ausgeben, dass Belén für eine Befragung festgesetzt wird, wenn er zurückkehrt. Und wir werden die Wachen an unseren Außengrenzen verstärken. Wir sind darauf vorbereitet, das Dorf zu verlassen, sobald es das leiseste Anzeichen für einen Angriff gibt.«

Der Plan ist so gut, wie es in dieser Lage möglich ist. Ich wende meine volle Aufmerksamkeit meinem Teller zu.

In den nächsten Wochen arbeiten wir alle hart, denn schließlich wissen wir nicht, wie viel Zeit uns bleibt, bevor Inviernes Vormarsch beginnt. Unsere »Gerüchtekocher« kehren aus den anderen Dörfern zurück und wissen zu berichten, dass die Malficio in aller Munde sind. Einige bringen zudem vertrauenswürdige Freunde und Verwandte mit. Ein Dorf in der Nähe ist von den Animagi bis auf die Grundmauern niedergebrannt worden, und wir schwärmen aus, um die Überlebenden einzusammeln. Dadurch wächst unsere Zahl auf mehr als achtzig, und das beruhigt mich vor allem deswegen, weil sich jetzt mehr Erwachsene in unseren Reihen befinden.

Dann geschieht etwas Unerwartetes: Wir erfahren von Angriffen auf feindliche Trupps, an denen wir keinen Anteil hatten. Andere Dörfer, andere verborgene Lager von Flüchtlingen haben unsere Strategie übernommen. Inviernes Heer wird nun in seiner ganzen furchterregenden Breite immer wieder gestört und beeinträchtigt von kleinen Widerstandsnestern entschlossener Kämpfer, die ausschwärmen, zuschlagen und sich dann zurückziehen, um wenig später erneut anzugreifen.

Aber kein Zeichen von Belén. Wie Humberto mir irgendwann anvertraut hat, hatten Belén und Cosmé einander versprochen zu heiraten, falls sie den Krieg überleben. Meine ehemalige Zofe ist noch distanzierter als zuvor, und sie tut mir aufrichtig leid.

Eines Tages dringt ein Ruf von unseren Wachleuten ins Dorf, und wenig später schleppt einer der Unseren einen Gefangenen mit verbundenen Augen zu uns. Es handelt sich um einen jüngeren Mann von zierlicher Statur, der nach der Art der Wüstenbewohner gekleidet ist, wie ich sie inzwischen gut kenne, aber bei näherem Hinsehen bemerke ich, dass der Stoff von einem besonders leuchtenden Weiß ist und auch ungewöhnlich fein gewebt, und die Schärpe ist mit Goldfaden bestickt. Der Mann behauptet, er habe eine Nachricht für den Anführer der Malficio.

Wir schleppen ihn ein gutes Stück in die Höhle hinein, an eine Stelle, von der aus er nichts mehr vom Dorf und der

Umgebung sehen kann. Ein kleines Grüppchen Neugieriger hat sich um uns geschart und verstellt unserem Gefangenen zudem den Fluchtweg. Während Jacián und der Wachposten ihn an den Schultern festhalten, reiße ich ihm die Augenbinde herunter.

»Du hast eine Nachricht für uns?«, frage ich. Eine gefährliche Schärfe schwingt in meiner Stimme mit, geboren aus Verantwortungsgefühl und Besorgnis, eine Stimme, von der ich nicht weiß, ob sie mir gefällt.

»Ich soll sie aber nur an den Anführer der Malficio übergeben«, sagt er, und es beeindruckt mich, dass er mir dabei offen ins Gesicht sieht und den Kopf hoch erhoben hält.

»Du sprichst nicht mit dem Akzent des Wüstenvolkes«, sage ich.

»Ich stamme nicht aus der Wüste.«

»Wie bist du hierhergelangt?«

Jetzt scheint er ein wenig zu schrumpfen, und das Gefühl äußerster Erschöpfung, das er offenbar gerade so unterdrücken kann, kann ich gut nachempfinden. »Ich bin seit fast drei Wochen unterwegs und habe überall nach den Malficio gefragt. In den Dörfern hörte ich, dass ich mich weiter nach Süden wenden sollte, hin zum Wüstenrand. Bitte sagt mir, dass ich endlich am Ziel bin. Ich dachte jetzt, wegen der Augenbinde …«

»Du hast die Malficio erreicht.«

»Oh, Gott sei Dank. Seid *Ihr* ihre Anführerin?« Verzweiflung liegt in seinem Blick.

»Ja, das bin ich.«

Jacián gibt einen warnenden Laut von sich, als der Bote unter seine Schärpe greift. »Das ist keine Waffe«, sagt der

Mann und lächelt unsicher. Er zieht ein platt gedrücktes Ledersäckchen hervor und öffnet die Schnüre. Dann holt er eine Rolle Pergament heraus, die, obwohl ebenfalls zerdrückt, noch immer mit einem Tropfen rotem Wachs versiegelt ist.

Die Leute um mich herum ziehen beim Anblick des Siegels die Luft ein: Sie erkennen es sofort. Meine Finger zittern, als ich mit dem Daumennagel unter das Wachs fahre und das Pergament ausrolle. Ich lese die Botschaft. Dann lese ich sie noch einmal, um mich zu vergewissern. Mein Herz klopft, als ich meinen Blick wieder hebe.

»Es ist von Conde Treviño«, sage ich den anderen. Von dem Verräter. Condesa Ariñas Vater. »Er möchte mit uns über ein Bündnis sprechen.«

24

Das ist eine Falle«, knurrt Humberto und blickt dabei auf den festgestampften Boden.

»Das denke ich auch«, pflichtet Jacián ihm bei.

Wir haben uns mit Cosmé und Vater Alentín in meiner Lehmhütte versammelt, um über das geheimnisvolle Angebot des Conde zu beraten. Mara hat heute Abend mein Lieblingsessen gekocht – gegrillte, dünn geschnittene Lammhaxen, die in einer Panade aus Brot, Zwiebeln, Knoblauch und gemahlenen Kiefernzapfen gewälzt wurden. Ich esse ganz langsam.

Vater Alentín nickt. »Der Conde hat sich als Verräter erwiesen«, sagt er. »Er gibt die Früchte der Arbeit seines Volkes in die Hände von Invierne. Er weigert sich, die Dörfer zu verteidigen. Er könnte dem Feind versprochen haben, Euch auszuliefern.«

»Wieso?«, frage ich. »Was könnte er damit gewinnen?«

»Wer weiß?« Humberto hebt die Hände. »Vielleicht, dass man ihm vergibt. Vielleicht hat man ihm auch einen Platz in der neuen Regierung zugesagt.«

Nachdenklich kneife ich die Augen ein wenig zusammen.

»Aber es könnte doch sein, ganz vielleicht, dass er wirklich über ein Bündnis mit uns reden möchte.« Als ich mich um Bestätigung heischend umsehe, ist Cosmé die Einzige, die meinen Blick nicht erwidert.

In Humbertos Gesicht zuckt ein Muskel. »Elisa, bitte geh nicht.«

»Wenn aber doch die Möglichkeit besteht, dass der Conde tatsächlich bereit wäre, uns zu helfen – meinst du nicht, es wäre dann das Risiko wert?« Davon abgesehen würde ich gern noch aus anderen Gründen nach Basajuan gehen. In einer so großen Stadt gäbe es sicherlich Nachrichten aus Brisadulce, und ich würde etwas über Alejandro erfahren; vielleicht ist sogar eine Antwort von Ximena angekommen. Aber das behalte ich lieber für mich.

»Der Conde glaubt, dass er das Richtige tut«, flüstert Cosmé. Sie hat fast den ganzen Abend geschwiegen. »Er glaubt, dass er das Leben seiner Leute rettet, indem er mit dem Feind paktiert.« Im Kerzenlicht haben ihre Augen etwas seltsam Ausdrucksloses. Wir sehen sie an, aber ihre zarten Züge bleiben wie erstarrt.

Humberto umfasst die Hand seiner Schwester mit seiner eigenen. Ein Anflug von Neid zuckt durch meine Brust und hinterlässt ein Gefühl der Leere. »Cosmé«, sagt Humberto sanft, »würde der Conde Elisa verraten, wenn er überzeugt wäre, damit sein Volk retten zu können?«

»Auf alle Fälle.«

Jacián wippt in der Hocke sanft hin und her und seufzt. »Es macht mir Sorgen, dass uns sein Bote so leicht gefunden hat.«

»Er hat aber gesagt, er sei nur einer von vielen, die ausgesandt worden seien«, erinnert Alentín. »Vielleicht hatte er nur mehr Glück als die anderen.«

»Oder es hat ihm jemand gesagt, wo wir zu finden sind«, entgegnet Jacián.

»Wen meinst du mit *jemand?*«, fragt Cosmé, deren Stimme dunkel und schneidend klingt.

Jacián lässt sich von ihr nicht einschüchtern. »Ich meine Belén. Er ist immer noch da draußen. Wahrscheinlich hat er dem Conde alles über uns verraten. Zwei Verräter, die an einem Strang ziehen.«

»Belén würde niemals …«

»Das hat er schon.«

Sie starren sich eine Weile an. Ich will mir gar nicht vorstellen, was in ihnen vorgehen mag. Zwar hat Beléns Verrat beinahe zu meinem Tod geführt, aber ich habe nicht als Kind mit ihm gespielt. Oder beabsichtigt, ihn zu heiraten. Zum hundertsten Mal wünsche ich mir, ich hätte mich geirrt; ich lege meine Finger auf den Feuerstein und bete, dass ich einer Täuschung aufgesessen bin und dass Belén, wo immer er auch sein mag, sich seinen Freunden und unserer Sache gegenüber loyal verhalten hat.

Vater Alentín bricht das angespannte Schweigen. »Wir müssen mehr werden. So, wie die Dinge jetzt liegen, können wir uns nur einem Heer widmen. Um wirklich Erfolg zu haben, müssen wir aber an beiden Fronten gefürchtet sein.«

»Meint Ihr, der Conde könnte uns helfen?«, frage ich ihn. »Wäre es möglich, dass er sich umstimmen lässt?«

Alentín reibt sich gedankenverloren den Armstumpf unterhalb der Schulter, dann schüttelt er den Kopf. »Ich weiß nicht, Elisa. Aber Seine Majestät, möge sein prächtiges Schwert seine Feinde in Stücke schlagen, muss zwei geschwächten Heeren gegenüberstehen, wenn ihm ein Sieg gelingen soll.«

Ich kaue an einem Fleischröllchen und denke über seine Worte nach, während Cosmé und Jacián sich noch immer mit bösen Blicken bedenken.

Als mir plötzlich ein Einfall kommt, verschlucke ich mich fast an meinem letzten Bissen und muss husten. »Was, wenn wir …« Noch während ich kaue, hebe ich die Hand, um die anderen zum Schweigen zu bringen, dann schlucke ich schnell. »Was, wenn wir den Conde in ein Bündnis *zwingen?*« Das Fleisch rutscht schmerzhaft durch meine Speiseröhre, und ich klopfe mir mit der Faust gegen das Brustbein.

»Wie meinst du das?«, fragt Humberto.

»Ich meine, vielleicht können wir ihn dazu zwingen, dass er sich mit uns verbündet. Wenn Invierne zum Beispiel glauben würde, dass er gegen ihre Abmachungen verstoßen hat, dann hätte er keine andere Wahl.«

Cosmé verengt ihre schwarzen Augen, und ein breites Lächeln zieht über Jaciáns Gesicht. »Die Nahrungslieferungen«, sagt Cosmé.

Ich nicke. »Ganz genau. Wenn wir nach Basajuan gehen und dort herausfinden könnten, wie und wann Conde Treviño seinen Tribut bezahlt, dann können wir vielleicht etwas tun. Die Lebensmittel vergiften, Duermakraut ins Wasser schütten oder was uns sonst noch einfällt. Die Inviernos werden glauben, er habe sie verraten. Und wenn Conde Treviño schließlich richtig verzweifelt ist, dann werden ihm die Malficio ihre Hilfe anbieten.«

»Du bist ja verrückt«, sagt Humberto, aber in seinem Gesicht lese ich resignierte Bewunderung. »Das könnte sogar klappen.«

»Dieser Plan hat viele ›Wenn‹«, sagt der Priester. »*Wenn* ihr herausfinden könnt, wo die Nahrungslieferungen abgehen. *Wenn* ihr sie manipulieren könnt. *Wenn* ihr nicht erwischt werdet. *Wenn* Invierne dem Conde überhaupt die Möglichkeit lässt, eure Hilfe anzunehmen und ihn nicht beim ersten Anzeichen des Verrats komplett vernichtet.«

Seine Worte ernüchtern mich. Wir spielen hier kein Kriegsspiel, und das ist kein Kinderstreich. Hunderte Inviernos könnten sterben, vielleicht mehr. Und wir können unmöglich voraussagen, welche Rache sie deswegen an unserem Volk üben wollen werden.

»Das hier ist der Krieg, Vater«, sagt Jacián mit finsterem Gesicht auf seine ruhige Art. Ich bin froh, dass er nicht mein Feind ist. »Die Informationen, die wir bisher zusammengetragen haben, legen nahe, dass Invierne jeden Tag mit dem Vormarsch beginnen kann. Wenn das geschieht, werden Tausende von Menschen sterben. Das ist unvermeidlich. Elisas Plan eröffnet uns zumindest eine Möglichkeit, den Fortgang dieses Krieges zu beeinflussen.«

Er sagt die Wahrheit, aber deswegen fühle ich mich nicht besser. Wie kann ich das Leben einer Gruppe von Menschen gegen das einer anderen eintauschen? Wie kann ich einem Plan zustimmen, der nur vielleicht klappen wird? Es sind Entscheidungen, wie sie mein Vater und meine Schwester seit Jahren gefällt haben, Entscheidungen, wie Alejandro sie immer wieder vermieden hat. Vielleicht sollte ich einen Schritt zurücktreten und alle Beteiligten als Schachfiguren in einer spannenden Partie betrachten. Wenn ich daran denke, dass es hier um Menschen geht, fällt es mir einfach zu schwer, mich festzulegen.

Vater Alentín schüttelt den Kopf und brummt: »Das ist unglaublich gefährlich. Cosmé, meinst du, der Conde würde dich wieder willkommen heißen?«

»Ah, Ihr meint, wenn wir in aller Offenheit zu ihm gingen, anstatt uns heimlich in die Stadt zu schleichen?«, frage ich.

Er nickt. »Der Conde weiß ja nur, dass Cosmé zur gleichen Zeit aus dem Palast verschwunden ist wie Ihr.«

»Wir müssen davon ausgehen, dass die Condesa ihn über unser Verschwinden in Kenntnis gesetzt hat«, fügt Cosmé hinzu. »Es wäre wirklich sehr seltsam, wenn ich plötzlich wieder auf seiner Schwelle stünde.« Ihre Stimme wird eine Tonlage tiefer. »Aber er würde sich freuen, wenn ich wieder da wäre. Er freut sich immer.« In ihrem Gesicht sind widerstreitende Gefühle zu lesen, und ich versuche herauszubekommen, was mir da bisher immer noch entgangen ist. Zum ersten Mal, seit ich sie kenne, weicht sie meinem Blick aus.

Allerdings ist es nicht wichtig für mich, die Geschichte zu verstehen, die Cosmé und den Conde miteinander verbindet, es zählt nur, ob uns diese Verbindung irgendwie helfen kann. »Meinst du, du könntest die Informationen über die Nahrungsmittellieferung herausbekommen, die wir brauchen?«, frage ich sie.

Sie sieht mich an – überrascht oder vielleicht auch dankbar, dass ich der naheliegenden Frage nicht weiter nachgehen will. »Vom Conde nicht, nein. Aber wenn meine alten Kontakte noch vorhanden sind und die Leute noch mit mir reden wollen, dann ja. Schwierig wird es sein, die Informationen zu bekommen, bevor der Conde seine eigene Falle zuschnappen lassen will.«

»Dann sollten wir unangekündigt anreisen«, sagt Humberto. »Geben wir uns ein paar Tage, um uns umzuhören, bevor wir uns bei Treviño vorstellen.«

Ich nicke. »Wir brechen in zwei Tagen auf. Wie viel Duermakraut haben wir geerntet?«

Humberto grinst, sein Gesicht strahlt wieder, und ich merke, dass ich unwillkürlich zurücklächele. »Genug, um ein ganzes Heer zu vergiften«, sagt er.

»Wenn wir am Wüstenrand entlangwandern«, sagt Jacián, »dann müssten wir gar nicht auf Geheimhaltung achten. Dann könnten wir auch Kamele mitnehmen.«

Ich nicke mit aufgesetzter Begeisterung. Es ist der beste Plan, den wir haben. Aber einer neuerlichen, beschwerlichen Reise mit ungewissem Ausgang sehe ich mit schwerem Herzen entgegen.

Wir einigen uns auf eine kleine Reisegruppe. Für den Fall, dass etwas schiefgehen sollte, dass es wirklich eine Falle ist, wird der größte Teil der Malficio im Dorf bleiben und weitermachen. Nach langer Diskussion beschließen wir, zu zehnt aufzubrechen. Zweimal die Zahl göttlicher Vollendung.

Vater Alentín entscheidet sich dafür, ebenfalls hierzubleiben. »Ich fürchte, die Priester des Klosters zu Basajuan würden mich nicht gern wieder bei sich begrüßen«, sagt er.

»Warum?« Ich frage mehr aus Neugier als aus Enttäuschung über seinen Entschluss, denn es gibt niemanden, dem ich die Malficio in meiner Abwesenheit lieber anvertrauen würde.

»Wir hatten einige heftige Differenzen über die Auslegung der reinen Lehre. Vor allem hinsichtlich des Trägers. Sie interessiert vornehmlich der Feuerstein. Mich interessiert der Träger. Hätte man Euch dort in die Hände bekommen, dann hätte man Euch den Stein aus dem Nabel gerissen.«

Meine Augen werden schmal. »Ihr habt Angst, wieder dort hinzugehen, weil Ihr unterschiedlicher Auffassung über die reine Lehre wart?«

»Nun, es hat sie vermutlich auch gestört, dass ich mich mit der ältesten Abschrift des *Afflatus* davongemacht habe …«

Lachend klopfe ich ihm auf die Schulter. Als ich gerade wieder aus der Höhle treten will, um erste Freiwillige anzuwerben, stellt sich mir eine hochgewachsene, schlanke Gestalt in den Weg.

»Nimm mich mit«, sagt Mara mit weicher, aber beharrlicher Stimme. Ich hebe den Kopf, sehe die Rußflecken auf ihrer Wange, die noch immer leicht ausgefransten Haarbüschel, die dem Lederband in ihrem Nacken entkommen sind. Ihr Gesicht ist gut verheilt, obwohl die schimmernde Narbe einer viel älteren Verletzung das linke Augenlid leicht herunterdrückt, was ihr einen stets etwas traurigen Gesichtsausdruck verleiht. Wie immer hat sie ihren ganz eigenen Geruch, nach Knoblauch und gegrilltem Fleisch. Wahrscheinlich ist sie es leid, ständig für achtzig Leute zu kochen. »Ich wollte schon immer einmal eine große Stadt sehen«, fährt sie hastig fort. »Meine Familie, sie sind alle … nicht mehr da, weißt du, deswegen würde ich niemanden zurücklassen und …« Ihre Stimme schwankt, während ihre Augen sich bittend in meine senken.

»Wärst du bereit, für uns zu kochen?«

»Ja.«

»Wirst du uns jeden Abend auf der Reise Jerboa-Suppe machen?«

Sie rümpft die Nase. »Wenn es sich nicht vermeiden lässt, dann natürlich, aber lieber würde ich …«

»Bitte komm mit.«

Sie lächelt erleichtert, öffnet den Mund, um etwas zu sagen, dann schließt sie ihn schnell wieder und wendet sich ab. Ich sehe ihr traurig nach und hoffe, dass ich ihr wirklich einen Gefallen tue, indem ich sie mitnehme.

Dann höre ich laute Rufe. Eine verschwommene Bewegung lässt mich zur Öffnung der Höhle blicken. »Holt Elisa!«, schreit jemand. Schnell renne ich nach draußen und blinzle ins Tageslicht. Weiter unten am Hang, wo die Ziegelhäuser den Höhlen entgegenstreben, schleift eine Gruppe von Jungen eine verdreckte, zerlumpte Gestalt mit sich. Im Durcheinander erhobener Arme und wallender Gewänder kann ich fettiges Haar, ausgezehrte Finger und aufgeworfenes, verbranntes Fleisch erkennen.

Ich eile den abschüssigen Weg hinunter, und mein Herz klopft, ohne dass ich weiß, warum. Als ich näher komme, schnürt sich meine Kehle zu. Der Mann ist ausgemergelt, seine Knie sind aufgeschürft, weil ihn die Dorfbewohner grob über den Boden gezerrt haben. Sein zerrissenes Gewand ist verrutscht und offenbart kaum verheilte, wulstige Verbrennungen an der nackten Schulter. Sein Kopf kippt schlaff zu einer Seite, und unwillkürlich zucke ich zusammen, als ich die teigigen Flecken kahler Kopfhaut zwischen dem verfilzten Haar entdecke. Sein Kopf wippt kurz hoch, und ich blicke in den verkrusteten Krater einer leeren Augenhöhle. Er sieht mich mit dem verbliebenen Auge von der Seite an, und ich stöhne auf.

Es ist Belén.

»Oh Gott«, flüstere ich und schlage mir die Hand vor den Mund. »Belén, was ist mit dir geschehen?«

Er atmet keuchend aus. »Elisa.« Seine Schultern beben. Vielleicht schluchzt er auch. »Elisa, ich bin gekommen, um dich zu warnen …« Sein Auge schließt sich, und ich weiß nicht zu sagen, ob vor Schmerz oder weil er versucht, sich zu konzentrieren. Er holt tief Luft und setzt noch einmal an. »Dich zu warnen. Kehre zum König zurück. Verlasse das Dorf. Bevor dich die Animagi finden.«

Der Feuerstein wird bei seinen Worten warm. Weil er die Wahrheit spricht? »Belén, du brauchst Wasser und etwas zu essen. Cosmé soll dich versorgen …«

»Nein! Nicht Cosmé. Oh Gott, jeder, nur sie nicht.« Er raunt noch etwas vor sich hin, aber seine Worte verlieren sich in unverständlichem Gemurmel.

Tränen brennen in meinen Augen. Ich beiße mir auf die Lippen und balle die Hand zur Faust, bis ich mich wieder im Griff habe. »Bringt ihn nach drinnen«, sage ich zu den beiden Jungen, die ihn an den Armen gepackt halten. »Geht sanft mit ihm um. Er muss bei Kräften bleiben, damit er uns erzählen kann, was er weiß.« Sie wenden sich sofort zum Gehen und nehmen den benommenen Gefangenen mit sich. Dann wende ich mich den anderen dreien zu. »Ist man ihm gefolgt, was glaubt ihr?«

Sie sehen einander an, zucken mit den Schultern, wenden sich dann wieder an mich. »Wir werden uns umsehen, Hoheit«, erwidert ein Junge mit hellen Augen.

»Danke. Ich fürchte, dass er die Inviernos zu uns geführt haben mag.«

»Wir sollten die Außenposten einige Tage lang weiter draußen aufstellen«, schlägt der Junge vor. »Nur aus Vorsicht.«

»Gute Idee. Wie heißt du? Es tut mir leid, aber ich habe es vergessen.«

Er strahlt. »Adán. Bevor ich zu den Malficio kam, war ich Trapper wie mein Vater.«

Ich hoffe, dass er nicht bemerkt, wie zögernd ich ihn anlächele. Er ist sicher nicht älter als dreizehn. »Dann übergebe ich dir die Verantwortung dafür, nach möglichen Verfolgern Ausschau zu halten, Adán.«

Er nickt feierlich. »Wir werden Bericht erstatten, wenn die Nacht einbricht.« Dann machen sie sich auf den Weg, geradezu begeistert dazu bereit, ihr Leben aufs Spiel zu setzen.

Aber ich kann es mir nicht erlauben, mir Sorgen um sie zu machen. Ich schlucke und hole tief Luft, bevor ich wieder zur Höhle zurückkehre. Dort finde ich Belén, der vor der ausgebuchteten Wand zusammengesunken ist. Cosmé ist schon bei ihm und betupft sein Gesicht. Sie reden nicht miteinander. Als sie sein Kinn leicht anhebt, um zu überprüfen, ob er auch am Hals verwundet ist, gleitet sein Auge zur Seite und meidet ihren Blick. Die beiden jungen Männer, die ihn hierhergebracht haben, beobachten ihn still aus einiger Entfernung.

»Cosmé.«

»Er ist kein Verräter«, zischt sie, ohne sich umzusehen.

»Das mag sein. Wann werde ich mit ihm reden können?«

Sie säubert eine verkrustete Schnittwunde am Haaransatz mit einem nassen Tuch. »Er hat Fieber und redet wirr. Er braucht Ruhe und Wasser. In einem Tag oder so kannst du mit ihm sprechen.«

»Er erwähnte eine Warnung. Damit schien es ihm sehr ernst zu sein.«

»Er braucht Ruhe.«

Ich seufze leise, weil ich daran denken muss, wie sich Papá und Alodia über meinen Kopf hinweg zu unterhalten pflegten. »Belén.«

Cosmé wirbelt herum und springt auf. Ihre Augen schimmern tränenfeucht. »Ich habe doch gesagt, er braucht Ruhe, bevor er irgendetwas tut. Sonst wird er sich vielleicht nie erholen.«

Ich ignoriere sie. »Belén, wenn du bereit bist, mit mir zu sprechen, sag Cosmé oder einem der Wächter, dass sie mich holen sollen.«

»Elisa.« Die Stimme ist so gebrochen und leise, dass ich zuerst nicht sicher bin, ob er wirklich etwas gesagt hat. »Elisa!«

Ich eile zu ihm und knie mich neben ihn auf den Boden. Er riecht nach Fäulnis, aber trotzdem beuge ich mich nahe an sein Gesicht. »Ich bin hier, Belén.« Schön, vielleicht ist er ein Verräter, aber bevor er das wurde, war er mein Freund, und bei seinem Anblick breitet sich ein Brennen in meiner Brust aus.

»Du musst von hier verschwinden. Du und der Feuerstein. Sie wissen davon, Elisa.«

»Was wissen sie?«

Cosmé hockt sich neben mich auf den Boden, bereit, nötigenfalls sofort einzuschreiten.

»Sie wissen, dass du die Trägerin bist. Sie wollen deinen Feuerstein.« Seine Hand schießt unter dem zerrissenen Gewand hervor und schließt sich mit verzweifelter Kraft um mein Handgelenk. »Sie dürfen deinen Stein nicht bekommen, Elisa. Ganz Joya wird zerstört, wenn sie es schaffen. Du musst fliehen. Jetzt. Heute!« Er keucht, und sein Auge verdreht sich. Cosmé streckt schnell die Hände aus, um seinen Kopf zu stützen, bevor er gegen die Kalksteinwand schlägt.

Ich stehe langsam auf, lasse seine Worte in mir nachhallen, während Cosmé ihm sanft hilft, sich ausgestreckt hinzulegen. Er versucht, noch etwas zu sagen, aber sie mahnt ihn zur Ruhe und wäscht weiter seine Wunden aus. Ihre Bewegungen sind vorsichtig und behutsam, als sei Belén aus kostbarem Glas. Die ganze Zeit über raunt sie ihm leise etwas zu, fährt ihm mit den Fingern durchs Haar und streichelt sein Gesicht.

»Ich werde alles herausfinden, was ich kann«, sagt sie schließlich mit resignierter Stimme.

»Danke.« Wie ich so zu ihnen hinuntersehe, muss ich die Arme um meinen Körper schlingen, um mich gegen einen kalten Stich zu wappnen. Dann flüchte ich aus der Höhle und suche nach Humberto; plötzlich muss ich ihn dringend sehen. Ich brauche sein fröhliches Lächeln und seine lachenden Augen und seinen ruhigen Rat.

25

Wir verschieben unsere Abreise nach Basajuan, damit wir noch alles erfahren können, was Belén uns mitzuteilen hat. Am ersten Tag spuckt er lediglich einige panische Gedankenfetzen aus, die wir kaum so zusammensetzen können, dass sie einen Sinn ergeben – davon abgesehen, dass er um mein Leben fürchtet und um das Schicksal von ganz Joya d'Arena. Seine Ausbrüche lassen mich überraschend kalt. Schon so lange ist die Angst mein ständiger Begleiter. Eine Warnung mehr oder weniger, was hat das schon zu sagen? Es sind nur die Worte eines Wahnsinnigen, harmlos und so leicht zu ignorieren wie das Aufflackern eines Irrlichts.

Humberto nimmt das alles wesentlich weniger gelassen auf. Er ist stets in meiner Nähe, und sobald ich zu ihm hinüberschaue, sehe ich seine großen braunen Augen auf mich gerichtet, hell glänzend und voll Gefühl. Er nimmt mich auf eine Weise wahr, wie Alejandro es nie getan hat, und jedes Mal, wenn ich seinen Blick spüre, löst das ein warmes Glühen in mir aus. Ich frage mich, ob er ebenso oft an unseren Kuss denkt wie ich.

Jedenfalls versuche ich nicht, ihn von seiner Wachsamkeit abzubringen. Er ist der fürsorglichste Mensch, den ich kenne, und beherrscht so viele verschiedene Dinge – er kann Kaninchen fangen und Wasserstellen finden, ist aber genauso gut darin, andere zum Lachen zu bringen. Ich weiß, dass er alles tun wird, was in seiner Macht steht, damit ich nicht in Gefahr gerate.

Am Nachmittag des nächsten Tages sitze ich auf einem kleinen steinigen Buckel, den Rücken gegen das sonnengewärmte Gestein des Tafelbergs gelehnt. Die Abschrift von Homers *Afflatus* liegt auf meinem Schoß, und ich lese sie wieder und wieder in der Hoffnung, etwas zu entdecken, was den Gelehrten in vielen Jahrhunderten aufmerksamer Forschung entgangen sein könnte. Das Dorf ist zwar nur wenige Schritte entfernt, aber außer Sichtweite. Noch nie zuvor in meinem Leben war meine Meinung, meine Zustimmung oder meine Gegenwart so gefragt wie in diesen letzten Tagen. Ich habe Macht über diese Menschen, Macht, die sie mir freiwillig anvertraut haben. Es ist Furcht einflößend und seltsam und auch ein kleines bisschen großartig. Aber es ist auch anstrengend, und ich genieße es, ungestört zu sein.

Doch nun höre ich Schritte und seufze unwillkürlich. Aber meine Enttäuschung weicht schnell warmer Freude, denn es ist Humbertos Kopf, der über dem Rand der Höhe sichtbar wird. Ich begrüße ihn mit einem Lächeln.

»Du solltest nicht allein sein«, sagt er.

Mein Lächeln wird noch breiter. »Jetzt bin ich ja nicht mehr allein.«

Unsere Schultern berühren sich kurz, als er sich neben mich setzt. Dann stützt er die Unterarme auf die Knie und sieht in die Wüste hinaus. »Ich muss mit dir über etwas reden.«

Mein Lächeln erlischt, und ich schlucke nervös. »Worüber denn?«

Er sieht mich nicht an, sondern gräbt nur den Hacken seines Stiefels in den Kies. »Über diesen Tag in der Höhle. Bevor du gefangen genommen wurdest.«

Bei der Erinnerung an seinen Kuss überzieht Röte meinen Hals. Zwar habe ich genau dieses Gespräch schon einige Dutzend Male in meinem Kopf geführt, aber es nie selbst gesucht, als ob dieses Erlebnis, wenn wir darüber sprächen oder auch nur daran dächten, dadurch gewöhnlich und vergänglich würde. Es ist kein Kuss, der zu einem glücklichen Ende führen könnte, und mir wäre es lieber, ihn wie einen Traum in meiner Erinnerung zu behalten, voller Möglichkeiten.

»Elisa, es tut mir leid.«

Mein Kopf fährt herum, und ich betrachte sein Profil. »Warum?«

»Ich dachte ...« Sein Blick wandert zum Himmel, und er holt tief Luft. »Ich dachte, ich würde dich nie wiedersehen. Ich hatte Angst und war so traurig und ... und ich hatte so sehr den Wunsch, dich zu küssen. Deswegen habe ich so dumm reagiert. Ich verspreche dir, dass ich mich dir gegenüber nie wieder so ... unangemessen verhalten werde.«

So hatte ich mir dieses Gespräch nun gar nicht vorgestellt. Mühsam presse ich die Lippen zusammen und versuche nicht zu weinen. »Bereust du es?«, bringe ich flüsternd heraus.

Ein halbes Lächeln kräuselt seine Lippen. »Nein. Ich meine, ja. Ich meine ...«

»Ich weiß nicht, ob ich wirklich mit Alejandro verheiratet sein will.«

Nun dreht er den Kopf, und ich zucke zusammen, ebenso erschreckt von meinen eigenen Worten wie von seiner ruckartigen Bewegung. Aber dann erkenne ich, dass es wahr ist, und mein Herz klopft in wilder Panik. Alejandro ist zwar der schönste Mann, der mir je begegnet ist. Aber das allein genügt nicht.

»Was meinst du damit?«, fragt Humberto leise, und die Hoffnung, die in seinen Augen steht, schnürt mir die Kehle zu.

»Ich muss mit ihm verheiratet sein. Schon allein der Versprechen wegen, die ich den Malficio gegeben habe. Nur als Alejandros Frau kann ich sie halten, aber …«

»Aber was?«

Die Wahrheit ist schwer und erdrückend. »Er liebt mich nicht. Am Anfang habe ich mir gewünscht, er würde mich irgendwann lieben lernen. Aber seit ich weg bin … ich glaube, ich hege keinen großen Respekt für ihn.« *Nicht so sehr wie für dich.* »Er sieht gut aus und er ist charmant. Aber er kann sehr unentschlossen sein.« Ich muss daran denken, wie er sich geweigert hat, mich als seine Frau anzuerkennen, wie er Rosario vernachlässigt hat und nicht einmal zu seiner Geliebten steht. »Und manchmal ist er unfreundlich und gedankenlos.«

Humbertos Blick senkt sich in meine Augen. Ich liebe seine Gesichtszüge – so stolz und stark. So gern würde ich die Linien seines stoppeligen Kinns mit meinen Fingerspitzen nachzeichnen. Meine Lippen öffnen sich.

»Elisa«, flüstert er.

Ich beuge mich zu ihm. Meine Lippen prickeln, und mein Herz klopft.

»Ich werde dich nicht noch einmal küssen«, sagt er.

Hastig klappe ich den Mund wieder zu.

»Nicht, dass ich das nicht gern täte, weißt du«, fügt er mit einem schiefen Grinsen hinzu, und dann richtet er den Blick wieder auf die Wüstenlandschaft. Eine Weile bleibt er stumm. Dann sagt er: »Du bist der tapferste Mensch, den ich kenne. Und klug. Und …« Unschlüssig bewegt er die Füße hin und her. »Und schön. Der König ist ein Narr, dass er dich nicht liebt.«

Mein nächster Atemzug klingt wie ein Schluchzer. Ich sollte seine Worte lachend abtun oder mich für sie bedanken, doch meine Kehle lässt nichts von beidem zu.

Stattdessen betrachte nun auch ich intensiv das karge Land, die trockenen Pflanzen und die gelegentlich hin und her huschenden Eidechsen. Lange Zeit sitzen wir nebeneinander, unsere Schultern berühren sich kaum, und sehen dabei zu, wie die Sonne das Land in Korallenrot und Rosa taucht, als sie schließlich hinter dem zerklüfteten Horizont verschwindet.

Es ist dämmrig und kühl, als Cosmé uns aufspürt.

»Belén ist bereit zu reden«, sagt sie.

Wir rappeln uns auf und folgen ihr zurück ins Dorf. Humberto sagt nichts weiter zu mir, sieht nicht einmal in meine Richtung. Aber als wir nebeneinander hergehen, streift sein Arm den meinen, dann fühle ich seine Finger. Er nimmt meine Hand und drückt sie, viel zu kurz, dann lässt er wieder los. Meine Hand ist unerträglich kalt, als wir das Dorf erreichen.

Als Erstes wiederholt Belén seine Warnung. »Elisa, du musst gehen. Geh zurück nach Brisadulce. Oder noch besser, weit, weit weg. Irgendwohin, wo dich niemand vermutet.«

Humberto und Vater Alentín wechseln einen besorgten Blick, den ich bewusst übersehe. »Fang bitte ganz vorn an, Belén.« Ich versuche, mit sanfter Stimme zu sprechen. »Sag uns, wie die Inviernos herausgefunden haben, dass wir oben in der Höhle waren.« Inzwischen trägt Belén eine Augenklappe, sodass mir der Anblick des fehlenden Auges erspart bleibt.

Er lässt den Kopf sinken. »Ich habe es ihnen verraten.«

Cosmé wendet den Blick ab. Jacián starrt Belén wütend an.

»Warum?«, frage ich.

Angespannt wiegt er den Oberkörper hin und her. »Sie haben mir gesagt, sie würden mein Dorf verschonen.« Aber sein Blick ist unstet. Das mag an der Erschöpfung liegen. Doch vielleicht verbirgt er auch etwas vor uns.

Nachdenklich schüttele ich den Kopf. »Das klingt gar nicht nach dir, Belén. Du würdest Cosmé nie so verraten.« Ich fühle den Blick der jungen Frau in meinem Rücken, als ich in die Knie gehe und mich zu Beléns zerstörtem Gesicht hinunterneige. »Warum hast du es getan?«

Er wiegt sich weiter hin und her.

»Belén?«

»Ich habe dich zu den Toren des Feindes gebracht!«, zischt er. »Ich dachte, das sei das Richtige!«

Verblüfft zucke ich leicht zurück. »Du hast geglaubt, Homers Prophezeiung zu erfüllen?«

Er nickt, mag mir aber noch immer nicht ins Gesicht sehen. »Ich wusste, die anderen würden entkommen können. Und ich dachte, du müsstest in das Lager des Feindes geraten. Ich dachte, das sei der Wille Gottes.«

Der Wille Gottes. Wie oft muss ich noch hören, dass jemand meint, er hätte verstanden, was mir selbst so unbegreiflich bleibt?

Humberto macht einen Schritt nach vorn. »Aber dann ist etwas geschehen, und du hast deine Meinung geändert«, sagt er. In seinem Gesicht ist keine Spur der Trauer und Verzweiflung, die Cosmé anzusehen sind. Stattdessen scheint er wütend zu sein.

Belén hört mit dem Hin- und Herwiegen auf. »Sie ist entkommen«, sagt er schlicht. »Und Inviernes ganzes Heer begann wild zu feiern. Einer ihrer Leute war getötet worden, ein Animagus, aber trotzdem haben sie gefeiert.«

»Das verstehe ich nicht«, sage ich.

»Sie haben gefeiert, weil sie dich entdeckt haben, Elisa. Die Trägerin. Nur die Trägerin hätte einem Animagus entkommen, ihn mit Feuer vernichten können, so, wie du es getan hast. Sie haben dich seit Jahren gesucht, und dann bist du ihnen direkt in die Arme gelaufen.«

»Was wollen sie von ihr?«, fragt Alentín.

»Sie wollen ihren Feuerstein. Neun haben sie schon. Fast zweimal die Zahl göttlicher Vollendung. Sie brauchen nur noch einen weiteren, einen lebenden.«

»Sie brauchen zwei weitere«, sage ich entschlossen, und damit ziehe ich das Amulett unter meinem Gewand hervor und halte es hoch. »Diesen hier habe ich dem Animagus abgenommen.«

Aber Alentín scheint mich nicht zu hören. »Wie in Gottes Namen ist es ihnen gelungen, neun Feuersteine zu erbeuten?«

Humberto zuckt mit den Schultern. »Vielleicht haben sie die Gräber toter Träger geplündert.«

Cosmé wirft ihrem Bruder einen angewiderten Blick zu.

»Viele Träger haben ihre Aufgabe nie erfüllt«, überlegt Jacián. »Oder sie wurden nie erkannt. Vielleicht deshalb, weil sie von Inviernos getötet wurden, die ihre Feuersteine an sich nahmen.«

Alentín hebt eine Augenbraue. »Falls das stimmt, dann müssen sie schon seit Jahrhunderten Feuersteine gesammelt haben.«

»Oder vielleicht«, füge ich langsam hinzu, »kamen auch einige Träger aus Invierne.«

Die anderen sehen mich skeptisch lachend an. Sogar Belén rümpft die Nase, so abwegig erscheint ihm diese Idee. Aber sie wollen es einfach nicht verstehen. Mir wäre es wesentlich lieber, wenn ich daran glauben könnte, dass die Inviernos ihre Feuersteine ohne Gewalt in die Hände bekommen haben. Sonst müssten wir davon ausgehen, dass sie schon seit Jahrhunderten unter uns umgingen und uns bestohlen haben – und wir nun bald erleben werden, wie ein uralter Plan in Erfüllung geht.

Aber was für ein Plan kann das sein? »Was könnten sie mit zehn Feuersteinen tun?« Meine Stimme schwankt bei dieser Frage.

Endlich sieht Belén mich an. Blickt mir direkt ins Gesicht. »Hexerei. Im Augenblick benutzen sie ihre Amulette, um ein kleines bisschen der Magie zu erwecken, die unter der Erde fließt. Mit zehn Feuersteinen könnten sie diese Kraft endgültig entfesseln.«

»Warum?« Die *Scriptura Sancta* verbietet den Gebrauch von Magie. Dafür muss es einen Grund geben.

Aber Belén zuckt nur mit den Schultern. »Ich weiß es

nicht genau. Ich spreche die Lengua Classica nicht fließend, und sie reden mit so einem komischen Akzent. Nach einer Weile taten die Verbrennungen so weh, und als sie mir das Auge genommen haben, konnte ich nicht mehr denken …« Sein Kopf sackt wieder zur Seite, und ein Muskel auf seiner Wange zuckt, als er sich in der Erinnerung verliert.

»Belén?«, flüstert Cosmé.

Er blinzelt, konzentriert sich wieder. »Sie wollten etwas über *sie* erfahren. Über die Trägerin.«

Humberto macht einen Schritt auf ihn zu und packt Belén unterm Kinn. »Was hast du ihnen erzählt?«

Belén lässt den Kopf schlaff sinken und verzieht das Gesicht. »Ich weiß es nicht. Ich weiß es wirklich nicht.«

»Hast du ihnen von diesem Dorf erzählt? Von den Malficio?«

Eine Träne rinnt über Beléns Wange. »Ich weiß es nicht, Humberto! Ich glaube nicht. Mir ging nur eines durch den Kopf, dass ich einen Fehler gemacht hatte. Einen schrecklichen Fehler.«

»Und dann bist du wunderbarerweise entkommen.« Das ist Jaciáns dunkle, gedehnte Stimme. Er spricht damit meine eigenen Ängste aus, dass nämlich Belén die Inviernos zu unserem Dorf geführt haben mag, vielleicht sogar mit voller Absicht.

»Oh nein, es war kein Wunder«, antwortet Belén. »Sie ließen mich entkommen. Und sie haben versucht, mir zu folgen.«

»Wie kannst du sicher sein, dass ihnen das nicht gelungen ist?«, frage ich.

Belén schließt die Augen und lehnt sich gegen die Höhlenwand. »Tagelang bin ich im Kreis gegangen. Den Weg hierher habe ich erst eingeschlagen, als ich mir sicher war, dass sie meine Spur verloren hatten.«

»Du warst schwer verletzt«, sagt Jacián. »Ich kann mir nicht vorstellen, dass es dir gelungen ist, sie zu täuschen.«

»Es war kein angenehmer Marsch«, erklärt Belén, das Auge noch immer geschlossen. »Aber ich habe sie abgehängt.« Das möchte ich ihm beinahe glauben, denn der junge Adán und seine Freunde haben keine Anzeichen lauernder Inviernos bemerkt. Mir selbst ist es gelungen, meine Verfolger abzuschütteln, obwohl ich so unerfahren und ungeschickt bin, und von daher weiß ich, dass es möglich ist. Und mein Rückweg aus ihrem Heerlager war auch nicht gerade angenehm.

»Diese zehn Feuersteine, von denen du gesprochen hast«, sagt Alentín. »Glaubst du wirklich, dass Invierne sie verwenden kann, um Magie auf die Welt loszulassen?«

»Die Inviernos glauben das jedenfalls. Sie glauben es mit aller Macht. Und jetzt suchen sie nach Elisa.«

Wir stellen noch viele andere Fragen, während Cosmé Belén bewacht wie eine misstrauische Katzenmutter ihr Junges, aber er kann uns wenig mehr verraten. Allerdings ist zu vermuten, dass sein Verrat mit dem Angebot des Conde nichts zu tun hat, und schließlich trennen wir uns, damit wir uns vor dem Reiseantritt morgen noch einmal ausschlafen können.

Es fällt mir schwer, mich vom Anblick von Beléns eingefallenen Wangen loszureißen, von den Brandwunden an Hals und Schulter, von den zitternden Armen und Beinen, und so bleibe ich noch einen Augenblick. Zwar habe ich ihn nie so gut gekannt wie Humberto und Cosmé, aber trotzdem trauere ich um sein fröhliches Lächeln und um den entschlossenen Schritt, mit dem er die Wüste bezwang. Aber ich versuche, kein Mitleid zu empfinden. Wie er selbst zugegeben hat, ist er ein Verräter, auch wenn er vielleicht nur zögernd handelte und aus eigentümlichen Motiven. Wenn Alodia an meiner Stelle wäre, würde sie ihn hinrichten lassen.

Aber ich bin nicht meine Schwester.

Ich danke Cosmé dafür, dass sie sich um ihn kümmert, und sage Belén, er möge sich gut ausruhen, bevor ich meine Lagerstatt aufsuche. Lange liege ich wach, denke an Humberto und an Belén und frage mich, welchen geheimnisvollen Plan Invierne verfolgt. Kurz bevor ich in tiefen Schlaf falle, wird mir bewusst, dass ich das Abendessen ganz vergessen habe.

Es ist noch dunkel, und die Luft ist kühl, als Humberto mich weckt. Ich rolle meine Decken zusammen und schultere meinen Rucksack, dann folge ich ihm nach draußen. Im Osten weicht der schwarzblaue Himmel einem gelben Schimmer, der sich über den entfernten, düsteren Bergspitzen der Sierra Sangre erhebt. Mit finsterem Blick sehe ich zu den Bergen hinüber und muss an das riesige Heer denken, das in ihrem Schatten lagert.

Wir treten leise vor die Ziegelhütten. Der Erfolg unseres Plans, die Nahrungsmittel für Invierne zu sabotieren, hängt davon ab, dass wir die Stadt unentdeckt erreichen können. Der Bote, der die Nachricht des Conde gebracht hat, darf daher nichts von unserer Abreise erfahren, damit er auf keinen Fall jemanden in Basajuan darüber in Kenntnis setzen kann. Adán und die anderen haben den Auftrag bekommen, ihn zu beschäftigen und abzulenken, im schlimmsten Fall auch festzusetzen, damit wir ein paar Tage Vorsprung haben.

Ein leises Wiehern begrüßt uns, als wir den Tafelberg umrunden. Jacián wartet schon auf uns und hält zwei Pferde am Zügel, die in der Dunkelheit riesenhaft und farblos wirken. Erschreckt weiche ich zurück, als eines den großen Kopf schüttelt und das metallene Zaumzeug klappert.

»Pferde?«, flüstere ich an Humberto gewandt, leichte Panik schwingt in meiner Stimme mit. »Ich dachte, wir wollten mit Kamelen reisen.«

Mein Gesicht brennt, als ich sein leises, glucksendes Lachen höre. »Pferde sind schneller. Und wir begeben uns nicht so tief in die Wüste hinein, dass wir Kamele brauchen würden. Keine Sorge. Wir werden dich nicht zwingen, eines zu reiten.«

Erleichtert seufze ich auf und halte vorsichtig Abstand.

Die anderen kommen leise zu zweit oder dritt heran, und es dauert nicht lange, dann ist unsere kleine Reisegruppe komplett. Jacián führt uns, als wir mit schnellem Schritt nach Westen marschieren. Wir zählen zehn, darunter die stille Cosmé und die hochgewachsene Mara. Ich lege meine Fingerspitzen auf den Feuerstein und bete, dass diese Reise kein so schlimmes Ende haben wird wie meine letzte.

Nach einiger Zeit wenden wir uns nordwärts und nutzen das flache Terrain für einen gleichmäßigen Schritt, der uns schnell voranbringt. Erfreut stelle ich fest, dass meine Beine sich jetzt ganz mühelos bewegen. Meine Knöchel tun mir nicht weh, meine Lungen brennen nicht, die Haut an meinen Schenkeln bleibt weich und wird nicht wund gerieben.

Die Pferde gestatten uns, eine größere Auswahl an Nahrungsmitteln mitzunehmen, als wir auf der letzten Reise zur Verfügung hatten. Jeden Abend kocht Mara für uns alle, und bei ihr wechseln sich Fladenbrot und leicht eingekochtes Dörrfleisch immer wieder mit frisch gefangenem Kaninchen oder wildem Truthahn ab. Sie hat sogar eine Tasche mit Gewürzen mitgebracht, die sie hervorragend zu gebrauchen weiß.

Während unseres Marsches bleibt Cosmé distanziert und still, ihre zarten Gesichtszüge wirken wie in Stahl gegossen. Humberto sagt, dass sie Belén nur sehr ungern zurückgelassen hat und überhaupt nur aufgebrochen ist, weil er, Jacián und Vater Alentín sie immer wieder bedrängt haben. Und er sagt auch, dass es typisch für sie ist, tagelang in störrischem Schweigen zu verharren, wenn sie nicht ihren Willen bekommt. Humberto kennt sie viel besser als ich, aber ich möchte ihr Verhalten trotzdem nicht damit abtun. Vielmehr fürchte ich, dass ihr innerer Rückzug viel tiefer gehende Gründe hat, als ihm bewusst ist.

Nach einer Woche stetigen Marschierens führt Jacián uns wieder nach Osten, zurück zu den Bergen. Die Sonne steht hoch und brennt, Schweiß rinnt über meinen Hals und sickert in den Kragen meines Gewands, als ich plötzlich Rauch rieche. Zuerst vermute ich, es sei vielleicht das Kochfeuer eines anderen Reisenden. Aber als wir weiterwandern, wird der Geruch stärker, bis er schließlich unerträglich in der Nase brennt. Wir wechseln unbehagliche Blicke. Vorsichtig lege ich die Finger auf den Feuerstein und versuche festzustellen, ob ich eine eisige Warnung fühlen kann oder vielleicht auch ein warmes Pulsieren, irgendetwas, das mir einen Hinweis auf das geben könnte, was uns erwartet. Aber er bleibt so reglos wie irgendein normaler Stein.

Schließlich erreichen wir eine Anhöhe und können endlich etwas sehen. Vor uns in leicht nördlicher Richtung trübt ein Vorhang aus Rauch den Horizont. Das ist kein einzelnes Lagerfeuer, sondern ein Flächenbrand, dessen Rauch die braune Farbe des Verderbens zeigt.

Jacián dreht sich zu uns um. »Das Dorf Cerrolindo brennt«, sagt er. »Ich wollte uns in einiger Entfernung daran vorbeiführen, aber …«

»Vielleicht gibt es Überlebende«, unterbricht ihn Cosmé.

An den entschlossenen Gesichtern meiner Gefährten kann ich bereits ablesen, was wir tun werden.

»Elisa«, wendet Humberto sich an mich. »Dein Feuerstein, sagt er dir irgendetwas?«

Ich schüttele den Kopf. »Gar nichts.«

»Dann ist der Feind schon wieder weg«, erklärt Jacián, und wir müssen nicht weiter diskutieren, sondern laufen ihm nach, den Hügel hinab.

Als wir das Dorf erreichen, schluchze ich schon fast, so sehr beißt der gnadenlose Rauch in meiner Kehle, und meine bösen Vorahnungen steigern sich mit jedem Schritt. Ich kann die brennenden Augen kaum noch aufhalten, aber auch durch den Schleier aus Tränen und Qualm erkenne ich die geschwärzten Skelette ausgebrannter Häuser. Holzpfosten, abgebrochen und verkohlt, verrußte Steinwände, Überreste von Tischen und Stühlen, eingesunken und glühend rot.

»Sucht nach Überlebenden!«, schreit Humberto. Er zieht sich seine Kapuze über den Kopf und bindet sich ein Tuch über Nase und Mund. Schnell tue ich es ihm gleich. »Und seid vorsichtig«, ruft er. »Die Gebäude, die noch stehen, können jeden Augenblick einstürzen!«

Ich haste durch qualmende Straßen und verwinkelte Gässchen, blinzele immer wieder, um meine Augen zu befeuchten, und suche verzweifelt nach Anzeichen von Leben. Beinahe falle ich über den verkohlten Körper eines Tieres – ich kann nicht sagen, ob es ein Schaf oder vielleicht doch ein Hund ist. Fast muss ich mich übergeben, so ekelhaft ist der Geruch von verkohltem Fleisch und die rötliche Feuchtigkeit, die durch die Risse in der verbrannten Haut sickert.

»Hier drüben!«

Zwar kann ich nicht genau ausmachen, woher die Stimme kommt, aber sie erfüllt mich mit Hoffnung. »Wo seid ihr?«, rufe ich zurück.

»An der Nordseite!« Das ist Humberto.

Wieder stürze ich mich in den Rauch, den Unterarm erhoben, als könnte ich damit meine Augen von dem beißenden Dunst schützen, und laufe in die Richtung, in der ich Norden vermute. Links taucht eine große Gestalt auf. Es ist Mara. Sie läuft zu mir herüber, und wir eilen gemeinsam weiter.

Meine Lungen schmerzen, als wir sie erreichen, eine vierköpfige Familie, zusammengekauert, mit rußbeschmierter Haut und unaufhörlich hustend. Humberto hat sich neben den Kleinsten auf den Boden gehockt und tröstet ihn. Er sieht zu mir hoch, als Mara und ich zu ihm treten, und Tränen schimmern in seinen Augen.

»Sie waren in diesem Haus eingeschlossen«, sagt er mit schwankender Stimme. »Sie sollten darin verbrennen.«

»Oh Gott.« So viel Grausamkeit ist unfassbar. »Wer hat

euch das angetan?« Als ob ich das nicht schon wüsste. Der Feuerstein schickt wildes Feuer meine Brust hinauf, wie eine Antwort auf meinen Zorn.

Ein Gesicht blickt mir entgegen. Große Augen, Brandwunden, das Gesicht einer Frau. »Die Animagi«, flüstert sie. »Sie haben gesagt, sie wollten sich rächen. Jedes Mal, wenn die Malficio zuschlagen, werden sie ein Dorf zerstören.«

Sie krümmt sich hustend zusammen, aber das bemerke ich kaum. Die Erde unter mir schwankt zu stark.

26

Wir können nur hoffen, dass den meisten Bewohnern die Flucht gelungen ist, denn wir finden keine weiteren Überlebenden und nur wenige verkohlte Leichen. Ich entferne mich ein wenig von den anderen, laufe einen kahlen Hang hinauf und kauere mich dort zusammen, die Knie gegen die Brust gedrückt. Meine Gefährten suchen in den qualmenden Ruinen nach allem, was noch zu retten ist. Ich sollte ihnen helfen, aber mein Magen rebelliert, Tränen laufen über meine Wangen, und ich bin so unglaublich müde.

In diesen letzten Wochen habe ich gedacht, ich sei nun auch endlich zu etwas nütze. Den Erfolg der Malficio habe ich innerlich gefeiert, und es hat mich stolz gemacht, dass meine winzige Gruppe von Rebellen von mir Führung und Inspiration erwartete. Für kurze Zeit hielt ich mich für gereift und erwachsen. Aber ich war dumm.

Jacián würde mir sagen, dass es in jedem Krieg Opfer gibt. Humberto würde mir versichern, dass nichts davon meine Schuld ist. Sie hätten beide recht. Aber in diesem Augenblick schließe ich dennoch die Augen und fühle das Gewicht des Todes auf meinen Schultern.

»Elisa!«

Meine Augen öffnen sich mit einem Ruck. Humberto eilt auf mich zu.

»Bekommst du wieder besser Luft?«, fragt er besorgt.

Ich nicke. »Was ist mit der Familie?«

Er lässt sich neben mich auf den Boden fallen. »Sie haben Verwandte in der Nähe. Cosmé hatte ihnen angeboten, dass sie mit uns nach Basajuan reisen könnten, aber sie wollen lieber in der Gegend bleiben und nach weiteren Überlebenden Ausschau halten. Wir haben ihnen Essen und Wasser gegeben.«

Ich sage nichts. Er legt mir sanft den Arm um die Schultern und zieht mich an sich. »Es ist nicht deine Schuld«, raunt er in mein Haar.

»Ich weiß.« Aber trotzdem brennen neue Tränen in meinen Augen.

»Mir macht vor allem Sorgen, wie weit wir hier im Westen sind. Ich hatte nicht erwartet, dass Invierne schon so nahe der Wüste zuschlagen kann. Noch nicht jedenfalls.«

»Vielleicht werden sie früher gegen Alejandro ziehen, als wir dachten.« Ich reibe meine Nase gegen den Stoff seines Gewands und denke flüchtig darüber nach, wie unangemessen das ist, was wir hier tun. Ich sollte Abstand von Humberto halten. Ich sollte mich darauf vorbereiten, die Gattin eines Königs zu werden.

»Das hat auch Jacián gesagt. Wir können uns hier nicht länger aufhalten, wir müssen sofort weiter nach Basajuan.«

»Wenn sie bereit sind, wegen eines unserer kindischen Angriffe ein Dorf auszulöschen, was werden sie dann tun, wenn wir ihre Nahrungsmittel vergiften?«

Seine Brust hebt und senkt sich mit einem Seufzer. »Deswegen tun wir es ja, Elisa«, sagt er sanft. »Schon vergessen? Wir *wollen*, dass Invierne gegen den Conde vorgeht.«

»Menschen werden deswegen zu Tode kommen.«

»Ja.«

Etwas an seiner ehrlichen Einschätzung der Lage befreit meinen Kopf. Er hat unsere Entscheidung akzeptiert. Er glaubt daran. Und trotzdem kann er die Trauer in seiner Stimme nicht verbergen.

Ich stehe auf und recke mich, entferne mich ein wenig von ihm. »Dann lass uns gehen.«

Die gut gelaunte Flachserei, die den ersten Abschnitt unserer Reise geprägt hat, ist nun düsterem Schweigen gewichen. Mir ist auch nicht nach Reden zumute. Stattdessen nutze ich die Zeit, um mit meinen Feuersteinen zu experimentieren.

Mein eigener ist mir nie magisch vorgekommen. Lebendig, das schon. Ein Kommunikationsmittel vielleicht auch – eine Verbindung zwischen Gott und mir. Aber die Animagi benutzen Feuersteine, die nicht mehr in den Körpern ihrer Träger pulsieren, um die Magie heraufzubeschwören, die unter der Erde dahingleitet. Ich erinnere mich, wie der Animagus sein Amulett umklammerte, um uns auf der Stelle erstarren zu lassen, und wie es feurig blau aufflammte, als er mich verbrennen wollte.

Während mir die vielen Warnungen durch den Kopf gehen, die sich hinsichtlich der Anwendung von Hexenkunst in der *Scriptura Sancta* finden, greife ich in den Ausschnitt meines Gewands und umklammere den kleinen Käfig. *Gott, bitte lass mich nicht in Gefahr geraten*, bete ich. Mein eigener Stein beantwortet mein Gebet mit einem leisen Aufflackern.

Den vergitterten Stein in der Hand, denke ich mit aller Kraft an die Magie, die unter der Oberfläche der Welt lauert. Meine Gedanken greifen tief nach unten, bohren sich in die trockene Erde. Ich stelle mir vor, dass der Stein in meiner Hand warm wird oder dass Feuer aus ihm hervorbricht und den verkrüppelten Wacholderbusch zu meiner Linken in Flammen aufgehen lässt. Ich denke so fest daran, dass ich über einen hervorstehenden Stein stolpere und auf die Knie falle.

»Elisa!« Humberto zieht mich wieder hoch und stützt mich. »Bist du verletzt?«

Sein Griff um meine Schulter ist zu fest, aber das stört mich nicht; ich lehne mich an ihn. »Danke«, flüstere ich ihm ins Ohr. Dabei bemerke ich sehr wohl, wie er auf meine Nähe reagiert; mit geschlossenen Augen atmet er tief ein, und mein ganzer Körper antwortet darauf mit sehnsüchtiger Wärme. Am liebsten würde ich meine Arme um seinen Hals schlingen und mit den Fingern durch sein weiches Haar fahren.

Aber ich kann mich nicht länger solchen Gedanken hingeben. »Mir geht es gut«, murmele ich und wische Staub und Dreck von der Vorderseite meines Gewands, um meine Hände zu beschäftigen. Mein Herz verkrampft sich angesichts seiner verletzten Miene, aber ich setze unseren Weg entschlossen fort.

Wir brauchen zwei Tage nach Basajuan, zwei Tage, an denen es mir nicht gelingt, dem fremden Feuerstein irgendeine Reaktion zu entlocken.

Conde Treviños Stadt liegt in einer Kehre, in der sich die beiden großen Gebirgsketten begegnen, die Sierra Sangre im Osten und die Hohe Sperre mit ihrem Dschungelgürtel im Norden. Hier ist es kühler, und die Luft ist so feucht, dass sie sich wie eine Decke auf meiner Haut anfühlt. Humberto lacht, als ich ihm das erzähle, und versichert mir, dass ich in meiner alten Heimat inzwischen vermutlich ähnlich empfinden würde, nun, da ich an die tiefe Wüste gewöhnt bin.

Wir gehen zwischen malerischen zweistöckigen Gebäuden mit großzügigen Fenstern und blumenbepflanzten Simsen vorbei. Die leuchtend bunt getünchten Hauswände gefallen mir; vorherrschend sind Korallenrot und Gelbtöne, hier und da unterbrochen von Tupfern aus sanftem Blau und Lila. Schmiedeeiserne Verzierungen schlingen sich um Fenster und Türen, und die Torwege und Treppenstufen sind mit hellen Fliesen abgesetzt, die dasselbe eigenwillige Blumenmuster in Gelb und Blau zeigen, wie ich es aus meinem Atrium in Alejandros Palast kenne. Es ist ein gemütlicher, freundlicher Ort, und meine Brust wird eng, als mir klar wird, wie sehr er mich an mein Zuhause in Amalur erinnert.

Jacián mietet uns Stallplätze für die Pferde und führt uns dann zu einem dreistöckigen Gebäude, dessen vorderer Teil von einer Straßenwirtschaft eingenommen wird. Lange Tische stehen unter einem Überdach aus roten Ziegeln, und am Tresen weiter hinten zeigen bunte Bilder fleischgefüllte Teigtaschen und herzhafte Eintöpfe. Dahinter bereiten mehrere Köche geschickt die verlangten Gerichte zu. Unsere Gruppe belegt zwei Tische, während Jacián zum Tresen geht, um uns etwas zu bestellen.

Wenn man uns fragt, wollen wir erzählen, wir seien Flüchtlinge aus Cerrolindo, die hier ihre verbliebenen Besitztümer gegen bare Münze eintauschen und dann aus der Gegend fliehen wollen, bevor der Krieg ausbricht. Das war Maras Idee, und wir stimmten ihr zu. So eine Geschichte ist nicht nur plausibel, sondern spricht auch Bände, was die Unfähigkeit – oder vielleicht den Unwillen – des Conde betrifft, sein Volk zu beschützen.

Jacián kommt zurück und setzt sich zu uns, während wir aufs Essen warten. »Im Obergeschoss kann man übernachten«, sagt er. »Ich habe uns zwei Zimmer reserviert.« Er senkt die Stimme. »Wir werden hierbleiben, bis wir erfahren haben, was wir wissen müssen. Es ist weit genug vom Palast des Conde entfernt, und wir werden hier keine Aufmerksamkeit erregen.«

Dann wendet er sich an mich. »Elisa, ich habe an der Brieftaubenstation für dich nachgefragt. Noch ist keine Nachricht deiner Kinderfrau eingetroffen.«

»Oh.« Es war auch kaum genug Zeit dafür, rede ich mir ein. Immerhin wird sie inzwischen erfahren haben, dass ich in Sicherheit bin. »Danke.«

In einiger Entfernung läuten die Glocken des Klosters die Mittagstriolen, als uns ein kleiner, barfüßiger Junge zwei Teller mit Fladenbrot und gewürztem, dünn geschnittenem Rindfleisch bringt. Wir sehen Jacián überrascht an.

Er grinst breit, und fast schockiert mich die Fröhlichkeit in seinen sonst so dunklen Augen. »Ich konnte mich nicht zurückhalten«, gibt er zu. »Ich weiß, dass wir knapp bei Kasse sind, aber wir waren so lange draußen in der Wüste. Es ist bestimmt schon ein Jahr oder länger her, dass ich zum letzten Mal Rindfleisch gegessen habe.«

Wir brauchen keine weitere Aufforderung, um zuzugreifen. Geräuschvoll und gierig wird gegessen, wir lächeln uns mit vollen Mündern an und kichern über die Unordnung, die wir bei dem Versuch veranstalten, die triefenden Fleischstücke auf das Brot zu schieben. Aber Cosmés und Humbertos Augen sind düster, und ich frage mich, ob sie genau wie ich den ernüchternden Gedanken hatten, dass Jacián uns aus einem ganz bestimmten Grund ein letztes opulentes Mahl gegönnt hat.

Unsere Zimmer sind einfach, aber sauber, und der Besitzer der Herberge hilft uns, aus den Lagerräumen noch weitere Strohsäcke nach oben zu schleppen, um die mageren Pritschen zu ergänzen. Cosmé, Mara und ich sind die einzigen Frauen in unserer Zehnergruppe, und Jacián und Humberto teilen sich das Zimmer mit uns. Zahllose Nächte habe ich neben Humberto geschlafen, er hat in Alentíns Dorf sogar meine Schwelle bewacht. Doch der enge Raum hier vermittelt eine viel größere Intimität, und ich bin mir seiner Gegenwart viel stärker bewusst, als wir unsere Rucksäcke auspacken und die Strohlager zurechtrücken.

Nachdem wir es uns ein wenig gemütlich gemacht haben, verabschieden sich Cosmé und Jacián, um sich in der Stadt nach alten Bekannten umzusehen. Zwar biete ich an, sie zu begleiten, aber Cosmé lächelt nur. »Du würdest mich aufhalten«, sagt sie. »Ich wurde dafür ausgebildet, Informationen zu sammeln. Ruh dich aus, ich komme bald zurück.«

Als sie die Tür hinter sich zuziehen, sage ich in den Raum hinein: »Wie kann man nur so jung sein und schon so viele Dinge wissen und können?«

»Was meinst du damit?«, fragt Mara.

»Cosmé war in Brisadulce meine Zofe. Dann habe ich erfahren, dass sie außerdem Karawanenführerin ist. Und Heilerin. Und natürlich außerdem eine Spionin.« Ich wende mich an Humberto. »Ist hier, jenseits der Wüste, etwa jeder so vielseitig?«

Er lacht leise. »Nur lästige Töchter missratener Condes.«

Meine Augen werden groß. Das ist es also. Die fehlende Verbindung zwischen Cosmé und Treviño. »Aber ich dachte, Cosmé sei deine Schwester?«

»Das ist sie auch. Wir haben dieselbe Mutter, aber verschiedene Väter.«

Mara macht einen Schritt zurück. »Ich weiß nicht, ob ich das alles erfahren …«

»Cosmé würde es nicht stören, dass du es weißt«, versichert Humberto ihr. »Jetzt nicht mehr. Aber wir reden nicht oft darüber. Sie hat meinen Papá stets als ihren Vater betrachtet, und sie hat das Gefühl, es wäre ihm gegenüber undankbar, wenn sie ständig von ihrer Verwandtschaft mit dem Conde spräche.«

»Cosmé hat mir gesagt, Inviernos hätten ihre Eltern getötet«, erinnere ich mich.

Er nickt. »Das war vor ungefähr fünf Jahren. Es war eine schlimme Zeit für uns.« Er setzt sich auf den Rand einer Pritsche und fährt sich mit der Hand über die weichen Bartstoppeln. »Cosmé hat daraufhin den Conde um Hilfe gebeten. Sie wollte Rache, aber …«

»Treviño hatte nie die Absicht, gegen Invierne zu kämpfen.«

»Nicht, seit die Heere in so großer Zahl gegen ihn vorrückten. Meine Schwester war sehr beharrlich. Der Conde tat natürlich trotzdem nichts, aber er beschloss, sie in seinen Hofstaat aufzunehmen. Zuerst wollte er sie lediglich unter Beobachtung haben. Aber dann wuchs sie ihm ans Herz. Zu sehr. Für sie war das sehr unangenehm.

Er ließ sie in den verschiedensten Fertigkeiten ausbilden und verschaffte ihr eine Stellung als Zofe bei ihrer älteren Halbschwester Ariña. Die zwei Frauen verstanden sich recht gut, denke ich. Sie trafen sogar eine Vereinbarung. Ariña versprach Cosmé, wenn König Alejandro sie heiraten würde, dann sollte Cosmé die Besitzungen ihres Vaters erben.«

Ich starre ihn ungläubig an. »Sie hätte in Brisadulce bleiben können. Sie hätte Ariña dabei helfen können, Königin zu werden, um dann selbst zur Condesa aufzusteigen.«

Humberto nickt. »Das hätte sie tun können. Aber sie kam schließlich zu der Überzeugung, dass ihr Vater und ihre Schwester ihre Seele an Invierne verkauft hatten, um ihre Ziele zu erlangen. Vielleicht haben sie das auch.« Seine Augen werden starr, seine Stirn legt sich in Falten. »Wir haben miterlebt, wie die Gesichter von Mamá und Papá im Feuer eines Animagus vergangen sind. Sie hat das nie vergessen. Und als Onkel Alentín aus dem Kloster floh und seine kleine Rebellion ins Leben rief, haben wir ihn insgeheim unterstützt und geschworen, den Träger zu finden.«

Ich lasse mich neben Humberto auf die Pritsche fallen und versuche, das Gehörte zu verdauen. »Wenn das hier gut ausgeht, Humberto, wenn ich mein Versprechen halten und dieses Land von Joya befreien kann, dann wird Cosmé vielleicht doch noch Condesa. Vielleicht sogar Königin.«

Er gibt mir einen kleinen Stups mit der Schulter und grinst. »Deswegen habe ich's dir ja erzählt.«

Mara, der das Unbehagen anzusehen ist, steht still wie eine Statue an der Wand gegenüber, die Augen geweitet wie ein Tier, das in der Falle sitzt. »Ich werde versuchen, etwas Wasser aufzutreiben«, sagt sie, »ich muss mir die Haare waschen.«

Als sie verschwunden ist, sehen Humberto und ich uns betreten an.

»Du bist mir die letzten zwei Tage dauernd ausgewichen«, sagt er vorsichtig.

Ich betrachte meine Hände. »Ja.«

Er beugt sich vor, stützt die Ellenbogen auf die Knie. »Das ist in Ordnung. Das verstehe ich.«

Unsere Schenkel sind so nahe beieinander. Wenn sich einer von uns beiden jetzt nur ein wenig bewegte, würden sie sich ganz zufällig berühren. »Es tut mir so leid, Humberto. Aber ich muss mit Alejandro verheiratet bleiben, wenn uns das alles gelingen soll.«

»Du hast nie das Bett mit ihm geteilt.« Das ist eine Feststellung, keine Frage.

Ich schlucke verlegen und weiß nicht recht, ob ich über solche Dinge mit ihm reden sollte. »Nein, das habe ich nicht.«

Er wendet sich wieder mir zu, die Augen leicht zusammengekniffen. »Elisa, wenn es für dich eine Möglichkeit gäbe, irgendeine, um aus der Ehe mit dem König herauszukommen, würdest du das wollen?«

»Irgendeine?«

»Nichts, wofür du dich schämen müsstest, natürlich.«

Ich versuche, mir das Gesicht meines Mannes vorzustellen. Normalerweise erschien es stets mit großer Klarheit vor meinem inneren Auge. Aber nun haben die Zeit und die Entfernung meine Erinnerung getrübt.

Jetzt sehe ich zu Humberto auf, betrachte seine hohen Wangenknochen, Zeichen seiner Wüstenherkunft, das entschlossene Kinn und diese Lippen, die stets so aussehen, als wollten sie jeden Augenblick lächeln. Und dann wird mir klar, dass meine Erinnerung an Alejandro nicht durch Zeit und Entfernung gelitten hat, sondern weil es dieses andere, bessere, klarere Gesicht gibt, das meine Gedanken erfüllt.

Verzweifelte Hoffnung steht in Humbertos Augen, und ich sehne mich danach, mit den Fingern durch sein ungebändigtes Haar zu streichen und ihm zu sagen, dass es eines Tages wirklich einmal etwas zwischen uns geben kann. Und daher sage ich so viel, wie ich verantworten kann: »Wenn es einen Weg gäbe, dann ja, dann würde ich gern frei von Alejandro sein.«

Er lächelt. »Ich freue mich, das zu hören.«

Eine Weile sitzen wir in freundschaftlichem Schweigen da, beide bemüht, einander nicht zu berühren. Ich sehe auf meinen Rock, um seinen Blick zu vermeiden, und mir fällt auf, wie breit meine Schenkel auf der harten Pritsche aufliegen. Meine Haut spottet meiner neuen Schlankheit und wartet schwabbelig auf die Rückkehr der alten Fülle. Verstohlen sehe ich wieder zu Humberto und staune über das sichere Wissen, dass er mich trotzdem mögen würde – auch wenn ich wieder anfinge, jeden Tag Pasteten zu essen.

»Worüber lächelst du?«, fragt er.

Die Antwort bleibt mir erspart, als Mara zurück ins Zimmer kommt und berichtet, dass sie ein Schaffell gegen Seife und heißes Wasser eingetauscht hat.

Mara flicht mein feuchtes Haar, als Cosmé und Jacián zurückkehren. Die scharfen Linien in Cosmés Gesicht und die Schatten um Jaciáns dunkle Augen verraten mir gleich, dass etwas nicht stimmt.

»Was ist denn? Wollte niemand mit euch reden?«, frage ich.

»Wir haben herausgefunden, was wir wissen wollten«, zischt Cosmé, die im Zimmer auf und ab geht.

Alarmiert sehe ich Humberto an. Er zuckt nur mit den Schultern, als wollte er sagen: Lass ihr ein wenig Zeit.

Cosmé presst die Lippen aufeinander, dann platzt sie heraus: »Die Versorgungszüge brechen im Morgengrauen auf. Wir müssen heute Nacht handeln.«

Heute Nacht! Ich hatte gehofft, mich noch etwas an die Idee zu gewöhnen, vielleicht noch ein wenig Zeit für Gebete zu haben und allmählich Mut zu sammeln.

»Der Tribut wird von den Priestern eingesammelt«, fährt sie fort. »Und dann im Kloster bewacht.«

Mein Magen verkrampft sich bei ihren Worten. Dass Priester diese Tributzahlungen sanktionieren, ist unfassbar. Kein Wunder, dass Cosmé und Jacián so aufgebracht sind.

»Gibt es für uns einen Weg hinein?«, frage ich.

Jacián nickt. »Sie teilen heute Abend das Sakrament des Schmerzes aus. Wir werden alle zehn gehen und dann, wenn die Menge sich zerstreut, in die Küchen schleichen – alle mit reichlich Duermagift bewaffnet. Dann müssen wir darauf hoffen, dass zumindest zwei oder drei von uns das Lager mit den Nahrungsmitteln finden werden.«

»Und wenn wir gefasst werden?«, fragt Mara zaghaft.

»Wenn jemand gefangen genommen wird, dann ist es an Elisa, uns wieder herauszuholen«, sagt Cosmé bestimmt.

»An mir?«

»Dann wirst du dich als Anführerin der Malficio zu erkennen geben. Und sagen, dass du dich nur auf Verhandlungen einlässt, wenn deine Leute wieder freigelassen werden.«

Meine Augen verengen sich. »Dabei könntet ihr leicht getötet werden«, sage ich. »Wir können ja nicht sicher sein, was der Conde wirklich vorhat.«

Cosmé reckt herausfordernd das Kinn. »Es hat niemand gesagt, dass unser Vorhaben gefahrlos wäre.«

Ich seufze. Ich hasse diesen Augenblick. »Mit anderen Worten, wir haben keinen richtigen Fluchtplan.«

Es ist Mara, die leise flüstert: »Wenn wir den Conde dazu zwingen können, dass er sich verteidigen muss, dann ist es die Sache wert. Er hat so viel mehr Mittel zur Verfügung als unsere kleine Gruppe Malficio.«

»Es könnte uns den Vorteil bringen, den *dein Mann* braucht, um diesen Krieg zu gewinnen«, setzt Humberto hinzu.

Ich verziehe das Gesicht. »Cosmé, könntest du deine Beziehungen zum Conde spielen lassen, um uns im Notfall herauszuholen?«

Die junge Frau runzelt die Stirn.

»Ich habe ihr alles erzählt«, erklärt Humberto entschuldigend.

»Ich würde es natürlich versuchen«, sagt sie steif. »Obwohl ich kein gutes Gefühl dabei habe, meine Beziehung zu ihm für überhaupt irgendetwas zu nutzen. Im Gegenteil. Ihn um einen Gefallen zu bitten ist stets … unangenehm. Jeder Gefallen hat seinen Preis.«

Ich betrachte sie nachdenklich. »Dann werden wir versuchen, das zu vermeiden. Kommt, wir wollen unsere Gefährten über den Plan informieren, und dann müssen wir los.«

Das Kloster sieht aus wie die kleinere Ausgabe dessen, über das Vater Nicandro in Brisadulce gebietet. Die gleichen Ziegelmauern, die gleichen Gebetskerzen, die gleichen langen Holzbänke. Und wie auch in Brisadulce ist die Zahl der Gläubigen überschaubar, die Bänke sind nicht annähernd voll besetzt. Dabei hatte ich auf eine größere Menschenmenge gehofft, in der wir uns ein wenig verlieren würden.

Unsere Wüstengewänder sind unauffällig und passen zu Büßern, die sich vom Sakrament des Schmerzes eine Segnung versprechen. Cosmé und Humberto tragen ihre Kapuzen, um nicht erkannt zu werden, als wir in gemessen frommer Haltung eintreten. Dann verteilen wir uns, um keinen Verdacht zu erregen, und das leise Gebetsgemurmel durchdringt den Raum, erhebt sich und verstummt in weicher Kadenz. Mein Feuerstein vibriert vor Wärme.

Nahe dem für den Gottesdienst vorbereiteten Altar sieht einer der Priester mit einem Ruck auf. Sein Blick schweift über die versammelte Menge.

Ich ziehe den Kopf ein wenig ein und verstecke mich hinter Cosmé, die weiter nach vorn schreitet, und ich verfluche mich dafür, dass ich etwas so Wichtiges vergessen konnte. Es ist vergebliche Liebesmüh, mich verbergen zu wollen, denn schließlich ist Cosmé sehr zierlich, und ich bin das ganz und gar nicht, aber der Priester sieht weiter im Raum umher und scheint noch nicht entdeckt zu haben, wo ich mich befinde. So unauffällig wie möglich packe ich Cosmé am Ellenbogen und dränge sie in die nächste Bankreihe. Wir setzen uns gleichzeitig, unsere Beine berühren sich.

Sie flüstert mit gesenktem Kopf: »Wir wollten uns aufteilen und …«

»Der Priester kann meinen Feuerstein fühlen. Genau wie Alentín und Nicandro. Ich wage mich nicht näher heran.«

Sie zieht scharf die Luft ein und sagt dann: »Du solltest gehen. Verschwinde, sobald die ersten Leute aufstehen, um die Einladung anzunehmen.«

Erst will ich nicken, aber dann fällt mir etwas Besseres ein. »Wir könnten meinen Feuerstein als Ablenkungsmanöver nutzen.«

»Meinst du, das würdest du schaffen?«, raunt sie.

»Ja, sicher. Am Schluss der Zeremonie versuchst du mit den anderen, zu den Küchen zu kommen. Ich werde zur Hintertür hinausgehen, zum Schlafsaal, und hoffentlich ihre Aufmerksamkeit auf mich lenken.«

Unter der Kapuze neigt sie sich zu mir, ihre Stirn berührt die meine, dann flüstert sie: »Bist du sicher, dass du das tun willst?«

»Ja. Wir treffen uns später wieder in der Herberge.« Ich bin mir fast sicher, den Weg dorthin allein finden zu können.

Das ist ein ernüchternder Gedanke, und während die vor dem Gottesdienst üblichen Rituale vollzogen werden, warten wir in nervösem Schweigen. Der Priester führt uns durch das »Glorifica«, und ich muss meine ganze Willenskraft bemühen, um angesichts der lyrischen Schönheit nicht meine ganze Seele in das Lied hineinzulegen. Jeder Gedanke an Gott oder Gebet würde den Stein in mir in freudiger Antwort aufflammen lassen, und daher konzentriere ich mich auf Kokosbrötchen mit Sahnefüllung und versuche, mich ganz genau an den Geschmack und das Gefühl auf meiner Zunge zu erinnern.

Ich trommele mit den Fingern gegen die Bank, als der Priester die heilige Rose mit ihren langen Dornen über seinen Kopf erhebt und eine Erlösungshymne anstimmt. Dann endlich lädt er alle, die das Bedürfnis verspüren, dazu ein, das Sakrament des Schmerzes zu teilen und vorzutreten. Mara, die ein paar Bänke weiter vorn sitzt, erhebt sich, und ich sehe noch andere aus unserer Gruppe nach vorn gehen. Cosmé und Humberto bleiben sitzen; sie fürchten, erkannt zu werden. In diesem Augenblick, ohne Gebet, fühle ich mich beraubt und fürchterlich fehl am Platz.

Endlich ist die Zeremonie vorüber. Die verbliebenen Bittsteller lassen sich die blutenden Finger versorgen, während der oberste Priester – der noch immer angespannt die Menge mit seinem Blick absucht – den Bedürftigen ein zusätzliches Gebet und weisen Rat anbietet. Einige von uns umringen den Priester mit erfundenen Anliegen, während andere zur Seitentür hinübergehen, die zu den Küchen und Stallungen führt.

Die Gedanken noch immer fest auf Pasteten gerichtet, stehe ich auf und bewege mich verstohlen in Richtung Schlafsaal. Aus dem Augenwinkel sehe ich Mara, die den Priester, der mir am nächsten steht, mit klug vorgetragenen Problemen beschäftigt und ihn mit ihrer hohen Gestalt auch körperlich abschirmt. Unwillkürlich muss ich grinsen, während ich mich in einen kühlen, dunklen Bogengang ducke.

Aber mein Grinsen verschwindet schnell, als ich sehe, dass sich der Gang vor mir teilt. Zwei Richtungen, zwischen denen ich mich entscheiden muss, beide düster. Mit klopfendem Herzen wähle ich jenen, der wieder zum Eingang zurückführen müsste. Zwar habe ich Cosmé gegenüber nichts davon gesagt, aber ich weiß, dass es mich das Leben kosten könnte, wenn man mich hier erwischt. Schließlich hat mir Vater Alentín verraten, dass die Priester des Klosters eher am Feuerstein als an dessen Träger interessiert sind und dass sie mir bei der erstbesten Gelegenheit den Stein aus dem Nabel reißen könnten.

Ich haste den Korridor hinunter und versuche, in dem dämmrigen Licht etwas zu erkennen. In einiger Entfernung höre ich Schritte, und ich hoffe, dass es lediglich Bittsteller sind, die nun den Audienzsaal betreten, aber das ist unmöglich zu sagen. Dann endlich erreiche ich eine Spitzbogentür aus dicken Holzbohlen mit Eisenbeschlägen. Der Türgriff liegt kalt in meiner Hand, als ich zu beten beginne.

Gott, bitte lass mich diese Priester ablenken.

Der Feuerstein flammt auf, schickt mir mit warmen Funken einen Gruß. Ich ziehe die Tür auf.

Bitte lass meine Freunde nicht in Gefahr geraten. Lass sie erfolgreich sein.

Ein warmer, frischer Luftzug fährt über mein Gesicht. Ich trete hinaus auf eine gepflasterte Straße. In unregelmäßigen Abständen erhellen Fackeln den Weg mit bronzenem Licht. Vor mir steht ein Grüppchen von Bittstellern, in deren Gelächter ich die vertraute Erleichterung höre, wie sie sich oft nach dem Sakrament des Schmerzes einstellt. Ich bin dem Eingang, durch den wir das Kloster betreten haben, sogar noch näher, als ich zuerst vermutete.

Danke, Gott, für diese wunderschöne Stadt. Wenn es dein Wille ist, verschone sie vor Zerstörung.

»Ich fühle es wieder!« Eine Männerstimme, etwas weiter entfernt, aber sehr entschlossen. »Hier entlang!«

Ich kauere mich hinter ein niedriges Gebüsch, das vor einer Mauer wächst – blühender Hibiskus, wie meine Nase mir verrät –, und versuche wieder, nur an Kokosbrötchen zu denken. Aber der Feuerstein spricht weiter mit mir, als würde ich noch beten.

Nun denke ich an den Animagus, an sein weißblondes Haar und die blauen Augen, an seine gleitenden, katzenartigen Bewegungen, mit denen er seinen kerzenüberfrachteten Altar umschlich.

Der Feuerstein friert ein.

Die Angeln der Tür, durch die ich gerade gekommen bin, schwingen auf. Füße eilen vorüber, mindestens zwei Paar, wie ich vermute; allerdings wage ich es nicht, den Kopf so weit zu heben, dass ich etwas sehen könnte.

»Ich habe es doch gefühlt«, beteuert ein Mann. »Ich schwöre!«

Augen wie Eis, das Amulett in seiner schlanken, schönen Hand glüht vor grauenvollem Feuer …

»Ich glaube dir ja. Ich habe es auch gefühlt.« Weitere Schritte. »Aber jetzt ist da nichts mehr.«

Gewänder weiß wie Quarz, das Gesicht glatter als das eines Kindes …

»Vielleicht.« Aber Zweifel schwingt in der Stimme mit. »Lass uns im Schlafsaal nachsehen.«

Die Schritte entfernen sich, die Tür fällt zu, und ich bleibe hinter dem Hibiskus verborgen und hoffe, dass das, was da an meiner Nase kitzelt, keine Spinnwebe ist. Beinahe hätte ich unversehens vor Erleichterung gebetet.

Ich verharre in der Hocke, bis meine Füße taub sind und mein Hals schmerzt. Dann richte ich mich langsam und vorsichtig auf und gehe gezwungen gelassen die Straße hinunter zur Herberge. Es ist der längste Spaziergang meines Lebens.

Ich bin als Erste wieder zurück, und die nächste Stunde verbringe ich damit, ausgiebig für die Sicherheit und das Wohlergehen meiner Gefährten zu beten. Dann treffen allmählich die anderen ein – Mara als Erste, dann unsere beiden jungen Bogenschützen. Auch Jacián kehrt zurück, angespannt, aber guter Dinge. Carlo, der Trapper, und sein kleiner Bruder Benito sind die Nächsten. Unruhig warten wir weiter, aber dann taucht Bertíns lachendes Gesicht in der Tür auf. Und als wir beinahe die Hoffnung aufgeben wollen, stolpern Cosmé und Humberto herein, erschöpft, aber auch sie mit glücklichen Gesichtern.

Alle zehn sind wir zurückgekehrt. Und erfolgreich, nach den triumphierenden Blicken zu schließen. Das ist so viel mehr, als ich mir erhofft hatte. Gemeinsam brechen wir in Gelächter und Tränen aus, überwältigt von Erleichterung.

Es ist noch lange nicht vorüber. Der Versorgungszug muss schließlich noch bis Invierne kommen. Und dann müssen genügend Krieger vergiftet werden, dass man ihre Krankheit mit den Tributzahlungen des Conde in Verbindung bringt und sich dafür rächt. Wir müssen mit Treviño verhandeln.

Und die Priester von Basajuan haben die Gegenwart der Trägerin gespürt.

Aber heute Nacht sonnen wir uns in unserem kleinen Erfolg.

27

Wir warten drei Tage, bevor wir uns dem Conde zu erkennen geben – Zeit genug, damit der Tribut, den er entrichtet hat, das zusammengezogene Heer Inviernes erreicht haben wird. Über die beste Art, uns bei Treviño vorzustellen, diskutieren wir lange.

»Was, wenn wir in aller Öffentlichkeit zu ihm gingen?«, schlägt Mara schließlich vor.

Cosmé nickt nachdenklich. »Wenn wir das täten, würde es für ihn sehr schwierig, uns zu töten oder gefangen zu nehmen.«

»Aber nur zuerst«, gebe ich zu bedenken. »Später könnte er es immer noch tun. Zu einer Zeit, in der man an seinem Hof nicht mehr auf uns achtet.«

Cosmé grinst. »Zuerst reicht uns doch. Sobald er die Nachricht von seiner verdorbenen Sendung erhält, ist es für ihn ohnehin zu spät.«

»Also sollten wir ihn überraschen, wenn er Bittsteller empfängt«, sagt Jacián und schürzt die Lippen. »Wir müssen uns so präsentieren, dass wir viel Unterstützung für unsere Sache gewinnen.«

Humberto runzelt die Stirn. »Mit solchen Sachen habe ich keine Erfahrung«, sagt er. »Ich bin der Sohn eines Schäfers.«

Mara hebt die Hand. »Und ich bin nur eine Dorfköchin.«

»Bei solchen Gelegenheiten«, erklärt Cosmé, »ist es ganz praktisch, eine Prinzessin dabeizuhaben.«

Alle sehen mich an. Ich lächele schwach und muss an die vielen Male denken, da ich mich vor offiziellen Anlässen gedrückt habe, in dem sicheren Bewusstsein, dass Alodia schon alles regeln wird.

»Äh … nun ja, ich denke, es wäre wichtig, dass wir uns selbstbewusst und stark präsentieren.« Eine sichere, allgemeine Feststellung.

»Du meinst, mit schönen Kleidern?«, fragt Mara.

Warum habe ich nicht selbst daran gedacht? »Ja, genau.«

»Ich muss dir das Haar aufstecken«, fährt Mara fort. »Damit es nicht so …« Sie macht eine unbestimmte Bewegung mit den Händen.

Ich funkele sie böse an.

Cosmé denkt nach. »Wir müssen dir *etwas anderes* zum Anziehen besorgen.«

Nun trifft auch sie mein ungehaltener Blick. »Ich hasse Korsetts«, brumme ich.

»Kein Korsett«, erwidert Cosmé. »Lederne Reitkleidung, so wie die Leibwächter sie tragen. Vielleicht auch einen Mantel. Zwar dürfen wir nicht bewaffnet eintreten, aber ein leerer Köcher auf deinem Rücken hätte sicherlich eine gewisse Wirkung. Und ein Schwertgurt.«

Ich starre sie nur stumm an.

»Du musst wie eine Kriegerin aussehen, Elisa.« Aber

Cosmés Lippen zittern leicht; sie unterdrückt ein Grinsen. »Du musst einen so großen Eindruck machen, dass es dem Conde anschließend sehr schwerfallen wird, dich verschwinden zu lassen.«

Unsere übrigen Gefährten verharren in erwartungsvollem Schweigen.

Schließlich hebe ich die Hände. »Tu, was du für das Beste hältst.«

Der Palast des Conde ist wesentlich kleiner als Alejandros, aber sehr schön gestaltet, mit Wänden aus pastellfarbenem Kalkstein und den vertrauten Kacheln mit den gelb-blauen Blumen. Wir haben beschlossen, alle zusammen vorzusprechen und nur Carlo in der Herberge zurückzulassen, damit er zu den Malficio zurückkehrt, falls er binnen einer Woche nichts von uns hört. Wir tragen die feinsten Stoffe und Schaffelle, die für Geld zu haben waren. Meine ledernen Reitkleider knarren bei jedem Schritt. Über der Brust, meinen geschwungenen Hüften und meinen Schenkeln sind sie ziemlich eng. Meine Haut ist nur an den Armen und am Hals unbedeckt, aber ohne meine verhüllenden Gewänder fühle ich mich trotzdem entblößt und verletzlich.

Die Bittsteller, die sich bereits aufgereiht haben, wahren vorsichtig Abstand. Ich versuche, meine Gefährten mit den Augen eines Fremden zu betrachten. Zwar sind wir alle noch jung, aber unsere Haut ist wettergegerbt und gebräunt, und die Sonne hat unser Haar gebleicht und mit roten Reflexen versehen. Wir stehen sehr aufrecht mit der Kraft und Entschlossenheit, die man erwirbt, wenn man tagelang zu marschieren gelernt hat. Noch immer erfüllt von unserem jüngsten Erfolg im Kloster, erwidern meine Freunde die Blicke, die sie immer wieder streifen, kühl und gelassen.

»Weswegen lächelst du?«, flüstert Humberto mir ins Ohr.

»Sieh uns doch einmal an. Wir sehen viel Furcht einflößender aus, als wir eigentlich sind.«

Er grinst. »Cosmé und Mara haben uns wirklich hervorragend ausgestattet. Aber überleg mal – wir sind furchterregend. Wir sind die Malficio.«

Es kommt ein wenig Bewegung in die Menge vor uns, und wir rücken einige Schritte auf. »Ich bin froh, dass es rasch vorangeht«, sage ich.

»Und ich bin froh, dass die Leute hinter uns den Fluchtweg blockieren«, antwortet er und zeigt damit, dass er mich genau verstanden hat.

»Es ist einfacher, weil du hier bist«, sage ich.

Er erwidert nichts, sieht mir nur in die Augen, betrachtet meine Lippen, meinen Hals. Hier, umgeben von der unruhigen, dichten Menschenmenge, ist es beinahe, als wären wir allein. »Elisa«, murmelt er. Die weiche Fläche seines Daumens berührt meine Schulter. »Ich glaube, es gibt eine Lösung.«

»Was meinst du damit?« Ich könnte eine Ewigkeit so mit ihm dastehen.

»Du hast gesagt, wenn es eine Möglichkeit gäbe, von ihm loszukommen …« Sein Daumen gleitet über mein Schlüsselbein. »… dann würdest du es tun.«

Mir ist ein wenig schwindelig. Könnte ich wirklich von Alejandro freikommen? Die Reihe der Bittsteller rückt weiter auf und schiebt uns mit sich. »Ich kann jetzt nicht darüber nachdenken!« Ganz kurz streiche ich mit der Handfläche über sein Gesicht. »Aber wir werden darüber reden. Versprochen.«

Er schenkt mir dieses fröhliche Lächeln, das mir inzwischen so vertraut und so lieb geworden ist. Etwas öffnet sich in mir, wie eine erblühende Sakramentsrose. Und mir wird klar, dass ich ihn liebe.

»Was denn?«, flüstert er. »Was ist denn?«

Mein Herz fließt so sehr über, dass es schmerzt. »Das sage ich dir später!«

Um das Thema zu beenden, wende ich mich von ihm ab, aber meine Brust brennt vor warmer Hoffnung. Und als wir endlich an der Reihe sind, den Audienzsaal zu betreten, und der gelangweilte Herold fragt, wen er als Nächstes melden soll, erkläre ich mit klarer und sicherer Stimme: »Ich bin Lady Elisa von den Malficio und ich komme auf Einladung Seiner Durchlaucht.«

Die Augen des Herolds flammen mit plötzlichem Interesse auf. Mit seinem Stab klopft er an die Flügeltür. Sie öffnet sich nach innen, und wir treten in einen großen Saal, während er meine Worte für den versammelten Hofstaat wiederholt.

Von beiden Seiten höre ich unterdrückte Überraschungslaute, fühle die heißen Blicke auf meinen Schultern. Mein Selbstbewusstsein schwindet, als der Druck so vieler Menschen auf mir lastet. Wie kann ein geschlossener Raum so viele Körper umfangen? Ihr Geruch ist mir plötzlich deutlich bewusst, ihr Blütenduftparfüm, die schon zweimal eingeatmete Luft. Ich war zu lange in der Wüste.

»Also, Lady Elisa von den Malficio«, sagt eine hohe, klare Stimme. Der Feuerstein wird kalt.

Ich blicke in die Richtung, aus der sie ertönt. Am Ende

des Mittelganges treten einige finster aussehende Bedienstete beiseite und geben den Blick frei auf einen kleinen hellhäutigen Mann, der auf einem Thron sitzt. Sein schwarzes Haar liegt schimmernd an seinen Kopf geklatscht, mit flach gedrückten Locken, die sich um seine Ohren ringeln und auf seiner Stirn Spiralen formen. Seine Augen sind scharf und dunkel, sein Kinn zart wie das eines Mädchens. Wie Cosmés. Er sieht viel jünger aus, als ich ihn mir vorgestellt habe.

An einer Kette um den Hals trägt er einen auffälligen goldenen Anhänger, groß wie meine geöffnete Hand. Er hat eine ungewöhnliche groteske Form, wie eine verfaulende Blume, und gleichzeitig wirkt er irgendwie vertraut.

»Durchlaucht«, sage ich laut und erinnere mich im letzten Augenblick daran, dass ich mich verbeugen muss. Hinter mir tun es mir die anderen nach. Ich frage mich, ob der Conde Cosmé erkennen wird, aber sie trägt eine Kapuze, und seine Aufmerksamkeit ist ausschließlich auf mich gerichtet. Ich ziehe das zusammengerollte Pergament, das er uns geschickt hat, unter meinem Ledergürtel hervor und schwenke es hoch in der Luft. »Wir sind auf Euer Geheiß gekommen, Durchlaucht. Um über ein Bündnis zu sprechen, wie Ihr es vorgeschlagen habt.«

Auf seiner Wange zuckt ein Muskel, und seine Hände werden weiß, so sehr krallen sie sich in die Armlehnen des Throns. »Es wäre natürlich unziemlich, solche Dinge hier zu diskutieren. Meine Wachleute werden Euch in die Gastgemächer bringen.« An einen der versteinert dreinblickenden Bediensteten gewandt, schnippt er kurz mit den Fingern, dann schenkt er uns ein süßliches Lächeln. »Bitte ruht Euch aus. Macht es Euch gemütlich. Bestellt Euch Essen und Trinken aus den Küchen, wenn Ihr mögt. Nach der Mittagsstunde werde ich Euch rufen lassen.«

Eigentlich will ich protestieren, aber die Wachleute haben uns schon umringt und geleiten uns hinaus. Aus dem Augenwinkel sehe ich, dass Conde Treviño einem Diener etwas zuflüstert, dann teilt sich die Menge vor uns und gibt den Blick auf eine Seitentür frei. Wir werden in einen dunklen Korridor gebracht, während im Saal ein spekulierendes Summen anhebt.

Sorgenknoten ziehen sich in meiner Brust zusammen, als man uns erst einen Flur hinunterführt, dann eine knarrende Treppe hinauf. Der Wachmann öffnet eine Tür, hinter der sich ein Gemach mit eierschalenfarbenen Ziegelmauern und hölzernen Stützbalken befindet. Es hat keine Fenster und ist sehr schmucklos, aber mit dem abgerundeten Kamin und den breiten Betten ausreichend für vier oder fünf Gäste. Allerdings schiebt der Wächter uns alle hinein und schlägt dann die Tür zu. Wir hören das laute Knirschen, mit dem ein Riegel zugeschoben wird.

Völlig verblüfft stehen wir da, bis Cosmé ihre Kapuze abnimmt. Sie lacht.

Wir starren sie an.

»Was habt ihr denn erwartet?«, fragt sie. »Wir haben ihn auf alle Fälle überrascht. Ein solches Zucken habe ich nicht mehr in seinem Gesicht gesehen, seit ich ihn von unserem bedauernswerten Verwandtschaftsverhältnis in Kenntnis setzte.« Sie lässt sich auf das nächste Bett fallen und grinst selbstzufrieden.

»Er hat dich nicht erkannt«, sagt Humberto.

»Ich hatte meinen Kopf bedeckt und außerdem gesenkt gehalten. Er hatte ohnehin nur Augen für unsere Prinzessin.«

»Was wird er als Nächstes tun?«, fragt der kleine Benito mit leicht erstickter Stimme.

»Sobald er sich ein wenig gesammelt hat, wird er nach Elisa und ein oder zwei anderen schicken. Er wird euch befragen, erst zusammen, dann getrennt. Wir anderen werden als Druckmittel hier festgehalten.«

»Du kennst ihn gut«, sage ich.

Sie meidet meinen Blick. »Ja.«

Also finden wir uns damit ab, dass wir warten müssen, und versuchen, wegen unserer ungeplanten Gefangenschaft nicht in Panik zu geraten. Ich hoffe, dass sie recht hat und dass ich eine Möglichkeit haben werde, mit dem Conde zu sprechen, bevor er uns an Invierne ausliefert.

Abwechselnd schlafen wir ein bisschen. Die Wachen draußen ignorieren unsere wiederholten Fragen nach etwas zu essen, und der Hunger wütet heftig in mir, als wir endlich hören, wie der Riegel zurückgezogen wird. Diejenigen, die sich kurz hingelegt hatten, springen auf. Wir alle sehen zur Tür. Cosmé hält sich im Hintergrund und hat sich wieder die Kapuze über den Kopf gezogen.

Zwei kräftig gebaute Männer treten ein. Sie tragen kurze Schwerter, die leicht von ihren Hüften abstehen, und an ihren Stiefelschäften stecken Dolche in nietenbeschlagenen schwarzen Lederscheiden. »Lady Elisa von den Malficio?«, fragt einer.

Ich trete vor. »Ich bin Lady Elisa.«

»Kommt mit uns. Ihr auch.« Er deutet auf Humberto und Benito.

Ein Wächter reiht sich hinter uns ein, und ich höre das typische Klappern von Stahl auf Stein, als er sein Schwert zieht. Humberto nimmt meine Hand, als sie uns durch mehrere Flure führen, und ich bedanke mich mit einem sanften Druck.

Als wir vor einer reich verzierten Mahagonitür ankommen, bete ich voller Inbrunst. Die Tür öffnet sich, und wir werden in eine Art Dienstzimmer gedrängt, das von einem polierten Schreibtisch und einem riesigen Kamin beherrscht wird. Die überladene Üppigkeit des Raums stößt mich ab, die leuchtend vergoldeten Rahmen, der dicke Teppich und die gerafften Vorhänge. Es stinkt nach parfümierten Räucherkerzen wie im Zelt des Animagus. Nur knapp kann ich ein Husten unterdrücken. Die Wachmänner führen uns zu einem der Sofas, die dem Schreibtisch gegenüberstehen, und zwingen uns mit einem weiteren Schubs, dort Platz zu nehmen.

Eine kleinere Tür hinter dem Schreibtisch öffnet sich. Ein groß gewachsener Mann mit faltigem Gesicht und schlichtem Gewand gleitet hindurch, gefolgt von Conde Treviño. Der Conde wirkt schmal neben seinem hoch aufragenden Begleiter, aber sein Gesicht ist wachsam und angespannt, stets in Bewegung.

»Lady Elisa«, sagt der Conde mit melodiöser Stimme. »Ich freue mich sehr, dass Ihr gekommen seid.«

»Wieso habt Ihr uns dann gefangen genommen?«, frage ich und füge schnell noch hinzu: »Durchlaucht.«

Sein Lächeln ist aalglatt und nett. »Zu Eurer eigenen Sicherheit natürlich.«

Ich lasse seine Lüge so stehen. »Das war dann sehr freundlich von Euch.« Aber ich fühle, dass Humberto neben mir erstarrt, und seine stille Wut verleiht mir die Kraft für meine nächsten Worte: »Ich habe mich sehr gefreut, als wir Eure Nachricht erhielten, Durchlaucht. Ein Bündnis zwischen meinem Volk und Eurem wäre sicherlich zu unser beider Nutzen.«

»Oh?« Seine Lippen zucken, als hätte ich gerade einen Witz gemacht, und er hebt eine Augenbraue auf ausgesprochen bekannte Weise. Es war für Cosmé sicherlich nicht besonders schwierig gewesen, ihn von seiner Vaterschaft zu überzeugen.

Der Mann mit dem faltigen Gesicht bleibt völlig ungerührt.

»Sicherlich«, betone ich, jetzt noch misstrauischer als zuvor. »Die Fähigkeiten meiner Leute, kombiniert mit den Mitteln, die Euch zur Verfügung stehen, werden Seiner Majestät den Vorteil verschaffen, den er braucht, um den Krieg gegen Invierne zu gewinnen.«

Er seufzt dramatisch. »Ich fürchte, es wird kein Bündnis geben, denn es wird auch nicht zum Krieg kommen.«

Benito zieht scharf die Luft ein. Meine Hände ballen sich zu Fäusten. »Was meint Ihr damit?«, flüstere ich.

»Ich habe einen Friedensvertrag ausgehandelt.« Stolz liegt in seiner Stimme. »Damit werden wir viele Tausend Leben retten.«

Humberto schüttelt den Kopf. »Invierne wird Eure Stadt dem Erdboden gleichmachen«, zischt er. »Ganz egal, welche Versprechungen man Euch gemacht haben mag.«

»Nein, nein, da irrt Ihr Euch«, beharrt Treviño und tritt

näher an uns heran. Der geschmacklose Anhänger gleitet mit einem leisen Flüstern über die Kette, an der er hängt, und die heiße Reaktion meines Feuersteins lässt mich zusammenzucken. »Ich habe die Erfahrung gemacht, dass man sehr gut mit ihnen reden kann. Sehr angenehme Verhandlungspartner. Erst gestern erhielt ich beispielsweise eine Nachricht ihres Botschafters, der mir mitteilte, dass in ihrem Lager ein Gift verbreitet worden sei. Sie dachten zunächst, es handelte sich dabei um einen Angriff meinerseits. Natürlich versicherte ich ihnen sofort, dass das nicht der Fall war. Dann vermutete der Botschafter, dass vielleicht die Malficio dafür verantwortlich sein könnten. Und da könnt Ihr Euch sicher vorstellen, wie überrascht ich war, als ich Euch heute Morgen auf meiner Schwelle entdeckte!« Jetzt geht er im Raum auf und ab, sein rot-goldener Mantel schwingt um seine Knöchel und enthüllt ein Paar an die Stiefelschäfte geschnallte Dolche. »Um meine Stadt zu bewahren und mein Volk zu schützen, muss ich nichts weiter tun, als Euch auszuliefern. Euch alle. Das bedauere ich sehr, wirklich. Aber der Frieden ist es wert, meint Ihr nicht auch?« Er wirbelt zu mir herum und beugt sich zu mir, bis seine Nase nur noch eine Handbreit von meiner entfernt ist. »Und daher werdet Ihr, Lady Elisa, mir verraten, wo genau sich Euer Hauptquartier befindet.«

Ich schlucke und denke fieberhaft über eine schlaue Strategie nach, über irgendeine brillante Entgegnung, die uns retten oder zumindest etwas Zeit kaufen würde. Aber das Einzige, was ich herausbringe, ist: »Das werde ich Euch niemals sagen.«

Der Conde tritt wieder einen Schritt zurück und zuckt mit den Schultern. »Das werdet Ihr. Und dann werdet Ihr als Zeichen unseres guten Willens in das Lager Inviernes geschickt. Dort will man Euch aus irgendeinem Grund unbedingt in die Hände bekommen.« Er sieht zu einem der Wächter hinüber und schnippt mit den Fingern. Eine schwere Hand packt meine Schulter, und Fingerspitzen bohren sich in die Haut unterhalb meines Schlüsselbeins.

»Nein!« Humberto springt auf. »Nehmt mich. Ich bin der Anführer der Malficio. Dieses Mädchen ist nur Tarnung.«

Die Luft in meinen Lungen wird schwer wie ein Felsbrocken. *Nein, Humberto. Bitte nicht.* Ich schüttele den Kopf und versuche, seinen Blick einzufangen, aber seine Augen bleiben starr auf den Conde gerichtet.

Treviño sieht den Mann neben sich fragend an.

»Er lügt«, stößt der Alte mit rauer Stimme hervor. »Sie ist die Anführerin. Und die Trägerin. Ihren Feuerstein habe ich vorhin schon gefühlt. Der Junge hier ist ein Nichts.«

Ein Priester! Sie beide, der Conde und der Priester, sehen Humberto nun an wie zwei Kojoten, die ein saftiges Kaninchen belauern.

Entsetzen breitet sich in meinem Bauch aus.

Humbertos Gesicht ist eine erstarrte Skulptur der Angst, aber plötzlich entspannen sich seine Züge und zeigen nur noch Resignation. Er dreht sich zu mir um, sieht mich eindringlich an, und es liegt unglaublich viel Wärme in seinen Augen, so viel Tapferkeit in seinem Lächeln. »Meine Elisa«, flüstert er. »Du weißt bestimmt, wie sehr ich dich …«

»Tötet ihn«, befiehlt Treviño.

»Nein!« Ich springe vom Sofa, um Humbertos Körper mit meinem eigenen zu schützen. Aber der Wächter greift mit der Hand in Humbertos Haar und reißt ihm den Kopf zurück.

Ich greife noch nach ihm, als schon der Stahl aufblitzt, kalt und schnell, und über seinen Hals fährt. Das Fleisch teilt sich glatt und offenbart ein blutrotes Lächeln.

Er stolpert nach vorn, und nun fange ich ihn auf. Trotz seines Erschauerns, trotz seines flüssigen Atems fassen seine Arme um meine Taille, und er presst mich heftig an sich. Kehlige Laute dringen aus seinem Mund. Mein Name. Er versucht, meinen Namen zu sagen.

Humbertos Beine geben unter ihm nach, und wir stürzen beide auf den Teppich. Ich vergrabe mein Gesicht in seinem Haar, als er ertrinkend gegen mich sinkt. Die Arme um meinen Leib werden schlaff. Zu spät flüstere ich: »Ich liebe dich.«

Am liebsten würde ich ihn bis in alle Ewigkeit so festhalten, aber Hände ergreifen ihn, ziehen ihn von mir weg. Ich bleibe in der Hocke sitzen, zittere am ganzen Leib und sehe seinem leblosen Körper nach, als sie ihn davonschleifen. Seine Augen sind noch immer weit aufgerissen, aber der Junge, den ich einmal kannte, lebt nicht mehr in ihnen.

Ein klagendes Geräusch dringt an meine Ohren. Hoch, wild. Dann erst merke ich, dass ich es bin, die dieses Geheul ausstößt.

Man hebt mich mit viel Druck gegen meine Achseln wieder auf die Beine. Der Conde steht vor mir, und ich stürze mich auf ihn. Der Wächter reißt mich zurück, und nun falle ich auch über ihn her, aber ich bin schwach. In kürzester Zeit werden mir die Arme an den Körper gepresst, und wieder sehe ich den Conde. Treviño hat einen Blutspritzer auf der Wange, und eine Linie kleiner Blutstropfen zieht sich bis zu seiner Stirn. Von meinen Haaren, wie ich mit etwas Verzögerung erkenne. Als ich herumgewirbelt bin.

Er flüstert mir mit leiser Stimme zu: »Ihr werdet mir von den Malficio erzählen. Für jeden Tag, den Ihr schweigt, wird einer Eurer Gefährten sterben. Ich werde Euch morgen Nachmittag wieder holen lassen. Wenn Ihr mir dann nicht verratet, wo sich das Lager der Malficio befindet, stirbt der Junge.«

Benito. Ihn hatte ich ganz vergessen.

Die Wächter schleifen uns wieder durch die Flure zu unserem Zimmer zurück. Ich habe keine Kraft mehr. Keine Entschlossenheit. Nicht einmal mehr Wut. Nur noch Trauer, so tief, dass ich darin zu ertrinken fürchte.

Die anderen wissen sofort, was geschehen ist, als die Wächter die Tür öffnen. Sie sehen, dass Humberto nicht bei uns ist, sehen mein Haar und meine Reitkleidung, verschmiert mit Blut, das jetzt schon kalt und trocken wird.

Alle außer Cosmé, die sofort fragt: »Was ist passiert? Wo ist Humberto?«

Die Tür fällt zu und schließt uns wieder ein.

Ich kann nichts sagen, ich zittere viel zu stark. Die Gesichter meiner Gefährten verschwimmen, und ein scharfer Schmerz zuckt durch meine Schläfen. *Oh Gott, oh Gott …* Der Feuerstein wird warm durch meine Trauer.

Der Feuerstein. Das ist es, was Invierne will. Nicht mich, nicht die Malficio. Nur den Stein aus meinem Inneren, um ihre göttliche Zahl Zehn zu komplettieren.

»Ich brauche ein Messer«, sage ich.

Sie starren mich an.

»Ein Messer!«, kreische ich. »Hat denn keiner hier ein Messer?«

Jacián tritt auf mich zu, das Gesicht finsterer denn je. Er

greift in seinen Stiefel und zieht eine winzige Klinge hervor, kaum länger als mein Zeigefinger, wirbelt sie herum und reicht sie mir mit dem Griff voran. Dann tritt er zurück und überkreuzt die Arme. Unausgesprochene Fragen stehen in seinen Augen.

Ich reiße mir die Lederweste vom Körper und ziehe das Unterhemd hoch, entblöße meinen jetzt straffen Bauch, in dem blaues Feuer blitzt.

»Was machst du da?«, fragt jemand.

Ich stoße die Messerspitze in meinen Nabel, genau dorthin, wo die Haut sich ein wenig über den eingebetteten Stein schiebt. Dann bewege ich die Klinge weiter, am Rand des Steins entlang. Unerwarteter Schmerz schießt durch meinen Bauch, meinen Hintern hinunter, nimmt mir den Atem. Es ist wie ein Blitz, wild zuckend und brennend. Aber es ist nicht so schlimm wie meine Trauer, und deswegen bohre und schabe ich weiter. Blut rinnt über meine Haut auf meine Hosen, wo es sich mit Humbertos vermischt. Aber der Feuerstein bleibt, wo er ist. Ich versuche, ihn mit den Fingern zu greifen, bekomme ihn jedoch nicht zu fassen. Also schiebe ich das Messer noch einmal in einem anderen Winkel hinein. Der Schmerz ist zu stark; Schwäche überwältigt mich, und plötzlich spüre ich meine Beine nicht mehr.

Schließlich gebe ich es auf, ihn herausreißen zu wollen, und beschließe, das Messer einfach darum herum zu führen. Der Schnitt wird tief gehen müssen. *Denk nicht darüber nach, Elisa, tu es einfach.* Ich hebe das Messer.

Finger umschließen mein Handgelenk, schmal und doch stark. Nägel bohren sich in meine Handfläche. Das Messer fällt klappernd zu Boden. »Es ist gut, Elisa.« Cosmés Stimme. Arme umschlingen mich. Dunkles Haar streift meine Wange.

»Aber ich will ihn nicht«, flüstere ich ihr ins Ohr. »Ich bin erledigt. Gott hätte mich niemals erwählen sollen. Er hat sich geirrt, und ich bin erledigt.«

»Vielleicht ist er doch noch nicht fertig mit dir.« Gemeinsam sinken wir auf die Knie. Sie hält mich so fest, dass ich beinahe erwarte, daran zu sterben.

»Aber, Cosmé …«

»Ich weiß.« Ich spüre ihren Körper bebend an meinem, und meine Wange ist nass von ihren Tränen. »Ich weiß.«

28

Cosmé und Mara helfen mir nach Kräften dabei, mich in der angrenzenden kleinen Badestube wieder zu säubern. Sie ziehen mir die blutgetränkten Lederkleider aus und werfen sie in eine Ecke. In unserem kargen Gemach gibt es kein fließendes Wasser, und so wischen sie meine Haut mit einem Stück Stoff ab, das sie von einem Betttuch abgerissen haben. Mein Bauch pocht wild vor Schmerz, und die Messerstiche, die ich mir beigebracht habe, nässen immer noch, aber ich bin nicht mehr ganz so schlimm blutverkrustet und kalt, als Mara das übrig gebliebene Stück Laken um mich wickelt und geschickt an meiner Schulter zusammenbindet.

»Wenn die Wächter wiederkommen, bitte ich um einen Eimer Wasser«, sagt sie.

Wir versammeln uns im Schlafraum. Die meisten sitzen auf den Betten und lassen die Beine baumeln. Nur Jacián und Mara stehen. Jetzt, wo wir einer weniger sind, wirkt dieser Raum plötzlich so unendlich viel größer.

Jacián bricht als Erster das Schweigen. »Wir könnten die Wächter überwältigen. Wir sind zu acht und wir haben noch mein Messer.«

Cosmé schüttelt den Kopf. »Der Durchgang ist zu schmal. Wir müssten sie immerhin alle überwinden, Mann für Mann, während sie nichts weiter tun müssen, als uns wieder hier drinnen einzusperren. Und ohne Waffen …« Ihre Stimme klingt fest und sicher, und ihre Augen sind ohne Tränen. Ich muss die Zähne fest zusammenbeißen, so falsch kommt es mir vor, dass es ihr gelingt, über den Tod ihres Bruders mit so viel Leichtigkeit hinwegzugehen, während ich kaum atmen kann.

»Vielleicht können wir einen der Wächter hier hereinlocken?«, schlägt Benito vor.

Jacián nickt. »Oder sogar zwei. Ich glaube nicht, dass wir von mehr als vier Leuten gleichzeitig bewacht werden. Also könnte die Hälfte von uns die Wachmänner ins Zimmer zerren, und die anderen stürmen dann die Tür.«

»Das ist nicht ohne Verluste zu schaffen«, sagt Cosmé. »Sie haben Waffen. Wir nicht.«

Verzweifelt sehen wir einander an. Natürlich hat sie recht, und nach dem heutigen Tag ist die Drohung von Verlusten schrecklich real.

»Es ist Zeit«, flüstert Cosmé, »dass ich mich dem Conde zu erkennen gebe.« Aber sie senkt bei ihren Worten den Kopf, und ihre Faust, die sich in einen Bettüberwurf gekrallt hat, wird weiß. Sie hasst ihn, das erkenne ich jetzt. Hier geht es nicht um bloße Abneigung, um Unannehmlichkeiten oder Scham, sondern um wild aufflackernden Hass, unterfüttert mit ein wenig Furcht.

»Vielleicht würde es alles nur noch schlimmer machen«, sagt Jacián. »Was wird er tun, wenn er erfährt, dass seine Tochter ihn betrogen hat und zu den Malficio übergelaufen ist?«

»Tu es nicht, Cosmé«, flüstere ich. Ich blicke auf den Boden, auf meine nackten Zehen, die mit den Fransen eines abgetretenen Teppichs spielen, aber ich fühle, wie mich die anderen ansehen. »Treviño blufft. Invierne wird gegen ihn marschieren, weil wir ihre Lebensmittel vergiftet haben, davon bin ich überzeugt. Er hofft, dass er seinen Hals aus der Schlinge ziehen kann, indem er die Malficio preisgibt. Aber daran ist Invierne nicht interessiert. Sie wollen nur meinen Feuerstein, sonst nichts.«

Cosmé kniet sich vor mich hin und sieht zu mir auf. »Du kannst dich nicht in ihre Hand geben.«

Beinahe hätte ich laut gelacht. »Als ihr mich entführt habt, da wart ihr euch nicht sicher, ob ich eurer Sache überhaupt nützen könnte. Da wolltest du mir den Stein noch selbst aus dem Nabel reißen. Weißt du noch?«

Sie hält den Atem an. Dann flüstert sie: »Humberto hat dich verteidigt. Schon vergessen? Lass ihn das nicht umsonst getan haben.«

Kurz verwandelt sich meine Trauer in eine trübe schwarze Wolke. Sie wird mich umfangen, mich mit sich ziehen. Mein Sichtfeld verdüstert sich.

»Elisa!«

Mit einem Ruck fahre ich zusammen, dann stehe ich vom Bett auf und gehe hin und her, denn so still dazusitzen ist gefährlich. Durch die Bewegung schmerzt mein verletzter Bauch noch mehr, und der Feuerstein fühlt sich schwerer und härter an denn je. Aber der Schmerz macht mir den Kopf frei. »Ich werde mich nicht aufgeben«, versichere ich den anderen.

»Was aber tun wir dann?«, fragt der schüchterne Bertín. Er

ist höchstens dreizehn und noch sehr schlaksig, mit Händen, die für seinen Körper viel zu groß erscheinen.

»Benito und ich werden uns morgen wie erwartet zum Conde bringen lassen.« Seltsam, dass ich früher so große Hemmungen hatte, einen Mann mit einem Messer anzugreifen. Jetzt erfüllt mich diese Vorstellung mit wilder Freude. »Morgen werde ich Treviño töten.«

Der Conde lässt uns ein mageres Frühstück aus dünnem Haferbrei und schwachem Wein bringen. Ich esse mit den anderen, denn ich weiß, dass ich meine Kraft brauchen werde. Doch kurz darauf erbreche ich schon wieder alles in den Abort.

Der Conde ruft uns früher zu sich als erwartet.

Als wir um Wasser gebeten haben, hat man uns tatsächlich drei Eimer gebracht. Einen davon haben wir benutzt, um das Blut aus meiner Weste und Hose zu waschen. Und so trage ich wieder meine lederne Reitkleidung, als die Wachen erscheinen, um mich und den vor Schreck starren Benito mitzunehmen. Ich sehe an meiner Weste herunter, als sie uns den Gang entlangschubsen. Feuchtes Leder fühlt sich grässlich an, muffig und undurchdringlich wie eine zweite Haut. Aber die Flecken, die jetzt braunschwarz geworden sind, erinnern mich an meine Absicht und stärken mich für das, was ich tun muss.

Der Conde ist bereits in seinem Schreibzimmer, als wir eintreten, und sitzt an dem überladenen Schreibtisch. Heute ist er ganz in Grün mit einer Borte aus goldfarbenem Samt gekleidet. Die Farben machen ihn blass, aber sein Haar glänzt so üppig schwarz wie zuvor. Und wieder hängt das auffällige

Amulett um seinen Hals. Mein Feuerstein reagiert darauf mit einem warmen Flimmern.

»Lady Elisa, habt Ihr Euren Freund zum Sterben hierhergebracht?«

Irgendwie muss ich dafür sorgen, dass er hinter dem Schreibtisch hervortritt und seine Deckung verlässt.

»Nein, natürlich nicht.« Ergeben lasse ich den Kopf hängen und blicke direkt auf einen Fleck im Teppich. Eine kleine Pfütze aus Ockerbraun markiert die Stelle, an der Humberto in meinen Armen starb.

»Hervorragend.« Er erhebt sich von seinem Stuhl. Mein Herz schlägt heftig. »Ich weiß, dass ich früh nach Euch geschickt habe, und ich möchte mich dafür entschuldigen. Ich halte gern mein Wort.«

Ich vermeide es, ihm in die Augen zu sehen, damit er nicht merkt, was in mir vorgeht. »Ich hatte mir bereits Sorgen gemacht, Ihr hättet es Euch vielleicht anders überlegt, Durchlaucht.«

»Was überlegt?«

»Dass Ihr meine Gefährten verschonen wollt, wenn ich Euch verrate, wo sich das Hauptquartier der Malficio befindet.«

Er tritt auf mich zu, ein väterliches Lächeln auf dem schönen Gesicht. »Wie ich schon sagte, ich halte gern mein Wort. Ich habe Euch so früh hierherbringen lassen, weil ich einen ganz besonderen Gast erwarte, und ich hoffe, unsere kleine Angelegenheit bis zu seinem Eintreffen erledigt zu haben. Ihr werdet mein Beweisstück sein, versteht Ihr? Der Beweis, dass ich tatsächlich Friedensverhandlungen eingegangen bin.« Sein Lächeln wird breiter, seine schwarzen Augen funkeln vergnügt. »Ist es nicht Gottes Wille, dass alle Menschen in Frieden leben sollen? So steht es doch in der *Scriptura Sancta!*«

Also geschieht auch das schon wieder in dem Bemühen, Gott zu dienen. Ich erschauere und starre auf den Fleck zu meinen Füßen, um meine Gefühle besser verbergen zu können. Unwillkürlich frage ich mich, was sie wohl mit der Leiche gemacht haben. Tränen treten mir in die Augen, und ich lasse ihnen freien Lauf. Schließlich ist es nur von Vorteil, wenn ich so wirke, als sei ich völlig aus der Bahn geworfen. Schwach.

Conde Treviño tritt noch einen Schritt auf mich zu. »Und nun werdet Ihr mir sagen, wo Ihr Euch in den letzten Monaten versteckt habt.«

Der Gedanke an Jaciáns Dolch, der in meinem Stiefel steckt, erfüllt meinen Kopf. Treviño ist schon fast nahe genug.

»Lady Elisa? Wenn Ihr nichts sagt, wird Euer Freund sterben.«

Voll Anspannung merke ich, dass er nicht näher kommen wird. Also springe ich nach vorn und lasse mich vor ihm auf die Knie fallen. Hinter mir höre ich, dass ein Schwert gezogen wird. »Oh, Durchlaucht!«, schluchze ich. Die Tränen fließen so leicht. »Ich muss es von Euren Lippen hören!«

»Was müsst Ihr von meinen Lippen hören?« Zumindest weicht er nicht zurück.

Und jetzt sehe ich die Dolche, deren Scheiden außen an seinen Stiefelschäften befestigt sind. Klingen, viel länger als meine eigene. »Bitte sagt mir, dass Ihr das Leben meiner Freunde verschonen werdet, wenn Ihr erfahren habt, was

Ihr wissen wollt.« Verzweifelt umklammere ich seine Knöchel, und gleichzeitig schiebe ich den rechten Fuß vor, um mit Schwung hochfedern zu können.

Ein Klopfen ertönt von der Tür. Der Wächter sagt etwas zu Treviño, aber ich höre nicht zu. Stattdessen hebe ich die Hände zu seinen Waden, zu den Griffen der Dolche.

»Ja, ja«, antwortet der Conde gut gelaunt. »Führt ihn herein! Er wird sicher gern Zeuge dieses besonderen Augenblicks werden.«

In diesem Moment reiße ich die Dolche aus ihren Scheiden und springe auf. Die Klingen berühren seinen Hals, schmiegen sich unterhalb seines hübschen Kinns gegen die Haut, noch bevor er blinzeln kann.

»Keine Bewegung«, zische ich. »Denkt nicht einmal daran, Euch zu bewegen. Und befehlt Euren Wachleuten, Benito in Ruhe zu lassen, sonst schneide ich Euch die Kehle durch.« Sein großer Anhänger funkelt zu mir empor. Solides Gold, grob geschmiedet. Es fällt mir schwer, den Blick davon zu lösen.

»Ihr seid keine Kriegerin«, stößt er hervor, aber ich sehe die Angst in seinen Augen, denn inzwischen habe ich ihn gegen seinen Schreibtisch geschoben, und er kann mir nicht mehr entkommen.

»Erinnert Ihr Euch an gestern, als mein Freund sein Blut über Euren Teppich vergoss? Daran, wie seine Augen glasig wurden, wie ein unreiner Edelstein?« Treviño ist mittelgroß, wie ich auch, und recht zierlich.

Was ich nicht bin. Ich schiebe ihm mein Knie gegen den Schritt und verstärke den Druck auf die Klingen.

Sein Mund öffnet sich. Und schließt sich wieder. »Tut,

was sie sagt. Lasst den Jungen in Ruhe.« Seine Oberlippe zittert, seine Augen weiten sich. Ich sollte mich daran freuen, ihn so in sich zusammenfallen zu sehen. Aber es ekelt mich nur an.

»Befehlt Euren Wachen, meine Freunde freizulassen.«

»Macht schon!«, zischt er. »Sofort!« Hörbare Schritte sagen mir, dass zumindest ein Wachmann den Raum verlässt.

Natürlich weiß ich, dass der Wächter meine Gefährten nicht freilassen wird. Und ich weiß auch, dass ich nicht viel Zeit habe, denn der Mann wird schon bald zurückkommen und Unterstützung mitbringen, und dann wird ein Pfeil in meinen Rücken dringen. Oder vielleicht auch ein Langschwert.

»Die Inviernos wissen schon, dass Ihr hier seid«, sagt der Conde nun bemüht entgegenkommend. »Ich könnte Euch dabei helfen, ihnen zu entkommen.«

Vielleicht sollte ich so tun, als sei ich bereit, seinen Vorschlag anzuhören, zumindest bis mir eine Möglichkeit einfällt, wie ich die anderen befreien kann, bevor ich sterbe.

Aber hinter mir ertönt eine andere Stimme. »Das wird nicht nötig sein.«

Unwillkürlich zucke ich zusammen, und die Dolche zittern kurz in meinen Händen. Die Stimme kenne ich. Tief und selbstbewusst. So vertraut …

»Ist das die Anführerin des Aufstands, von der Ihr spracht?«, fragt die Stimme. Ich wage es nicht, den Conde loszulassen und mich dieser neuen Bedrohung zu stellen.

Treviño schluckt, und sein Adamsapfel zuckt unter meinen Klingen. »Ja.«

Mit einem leisen Wispern gleitet ein Schwert aus einer

schärfenden Scheide. Das war's dann wohl, denke ich. Ich sollte den Conde töten, jetzt, bevor die Möglichkeit dazu vertan ist.

»Ich übernehme jetzt, Hoheit«, sagt die Stimme. Eine Schwertspitze erscheint über meinen beiden Dolchen und trifft mit leisem Pling auf die Klingen. Ein winziger roter Tropfen erscheint an der Stelle, an der sie die helle Haut des Conde ritzt.

Mein Herz schlägt mir bis zum Hals, mein Atem geht viel zu hastig, aber ich zwinge meine Hände, sich allmählich zu entspannen und die Dolche zu senken. Jemand rettet mich. Jemand, der mich »Hoheit« genannt hat.

Ich mache einen Schritt zurück, die Dolche noch immer fest in Händen, und wende mich meinem Retter zu.

»Hallo, Elisa«, sagt Lord Hector, der Treviño unbeirrbar im Blick behält. »Schon seit Jahren habe ich nach einem guten Grund gesucht, ein Schwert an die Kehle Seiner Durchlaucht zu setzen, von daher stehe ich in Eurer Schuld.«

Die Wut, die Trauer, die Angst fließen aus mir heraus, bis mein Körper sich vollkommen kraftlos anfühlt. Dann stolpere ich Lord Hector entgegen und schlinge meine Arme um ihn.

»Passt auf die Dolche auf, Hoheit«, sagt er und tätschelt mir mit der freien Hand ungelenk den Rücken.

»Wieso tut Ihr das?«, ruft der Conde aus. »Dieses Mädchen ist eine Verräterin!«

Lord Hectors Hand fährt nun über meinen Zopf, der sich allmählich auflöst. Seine Finger halten inne, als sie die allmählich getrockneten blutverklebten Stellen bemerken. »Elisa ist keine Verräterin«, sagt er. »Tatsächlich glaube ich, dass Seine Majestät sehr ungehalten sein wird, wenn er erfährt, dass Ihr *seine Frau* gefangen gehalten habt.«

Erst da merke ich, dass ich mich eigentlich fragen sollte, wieso der Leibwächter meines Mannes hier ist, so weit von Brisadulce entfernt.

Am liebsten würde ich Conde Treviño in seinen eigenen Kerker werfen lassen. Lord Hector erklärt mir jedoch geduldig, dass es besser wäre, ihn unter Hausarrest zu stellen und ihm zu verbieten, seine Gemächer zu verlassen. »Zwar handeln wir im Auftrag Seiner Majestät, aber wir sind immer noch darauf angewiesen, dass Treviños Volk mit uns an einem Strang zieht.«

»Dann werden wir ihn mit Respekt behandeln«, pflichtet ihm Benito sofort bei. Reine Heldenverehrung liegt in dem Blick, mit dem er Lord Hector bedenkt.

Sie haben recht, das weiß ich. Aber bevor sich die Tür vor dem wutentbrannten Gesicht des Conde schließt, überkommt mich trotzdem das überwältigende Bedürfnis, ihn zu erstechen. Ich begnüge mich damit, ihm das ungeschlachte Amulett vom Hals zu reißen.

Hector wirft mir einen verdutzten Blick zu. »Dieser Anhänger«, erkläre ich, »vermittelt mir irgendwie ein vertrautes Gefühl. Mein Feuerstein erwärmt sich jedes Mal, wenn ich ihn ansehe.«

»Er ist hässlich«, sagt Benito.

»Ja. Ich finde es seltsam, dass unser so auf die neueste Mode bedachter Conde so etwas trägt.« Das Amulett liegt schwer in meiner Hand, und die vier Muscheln fühlen sich rau und unfertig an. Mein Blut rauscht.

Lord Hector gibt den Wachleuten Befehle. Dann nimmt er mich am Arm, und Benito geht hinter uns her. Unwillkürlich muss ich an den Tag denken, vor so langer Zeit, als Lord Hector Ximena und mich durch den Palast meines frisch angetrauten Ehemannes geführt hat. »Hoheit, Ihr müsst mir genau erzählen, wie Ihr hierhergekommen seid«, drängt er mich. »Und was Euch dazu gebracht hat, dem Conde gegenüber so … kühn zu sein.« Es ist so lange her, dass wir das letzte Mal gesprochen haben, und ich werde mir nicht recht klar darüber, ob Bewunderung in seiner Stimme mitschwingt oder nicht.

Zunächst zögere ich, denn ich möchte nicht, dass meine Gefährten für meine Entführung bestraft werden. Aber ich bin erfüllt von Trauer und Erschöpfung, und mir ist zudem klar, dass er ohnehin die Wahrheit herausfinden wird. Also erzähle ich ihm, wie ich verschleppt wurde, wie wir die Wüste durchquerten und ich schließlich entdeckte, dass der Krieg schon begonnen hat. Wie ich allmählich lernte, meinen Gefährten zu vertrauen und sie zu respektieren, wie ich Homers *Afflatus* studierte und aus verwundeten Flüchtlingen und Waisenkindern die Malficio machte. Seine Augen werden groß, als ich berichte, wie ich von den Inviernos gefangen genommen wurde. Und der Mund bleibt ihm offen stehen, als ich schließlich schildere, wie ich den Animagus tötete, sein Amulett stahl, über die Steilwand floh und den Feuerstein benutzte, um wieder sicheres Terrain zu erreichen. Und als ich schließlich dabei angekommen bin, welchen Plan wir gefasst hatten, um den verräterischen Tribut des Conde zu vergiften, bleibt er im Korridor wie angewurzelt stehen.

»Das wart Ihr?«

Konzentriert betrachte ich die geometrisch angeordneten Bodenfliesen.

»Elisa?«

»Das war ich«, räume ich mit einem Seufzer ein. »Wir hatten gehofft, Treviño auf diese Weise dazu zu zwingen, Truppen gegen die Inviernos auszusenden. Es hat allerdings nicht geklappt, und wir wurden gefangen genommen. Humb… einer meiner Freunde wurde getötet.« Meine Stimme ist viel zu flach, um über meine Gefühle hinwegzutäuschen. Ich hebe meinen Blick und suche in seinem Gesicht nach der ruhigen, sicheren Intelligenz, an die ich mich erinnere. Und tatsächlich sind seine Augen wie ein tiefer Strudel, als er über meine Worte sinniert und zu seinen eigenen Schlüssen kommt.

Wir gehen weiter. »Ximena und Nicandro haben Euch niemals aufgegeben«, sagt er leise.

Es ist nett von ihm, das Thema zu wechseln, aber als ich den Namen meiner Kinderfrau höre, fällt es mir noch schwerer, die Tränen zurückzuhalten. »Sie haben immer wieder beteuert, dass Ihr noch am Leben seid. Ximena war sich sicher, dass Ariña etwas mit Eurem Verschwinden zu tun haben würde.«

Oh, wie viele Fragen brennen mir auf der Zunge! Ich möchte alles über Ximena und Vater Nicandro und den kleinen Rosario erfahren. Auch über Alejandro. Aber wir haben das Gemach erreicht, in dem meine Gefährten eingeschlossen sind. Die Wachmänner sehen uns misstrauisch an, bis sie das Kronsiegel entdecken, das Hectors roten Mantel an der Schulter in Falten rafft. Sofort nehmen sie Haltung an, als der Leibgardist des Königs sie auch schon anweist: »Auf Befehl Seiner Majestät, König Alejandro de Vega, sind diese Gefangenen sofort freizulassen!«

Die Wachmänner rempeln sich in ihrer Eile, seinen Worten nachzukommen, gegenseitig an. Die Tür öffnet sich. Die Anspannung auf den Gesichtern meiner Freunde weicht leiser Hoffnung, als sie sehen, dass Benito und ich wohlauf vor ihnen stehen.

Schnell mache ich alle miteinander bekannt. Sie begegnen sich gegenseitig mit größter Höflichkeit, obwohl ich in ihren Augen die offensichtlichen Fragen lesen kann, und obwohl Cosmé so aussieht, als wollte sie jeden Augenblick aus der Tür stürzen und fliehen. Immerhin hat sie mich entführt. Hector lächelt sie an. »Es ist schön, dich wiederzusehen, Cosmé«, sagt er.

Ihre Erleichterung ist offenkundig, und sie murmelt eine unverständliche Antwort.

Hector sieht sich in unserer kargen Behausung um, dann steckt er den Kopf durch die Tür und ruft in den Korridor hinein: »Seht euch nach angemessenen Räumlichkeiten im Gästeflügel um. Ich möchte, dass diese Leute hier möglichst nahe bei meinen eigenen Gemächern untergebracht werden.« Dann wendet er sich wieder an uns. »Sobald wir uns alle eingerichtet und erfrischt haben, treffen wir uns wieder. Wir müssen sehr viel besprechen und planen.«

Mich führt Hector selbst zu meiner Unterkunft. »Ich habe schon ein Zimmer für Euch ausgewählt«, sagt er.

Ich zucke nur mit den Schultern. Nachdem ich durch die Wüste gewandert bin, bin ich nicht mehr anspruchsvoll.

»Hector, vorhin, im Dienstzimmer des Conde, habt Ihr ihm gesagt, ich sei Alejandros Frau.«

»Ja.«

»Dann ist das kein Geheimnis mehr?«

»Der König hat eine offizielle Erklärung abgegeben. Nachdem die Zeit der Stürme vorüber war und wieder Händler aus Orovalle ins Land kamen, hatte er keine andere Wahl.«

Eigentlich sollte ich glücklich darüber sein, dass er unsere Heirat endlich anerkannt hat. Aber ich fühle nichts. Stattdessen frage ich mit leiser Stimme: »Und … wie geht es ihm?« Schließlich erscheint es angemessen, dass eine Frau sich nach dem Befinden ihres Mannes erkundigt.

Wir bleiben vor einer massiven Tür stehen. Hector betrachtet mich mit einem mitfühlenden Blick. »Es geht ihm gut, Elisa. Er ist damit beschäftigt, einen Krieg zu planen. Und er macht sich sicherlich große Sorgen um Euch. Aber es geht ihm gut.« Er klopft.

Ich starre ihn an und frage mich, wieso er an die Tür eines Zimmers klopft, das er für mich ausersehen hat, während ich doch neben ihm stehe.

Er lächelt. »Sie hat darauf bestanden, mich zu begleiten. Sie war so sicher, dass Ariña und ihr Vater etwas mit Eurem Verschwinden zu tun haben würden.«

Ich fange gerade erst an, seine Worte zu begreifen, als die Tür aufschwingt und Ximena vor mir steht.

Mein Herz verwandelt sich in eine warme, weiche Pfütze, als sie bei meinem Anblick einen kleinen Schrei ausstößt. Ihr graues Haar ist an den Schläfen weiß geworden, ihre Wangenknochen treten stärker hervor, und die Falten um ihre Augen sind tiefer als früher. Ihre Finger zucken an ihre Lippen, und Tränen rinnen aus ihren Augen.

»Oh, Elisa«, haucht sie. »Oh, mein Himmel.« Sie schließt mich in ihre Arme und zieht mich ins Zimmer.

Ich hatte vergessen, wie es ist, so verwöhnt zu werden. Es ist ein fantastisches Gefühl, sich in eine Wärme zu legen, die jeden Muskel durchdringt, während einem die Schultern massiert werden, die Kopfhaut eingeweicht und die Haut mit entspannenden Kräutern eingerieben wird. Ximena trocknet mich ab und hüllt mich in ein weiches Gewand, bevor sie mich auf der Bettkante Platz nehmen lässt, um mein Haar zu kämmen.

Ich schließe die Augen und genieße die Bürstenstriche, wenn sie gelegentlich meinen Hals berühren.

»Hast du meine Nachricht bekommen?«, frage ich sie.

»Welche Nachricht?« Ich spüre ein leises Ziepen, als sie ein wenig Sonnenblumenöl in meine Haarspitzen einarbeitet.

»Vor ein paar Wochen habe ich dir eine Nachricht geschickt, um dir zu sagen, dass ich wohlauf bin.«

»Ich habe Brisadulce schon vor mehr als einem Monat verlassen.«

»Oh.«

»Diese Kleider, die du getragen hast«, sagt sie nun ruhig. »Sie waren über und über mit Blut bespritzt.« Mit gemessenen Strichen kämmt sie mir wieder das Haar.

Ich wage nicht, die Augen zu öffnen, und es dauert eine Weile, bis ich etwas sagen kann. »Ja«, bringe ich schließlich heraus. »Ximena, kann ich dir all das ein anderes Mal erzählen?«

»Natürlich, mein Himmel.« Ihre Bürstenstriche sind so sanft, so lang gezogen, als ob es ihr große Freude bereitet, mein Haar unter ihren Händen zu fühlen. »Du hast dich verändert«, sagt sie, aber es liegt kein Vorwurf in ihren Worten.

Ja. Auf so vielfältige Weise. Ich entscheide mich, das Offensichtlichste anzusprechen. »Die Wüste hat ein wenig Fleisch von meinen Knochen geschmolzen.«

Sie flicht mir geschickt das Haar, dann zieht sie mir ein weiches grünes Kleid an, das sie aus den Beständen des Hofes hat bringen lassen. Es ist etwas zu weit an der Taille und über meinen Brüsten etwas eng, und verglichen mit meinen Wüstengewändern oder der Reitkleidung nicht besonders warm. Aber als ich Ximenas Gesicht ansehe, wie sie mich darin betrachtet, mag ich mich deswegen nicht beklagen.

Ein Wächter kommt, um mich zu Lord Hectors Räumen zu eskortieren. Bevor ich aus der Tür trete, umfasst mich Ximena und zieht mich an ihre Brust. Das Gesicht in ihren Haaren verborgen, lächele ich. »Wir haben die ganze Nacht, um uns alles zu erzählen. Und auch morgen den ganzen Tag«, flüstere ich.

Sie lässt mich los und tritt einen Schritt zurück, das Kinn hoch erhoben. »Und ich möchte alles bis in die kleinsten Einzelheiten hören. Während du unterwegs bist, werde ich noch ein paar andere Kleider für dich auftreiben.«

Mein Blick fällt auf meinen Rucksack, der nahe beim Kamin steht. Alles, was ich brauche, ist darin: ein zusätzliches Übergewand, ein Messer, eine Zunderbüchse, ein wenig Unterwäsche. Aber wahrscheinlich werde ich nun wieder eine Prinzessin sein müssen. »Danke, Ximena. Ich komme bald zurück.«

Hectors Gemach ist nur zwei Türen von meinem entfernt. Meine Wüstengefährten und einige seiner eigenen Wachleute haben es sich auf Kissen bequem gemacht, als ich eintrete. Sie starren mich überrascht an, wie ich in der Tür stehe, denn ich bin die Einzige, die für einen Auftritt bei Hofe gekleidet ist. Die anderen haben lediglich neue und saubere Kleidung gewählt, aber immer noch nach Wüstenart. Mara bedenkt mich mit einem leeren Blick, und Jacián sieht auf seine Knie. Als ich die Tür hinter mir schließe, fühle ich eine Wehmut, von der ich nicht weiß, ob ich sie begreife.

Hector neigt den Kopf zum Gruß. »Nun, da die Prinzessin hier ist, können wir anfangen.«

Ich nehme auf einem Kissen neben Cosmé Platz und frage dann: »Lord Hector, könntet Ihr uns zu Beginn erst einmal erklären, wieso Ihr hier in Basajuan seid? Ich dachte, der Leibgardist des Königs würde niemals von der Seite Seiner Majestät weichen.«

»Üblicherweise nicht. Nun hat der König jedoch die Evakuierung von Conde Treviños Besitzungen angeordnet, kurz nachdem Ihr verschwunden seid«, berichtet er mit ernstem Gesicht. »Er bot dem Bergvolk sichere Unterkünfte hinter den Mauern von Brisadulce. Aber der Conde weigerte sich.«

»Treviño glaubte, er hätte einen Frieden aushandeln können«, sagt Cosmé.

Hector nickt. »Das erklärte er auch in der Nachricht, die wir von ihm erhielten. Condesa Ariña gab sich alle Mühe, den König davon zu überzeugen, dass die Worte ihres Vaters der Wahrheit entsprächen. Seine Majestät zögerte lange, aber schließlich hatte das Wort anderer Ratgeber mehr

Gewicht, und er beorderte mich hierher, um die Evakuierung zu überwachen. Er musste ein Mitglied des Quorums schicken, jemanden, der genügend Befehlsgewalt hatte, um die Besitzungen im Notfall zu beschlagnahmen. Ariña und ich waren die Einzigen, die abkömmlich waren. Ich kam erst gestern hier an.«

»Und gestern sagte Euch der Conde, dass er ein Druckmittel gefunden hätte, um wirklich für alle Zeiten Frieden zu erzwingen«, vermute ich.

»Ja. Er sagte, er habe die Anführerin einer verräterischen Rebellenbande gefangen genommen.« Ein kurzes Lächeln lässt die Enden seines Schnurrbarts zucken. »Jemanden, den die Animagi unbedingt in ihre Gewalt bekommen wollten. Er dachte, wenn er Euch als Zeichen seines guten Willens an Invierne auslieferte, dann würden sie wieder Handelsbeziehungen und Friedensverhandlungen mit ihm aufnehmen. Offenbar hatte es zuvor einen Vorfall gegeben, der ihr Verhältnis empfindlich gestört hatte. Vergiftete Vorräte oder dergleichen.«

Meine Gefährten werfen einander beunruhigte Blicke zu und verstehen den belustigten Ausdruck nicht, der in Hectors Augen aufblitzt.

»Ein hervorragender Plan, brillant ausgeführt«, kommentiert er schließlich und nickt respektvoll. »Ich denke, das alles wird uns sehr zum Vorteil gereichen.«

»Und was geschieht nun?«, fragt Cosmé. »Ich denke, wir sollten Alentín und den Malficio eine Nachricht zukommen lassen und ihnen sagen …«

Es klopft an der Tür. »Lord Hector!«, ruft eine gedämpfte Stimme. »Hier ist Hauptmann Lucio.«

Besorgnis zieht über sein Gesicht. Er schreitet zur Tür und öffnet sie mit einem Ruck. »Hauptmann?«

Zwar kann ich nicht an Hectors breiten Schultern vorbeisehen, doch die Stimme des Hauptmanns dringt laut und klar zu uns herein, als er erklärt: »Wir haben gerade Nachricht erhalten, Lord Hector, dass das Heer von Invierne mit dem Marsch gegen Joya d'Arena begonnen hat.«

Dritter Teil

29

Hector bittet mich, mit ihm nach Brisadulce zurückzukehren. Innerlich bin ich so durcheinander, dass ich kaum sagen kann, was jetzt richtig und was falsch wäre. *Die Malficio brauchen mich,* rede ich mir ein, obwohl das nicht stimmt. Meine Leute sind bestens in der Lage, ohne mich weiterzumachen. Aber vielleicht brauche ich sie. Ich habe sie geschaffen. Sie gehören *mir,* haben nichts mit meiner Schwester oder meinem Ehemann zu tun. Sie sind etwas, worauf ich stolz sein kann. Wenn ich sie verlasse, werde ich wieder nur Elisa sein.

Ich versuche mir vorzustellen, wie es sein wird, Alejandro nach all dieser Zeit wiederzusehen. Wenn ich die Augen schließe, erinnere ich mich an Haar, das sich im Nacken kräuselt, an leuchtend rötlich braune Augen, aber seine genauen Gesichtszüge wollen vor meinem geistigen Auge einfach nicht auferstehen. Je mehr ich es versuche, desto mehr Nebel legt sich über meine Vorstellungskraft. Stattdessen kommt mir ein anderes Gesicht in den Sinn, ein Geist mit dunkler Haut und lachenden Augen, mit einem kraftvollen Kinn, über das sich der erste Anflug eines Bartes legt.

Inzwischen weine ich nicht mehr. Ich bin zu müde. Ximena weiß, dass es da etwas gibt, das mir schwer auf dem Herzen liegt, aber ich bringe es nicht über mich, über Humberto zu sprechen.

Cosmé ist es schließlich, die mich überzeugt, dass ich gehen soll. »Wenn das, was Belén sagt, stimmen sollte …« Sie schluckt und setzt noch einmal an. Sie trauert um Belén, darum, was aus ihm geworden ist. »Wenn das, was er gesagt hat, stimmt, dann wollen die Animagi deinen Feuerstein.« Jetzt hat sie sich wieder im Griff, wie immer, ihr Gesicht ist hart, die Stimme flach. »Wir können uns vermutlich nicht einmal vorstellen, welche Art der Hexerei sie mit einem letzten lebenden Feuerstein heraufbeschwören könnten. Du musst von hier fliehen. Gib deinem Ehemann die Möglichkeit, dich zu verteidigen.« Ihre Worte sind stark und kraftvoll. Sie sollten Leidenschaft in sich bergen, aber Cosmé ist wie aus Eisen. Oder wie aus Eis. Mir wird klar, dass sie mehr verloren hat, als ich mir vorstellen kann. Ich habe nie Eltern gehabt, die ich hätte verlieren können – meine Mutter starb bei meiner Geburt, und mein Vater war stets zu beschäftigt, um für mich Zeit zu haben. Von daher kann ich nicht einmal ansatzweise verstehen, was in ihr vorgehen mag. Dann wurde Belén von ihrer Seite gerissen. Genau wie zahllose Freunde und Verwandte. Und nun ihr Bruder.

Cosmé hat recht. Das sagt mir ein tiefes Verständnis in meinem Inneren. Invierne darf nicht in den Besitz meines Feuersteins kommen. Sie dürfen auch nicht herausfinden, welches Amulett ich nun um den Hals trage oder dass ich weitere Feuersteine in einer Topfpflanze in Brisadulce versteckt habe.

Die Verantwortung für Basajuan übertragen wir Cosmé; Jacián und ein großer Teil der Bediensteten Lord Hectors werden sie dabei unterstützen. Zunächst einmal soll sie versuchen, so viele Menschen wie möglich zu evakuieren, und dann die Truppen des Conde nutzen, um das nördliche Heer Inviernes immer wieder zu stören, wenn es gegen die Küstendörfer marschiert. Carlo wird zu den Malficio zurückkehren und ihnen berichten, was vorgefallen ist.

Ich möchte eine Erinnerung an das Leben und den Lebenszweck, den ich mir geschaffen habe. Und daher erklärt sich Mara bereit, die Stelle als Zofe zu besetzen, die seit Aneaxis Tod frei geblieben ist. Benito beschließt ebenfalls, uns zu begleiten, nachdem Hector ihm eine Stelle in der Leibgarde versprochen hat.

Am nächsten Tag brechen wir frühmorgens auf, als sich das erste graue Tageslicht ankündigt. Trotz der frühen Stunde kommen alle zu den Ställen, um sich von uns zu verabschieden. Die Trennung von meinen Wüstengefährten fühlt sich an, als würde ich einen Körperteil verlieren. Wie verabschiedet man sich von einem Arm? Gar nicht, vermutlich. Man tut so, als ob es nicht passieren würde. Ich stähle mich gegen das Gefühl, verwandle mein Herz in einen Stein. Meine Freunde machen einen leicht enttäuschten Eindruck, als sie sehen, dass ich kein großes Aufhebens um die Sache mache. Vor allem Carlo sieht mich sehr verletzt an, mit schwimmenden, suchenden Augen. Ich umklammere kurz seine Hand und wende mich dann ab.

Jemand greift nach mir, dreht mich um. Es ist Cosmé. Dann umarmt sie mich gerade lange genug, um zu sagen: »Sei nicht so kalt, Elisa. Sei nicht wie ich.«

Ich stolpere einen Schritt zurück. »Aber … es hilft.«

Sie schüttelt den Kopf. »Nein. Man glaubt das, aber das stimmt nicht.«

Zwar bin ich skeptisch, aber ich nicke.

Dann hilft mir Hector in meine Kutsche. Ximena und Mara sitzen bereits darin, still und stoisch, die Hände im Schoß gefaltet. Jemand brüllt einen Befehl, die Zügel knallen, dann fahren wir holpernd los.

Aber Cosmés Worte gehen mir noch im Kopf herum, und ich ziehe den Vorhang beiseite und winke ein letztes Mal.

Heere bewegen sich langsam, sagt Hector. Trotzdem teilen wir alle den unausgesprochenen Wunsch, möglichst schnell voranzukommen. Wir müssen Brisadulce unbedingt vor den Inviernos erreichen.

Mit unseren Kutschen und Pferden können wir die Wüste nicht durchqueren, daher ziehen wir an ihrem nördlichen Rand entlang, versuchen aber, möglichst viel Abstand zur Dschungelgrenze der Hohen Sperre zu halten, um keine Angriffe der Perditos zu riskieren. Die Kutsche schwankt und schlingert bei unserer halsbrecherischen Geschwindigkeit, weshalb ich einen großen Teil des Tages neben dem Gefährt herlaufe. Inzwischen ist mir unbegreiflich, dass ich früher lieber in einer schaukelnden Kutsche gesessen habe, als mich auf meinen eigenen Beinen fortzubewegen.

Glücklicherweise versucht mich niemand zu überreden, auf ein Pferd zu steigen.

Wir halten nicht einmal an, als wir die Straße kreuzen, die uns zur Hohen Sperre und schließlich ins Land meiner Geburt bringen würde. Als wir die Stelle erreichen, wo Aneaxi an der Entzündung starb, hat Ximena meine neue Zofe schon voll und ganz in unserer seltsamen Familie aufgenommen. Unwillkürlich lächele ich, wenn ich die beiden miteinander lachen sehe, die eine grauhaarig und untersetzt, die andere jung und vernarbt und hochgewachsen wie eine Palme. Dass sie sich so leicht miteinander angefreundet haben, macht mich glücklich. Während sie meine Haare kämmen oder wir zusammen in der Kutsche sitzen, gelingt es mir ganz allmählich auch, ihnen von Humberto zu erzählen. Nie zu viel auf einmal; das ganze Bild von ihm ist mir immer noch zu lieb und teuer. Aber keine der beiden drängt mich, und nach und nach leckt die Geschichte aus mir heraus.

Die Nächte bringen schreckliche Träume voller eisäugiger Hexenmeister und glühender Amulette. Manchmal fliehe ich vor klauenbewehrten Händen, die nach meinem Nabel greifen. Andere Male suche ich verzweifelt nach etwas, weil ich weiß, dass jeder, an dem mir etwas liegt, sterben wird, wenn ich es nicht finde. Beim Aufwachen weiß ich dann nicht mehr, wonach ich gesucht habe. Aber in diesen ersten wachen Momenten weiß ich, dass es Dinge gibt, die ich noch entschlüsseln muss. Ich umklammere meine Amulette – den eingesperrten Feuerstein des Animagus und die hässliche goldene Blume des Conde – um mich daran zu erinnern, dass ich zweimal bereits gesiegt habe.

Aber ich weiß, dass das nicht reicht. Irgendetwas entgeht mir nach wie vor.

Verzweifelt schließe ich die Augen. *»Versucht zu beten, wenn Ihr zweifelt«*, hat Vater Alentín gesagt. Also tue ich das.

Wir reisen so schnell wie möglich, und unsere Karawane legt die Strecke von Basajuan nach Brisadulce in etwas über einem Monat zurück. Genau wie das letzte Mal kommen wir durch die Palmenallee, als unvermittelt eine riesige Mauer vor uns in den Himmel ragt, wie die perfekte Fortführung des orangegelben Sandes, aus dem sie sich erhebt. Es ist so sehr wie damals, als ich die Stadt das erste Mal vor mir sah, dass es mir die Kehle zuschnürt. Wie lange war ich weg? Fünf Monate? Vielleicht mehr? Ich habe den Überblick verloren.

Hector lässt unseren Zug halten und kommt zu mir geritten. Ich schütze die Augen mit der Hand gegen die Wüstensonne und sehe zu ihm auf.

»Wie würdet Ihr denn gern die Stadt betreten, Elisa? Soll ich Euch am Haupttor ankündigen lassen? Oder wollt Ihr wieder den Weg durch die Händlergassen nehmen?«

Sein Pferd, ein rötlicher Brauner, wirft den Kopf hin und her und bläht die Nüstern. Erschreckt trete ich einen Schritt von dem Tier zurück und sage: »Bitte nicht durchs Haupttor.«

Lord Hector nickt. »Dann durch die Händlergassen.«

Er führt uns an der Stadtmauer entlang nach Süden. Von Nahem sehe ich, dass sich in meiner Abwesenheit einiges getan hat. In gleichmäßigem Abstand von der Mauer wurden kleine Befestigungen errichtet – dunkle Gruben lauern im Sand, hastig errichtete Mauern aus Ziegeln und Ton mit schmalen Schießscharten, Sandhaufen, die mit Zeltstoff und Fellen abgedeckt sind. Hoch über uns marschieren Gestalten auf dem Wehrgang entlang, winzige Spielzeuggardisten mit Speeren und Bogen.

Hinter den Toren sind die Verteidigungsmaßnahmen noch deutlicher zu erkennen. Pfeile liegen in ordentlichen Packen überall an der Innenseite der Stadtmauer, und die ersten Gebäude, an denen wir vorüberkommen, sind leer und still; eine Barriere verlassener Leblosigkeit umgibt die Stadt. Traurigkeit durchdringt meine Brust, als wir schließlich den ersten Bürgern Brisadulces begegnen. Sie eilen mit gesenkten Köpfen und ohne ein Lächeln an uns vorüber. Von der lebensfrohen Gemeinschaft, die es vor meinem Abschied hier gab, ist nicht mehr viel übrig.

Ich nehme Hector beiseite, als wir uns den Stallungen nähern. »Seid Ihr sicher, dass uns niemand erwartet?«, frage ich.

»Wir haben nicht gewagt, eine Nachricht zu senden«, sagt er. »Vor allem, weil uns noch in Erinnerung war, wie uns auf der letzten Reise die Dschungel-Perditos auflauerten. Ihr seid nun ein Ziel für Angriffe, seit bekannt ist, dass Ihr Alejandros Frau seid.«

Ich bin schon allein deshalb ein Ziel, weil ich den Feuerstein trage, aber ich verzichte darauf, ihn zu verbessern. »Und Alejandro weiß nicht, was aus mir geworden ist?«

»Nein.«

Plötzlich bin ich froh darüber, dass Ximena meine verschlüsselte Nachricht nie bekommen hat. Jetzt werde ich das Überraschungsmoment zu unserem Vorteil nutzen.

»Bitte kündigt mich jetzt noch nicht an. Ich würde gern einen großen Auftritt haben.«

Er kneift die Augen leicht zusammen. »Wie meint Ihr das?«

»Ich würde gern als … als die Lady der Malficio angekündigt. Jedenfalls in der Öffentlichkeit.«

Er denkt kurz darüber nach. »In diesem Fall kann ich Euch jetzt nicht in Eure Räume bringen. Wir werden einen anderen Platz finden müssen, wo Ihr Euch frisch machen könnt. Vielleicht irgendwo in den Dienstbotenquartieren.«

»Das wäre perfekt.«

Wir verstecken uns in der Kutsche hinter vorgezogenen Vorhängen, während Hector die nötigen Vorkehrungen trifft. Es dauert nicht lange, dann werden Ximena, Mara und ich in einen schlichten weiß getünchten Raum mit einem Alkovenbett geführt. Mara bietet an, auf dem Boden zu schlafen.

König Alejandro wird erst morgen Nachmittag wieder Hof halten. Wir bestellen uns etwas zu essen und bleiben in unserem Gemach, erzählen uns Geschichten, laufen auf und ab. Es ist eine seltsame Zeit, denn ich denke viel über meinen Ehemann nach und frage mich, wie viele Wände uns wohl voneinander trennen mögen. Das Schloss sollte mir vertraut vorkommen, wie ein Zuhause. Hier bin ich wieder eine Prinzessin, die zukünftige Königin. Aber ich fühle mich distanziert und kalt. Ich vermisse den offenen Himmel, den Wechsel von Licht und Schatten von unserem Dorf am Tafelberg.

Ich vermisse Humberto.

Am nächsten Tag macht mich Ximena nach allen Regeln der Kunst zurecht. Sie nimmt eine Haarpartie, flicht daraus einen Zopf und legt ihn dann wie eine Krone um meinen Kopf. Der Rest fällt mir in weichen Wellen bis zur Hüfte. Meine blutdurchtränkte Reitkleidung hat sie noch in Basajuan weggeworfen, hat sich aber dort im Schloss nach passendem Ersatz umgesehen, und nun zieht sie ein Kleidungsstück nach dem anderen aus der Reisetruhe hervor, um sie mir zu zeigen. Das erste ist aus weichem grünem Linnen; unterhalb der gerafften Taille sind Streifen aus fast durchsichtigem Stoff eingearbeitet. »Zu weiblich«, lehne ich ab. »Ich muss den Eindruck vermitteln, als hätte ich die Malficio in den letzten Monaten anführen können.«

Als Nächstes präsentiert sie mir ein Kleid aus Samt, mit geometrischen Linien gemustert und mit einer schwarzen Borte abgesetzt. Aber die Farbe, ein tiefes Wüstenrot, sieht aus wie Blut, wenn das Licht in bestimmtem Winkel darauf fällt. Wenn wir nichts Besseres finden, kommt das jedoch immerhin in die engere Auswahl, wie ich Ximena sage.

Sie legt einen Reitrock beiseite, um das nächste Stück aus der Truhe zu holen.

»Warte«, sage ich. »Was ist das?«

Sie hält den Reitrock hoch. Er ist geteilt wie eine Hose, nur mit weiten Beinen, und aus einem sehr dicken schwarzen Wollstoff gefertigt. Dazu gehören ein passendes Mieder und ein waldgrünes Oberteil mit schwarzen Knöpfen und Borten. Das Ensemble vermittelt Kraft und Zielstrebigkeit. Und es sieht aus, als sei es mir zu klein.

»Das gefällt mir«, sagt Mara.

Der Rock umschließt überraschend elegant meine Hüften. Ximena zieht die Schnüre des Mieders zu, wobei ich mir eine Warnung nicht verkneifen kann: Sie soll es sich ja nicht einfallen lassen, mich zu fest zu schnüren. Dann reibt mir meine Kinderfrau ein wenig Rot auf die Lippen und unter die Wangenknochen und umrandet meine Augen mit Kajal. Mara sieht der ganzen Prozedur aufmerksam und fasziniert zu.

Schließlich erscheint Lord Hector und führt uns ins Innerste des Schlosses. »König Alejandro weiß, dass ich ihm die Anführerin der Malficio vorstellen werde«, erklärt er mir. »Aber er weiß nicht, dass Ihr es seid. Euch ist natürlich bewusst, dass er angesichts dieses kleinen Täuschungsmanövers recht ungehalten sein könnte?«

Ein humorloses Lächeln kräuselt meine Lippen. »Ich werde Euch beschützen.« Obwohl es sich wohl erst noch herausstellen wird, ob ich überhaupt Einfluss auf meinen Ehemann habe.

An meine Zofen gewandt, sage ich: »Wenn man mich vorstellt, dann müsst ihr genau hinschauen, wie die Menge reagiert. Es ist wichtig, dass ich einen Eindruck davon bekomme, wie man hier über die Malficio denkt. Und genauso interessiert mich, ob sich diese Einstellung ändert, wenn jemand erkennt, wer ich wirklich bin.«

Sie nicken zum Zeichen, dass sie verstanden haben. Lord Hector blickt mich nachdenklich an.

Viel zu schnell sind wir da. Ich sehe zum Rahmen der großen Flügeltür hinauf und fühle mich sehr klein. Als ich das letzte Mal diesen Audienzsaal betreten habe, stand ich auf der anderen Seite, und ein Kind machte die ganze Welt auf meine Körperfülle aufmerksam.

Die Türen öffnen sich und geben den Blick auf einen langen Mittelgang frei, der auf beiden Seiten von einer dichten Menschenmenge flankiert wird. Schwere Kandelaber hängen über uns an der Decke und bilden eine perfekte Linie bis hin zum Podium und zum Thron. Dort hat sich mein Ehemann, König Alejandro de Vega, in einer herrlich gelangweilten Pose hingestreckt, die Schultern ein wenig schief, eines seiner langen Beine weit von sich gestreckt. An seinem schönen Gesicht ist deutlich abzulesen, dass er mein Eintreten kaum bemerkt hat.

»Euer Majestät«, verkündet Lord Hector. »Ich präsentiere

Euch die Lady der Malficio, die kürzlich mit eigener Hand einen Animagus erschlagen hat.«

Ich werfe Hector einen scharfen Blick zu; das zu verraten, hatte ich ihn gar nicht aufgefordert.

Die Höflinge sehen mich nun mit ungenierter Neugier an. Alejandro richtet sich ein wenig auf und kneift die Augen leicht zusammen. Es ist immer noch schwer, normal zu atmen, wenn er mich so intensiv ansieht. Hector gibt meinem Ellenbogen einen leichten Stups, und ich stolpere nach vorn, gefolgt von meinen beiden Zofen.

Das Gesicht des Königs wird klarer, als ich mich dem Podium nähere. Es ist seltsam leer und zeigt nur einen leichten Hauch von Interesse. Ich habe schon die halbe Strecke von der Tür bis zum Thron zurückgelegt, als sich seine Miene ändert. Sein Blick gleitet von oben bis unten über meinen Körper, vom Kopf bis zu den Füßen, und bleibt schließlich an meinen Brüsten haften. Seine Lippen formen ein halbes Lächeln. Die Neugier bleibt erkennbar und wird auf gewisse Weise intensiver. Einladend. Es ist das Gesicht eines Fremden.

Hitze steigt mir in die Wangen. Freude flammt in mir auf, durchbohrend wie ein Pfeil. Nein, es ist keine Freude, es ist ein Gefühl von Macht – von einer Art, wie ich sie noch nie gespürt habe.

Alejandro erhebt sich. Er lächelt noch immer. »Willkommen, Lady der Malficio«, sagt er in formellem Ton, während seine Augen deutlich erkennen lassen, dass ihm gefällt, was er vor sich sieht.

In diesem Augenblick überkommt mich beinahe Panik. Das Gefühl von Freude und Macht verflüchtigt sich, und

Erniedrigung tritt an ihren Platz. Mein Ehemann erkennt seine eigene Frau nicht. Das ist offenkundig. Und gleichzeitig gibt er sich hier, in aller Öffentlichkeit, keine Mühe zu verbergen, dass er die scheinbar Fremde, die vor ihm steht, attraktiv findet.

Er pflegte mich so intensiv anzusehen, als ob es außer mir auf der Welt nichts mehr gäbe. Habe ich mich so sehr verändert? Vielleicht aber war dieser faszinierende Blick nur eine von vielen Waffen, die er nutzt, um seine Anziehungskraft zu vergrößern. Vielleicht hat er niemals richtig hingesehen.

Den restlichen Weg treibt mich der Zorn voran. Er ist es, der sich schmutzig und beschämt fühlen sollte, nicht ich. Vor dem Podium sinke ich in einen tiefen Knicks.

»Euer Majestät«, sage ich mit gesenkten Augen.

Dann ertönt schüchtern und hell eine Stimme zu Alejandros Linken. »Elisa? Äh, ich meine, Hoheit?«

Verblüfft sehe ich auf. Ein kleiner Junge sieht mit großen Augen hinter einem bauschigen Rock hervor. Zerzaustes schwarzes Haar, Zimtaugen. Es ist Prinz Rosario, der nun über das ganze Gesicht lacht. »Ihr *seid* es!«

Ich breite die Arme aus, als er auf mich zustürmt, und als er meine Hüften umklammert, beuge ich mich vor und küsse seinen Kopf. Dabei muss ich ein paar Tränen wegblinzeln, denn es ist mir peinlich, wie viel mir seine begeisterte Begrüßung bedeutet.

»Oh mein Gott.« Nun kommt Alejandro auf uns zu. »Ich habe dich nicht er… Wir dachten, du wärst …«

Es ist eigentlich unverzeihlich. Rosario hat sofort gewusst, wer ich bin, obwohl wir lediglich ein paar Stunden miteinander verbracht haben. Und Ximena allein hätte meinem Ehemann schon Hinweis genug sein sollen. Aber ich beschließe, das freundlich zu übergehen. »Es ist schön, dich wiederzusehen, Alejandro.«

»Ja, ja, dich auch.« Er drückt mir seine Lippen auf die Stirn, dann betrachtet er eingehend mein Gesicht. Dabei sieht er so verwirrt aus, dass ich beinahe lachen muss. »Was ist das für eine Geschichte mit der Lady der Malficio?«, fragt er.

»Wir haben viel zu besprechen.«

Er blinzelt einige Male. Dann wendet er sich an die Menge und erklärt: »Die Audienz ist für heute beendet.« Seine Lippen umspielt dieses jungenhafte Grinsen, das zuvor gewöhnlich meine Zehen zum Schmelzen brachte, und er sagt mit leiserer Stimme: »Meine Frau ist zurückgekehrt.«

Er legt mir den Arm um die Schultern und zieht mich an sich, dann führt er mich aus dem Audienzsaal, das Raunen und Murmeln der Höflinge hinter uns zurücklassend. Nun, da er den ersten Schock überwunden hat, macht er einen sehr erfreuten Eindruck.

Ich wünschte, ich könnte sagen, wie *ich* mich fühle.

Ein wenig erzähle ich ihm von meiner Zeit in der Wüste, von unserer Gefangennahme durch den Conde. Aber seine Nähe verwirrt mich. Obwohl meine Zofen und ich in den Dienstbotenquartieren gut versorgt wurden, gebe ich Alejandro gegenüber vor, hungrig und erschöpft zu sein, und verabschiede mich so schnell wie möglich wieder.

Er sieht ein, dass ich ein wenig Zeit für mich brauche. »Wir können heute gemeinsam zu Abend essen«, schlägt er vor. »In meinen Gemächern. Dann kannst du mir den Rest erzählen.«

Ich erkläre mich mit ein paar gemurmelten Worten einverstanden und lasse mich von ihm zu meinen alten Räumen geleiten. Zu den Gemächern der Königin. Während wir durch die steinernen Korridore schreiten, gefolgt von Ximena und Mara, merke ich, dass sich das Schloss verändert hat. Es wirkt heller, frischer. Neugierig spähe ich in Seitenflure und kleine Nischen und versuche herauszufinden, woran das liegt. Als wir um eine Ecke biegen, streift meine Hand ein paar Palmwedel.

Pflanzen! Das ist der Unterschied. Überall stehen Grünpflanzen. In erster Linie Palmen und Farne, dazwischen auch einige Dschungelgewächse.

»Warum lächelst du plötzlich so?«, fragt Alejandro.

»Grünpflanzen!«

Er lacht leise. »Ja. Das fing an, kurz nachdem du verschwunden bist. Es sprach sich herum, dass du befohlen hattest, deine Räume mit Pflanzen zu dekorieren. Danach wollten alle Höflinge es dir gleichtun.«

Wir haben meine Tür erreicht. Wie beim ersten Mal, als Alejandro mich hierher begleitete, fühle ich mich wie ein Übernachtungsgast auf der Durchreise.

Er beugt sich vor und berührt meine Lippen leicht mit seinen. »Bis zum Abendessen«, flüstert er.

Ich schlucke, als er sich verabschiedet. Ximena und Mara eilen vor mir in die Räume.

»Oh, ist das wunderschön!«, ruft Mara mit heller Stimme.

Ich ziehe die Tür hinter mir zu. »Die Feuersteine. Wir müssen sie finden, als Allerallererstes.« Mein Blick schweift durch die Räume und sucht nach der kleinen Palme.

»Wovon sprichst du?«, fragt Ximena.

»Vater Nicandro hat mir einige Feuersteine gegeben. Alte. Ich habe sie unter den Wurzeln einer kleinen Palme vergraben.«

Meine Kinderfrau macht ein schockiertes Gesicht. Für sie ist es immer noch sehr ungewohnt, so offen über dieses Thema zu sprechen. Aber sie macht mir längst keine Angst mehr, und von daher achte ich nicht auf ihre Miene, sondern gehe zum Balkon und ziehe den Vorhang beiseite. Der Balkon ist leer.

»Hier steht eine Palme!« Maras Stimme hallt durch das Atrium.

Schnell drehe ich mich um und laufe zu ihr, sehe, wohin sie zeigt. »Das ist nicht die Richtige«, sage ich. Die Pflanze ist zu klein und zu dicht belaubt. »Meine Palme war größer.« Gerade will ich wieder ins Schlafzimmer zurückkehren, da fällt mir etwas auf. Die Fliesen rund um das Badebecken, die kleinen gelben Blumen, die darauf gemalt sind. Seltsame vierblättrige Blüten mit blauen Tupfern. Mein Feuerstein rührt sich bei dieser Entdeckung.

»Mein Himmel, das ist die einzige Pflanze in diesem Gemach«, erklärt Ximena. »Bist du sicher, dass es nicht die richtige ist?«

Mein Herz beginnt zu hämmern, als mir die Tragweite dieser Worte bewusst wird. »Oh, Ximena, sie sind nicht mehr da. Die Feuersteine sind weg!« Jemand muss meine Gemächer geplündert haben, um sich der aktuellen Mode entsprechend mit dekorativem Grün einzudecken.

»Ich bin sicher, dass wir sie noch finden werden«, erklärt Ximena, die angesichts meiner offensichtlichen Panik verblüfft die Stirn runzelt.

»Du verstehst nicht. Wir müssen sie jetzt finden, sie vielleicht sogar zerstören, bevor das Heer von Invierne die Stadt erreicht. Wenn die Animagi sie vor uns in die Hände bekommen, werden wir diesen Krieg verlieren.«

30

Einige Stunden später muss ich die Suche abbrechen, um wie versprochen mit dem König zu Abend zu essen.

Alejandros Räume sind genauso, wie ich sie mir vorgestellt habe: schummrig beleuchtet, in Rot- und Brauntönen gehalten und mit einem Bett und einem Nachttisch aus dunklem, unbehandeltem Holz möbliert. Die warme Luft riecht nach Gewürzen. Ich sitze im Schneidersitz ihm gegenüber auf einem riesigen Kissen mit Fransenbesatz. Dampfende Platten mit verschiedenen Gerichten auf dem Teppich bilden eine beruhigende Barriere zwischen uns.

Als Erstes probiere ich das Pollo Pibil, Alejandros Lieblingsspeise, wie ich mich gerade wieder erinnere. Den ersten Bissen spüle ich mit einem Schluck kühlen Weins hinunter. Dann nehme ich die Teller genau in Augenschein und überlege so sorgfältig, für welche Speisen ich mich entscheiden soll, als ob das Schicksal Joya d'Arenas von meiner Wahl abhinge. Das ist immerhin besser, als darauf zu achten, dass er mich mit so beharrlichem Interesse ansieht.

Das glückliche Kinderlächeln, das er zuvor zeigte, ist jetzt verschwunden, und Müdigkeit und Sorge sind an seine Stelle getreten. »Ich habe heute mit dem Quorum gesprochen«, sagt er betont, während ich mir einen warmen Pilz mit Knoblauchbrotfüllung nehme.

»Oh?«

»Sie meinen, wir sollten dich so schnell wie möglich zur Königin krönen. Jetzt, da der Krieg …« Seine Stimme verebbt, und das Licht in seinen Augen wendet sich nach innen. Er blinzelt und setzt wieder an, während ich von meinem Pilz abbeiße. »Jetzt, da der Krieg kommt, sind sie der Überzeugung, dass es die Moral stärken wird, wenn eine frisch gekrönte Königin im Land ist.«

»Und was meinst du?«, frage ich mit vollem Mund.

»Ich stimme ihnen zu.«

Ich lasse mir mit dem Kauen und Schlucken Zeit, um meine Gedanken zu sammeln. »Als ich zuerst hierherkam, hast du mich gebeten, unsere Ehe geheim zu halten. Jetzt scheinst du es sehr eilig zu haben, mich als deine Frau anzuerkennen und zu deiner Königin zu krönen. Warum?«

Er nimmt das Weinglas zur Hand, bevor er antwortet. »Zuvor konnte ich auf viele politische Vorteile hoffen, wenn ich alle glauben ließ, der Thron der Königin sei noch nicht besetzt.« Aber seine Augen gleiten unstet hin und her, und er trinkt den Wein so begierig, als sei er ein Lebenselixier.

»Und jetzt, da es jeder weiß, meint das Quorum, ich sollte sofort gekrönt werden.«

»Ja.«

»Denkt Ariña auch so?« Wahrscheinlich hat die Condesa beinahe einen Schlaganfall bekommen, als sie von unserer Ehe erfuhr. Und endlich dämmert es mir, dass politische Beweggründe zwar sicher auch eine Rolle gespielt haben mögen, dass Alejandro aber unsere Ehe vor allem deshalb geheim halten wollte, weil er es nicht wagte, seiner Geliebten davon zu berichten.

Die Hand mit dem Weinglas ist weiß geworden, aber seine Stimme bleibt ruhig, als er erklärt: »Ariña auch. Vor allem auch deswegen, weil du es warst, die während der ganzen letzten Monate die geheimnisvollen Malficio angeführt hat. Für das Volk von Joya wird es sehr tröstlich sein zu wissen, dass ihre Königin nicht nur die Trägerin des Feuersteins ist, sondern gleichzeitig eine echte Heldin.«

Heldin? Das klingt lächerlich. »Ich hatte einige gute Ideen. Das ist alles. Dein Volk hat alles andere übernommen.« Dann sehe ich ihn mit gerunzelter Stirn an. »Es muss dir klar sein, Alejandro, dass Condesa Ariña eine Verräterin ist.«

Seine Augen werden schmal. »Sie wird nicht in meinem Bett liegen, wenn es das ist, was dir Sorgen bereitet.«

»Sorgen bereitet mir die Kleinigkeit des Hochverrats«, gebe ich kurz angebunden zurück. Dieses Gespräch verläuft ganz anders, als ich es mir vorgestellt habe. Ich kann gar nicht glauben, dass ich gerade eben so mit ihm gesprochen habe.

Er zuckt mit den Schultern und wirkt plötzlich wieder sehr verletzlich. »Wir können nicht sicher sein, ob …«

»Sie wusste, was ihr Vater tat. Sie wusste, dass er mit Invierne gemeinsame Sache machte. Aber sie hat nichts gesagt. Denk doch an die vielen Male, die ihr Kriegsrat gehalten habt, Alejandro. An die vielen Quorumssitzungen, bei denen sie dir die Wahrheit hätte sagen können.«

Er zögert kurz. »Ich werde sie beobachten lassen, wenn du dich dann besser fühlst.«

Am liebsten wäre es mir, sie würde gefangen gesetzt, damit sie mir – und Cosmé – nicht im Weg stehen wird, falls wir diesen Krieg überleben sollten. »Das würde sicherlich helfen. Danke.«

»Das Quorum würde die Krönung jedenfalls gern in zwei Tagen durchführen.«

So bald schon! Es kommt mir zwar sehr lange her vor, aber ich kann mich noch gut an eine Zeit erinnern, da ich nebenan auf meinem Bett lag, die Fingerspitzen auf den Feuerstein gelegt, und darum betete, eines Tages Königin zu werden. Jetzt muss ich brav mitspielen, wenn auch nur, um das Versprechen zu erfüllen, das ich einigen tapferen Menschen gegeben habe, die sich die Freiheit wünschen, um sich einen eigenen Ort zum Leben zu erschaffen.

Während der Wein mein Blut erwärmt und mir so etwas wie Mut einflößt, während Alejandros weicher, sehnsuchtsvoller Blick auf mich gerichtet ist und mir ein Gefühl wie Macht vermittelt, mache ich den ersten Zug. »In einer Hinsicht hattest du recht«, sage ich jetzt wieder in respektvollem Ton. Fast schmeichelnd. »Die Malficio sind Helden. Sie sind die tapfersten Kämpfer, die ich je kennengelernt habe, und sie würden ihr Leben dafür geben, dass du den Sieg davontragen wirst.«

»Du bist mit Recht stolz auf sie.«

»Wenn wir diesen Krieg überleben …« Bei meinen Worten zuckt Angst über sein Gesicht. »Dann würde ich gern um den persönlichen Gefallen bitten, dass sie dafür geehrt werden.«

»Sicher«, willigt er schnell ein, aber seine Stirn ist noch gefurcht, sein Blick geht weit in die Ferne.

»Was ist denn, Alejandro?«

Er seufzt. »Kann ich dir etwas anvertrauen, Elisa?«

»Natürlich.«

Er stürzt den restlichen Wein herunter und setzt das Glas ab. »Ich habe Angst vor diesem Krieg.« Er lächelt, aber auf eine Art, die zeigt, dass er selbst keinen Respekt vor sich hat. »Mein Vater wurde von einem Pfeil der Inviernos getötet. Vor meinen Augen. Ich habe heute noch Albträume deswegen. Und meine nächste echte Kampferfahrung hat mich viel Blut gekostet.«

»Die Perditos«, flüstere ich. Ist er deswegen immer so unentschlossen? Weil er Angst hat?

»Ja, die Perditos. Siehst du, wie wenig heldenhaft ich bin? *Du* hast mich an diesem Tag gerettet, schon vergessen?«

Mir war nicht klar, dass es eine so erniedrigende Erfahrung sein kann, das Leben gerettet zu bekommen, und ich kann mich gerade noch davor zurückhalten, nicht entnervt die Augen zu verdrehen. »Ich verspreche, ich werde dir weitere peinliche Augenblicke ersparen und dich nächstes Mal einfach sterben lassen.«

Er zuckt zusammen, und ich wünschte, ich könnte meine Worte zurücknehmen. Woher kommt nur diese neue, grausame Elisa? »Ich verstehe«, sage ich daraufhin als eine Art Friedensangebot. »In den letzten Monaten hatte ich manchmal so viel Angst, dass ich dachte, ich würde sterben. Aber die Zeit verging, es wurden Entscheidungen gefällt und entsprechend gehandelt, und danach musste ich zumindest eine Weile keine Angst mehr haben.«

»Wird es dadurch leichter?«

Ich lächele traurig. »Heute habe ich mehr Angst denn je.

Ich habe Menschen sterben sehen.« *In meinen Armen.* Ich muss schlucken, bevor ich weitersprechen kann. »Ich weiß, wie schwer es sein wird … danach weiterzumachen. Selbst wenn wir gewinnen sollten.«

Bei meinen Worten scheint er in sich zusammenzufallen, und mir wird klar, dass ich wahrscheinlich alles nur noch schlimmer gemacht habe.

Ich stehe auf und recke mich. Mein Appetit ist verflogen, und ich sehne mich nach Ximenas und Maras Gesellschaft. »Bitte entschuldige, wenn ich dich schon so früh verlasse, Alejandro, aber wenn wir in zwei Tagen eine Krönung feiern wollen, dann muss ich mit den Vorbereitungen beginnen.« Das ist eine Lüge. Nichts interessiert mich weniger als diese Krönungszeremonie.

Er erhebt sich und nimmt meine Hände. »Ich freue mich, dass du zurück bist.« Da ist er wieder, dieser verlorene Blick, der mich früher dazu brachte, ihn festhalten und tröstliche Worte in sein Ohr raunen zu wollen.

Seine Augen wandern zu meinen Brüsten. Das Mieder und das Oberteil schieben sie hinauf in Richtung Kinn. Beinahe habe ich das Gefühl, dass ich meinen Kopf, wenn ich ihn weit genug beugte, dort wie auf einem bequemen Kissen ablegen könnte.

Seine Arme schlingen sich um meine Taille, und er zieht mich an sich, bis mein Busen sich an seine Brust schmiegt. »Elisa«, flüstert er, den Blick fest auf meine Lippen gerichtet.

Ich will, dass er mich küsst, obwohl mein Herz sich dabei zusammenkrampft, weil es spürt, wie falsch das ist. Denn jetzt möchte ich das Triumphgefühl genießen, dass mich jemand begehrt, den ich einst sehr attraktiv fand. So, wie er mich jetzt ansieht, weiß ich, dass ich heute Nacht tatsächlich bereit wäre, zum ersten Mal bei einem Mann zu liegen, falls ich mich dazu entscheiden sollte.

Er beugt sich zu mir herunter, seine Lippen berühren die meinen. Erst sanft, dann beharrlich. Seine Finger spielen mit meinem Haar, er saugt leicht an meiner Unterlippe, seine Zunge fährt leise darüber. Er hat den weichen Mund eines Edelmanns, der sich in geschlossenen Räumen aufhält. Viel weicher als Humbertos.

Mit einem scharfen Aufseufzen entziehe ich mich seinem Griff.

Erst zuckt Verwirrung über sein Gesicht, die dann jedoch schnell von einem beruhigenden Lächeln abgelöst wird. »Ich verstehe dich, Elisa. Du bist noch nicht bereit für das hier. Wir haben jede Menge Zeit, um einander richtig kennenzulernen.« Er spricht mit derselben Stimme, mit der er sich auch an den kleinen Rosario wenden würde. Beschwichtigend, herablassend.

»Danke für dein Verständnis.« Ich lächele süß. Am Tag, an dem er starb, sagte Humberto mir, es gäbe einen Weg, von Alejandro loszukommen. Was hatte er da entdeckt?

Aber das spielt jetzt keine Rolle. Ich muss Königin werden, damit ich den Menschen helfen kann, die mir ans Herz gewachsen sind. Ich hoffe nur, dass es in einigen Monaten überhaupt noch ein Land gibt, über das eine Königin herrschen könnte.

Als ich durch die Tür, die unsere Räume verbindet, in meine Gemächer zurückkehre, liest Ximena in der *Scriptura Sancta*, und Mara flickt ihr Kleid. Die beiden sehen mich überrascht an.

»So früh hatte ich dich nicht zurückerwartet«, sagt Ximena.

»Habt ihr die eingetopfte Palme gefunden?«

Ximena seufzt. »Nein. Sie ist nicht im Kloster. Und Mara hat die Dienstbotenquartiere überprüft.«

»Der Küchenmeister hat mich dabei erwischt, wie ich in einem Topf mit Erde gegraben habe«, erzählt Mara mit einem Lachen in der Stimme.

Frustriert lasse ich mich aufs Bett sinken. »Wahrscheinlich ziert diese Pflanze jetzt das Zimmer irgendeiner Edelfrau. Ich muss mir einen Grund ausdenken, der es uns erlaubt, jeden Raum im Palast zu durchsuchen. Vielleicht kann Hector mir dabei helfen.«

»Wir werden ihn morgen fragen«, sagt Ximena. Für sie ist diese Suche nach den Feuersteinen sehr schwierig, denn schließlich ist sie als Vía-Reforma-Anhängerin der festen Überzeugung, dass solche Dinge sich selbst überlassen werden sollten. Überhaupt war sie erst bereit, uns zu helfen, als ich ihr verdeutlichte, wie viel schlimmer es sein würde, wenn Inviernes Hexenmeister die Steine vor uns fänden. Wahrscheinlich könnte ich, sobald ich einmal zur Königin gekrönt worden bin, den ganzen Palast durchkämmen lassen. Bei dem Gedanken verziehe ich unwillkürlich das Gesicht. Was für eine wunderbare Idee, um mich bei meinen neuen Untertanen sofort beliebt zu machen.

Nach einem tiefen Atemzug erkläre ich: »Ich soll in zwei Tagen zur Königin gekrönt werden.«

Die beiden starren mich an. »Das ist ja wunderbar, Elisa«, sagt Mara.

Es klopft, und ich zucke zusammen; beinahe erwarte ich, dass es wieder Alejandro ist. Ximena öffnet die Tür einen Spalt, nimmt etwas entgegen, schließt sie wieder.

»Eine Nachricht für dich, die eine Brieftaube gerade gebracht hat«, sagt sie und streckt mir ihre Hand entgegen. Zwischen Daumen und Zeigefinger hält sie eine kleine Röhre.

Schnell nehme ich sie, schraube die Kappe ab und streiche das aufgerollte Schreiben glatt.

»Es ist von Cosmé!«, bringe ich heraus. Tränen steigen mir in die Augen. »Basajuan wurde überrannt, das Heer des Conde zerschlagen; die Soldaten haben sich zur Hohen Sperre hinaufgeflüchtet. Die nahe gelegenen Dörfer wurden in Brand gesteckt. Sie organisiert eine Einsatztruppe, die den Inviernos immer wieder in den Rücken fallen soll, während sie weiter auf Brisadulce vorrücken.« Ich sehe die beiden an und wedele mit dem winzigen Pergament hin und her. »Hier steht, dass Flüchtlinge auf dem Weg hierher sind. Viele Flüchtlinge.«

»Das ist doch gut, oder nicht?«, fragt Mara. »Das heißt doch, dass sie in der Lage war, eine Menge Leute zu evakuieren.«

Ich nicke. »Das ist gut.«

Betet, wenn Euch die Zweifel übermannen. Auf dem harten Steinboden falle ich auf die Knie. Dann strecke ich mich aus und bete für Cosmé, für Jacián, sogar für den verräterischen Belén. Ich bitte um das Leben von Alentín und der Menschen aus dem versteckten Dorf. Ich bete zu Gott, er möge mir zeigen, wie man gegen die Hexenkunst der Animagi vorgehen kann. Jetzt, da so viel auf dem Spiel steht, muss er doch einfach meine Gebete erhören.

Als ich endlich ins Bett falle, schimmert mein Körper vor Schweiß von der brennenden Antwort des Feuersteins.

Der nächste Tag vergeht gleichzeitig hektisch und eintönig. Jeder will meine Meinung hören, aber nur völlig belanglose Angelegenheiten betreffend. »Wie würdet Ihr gern Euren Auftritt gestalten, Hoheit?« – »Welche Gerichte möchtet Ihr beim anschließenden Fest serviert bekommen?« – »Hättet Ihr lieber Lilien oder Allmanda?« – »Sollte das Orchester bei Eurem Einzug das ›Glorifica‹ oder doch lieber das ›Entrada Triunfal‹ spielen?«

Ist denn niemandem klar, dass uns ein Krieg bevorsteht?

»Das genau ist es, was alle dazu bringt, sich so verzweifelt auf die Einzelheiten dieser Feierlichkeit zu stürzen«, erklärt mir Ximena. »Also sei eine gute zukünftige Königin, lächele und gönne ihnen ihr kleines bisschen Glück.«

Sie hat recht, und mir wird die Brust eng, weil ich mich ein wenig schuldig fühle. Ich habe vergessen, zu anderen Menschen freundlich zu sein.

»Und jetzt sag mir«, fährt sie fort, »welche Robe gefällt dir am besten?«

Wir einigen uns auf ein seidenes Kleid mit einem durchsichtigen Umhang. Es hat eine lichte Farbe, wie goldener Wein, und der Saum ist mit zarten gelben Ranken bestickt. Meine sonnengebräunte Haut kommt durch den schimmernden Stoff gut zur Geltung. Früher haben wir all meine Kleider ein Stück umgesäumt, aber inzwischen bin ich ein wenig größer als vor meiner Entführung in die Wüste. Sicherlich wird das mein letzter Wachstumsschub gewesen sein.

»Es wird perfekt sitzen, wenn ich es an der Brust noch ein

wenig ausgelassen habe«, sagt Ximena. »Alejandro wird dich wunderschön finden, wenn er dich darin sieht.« Etwas enorm Kraftvolles leuchtet in ihren Augen. Sie ist die Mutter, die ich nie gehabt habe, und sie wird den Tag meiner Krönung in vollen Zügen genießen, jeden Augenblick in ihrem Herzen einschließen. Ich strecke meinen Arm aus und drücke sie ein wenig.

»Danke, Ximena.«

Am nächsten Morgen weckt mich meine Kinderfrau schon früh, indem sie die Balkonvorhänge aufzieht, um das Sonnenlicht kupfern über mein Gesicht fallen zu lassen. Mara hilft mir über die glitschigen Fliesen in das Badebecken, während Ximena ein Badeöl aus Kräutern vorbereitet.

»Mara, diese Fliesen.« Ich lasse meine Finger über die glasierte Oberfläche gleiten. Jede Kachel ist individuell bemalt, aber sie alle zeigen dasselbe Motiv: einen Blumenstrauß, vier gelbe Blütenblätter an jeder Blume, und jedes Blütenblatt ist mit einem blauen Punkt gekennzeichnet, wie ein Tintenfleck oder vielleicht auch ein Auge. Mein Feuerstein reagiert seltsam, als ich sie aus der Nähe betrachte, als ob er einen alten Freund begrüßt. »Kannst du dich heute einmal ein wenig umhören und etwas über sie herausfinden?«

»Ja, sicher.« Sie schäumt mein Haar ein, und ich lehne mich zurück und schließe die Augen.

Einige Stunden später stehe ich schon zum zweiten Mal innerhalb von drei Tagen vor dem Audienzsaal. Während ich vor der Flügeltür warte, höre ich das Murmeln von drinnen, und fast ersticke ich in meiner cremefarbenen Seide. Wieder eine so überstürzte Feierlichkeit, genau wie meine Hochzeit. Und wieder wartet Alejandro am Ende eines sehr langen Ganges auf mich. Doch dieses Mal ist mein Vater nicht da, um mich zu führen. Diese Ehre kommt – auf meine ausdrückliche Bitte hin – Lord Hector zu.

Ich sehe zu seinem schönen, wettergegerbten Gesicht empor. Er ist sogar noch größer als Alejandro, eine starke, beruhigende Präsenz.

Er betrachtet mich nachdenklich. »Ihr seid eine so schöne Königin, Elisa«, sagt er mit gesenkter Stimme.

Nie hätte ich erwartet, dass er so etwas sagen würde. »Ein oder zwei Monate, in denen ich genug Pasteten zuspreche, werden das schon wieder ändern«, erwidere ich, und dann lächele ich, um ihm zu zeigen, dass meine Bemerkung nicht ernst gemeint war.

Sein Gesichtsausdruck bleibt unverändert. »Auch dann noch.«

Es ist sehr nett von ihm, das zu sagen. »Vielen Dank, dass Ihr das hier übernehmt, Hector. Ich bin sehr froh, dass Ihr hier seid.«

Er drückt leicht meinen Arm. »Jederzeit.« Nun richtet er seinen Blick auf die Türen, das Gesicht wie versteinert, aber inzwischen kenne ich ihn ein wenig besser. Wie Cosmé wird auch er zu Eis, um nicht zu viel Gefühl zuzulassen.

Die ersten Töne des »Glorifica« dringen durch die Mauern. Hector und ich richten uns auf. Während sich die Musik mit schnellen, fließenden Tonfolgen steigert, öffnen sich die Türen. Ich halte den Kopf hoch erhoben, und Hector führt mich über den neu ausgelegten Teppich des langen Mittelgangs. Alejandro wirkt bei meinem Erscheinen wie erstarrt, Rosario hält sich wie ein schlanker Schatten neben ihm.

Dann geht alles sehr schnell. Alejandro küsst mich auf

die Wange, und Vater Nicandro spricht laut einen Eid über Ehre und Verantwortung, den ich wiederhole. Von einem Sockel, auf dem ein Kissen ruht, nimmt der Priester die goldene Krone, deren Anblick allein mir schon Kopfschmerzen verursacht, und drückt sie mir mit einem leisen Zwinkern fest auf den Kopf.

Auf sein Zeichen hin drehe ich mich zu den Höflingen um, und Vater Nicandro proklamiert: »Königin Lucero-Elisa de Vega né Riqueza!«

Die versammelten Edelleute sinken auf die Knie. Alejandro ergreift meine Hand, und dann nehmen wir nebeneinander auf unseren Thronen Platz. Neidisch sehe ich Rosario hinterher, der von einer Kinderfrau weggebracht wird. Mein Hintern wird kalt und steif, während mir jeder einzelne Adlige im Audienzsaal vorgestellt wird. Ich erinnere mich an Ximenas Worte, dass ich ihnen den Schleier des Glücks gönnen sollte, den sie sich so verzweifelt wünschen. Also begrüße ich jeden mit einem zuversichtlichen Lächeln und sage ein paar ermutigende Worte, wenn die Rede auf den Krieg kommt.

Aber es ist alles nur Schau, denn während der Nachmittag voranschreitet, beginnt mein Nabel mit verräterischer Kälte zu pulsieren; nur ganz leicht und mit einem kurzen Gebet sofort wieder zu beruhigen. Aber es bedeutet, dass das Heer von Invierne auf dem Weg zu mir ist und dass unsere Feinde schon näher sind, als wir dachten.

31

Nach der Krönung hatte ich erwartet, meine Aufmerksamkeit dem ernsten Thema der Kriegsvorbereitungen widmen zu können. Aber es scheint, als ob die Hälfte der Bevölkerung von Joya d'Arena einen Rat oder einen Gefallen von der Königin erbitten möchte. Die andere Hälfte hingegen versucht dafür zu sorgen, dass ich in ihrer Schuld stehe, und überschüttet mich mit Weisheiten bezüglich gewisser einschlägiger Themen ebenso wie mit Geschenken und stellt mich wichtigen Leuten vor. Die ersten zwei Tage als Königin verbringe ich damit, wie ein Huhn mit dem Kopf zu nicken und »vielen Dank« zu sagen.

Am zweiten Nachmittag, als die zierliche, aber unscheinbare Lady Jada in meinem Zimmer auf mich einschnattert, baut sich in meinem Bauch eine Lawine aus machtloser Wut auf. Es gibt so vieles, was ich jetzt tun könnte. Ich muss unbedingt die Feuersteine suchen, mit General Luz-Manuel unsere Strategie besprechen, alles für das Eintreffen der Flüchtlinge vorbereiten, ein Gespräch mit Condesa Ariña führen und vielleicht ein wenig Zeit mit Rosario verbringen.

Rosario. Niemand achtet auf ihn. Niemand kümmert es, was er tut.

Mit erhobener Hand unterbreche ich Lady Jadas abfällige Bemerkungen darüber, wie schlecht manche Leute ihre Wäsche waschen. »Gerade fällt mir ein, dass ich noch etwas sehr Wichtiges zu erledigen habe.« Ich schenke ihr ein leeres Lächeln. »Ich hoffe, Ihr könnt mir verzeihen.«

Sie kräuselt verwirrt ihre winzige Nase, erholt sich aber schnell. »Wir müssen bald wieder plaudern«, sagt sie und macht einen Knicks.

»Ich würde mich sehr freuen.«

Sobald sie gegangen ist, wende ich mich an Ximena. »Rosario wird ein paar Tage bei uns bleiben. Es muss ein zusätzliches Bett hier hereingestellt werden, und er braucht Kleidung, in der er herumtollen kann, vielleicht auch ein paar Spielsachen. Sag seiner Kinderfrau, dass sie eine Woche freihat. Oh, besser noch, sag ihr, sie braucht nicht mehr zurückzukommen, bevor der Krieg vorbei ist.«

Sie lächelt breit. »Ich bin schon auf dem Weg.«

Mara schicke ich los, damit sie den Jungen holt, und dann gehe ich eine Weile in meiner Suite auf und ab und denke nach. Jedes Mal, wenn ich die Fliesen betrachte, die das Badebecken einfassen, vibriert der Feuerstein leicht.

Wenig später kehrt Mara mit Rosario zurück. Er sieht mich mit großen, fast ein wenig misstrauischen Augen an.

Ich lächele. »Ich dachte, du würdest vielleicht gern eine Weile bei uns bleiben.«

Seine Augen werden schmal. »Wieso?«

Eigentlich habe ich schon den Mund geöffnet, um ihm eine beruhigende und unverfängliche Antwort zu geben.

Aber ich weiß noch viel zu gut, wie es sich anfühlte, auf Papás Hacienda aufzuwachsen, zwischen lauter Erwachsenen, die sich über meinen Kopf hinweg unterhalten haben, und deswegen erkläre ich: »Ich brauche deine Hilfe.«

Er schürzt die Lippen und denkt darüber nach. »Ich habe Papá gesagt, dass ich bestimmt helfen könnte. Mit dem Krieg. Aber er hat gesagt, dafür wäre ich noch zu klein.«

»Nun, ich brauche jetzt aber deine Hilfe. Mit dem Krieg. Wie wäre es, wenn du ein bisschen für uns spionieren würdest?«

Seine Lippen verziehen sich zu einem schüchternen Lächeln.

Später am Nachmittag trifft die erste Flüchtlingswelle ein. Es sind zumeist junge, gesunde Menschen – diejenigen, die am schnellsten vorangekommen sind. Wir bringen ein paar Hundert im Palast unter, einige Hundert weitere auf Gütern in der Nähe. Den frühen Abend verbringe ich damit, dafür zu sorgen, dass sie so viele Annehmlichkeiten haben, wie es unter den Umständen möglich ist, und ich lausche in ihren Erzählungen von Flucht und Entbehrungen nach möglichen Hinweisen auf die Freunde, die ich zurückgelassen habe. Wie ich erfahre, sind die Malficio immer noch aktiv, und Tausende von Menschen, vor allem Flüchtlinge, beteiligen sich nun an ihrem Feldzug. Aber mein Feuerstein wird immer kälter, und ich sorge mich um jene, die es nicht bis zur Stadt schaffen werden, bevor Inviernes Heer hier eintrifft.

Im Speisesaal esse ich an diesem Abend zusammen mit meinem Mann und General Luz-Manuel. Gerade sind wir mit einem Teller Truthahnfilets fertig, die mit Honig und fein gehobelten Orangenschalen glasiert sind, als ein atemloser Kundschafter durch die Tür stürmt, gefolgt von Lord Hector. Der Kundschafter berichtet, dass eine breite Front von Reitern gesehen wurde, keinen Tagesritt entfernt.

»Nur Reiter?«, fragt Alejandro.

Nachdem der Mann das bestätigt hat, wird er wieder hinausgeschickt.

»Das ist seltsam«, überlegt Alejandro, während Lord Hector neben ihm Platz nimmt.

»Das ist nur eine Vorhut«, erklärt Luz-Manuel. »Diese Reiter sollen uns zunächst einmal einkesseln. Der Hauptteil des Heeres wird dann in den nächsten vier Wochen nach und nach eintreffen.«

Alejandro seufzt. »Dann müssen wir die Gruben abdecken und die Tore schließen.«

Ich lege ihm die Hand auf den Arm. »Die ganze Nacht über werden weitere Flüchtlinge kommen. Können wir die Tore nicht zumindest noch so lange offen halten?«

Er zögert, bis er sieht, dass Lord Hector nickt. »Auf den Mauern können wir später jeden gebrauchen«, betont der Gardist.

»Das stimmt. Die Tore bleiben also noch geöffnet.« Alejandro küsst mich auf die Stirn und verabschiedet sich zusammen mit Lord Hector.

Der General und ich sehen einander an, und ich erkenne an den Tränensäcken unter seinen Augen und den hohlen Wangen, dass die Anstrengung der letzten Monate Spuren hinterlassen hat. Abgesehen von Hector und Alejandro ist er das einzige Quorumsmitglied, dem ich seit meiner Rückkehr begegnet bin. Conde Eduardo hat die Stadt schon vor

Monaten verlassen, um seine Besitzungen vor Inviernes Südarmee zu verteidigen, und Ariña ist in ihren Gemächern geblieben.

»Ich bin froh, dass Ihr hier seid, Majestät«, sagt der General mit leicht gefurchter Stirn.

Meine Augen weiten sich leicht. Luz-Manuel hat bisher nie erkennen lassen, dass er sich in irgendeiner Weise über meine Anwesenheit freut.

»Möglicherweise werde ich Eure Hilfe brauchen«, erklärt er. »Seine Majestät ist … nun ja, er ist kein Mann der schnellen Entschlüsse. Sicherlich eine gute Eigenschaft, wenn es um die Staatsgeschäfte geht. Aber in einer Schlacht …«

Es liegt daran, dass der König Angst hat. Ich nicke. »Ich werde helfen, soweit es mir möglich ist.«

Er reibt sich die kahle Stelle an seinem Kopf. »Ich danke Euch. Vielleicht braucht er nur noch eine weitere Stimme, die ihm ermutigend ins Ohr flüstert.«

»Ihr solltet wissen, General, dass Invierne nur zu gern den Stein in die Hände bekommen würde, den ich in mir trage. Es mag eine Zeit kommen, in der es besser sein wird, wenn ich mich rar mache.«

Er nickt. »Ja, Hector erzählte mir bereits, dass der Feind davon ausgeht, die Macht des Steins zähmen zu können.«

Ich sage nichts dazu.

Der General fährt fort: »Wir werden Euch so gut wie möglich schützen, aber wenn Invierne Brisadulce erobert, dann werden sie den Krieg gewinnen, mit Eurem Feuerstein oder ohne.«

»Sie werden sich einen Weg hineinbrennen, durch die Tore.«

Sein Gesicht verdüstert sich. »Die Flüchtlinge sprachen von einem seltsamen Feuer. Manche haben sogar Narben davon zurückbehalten. Wir halten Wasser an den Stadtmauern bereit, und unser Tor ist stark. Dick.«

»General, ich habe gesehen, welche Verwüstung von diesem Feuer ausgelöst werden kann, und ich versichere Euch, dass die Animagi hervorragend in der Lage sein werden, das Tor niederzubrennen.«

»Das Fallgatter wird standhalten«, beharrt er.

»Wenn das ganze Tor in Flammen steht, was sonst wird noch zu brennen beginnen? Die Belagerungstürme mit Sicherheit.« Einige dieser Konstruktionen stehen in regelmäßigen Abständen an der Mauer, die meisten davon werden genutzt, um dafür zu sorgen, dass genug Waffen in Griffweite sind. »Und in den Mauern an sich gibt es doch sicherlich auch hölzerne Stützen und dergleichen? Was ist mit den nahe gelegenen Gebäuden?«

»Wie nahe müssen sie denn heran, um dieses … Feuer einzusetzen?«

»Das weiß ich nicht. Es tut mir leid, aber das weiß ich wirklich nicht. Vielleicht hat einer der Flüchtlinge …«

»Ich werde mich erkundigen«, sagt er. »Und wir werden unsere besten und stärksten Bogenschützen am Tor aufstellen. Hoffen wir das Beste.«

»Oh, bitte sagt den Bogenschützen, sie sollen auf alle Fälle in Deckung bleiben und nicht über die Mauern sehen.«

»Warum nicht?«

»Die Animagi können einen Menschen erstarren lassen, egal, wo er sich befindet. Einfach indem sie ihn ansehen.«

Mara wirft sich mir beinahe in die Arme, als ich in meine Räume zurückkehre. »Ich habe jeden gefragt, den ich heute getroffen habe, aber niemand wusste etwas. Ich meine, jeder wusste sofort, von welchen Fliesen ich spreche, aber niemand konnte mir etwas zu ihnen sagen.« Trotzdem hüpft sie beinahe vor Aufregung.

Rosario hat sich auf meinem Bett eingerollt und spielt mit seinen Zehen, während er dem Ausbruch meiner Zofe mit wachsamer Neugier zusieht.

»Ich nehme an, du hast etwas entdeckt?«, erkundige ich mich.

Sie grinst. »Rosario weiß etwas über sie.«

»Oh?«

»Vater Nicandro hat es mir einmal erzählt.« Der kleine Prinz zieht die Nase kraus. »Im Geschichtsunterricht.«

Mir stockt der Atem. Was jetzt kommt, ist wichtig, das spüre ich. Das Flirren meines Feuersteins bestätigt das. »Was genau hat Vater Nicandro dir gesagt?«

»Er hat gesagt, dass jemand, der sehr wichtig war, die Fliesen gemacht hat. Jemand, den die meisten Leute heute längst vergessen haben, aber Vater Nicandro glaubt, dass sich das bald ändern wird.«

Das klingt alles höchst seltsam. »Und das ist es? Das war alles, was er gesagt hat?«

Rosario sinkt ein wenig in sich zusammen, rollt sich zu einem kleinen Ball. »An mehr kann ich mich nicht erinnern«, sagt er kleinlaut.

Ich mache ihm Angst. Also hole ich erst einmal tief Luft und entspanne mich. »Rosario, das war eine wirklich große Hilfe. Vielen Dank.«

Er strahlt.

Ich frage ihn nicht, ob er versucht hat, die Feuersteine zu finden. Ein kurzer Blick auf seine Hände, auf die Schmutzschicht unter seinen Nägeln, sagt mir alles. Und so entschuldige ich mich und laufe zum Kloster hinüber.

Vater Nicandro freut sich, mich zu sehen. Ich muss ein Grinsen unterdrücken, als er mich umarmt, weil er mir kaum bis an die Wange reicht und so leicht ist wie ein Kind. Er führt mich bei Kerzenlicht ins Schreibzimmer, und wir setzen uns auf die Hocker, die um den Tisch herumstehen.

»Majestät, ich bin so froh, dass Ihr gekommen seid. Seit Eurer Rückkehr hatten wir noch keine Möglichkeit, uns richtig zu unterhalten. Aber bitte, sagt mir …« Er beugt sich zu mir, und seine Nase zuckt leicht. »Stimmt es, dass man Euch an die Tore des Feindes gebracht hat?«

Ich zucke mit den Schultern. »Ich weiß nicht, Vater. Ich war für kurze Zeit im feindlichen Lager, aber nicht im Land Invierne.«

»Sehr interessant. Und stimmt es, dass …«

»Vater, es tut mir leid, dass ich so zur Eile dränge, aber es gibt etwas, das ich über die Fliesen in meinem Atrium erfahren muss.«

»Welche Fliesen?«

»Prinz Rosario hat mir berichtet, dass Ihr über sie Bescheid wisst. Kleine gelbe Blumen mit blauen Tupfern. Eigentlich sehen sie nicht besonders schön aus …«

»Oh ja, natürlich! Ich hätte mir gleich denken können, dass Ihr etwas über sie wissen wollt.«

»Warum das?«

»Fast jede Fliese mit diesem Motiv wurde von Fräulein Jacoma höchstselbst gemalt. Ihr Vater war ein Fliesenbrenner. Seit sie laufen konnte, hatte sie Spaß daran, Dekore für ihn zu malen.« Auf meinen verwirrten Blick fügt er hinzu: »Sie trug den Feuerstein, Majestät!«

Heftig atme ich ein. Ich habe es gewusst. Irgendwie habe ich es gewusst.

»Sie starb, als sie ungefähr in Eurem Alter war. Knapp siebzehn. Den Berichten zufolge, die damals verfasst wurden, hat sie ihre Aufgabe nie erfüllt. Aber sie bemalte über zweitausend Fliesen mit dieser hässlichen gelben Blüte. Andere Künstler haben dieses Motiv über Generationen kopiert. Heute findet man es in jedem Schloss und jedem Kloster in Joya d'Arena. Leider erinnern sich außer einigen Priestern und Künstlern nur noch wenige Menschen an sie.«

»Fräulein Jacoma«, wiederhole ich staunend. »Eine Trägerin.«

Der Priester neigt sich zu mir herüber und sieht mich mit runden schwarzen Augen an. »Erinnert Ihr Euch an diese Passage im *Afflatus*, die ich Euch gezeigt habe?«

»Ja.«

»Ich habe eine Theorie entwickelt. Ihr wisst doch noch, dass an einer Stelle erst von einzelnen Trägern die Rede ist, sich der Bezug dann aber ändert? Dass der Text sich dann plötzlich auf alle Träger im Allgemeinen bezieht?«

Ich nicke und erinnere mich an all die Stunden, die ich über Alentíns Abschrift des *Afflatus* gebrütet habe und mich fragte, ob vielleicht ich es sein würde, die eines Tages an die Tore des Feindes käme.

»Nun, ich glaube, wir haben die Sache aus dem falschen Blickwinkel betrachtet. Was, wenn sie sich auf jeden einzelnen Träger – und auf alle Träger zusammen – zur gleichen Zeit bezieht? Wenn es um eine Aufgabe ginge, die alle Träger im Laufe der Zeit gemeinsam erfüllen?«

»Was meint Ihr damit?«

Er schüttelt den Kopf. »Das weiß ich nicht«, sagt er müde. »Ich weiß selbst nicht, was ich damit meine. Es ist nur der Funke einer Idee. Ich habe das Gefühl, dass hier etwas Größeres im Spiel ist, von dem ich aber nur den äußersten Rand greifen kann.«

»Ich werde ein wenig über diese Idee nachdenken. Danke, Vater Nicandro. Vielleicht habe ich später noch mehr Fragen an Euch.«

»Natürlich.« Er lächelt. »Ich bin froh, dass Ihr wohlbehalten zurückgekehrt seid, meine Königin.«

Ich sage nicht, dass ich mich überhaupt nicht wohlbehalten fühle.

Am nächsten Morgen befiehlt Alejandro, die Tore zu schließen, was bedeutet, dass die Flüchtlinge, die es bisher nicht in die Stadt geschafft haben, nun kein sicheres Asyl mehr finden. Dennoch, es ist richtig, dass er so handelt. Hectors Hauptmänner berichten, dass im Osten Staubwolken über den Horizont wirbeln und die näher rückende Armee ankündigen. Dennoch schmerzt mich der Gedanke an die vielen Tausend Menschen, die nun draußen bleiben müssen.

Einen großen Teil des Nachmittags verbringe ich damit, die Fliesen in meinem Atrium anzusehen. Hier ist eine Botschaft versteckt, dessen bin ich sicher. Sorgfältig betrachte ich die Farbe und Form der Blumen, fahre mit den Fingerspitzen über den Rand der gebogenen Blütenblätter. Auf gewisse Weise fühle ich mich dieser uralten Fliesenmalerin verbunden. Ein Mädchen, ähnlich wie ich. *Jacoma, was willst du mir sagen?* Sie antwortet natürlich nicht, aber Gott flüstert Wärme in meinen Bauch, als spräche ich mit *ihm*. Aber ich werde mehr als Wärme von ihm benötigen, wenn wir am Ende Sieger bleiben wollen.

Ich bin noch immer im Atrium, als der Ruf erschallt. Schritte hallen durch den Flur, panische Schreie dringen durch die offene Balkontür. Dann läuten die Klosterglocken in einer langsamen, tiefen Warnung.

Ich lasse Rosario in Ximenas Obhut und eile aus dem Zimmer. Alejandro ist bereits im Korridor. Als er mich sieht, greift er nach meiner Hand und zieht mich mit sich, vorbei an den Küchen und zu den Stallungen.

Angesichts der riesigen Pferdeköpfe, die aus den Boxen ragen, erstarre ich. »Alejandro«, bringe ich mit erstickter Stimme heraus, »ich reite nicht.«

Er runzelt die Stirn. »Es ist doch nur bis zur Stadtmauer und zurück.« Schon satteln die Stallknechte einen großen Falbhengst. »Zu Fuß zu gehen würde zu lange dauern«, drängt er.

»Ich werde sie dort hinbringen.« Lord Hectors Stimme lässt mich herumwirbeln. »Euer Heer braucht Euch, Majestät«, fährt der Gardist fort. »Ich eskortiere Ihre Majestät, die Königin, zur Stadtmauer. Wir werden gleich wieder bei Euch sein.«

Alejandro nickt, dann schwingt er sich aufs Pferd und reitet davon.

Die Straßen sind voller Menschen, die sich hastig auf den Weg machen, um einen ersten Blick auf den Feind zu erspähen. Lord Hector und ich schlängeln uns an Gebäuden vorbei und drängen uns durch das Chaos entsetzt hin und her rennender Bürger, bis wir endlich eines der vielen grob zusammengezimmerten Gerüste erreichen, die inzwischen an der Stadtmauer aufragen. Hector hilft mir eine wacklige Treppe hinauf bis nach ganz oben. Sofort fährt mir der Wind ins Haar und brennt in meinen Augen. Ich rieche die trockene Sauberkeit der Wüste und spüre einen sehnsüchtigen Stich bei dem Gedanken an meine Rebellen, die in diesem dürren Land kämpfen.

Eine Bewegung zieht meinen Blick auf sich. Eine breite Front von Reitern erstreckt sich, soweit das Auge reicht, und die Nachmittagssonne schimmert auf Zaumzeug und verschwitzten Fellen, auf obsidianfarbigen Pfeilspitzen und weißer Gesichtsbemalung.

Weiße Gesichtsbemalung.

Ich frage mich, wie es ihnen gelungen ist, so viele Pferde durch die Wüste zu bringen. Selbst wenn sie den langen Weg gewählt haben und durch das grünere Land am Fuß der Hohen Sperre gezogen sind, muss es schwer gewesen sein, die Tiere auf einer solchen Reise mit genug Futter und Wasser zu versorgen. Und sollte es eine lange Belagerung geben, können sie kaum erwarten, dass die Pferde in dieser kargen Landschaft lange überleben.

Eine Gruppe löst sich von den anderen und galoppiert voraus. Die Reiter beschreiben einen weiten Kreis und ziehen eine Runde nach der anderen, recken die Speere in die Luft und kreischen dabei wie Bergkatzen. Selbst auf diese Entfernung lässt mich der Anblick der schwarz-weißen Spiralen auf ihren Körpern erschaudern.

»Hector«, flüstere ich entsetzt, als ich begreife. Die Pferde wurden nicht ganz aus Invierne hierhergebracht.

Er beugt sich zu mir herunter, sodass ich ihm ins Ohr flüstern kann.

»Das sind keine Inviernos. Das sind Perditos.«

Er nickt ernst. »Ja. Wir hatten schon lange den Verdacht, dass sie sich miteinander verbündet haben.«

»Sie sind hier, um uns auszuhungern, bevor das Heer Invernes tatsächlich in der Stadt eintrifft.«

»Ich fürchte, so ist es.«

Wir stehen lange Zeit auf dem Belagerungsturm. Lord Hectors Augen nehmen ein gefährliches, hartes Schimmern an, sein Gesicht ist starr und entschlossen. Es ist, als sei er in tiefer Meditation über ein bestimmtes Ziel versunken, als ob er etwas in sich aufstaut. Ich bete nur.

Die Perditos kesseln uns in unserer eigenen Stadt ein. Alejandro, Hector und General Luz-Manuel verbringen die nächsten Tage damit, die Rationierung der Nahrungsmittel zu planen und dafür zu sorgen, dass genug Wasser bereitsteht, um auf das Feuer der Inviernos vorbereitet zu sein. Während sie damit beschäftigt sind, suchen Rosario und ich nach den Feuersteinen.

Es dauert nicht lange, und man trägt mir zu, dass Seine Hoheit auf geradezu unnatürliche Weise davon besessen sei, in Schmutz zu wühlen. Mindestens einmal am Tag erwischt ihn jemand mit einem umgekippten Blumentopf und einem Haufen feuchter Erde. Ich höre mir all diese Klagen mit angemessen ernster Miene an, und sobald sich die Tür wieder geschlossen hat, überschütte ich meinen kleinen Prinzen mit Lob. Dennoch schwindet seine Begeisterung für diese Aufgabe allmählich. Beinahe hätte ich schon eine offizielle Suche im ganzen Palast angeordnet, doch die Erinnerung an Beléns Verrat hält mich davor zurück. Ich weiß noch immer nicht, wem ich vertrauen kann. Und auf keinen Fall dürfen die Falschen von den verschwundenen Feuersteinen erfahren.

Die Truppen, die mein Vater Alejandro im Gegenzug für meine Heirat versprochen hat, treffen auf drei großen Schiffen ein. Hector und Hauptmann Lucio bringen sie in kleinen Gruppen durch die Abwasserkanäle, die von den Klippen zur Stadt führen, nach Brisadulce hinein. Nach ihrer Ankunft streife ich durch ihr Lager und suche nach vertrauten Gesichtern. So viele Dinge erinnern mich an Orovalle: der würzige Geruch geölten Leders, das gestickte Sonnenwappen der de Riquezas auf den Schärpen, die weiten Oberkleider, die alle Soldaten Orovalles tragen, wenn sie nicht die komplette Kriegsausrüstung angelegt haben. Nach einer Weile muss ich mir eingestehen, dass ich eigentlich nach Papá oder sogar nach Alodia Ausschau halte, und ich mache mich wieder davon in dem Gefühl, mich närrisch verhalten zu haben.

Die Soldaten sind gerade noch rechtzeitig gekommen. Schon am nächsten Tag zeigt sich die erste Welle der riesigen Armee Inviernes am schimmernden Wüstenhorizont. Die Perditos grüßen ihre Verbündeten mit wilder Begeisterung, sie schreien, reiten im Kreis und schießen Pfeile in die Luft. Ich stehe neben Hector oben auf der Mauer, und wir sehen zu, wie sie näher rücken. In diesen ersten Augenblicken verfallen die Truppen von Orovalle und Joya d'Arena in ehrfürchtiges Schweigen. Der Feind ist so zahlreich, die Krieger sind barfüßig, farbenprächtig und wirken kaum menschlich.

Auch ich bleibe ganz still, aber das hat einen anderen Grund. Nur zu gut erinnere ich mich daran, wie ich der riesigen Armee zum ersten Mal ansichtig wurde, wie die zahllosen Lagerfeuer die dunklen Hügel erhellten, soweit das Auge reichte. Daher weiß ich, dass diese erste Welle nur ein Bruchteil des Heeres ist, das gegen uns zieht.

Neben mir schlägt Hector mit der Faust auf die steinerne Brüstung. »Ich wünschte, wir wüssten, was sie überhaupt wollen.«

»Sie glauben, sie erfüllen den Willen Gottes«, sage ich leise.

»Indem sie sich einen Seehafen sichern? Indem sie in ein anderes Land einfallen? Indem sie unschuldige Menschen töten? Für welche ihrer Handlungen wollen sie denn wohl Gott verantwortlich machen?«

Etwas an seinem scharfen Ton trifft einen Nerv bei mir. »Sie wollen mich oder vielmehr den Stein, den ich trage.«

»Ja, aber warum?«

»Ich wünschte, das wüsste ich.«

Er sieht mir direkt ins Gesicht. »Sie werden Euch nicht bekommen, Elisa. Nicht, solange ich lebe.« Er wirbelt herum und schreitet davon, den Wehrgang entlang, bis er hinter einer Gruppe Bogenschützen verschwindet.

Eine neue Botschaft von Cosmé erreicht uns per Brieftaube. Meine Finger zittern, als ich sie ausrolle, und Mara schaut mir beim Lesen über die Schulter.

Elisa,

Teile der südlichen Armee Inviernes haben sich von der Truppe getrennt und marschieren jetzt gegen Brisadulce. Fünf Animagi sind zu dir unterwegs, nur drei wurden zu den südlichen Besitzungen gesandt. Ich glaube, sie wissen, dass du in der Stadt bist. Wir versuchen weiterhin, die Nachhut des Heeres zu stören, aber die Perditos machen uns das zunehmend schwer. Sie haben damit begonnen, unsere Tauben abzuschießen. Dies wird meine letzte Nachricht sein.

Pass auf dich auf,

Cosmé

32

Als die Inviernos anrücken, verwandeln sich die feindlichen Linien erst in ein dunkles Band, das sich durch die Wüste schlängelt, und dann in einen breiten Fluss, der immer mehr anschwillt, bis es vom höchsten Turm der Stadtmauer so aussieht, als blickte man über ein Meer aus Flöhen, die über den Sand flitzen.

Ich bleibe auf der Innenseite der Mauer bei den Bogenschützen, während mich der Feuerstein von innen auskühlt. Ich kann mich von dem seltsamen Anblick nicht losreißen. Die schmalen Schießscharten zwischen den Steinen verbreitern sich nach innen und bieten ein weites Sichtfeld. Wie alle anderen starre auch ich durch eine dieser Scharten, bis meine Augen vor Hitze tränen und brennen, und versuche, irgendetwas zu entdecken, das uns einen Hinweis auf ihren Angriffsplan verraten würde.

Endlich zeigen sich auch die Animagi. Als Erstes entdecke ich das ungewöhnliche Weißblond ihrer Köpfe mitten in den Reihen der Inviernos. Dann lösen sie sich aus der Menge und stellen sich gegenüber unserem Haupttor auf. Es sind fünf, wie Cosmé gesagt hat, und sie alle tragen diese weichen weißlichen Gewänder, die dunkel eingefassten Amulette baumeln vor ihrer Brust. Als sie die Augen zur Mauer erheben – diese feuersteinblauen Augen –, krümme ich mich vor eisigem Schmerz zusammen.

»Majestät!«

Als ich den Kopf hebe, sehe ich in das sonnengebräunte Gesicht von Hauptmann Lucio. »Es geht mir gut, vielen Dank.« Irgendwie bringe ich ein Lächeln zustande und richte mich wieder auf, und mein Innerstes erwärmt sich langsam von dem Gebet, das mit instinktiver Leichtigkeit aus meinem Herzen fließt. Inzwischen kann ich in allen Lebenslagen beten.

Mir fällt wieder ein, was der General über die ermunternden Worte sagte, die jemand in das Ohr des Königs flüstern sollte, weshalb ich mich vom Hauptmann verabschiede und zur Straße hinuntersteige, wo mein Ehemann das Aufstapeln der Wasserfässer überwacht.

Alejandro ist erleichtert, mich zu sehen. Er schlingt den Arm um meine Taille und hält mich fest – weniger, um mich zu trösten, sondern um selbst etwas Zuversicht zu gewinnen. »Das Fallgitter draußen wird standhalten«, erklärt er mir. »Selbst wenn sie das Tor niederbrennen.«

Die Soldaten, die an uns vorübergehen, machen sich nicht die Mühe, ihr Grinsen zu verbergen. Sie wissen nicht, dass wir bisher noch nie das Bett miteinander geteilt haben, und es gefällt ihnen, dass sich ihr König und ihre Königin nahe sind. Also schließe ich meine Arme um Alejandro, obwohl es mir nicht gelingen will, auch ihm etwas Tröstliches zu sagen.

Noch nie in meinem Leben habe ich so sehr gehofft, mich zu irren. Aber am nächsten Morgen, als unser gut durchfeuchtetes Tor allein schon unter der sengenden Sonne zu dampfen beginnt, greifen die Animagi genau so an, wie ich es vorhergesagt habe. Sie stehen nebeneinander, Schulter an Schulter, schlank wie Palmen, knapp außerhalb der Reichweite unserer Schusswaffen. Ich bete inbrünstiger als je zuvor, um meinen eingefrorenen Gliedern wieder etwas Leben einzuhauchen.

Fünf Inviernos, barfüßige Gestalten mit verfilzten Haaren, treten aus der Menge der Soldaten hervor und stellen sich den Animagi gegenüber. Sie knien sich auf den Boden und legen die Köpfe in den Nacken. Eine Trompete ertönt, so unheimlich und klagend, wie ich noch nie ein Instrument gehört habe. Gleichzeitig ziehen die Animagi mit einer geschmeidigen Bewegung Dolche aus ihren schönen Gewändern. Zwar sehe ich nicht, wie die Klingen aufblitzend über die dargebotenen Hälse fahren, aber die Körper fallen zu Boden, und Blut strömt aus ihnen heraus, Blut, das leuchtend rot in der Sonne funkelt und kleine Lachen bildet, die nur allzu schnell im Wüstensand versickern.

Nach dieser Opferung ihrer eigenen Leute beginnen die Amulette der Animagi zu glühen.

Der Feuerstein ist ein Messer aus eisigem Zorn.

Fünf weitere Inviernos treten vor und ergeben sich den Animagi. Und danach noch einmal fünf. Immer wieder werden leidenschaftslos Kehlen durchtrennt, bis schließlich fünfundzwanzig Tote zusammengekrümmt im Sand liegen und ihr Blut den Zauber befeuert, der sich unter der Erde windet.

Fünf mal fünf.

Und die Amulette glühen noch stärker.

»Mehr Wasser!«, schreie ich und kämpfe gleichzeitig die Galle nieder, die in meiner Kehle aufsteigt. Ich weiß nicht, ob meine Stimme bei all den vielen Menschen überhaupt zu hören ist, deswegen rufe ich noch einmal: »Mehr Wasser aufs Tor! Sofort!«

Ich kümmere mich nicht darum, ob jemand meinen Befehl befolgt. Stattdessen spähe ich wieder durch die Schießscharte, und mein Blick sucht unwillkürlich die eingesperrten Feuersteine, die dort draußen blendend hell erglühen. Die Animagi legen die Köpfe in den Nacken und sehen zum Himmel empor, die Münder vor Anstrengung oder vielleicht auch vor Ekstase weit geöffnet. Meine Nägel krallen sich in den Sandstein vor mir, als ein Strahl blau-weißen Lichts, hell und gerade wie ein Pfeil, aus den Amuletten schießt und gegen das Tor prallt.

Schon rieche ich beißenden Rauch. Die Mauern erzittern.

»Wasser!«, schreit jemand. *»Wasser, Wasser!«* Die Umstehenden geben den Ruf weiter.

Quälende Augenblicke vergehen in einem Nebel eisiger Warnungen und wärmender Gebete, während wir uns mit Eimern und Töpfen und Kellen gegen ihre Hexenkunst stemmen. Dann endlich verlischt der Lichtstrahl, die Animagi stolpern zurück und werden von der wogenden Masse der Inviernos verschluckt.

Jubelrufe werden auf unserer Seite der Mauer laut, und die Steine erzittern dabei ebenso stark wie unter dem Zauberangriff der Animagi. Ich stimme mit ein, weil es wichtig ist, dass mein Volk mich jubeln sieht.

Kurz darauf sucht mich Lord Hector auf. »Glaubt Ihr, sie werden es noch einmal versuchen?«, flüstert er mir ins Ohr.

»Ja. Sie werden sich ausruhen. Dann werden sie weitere fünfundzwanzig finden, die sich willig opfern lassen, und wieder losschlagen.«

Er packt mich so hart am Arm, dass ich unwillkürlich die Luft einziehe. »Elisa, Ihr solltet nicht hier sein. Auf der anderen Seite des Tors gähnt vermutlich ein schwarzer Krater, so groß wie die Krone auf Alejandros Banner. Wir können höchstens noch drei weiteren Angriffen standhalten.«

»Ich bin die Königin!«, protestiere ich. »Ich sollte hierbleiben und …«

»Ihr habt es selbst gesagt. Sie dürfen Euren Feuerstein nicht in die Hände bekommen. Ihr habt doch gesehen, was sie allein mit fünf Steinen bewirkt haben.«

Ich schlucke und nicke.

»Gut. Ich werde jemanden suchen, der Euch zum Schloss eskortiert. Bereitet Euch darauf vor, durch die Tunnel zu fliehen, wenn die Mauer fallen sollte.«

»Und … Alejandro?«

»Ich werde versuchen, ihn dazu zu bringen, dass er ebenfalls zum Schloss zurückkehrt, also haltet die Augen nach ihm offen. Hier ist er ohnehin eher im Weg.«

Es ist die angespannte Lage, die ihn dazu bringt, so etwas laut auszusprechen, und kaum ist es heraus, steht Bedauern und Überraschung in seinen Augen. Ich lege ihm die Hand auf die Schulter, dankbar für seine Ehrlichkeit. »Hector, gebt gut auf Euch acht.«

Aber statt in meine Suite zurückzukehren, eile ich ins Kloster zu Vater Nicandro.

Er liegt in der leeren Versammlungshalle vor dem kerzenerleuchteten Altar auf den Knien. Ich knie mich neben ihn.

»Ach, liebes Kind, es sollten viel mehr Menschen hier sein«, haucht er. Mein Herz macht einen Satz angesichts der Traurigkeit in seiner Stimme. »Haben sich die Menschen in Joya d'Arena schon so weit vom Weg Gottes entfernt, dass sie sich nicht einmal in solchen Zeiten an ihn wenden?«

»Vielleicht ist die Lage noch nicht verzweifelt genug«, überlege ich. »Vielleicht kommen sie schon bald.«

»Vielleicht.«

»Vater, auch ich bin nicht zum Beten hergekommen.«

Er sieht beunruhigt auf. Ich erzähle ihm von den Feuerströmen, die gegen das Tor prallen. »Versteht Ihr, Nicandro? Es ist das Blut. Irgendwie hat die Verwendung ihrer Amulette etwas damit zu tun, dass sie die Erde mit Blut tränken.«

Er wirft mir einen warnenden Blick zu, und seine dunklen Augen sehen mich scharf an. »Ihr möchtet etwas mit dem Amulett ausprobieren, das Ihr dem Animagus abgenommen habt.«

»Ja, Vater. Ich muss etwas versuchen.«

Er lässt sich gegen den Altar sinken. »Woran denkt Ihr?«

Die Vorbereitungen gehen rasch. Ich ziehe das Amulett unter meinem Hemd hervor und sehe Vater Nicandro an, der eine Zeremonienrose holt. Er deutet zum Altar.

»Nein«, sage ich. »Wir sollten es im Garten tun, wo niemand unverhofft dazukommen kann.«

Er zögert nur kurz, bevor er mich hinter den Altar und durch eine Tür nach draußen führt. Der Klostergarten ist winzig, mit einem dreistöckigen Marmorspringbrunnen und einer Bank, die gerade für zwei reicht. Wir setzen uns; hinter uns ranken an einem Gitter die Triebe der Sakramentsrose empor. Der Rosenbusch trägt gerade keine Blüten, und so sind die langen Dornen scharf und klar zu sehen.

Gemeinsam singen wir das »Glorifica«. Ich lege die Fingerspitzen meiner rechten Hand auf den Feuerstein, die der linken auf das Amulett. Auch das ist ein Feuerstein, rufe ich mir in Erinnerung. Nicht zum ersten Mal grüble ich darüber nach, wer ihn getragen haben mag. Hat er sich im Augenblick ihres Todes aus ihrem Nabel gelöst? Hat sie sich willentlich von ihm getrennt, oder hat ihn ein Animagus aus ihrem Bauch gerissen, während sie vor Schmerz schrie?

Nicandro beugt meinen Kopf, bis unsere Nasen sich beinahe berühren. »Was ist Euer Begehr?«

Ich hole tief Luft, dann lege ich die ganze Sehnsucht meiner Seele in meine Bitte. »Ich begehre den Sieg über meine Feinde.«

Der Stich ist tief und schmerzhaft. Der erste Tropfen quillt sofort über den Dorn, und als der Priester seine Rose von meinem Finger wegzieht, folgen schnell drei weitere. Sie tropfen und perlen auf die harte Erde.

Während der trockene Boden mein Blut trinkt, bete ich. Mit meinem Innersten taste ich ganz tief unter die Erdkruste. Ich stelle mir vor, dass das Amulett auf meiner Brust durch Hexerei erglüht. Ich konzentriere mich so sehr, dass ich alles um mich herum vergesse, den ummauerten Garten, Vater Nicandro, den klaren Wüstenhimmel über uns – alles verliert sich im Dunst unbedingten Wollens und einer Hitze, wie sie durch inbrünstige Gebete entsteht.

Aber nichts geschieht.

Nach einer Weile blinzele ich den Priester mit einem Auge an.

»Vielleicht braucht Ihr mehr Blut?«, fragt er skeptisch.

Alle Luft weicht mit einem enttäuschten Seufzer aus meinem Körper. »Wenn das der richtige Weg gewesen wäre, müsste ich zumindest *etwas* gespürt haben. Ich weiß, ich bin keine Hexenmeisterin, aber ich habe einen lebenden Feuerstein in mir! Ich sollte doch in der Lage sein, irgendetwas zu bewegen!«

Er legt mir einen Arm um die Schultern. »Vielleicht geht es in der Prophezeiung nicht darum, dass *Ihr* etwas tut«, raunt er. »Vielleicht sind alle Träger gemeint.«

Ich lehne meinen Kopf gegen seine Schulter. »Ist das die seltsame Idee, von der Ihr mir erzähltet? Die, die Ihr nicht erklären konntet?«

Er seufzt in mein Haar. »Ja. Ja, das ist sie.«

Als ich in meine Räume zurückkehre, ist mir vor Hilflosigkeit beinahe schlecht. Die Flure sind still und leer, meine Schritte übermäßig laut. Es stimmt, was Hector gesagt hat, wir dürfen nicht riskieren, dass Invierne meinen Feuerstein in die Hände bekommt. Aber ich hasse es, mich so nutzlos zu fühlen. Ich möchte an der Stadtmauer sein, bei den anderen, Wassereimer schleppen und alles für die Verwundeten vorbereiten.

Wie lange wird es dauern, bis die Animagi ihre Kraft zurückgewonnen haben und wieder angreifen? Eine Stunde? Einen Tag? Die Belagerung wird nur kurz sein, davon bin ich jedenfalls überzeugt. Mein Herz verkrampft sich, wenn ich an meine tapferen Malficio denke, an die Risiken, die sie eingegangen sind, die Toten, die wir zu beklagen hatten. Alles umsonst, denn schließlich zielte meine brillante Strategie darauf ab, dass es eine lange Belagerung gäbe, die unseren Feind schließlich verletzlich machen würde.

Die Vorstellung, dass Humberto umsonst gestorben sein könnte, ist unerträglich.

Rosario und Mara haben sich auf meinem Bett aneinandergeschmiegt. Ximena sitzt neben dem leeren Kamin und näht einen Rock.

»Was ist passiert, Elisa?«, fragt Mara ausdruckslos, als sie mein Gesicht sieht.

»Die Animagi haben angegriffen. Wir konnten sie aufhalten.«

»Papá wird sie alle töten«, sagt Rosario.

Ximena und ich wechseln einen traurigen Blick. Dann lasse ich mich neben ihm aufs Bett fallen und umarme den Jungen fest, aber er entwindet sich meinem Griff und sieht mich empört an.

Ich spiele mit meinen Amuletten – dem toten Feuerstein und dem hässlichen Anhänger – und denke über die leeren Siege nach, die sie symbolisieren. Mit den Malficio habe ich in Wirklichkeit nichts erreicht. Es ist mir nicht gelungen, meinen Feuerstein so gegen den Feind einzusetzen, wie Homer es vorhergesagt hat. Vielleicht wird ein Priester einige Jahrhunderte später einem anderen jungen Träger die Liste der von Gott Erwählten zeigen und vielleicht wird er dann auf meinen Namen deuten und sagen: »Ach ja, Lucero-Elisa. Eine von den gescheiterten Trägerinnen.«

Mein Blick fällt auf Alejandros kleinen Sohn. Vielleicht habe ich doch eine letzte Chance, zumindest etwas richtig zu machen. Wenn die Animagi das Tor durchbrechen, dann muss jemand den Prinzen in Sicherheit bringen. Es mag mir nicht gelungen sein, Joya d'Arena zu retten, vielleicht aber wenigstens seinen Erben.

»Ximena! Nein, warte. Mara.« Mara wird wissen, was mitzunehmen und was einzupacken ist. »Geh hinunter zu den Küchen und Vorratsräumen und stelle Reiseproviant zusammen. So, dass es für uns vier zwei Wochen lang reicht. Beeil dich!« Es sollte jede Menge getrocknete Lebensmittel geben, denn Alejandros Haushalt hat schon seit Monaten Vorräte angelegt.

»Gehen wir auf eine Reise?«, fragt Rosario.

»So bald wie möglich. Aber ich muss noch ein bisschen bleiben.«

Er seufzt. »Weil du deine Feuersteine noch nicht wiedergefunden hast.«

»Ja.«

»Ich glaube, dass die Condesa sie hat.«

»Was?«, rufe ich aus. Ximena hebt ruckartig den Kopf.

»Dreimal habe ich versucht, in ihre Gemächer zu gehen. Aber ihre Zofe sagt immer, sie bräuchte Ruhe. Was sind monatliche Regeln?«

Beinahe beiße ich mir auf die Lippe. »Ähm ... das ist dann, wenn eine Frau sich eine Zeit lang nicht wohlfühlt.«

»Oh. Na ja, Condesa Ariña hat das jedenfalls schon ziemlich lange.«

Tatsächlich hat sich Ariña sehr rar gemacht. Zwar ist sie bei meiner Krönung kurz erschienen, aber seitdem habe ich sie nicht mehr gesehen. Ich frage mich, ob Alejandro sein Versprechen gehalten hat und sie wirklich überwachen lässt.

»Wieso glaubst du, dass sie die Steine hat?«

»Weil ich überall sonst gesucht habe.«

Das passt zusammen. Als Cosmé mit mir verschwand, hat Ariña zweifelsohne die Gelegenheit genutzt, meine Räume genau in Augenschein zu nehmen. Es stellt sich nur die Frage, ob sie die Palme aus reiner Gehässigkeit mitgenommen hat oder ob sie wusste, dass die Feuersteine darin verborgen waren.

»Nun, Hoheit, ich denke, dann sollten wir der Condesa sofort einen Besuch abstatten.« Ich beuge mich verschwörerisch zu ihm hinunter. »Ich werde sie ablenken, und dann kannst du graben.«

Eine blasse Frau mit graubraunem Haar öffnet die Tür. »Die Condesa empfängt zurzeit keinen Besuch … oh, Majestät.« Sie knickst hastig und ungelenk.

»Dürfen wir eintreten?« Beruhigend drücke ich Rosarios Hand. Vielleicht will ich mir aber damit auch nur selbst Mut zusprechen.

Sie versperrt mit ihrem Körper weiterhin die Tür und hindert mich daran, ins Innere des Raumes zu sehen. »Nun, Majestät, ich bedaure, aber die Condesa fühlt sich nicht …«

Wir haben für diese Spielchen keine Zeit. Mit festem Blick sehe ich die Zofe an. »Ich bestehe darauf.«

Mit gesenktem Kopf tritt sie zurück. »Jawohl, Majestät.«

Ich dränge mich an ihr vorüber. Ariñas Gemächer sind meinen recht ähnlich, sie verfügen über ein großes Schlafzimmer und einen angrenzenden Badebereich. Allerdings bevorzugt Ariña dunklere Farben und üppige Verzierungen, was mich ein wenig überrascht; ich hätte erwartet, dass sie sich mit Weiß und Pastelltönen umgibt.

Ariña liegt in einem Nachthemd von dunkler Pflaumenfarbe auf ihrem Himmelbett ausgestreckt, den einen Arm um ein schimmerndes smaragdgrünes Paradekissen geschlungen. Als sie mich hereinkommen sieht, hebt sie ein Weinglas. »Majestät!« Aus ihrem Mund klingt es trotz ihrer kindlichen Stimme wie eine Beschimpfung.

»Hallo, Ariña.« Sie ist gar nicht so schön, wie ich sie in Erinnerung habe. Sicher, ihr Körper ist schlank und geschmeidig, und sie hat bemerkenswerte honiggoldene Augen. Aber sie ist wie Getreidespreu, völlig vertrocknet und leer.

»Seid Ihr gekommen, um Euch an meinem Unglück zu weiden?«, fragt sie.

Tatsächlich hatte ich nicht im Geringsten daran gedacht; mir ging es allein um die Feuersteine. Ich lächele freundlich. »Ich bin nur vorbeigekommen, um nach einer alten Freundin zu sehen.«

An ihrem Kichern erkenne ich, dass sie betrunken ist.

»Außerdem würde ich gern etwas mit Euch besprechen. Allein.« Die Zofe muss aus der Suite verschwinden, damit Rosario mit seiner Suche beginnen kann.

Ariña schnippt mit den Fingern, und die Dienerin eilt aus der Tür.

»Es stört Euch doch nicht, wenn der Prinz kurz Euren Abort benutzt?«, frage ich, warte aber ihre Antwort nicht ab. Stattdessen drücke ich die Hand des Jungen und schicke ihn mit einem leisen Zwinkern nach nebenan in den Baderaum.

Dann setze ich mich unaufgefordert neben Ariña aufs Bett. »Ich muss Euch einiges fragen, was Euren Vater betrifft. So muss ich beispielsweise unbedingt wissen, wieso Conde Treviño …«

Ihre Augen weiten sich. Sie starrt auf meine Brust und blinzelt irritiert.

»Was ist denn?«

»Das da. Wie habt Ihr das bekommen?« Sie deutet mit ihrem Glas in die entsprechende Richtung, und ein wenig goldener Wein schwappt über den Rand und ihre Fingerspitzen. Sie scheint es nicht einmal zu bemerken.

Ich lege meine Hand auf die Brust und berühre die beiden Amulette. »Welches von beiden …«

»Roldáns Amulett. Es gehört meinem Vater. Ihr solltet es nicht tragen dürfen.«

»Es kam in meinen Besitz, nachdem Euer Vater versucht hat, mich an den Feind zu verkaufen.«

»Ah ja. Weil Ihr den Feuerstein tragt. Das war übrigens sehr schlau von Euch, diesen Umstand geheim zu halten, als Ihr zuerst hierherkamt.«

»Erzählt mir von dem Amulett.«

Sie zuckt mit den Schultern. Offensichtlich fällt es ihr schwer, sich zu konzentrieren.

Ich schnippe mit den Fingern vor ihrer Nase. »Ariña!«

Wieder blinzelt sie. »Roldáns Amulett. Es ist das erste Schmuckstück, das er je gefertigt hat. Roldán wurde später ein berühmter Goldschmied, und Sammler zahlen sehr hohe Preise für seine frühen Werke. Dieses Stück«, wieder schwenkt sie das schwappende Weinglas in meine Richtung, »mag grob wirken, ist aber unbezahlbar. Es ist seit Jahrhunderten in Familienbesitz.«

Ich fasse nach dem Amulett. Es lässt sich wegen der groben Linien und seltsam hervorstehenden Ausbuchtungen nicht leicht umfassen, aber kaum, dass meine Hand das kalte Metall berührt, flackert der Feuerstein hell und warm auf.

»Dieser Goldschmied, dieser Roldán.« Es fällt mir schwer, das Zittern aus meiner Stimme zu verbannen. »War er ein Träger?«

Ariña wirft mir einen verächtlichen Blick zu. »Selbstverständlich.«

Hitze steigt in mir auf, und ein Gefühl des Eingesperrtseins, als ob die Wände um mich zusammenrücken. Nein, es ist die Geschichte des Feuersteins, die mich mit so unerschütterlicher Kraft bedrängt. Diese Geschichte ist geradezu etwas Lebendiges, Energiegeladenes, das mich jedes Mal wieder überrascht.

»Alle Träger im Laufe der Zeit«, hat Vater Nicandro gesagt. *Alle Träger.*

Eine kleine, schmutzige Hand schiebt sich in meine und zieht an mir. »Können wir jetzt gehen?«

Rosarios Gesicht glüht vor Aufregung, und er hebt ziemlich offensichtlich seine Augenbrauen. Hoffentlich ist Ariña so betrunken, dass ihr das entgeht.

»Wir werden Euch jetzt weiter ruhen lassen, Condesa. Ich hoffe, dass Ihr Euch bald wieder besser fühlt.«

Als ich mich zum Gehen wende, Rosario im Schlepptau, erkundigt sich Ariña: »Wolltet Ihr mich nicht etwas fragen? Wollt Ihr nicht vielleicht ein Glas Wein?«

»Vielleicht später.« Entschieden öffne ich die Tür.

»*Er* will auch nicht mehr mit mir reden, müsst Ihr wissen. Seit Ihr wieder zurück seid. Und jetzt folgt mir ständig jemand, wohin ich auch – was ist mit meiner Palme passiert?«

In diesem Augenblick schallen vom Kloster her tiefe,

gleichmäßige Triolen herüber. Es ist keine Gottesdienstzeit. Die Glocken können nur eines bedeuten: Das Tor ist gefallen.

Wir schlagen Ariñas Tür hinter uns zu und laufen den Flur hinunter.

33

Wenig später stürzen wir in meine Räume. Rosario greift in seine Tasche und zieht den kleinen Lederbeutel hervor, dessen braune Farbe sich inzwischen fast in Schwarz verwandelt hat. Feine Erdkrümel rieseln auf den Boden. Ich klatsche vor Freude in die Hände, umarme Rosario und küsse ihn auf die Wange.

»Die werden wir mitnehmen«, hauche ich. »Invierne wird sie niemals in die Hände bekommen.«

»Gehen wir jetzt auf unsere Reise?«, fragt der Junge.

»Ja.« Wenn Mara nicht bald wiederkommt, werden wir ohne sie aufbrechen müssen. Nun, da das Tor gefallen ist, bleiben uns sicher nur noch wenige Minuten.

»Wird Papá mit uns mitkommen?«

Alejandro! Ihn hatte ich ganz vergessen! »Vergiss nicht, dein Papá wird wahrscheinlich noch an der Stadtmauer gebraucht.« Vermutlich ist das Gegenteil der Fall, aber das muss Rosario nicht wissen.

Doch in diesem Augenblick fliegt die Tür auf, und Alejandro stürmt ins Zimmer, mit geweiteten Augen und rußverschmiertem Gesicht. »Sie haben das Tor niedergebrannt«, flüstert er. »Nur zwei Angriffe, und dann ging das Holz in Flammen auf.«

»Sind sie auf dem Weg hierher?«, frage ich drängend.

Er schluckt. »Es kann sich nur noch um Minuten handeln. Elisa, was sollen wir nur tun?« Rosario kommt nun hinter mir hervor und schlingt seine Arme um die Beine seines Vaters.

»Wir werden fliehen«, sage ich. »Mara sollte jeden Augenblick mit Proviant zurück sein. Wir werden durch die Abwässerkanäle zum Meer kriechen und müssen hoffen, dass nicht gerade Flut ist und das Wasser zu hoch steht.«

»Aber die Klippen … wir werden einen Teil des Weges klettern müssen, und Rosario kann nicht besonders gut schwimmen.«

»Wir können es schaffen.« Zornig und entschlossen sehe ich ihn an. »Ich jedenfalls werde gehen, und ich nehme den Erben Joya d'Arenas mit mir, damit wenigstens einer von euch beiden überlebt.« Mein Ton ist viel härter, als ich eigentlich beabsichtigt habe, aber ich schlucke mein Schuldgefühl herunter. Cosmé war gelegentlich auch hart zu mir. Mich hat das stärker gemacht.

Und tatsächlich ist es, als hätte ich ihm eine Ohrfeige verpasst. Seine Augen werden klar, und er nickt kurz.

Ximena hat die ganze Zeit über schweigend weiter an meinem Rock genäht, als stünde fest, dass morgen das Leben ganz normal weitergehen wird. Sie sieht von dem Stoff auf, der auf ihrem Schoß liegt. »Jemand muss euch den Rücken frei halten«, sagt sie sanft. »Einer von uns muss hierbleiben.«

Ihr Gesicht ist dunkel und ruhig und wunderschön, und ich weiß sofort, was sie vorhat. »Nein«, flüstere ich. Der Gedanke ist unerträglich, und ich schüttele den Kopf. »Nein, Ximena.«

»Ich könnte euch ein paar Minuten Zeit verschaffen. Kostbare Zeit. Ich weiß, was zu tun ist. Es ist die einzige Möglichkeit.«

»Ich will nicht auch noch dich verlieren.«

Sie lächelt. »Ich werde euch später wiederfinden.« Aber sie und ich, wir wissen, dass das Unsinn ist. Ximena kann uns ein wenig Zeit verschaffen, aber wenn sie einem Hexenmeister gegenübersteht, wird sie das nicht überleben.

Das kann ich nicht zulassen. Sie hat noch nicht begriffen, wie viel Entschlusskraft seit Neuestem in mir wohnt.

Ich laufe ins Atrium, wo Rosarios Sachen liegen. Er wird feste Schuhe für die Reise brauchen, Kleidung zum Wechseln und den Siegelring, den er an einer Schnur um den Hals tragen kann und der jederzeit seine Identität beweisen wird.

Als ich am Badebecken vorbeikomme, pulsiert der Gottesstein plötzlich mit so viel Wärme, dass ich unwillkürlich stehen bleibe. Die Fliesen mit ihren vierblättrigen Blüten starren mir entgegen.

Meine Hand fasst nach Roldáns Amulett. Vier gerundete Ausbuchtungen, genau wie bei diesen Blumen. Hastig streife ich die Kette ab und drehe das Schmuckstück um, um es genauer anzusehen. Soll es vielleicht eine Blüte darstellen?

Die Tür erzittert unter lauten Schlägen, dann fliegt sie mit kreischenden Angeln auf, und ich höre erschrecktes Atmen.

»Ist dies das richtige Gemach?« Den Sprecher kann ich, geduckt am Badebecken kauernd, nicht sehen, aber die Stimme lässt mich erschauern.

Auf allen vieren krieche ich ein wenig nach vorn, spähe

vorsichtig ins Schlafzimmer und ziehe den Kopf sofort wieder zurück.

Mein Herz schlägt wild bei der Erkenntnis, dass es keine Flucht mehr gibt. Drei Animagi stehen in der Tür, ihr weißliches Haar leuchtet, und ihre Feuerstein-Amulette sind nach dem Blutvergießen draußen bereits voll erglüht. Condesa Ariña ist bei ihnen.

»Das ist das richtige Gemach, das schwöre ich«, bestätigt sie. Sie hat sie direkt zu mir geführt. Mir hätte klar sein sollen, dass sie mich bei der erstbesten Gelegenheit verraten würde. Ich hätte …

»Wo ist jene, die das Zeichen der Hexenkunst trägt?«

Keine Antwort.

Eine andere Stimme brüllt: »Wenn ihr uns nicht sagt, wer das Zeichen trägt, dann werdet ihr brennen!«

Der Feuerstein hämmert mit wütender Hitze gegen meinen Nabel.

Hitze. Er sollte kalt sein. Eiskalt. Ich starre das Amulett in meiner Hand an, blicke auf die Fliesen. *Alle Träger …* Kleine gelbe Blumen mit blauen Tupfern, ein tintenblauer Klecks auf jeder Blüte. Helles, wundervolles Blau. Feuersteinblau.

Gott, sag mir, was ich tun soll.

Die einzelnen Blätter des Amuletts sind leicht gebogen. Sie haben eine kleine Höhlung. Von der Größe eines Feuersteins. Der Stein in meinem Nabel hüpft beinahe, als mein Verstand diese Verbindung zieht. Ungeschickt greife ich nach dem eingesperrten Stein an meinem Hals, versuche, den Riegel zu lösen und das Gitter aufzuklappen, aber meine Finger wollen mir nicht gehorchen.

»Ich bin die Trägerin.« Maras Stimme, etwas entfernt. Sie

muss hinter den Animagi aufgetaucht sein. »Ich bin diejenige, die ihr sucht.«

Oh, Mara, nein. Jetzt ziehe ich das Band mit dem Amulett über den Kopf, schiebe den Riegel mit einem Fingernagel beiseite und drehe den kleinen Käfig um. Der uralte Feuerstein rollt in meine Hand.

Zornige Fragen, die aber zu gedämpft sind, als dass ich sie verstehen könnte. Leises Weinen. »Né es ella.« Sie ist nicht die Richtige.

Ich drücke den Feuerstein gegen das hässliche Amulett, direkt in eines der gebogenen Blütenblätter. *Ist es das, was ich tun soll, Gott?* Ein Klicken, der Anhänger vibriert, und meine Finger zucken unwillkürlich zurück. Der Feuerstein ist jetzt in diesem Blütenamulett eingefasst, als hätte ihn ein Goldschmied fest darin verankert. Mein Herz klopft vor Angst und Hoffnung. Ich brauche jene drei, die Rosario noch bei sich hat.

Also schiebe ich das Amulett in meine Gürtelschärpe und erhebe mich aus meinem Versteck. Irgendwie muss ich Rosarios Blick auf mich ziehen und ihm vermitteln, was ich von ihm brauche. Wenn er erstarrt ist, dann muss ich irgendeine Möglichkeit finden, an ihn heranzukommen.

Der Feuerstein pulsiert mir mit warmer Ermutigung entgegen, aber mein Herz schlägt mir bis zum Hals, und meine Finger sind eiskalt. Ich trete ins Schlafzimmer.

Mara kniet vor einem Animagus, den Kopf gesenkt, er hält sie fest am Haar gepackt.

Ihre Amulette glühen. Condesa Ariña liegt zusammengesunken am Boden. Ihre Beine sind in einem unnatürlichen Winkel eingeknickt, und auf dem Steinboden sammelt sich ihr Blut. Sie werden es verwenden, um Antworten aus meiner Zofe zu brennen.

»Wartet.« Entschlossen trete ich vor. Ximena steht der Tür am nächsten, sie wollte offenbar zu Rosario eilen und ist mitten in einem Schritt erstarrt. Der kleine Junge sieht mich flehentlich an. »Ich bin es, die ihr sucht.« Meine Stimme wird kräftiger. Ich tue das Richtige. Selbst wenn es mir nicht gelingt, die anderen Feuersteine zu bekommen – wenn ich mich stelle, besteht zumindest die Chance, dass sie meine Freunde verschonen werden.

Ein Animagus drängt sich an Mara vorbei. »Du trägst das Zeichen?«

»Wenn ihr damit einen Stein so wie diesen hier meint«, damit deute ich auf sein Amulett, »der in meinem Nabel lebt, dann ja.«

Der Animagus reißt die Augen weit auf. Ich achte nicht auf ihn, sondern sehe mich stattdessen nach Alejandro um, den ich zunächst nicht entdecken kann, und frage mich, ob er vielleicht doch geflohen ist. Aber nein, nun sehe ich seinen Kopf, der über den Rand meines Bettes lugt. Er kniet neben Ariña und ist in seiner Erstarrung dazu verdammt, unverwandt ihren gebrochenen Körper anzusehen.

Die Amulette leuchten auf, als der Steinboden das Blut annimmt. Bis sie uns alle verbrennen werden, bleibt nicht mehr viel Zeit. »Wenn ihr meine Gefährten freilasst, dann schenke ich euch das Leben«, behaupte ich.

Der Animagus, der mir am nächsten steht, lächelt, und ich erschauere, als er mir seine zugespitzten, braun gefleckten Zähne zeigt. »Oh, du bist keine Bedrohung«, sagt er leichthin.

Meine Beine zittern, so sehr erfüllt mich der Wunsch, einfach wegzulaufen. »Ich habe einen *lebenden* Feuerstein in mir. Dieses tote Ding, das da um deinen Hals hängt, ist ihm nicht gewachsen.« Ein alberner Bluff, der niemanden überzeugen wird.

Aber zumindest zögert er, und seine Augen werden schmal.

»Vielleicht«, fahre ich kühn fort, »sollte ich dir *deinen* nehmen.« Damit sehe ich Rosario bedeutsam an.

Der Junge fährt zusammen, und sein Kinn bewegt sich ein klein wenig in meine Richtung. Er ist offenbar nicht erstarrt, sondern markiert nur, genau wie ich vor ein paar Monaten, als ich im Zelt des Animagus stand. Kluger kleiner Rosario! Die Feuersteine müssen ihn geschützt haben.

Aber der Animagus glaubt mir nicht. »Du lügst«, zischt er. »Wenn du das Feuer der Erde heraufbeschwören könntest, dann hättest du das schon längst getan.«

Verzweifelt sinne ich über eine passende Antwort nach. Meine Hände zittern. Dann mache ich einen kleinen Schritt auf den Animagus und auch auf Rosario zu. Mit hoch erhobenem Kopf sehe ich meinen Gegner fest an. *»Der Steinträger fürchte sich nicht«*, hat Homer in seiner Prophezeiung geschrieben.

»Ich habe abgewartet«, erkläre ich dann. »Gewartet, bis ich mehr als einen einzelnen Stein in die Hände bekam. Und siehe da! Hier steht ihr. Drei von eurer Sorte.« Noch ein Schritt, und ich bin an Rosario vorbei. Der Animagus vor mir weicht keinen Millimeter. Ich hoffe, dass ich ihm den Blick auf den Jungen versperre, der nun hinter mir steht. »Du hast doch sicher gehört, was deinem Bruder widerfahren ist. Demjenigen, der im Lager eurer Nordarmee war.« Während ich noch spreche, schiebe ich die rechte Hand hinter den

Rücken und halte die leicht gekrümmte Handfläche nach oben. »Ich habe ihn verbrannt. Ich habe sein eigenes Amulett gegen ihn eingesetzt und ihn verbrannt.«

Nur einen winzigen Augenblick zieht ein Hauch von Besorgnis über die Porzellanzüge des Animagus, weicht aber schnell wieder einem wilden Grinsen. »Ich glaube, du liebst deine Freunde zu sehr, kleines Mädchen«, zischt er. Dann dreht er sich zu den anderen beiden. »Verbrennt die große Frau.«

»Nein!« Zwar kann ich Maras Gesicht nicht sehen, aber ich kann es mir vorstellen. Vor meinem geistigen Auge erscheint ein Bild, und ich sehe die kleine Narbe über ihrem Auge, die das Lid ein wenig herunterdrückt, und ihre zusammengepressten Lippen.

Rosario lässt die Feuersteine in meine Hand fallen.

Nun glühen die Amulette der Animagi so grell, dass ich sie kaum noch ansehen kann. Der Hexenmeister, der Maras Haar gepackt hat, reißt sie daran hoch.

Der Steinträger schwanke und wanke nicht.

Mit einem Ruck ziehe ich die goldene Blume aus meiner Schärpe und drücke die Feuersteine in die Vertiefungen in den Blütenblättern. Mit einem Klick rasten sie ein, und Hexenkunst hält sie dort fest. Licht strömt vom Amulett des Animagus in Maras Oberkörper, während ich mein eigenes Amulett gegen ihn erhebe.

Bitte hilf mir. Gott ist niemals eingeschritten, um das Leben eines Menschen zu retten, an dem mir etwas lag. Aber trotzdem bete ich darum, dass das Amulett nun irgendetwas tun wird, was auch immer das sein mag. Nur dieses eine Mal.

Nichts passiert. Der Anhänger erwärmt sich nicht einmal in meiner Hand.

Maras Schreie zerreißen die Luft, und in mir zerbricht etwas.

»Wartet! Aufhören!«, rufe ich. »Ich gebe euch meinen Feuerstein. Aber hört auf!«

Der Animagus stößt Mara weg, und sie sinkt in sich zusammen. Rauch steigt von ihren Kleidern auf. *Oh, Mara. Du hast schon so viel durchmachen müssen.*

Alle drei Animagi kommen nun auf mich zu, die blauen Augen auf das seltsame Objekt in meiner Hand gerichtet, und ihre langen Finger zucken wie Spinnenbeine. Tränen rinnen über meine Wangen. Ich habe so schrecklich versagt. Rosario wird nicht entkommen. Die Animagi werden ihre zehn Feuersteine bekommen, mehr sogar. Meine Arme sinken schlaff herab, mein Kinn senkt sich. Vier Feuersteine hätten doch irgendetwas bewirken müssen.

Laute Rufe, schwere Schritte, metallisches Klingen. Soldaten schieben sich durch die Tür, unsere eigenen Leute. Die Animagi wenden sich überrascht von mir ab, und ich nutze die Gelegenheit, schnell einen Schritt zurückzutreten, die Hand noch immer um das wirkungslose Amulett gekrallt.

Einer der Hexenmeister packt Ximena an der Schulter und schiebt sie vor sich, die anderen schnappen sich Rosario und Alejandro. Das Eintreffen der Soldaten ändert gar nichts. Inviernes Zauberer werden trotzdem bekommen, was sie von mir wollen.

»Lasst sie los«, befiehlt eine dunkle Stimme. Lord Hector! Närrische Hoffnung flammt in mir auf. Nein, das ist es nicht. Es ist vielmehr der Feuerstein, der warme Funken sprühen lässt.

»Sofort raus aus diesem Raum, sonst verbrennen wir euren König und eure Königin.«

Der Feuerstein pulsiert in wilder Aufregung, als ob er aus meinem Bauch springen wollte. Als ich an mir hinuntersehe und beinahe erwarte, dass er sich durch meine Schärpe brennt, entdecke ich, dass ich unbewusst den Anhänger gegen meinen Nabel gepresst habe.

Mein Verstand ist wie ein Nebel aus Wärme und Gewissheit, und eine sengende Kraft durchflutet meinen Körper.

Vier Feuersteine sind nicht genug. Fünf ist die perfekte Zahl, die der göttlichen Vollendung.

Ich drehe das Amulett in meiner Hand, und dann sehe ich es – hinten, auf der Rückseite, fast versteckt. Eine weitere Einbuchtung, direkt in der Mitte.

Natürlich. Ein *lebender* Feuerstein sollte die heilige Zahl der Vollendung vervollständigen. *Mein* Feuerstein.

Ich reiße die Schärpe von meinen Hüften, ziehe den Saum meiner Bluse hoch und halte ihn mit den Zähnen fest. Der Feuerstein strahlt mir entgegen, und ich zucke zusammen. Im Stein ist ein Wirbel aus Licht. Nein, es sind *Tausende* von winzigen Lichtern, von weiß bis mitternachtsblau, die in einem zähen, glitzernden Mahlstrom dahinschweben.

Entschlossen drücke ich Roldáns hässlichen Anhänger gegen meinen Bauch. Alle Muskeln in meinem Körper spannen sich an, als er einrastet. Der Animagus, der Ximena festgehalten hat, stößt sie zu Boden und kommt auf mich zu, die Augen auf das Amulett gerichtet. Er streckt die Hände danach aus.

»Nein!«, schreit Alejandro. Er reißt sich aus dem Griff des anderen Hexenmeisters los, springt dem entgegen, der auf mich zukommt, und zieht einen Dolch aus dem Stiefel, den er dem Animagus in den Rücken rammt.

Die beiden anderen heben ihre Amulette dem König entgegen, Licht strömt heraus und dringt in seinen Körper. Alejandro bricht zusammen und schreit vor Schmerz.

»Papá!«, kreischt Rosario.

Und dann fängt mein Amulett an, sich wie ein Rad um die Achse meines Nabels zu drehen.

Mein ganzer Körper bebt. Der Mahlstrom aus Licht, der aus meinem Feuerstein dringt, umgibt mich jetzt vollständig, wirbelnd, schrecklich und schön. Meine Haut atmet die Energie der Erde, der Luft, die mich umgibt, und füttert meinen lebenden Feuerstein damit.

So viel Macht! Ich keuche und zittere. Das alles ist zu mächtig für meine Haut, viel zu kraftvoll, als dass ich es festhalten könnte. Ich werde in Stücke zerspringen, wenn ich nicht bald etwas tue. Das Amulett dreht sich schneller und schneller.

Instinktiv tue ich das, was ich unbewusst seit Monaten trainiert habe: Ich bete, inbrünstiger und verzweifelter denn je.

Lieber allmächtiger Gott, bitte gib meine Feinde in meine Hand.

Der Mahlstrom aus Licht verdichtet sich zu einer festen Kugel, einer kleinen blauen Sonne, die vor meinem Nabel schwebt. Ich lege meine Hände darunter. Obwohl die Luft um mich herum knistert, fühlt sich die Kugel in meinen Handflächen kühl an. Ganz leicht hebe ich sie an und richte sie auf die Animagi.

Worte strömen aus meinem Mund, ohne dass ich wüsste, woher sie kommen. »Mein Gott ist bei mir, ich schwanke und wanke nicht. Mein Gott ist bei mir, seine Kraft ist in mir.«

Die Animagi starren mich voller Entsetzen an. Mir wird bewusst, dass ich in der Lengua Classica zitiere. Den Fluss der Worte vermag ich nicht aufzuhalten, und meine Stimme wird stärker. »Ich werde über meine Feinde triumphieren. Sie werden in alle Himmelsrichtungen zerstreut, und Gottes rechtschaffene rechte Hand wird ewig sein!«

Die Lichtkugel dreht sich wild. Mein ganzer Körper bebt vor Energie. Jetzt schreie ich.

»*Ich* bin Gottes rechtschaffene rechte Hand! Und ich – werde – nicht – schwanken – und – wanken.«

Damit spreize ich die Beine breit und werfe die winzige wirbelnde Sonne hoch über meinen Kopf.

Einen kurzen Augenblick schwebt sie unter der Gewölbedecke, dreht sich schneller und schneller und sprüht Funken in alle Richtungen.

Ein enormer Donnerschlag erschüttert die Welt, als die Kugel explodiert. Wie eine Welle brechen Hitze und schimmernde Luft daraus hervor. Mein Haar wird mir aus dem Gesicht geweht, mein Rock gegen meine Beine gepresst. Fensterscheiben zerspringen, und Glassplitter regnen auf mich herab.

Die Animagi schreien. Mit Entsetzen und Erleichterung sehe ich, wie sie schrumpfen, vertrocknen und sich in schwarzen Staub verwandeln.

Und dann bin ich plötzlich leer. Kraftlos. Wie die Spreu, die nach dem Dreschen übrig bleibt. Eine leere Hülle.

Meine Knie können mein Gewicht nicht länger tragen. Während ich zu Boden sinke, löst sich das Amulett von meinem Nabel, rutscht klappernd über die Fliesen und landet unter meinem Bett.

Ich liege auf der Seite, die Wange auf meinen Schaffellteppich gepresst, die Augen fallen mir zu. Das Amulett flackert noch einmal auf und verlischt dann. Ich folge ihm in selige Dunkelheit.

34

Als ich erwache, strömt die Sonne grell über meine Augenlider.

»Elisa?« Über mir bewegt sich ein Kopf. Ich blinzele hastig, aber mein Verstand klammert sich am Schlaf fest. »Elisa! Ihr seid wach.«

»Rosario?«

»Ximena! Sie ist wach!«

Noch ein Kopf. Allmählich wird mein Blick klarer. Mein ganzer Körper schmerzt, als hätte man mich mit hölzernen Schwertern verprügelt. »Ximena?«, bringe ich krächzend hervor, und fast erstickt mich die Trockenheit in meiner Kehle. »Was ist passiert?«

Sie legt ihre kühle Hand auf meine Stirn und lacht leise. »Elisa, mein Himmel, du hast die Animagi vernichtet.«

Ich seufze erleichtert auf; allmählich kehrt die Erinnerung zurück. »Ja. Ja, das habe ich.«

»Dieses Amulett, das du mitgebracht hattest – es hat eine Welle ausgesandt, eine Art Licht oder Hitze, die durch die ganze Stadt ging. Jeder Spiegel und jedes Fenster in Brisadulce zerbrach. Und dann sind die Animagi … einfach vor unseren Augen gealtert. Etwas so Seltsames habe ich noch nie gesehen. Und dasselbe geschah wohl auch mit den beiden anderen, die auf dem Schlachtfeld geblieben waren, hat man uns erzählt.«

Das ist überwältigend. Die Animagi sind tot. Tränen rinnen aus meinen Augenwinkeln. Aus Gewohnheit lege ich meine Fingerspitzen auf den Feuerstein und spreche tonlos ein Dankesgebet. Der Stein antwortet mit wohliger Wärme.

Überrascht atme ich ein. »Mein Feuerstein. Er lebt.«

»Ja. Offenbar ist Gott noch nicht mit dir fertig.« Ich bin nicht sicher, ob mir die leise Erheiterung gefällt, die in ihrer Stimme mitschwingt. Dass Gott für meinen Stein noch einen weiteren Einsatz im Sinn haben könnte, ist eine Vorstellung, bei der mir schlecht werden könnte, wenn ich zu lange darüber nachdächte.

»Dein Amulett hat diesen Kampf leider nicht so gut überstanden«, fährt sie fort. »Als es wieder von dir abgefallen ist, wurde es schwarz und zerbrach.«

»Und Inviernes Armee?«, frage ich mit bebender Stimme.

Ximena streicht mir über das Haar. »Lord Hector und der General verfolgen die feindlichen Soldaten. Er sagt, das Heer sei bereits von deinen Malficio gründlich demoralisiert worden. Ohne die Animagi können die Inviernos keine geschlossene Front mehr aufbauen.«

Ich schlucke. »Und die südlichen Besitzungen?«

»Auch dort zieht Invierne sich zurück. Deine seltsame Welle ist bis zur Südküste gedrungen. Aber …« Ihre Hand erstarrt, und sie holt tief Luft. »Da ist noch etwas anderes.«

Nun setze ich mich auf. Ich erinnere mich an Schreie, an

den Geruch von brennendem Fleisch. »Was denn? Geht es um Mara? Weißt du, wie es ihr geht?«

Ihre Stirn legt sich in Sorgenfalten. »Mara und Cosmé geht es recht gut. Maras Brandwunden müssen heilen, sie ruht sich aus.«

»Aber wer …«

»Papá ist krank«, sagt Rosario.

Alejandro. Ich schwinge die Beine über den Bettrand. Ximena zieht mein Gewand vom Haken am Himmelbett und reicht es mir.

»Krank?«, frage ich sie leise, und mein Herz klopft voll böser Ahnungen. Er hat mir das Leben gerettet, erinnere ich mich jetzt, so wie ich ihm das seine vor ein paar Monaten. Er hat einen Animagus mit seinem Dolch erstochen, und dafür haben sie ihn verbrannt.

»Schwer verletzt«, flüstert sie zurück. Ihr Gesichtsausdruck verrät mir, wie schlimm seine Wunden sind.

»Ich bin gleich wieder da.«

Meine Knochen schmerzen, als ich zu der Tür humpele, die unsere Räume miteinander verbindet. Kurz verharre ich und versuche, tief durchzuatmen, um mich zu beruhigen. Auf mein zögerndes Klopfen hin öffnet Hauptmann Lucio.

»Majestät.« Er verbeugt sich.

»Wie geht es ihm?«

Er reibt sich mit den Knöcheln die müden Augen. »Der Animagus hat ihn schwer verbrannt, und die Glassplitter Eures Fensters haben ihn ebenfalls schlimm erwischt. Die Blutungen konnten wir inzwischen stillen, aber er ist jetzt sehr schwach, und …«

Ich dränge mich an ihm vorbei. Ja, ich erinnere mich,

wie mein Fenster zersplitterte. Wie viele andere Einwohner Brisadulces wurden ähnlich unglücklich getroffen, als meine Schockwelle durch die Stadt fegte? Wie viele wurden getötet?

Alejandro liegt auf dem Rücken. Tücher bedecken die Hälfte seines schönen Gesichts, auch seinen Mund. Der übrige Teil seines Körpers ist unter Decken verborgen, und ich bin froh darüber; den Anblick seiner Wunden könnte ich nicht ertragen. Sein unverbundenes Auge zieht sich leicht zusammen, als er mich sieht.

»Elisa.« Das gedämpfte Flüstern klingt so schmerzerfüllt.

Ich neige mich zu ihm und küsse ihn auf die Stirn. »Es tut mir so leid, Alejandro.«

Ein rasselnder Seufzer dringt unter den Tüchern hervor. »Das muss es dir nicht. Ich habe es so gewählt.«

Mit den Fingerspitzen streiche ich über seine Augenbraue bis hin zum Haaransatz und vergrabe schließlich meine Finger in seinem Haar, so, wie ich es mir immer vorgestellt habe. »Wie meinst du das?«

Er lehnt sich gegen meine Hand, kuschelt sich in meine zärtliche Berührung. »Der Animagus, der mich in seinem Bann hielt, war abgelenkt.« Wieder holt er rasselnd Luft. »Ich hatte keine Zeit, darüber nachzudenken. *Du* warst viel wichtiger.«

In diesem Augenblick empfinde ich so viel für ihn wie nie zuvor. »Du bist ein Held«, sage ich voller Überzeugung. »Danke.«

Er schließt das eine sichtbare Auge, und seine Züge entspannen sich. Gerade will ich mich leise auf Zehenspitzen wieder entfernen, als er fragt: »Elisa, wir sind Freunde geworden, oder nicht?«

Zwar bin ich mir dessen nicht sicher, aber ich würde mich freuen, wenn es so wäre, und deswegen antworte ich: »Natürlich. Genau, wie du gesagt hast. In unserer Hochzeitsnacht.«

»Gut.« Er seufzt. Dann: »Ariña ist tot, nicht wahr?«

»Ich bin nicht sicher, Alejandro. Aber ich glaube, ja.«

»Ich habe sie geliebt.« Trauer umwölkt seine Stirn, dann geschieht etwas anderes; es ist, als ob er schmilzt. Er wirkt seltsam weit weg, als er sagt: »Pass auf Rosario auf.«

»Du kannst selbst auf ihn aufpassen.«

»Versprich es mir. Er liebt dich.«

Jetzt sollte ich ihn mit Beteuerungen überschütten, dass es ja gar nicht so schlimm ist. Ich sollte etwas sagen, das ihm Hoffnung gibt. Aber ich könnte auch ehrlich sein. »Das verspreche ich.«

»Elisa? Ich hätte dich auch geliebt, wenn ich ein bisschen mehr Zeit gehabt hätte.«

In seinen letzten lichten Momenten ruft Alejandro Vater Nicandro, General Luz-Manuel und mich an sein Bett. Mit zitternden Händen unterschreibt er ein Edikt, das mich zu seiner Erbin und zur königlichen Regentin von Joya d'Arena erklärt, bis sein Sohn mündig wird. »Wenn ich nicht mehr bin«, erklärt er mit so leiser Stimme, dass ich mich zu ihm herunterbeugen muss, um ihn zu verstehen, »kann niemand dir das Recht streitig machen, unser Land zu regieren. Auch wenn du nicht hier geboren bist.«

Ich hätte Rosario so oder so auf den Thron gebracht, auch ohne seine Hilfe. So gut kenne ich mich inzwischen. Dennoch rührt mich seine Geste. Ich muss ein wenig blinzeln und schlucken, bevor ich endlich herausbringe: »Danke, mein Freund. Rosario wird in dem Bewusstsein aufwachsen, dass sein Vater bis zum Ende edel gehandelt hat.«

Meine Worte scheinen ihn zu beruhigen. Am nächsten Morgen fällt er in tiefe Bewusstlosigkeit, aus der er nicht mehr erwacht.

Lord Hector verfolgt die riesige, aber demoralisierte Armee Inviernes bis in die zerklüfteten Arme der Sierra Sangre und kehrt dann nach Hause zurück. Er erstattet mir in meinem neuen Schreibzimmer Bericht – ich residiere inzwischen in einem opulenten Raum, ausgestattet mit luxuriösen Teppichen und schimmernden Bücherregalen, in dem ich mich noch nicht ganz zu Hause fühle – und legt mir sein Rücktrittsgesuch auf den Tisch.

Überrascht sehe ich zu ihm auf. »Was ist das?«

»Majestät, ich bin der Leibwächter des Königs. Mein König ist tot. Demzufolge habe ich keine Stellung mehr. Mit diesem Schreiben mache ich es nur offiziell.«

Mein Herz schlägt mir bis zum Hals. Den Gedanken, Hector zu verlieren, kann ich nicht ertragen. Irgendwann, als ich gerade nicht aufgepasst habe, ist er mir unglaublich ans Herz gewachsen.

Aufmerksam studiere ich sein Gesicht, aber seine schönen Züge sind wie aus Eisen gegossen und lassen keine Gedanken erkennen. »Seid Ihr so darauf bedacht, in den Ruhestand zu treten?«, frage ich zögernd. »Wollt Ihr wirklich gehen?«

Sein Mund öffnet sich. Schließt sich wieder. Er tritt von einem Fuß auf den anderen.

»Falls Ihr nicht wirklich fest entschlossen sein solltet, Euch von mir abzuwenden, wäre es schön, wenn Ihr es in

Erwägung ziehen würdet, zu bleiben. Ich … nun, Ihr müsst mir verzeihen …« Meine Wangen brennen leicht, und meine Hände werden feucht. »Ich ging schlicht und ergreifend davon aus, dass Ihr von nun an Leibwächter der Königin sein würdet.«

Eine Ewigkeit warte ich auf seine Antwort.

Dann entspannt sich sein Gesicht, und sein Schnurrbart zuckt leicht, als sich ein leises Lächeln über seine Lippen zieht. »Es wäre mir eine Ehre, Majestät.«

Erleichtert atme ich aus. »Oh, Gott sei Dank.«

Drei Monate nach Alejandros Tod, an dem Tag, als Brisadulce die Trauerkleider abwirft, kröne ich Cosmé zur Königin von Basajuan, jenem neuen Staat, der sich vom östlichen Rand der Wüste bis zum Vorgebirge der Sierra Sangre erstreckt. Jacián ist da, und auch Vater Alentín. Selbst Conde Eduardo reist von den südlichen Besitzungen an, um die neue Königin willkommen zu heißen.

Nur Papá und Alodia lehnen meine Einladung ab, schicken aber brieflich ihre Glückwünsche.

Bei derselben Zeremonie verleihe ich Prinz Rosario den Königinnenstern für Tapferkeit und Heldenmut im Angesicht größter Gefahr. Er steht so hoch aufgerichtet da, und seine kleine Lippe bebt, als ich die Medaille an seiner Schärpe befestige.

Es gäbe viele andere, denen dieselbe Ehre gebührte. Hunderte vielleicht. Aber er ist der perfekte Stellvertreter für die Kinder meiner Malficio – eine Waise, so wie sie, und ebenso tapfer. Und er repräsentiert für uns auch die Hoffnung, die Hoffnung auf eine starke Zukunft und einen starken König.

Als ich zurücktrete und ihn vor die Höflinge treten lasse, umgibt uns donnernder Applaus.

Der Speisesaal ist zu klein für die große Zahl unserer Gäste, und daher serviert das Küchenpersonal das Essen im Audienzsaal. Mir ist angenehm schlecht von dem gewürzten geschwärzten Huhn, von sahniger Kartoffelsuppe und den kleinen Kuchen mit Orangenschalen, als Cosmé neben mich tritt, die neue Krone auf dem Kopf. Sie beugt sich vor und küsst mich auf die Wange. »Ich danke dir, meine Freundin«, sagt sie. »Ich bin froh, dass ich mich so in dir geirrt hatte.« Es ist ihr anzusehen, dass solche Worte ihr nicht leichtfallen. Dann eilt sie davon, bevor ich ihr antworten kann, und verschwindet zwischen den anderen Gästen.

Ximenas Arm schlingt sich um meine Hüfte. Gemeinsam betrachten wir die lächelnden Menschen um uns herum.

»Siehst du, mein Himmel?«, flüstert Ximena. »Gott hat dich zu Recht erwählt.«

Ich lächele. »Ja, er hat mich zu Recht erwählt. Er hatte die ganze Zeit über einen Plan, genau, wie Aneaxi gesagt hat.«

Sie drückt mich. »Ich wusste, dass du eines Tages deinen Wert erkennen würdest. Und dass du würdig bist.«

Ich schüttele den Kopf. »Oh, Ximena, er hat mich zu Recht erwählt, aber nicht, weil ich würdig bin.« Glücklich betrachte ich meine Freunde, wie sie durch den Saal schlendern, feiern und sich unterhalten. »Du, Cosmé, Hector, sogar der kleine Rosario, ihr wart bereit, Helden zu werden.« *Und Humberto auch*, sagt eine kleine Stimme in meinem Kopf. »Ihr musstet nicht erwählt werden. Aber ich hätte nichts getan, wäre nichts geworden, wenn dieses Ding nicht in mir stecken würde. Du verstehst, Gott hat mich erwählt, weil ich unwürdig war.«

»Aber du hast dich dieser Wahl gestellt. Du hast den Menschen Hoffnung gegeben. Du hast ein göttliches Rätsel gelöst, das jahrhundertelang konstruiert wurde. Du hast unsere Feinde besiegt.«

Plötzliches Verständnis trifft mich wie ein Schlag in den Bauch, und unwillkürlich halte ich den Atem an. Ich weiß, dass Gott mich erwählt hat, weil ich einen kleinen Schubs brauchte, aber Ximena hat auch recht – ich habe diese Wahl angenommen. Ich brauchte weniger den Glauben an Gott als den Glauben an mich selbst.

»Ja, das habe *ich* getan, nicht wahr?« Voll Verwunderung hole ich tief Luft. Ich habe geliebt, ich habe Verlust erfahren, ich habe überlebt. Ich, nicht der Stein in meinem Nabel. Ich lege meine bebenden Fingerspitzen auf den Feuerstein.

Er pulsiert absichtsvoll.

Gott ist noch nicht mit mir fertig, und ich mag heute mehr in Gefahr sein denn je, nun, da die ganze Welt weiß, dass ich seinen Stein trage. Aber in diesem Augenblick beschließe ich, mich an unserem Sieg zu freuen und an dem warmen Gefühl, einen Ort für mich geschaffen zu haben, an dem ich von Freunden umgeben bin. Zum ersten Mal seit langer Zeit habe ich keine Angst.

Danksagung

Ein Roman, vor allem ein Erstlingswerk, ist ein enormes Unterfangen, das mit Vertrauen und Enttäuschung einhergeht, mit Hoffnung und neuen Erfahrungen, mit Verzweiflung und Triumph. Diesen Irrsinn hätte ich nicht durchgestanden, wären die folgenden fantastischen Leute nicht gewesen.

Mein Dank gilt

meiner großartigen Lektorin Martha Mibalick, die sich nicht nur in meine Geschichte verliebte, sondern auch gnadenlos daran arbeitete, sie zu verbessern. (Bist du *sicher,* dass wir nicht noch Zeit für eine weitere Überarbeitung haben?)

Den Mitarbeitern des Greenwillow-Teams, für ihre Wärme, ihre Begeisterung, für den wunderschönen Schutzumschlag und für so viele kleine Dinge.

Meiner Agentin Holly Root, die mein Werk zunächst einmal auf Basisniveau brachte, endlose Geduld und Humor bewies und sich um alle Details kümmerte.

Meinen Freunden vom Online Writing Workshop für Science-Fiction, Fantasy und Horror, unter anderem Jenni Smith-Gaynor (ja, du warst die Erste!), Ian, Heidi, Deb, Marsha, Amber, Aaron, Brad, Jo und Heather.

Elisabeth Bear, die einen Neuling unter ihre Fittiche nahm und mir grundlegend wichtige Ratschläge gab, ohne dabei an ihren eigenen Vorteil zu denken, nur zum Wohl der Sache. Ich verspreche hiermit, die Tradition aufrechtzuerhalten.

Amanda Downum, Leah Bobet, Vernieda Vergara und Chance Morrison, die frühe Manuskripte lasen und dringend benötigte Ermutigungen aussprachen.

Jodi Meadows, Jaime, Lee Moyer und Jill Myles, ebenfalls Opfer früher Manuskripte, deren Freundschaft mir unendlich viel bedeutet.

Sarah Prineas, die mir auf eine panische E-Mail hin Hilfe versprach, die verstand, wieso es mir so sehr auf praktische Anwendbarkeit ankam, und die sich als ehrliche, reflektierte Leserin und Freundin erwies.

Holly McDowell, für ihre Freundschaft und ihren Rat, vor allem aber für die wundervolle Zeit.

Rebekah Piedad, meiner Schwester und bester Freundin, die einfach die perfekte Cheerleaderin ist.

Und vor allem meinem Mann, C. C. Finlay, dem besten Mann, den ich kenne, für seine genialen Lektoratseinfälle, die meine Arbeit verbesserten, und dafür, dass er mit mir zusammen geträumt und sich nie beklagt hat, wenn der Abwasch noch in der Küche stand. Ich mag dich sehr. Lass uns heiraten.